Théophile Gautier

La Morte
amoureuse

Avatar
et autres récits
fantastiques

*Édition présentée,
établie et annotée
par Jean Gaudon*

Gallimard

PRÉFACE

De l'article sur Hoffmann *(1831)* à la présentation des Contes bizarres *d'Arnim (1856)*, de La Cafetière *(1831)* à Spirite *(1866)*, l'œuvre de Théophile Gautier est constellée d'écrits qu'il appelait fantastiques : écrits dispersés puis regroupés au hasard des affaires de librairie, dans des recueils hétérogènes, et qui souvent nous touchent davantage, en notre fin de siècle, que certains poèmes, plâtres aux yeux vides auxquels le bon Théo a cru, et qui n'en finissent pas de tomber en poussière dans les recoins des anthologies.

Il fallait, pour se lancer dans cette carrière-là, une certaine présomption, et l'on ne voit pas sans amusement le très jeune écrivain, encore peu sûr de sa vocation, se donner dans Omphale pour « conteur fantastique » et se mêler à la foule des écrivailleurs soucieux de ne pas rater le coche. Hoffmann, dont on venait de traduire par deux fois un grand nombre de Märchen, n'était pour beaucoup qu'un cache-misère. Ce n'est pas le cas de Gautier, membre d'une phalange de jeunes gens ambitieux croyant avoir dans leur giberne le bâton de maréchal et écrivant le mot Art avec une majuscule. Il ne s'agit pas pour lui de demander à Hoffmann, maître absolu du fantastique, une collection de recettes indéfiniment réutilisables, mais un exemple, un modèle par rapport auquel il *puisse se définir. Tout jeune écrivain qui se veut de son temps doit se soumettre aux paradoxes de l'apprentissage, chercher sa propre voix en s'abritant derrière une figure tutélaire dont il n'est, au mieux, que l'ombre, résister à la tentation de se revêtir de la peau du lion, fatale aux plagiaires, mais aussi prendre garde de ne pas rompre le lien qui établit la filiation. Gautier se tire bien de cette ambiguïté qui n'est, après tout, qu'une des manières de faire, dans l'acte de l'écriture, l'expérience du thème éminemment fantastique du double. Il y est dans son élément. Peintre raté qui rêve de marbre et fait des vers, pantouflard frileux qui quitte sa colonie de chats pour les frimas de Saint-Pétersbourg, bâfreur des dîners Magny assailli d'angoisses et de superstitions, oxymoron vivant, Gautier met, dans le fantastique, ce qu'il faut de sérieux et ce qu'il faut d'humour. Il sait, comme personne, se moquer de lui-même et, accessoirement, du père encombrant :* une parodie, Onophrius Wphly *(août 1832) qui prendra, dans les* Jeunes-France, *le titre plus explicite encore d'*Onophrius, *ou les vexations fantastiques d'un admirateur d'Hoffmann et, la même année, le récit versifié d'*Albertus, *sont une certaine manière de prendre ses distances ou d'exorciser le démon du fantastique, dont par ailleurs on se fait le champion. Il importe surtout, même si l'on s'obstine à trouver l'équilibre difficile entre l'allégeance et l'originalité, de n'avoir pas l'air dupe. Exercice de dédoublement qui réjouit les camarades d'atelier conviés, par le biais de la fiction, à partager avec le jeune héros le premier conte fantastique de Gautier,* La Cafetière.

L'époque française de l'engouement hoffmannesque est dépourvue de sérieux théorique. On ne s'arrête que le moins possible aux définitions et aux généralités. On fait signe, tout bonnement, par les sous-titres ou même dans le corps du récit. On arbore un pavillon qui couvre une marchandise que l'on ne cherche pas trop à inventorier. Nous avons changé tout cela et nous cherchons obstinément à définir ce qui est pour nous un genre, avec un sérieux qui rappelle l'âge d'or de la scolastique. D'où quelques difficultés que l'on ne contourne pas aisément. Que le fantastique ne se laisse pas trop facilement réduire à une formule, magique ou mathématique, est une évidence que la multiplicité des clefs proposées suffirait à rendre éclatante. Les esprits systématiques s'en plaindront, ou attendront avec une ferveur enviable les jours meilleurs où la « science » de la littérature mettra fin à leur angoisse. En attendant ces lendemains paradisiaques, nous nous bornerons à constater qu'il existe, aux yeux de nos contemporains, une tradition fantastique que l'on dit propre à l'Occident moderne, poncif un peu flou qui a ses idoles et ses petits-maîtres, et où Gautier ne trouve pas toujours sa place. Trop petit fretin, sans doute, insuffisamment doué pour les majestueuses orgies de la spiritualité, il passe entre les mailles du filet où Albert Béguin capture gravement les héritiers français du grand romantisme à l'allemande. Un livre récent, intelligent et péremptoire, l'ignore. Les formalistes le noient dans des généralités auxquelles il se laisse assez mal réduire (ce doit être sa faute). Les marxistes ont pour lui peu de tendresse ou l'honorent de façon mesurée. Seuls, les adeptes de la psychanalyse littéraire se livrent, à son endroit, à des exercices sans surprises qui, au prix d'embardées parfois cocasses, ont l'immense mérite de nous ramener au détail d'un texte que l'on redécouvre ainsi fertile. On pourrait se demander pourquoi un genre paraît plus propre que d'autres au décryptage freudien, comme si le fantasme avait élu le fantastique, aux dépens de toute autre forme littéraire. Serait-ce à cause de la proximité des deux termes, de leur rattachement à la même racine, et d'un certain flou sémantique? En bonne doctrine, tout geste littéraire est analysable, et aussi bien l'Œdipe roi *de Sophocle que l'autobiographie de Goethe, car toute œuvre est un champ clos où s'affrontent éternellement les mêmes forces. La prédilection de la psychanalyse littéraire pour le fantastique me semble donc due à une impression trompeuse de facilité, ou tout simplement, à une mode, je veux dire celle du fantastique. Sans doute était-il nécessaire d'en passer par là pour redescendre du fantastique en soi à Gautier, avec tous les risques que comporte une telle opération. Peut-être est-il temps de se demander s'il existe, quelque part entre le fantastique-Charybde et le Gautier-Scylla quelque chose comme un fantastique selon Gautier. Les deux termes pourraient alors, dans la meilleure hypothèse, cesser d'être des écueils.*

« Le char du temps est sorti de son ornière. »

La Cafetière *doit à Hoffmann une structure où l'on a vu parfois le signe même du fantastique, et que Pierre-Georges Castex appelle, en une belle formule quasi nervalienne, « l'intrusion brutale du mystère dans le cadre de la vie réelle »**. *Le narrateur, parti avec deux amis pour une banale partie de campagne, se trouve, durant la nuit, attiré hors de son lit par « quelque chose qui agissait en [lui] sans qu'[il] pû[t] [s']en rendre compte ». Il se met alors à danser avec une jeune femme énigmatique, au son d'une musique étrange où l'on sent passer le souffle des concerts donnés cette année-là par Paganini. Les costumes et divers détails désignent une époque révolue que l'on*

---

* Pierre-Georges Castex, *Le Conte fantastique en France,* p. 8.

appelle, sommairement, la Régence. Pour Théodore, au prénom hoffmannesque, la présence de la jeune femme est une expérience spirituelle, la révélation d'un monde autre : « *Je n'avais plus aucune idée de l'heure ni du lieu ; le monde réel n'existait plus pour moi, et tous les liens qui m'y attachent étaient rompus ; mon âme, dégagée de sa prison de boue, nageait dans le vague et l'infini.* » *Le retour de la temporalité(le chant d'une alouette shakespearienne) met fin à l'épisode anachronique et rétablit un ordre naturel qu'il nous faut bien, cependant, considérer comme instable : les deux amis ; qui, eux, ont passé la nuit à dormir, retrouvent au matin Théodore évanoui, revêtu d'un riche habit* « *de soie fond rose à ramages verts* » *que nous ne l'avons jamais vu endosser. Il serre entre ses bras les débris d'une cafetière et lorsqu'il croit, plus tard, dessiner sur son album cet objet autour duquel s'organise sa rêverie, il reproduit sans le savoir les traits d'Angéla, la sœur de son hôte, morte depuis deux ans.*

En conformité, dirait-on, exemplaire, avec le schéma proposé par Castex, La Cafetière *illustre l'alternance du réel et du mystère sans que l'on s'embarrasse d'inutiles complications. On sera tenté cependant d'ajouter au scénario un épisode, et de le résumer ainsi : le* « *réel* », *situation de départ, est envahi par le* « *mystère* », *qui laisse lui-même place au réel. L'adjectif brutal paraît d'ailleurs plus approprié au retournement final, la brutalité étant propre au retour à la réalité, non au décollage, relativement progressif, qui s'effectue durant le passage du premier au second mouvement. Le* « *mystère* » *en effet s'infiltre largement, sous forme de prémonitions ou de résidus, aux deux extrémités du récit, et bien que Gautier ait quelque peu échenillé son texte, écartant du début de la seconde version quelques phrases trop lourdement chargées de sens, il reste assez, dans l'introduction, de* signes d'étrangeté pour que le domaine « réel » où se rendent les trois amis soit reconnu, à la relecture, comme un lieu au moins virtuel de sortilèges. Les pluies inattendues, qui font du chemin un bourbier, l'extraordinaire difficulté de la progression qui transforme une simple promenade en une véritable épreuve, les objets abandonnés dans la chambre où va dormir le narrateur, et en particulier ce « tabac encore frais » commun aux deux versions, sont autant d'indications que l'on pourrait appeler des « effets de mystère ». Trémolos annonciateurs dans la tradition du roman noir et signes précis concourent à rendre perméable au mystère ce « réel » que l'on devine déjà chancelant. A l'autre bout du récit, la présence des débris de la cafetière et le déguisement de Théodore prolongeront l'enchantement. On devra donc nuancer le schéma initial et parler d'une intrusion progressive du « mystère » dans la vie « réelle » et du retour brutal à celle-ci. Quantitativement la deuxième partie de cette pièce en trois mouvements (celle qui correspond au « mystère ») est beaucoup plus importante que les deux autres.

J'éviterai d'avoir recours ici au concept d'hésitation, employé par Todorov*. Il introduit subrepticement une idée à la fois floue et autoritaire de la psychologie de tous les lecteurs, passés et à venir, qui me semble aussi arbitraire que celle de catharsis (Corneille a, là-dessus, dit ce qui convient). Hésite-t-on vraiment? Il faut bien que cette hésitation se rattache d'une manière ou d'une autre à un sujet hésitant. Et n'est-ce pas se faire une étrange idée du lecteur que de croire qu'il se demande, l'innocent, s'il est bien vrai que les cafetières dansent la valse quand le narrateur n'a pas l'air de se poser de questions? Il importe, il me semble, de refuser clairement de se

* Voir son *Introduction à la littérature fantastique*, Seuil, 1970.

laisser prendre au piège d'un subjectivisme d'autant
plus impérieux qu'il n'ose pas dire son nom, celui, déjà,
d'un Faguet, qui affirmait gravement que Gautier ne
faisait peur à personne parce qu'il n'arrivait pas à
s'effrayer lui-même. Disons plutôt que le « réel » et le
« mystérieux », loin d'être dans une relation d'exclu-
sion ou d'hésitation, glissent l'un sur l'autre comme les
plaques constituant l'écorce terrestre et que ce jeu,
interstices ou béances, naît, dans La Cafetière, le jeu
du fantastique. Une phrase de Shakespeare aimée de
Gautier, et sur laquelle s'appuie Georges Poulet dans
un article mémorable, révèle à quel niveau se situe ce
défaut de jointure : « The time is out of joint », disait
Hamlet. Qu'importe que l'on traduise trop pompeu-
sement ce « déjointoiement » ou cette « dislocation » par :
« Le char du temps est sorti de son ornière », c'est bien
dans cette zone-là qu'il faut situer la faille. En proie à
l'extase, Théodore sait l'origine de son euphorie surnaturelle : « Je n'avais plus aucune idée de l'heure ni
du lieu. » A cette époque où il ne peut encore connaître
le Second Faust, Gautier organise déjà son récit selon
une structure binaire : celle d'un présent et d'un temps,
par nature, « autre », très accessoirement, d'un « ici »
et d'un « ailleurs ».

Un jeune écrivain n'a pas toujours les moyens
techniques de dissimuler les échafaudages, et l'on
trouve dans La Cafetière des simplicités auxquelles
Gautier ne cédera plus. Ces bienheureuses maladresses
permettent au lecteur attentif de comprendre, une fois
pour toutes, que le temps « autre » n'a pas besoin d'être
parfaitement homogène et que son altérité suffit à
susciter le fantastique. Angéla est morte deux ans
avant le temps du récit. L'habit revêtu par Théodore
est celui du grand-père de l'hôte. Le décor est
beaucoup plus ancien. Si vivre dans un autre monde
signifie vivre dans un autre temps, il est assez évident

*que ce temps n'est ni celui des horloges ni celui des
calendriers, et qu'il n'est pas seulement un simple
dépaysement, un archaïsme qui jouerait le rôle d'un
exotisme.*

Jusqu'à Arria Marcella *(1852) Gautier fera ainsi,
à plusieurs reprises, sortir le temps de sa charnière. La
marquise de T*** descendra, dans* Omphale *(1834),
d'une tapisserie de style « pompadour », laissant, elle
aussi, de nombreuses traces de son irruption dans le
réel : rideaux du lit ouverts, fils rompus dans la
tapisserie, et jusqu'à la somnolence chronique du jeune
narrateur saoulé de délices amoureuses. Une mise en
scène pleine de signes prémonitoires — singulière figure
et singulières remarques du vieil antiquaire, dans son
capharnaüm où « tous les siècles et tous les pays
semblaient s'être donné rendez-vous » — donne au
« réel » du* Pied de momie *cette même porosité, et il
paraît tout à fait naturel que la princesse Hermonthis,
qui a recouvré son pied perdu, laisse derrière elle, dans
le présent du narrateur, une « petite figurine de pâte
verte » qui atteste l'intrusion du passé. Dernier récit de
cette série, l'éclatante* Arria Marcella. *Là, un personnage nommé Octavien se trouve, entre deux tranches
de présent, vivre une journée — une nuit ? — dans une
Pompéi miraculeusement ressuscitée. La longueur du
conte permet au romancier (qui est passé de la
première à la troisième personne) de s'étendre longuement sur la visite des ruines et de poser, dans la
première partie, un certain nombre de jalons destinés à
annoncer l'épisode qui se passera dans le temps
« autre ». Le « déjointoiement » du temps est signalé, dès
le début, par la description du « morceau de cendre
noire coagulée portant une empreinte creuse ». Non que
le torse féminin soit par lui-même littérairement
insolite : morceau obligé de tous les guides, il est
ravalé, en 1852, au rang des lieux communs pom-*

péiens. Sous le pathétique banalisé perce pourtant ce que l'on peut reconnaître comme une virtualité fantastique, virtualité que la « contemplation profonde » dans laquelle est plongé Octavien contribue à rendre sensible au lecteur le moins averti. A sa place, la phrase clef : « La rondeur d'une gorge a traversé les siècles lorsque tant d'empires disparus n'ont pas laissé de traces ! » n'appartient pas à la thématique de la déploration de la mortalité. Elle n'annonce pas une nouvelle mouture de la Ballade des dames du temps jadis, *mais parle,* sotto voce, *d'une possibilité de résurrection. Fabio, le bon vivant, met sur la piste ceux à qui ces clins d'yeux n'auraient pas suffi, en jetant sur Octavien « un coup d'œil rapide et singulier ». Le résidu, cette fois-ci, sera moins tangible que dans les autres récits de cette série et il ne restera au héros qui a « peine à reprendre le sentiment de la vie réelle » qu' « une mélancolie morne ». On peut se demander pourtant si ce n'est pas beaucoup plus grave qu'une « petite figurine de pâte verte ».*

Succubes.

La mélancolie, qui coïncide avec le retour au temps réel, s'explique par la frustration d'un désir dont l'assouvissement aurait été possible, sans l'intrusion brutale du réel, dans le temps autre. Né d'un regard sur un objet inanimé aperçu ou contemplé dans le temps réel, lors de la première phase du récit — tabatière et portraits de La Cafetière, *tapisserie d'*Omphale, *pied mutilé de la princesse Hermonthis, torse énigmatique d'*Arria Marcella *— le désir s'épanouissait dans l'ailleurs du temps. Que le narrateur fût plus ou moins passif (le thème du rêve traverse trois de ces récits sur quatre) et que l'objet du désir fît, en* *quelque sorte, les premiers pas, ajoutait une nuance délicieuse à un fantasme dont le charme n'était jamais mis en doute.*

La simplesse du bon Théo est presque trop grande, et l'on en arrive à se demander s'il est tout à fait charitable d'en profiter pour lui déverser sur la tête les dogmes psychanalytiques qu'il paraît si prêt à illustrer. Si le fantasme est bien ce « scénario imaginaire où le sujet est présent et qui figure, de façon plus ou moins déformée par les processus défensifs, l'accomplissement d'un désir »*, on ne pourra que se lamenter sur la faiblesse des premières lignes de défense. Affreux Théophile que l'on est trop tenté de faire rimer avec nécrophile! Car ces dames venues du fond des âges et qui envahissent le présent, prenant toutes les initiatives, ces aimables fantômes avides de chair fraîche, habiles à déniaiser les garçons, sont nécessairement des « mortes amoureuses »; l'existence des deux plans temporels l'exige. Douces, tendres, passionnées, ces créatures évanescentes que l'on a tort, par manque d'imagination, de rattacher aux puissances diaboliques (la « marquise Omphale » se défend de l'accusation) sont bien les plus adorables succubes jamais inventés par un écrivain.

Le nom même d'Angéla « morte il y a deux ans » à l'époque où Hugo évoquait, dans Fantômes, *les dangers du bal pour les demoiselles de santé fragile, dit de chastes amours et de pathétiques abandons. A mesure que le narrateur (ou le conteur) vieillira, ses créatures se feront plus audacieuses, et plus charnelle la tentation. A l'exception de la princesse Hermonthis qui, destinée au* Musée des familles, *se conforme à un code social pavé de bonnes intentions, elles proclament*

---

* Jean Laplanche et Jean-Bertrand Pontalis, *Dictionnaire de psychanalyse,* article « fantasme », P.U.F., 1976, p. 152.

et manifestent les exigences de la chair. La marquise de T*** qui met à profit sa condition d'ex-femme mariée pour mener rondement son aventure a, si l'on en croit l'oncle bougon, un passé chargé. Arria Marcella, qui tient à son amant d'un jour un discours admirablement passionné, a été de son vivant une collectionneuse d'amants « asiatiques, romains et grecs ».

J'ai laissé de côté la Clarimonde de La Morte amoureuse, le plus redoutable personnage de cette gracieuse galerie de succubes, le seul sans doute à avoir partie liée avec les forces lucifériennes (son nom autorise cette hypothèse), le seul qui pourrait être l'incarnation féminine du « prince de ce monde ». Cela expliquerait pourquoi c'est à un prêtre qu'elle s'attaque, pourquoi c'est un autre prêtre qui la combat et la terrasse. Ses amours avec Romuald sont soumises, plus que tout autre récit, à un schéma binaire, puisque le héros mène deux vies distinctes : celle d'un pauvre prêtre de campagne et celle d'un riche seigneur vénitien. Différence importante : les deux temps correspondant aux deux existences de Romuald ne sont pas identifiables, et bien que l'allusion au Ridotto vénitien nous reporte, une fois encore, au XVIIIe siècle, le temps « réel » reste si totalement flou qu'aucun glissement de l'un à l'autre, aucune contamination de l'un par l'autre n'est reconnaissable. D'ailleurs, Gautier empêche toute interprétation de ce genre en évitant le schéma ternaire qui caractérise les autres récits, ou plutôt en le masquant par une série d'alternances, qui se succèdent comme la nuit succède au jour. Les amours de Romuald et de Clarimonde, loin d'être le fantasme d'une nuit unique, s'étendent donc sur « un peu plus de trois ans », et le dualisme glisse de la catégorie du temps à celle de l'espace (Le Pied de momie est une combinaison des deux).

La nécessité de l'alternance faisant passer Romuald d'un lieu non identifié à la Venise de ses débauches, l'accent est mis non sur les anachronismes mais *sur les déplacements, et l'on voit apparaître un accessoire connu, les « chevaux noirs comme la nuit » qui transportent le prêtre dans le monde de ses désirs.*

Clarimonde, la diabolique, est un vampire, et cette qualité supplémentaire contribue à laisser apercevoir, derrière la variation spatiale et comme en filigrane, le grand thème dominant du temps déraillé. Les paroles de l'abbé Sérapion, insinuant que « ce n'est pas, à ce qu'on dit, la première fois qu'elle est morte », sont corroborées par l'aspect même de son tombeau, « une pierre à moitié cachée par les grandes herbes et dévorée de mousses et de plantes parasites » : ce détail réintroduit, in extremis, *la norme du fantastique selon Gautier, le décalage dont le déplacement dans l'espace n'est que la métaphore. Le vampirisme, loin d'ajouter une dimension effrayante et ténébreuse, contribue d'ailleurs à rétablir cette norme que l'atmosphère du roman noir paraissait menacer. Je n'en veux pour preuve que le portrait de la tendre, de la luxurieuse Clarimonde qui redécouvre, comme Marion de Lorme, les voluptés de la monogamie : « Si je ne t'aimais pas tant, dit-elle, je pourrais me résoudre à avoir d'autres amants dont je tarirais les veines; mais depuis que je te connais, j'ai tout le monde en horreur. » Dans le temps sorti de son ornière, c'est la courtisane, l'être le plus dévergondé, qui fait rimer amour avec toujours.*

Marbres.

Les succubes ont froid et cette froideur est la source de sensations très particulières que célèbre Arria Marcella : « *La fraîcheur de cette belle chair le*

pénétrait à travers sa tunique et le faisait brûler. »
Rien de nouveau, pourtant, sous le soleil d'Éros et il
semble bien que les délices du contraste entre deux
épidermes ne soient pas propres aux amours du temps
déraillé. D'Albert savourait déjà, avec Madeleine de
Maupin, les mêmes plaisirs : « L'enfant se serra contre
lui et l'enlaça étroitement, car ses deux seins étaient
aussi froids que la neige dont ils avaient la couleur.
Cette fraîcheur de peau faisait brûler d'Albert encore
davantage et l'excitait au plus haut degré. Bientôt la
belle eut aussi chaud que lui. » Les deux textes,
pourtant, divergent sur un point important : la neige
fond, et les belles de chair, dont la fraîcheur allait de
pair avec la virginité, se réchauffent, mais les pauvres
succubes, malgré leur ardeur, ne se mettent pas si
facilement au niveau thermique de leur désir ou de leur
amant. Fraîcheur de la neige et froideur du marbre
s'opposent. Après le bal, Angéla s'assied sur les genoux
de Théodore (on retrouvera aussi cette scène, sur le
mode torride, dans Mademoiselle de Maupin*) et*
« cache sa tête dans [s]on sein pour se réchauffer un
peu, car elle était devenue froide comme un marbre ».
Rêverie profonde, qui rejoint, par-dessus les différences
apparentes de la démarche, les fantasmes de La Vénus
d'Ille.

L'usage immodéré que fait Gautier du Carrare et
du Paros dans ses poésies, et particulièrement dans
Émaux et Camées, *amène à s'interroger sur ce*
métaphorisme. Le poème de la femme est, chez
Gautier, une véritable apothéose du marbre et l'on
peut y voir l'expression de particularités érotiques. Le
marbre est aussi la matière même de l'Art, et quelles
que soient les objections que l'on puisse faire au poème
si pitoyablement rabâché qui clôt les Émaux et
Camées, *l'équation du marbre avec l'Art et avec*
l'éternité est une constante, chez Gautier, de l'imagi-

naire : c'est parce qu'il a donné forme au marbre, que l'art antique a vaincu le temps, vaincu la mort. Il y a, dans cette œuvre, une valeur-marbre.

Au cœur du temps autre, le héros découvre donc, lui aussi, la femme-statue en qui Baudelaire reconnaissait « un être divin et supérieur ». A la différence des cadavres dont Gautier s'est plu, dans La Comédie de la Mort, à décrire le lent pourrissement, à la différence, aussi, des beautés merveilleuses et éphémères qui peuplent Mademoiselle de Maupin, Fortunio, ou Partie carrée, le succube échappe au temps. Vivante ? Pas exactement. Froide, marmoréenne, intacte, prête à revivre plutôt que vivante, car le sang ne coule plus aux veines de la pierre. L'amant veut espérer que, par son amour, il remettra au monde cette amante exemplaire qui aspire à une autre immortalité que celle du marbre ; il espère la réchauffer, lui permettre de renaître. Clarimonde n'est belle de sa vraie beauté que lorsque, ayant bu le sang de Romuald, elle lui apparaît avec les signes extérieurs de la vie, c'est-à-dire de la mortalité : « l'œil humide et brillant, plus rose qu'une aurore de mai, la figure pleine, la main tiède et moite ». De même, Arria Marcella retrouvera, après avoir bu « d'un vin d'une pourpre sombre comme du sang figé », quelque chose comme les couleurs de la vie, « une imperceptible vapeur rose » qui monte à ses joues. Mais cette victoire provisoire est l'amorce d'une catastrophe irrémédiable. Glissement, toujours, de deux plans l'un sur l'autre : le marbre et le sang, la dureté de l'immortalité et la fluidité de la vie ne peuvent pas davantage se concilier que les deux « temps » qu'ils figurent. Lorsque le sang paraît couler dans les veines de la pierre, lorsque le vivant pénètre par effraction dans le temps autre, c'est alors que le scandale que nous appelons le fantastique arrive, le temps d'une *nuit, d'un rêve, d'un récit. Scandale qui reste scandale, et qu'aucune dialectique ne fait éclater en un feu d'artifice euphorique, car le coq finira bien par chanter et par ramener, avec la grisaille de l'aube, l'évidence du temps dévorateur. Paradoxalement, l'excursion dans le temps autre, que l'on dit trop aisément fantasmatique, et que l'on croit propice aux illusions du désir, conduit au renversement de l'illusion poétique. Elle est le lieu où le marbre, cessant d'être la valeur suprême, se dissout dans les rêves de la vie et dans les réalités de la mort.*

C'est peut-être parce qu'il n'y a pas de conciliation possible entre la froideur marmoréenne qui est la grande tristesse de l'art, et la tiédeur du sang qui court sous la peau de l'amante, que la trajectoire du fantastique paraît s'égarer dans la pure spiritualité. Arria Marcella, la plus superbement charnelle des créatures inventées par Gautier, au moment même où elle aspire à vivre, évoque des puissances imaginaires, en un discours qui justifie, par son exaltation lyrique, les analyses de Freud sur le caractère « primitif » de la croyance en « la toute-puissance des pensées » : « La croyance fait le dieu et l'amour fait la femme. On n'est véritablement morte que quand on n'est plus aimée, ton désir m'a rendu la vie, la puissante évocation de ton cœur a supprimé les distances qui nous séparaient. » Ainsi se déploie, à la faveur d'une intrigue pompéienne qui ressemble parfois à un collage, tant les sources livresques sont présentes, une autre rêverie, hors de l'histoire et de toute temporalité. Appelant Goethe à la rescousse, Gautier se débarrasse, avec le temps « réel », de la dualité nécessaire au récit fantastique et célèbre une intemporalité paradisiaque, dans l'éternel présent : « L'idée d'évocation amoureuse, qu'exprimait la jeune femme, rentrait dans la croyance d'Octavien, croyance que nous ne sommes pas bien loin

*de partager. En effet rien ne meurt, tout existe tou-
jours, nulle force ne peut anéantir ce qui fut une
fois [...] La figuration matérielle ne disparaît que
pour les regards vulgaires, et les spectres qui s'en
détachent peuplent l'infini. Pâris continue d'enlever
Hélène dans une région inconnue de l'espace. La galère
de Cléopâtre gonfle ses voiles de soie sur l'azur d'un
Cycnus idéal.* »

On pourrait croire que c'est là le bout du chemin, ce
à quoi tendait obscurément l'aventure hoffmannienne
commencée dans les premières pages si fragiles, si
déliées, de La Cafetière *ou* d'Omphale. *Une telle
analyse serait infiniment plus fantasmatique que les
phénomènes qu'elle examine avec quelque condescendance, et aurait le tort de ne tenir aucun compte du
déroulement réel du récit. Ni la « pensée », ni les mots,
ni les désirs ne sont, dans ces contes que nous appelons
fantastiques, tout-puissants. C'est bien au contraire ce
rêve-là qui est dénoncé, non sur le mode sarcastique,
mais sur le mode élégiaque. Dès le premier essai,
l'évanouissement du temps autre dans le hic et nunc
engendrait dans le héros-narrateur une nostalgie que
l'on mettait trop facilement au compte d'une fadeur
juvénile : « Je venais de comprendre qu'il n'y avait
plus pour moi de bonheur sur la terre. » Romuald
disait à peu près la même chose, avec plus de flamme :
« Je l'ai regrettée plus d'une fois et je la regrette
encore. La paix de mon âme a été bien chèrement
achetée. » Et Octave, qui a compris « qu'[il] n'aime-
rai[t] jamais que hors du temps et de l'espace »,
traînera pour toujours cette « mélancolie morne » qui
est en lui la cicatrice du paradis perdu.*

« Vous serez comme des dieux », dit le serpent à
Ève. La femme que le désir appelle dans la nuit et que
le désir cherche à faire revivre, à tout prix, est-elle
Ève ? est-elle le serpent qui se tord au bras d'Arria

Marcella? Aucun doute, pourtant, sur la signification du scénario : c'est bien la scène de l'expulsion du paradis terrestre qui se rejoue ainsi. Je n'en veux pour preuve que l'intervention des dieux, des pères, du temps, le retour à l'ordre, et la défaite de tous les contestataires, démons, femmes, jeunes gens dévorés par leur chimère.

Au nom du père...

Amère est la loi du temps. L'auteur de La Comédie de la Mort *l'a répété sur tous les tons, à l'époque où il était poète frénétique. Pouvait-on croire un instant qu'il avait, depuis, oublié la leçon des peintres espagnols, l'universel « memento mori » qu'il avait ressassé devant l'œuvre de Valdès Leal, à Séville? que le corps de Clarimonde n'était pas autre chose qu'un effroyable amas de pourriture, et celui d'Arria Marcella une pincée de cendres? Non, bien sûr, et l'expression, chemin faisant, d'une croyance ou d'un espoir, ne change rien au fait que la trajectoire du conte dit, cruellement, et sans recours, l'omnipotence de la loi. Ce n'est pas le torse d'Arria Marcella qui a vaincu le temps, mais seulement son empreinte. En creux.*

La loi, elle, est plus impérative. A l'exception du Pied de Momie, *bluette virginale, les figures d'autorité sont violentes et destructrices. Le cas particulier de la princesse Hermonthis ne contredit d'ailleurs pas cette loi sévère et l'attitude du pharaon, accueillant avec une surprise proche de la dérision l'audacieux prétendant, laisse assez entendre que la plaisanterie a assez duré. La poignée de main « à l'anglaise » qui termine l'entrevue hors du temps et de l'espace est moins une politesse qu'une démonstration de force de la part de celui dont la chair momifiée est « dure comme du basalte » et dont les os sont des « barres d'acier ».*

Partout ailleurs, une condamnation sans appel sanctionne la transgression. Dans La Cafetière, *au cours du ballet grotesque, se fait entendre la voix d'un personnage autoritaire qui avertit la jeune fille des risques qu'elle prend en dansant :* « Angéla, vous pouvez danser avec monsieur, si cela vous fait plaisir, mais vous savez ce qui en résultera. » *Nous comprendrons plus tard, à la fin du conte, que la scène que revit ainsi Angéla est celle de sa propre mort (un des thèmes favoris des conteurs fantastiques) mais le détail important et personnel est ici l'origine de la parole qui annonce la catastrophe : c'est la voix de l'horloge,* old Father Time. *On ne peut plus clairement désigner la source de toute autorité. Les variations sur le thème de la répression conduiront peu à peu à une transformation du personnage destructeur : comique, mais toujours efficace dans* Omphale, *où la fonction punitive est assumée par le vieil oncle grincheux, vieux roquentin sorti bizarrement de l'Ancien Régime, et qui laisse percer une jalousie que l'on retrouvera dans* Arria Marcella, *la figure dominatrice s'incarnera, dans les deux contes les plus importants, en une figure représentant la loi chrétienne.*

L'abbé Sérapion — *au nom hoffmannesque — apparaît comme un personnage redoutable, un lecteur d'âmes, dont la sollicitude pour Romuald est traduite en des termes péjoratifs qui contrastent avec la manière dont le narrateur, Romuald, décrit Clarimonde :* « Tout en me demandant des nouvelles de ma santé d'un air hypocritement mielleux, il plongeait sur moi ses deux jaunes prunelles de lion. » *Ayant par trois fois averti le jeune homme des dangers que court son âme, il emploie un moyen qu'il qualifie lui-même d'extrême : il viole le tombeau de Clarimonde et trace* une croix sur le corps encore intact du succube qui, au contact de l'eau bénite, se désagrège. Romuald, qui assiste à la scène en silence, subit métaphoriquement le même sort : « *Une grande ruine venait de se faire au-dedans de moi.* »

Le père d'*Arria Marcella*, Romain converti au christianisme, parle avec dégoût des activités amoureuses de sa fille; Sérapion fait des orgies de Clarimonde la cause de sa mort et lie sans cesse dans son discours le charnel et le démoniaque. Thématiquement, cette manière de caractériser le christianisme est très évidemment l'envers des images de luxe et de beauté d'un monde qui n'a pas connu le péché : le monde antique, ce mirage dont Gautier a peut-être, d'une certaine manière, la nostalgie*. Structurellement, l'intervention de la loi signale le retour brutal du temps que nous avons appelé réel et sa détestable victoire, le résidu, témoin irrécusable et permanent de l'excursion dans le temps « autre » rappelant sans cesse que cette excursion a eu lieu et, du même coup, que le paradis est bien perdu.

La punition, la frustration, les brutalités de la loi font sans doute partie du fantasme au même titre que les égarements du cœur et du corps. Mais un tel schéma ne saurait rendre compte de ce résidu qui joue un si grand rôle dans la stratégie narrative et qui interdit que l'on confonde conte fantastique et récit de rêve.

Gautier a été tenté, comme d'autres auteurs fantastiques, de chercher dans le rêve un modèle et un point d'appui. Son rythme ternaire (veille — sommeil — veille), sa structure binaire (veille/sommeil), se prê-

---

* Voir l'article « Du beau antique et du beau moderne », paru dans *L'Évènement* le 8 août 1848 et repris dans *Souvenirs du théâtre, d'art et de critique.*

taient sans aucun ajustement à la mise en scène du fantastique. Il est significatif que cette tentation ne soit pas intervenue dès son premier essai, et que les parallélismes aient été exploités avec beaucoup de réserve, ou, dans le cas de La Morte amoureuse, *avec une audace qui pulvérise la convention. On en déduira que, pour Gautier, l'assimilation du fantastique à l'onirique n'allait pas de soi. L'hypothèse n'est pas même envisagée dans* La Cafetière, *le jeune Théodore étant, dès avant que ne commence l'expérience du temps autre, trop terrorisé pour dormir. Elle est rapidement écartée dans* Omphale : *le narrateur, qui « croyai[t] n'avoir fait qu'un rêve », est vite détrompé, et le résidu est assez important pour que l'on puisse affirmer que* cette autre vie n'est pas un songe. *Seule l'histoire du* Pied de momie, *au demeurant moins strictement construite, se contente de cette solution paresseuse qui, d'ailleurs, rend beaucoup plus énigmatique la résurgence, dans les dernières lignes, de la « figurine de pâte verte ». C'est dans* La Morte amoureuse *que Gautier fait face à toutes les implications possibles de l'hypothèse onirique. Le dédoublement du personnage, sa double vie, que l'on imagine à tort scindée en deux par la ligne de démarcation du songe, impose une solution originale :*

« À dater de cette nuit, ma nature s'est en quelque sorte dédoublée, et il y eut en moi deux hommes dont l'un ne connaissait pas l'autre. Tantôt je me croyais un prêtre qui rêvait chaque soir qu'il était gentilhomme, tantôt un gentilhomme qui rêvait qu'il était prêtre. Je ne savais plus distinguer le songe de la veille et je ne savais pas où commençait la réalité et où finissait l'illusion. »

Gautier s'est bien gardé de répéter le « chaque soir » qui aurait éclairé trop crûment l'impossibilité de faire se côtoyer, dans le temps, ces deux vies antithétiques.

Tout espoir d'opposer une illusion à une vérité, en affectant la vie du prêtre d'un quotient de réalité plus élevé, doit cependant être abandonné. « *J'aurais été parfaitement heureux, dit Romuald, sans un maudit cauchemar qui revenait toutes les nuits, et où je me voyais en curé de village se macérant et faisant pénitence de ses excès du jour.* »

Jamais Gautier n'ira plus loin dans la confusion, et quel que soit le plaisir que l'on peut prendre à ces exercices vertigineux où le jour devient la nuit sans cesser d'être le jour, où la notion de rêve perd son sens sans que jamais pointe la folie (cela aussi est dit), un pareil schéma ne pouvait qu'être exceptionnel. La fin du récit, d'ailleurs, fait s'écrouler ce château de cartes et impose une vue autoritaire du réel : c'est le prêtre qui parle, non le gentilhomme vénitien, et nous l'avons toujours su, même si l'auteur a réussi à nous donner à rêver. Le schéma habituel prend alors le dessus : peu à peu investi par le mystérieux, jusqu'à sembler disparaître derrière lui, le réel reprend brutalement toute la place. La variation faisant de chaque plan le rêve de l'autre sera abandonnée, et Gautier renoncera défini-tivement, avec Arria Marcella, à ces béquilles inutiles. Le « réveil », comme dans La Cafetière, sera la sortie d'un évanouissement.

Ce groupe de contes, qui s'étend sur une vingtaine d'années, paraît donc assez homogène pour qu'il soit possible d'en définir, avec un certain degré de généra-lité, les caractéristiques.

Gautier ne cherchant pas à rationaliser ni à « expliquer » les scènes insolites (il n'y a guère que La Cafetière qui contienne une tentative, non convain-cante, d'explication), la distinction entre « réel » et mystérieux ne me paraît pas entièrement pertinente, à moins que l'on ne la considère comme un moyen commode de distinguer entre les deux plans qui sont *constitutifs du récit fantastique, le plan du temps « autre » (que nous pouvons qualifier, avec quelques précautions, d'intemporel), se caractérisant par son étendue et par son incorruptibilité, par opposition au temps normal, perméable : « l'intemporel » pénètre de toutes les manières le temps dit « réel » mais la réciproque n'est pas vraie. A cette structure binaire correspond une fable dont les articulations sont immuables : un jeune homme vit, dans le temps autre, une aventure amoureuse, dont il apparaît qu'elle transgresse une loi qui est tout simplement la loi de la vie (autre nom de la loi du temps). Un personnage autoritaire de type paternel intervient alors et élimine l'être tentateur. Avec cette élimination physique, le jeune homme (qui est dans quatre cas sur cinq le narrateur) se retrouve dans le temps réel, mais garde l'empreinte de son excursion hors du temps et de la norme. La pénétration du temps « autre » a été progressive. Le retour du temps « réel » est brutal, comme a été brutale la mise à mort du succube : elle remet le narrateur dans le droit chemin par un acte qui ressemble à un meurtre. C'est « la mort dans la vie », la chute, l'expulsion du paradis terrestre.*

*Peut-on toujours parler d'un schéma hoffmannien ? Les rencontres, comme des cailloux blancs, rappellent ici et là l'existence du modèle : un lecteur du XIX*e *siècle, on peut le croire, ne s'y trompait pas et reconnaissait dans* La Morte amoureuse *les traces sulfureuses des* Elixirs du diable. *Mais il est tout aussi évident que Gautier, qui a mis en place dans* La Cafetière *l'essentiel de sa machinerie fantastique, et cela très à l'écart d'Hoffmann (Castex le montre parfaitement), passera ces vingt années à approfondir son propre système et à lui donner sens. Il les passera aussi, en bon* homo duplex, *à contester ce sens, avec une application et une virtuosité qui en disent long sur* *ce que portent en eux cet homme et ce siècle. Par une coïncidence assez remarquable — mais peut-on parler de coïncidence quand il s'agit de fantastique? — les contes de cette première série seront mis en question et comme parodiés par ceux qui constituent, en alternance régulière, une seconde série :* à La Morte amoureuse *répond* Le Chevalier double *et, au* Pied de momie, Deux acteurs pour un rôle, *tandis qu'*Arria Marcella *trouve son double contestataire dans* Avatar.

La loi conjugale.

Le vieux brutal qui, au seuil de la normalité, s'assurait que la loi avait le dernier mot, sans trop d'égards pour les rêveurs d'édens, faisait un archange assez rébarbatif. Dans une autre série de contes, que j'appellerai la seconde bien que cette dénomination n'implique aucune distinction chronologique, pleurs et grincements de dents laissent la place à la jubilation. Plus de temps autre, plus d'ailleurs, plus de nostalgie du paradis perdu. La dualité que nous avons cru constituer l'essence du fantastique, certes, ne disparaît pas. Elle devient même plus typique, plus marquée, grâce à l'utilisation d'un thème traditionnel que nous n'avons pas rencontré, en tant que tel, dans la première série, le thème du double (Doppelgänger). *Envisagé schématiquement, le récit consistera à réduire cette dualité (la face maléfique du double) à une unité euphorique, dans la paix et la plénitude qui caractérisent l'intégration parfaite à un milieu social. Ève, la tentatrice dont on pensait toujours qu'elle était trop prête à s'acoquiner au démoniaque, a traîtreusement rejoint l'autre camp. Elle est l'initiatrice de la réintégration et la récompense accordée au jeune homme amené violemment à échanger sa dualité fantastique contre une identité socialement acceptable.*

Le retour à la norme est particulièrement brutal dans le premier conte, Le Chevalier double, *où l'on voit le bel Oluf se débarrasser du gémeau malfaisant qui fait de lui un monstre, écartelé entre les extrémités du bien et du mal. On aime à croire que Baudelaire, qui a rendu à Gautier l'hommage que l'on sait, a aimé cette mise en scène dans la veine de Heine, ce combat narcissique dans lequel les coups blessent celui qui les donne, la fuite définitive du double à l'étoile rouge. La conclusion est savoureuse. La belle Brenda, que troublait la cohabitation diabolique de deux natures antagonistes, se laisse épouser par le Chevalier simple.* « L'homme a terrassé l'incube », *dit triomphalement le narrateur, qui n'a pas de scrupule, à ce moment, à jouer les Sérapion. Incube? Succube? Ne serait-ce pas, précisément, le préfixe qui signale la différence fondamentale entre les deux séries?*

Deux acteurs pour un rôle *reprend la leçon de morale dans un mode plus typiquement hoffmannien, avec une taverne empruntée sans vergogne aux* Amours de Vienne *de Nerval, et placée sous le patronage de l'auteur de* La Nuit *de la* Saint-Sylvestre. *Ici, le dédoublement est d'un autre ordre et n'excède pas, semble-t-il, les limites d'un* Paradoxe sur le comédien *revu et corrigé par l'aimable Katy, la fiancée de l'étudiant-acteur Henrich. Pour ce dernier, se faire Méphistophélès le temps de la représentation, c'est ajouter un rôle à son répertoire. Emploi ordinaire? Pas vraiment, et l'on comprend mieux les craintes de Katy lorsque l'on voit le diable lui-même se faire acteur pour jouer son propre rôle. En apparence, ce* « dédoublement » *est parfaitement symétrique du premier : le diable reste diable et se fait acteur, comme Henrich se faisait diable et restait acteur (lui-même). Mais l'apparition aux yeux d'Henrich du diable*

costumé en diable condamne le vrai acteur à dispa-
raître devant le personnage qu'il incarne et il ne doit
son salut qu'à la croix d'or que Katy lui a donnée, et
qu'il porte sur sa poitrine comme un talisman. Jouer le
rôle du diable était la transgression majeure, à
l'intérieur de la transgression plus banale qui consiste,
en étant acteur, à se dédoubler. Henrich renonce donc
au théâtre. Le triomphe de l'ordre est marqué par le
simple retour d'une phrase : « *Nous serions assis côte à*
côte près d'un beau poêle de Saxe, dans un parloir bien
clos, causant de l'avenir de nos enfants », *avait dit, au*
début du récit, la belle Katy. Cette phrase, passée de
l'optatif à l'indicatif, revient dans les dernières lignes
et ferme, pour ainsi dire, la parenthèse qu'est le conte
lui-même. Tout au plus restera-t-il, souvenir visible de
la « *sauvagerie* » *de la* « *redoutable doublure* » *qui s'est*
substituée au comédien, une cicatrice (le résidu) dont
on imagine qu'elle s'estompera. On ne s'étonnera pas
de trouver ces deux histoires édifiantes dans le Musée
des familles.

Dans Avatar, *récit plus tardif, le dédoublement*
devient tout à fait littéral, puisque les deux protago-
nistes échangent leurs âmes, tandis que la figure que
l'on pourrait croire diabolique (il se défend énergique-
ment contre ces accusations) se contente de diriger les
échanges, grâce à la science qu'il a ramenée de l'Inde.
Impossible du reste de considérer comme un avatar du
Malin le docteur Cherbonneau, apprenti sorcier qui ne
réussit qu'à moitié dans ses entreprises, si peu habile
qu'il laisse filer l'âme d'Octave, petite flamme
bleuâtre, dans la direction qu'elle choisit : Satan eût
été plus attentif. Par ce conte doux-amer, qui fait
appel au magnétisme, s'achève la désacralisation du
fantastique. Amphitryon de vaudeville, Oscar, âme
malade d'amour qui a pris, pour satisfaire ses désirs, le
corps du comte Olaf, trouve dans la moderne Alcmène,

qui répond au doux nom de Prascovie, une résistance insurmontable. Le faux mari, dont le regard est trop passionné — et qui ne sait pas le polonais! — se voit claquer la porte au nez. Ce n'est plus Amphitryon, *c'est* Siegfried, *c'est* Le Voyageur sans bagage, *c'est de l'Offenbach. Une fois encore, le récit fantastique n'est qu'une parenthèse, et la conclusion consacre le retour à l'ordre. Olaf retrouve son corps et sa fidèle Prascovie. Quant à Octave, qui se mourait d'amour au début du conte, il meurt de la distraction du docteur. Issue logique, car on voit mal comment il aurait pu survivre à l'aventure. Le docteur, lui, décide* in extremis *de migrer dans ce corps vacant et de retrouver ainsi une nouvelle jeunesse. On rêve de prolongements cocasses et peut-être moraux, et l'on pense à Baudelaire, pour qui les contes d'Hoffmann déclenchent « une hilarité folle, excessive, et qui se traduit par des déchirements et des pâmoisons interminables ». On fera la part de l'exagération dans cette phrase opiacée. Retenons, pourtant, cette hilarité, mal comprise d'une époque traumatisée par le sérieux, cette allégresse dans la dérision : n'est-ce pas sous le signe de l'hilarité qu'il importe de placer cette histoire fantastique, dans laquelle l'incube s'arrête sur le seuil de la chambre à coucher? Ainsi Gautier se montre-t-il digne de son grand modèle, par ce rire irrévérencieux qui moque scandaleusement les lieux communs de son siècle, et le fantastique lui-même. Le moindre attrait de cette trilogie poétique et burlesque n'est pas, on s'en doute, son impeccable moralité. Dans les trois cas, l'assouvissement — conjugal — du désir charnel est la récompense accordée au héros lorsqu'il se libère du fantastique, et l'on ne peut s'empêcher de déplorer le sort lamentable et pathétique des beaux jeunes gens tentés par les Liliths de la première série, ceux pour qui l'heure du berger ne sonne jamais. Cette liberté dans*

*l'invention, à la frontière du parodique, c'est aussi
celle d'Hoffmann, celui des* Kreisleriana, *qui n'hésite
pas à bouffonner avec les maîtres qu'il vénère le plus.*

« Le fantastique en habit noir »

Il y a quelque disproportion, je l'avoue, entre les
récits hâtifs, simples pochades sans conséquence comme
Le Chevalier double, *et la construction plus ambi-
tieuse qu'est* Avatar. *Même si l'on a parfois le sentiment que la surcharge décorative qui caractérisait le
décor vaguement esquissé dans* Omphale *est devenue,
dans* Avatar, *la substance du récit, la qualité de
l'anecdote, l'ambiguïté d'une conclusion pimpante qui
laisse pourtant traîner derrière elle quelques relents
mélancoliques, interdisent de réduire les aventures
d'Octave et d'Olaf à celles d'un quelconque Oluf. Le
décor, d'ailleurs, aide à comprendre le changement :
plus de tapisseries représentant les amours d'Omphale
et d'Hercule, plus de « nœuds de rubans, de rosettes, de
rangs de perles et de mille affiquets féminins ». C'est
aux objets exposés à l'Exposition Universelle de 1855,
aux toilettes des élégantes du Second Empire, qu'il faut
ici se référer. Sept ans avant que Baudelaire n'exalte,
en Constantin Guys, le « peintre de la vie moderne »,
Gautier se tourne vers le spectacle de la rue et des
salons, campe la silhouette d'un laquais ou d'un
suisse, esquisse une scène de duel. On penserait
davantage à Eugène Lami qu'à Constantin Guys si
Gautier n'avait mis lui-même l'accent, dans une lettre
à Hetzel, sur sa volonté de renouvellement.* Avatar
*représente pour lui un changement de cap assez
important sans doute pour qu'il envisage de reprendre,
sur d'autres bases, sa carrière de conteur fantastique.*

L'ensemble qu'il projette à l'automne de 1856

comporte quatre récits (il les appelle la plupart du temps des contes *et utilise une fois le mot roman) :* Avatar *et* Jettatura, *déjà écrits, et deux contes « à faire* [...] *sur le haschich et le magnétisme ». Le dénominateur commun, pour la publication en volume, serait : « Le fantastique en habit noir », c'est-à-dire, écrit Gautier à Hetzel, « l'emploi du fantastique dans la vie réelle. »*

Avatar *est déjà le récit d'une expérience magnétique, et bien que Gautier ne cite pas, parmi les modèles du docteur Balthazar Cherbonneau, le médecin anglais James Braid, qui faisait tomber ses sujets dans un état cataleptique sans autre artifice que l'emploi d'un objet brillant*, il donne dans son texte assez de références scientifiques ou parascientifiques pour que l'on puisse rattacher le récit à une mode à laquelle les traductions de Poe donneront des lettres de noblesse littéraire. Gautier, d'ailleurs, n'est jamais véritablement à la traîne, et il n'a pas attendu les années cinquante pour s'interroger sur ce qu'on appelle alors le « magnétisme animal ». Un article de 1838, cité par Georges Poulet, portait déjà en lui toutes les possibilités de ce « fantastique en habit noir » : « Le magnétisme animal est un fait désormais acquis à la science* [...] *Nous ne voyons rien là de plus merveilleux que ce qui nous environne; nous sommes entourés de merveilles, de prodiges, de mystères. » L'idée fera son chemin, et, par un certain nombre de relais, dont le ballet de* Gemma *(1854), qui met en scène un magnétiseur diabolique du XVII*e *siècle viendra s'épanouir dans la fiction d'*Avatar. *Faut-il voir dans cette incarnation romanesque des phénomènes magnétiques une influence directe de Poe? Les premières traductions ont-elles*

---

* Voir Castex, ouv. cité, p. 95.

redonné le branle à l'imagination de Théo? La
mention, dans la même phrase, du haschich atteste que
le besoin de rattacher les effets fantastiques à des
causes physiques est alors prédominante, comme si le
substrat rationaliste, par lequel on veut caractériser
une époque qui veut croire à l'avenir de la science,
exigeait que l'incompréhensible soit compris, ou tout au
moins rattaché à un système d'explication dont on
affectera de se contenter. Mais ne le savions-nous pas
depuis longtemps, et Gautier n'avait-il pas, déjà,
exploré ces possibilités « scientifiques »? La Pipe
d'opium, récit de 1838, pourrait être considéré comme
une véritable anthologie des thèmes fantastiques de
Gautier. Les visions, qui appartenaient, dans un récit
de facture traditionnelle, au temps autre, y sont
définies (ou dénoncées) comme des hallucinations et du
même coup rationalisées. Il en va de même dans Le
Club des hachichins *(1846)*.

Je ne suis pas si sûr, cependant, que la rationalisation soit, pour Gautier, l'essentiel, et je le soupçonne
d'avoir plus de sympathie pour la petite flamme bleue
qui reprend sa liberté que pour l'outillage ridicule du
docteur Cherbonneau, qui pourrait bien être la version
moderne du bric-à-brac que l'on trouvait dans le
capharnaüm de l'antiquaire. Cherbonneau, d'ailleurs,
n'est pas désigné comme mesmérien, mais comme le
« docteur hoffmannique », et il a l'air, selon Gautier,
« d'une figure échappée d'un conte fantastique d'Hoffmann ». Le problème est maintenant de savoir si la
« vie réelle », qui a toujours été présente, dans la
mesure où le « réel » était une des deux conditions
nécessaires à la manifestation du fantastique, va
véritablement devenir la condition suffisante. Cela
signifierait que le pôle que nous avons considéré comme
essentiel serait éliminé, et qu'il n'y aurait plus ni temps
autre, ni « surnaturel ».

On ne sous-estimera donc pas l'apparition de ce
« fantastique en habit noir », qui pourrait bien mettre
en question les fondements mêmes du genre tels que les
a compris, jusque-là, Gautier. Pour « l'enfant du
siècle », il avait fallu, pour qu'on en vînt à ce nouvel
uniforme, « que les armures tombassent pièce à pièce et
les broderies fleur à fleur ». Pour Gautier, l'habit noir,
la disparition du déguisement propre à l'intrusion du
temps autre, annoncent une complète redistribution des
cartes. Dorénavant, on ne jouera plus le même jeu.

Le clivage, conséquence directe de la dualité, ne peut
plus, en effet, être de l'ordre du temps, et l'on voit mal
comment il pourrait se réduire à des métaphores
spatiales. Si l'opération de Cherbonneau réussissait, le
fantastique à la Gautier serait, c'est évident, fortement menacé. L'opération ne troublerait pas le miroir
lisse de la société, et serait tout au plus un « cas »
intéressant, comme La Vérité sur le cas de Monsieur
Valdemar ou La Révélation magnétique de Poe, à
cela près que, la suspension temporelle étant éliminée,
il n'y aurait plus qu'une sorte de tour de prestidigita-
tion supérieur, inexplicable dans l'état actuel de la
science. Pour que soit sauvé le fantastique, il faut que
le décalage reparaisse, que le jeu du « réel » et du
« mystérieux » se poursuive, que Cherbonneau échoue.
D'où l'ambiguïté de ce conte éminemment moral, qui
fait rater l'expérience pour que soient sauvegardées les
« réalités » sociales (un échange total et réussi « sauve-
rait les apparences ») et qui ne réussit qu'à proclamer
la réalité de la passion amoureuse. Car c'est bien à ce
niveau qu'éclate l'altérité. Le regard qu'Octave, en
habit noir, jette sur Prascovie, est la transgression
suprême, le signe du refus qu'oppose l'amour fou à
toute normalisation, à toute récupération, à toute
manipulation magnétique. Je ne serais pas loin de voir,
dans ce paradoxe, le véritable fantastique d'Avatar.

Sur un fond moralement irréprochable, et dans un contexte pseudo-scientifique, l'élément irréductible se trouve être un élément humain, réel, qui échappe au contrôle du savant et dont Prascovie reconnaît instinctivement l'existence. Réel et pourtant plus inexplicable, plus irrationnel que toutes les mômeries du magnétiseur, ce regard qui dépasse le personnage, et qui, pour ainsi dire, le trahit, va être la force directrice du second conte « en habit noir », Jettatura.

En articulant son récit sur la vieille croyance napolitaine du « mauvais œil » dont Dumas lui avait fourni toutes les données, Gautier ne fait en réalité qu'exploiter ce qui semblait, dans Avatar, une indication secondaire. Le pouvoir du regard qui met la science en échec est aussi irréductible à la rationalisation. Plus de trompe-l'œil scientifique dans cette histoire de « mauvais œil », où l'irrationnel triomphe sinistrement.

Une scène de Jettatura nous ramène aux lieux hantés par le souvenir d'Arria Marcella, comme si Gautier cherchait à les dépouiller de leur magie et à faire d'eux un simple décor pompéien. Des images évoquées quatre ans plus tôt traversent le récit, réduites à des indications cursives : la marque des roues sur les dalles, celle des tasses sur le marbre des comptoirs, les graffiti en lettres rouges. Un instant Gautier évoque même le récit antérieur, ébauche la scène qui, dans Arria Marcella, constituait l'irruption du temps autre, en fait un fantasme : « L'esprit peut quelques minutes se prêter à l'illusion d'une fantasmagorie antique. » Quelques minutes... On serait tenté de reprocher à Gautier cette condescendance s'il n'était évident que l'intention, maintenant, est autre. Les murailles des bains où Paul d'Aspremont rencontre en duel le comte Altavilla sont « nues comme celles d'un tombeau ». Un des deux adversaires y mourra.

Pas de fantasmagorie, ni antique ni moderne, dans Jettatura, et *nulle ouverture vers l'autre monde*, à l'exception de la scène prémonitoire, si touchante, où Alicia voit, dans son sommeil, lui apparaître sa mère, dont le destin a préfiguré le sien. Doit-on conclure que la dualité a elle aussi disparu ? *Étant donné le pouvoir maléfique de Paul d'Aspremont, la ligne, parfois incertaine, qui séparait le réel de l'imaginaire, le passé du présent, l'ici de l'ailleurs, passe*, dans Jettatura, *entre deux groupes de personnages* : les Napolitains arriérés et superstitieux, nobles, porteurs, cuisiniers, cochers ou femmes de chambre, et les Européens civilisés, anglais ou français, qui, n'y croyant pas, cherchent à expliquer rationnellement les phénomènes étranges dont ils sont témoins. Le problème du « réel » et de l'imaginaire, qui nous paraissait quelque peu suspect tant qu'il était envisagé sous l'angle de la réception, se trouve ainsi totalement intégré à l'acte d'énonciation et cesse par là même de faire problème. *Du même coup, toute idée d'hésitation se trouve écartée*, dans la mesure où *la progression mortelle ne peut être enrayée. La « jettatura » est un donné* et la seule manière de mettre un terme à ses maléfices eût été, comme le suggère le facchino, *de jeter à la mer le coupable*. Le pouvoir dont Paul d'Aspremont n'est guère que le support s'empare des acteurs du drame et les conduit inexorablement à la catastrophe finale, bousculant toutes les objections et balayant toutes les résistances. Dans le dernier récit que Gautier ait écrit avant Spirite, *le donné irrationnel prend donc progressivement toute la place*, grignote et corrompt le réel dans sa totalité. *L'élément de transgression cesse d'être enfermé entre des parenthèses* « réalistes », ou réduit par l'intervention de la loi : *il est la loi*. Aussi le personnage qui joue le rôle du père n'a-t-il ici que des velléités et se montre-t-il incapable d'écarter le

« *jettatore* » *qui tue involontairement sa nièce. Criminel malgré lui, Paul finira par être son propre commandeur, dont les pas résonneront sinistrement sur le sol du jardin naguère enchanté, et l'on ne retrouvera pas son corps. Ce récit qui se présentait comme une histoire d'amour dans un cadre vaguement exotique prend ainsi des allures de tragédie grecque, une tragédie dans laquelle la fatalité, ou le destin, serait une superstition populaire. A cette superstition, Éros prête, tout le long du récit, main-forte, en faisant passer ses victimes par l'alternance tragique de l'égarement et de la reconnaissance. Nouvel Œdipe, Paul d'Aspremont, aveugle enfin clairvoyant, évoque plus que tout autre héros de Gautier la terreur et la pitié.*

Dans une lettre à Sainte-Beuve trop souvent citée, Gautier juge avec une sévérité que d'aucuns ont trouvée déplacée ou excessive toutes ses œuvres postérieures à Fortunio (L'Eldorado *de 1837).* C'est, disait-il, « *le dernier ouvrage où j'ai librement exprimé ma pensée véritable : à partir de là l'invasion du* cant *et la nécessité de me soumettre aux convenances des journaux m'a jeté dans la description purement physique ; je n'ai plus énoncé de doctrine et j'ai gardé mon idée secrète* ».

On peut rêver à loisir sur cette « pensée véritable » et se livrer à toutes les conjectures sur « l'idée secrète ». Gautier a-t-il vraiment cru que le journalisme, ou l'évolution de l'opinion publique, plus puritaine, l'empêchaient d'exposer un message, ou, comme il le dit, une « doctrine » ? Croyait-il avoir trahi une vocation ? Nous n'insisterons pas sur ce qui ne peut être, en tout état de cause, qu'une hypothèse inféconde. Retenons pourtant cette étrange répudiation de la « description purement physique », que l'on était en droit de considérer comme une des composantes majeures de l'écriture de Gautier. Ses « transpositions d'art » et plus généralement ses efforts pour rivaliser avec des œuvres plastiques ne sont en effet que les facettes les plus visibles d'une activité descriptive généralisée, qui est propre à l'auteur de Mademoiselle de Maupin. *Et Gautier lui-même ne semble pas avoir été si sévère pour ce qui, dans son œuvre, relevait de cette esthétique, non incompatible avec l'exposé ou la défense d'un point de vue :* Fortunio, *après tout, n'était pas exempt de « description[s] purement physique[s] ».*

*Il est vrai que l'incidence de la description va en augmentant avec le temps, surtout à partir d'*Arria Marcella, *et que Gautier, qui donne libre cours à son talent de « peintre en mots », pourrait passer pour un écrivain pressé qui tire à la ligne. La manière dont il plagie* Nerval *ou* Dumas, *ou dont il se plagie lui-même, pourrait le faire croire. Au reste, que personne n'ait comme lui réussi à évoquer la Pompéi antique, les Cascine florentines ou la campagne napolitaine ne change rien au problème. Le peintre de la comtesse Labinski ou de l'Alicia de* Jettatura *est un chroniqueur de mode. L'écrivain qui évoque les sculptures de mademoiselle de Fauveau ou les peintures de Baron est un auteur de « salons » qui fait littéralement flèche de tout bois. Il n'y a pas, pour le journaliste qu'il est, de déchet, et l'on comprend assez bien qu'il ait remplacé le chapitre napolitain du voyage en Italie, celui qu'il n'a pas écrit (rien non plus sur Rome), par les descriptions de* Jettatura. *Je trouve cependant singulier qu'il se jette à lui-même, et dans une lettre à l'hypocrite « oncle Beuve », si pathologiquement incapable de décrire ou même de traduire une sensation physique, la première pierre. Il serait bien maladroit et bien imprudent de le suivre sur la foi d'un tel document.*

Jettatura *montre précisément l'usage que fait Gau-*

tier de ces descriptions purement physiques qu'il affecte de traiter comme s'il s'agissait de faiblesses ou de pièces rapportées. A ce très mince prétexte, que Dumas était obligé d'étoffer par une foule d'incidents et par une intrigue compliquée, Gautier donne, par la description, une épaisseur de réalité et une qualité d'angoisse que ses récits plus linéaires n'ont pas toujours eue et ce n'est pas un hasard sans doute si ce sont là deux qualités qu'il trouve dans l'œuvre d'Hoffmann. Une fois le ton donné — et il est donné très vite, dans l'épisode du naufrage directement inspiré de Dumas —, la très lente montée du drame, serpentant dans les méandres de la description, paraît inéluctable. Les cheminements à travers la végétation luxuriante, de l'arrivée de Paul jusqu'à sa dernière visite, sont décrits avec une justesse infaillible, et constituent dans le texte un véritable parcours verbal, où résonnent des échos profonds et sourds : forêt enchantée de Dürer évoquée dans Le Chevalier double, *broussailles hostiles d'une* Belle au bois dormant *de cauchemar qui s'ouvrent chichement pour laisser passer un aveugle qui va s'abîmer aux pieds d'une morte.*

Tragédies ?

Que lisons-nous ? Que devrions-nous lire dans cet effroyable récit de désespérance ? Et que veut dire Gautier avec son « idée » ? Que tout le monde meurt ? « *Rien de plus beau que le lieu commun* », *disait Baudelaire.*

Si l'on cherche, derrière l'impressionnante série de variations que constituent les récits fantastiques de Gautier, le thème original, on trouvera la danse macabre, que représentait, au seuil de l'œuvre, le bal

emblématique de La Cafetière. *Avant et après* Fortunio, *à travers les métamorphoses élégiaques, tragiques,
nostalgiques, grimaçantes, le substrat thématique ne
change pas : il reste celui de* La Comédie de la mort.
*Les corps se défont, les illusions s'évanouissent,
l'opposition de la chair et du marbre est insurmontable, la rage de vivre et de survivre est punie de mort,
la loi est grotesque, inflexible. Dieu? Hors les conver-
sations pour ainsi dire professionnelles entre Romuald
et Sérapion, qui l'a jamais rencontré au coin d'un récit?*

*Prendre en compte, en chemin, les fantasmes, est
légitime et indispensable à la compréhension du
scénario. Ils sont la couronne du roi déchu, le
pathétique de la danse macabre, ce peu de chair qui
recouvre encore le squelette. Plus les oripeaux seront
somptueux, plus grande sera la chute. Gautier-
Pygmalion, Gautier-Faust II, bien sûr : cette œuvre
est plus habitée par les rêves que n'importe quelle
autre. Mais il convient de se souvenir que la profession
de foi goethéenne qui teignait de pourpre le paysage
intérieur d'*Arria Marcella *est destinée à rejoindre, à
la fosse commune des illusions perdues, les débris de
marbre et les chairs décomposées.*

*Pourquoi, dira-t-on, le fantastique? La métaphore
musicale des variations nous permettra de formuler
une hypothèse. C'est parce que, comme la variation, le
fantastique selon Gautier est à la fois fixe et souple
qu'il rend possible, sans monotonie, la répétition d'un
motif unique. C'est aussi parce que, comme la
variation, il est fondé sur une dualité, dualité que les
critiques ont désignée, selon leur allégeance ou leur
humeur, par des mots comme « hésitation », « incertitude », conflit du surnaturel et du réel.*

*Par là, le conte fantastique touche au tragique : pas
de clôture plus impressionnante, d'enfermement plus
rigoureux que ce cercle de « réel », et je ne parle ici ni*

de rationalisation ni d'explication : Gautier a lui-même remarqué que, chez Hoffmann, l'insolite allait de soi, et l'on doit le louer d'avoir si bien suivi l'exemple du maître allemand que l'on n'a jamais vraiment envie de poser la question de l'explication. Non. Ce que l'envahissement de la situation initiale par le temps autre apporte, c'est l'illusion paradisiaque, la trouée d'espoir qui rappelle à la vie Phèdre prête à mourir, l'exultation d'Oreste croyant qu'Hermione, enfin, est sienne. La résurgence brutale du temps réel, c'est l'arrivée du messager porteur de nouvelles qui ne peuvent être que mauvaises : que Thésée est vivant, qu'Œdipe n'est pas qui il croit être. L'éclair subit de la vérité provoque la reconnaissance et précipite la catastrophe. Au carpe diem dérisoire de ces succubes pathétiques — il n'y a pas de temps que l'on puisse saisir, pas de sable ou d'eau qui coule voluptueusement ou terriblement entre les doigts — répond un memento mori dont le fantastique est la mise en scène immuable. Tel est le fantastique selon Gautier : sous les figures et les arabesques d'un décor littéraire somptueux, une vanitas laïque et moderne, où l'on peut reconnaître l'équivalent, pour le XIXᵉ siècle, de la tragédie classique.

Jean Gaudon.

La Cafetière

CONTE FANTASTIQUE

J'ai vu sous de sombres voiles
Onze étoiles,
La lune, aussi le soleil,
Me faisant la révérence,
En silence,
Tout le long de mon sommeil.

(*La Vision de Jacob* [1].)

I

L'année dernière, je fus invité, ainsi que deux de mes camarades d'atelier, Arrigo Cohic et Pedrino Borgnioli, à passer quelques jours dans une terre au fond de la Normandie.

Le temps, qui, à notre départ, promettait d'être superbe, s'avisa de changer tout à coup, et il tomba tant de pluie, que les chemins creux où nous marchions étaient comme le lit d'un torrent.

Nous enfoncions dans la bourbe jusqu'aux genoux, une couche épaisse de terre grasse s'était attachée aux semelles de nos bottes, et par sa pesanteur ralentissait tellement nos pas, que nous n'arrivâmes au lieu de notre destination qu'une heure après le coucher du soleil.

Nous étions harassés; aussi, notre hôte, voyant les efforts que nous faisions pour comprimer nos bâillements et tenir les yeux ouverts, aussitôt que nous eûmes soupé, nous fit conduire chacun dans notre chambre.

La mienne était vaste; je sentis, en y entrant, comme un frisson de fièvre, car il me sembla que j'entrais dans un monde nouveau.

En effet, l'on aurait pu se croire au temps de la
Régence, à voir les dessus de porte de Boucher
représentant les quatre Saisons, les meubles sur-
chargés d'ornements de rocaille du plus mauvais
goût, et les trumeaux des glaces sculptés lourdement[2].

Rien n'était dérangé. La toilette couverte de
boîtes à peignes, de houppes à poudrer, paraissait
avoir servi la veille. Deux ou trois robes de couleurs changeantes, un éventail semé de paillettes
d'argent, jonchaient le parquet bien ciré, et, à mon
grand étonnement, une tabatière d'écaille ouverte
sur la cheminée était pleine de tabac encore frais.

Je ne remarquai ces choses qu'après que le
domestique, déposant son bougeoir sur la table de
nuit, m'eut souhaité un bon somme, et, je l'avoue,
je commençai à trembler comme la feuille. Je me
déshabillai promptement, je me couchai, et, pour
en finir avec ces sottes frayeurs, je fermai bientôt
les yeux en me tournant du côté de la muraille.

Mais il me fut impossible de rester dans cette
position : le lit s'agitait sous moi comme une vague,
mes paupières se retiraient violemment en arrière.
Force me fut de me retourner et de voir.

Le feu qui flambait jetait des reflets rougeâtres
dans l'appartement, de sorte qu'on pouvait sans
peine distinguer les personnages de la tapisserie et
les figures des portraits enfumés pendus à la
muraille.

C'étaient les aïeux de notre hôte, des chevaliers
bardés de fer, des conseillers en perruque, et de
belles dames au visage fardé et aux cheveux
poudrés à blanc, tenant une rose à la main.

Tout à coup le feu prit un étrange degré
d'activité ; une lueur blafarde illumina la chambre,
et je vis clairement que ce que j'avais pris pour de

vaines peintures était la réalité; car les prunelles de ces êtres encadrés remuaient, scintillaient d'une façon singulière; leurs lèvres s'ouvraient et se fermaient comme des lèvres de gens qui parlent, mais je n'entendais rien que le tic-tac de la pendule et le sifflement de la bise d'automne.

Une terreur insurmontable s'empara de moi, mes cheveux se hérissèrent sur mon front, mes dents s'entre-choquèrent à se briser, une sueur froide inonda tout mon corps.

La pendule sonna onze heures. Le vibrement du dernier coup retentit longtemps, et, lorsqu'il fut éteint tout à fait...

Oh! non, je n'ose pas dire ce qui arriva, personne ne me croirait, et l'on me prendrait pour un fou.

Les bougies s'allumèrent toutes seules; le soufflet, sans qu'aucun être visible lui imprimât le mouvement, se prit à souffler le feu, en râlant comme un vieillard asthmatique, pendant que les pincettes fourgonnaient dans les tisons et que la pelle relevait les cendres.

Ensuite une cafetière se jeta en bas d'une table où elle était posée, et se dirigea, clopin-clopant, vers le foyer, où elle se plaça entre les tisons [3].

Quelques instants après, les fauteuils commencèrent à s'ébranler, et, agitant leurs pieds tortillés d'une manière surprenante, vinrent se ranger autour de la cheminée.

II

Je ne savais que penser de ce que je voyais; mais ce qui me restait à voir était encore bien plus extraordinaire.

Un des portraits, le plus ancien de tous, celui d'un gros joufflu à barbe grise, ressemblant, à s'y méprendre, à l'idée que je me suis faite du vieux sir John Falstaff[4], sortit, en grimaçant, la tête de son cadre, et, après de grands efforts, ayant fait passer ses épaules et son ventre rebondi entre les ais étroits de la bordure, sauta lourdement par terre.

Il n'eut pas plutôt pris haleine, qu'il tira de la poche de son pourpoint une clef d'une petitesse remarquable ; il souffla dedans pour s'assurer si la forure était bien nette, et il l'appliqua à tous les cadres les uns après les autres.

Et tous les cadres s'élargirent de façon à laisser passer aisément les figures qu'ils renfermaient.

Petits abbés poupins, douairières sèches et jaunes, magistrats à l'air grave ensevelis dans de grandes robes noires, petits-maîtres en bas de soie, en culotte de prunelle, la pointe de l'épée en haut, tous ces personnages présentaient un spectacle si bizarre, que, malgré ma frayeur, je ne pus m'empêcher de rire.

Ces dignes personnages s'assirent ; la cafetière sauta légèrement sur la table. Ils prirent le café dans des tasses du Japon blanches et bleues, qui accoururent spontanément de dessus un secrétaire, chacune d'elles munie d'un morceau de sucre et d'une petite cuiller d'argent.

Quand le café fut pris, tasses, cafetières et cuillers disparurent à la fois, et la conversation commença, certes la plus curieuse que j'aie jamais ouïe, car aucun de ces étranges causeurs ne regardait l'autre en parlant : ils avaient tous les yeux fixés sur la pendule.

Je ne pouvais moi-même en détourner mes regards et m'empêcher de suivre l'aiguille qui marchait vers minuit à pas imperceptibles.

Enfin, minuit sonna; une voix, dont le timbre
était exactement celui de la pendule, se fit entendre
et dit :

— Voici l'heure, il faut danser.

Toute l'assemblée se leva. Les fauteuils se
reculèrent de leur propre mouvement; alors,
chaque cavalier prit la main d'une dame, et la
même voix dit :

— Allons, messieurs de l'orchestre, commencez!

J'ai oublié de dire que le sujet de la tapisserie
était un concerto italien d'un côté, et de l'autre une
chasse au cerf où plusieurs valets donnaient du cor.
Les piqueurs et les musiciens, qui, jusque-là,
n'avaient fait aucun geste, inclinèrent la tête en
signe d'adhésion.

Le maestro leva sa baguette, et une harmonie
vive et dansante s'élança des deux bouts de la salle.
On dansa d'abord le menuet.

Mais les notes rapides de la partition exécutée
par les musiciens s'accordaient mal avec ces graves
révérences : aussi chaque couple de danseurs, au
bout de quelques minutes, se mit à pirouetter
comme une toupie d'Allemagne. Les robes de soie
des femmes, froissées dans ce tourbillon dansant,
rendaient des sons d'une nature particulière; on
aurait dit le bruit d'ailes d'un vol de pigeons. Le
vent qui s'engouffrait par-dessous, les gonflait
prodigieusement, de sorte qu'elles avaient l'air de
cloches en branle.

L'archet des virtuoses passait si rapidement sur
les cordes, qu'il en jaillissait des étincelles élec-
triques. Les doigts des flûteurs se haussaient et se
baissaient comme s'ils eussent été de vif-argent; les
joues des piqueurs étaient enflées comme des
ballons, et tout cela formait un déluge de notes et
de trilles si pressés et de gammes ascendantes et

descendantes si entortillées, si inconcevables, que les démons eux-mêmes n'auraient pu deux minutes suivre une pareille mesure[5].

Aussi, c'était pitié de voir tous les efforts de ces danseurs pour rattraper la cadence. Ils sautaient, cabriolaient, faisaient des ronds de jambe, des jetés battus et des entrechats de trois pieds de haut, tant que la sueur, leur coulant du front sur les yeux, leur emportait les mouches et le fard. Mais ils avaient beau faire, l'orchestre les devançait toujours de trois ou quatre notes.

La pendule sonna une heure; ils s'arrêtèrent. Je vis quelque chose qui m'était échappé : une femme qui ne dansait pas.

Elle était assise dans une bergère au coin de la cheminée, et ne paraissait pas le moins du monde prendre part à ce qui se passait autour d'elle.

Jamais, même en rêve, rien d'aussi parfait ne s'était présenté à mes yeux; une peau d'une blancheur éblouissante, des cheveux d'un blond cendré, de longs cils et des prunelles bleues, si claires et si transparentes, que je voyais son âme à travers aussi distinctement qu'un caillou au fond d'un ruisseau.

Et je sentis que, si jamais il m'arrivait d'aimer quelqu'un, ce serait elle. Je me précipitai hors du lit, d'où jusque-là je n'avais pu bouger, et je me dirigeai vers elle, conduit par quelque chose qui agissait en moi sans que je pusse m'en rendre compte; et je me trouvai à ses genoux, une de ses mains dans les miennes, causant avec elle comme si je l'eusse connue depuis vingt ans.

Mais, par un prodige bien étrange, tout en lui parlant, je marquais d'une oscillation de tête la musique qui n'avait pas cessé de jouer; et, quoique je fusse au comble du bonheur d'entretenir une aussi belle personne, les pieds me brûlaient de danser avec elle.

Cependant je n'osais lui en faire la proposition. Il paraît qu'elle comprit ce que je voulais, car, levant vers le cadran de l'horloge la main que je ne tenais pas :

— Quand l'aiguille sera là, nous verrons, mon cher Théodore[6].

Je ne sais comment cela se fit, je ne fus nullement surpris de m'entendre ainsi appeler par mon nom, et nous continuâmes à causer. Enfin, l'heure indiquée sonna, la voix au timbre d'argent vibra encore dans la chambre et dit :

— Angéla, vous pouvez danser avec monsieur, si cela vous fait plaisir, mais vous savez ce qui en résultera.

— N'importe, répondit Angéla d'un ton boudeur.

Et elle passa son bras d'ivoire autour de mon cou.

— *Prestissimo!* cria la voix.

Et nous commençâmes à valser. Le sein de la jeune fille touchait ma poitrine, sa joue veloutée effleurait la mienne, et son haleine suave flottait sur ma bouche.

Jamais de la vie je n'avais éprouvé une pareille émotion ; mes nerfs tressaillaient comme des ressorts d'acier, mon sang coulait dans mes artères en torrent de lave, et j'entendais battre mon cœur comme une montre accrochée à mes oreilles.

Pourtant cet état n'avait rien de pénible. J'étais inondé d'une joie ineffable et j'aurais toujours voulu demeurer ainsi, et, chose remarquable, quoique l'orchestre eût triplé de vitesse, nous n'avions besoin de faire aucun effort pour le suivre.

Les assistants, émerveillés de notre agilité,

criaient bravo, et frappaient de toutes leurs forces
dans leurs mains, qui ne rendaient aucun son.

Angéla, qui jusqu'alors avait valsé avec une
énergie et une justesse surprenantes, parut tout à
coup se fatiguer ; elle pesait sur mon épaule comme
si les jambes lui eussent manqué ; ses petits pieds,
qui, une minute auparavant, effleuraient le plancher, ne s'en détachaient que lentement, comme
s'ils eussent été chargés d'une masse de plomb.

— Angéla, vous êtes lasse, lui dis-je, reposons-
nous.

— Je le veux bien, répondit-elle en s'essuyant le
front avec son mouchoir. Mais, pendant que nous
valsions, ils se sont tous assis ; il n'y a plus qu'un
fauteuil, et nous sommes deux.

— Qu'est-ce que cela fait, mon bel ange ? Je
vous prendrai sur mes genoux.

III

Sans faire la moindre objection, Angéla s'assit,
m'entourant de ses bras comme d'une écharpe
blanche, cachant sa tête dans mon sein pour se
réchauffer un peu, car elle était devenue froide
comme un marbre.

Je ne sais pas combien de temps nous restâmes
dans cette position, car tous mes sens étaient
absorbés dans la contemplation de cette mystérieuse et fantastique créature.

Je n'avais plus aucune idée de l'heure ni du lieu ;
le monde réel n'existait plus pour moi, et tous les
liens qui m'y attachent étaient rompus ; mon âme,
dégagée de sa prison de boue, nageait dans le vague

et l'infini ; je comprenais ce que nul homme ne peut comprendre, les pensées d'Angéla se révélant à moi sans qu'elle eût besoin de parler ; car son âme brillait dans son corps comme une lampe d'albâtre, et les rayons partis de sa poitrine perçaient la mienne de part en part.

L'alouette chanta, une lueur pâle se joua sur les rideaux [7].

Aussitôt qu'Angéla l'aperçut, elle se leva précipitamment, me fit un geste d'adieu, et, après quelques pas, poussa un cri et tomba de sa hauteur.

Saisi d'effroi, je m'élançai pour la relever... Mon sang se fige rien que d'y penser : je ne trouvai rien que la cafetière brisée en mille morceaux.

A cette vue, persuadé que j'avais été le jouet de quelque illusion diabolique, une telle frayeur s'empara de moi, que je m'évanouis.

IV

Lorsque je repris connaissance, j'étais dans mon lit ; Arrigo Cohic et Pedrino Borgnioli se tenaient debout à mon chevet.

Aussitôt que j'eus ouvert les yeux, Arrigo s'écria :

— Ah ! ce n'est pas dommage ! voilà bientôt une heure que je te frotte les tempes d'eau de Cologne. Que diable as-tu fait cette nuit ? Ce matin, voyant que tu ne descendais pas, je suis entré dans ta chambre, et je t'ai trouvé tout du long étendu par terre, en habit à la française, serrant dans tes bras un morceau de porcelaine brisée, comme si c'eût été une jeune et jolie fille.

— Pardieu! c'est l'habit de noce de mon grand-père, dit l'autre en soulevant une des basques de soie fond rose à ramages verts. Voilà les boutons de strass et de filigrane qu'il nous vantait tant. Théodore l'aura trouvé dans quelque coin et l'aura mis pour s'amuser. Mais à propos de quoi t'es-tu trouvé mal? ajouta Borgnioli. Cela est bon pour une petite-maîtresse qui a des épaules blanches; on la délace, on lui ôte ses colliers, son écharpe, et c'est une belle occasion de faire des minauderies.

— Ce n'est qu'une faiblesse qui m'a pris; je suis sujet à cela, répondis-je sèchement.

Je me levai, je me dépouillai de mon ridicule accoutrement [8].

Et puis l'on déjeuna.

Mes trois camarades mangèrent beaucoup et burent encore plus; moi, je ne mangeais presque pas, le souvenir de ce qui s'était passé me causait d'étranges distractions.

Le déjeuner fini, comme il pleuvait à verse, il n'y eut pas moyen de sortir; chacun s'occupa comme il put. Borgnioli tambourina des marches guerrières sur les vitres; Arrigo et l'hôte firent une partie de dames; moi, je tirai de mon album un carré de vélin, et je me mis à dessiner.

Les linéaments presque imperceptibles tracés par mon crayon, sans que j'y eusse songé le moins du monde, se trouvèrent représenter avec la plus merveilleuse exactitude la cafetière qui avait joué un rôle si important dans les scènes de la nuit.

— C'est étonnant comme cette tête ressemble à ma sœur Angéla, dit l'hôte, qui, ayant terminé sa partie, me regardait travailler par-dessus mon épaule.

En effet, ce qui m'avait semblé tout à l'heure une

cafetière était bien réellement le profil doux et mélancolique d'Angéla.

— De par tous les saints du paradis! est-elle morte ou vivante? m'écriai-je d'un ton de voix tremblant, comme si ma vie eût dépendu de sa réponse.

— Elle est morte, il y a deux ans, d'une fluxion de poitrine à la suite d'un bal[9].

— Hélas! répondis-je douloureusement.

Et, retenant une larme qui était près de tomber, je replaçai le papier dans l'album.

Je venais de comprendre qu'il n'y avait plus pour moi de bonheur sur la terre!

Omphale

HISTOIRE ROCOCO[1]

Mon oncle, le chevalier de ★★★, habitait une petite maison donnant d'un côté sur la triste rue des Tournelles et de l'autre sur le triste boulevard Saint-Antoine. Entre le boulevard et le corps du logis, quelques vieilles charmilles, dévorées d'insectes et de mousse, étiraient piteusement leurs bras décharnés au fond d'une espèce de cloaque encaissé par de noires et hautes murailles. Quelques pauvres fleurs étiolées penchaient languissamment la tête comme des jeunes filles poitrinaires, attendant qu'un rayon de soleil vînt sécher leurs feuilles à moitié pourries. Les herbes avaient fait irruption dans les allées, qu'on avait peine à reconnaître, tant il y avait longtemps que le rateau ne s'y était promené. Un ou deux poissons rouges flottaient plutôt qu'ils ne nageaient dans un bassin couvert de lentilles d'eau et de plantes de marais.

Mon oncle appelait cela son jardin.

Dans le jardin de mon oncle, outre toutes les belles choses que nous venons de décrire, il y avait un pavillon passablement maussade, auquel, sans doute par antiphrase, il avait donné le nom de *Délices*. Il était dans un état de dégradation complète. Les murs faisaient ventre; de larges plaques de crépi s'étaient détachées et gisaient à

terre entre les orties et la folle avoine; une
moisissure putride verdissait les assises inférieures;
les bois des volets et des portes avaient joué, et ne
fermaient plus ou fort mal. Une espèce de gros pot
à feu avec des effluves rayonnantes formait la
décoration de l'entrée principale; car, au temps de
Louis XV, temps de la construction des *Délices,* il y
avait toujours, par précaution, deux entrées. Des
oves, des chicorées et des volutes surchargeaient la
corniche toute démantelée par l'infiltration des
eaux pluviales. Bref, c'était une fabrique assez
lamentable à voir que les *Délices* de mon oncle le
chevalier de ★★★.

Cette pauvre ruine d'hier, aussi délabrée que si
elle eût eu mille ans, ruine de plâtre et non de
pierre, toute ridée, toute gercée, couverte de lèpre,
rongée de mousse et de salpêtre, avait l'air d'un de
ces vieillards précoces, usés par de sales débauches;
elle n'inspirait aucun respect car il n'y a rien d'aussi
laid et d'aussi misérable au monde qu'une vieille
robe de gaze et un vieux mur de plâtre, deux choses
qui ne doivent pas durer et qui durent.

C'était dans ce pavillon que mon oncle m'avait
logé.

L'intérieur n'en était pas moins *rococo* que
l'extérieur, quoiqu'un peu mieux conservé. Le lit
était de lampas jaune à grandes fleurs blanches.
Une pendule de rocaille posait sur un piédouche
incrusté de nacre et d'ivoire. Une guirlande de
roses pompon circulait coquettement autour d'une
glace de Venise; au-dessus des portes les quatre
saisons étaient peintes en camaïeu. Une belle dame,
poudrée à frimas, avec un corset bleu de ciel et une
échelle de rubans de la même couleur, un arc dans
la main droite, une perdrix dans la main gauche, un
croissant sur le front, un lévrier à ses pieds, se

prélassait et souriait le plus gracieusement du
monde dans un large cadre ovale. C'était une des
anciennes maîtresses de mon oncle, qu'il avait fait
peindre en Diane. L'ameublement, comme on voit,
n'était pas des plus modernes. Rien n'empêchait
que l'on ne se crût au temps de la Régence[2], et la
tapisserie mythologique qui tendait les murs complétait l'illusion on ne peut mieux.

La tapisserie représentait Hercule filant aux pieds
d'Omphale. Le dessin était tourmenté à la façon de
Vanloo[3] et dans le style le plus *Pompadour* qu'il soit
possible d'imaginer. Hercule avait une quenouille
entourée d'une faveur couleur de rose ; il relevait son
petit doigt avec une grâce toute particulière, comme
un marquis qui prend une prise de tabac, en faisant
tourner, entre son pouce et son index, une blanche
flammèche de filasse ; son cou nerveux était chargé
de nœuds de rubans, de rosettes, de rangs de perles
et de mille affiquets féminins ; une large jupe gorge
de pigeon, avec deux immenses paniers, achevait de
donner un air tout à fait galant au héros vainqueur
de monstres.

Omphale avait ses blanches épaules à moitié
couvertes par la peau du lion de Némée ; sa main
frêle s'appuyait sur la noueuse massue de son
amant ; ses beaux cheveux blond cendré avec un œil
de poudre descendaient nonchalamment le long de
son cou, souple et onduleux comme un cou de
colombe ; ses petits pieds, vrais pieds d'Espagnole
ou de Chinoise, et qui eussent été au large dans la
pantoufle de verre de Cendrillon, étaient chaussés
de cothurnes demi-antiques, lilas tendre, avec un
semis de perles. Vraiment elle était charmante ! Sa
tête se rejetait en arrière d'un air de crânerie
adorable ; sa bouche se plissait et faisait une délicieuse petite moue ; sa narine était légèrement

gonflée, ses joues un peu allumées; un *assassin*[4], savamment placé, en rehaussait l'éclat d'une façon merveilleuse; il ne lui manquait qu'une petite moustache pour faire un mousquetaire accompli.

Il y avait encore bien d'autres personnages dans la tapisserie, la suivante obligée, le petit Amour de rigueur, mais ils n'ont pas laissé dans mon souvenir une silhouette assez distincte pour que je les puisse décrire.

En ce temps-là j'étais fort jeune, ce qui ne veut pas dire que je sois très vieux aujourd'hui; mais je venais de sortir du collège, et je restais chez mon oncle en attendant que j'eusse fait choix d'une profession. Si le bonhomme avait pu prévoir que j'embrasserais celle de conteur fantastique, nul doute qu'il ne m'eût mis à la porte et déshérité irrévocablement; car il professait pour la littérature en général, et les auteurs en particulier, le dédain le plus aristocratique. En vrai gentilhomme qu'il était, il voulait faire pendre ou rouer de coups de bâton, par ses gens, tous ces petits grimauds qui se mêlent de noircir du papier et parlent irrévérencieusement des personnes de qualité. Dieu fasse paix à mon pauvre oncle! mais il n'estimait réellement au monde que l'épître à Zétulbé.

Donc je venais de sortir du collège. J'étais plein de rêves et d'illusions; j'étais naïf autant et peut-être plus qu'une rosière de Salency[5]. Tout heureux de ne plus avoir de *pensums* à faire, je trouvais que tout était pour le mieux dans le meilleur des mondes possibles. Je croyais à une infinité de choses; je croyais à la bergère de M. de Florian, aux moutons peignés et poudrés à blanc; je ne doutais pas un instant du troupeau de madame Deshoulières. Je pensais qu'il y avait effectivement neuf muses, comme l'affirmait l'*Appendix de Diis et*

Heroïbus du père Jouvency. Mes souvenirs de
Berquin et de Gessner me créaient un petit monde
où tout était rose, bleu de ciel et vert-pomme. O
sainte innocence! *sancta simplicitas*[6]*!* comme dit
Méphistophélès.

Quand je me trouvai dans cette belle chambre,
chambre à moi, à moi tout seul, je ressentis une joie
à nulle autre seconde. J'inventoriai soigneusement
jusqu'au moindre meuble; je furetai dans tous les
coins, et je l'explorai dans tous les sens. J'étais au
quatrième ciel, heureux comme un roi ou deux.
Après le souper (car on soupait chez mon oncle)[7],
charmante coutume qui s'est perdue avec tant
d'autres non moins charmantes que je regrette de
tout ce que j'ai de cœur, je pris mon bougeoir et je
me retirai, tant j'étais impatient de jouir de ma
nouvelle demeure.

En me déshabillant, il me sembla que les yeux
d'Omphale avaient remué; je regardai plus attentivement, non sans un léger sentiment de frayeur,
car la chambre était grande, et la faible pénombre
lumineuse qui flottait autour de la bougie ne servait
qu'à rendre les ténèbres plus visibles. Je crus voir
qu'elle avait la tête tournée en sens inverse. La peur
commençait à me travailler sérieusement; je soufflai
la lumière. Je me tournai du côté du mur, je mis
mon drap par-dessus ma tête, je tirai mon bonnet
jusqu'à mon menton, et je finis par m'endormir.

Je fus plusieurs jours sans oser jeter les yeux sur
la maudite tapisserie.

Il ne serait peut-être pas inutile, pour rendre
plus vraisemblable l'invraisemblable histoire que je
vais raconter, d'apprendre à mes belles lectrices
qu'à cette époque j'étais en vérité un assez joli
garçon. J'avais les yeux les plus beaux du monde :
je le dis parce qu'on me l'a dit; un teint un peu

plus frais que celui que j'ai maintenant, un vrai
teint d'œillet; une chevelure brune et bouclée que
j'ai encore, et dix-sept ans que je n'ai plus. Il ne me
manquait qu'une jolie marraine pour faire un très
passable Chérubin[8]; malheureusement la mienne
avait cinquante-sept ans et trois dents, ce qui était
trop d'un côté et pas assez de l'autre.

Un soir, pourtant, je m'aguerris au point de jeter
un coup d'œil sur la belle maîtresse d'Hercule; elle
me regardait de l'air le plus triste et le plus
langoureux du monde. Cette fois-là j'enfonçai mon
bonnet jusque sur mes épaules et je fourrai ma tête
sous le traversin.

Je fis cette nuit-là un rêve singulier, si toutefois
c'était un rêve.

J'entendis les anneaux des rideaux de mon lit
glisser en criant sur leurs tringles, comme si l'on
eût tiré précipitamment les courtines. Je m'éveillai;
du moins dans mon rêve il me sembla que je
m'éveillais. Je ne vis personne.

La lune donnait sur les carreaux et projetait dans
la chambre sa lueur bleue et blafarde. De grandes
ombres, des formes bizarres, se dessinaient sur le
plancher et sur les murailles. La pendule sonna
un quart; la vibration fut longue à s'éteindre; on
aurait dit un soupir. Les pulsations du balancier,
qu'on entendait parfaitement, ressemblaient à s'y
méprendre au cœur d'une personne émue.

Je n'étais rien moins qu'à mon aise et je ne savais
trop que penser.

Un furieux coup de vent fit battre les volets et
ployer le vitrage de la fenêtre. Les boiseries
craquèrent, la tapisserie ondula. Je me hasardai à
regarder du côté d'Omphale, soupçonnant confusément qu'elle était pour quelque chose dans tout
cela. Je ne m'étais pas trompé.

La tapisserie s'agita violemment. Omphale se détacha du mur et sauta légèrement sur le parquet; elle vint à mon lit en ayant soin de se tourner du côté de l'endroit. Je crois qu'il n'est pas nécessaire de raconter ma stupéfaction. Le vieux militaire le plus intrépide n'aurait pas été trop rassuré dans une pareille circonstance, et je n'étais ni vieux ni militaire. J'attendis en silence la fin de l'aventure.

Une petite voix flûtée et perlée résonna doucement à mon oreille, avec ce grasseyement mignard affecté sous la Régence par les marquises et les gens du bon ton :

« Est-ce que je te fais peur, mon enfant? Il est vrai que tu n'es qu'un enfant; mais cela n'est pas joli d'avoir peur des dames, surtout de celles qui sont jeunes et te veulent du bien; cela n'est ni honnête ni français; il faut te corriger de ces craintes-là. Allons, petit sauvage, quitte cette mine et ne te cache pas la tête sous les couvertures. Il y aura beaucoup à faire à ton éducation, et tu n'es guère avancé, mon beau page; de mon temps les Chérubins étaient plus délibérés que tu ne l'es.

— Mais, dame, c'est que...

— C'est que cela te semble étrange de me voir ici et non là, dit-elle en pinçant légèrement sa lèvre rouge avec ses dents blanches, et en étendant vers la muraille son doigt long et effilé. En effet, la chose n'est pas trop naturelle; mais, quand je te l'expliquerais, tu ne la comprendrais guère mieux : qu'il te suffise donc de savoir que tu ne cours aucun danger.

— Je crains que vous ne soyez le... le...

— Le diable, tranchons le mot, n'est-ce pas? c'est cela que tu voulais dire; au moins tu conviendras que je ne suis pas trop noire pour un diable, et que, si l'enfer était peuplé de diables faits

comme moi, on y passerait son temps aussi
agréablement qu'en paradis.

Pour montrer qu'elle ne se vantait pas, Omphale
rejeta en arrière sa peau de lion et me fit voir des
épaules et un sein d'une forme parfaite et d'une
blancheur éblouissante.

« Eh bien! qu'en dis-tu? fit-elle d'un petit air de
coquetterie satisfaite.

— Je dis que, quand vous seriez le diable en
personne, je n'aurais plus peur, madame Omphale.

— Voilà qui est parler; mais ne m'appelez plus
ni madame ni Omphale. Je ne veux pas être
madame pour toi, et je ne suis pas plus Omphale
que je ne suis le diable.

— Qu'êtes-vous donc, alors?

— Je suis la marquise de T***. Quelque temps
après mon mariage le marquis fit exécuter cette
tapisserie pour mon appartement, et m'y fit représenter sous le costume d'Omphale; lui-même y
figure sous les traits d'Hercule. C'est une singulière
idée qu'il a eue là; car, Dieu le sait, personne au
monde ne ressemblait moins à Hercule que le
pauvre marquis. Il y a bien longtemps que cette
chambre n'a été habitée. Moi, qui aime naturellement la compagnie, je m'ennuyais à périr, et j'en
avais la migraine. Être avec son mari, c'est être
seule. Tu es venu, cela m'a réjouie; cette chambre
morte s'est ranimée, j'ai eu à m'occuper de quelqu'un. Je te regardais aller et venir, je t'écoutais
dormir et rêver; je suivais tes lectures. Je te
trouvais bonne grâce, un air avenant, quelque chose
qui me plaisait : je t'aimais enfin. Je tâchai de te le
faire comprendre; je poussais des soupirs, tu les
prenais pour ceux du vent; je te faisais des signes,
je te lançais des œillades langoureuses, je ne réus-
sissais qu'à te causer des frayeurs horribles. En

désespoir de cause, je me suis décidée à la démarche inconvenante que je fais, et à te dire franchement ce que tu ne pouvais entendre à demi-mot. Maintenant que tu sais que je t'aime, j'espère que... »

La conversation en était là, lorsqu'un bruit de clef se fit entendre dans la serrure.

Omphale tressaillit et rougit jusque dans le blanc des yeux.

« Adieu! dit-elle, à demain. » Et elle retourna à sa muraille à reculons, de peur sans doute de me laisser voir son envers.

C'était Baptiste qui venait chercher mes habits pour les brosser.

« Vous avez tort, monsieur, me dit-il, de dormir les rideaux ouverts. Vous pourriez vous enrhumer du cerveau; cette chambre est si froide! »

En effet, les rideaux étaient ouverts; moi qui croyais n'avoir fait qu'un rêve, je fus très étonné, car j'étais sûr qu'on les avait fermés le soir.

Aussitôt que Baptiste fut parti, je courus à la tapisserie. Je la palpai dans tous les sens; c'était bien une vraie tapisserie de laine, raboteuse au toucher comme toutes les tapisseries possibles. Omphale ressemblait au charmant fantôme de la nuit comme un mort ressemble à un vivant. Je relevai le pan; le mur était plein; il n'y avait ni panneau masqué ni porte dérobée. Je fis seulement cette remarque, que plusieurs fils étaient rompus dans le morceau de terrain où portaient les pieds d'Omphale. Cela me donna à penser.

Je fus toute la journée d'une distraction sans pareille; j'attendais le soir avec inquiétude et impatience tout ensemble. Je me retirai de bonne heure, décidé à voir comment tout cela finirait. Je me couchai; la marquise ne se fit pas attendre; elle sauta à bas du trumeau et vint tomber droit à mon lit; elle s'assit à mon chevet, et la conversation commença.

Comme la veille, je lui fis des questions, je lui demandai des explications. Elle éludait les unes, répondait aux autres d'une manière évasive, mais avec tant d'esprit qu'au bout d'une heure je n'avais pas le moindre scrupule sur ma liaison avec elle.

Tout en parlant, elle passait ses doigts dans mes cheveux, me donnait de petits coups sur les joues et de légers baisers sur le front.

Elle babillait, elle babillait d'une manière moqueuse et mignarde, dans un style à la fois élégant et familier, et tout à fait grande dame, que je n'ai jamais retrouvé depuis dans personne.

Elle était assise d'abord sur la bergère à côté du lit; bientôt elle passa un de ses bras autour de mon cou, je sentais son cœur battre avec force contre moi. C'était bien une belle et charmante femme réelle, une véritable marquise, qui se trouvait à côté de moi. Pauvre écolier de dix-sept ans! Il y avait de quoi en perdre la tête; aussi je la perdis. Je ne savais pas trop ce qui s'allait passer, mais je pressentais vaguement que cela ne pouvait plaire au marquis.

« Et monsieur le marquis, que va-t-il dire là-bas sur son mur? »

La peau du lion était tombée à terre, et les cothurnes lilas tendre glacé d'argent gisaient à côté de mes pantoufles.

« Il ne dira rien, reprit la marquise en riant de tout son cœur. Est-ce qu'il voit quelque chose? D'ailleurs, quand il verrait, c'est le mari le plus philosophe et le plus inoffensif du monde; il est habitué à cela. M'aimes-tu, enfant?

— Oui, beaucoup, beaucoup... »

Le jour vint ; ma maîtresse s'esquiva.

La journée me parut d'une longueur effroyable. Le soir arriva enfin. Les choses se passèrent comme la veille, et la seconde nuit n'eut rien à envier à la première. La marquise était de plus en plus adorable. Ce manège se répéta pendant assez longtemps encore. Comme je ne dormais pas la nuit, j'avais tout le jour une espèce de somnolence qui ne parut pas de bon augure à mon oncle. Il se douta de quelque chose ; il écouta probablement à la porte, et entendit tout ; car un beau matin il entra dans ma chambre si brusquement, qu'Antoinette eut à peine le temps de remonter à sa place.

Il était suivi d'un ouvrier tapissier avec des tenailles et une échelle.

Il me regarda d'un air rogue et sévère qui me fit voir qu'il savait tout.

« Cette marquise de T*** est vraiment folle ; où diable avait-elle la tête de s'éprendre d'un morveux de cette espèce ? fit mon oncle entre ses dents ; elle avait pourtant promis d'être sage !

« Jean, décrochez cette tapisserie, roulez-la et portez-la au grenier. »

Chaque mot de mon oncle était un coup de poignard.

Jean roula mon amante Omphale, ou la marquise Antoinette de T***, avec Hercule, ou le marquis de T***, et porta le tout au grenier. Je ne pus retenir mes larmes.

Le lendemain, mon oncle me renvoya par la diligence de B*** chez mes respectables parents, auxquels, comme on pense bien, je ne soufflai pas mot de mon aventure.

Mon oncle mourut ; on vendit sa maison et les

meubles; la tapisserie fut probablement vendue
avec le reste.

Toujours est-il qu'il y a quelque temps, en
furetant chez un marchand de bric-à-brac[9] pour
trouver des momeries, je heurtai du pied un gros
rouleau tout poudreux et couvert de toiles d'araignée.

« Qu'est cela? dis-je à l'Auvergnat.

— C'est une tapisserie rococo qui représente les
amours de madame Omphale et de monsieur
Hercule; c'est du Beauvais, tout en soie et joliment
conservé. Achetez-moi donc cela pour votre cabinet; je ne vous le vendrai pas cher, parce que c'est
vous. »

Au nom d'Omphale, tout mon sang reflua sur
mon cœur.

« Déroulez cette tapisserie », fis-je au marchand
d'un ton bref et entrecoupé comme si j'avais la
fièvre. »

C'était bien elle. Il me sembla que sa bouche me
fit un gracieux sourire et que son œil s'alluma en
rencontrant le mien.

« Combien en voulez-vous?

— Mais je ne puis vous céder cela à moins de
quatre cents francs, tout au juste.

— Je ne les ai pas sur moi. Je m'en vais les
chercher; avant une heure je suis ici. »

Je revins avec l'argent; la tapisserie n'y était
plus. Un Anglais l'avait marchandée pendant mon
absence, en avait donné six cents francs et l'avait
emportée.

Au fond, peut-être vaut-il mieux que cela se soit
passé ainsi et que j'aie gardé intact ce délicieux
souvenir. On dit qu'il ne faut pas revenir sur ses
premières amours ni aller voir la rose qu'on a
admirée la veille.

Et puis je ne suis plus assez jeune ni assez joli garçon pour que les tapisseries descendent du mur en mon honneur.

La Morte amoureuse

Vous me demandez, frère, si j'ai aimé ; oui. C'est une histoire singulière et terrible, et, quoique j'aie soixante-six ans, j'ose à peine remuer la cendre de ce souvenir. Je ne veux rien vous refuser, mais je ne ferais pas à une âme moins éprouvée un pareil récit. Ce sont des événements si étranges, que je ne puis croire qu'ils me soient arrivés. J'ai été pendant plus de trois ans le jouet d'une illusion singulière et diabolique. Moi, pauvre prêtre de campagne, j'ai mené en rêve toutes les nuits (Dieu veuille que ce soit un rêve !) une vie de damné, une vie de mondain et de Sardanapale. Un seul regard trop plein de complaisance jeté sur une femme pensa causer la perte de mon âme ; mais enfin, avec l'aide de Dieu et de mon saint patron, je suis parvenu à chasser l'esprit malin qui s'était emparé de moi. Mon existence s'était compliquée d'une existence nocturne entièrement différente. Le jour, j'étais un prêtre du Seigneur, chaste, occupé de la prière et des choses saintes ; la nuit, dès que j'avais fermé les yeux, je devenais un jeune seigneur, fin connaisseur en femmes, en chiens et en chevaux, jouant aux dés, buvant et blasphémant ; et lorsqu'au lever de l'aube je me réveillais, il me semblait au contraire que je m'endormais et que je rêvais que j'étais

prêtre. De cette vie somnambulique il m'est resté
des souvenirs d'objets et de mots dont je ne puis
pas me défendre, et, quoique je ne sois jamais sorti
des murs de mon presbytère, on dirait plutôt, à
m'entendre, un homme ayant usé de tout et revenu
du monde, qui est entré en religion et qui veut finir
dans le sein de Dieu des jours trop agités, qu'un
humble séminariste qui a vieilli dans une cure
ignorée, au fond d'un bois et sans aucun rapport
avec les choses du siècle.

Oui, j'ai aimé comme personne au monde n'a
aimé, d'un amour insensé et furieux, si violent que
je suis étonné qu'il n'ait pas fait éclater mon cœur.
Ah! quelles nuits! quelles nuits!

Dès ma plus tendre enfance, je m'étais senti de la
vocation pour l'état de prêtre; aussi toutes mes
études furent-elles dirigées dans ce sens-là, et ma
vie, jusqu'à vingt-quatre ans, ne fut-elle qu'un long
noviciat. Ma théologie achevée, je passai successivement par tous les petits ordres, et mes supérieurs
me jugèrent digne, malgré ma grande jeunesse, de
franchir le dernier et redoutable degré. Le jour de
mon ordination fut fixé à la semaine de Pâques.

Je n'étais jamais allé dans le monde; le monde,
c'était pour moi l'enclos du collège et du séminaire.
Je savais vaguement qu'il y avait quelque chose que
l'on appelait femme, mais je n'y arrêtais pas ma
pensée; j'étais d'une innocence parfaite. Je ne
voyais ma mère vieille et infirme que deux fois l'an.
C'étaient là toutes mes relations avec le dehors.

Je ne regrettais rien, je n'éprouvais pas la
moindre hésitation devant cet engagement irrévocable; j'étais plein de joie et d'impatience. Jamais
jeune fiancé n'a compté les heures avec une ardeur
plus fiévreuse; je n'en dormais pas, je rêvais que je
disais la messe; être prêtre, je ne voyais rien de plus

beau au monde : j'aurais refusé d'être roi ou poète. Mon ambition ne concevait pas au delà.

Ce que je dis là est pour vous montrer combien ce qui m'est arrivé ne devait pas m'arriver, et de quelle fascination inexplicable j'ai été la victime.

Le grand jour venu, je marchai à l'église d'un pas si léger, qu'il me semblait que je fusse soutenu en l'air ou que j'eusse des ailes aux épaules. Je me croyais un ange, et je m'étonnais de la physionomie sombre et préoccupée de mes compagnons ; car nous étions plusieurs. J'avais passé la nuit en prières, et j'étais dans un état qui touchait presque à l'extase. L'évêque, vieillard vénérable, me paraissait Dieu le Père penché sur son éternité, et je voyais le ciel à travers les voûtes du temple.

Vous savez les détails de cette cérémonie : la bénédiction, la communion sous les deux espèces, l'onction de la paume des mains avec l'huile des catéchumènes, et enfin le saint sacrifice offert de concert avec l'évêque. Je ne m'appesantirai pas sur cela. Oh ! que Job a raison, et que celui-là est imprudent qui ne conclut pas un pacte avec ses yeux[1] ! Je levai par hasard ma tête, que j'avais jusque-là tenue inclinée, et j'aperçus devant moi, si près que j'aurais pu la toucher, quoique en réalité elle fût à une assez grande distance et de l'autre côté de la balustrade, une jeune femme d'une beauté rare et vêtue avec une magnificence royale. Ce fut comme si des écailles me tombaient des prunelles. J'éprouvai la sensation d'un aveugle qui recouvrerait subitement la vue. L'évêque, si rayonnant tout à l'heure, s'éteignit tout à coup, les cierges pâlirent sur leurs chandeliers d'or comme les étoiles au matin, et il se fit par toute l'église une complète obscurité. La charmante créature se détachait sur ce fond d'ombre comme une révélation angélique; elle semblait éclairée d'elle-même et donner le jour plutôt que le recevoir.

Je baissai la paupière, bien résolu à ne plus la relever pour me soustraire à l'influence des objets extérieurs; car la distraction m'envahissait de plus en plus, et je savais à peine ce que je faisais.

Une minute après, je rouvris les yeux, car à travers mes cils je la voyais étincelante des couleurs du prisme, et dans une pénombre pourprée comme lorsqu'on regarde le soleil.

Oh! comme elle était belle! Les plus grands peintres, lorsque, poursuivant dans le ciel la beauté idéale, ils ont rapporté sur la terre le divin portrait de la Madone, n'approchent même pas de cette fabuleuse réalité. Ni les vers du poète ni la palette du peintre n'en peuvent donner une idée. Elle était assez grande, avec une taille et un port de déesse; ses cheveux, d'un blond doux, se séparaient sur le haut de sa tête et coulaient sur ses tempes comme deux fleuves d'or; on aurait dit une reine avec son diadème; son front, d'une blancheur bleuâtre et transparente, s'étendait large et serein sur les arcs de deux cils presque bruns, singularité qui ajoutait encore à l'effet de prunelles vert de mer d'une vivacité et d'un éclat insoutenables. Quels yeux! avec un éclair ils décidaient de la destinée d'un homme; ils avaient une vie, une limpidité, une ardeur, une humidité brillante que je n'ai jamais vues à un œil humain; il s'en échappait des rayons pareils à des flèches et que je voyais distinctement aboutir à mon cœur. Je ne sais si la flamme qui les illuminait venait du ciel ou de l'enfer, mais à coup sûr elle venait de l'un ou de l'autre. Cette femme était un ange ou un démon, et peut-être tous les deux; elle ne sortait certainement pas du flanc d'Ève, la mère commune. Des dents du plus bel

orient scintillaient dans son rouge sourire, et de
petites fossettes se creusaient à chaque inflexion de
sa bouche dans le satin rose de ses adorables joues.
Pour son nez, il était d'une finesse et d'une fierté
toute royale, et décelait la plus noble origine. Des
luisants d'agate jouaient sur la peau unie et lustrée
de ses épaules à demi découvertes, et des rangs de
grosses perles blondes, d'un ton presque semblable
à son cou, lui descendaient sur la poitrine. De
temps en temps elle redressait sa tête avec un
mouvement onduleux de couleuvre ou de paon qui
se rengorge, et imprimait un léger frisson à la haute
fraise brodée à jour qui l'entourait comme un
treillis d'argent.

Elle portait une robe de velours nacarat[2], et de
ses larges manches doublées d'hermine sortaient
des mains patriciennes d'une délicatesse infinie, aux
doigts longs et potelés, et d'une si idéale transparence qu'ils laissaient passer le jour comme ceux de
l'Aurore.

Tous ces détails me sont encore aussi présents
que s'ils dataient d'hier, et, quoique je fusse dans
un trouble extrême, rien ne m'échappait : la plus
légère nuance, le petit point noir au coin du
menton, l'imperceptible duvet aux commissures des
lèvres, le velouté du front, l'ombre tremblante des
cils sur les joues, je saisissais tout avec une lucidité
étonnante.

A mesure que je la regardais, je sentais s'ouvrir
dans moi des portes qui jusqu'alors avaient été
fermées ; des soupiraux obstrués se débouchaient
dans tous les sens et laissaient entrevoir des
perspectives inconnues ; la vie m'apparaissait sous
un aspect tout autre ; je venais de naître à un nouvel
ordre d'idées. Une angoisse effroyable me tenaillait
le cœur ; chaque minute qui s'écoulait me semblait

une seconde et un siècle. La cérémonie avançait cependant, et j'étais emporté bien loin du monde dont mes désirs naissants assiégeaient furieusement l'entrée. Je dis oui cependant, lorsque je voulais dire non, lorsque tout en moi se révoltait et protestait contre la violence que ma langue faisait à mon âme : une force occulte m'arrachait malgré moi les mots du gosier. C'est là peut-être ce qui fait que tant de jeunes filles marchent à l'autel avec la ferme résolution de refuser d'une manière éclatante l'époux qu'on leur impose, et que pas une seule n'exécute son projet. C'est là sans doute ce qui fait que tant de pauvres novices prennent le voile, quoique bien décidées à le déchirer en pièces au moment de prononcer leurs vœux. On n'ose causer un tel scandale devant tout le monde ni tromper l'attente de tant de personnes; toutes ces volontés, tous ces regards semblent peser sur vous comme une chape de plomb; et puis les mesures sont si bien prises, tout est si bien réglé à l'avance, d'une façon si évidemment irrévocable, que la pensée cède au poids de la chose et s'affaisse complètement.

Le regard de la belle inconnue changeait d'expression selon le progrès de la cérémonie. De tendre et caressant qu'il était d'abord, il prit un air de dédain et de mécontentement comme de ne pas avoir été compris.

Je fis un effort suffisant pour arracher une montagne, pour m'écrier que je ne voulais pas être prêtre; mais je ne pus en venir à bout; ma langue resta clouée à mon palais, et il me fut impossible de traduire ma volonté par le plus léger mouvement négatif. J'étais, tout éveillé, dans un état pareil à celui du cauchemar, où l'on veut crier un mot dont votre vie dépend, sans en pouvoir venir à bout.

Elle parut sensible au martyre que j'éprouvais,

et, comme pour m'encourager, elle me lança une œillade pleine de divines promesses. Ses yeux étaient un poème dont chaque regard formait un chant.

Elle me disait :

« Si tu veux être à moi, je te ferai plus heureux que Dieu lui-même dans son paradis; les anges te jalouseront. Déchire ce funèbre linceul où tu vas t'envelopper; je suis la beauté, je suis la jeunesse, je suis la vie; viens à moi, nous serons l'amour. Que pourrait t'offrir Jéhovah pour compensation? Notre existence coulera comme un rêve et ne sera qu'un baiser éternel.

« Répands le vin de ce calice, et tu es libre. Je t'emmènerai vers les îles inconnues; tu dormiras sur mon sein, dans un lit d'or massif et sous un pavillon d'argent; car je t'aime et je veux te prendre à ton Dieu, devant qui tant de nobles cœurs répandent des flots d'amour qui n'arrivent pas jusqu'à lui. »

Il me semblait entendre ces paroles sur un rythme d'une douceur infinie, car son regard avait presque de la sonorité, et les phrases que ses yeux m'envoyaient retentissaient au fond de mon cœur comme si une bouche invisible les eût soufflées dans mon âme. Je me sentais prêt à renoncer à Dieu, et cependant mon cœur accomplissait machinalement les formalités de la cérémonie. La belle me jeta un second coup d'œil si suppliant, si désespéré, que des lames acérées me traversèrent le cœur, que je me sentis plus de glaives dans la poitrine que la mère de douleurs.

C'en était fait, j'étais prêtre.

Jamais physionomie humaine ne peignit une angoisse aussi poignante; la jeune fille qui voit tomber son fiancé mort subitement à côté d'elle, la mère auprès du berceau vide de son enfant, Ève assise sur le seuil de la porte du paradis, l'avare qui trouve une pierre à la place de son trésor, le poète qui a laissé rouler dans le feu le manuscrit unique de son plus bel ouvrage, n'ont point un air plus atterré et plus inconsolable. Le sang abandonna complètement sa charmante figure, et elle devint d'une blancheur de marbre; ses beaux bras tombèrent le long de son corps, comme si les muscles en avaient été dénoués, et elle s'appuya contre un pilier, car ses jambes fléchissaient et se dérobaient sous elle. Pour moi, livide, le front inondé d'une sueur plus sanglante que celle du Calvaire, je me dirigeai en chancelant vers la porte de l'église; j'étouffais; les voûtes s'aplatissaient sur mes épaules, et il me semblait que ma tête soutenait seule tout le poids de la coupole.

Comme j'allais franchir le seuil, une main s'empara brusquement de la mienne; une main de femme! Je n'en avais jamais touché. Elle était froide comme la peau d'un serpent, et l'empreinte m'en resta brûlante comme la marque d'un fer rouge. C'était elle. « Malheureux! malheureux! qu'as-tu fait? » me dit-elle à voix basse; puis elle disparut dans la foule.

Le vieil évêque passa; il me regarda d'un air sévère. Je faisais la plus étrange contenance du monde; je pâlissais, je rougissais, j'avais des éblouissements. Un de mes camarades eut pitié de moi, il me prit et m'emmena; j'aurais été incapable de retrouver tout seul le chemin du séminaire. Au détour d'une rue, pendant que le jeune prêtre tournait la tête d'un autre côté, un page nègre, bizarrement vêtu, s'approcha de moi, et me remit, sans s'arrêter dans sa course, un petit portefeuille à coins d'or ciselés, en me faisant signe de le cacher;

je le fis glisser dans ma manche et l'y tins jusqu'à ce
que je fusse seul dans ma cellule. Je fis sauter le
fermoir, il n'y avait que deux feuilles avec ces
mots : « Clarimonde, au palais Concini. » J'étais
alors si peu au courant des choses de la vie, que je
ne connaissais pas Clarimonde, malgré sa célébrité,
et que j'ignorais complètement où était situé le
palais Concini. Je fis mille conjectures, plus extravagantes les unes que les autres ; mais à la vérité,
pourvu que je pusse la revoir, j'étais fort peu
inquiet de ce qu'elle pouvait être, grande dame ou
courtisane.

Cet amour né tout à l'heure s'était indestructible-
ment enraciné ; je ne songeai même pas à essayer de
l'arracher, tant je sentais que c'était là chose
impossible. Cette femme s'était complètement
emparée de moi, un seul regard avait suffi pour me
changer ; elle m'avait soufflé sa volonté ; je ne vivais
plus dans moi, mais dans elle et par elle. Je faisais
mille extravagances, je baisais sur ma main la place
qu'elle avait touchée, et je répétais son nom des
heures entières. Je n'avais qu'à fermer les yeux
pour la voir aussi distinctement que si elle eût été
présente en réalité, et je me redisais ces mots,
qu'elle m'avait dits sous le portail de l'église :
« Malheureux ! malheureux ! qu'as-tu fait ? » Je
comprenais toute l'horreur de ma situation, et les
côtés funèbres et terribles de l'état que je venais
d'embrasser se révélaient clairement à moi. Être
prêtre ! c'est-à-dire chaste, ne pas aimer, ne distinguer ni le sexe ni l'âge, se détourner de toute
beauté, se crever les yeux, ramper sous l'ombre
glaciale d'un cloître ou d'une église, ne voir que des
mourants, veiller auprès de cadavres inconnus et
porter soi-même son deuil sur sa soutane noire, de

sorte que l'on peut faire de votre habit un drap pour votre cercueil!

Et je sentais la vie monter en moi comme un lac intérieur qui s'enfle et qui déborde; mon sang battait avec force dans mes artères; ma jeunesse, si longtemps comprimée, éclatait tout d'un coup comme l'aloès qui met cent ans à fleurir et qui éclôt avec un coup de tonnerre[3].

Comment faire pour revoir Clarimonde? Je n'avais aucun prétexte pour sortir du séminaire, ne connaissant personne dans la ville; je n'y devais même pas rester, et j'y attendais seulement que l'on me désignât la cure que je devais occuper. J'essayai de desceller les barreaux de la fenêtre; mais elle était à une hauteur effrayante, et n'ayant pas d'échelle, il n'y fallait pas penser. Et d'ailleurs je ne pouvais descendre que de nuit; et comment me serais-je conduit dans l'inextricable dédale des rues? Toutes ces difficultés, qui n'eussent rien été pour d'autres, étaient immenses pour moi, pauvre séminariste, amoureux d'hier, sans expérience, sans argent et sans habits.

Ah! si je n'eusse pas été prêtre, j'aurais pu la voir tous les jours; j'aurais été son amant, son époux, me disais-je dans mon aveuglement; au lieu d'être enveloppé dans mon triste suaire, j'aurais des habits de soie et de velours, des chaînes d'or, une épée et des plumes comme les beaux jeunes cavaliers. Mes cheveux, au lieu d'être déshonorés par une large tonsure, se joueraient autour de mon cou en boucles ondoyantes. J'aurais une belle moustache cirée, je serais un vaillant. Mais une heure passée devant un autel, quelques paroles à peine articulées, me retranchaient à tout jamais du nombre des vivants, et j'avais scellé moi-même la pierre de mon tombeau, j'avais poussé de ma main le verrou de ma prison !

Je me mis à la fenêtre. Le ciel était admirablement bleu, les arbres avaient mis leur robe de printemps ; la nature faisait parade d'une joie ironique. La place était pleine de monde ; les uns allaient, les autres venaient ; de jeunes muguets et de jeunes beautés, couple par couple, se dirigeaient du côté du jardin et des tonnelles. Des compagnons passaient en chantant des refrains à boire ; c'était un mouvement, une vie, un entrain, une gaieté qui faisaient péniblement ressortir mon deuil et ma solitude. Une jeune mère, sur le pas de la porte, jouait avec son enfant ; elle baisait sa petite bouche rose, encore emperlée de gouttes de lait, et lui faisait, en l'agaçant, mille de ces divines puérilités que les mères seules savent trouver. Le père, qui se tenait debout à quelque distance, souriait doucement à ce charmant groupe, et ses bras croisés pressaient sa joie sur son cœur. Je ne pus supporter ce spectacle ; je fermai la fenêtre, et je me jetai sur mon lit avec une haine et une jalousie effroyables dans le cœur, mordant mes doigts et ma couverture comme un tigre à jeun depuis trois jours.

Je ne sais pas combien de jours je restai ainsi ; mais, en me retournant dans un mouvement de spasme furieux, j'aperçus l'abbé Sérapion[4] qui se tenait debout au milieu de la chambre et qui me considérait attentivement. J'eus honte de moi-même, et, laissant tomber ma tête sur ma poitrine, je voilai mes yeux avec mes mains.

« Romuald, mon ami, il se passe quelque chose d'extraordinaire en vous, me dit Sérapion au bout de quelques minutes de silence ; votre conduite est vraiment inexplicable ! Vous, si pieux, si calme et si doux, vous vous agitez dans votre cellule comme une bête fauve. Prenez garde, mon frère, et n'écoutez pas les suggestions du diable; l'esprit malin, irrité de ce que vous vous êtes à tout jamais consacré au Seigneur, rôde autour de vous comme un loup ravissant et fait un dernier effort pour vous attirer à lui. Au lieu de vous laisser abattre, mon cher Romuald, faites-vous une cuirasse de prières, un bouclier de mortifications, et combattez vaillamment l'ennemi; vous le vaincrez. L'épreuve est nécessaire à la vertu et l'or sort plus fin de la coupelle. Ne vous effrayez ni ne vous découragez; les âmes les mieux gardées et les plus affermies ont eu de ces moments. Priez, jeûnez, méditez, et le mauvais esprit se retirera. »

Le discours de l'abbé Sérapion me fit rentrer en moi-même, et je devins un peu plus calme. « Je venais vous annoncer votre nomination à la cure de C***; le prêtre qui la possédait vient de mourir, et monseigneur l'évêque m'a chargé d'aller vous y installer; soyez prêt pour demain. » Je répondis d'un signe de tête que je le serais, et l'abbé se retira. J'ouvris mon missel, et je commençai à lire des prières; mais ces lignes se confondirent bientôt sous mes yeux; le fil des idées s'enchevêtra dans mon cerveau, et le volume me glissa des mains sans que j'y prisse garde.

Partir demain sans l'avoir revue! ajouter encore une impossibilité à toutes celles qui étaient déjà entre nous! perdre à tout jamais l'espérance de la rencontrer, à moins d'un miracle! Lui écrire? par qui ferais-je parvenir ma lettre? Avec le sacré caractère dont j'étais revêtu, à qui s'ouvrir, se fier? J'éprouvais une anxiété terrible. Puis, ce que l'abbé Sérapion m'avait dit des artifices du diable me revenait en mémoire; l'étrangeté de l'aventure, la beauté surnaturelle de Clarimonde, l'éclat phosphorique de ses yeux, l'impression brûlante de sa main, le trouble où elle m'avait jeté, le changement subit qui s'était opéré en moi, ma piété évanouie en un instant, tout cela prouvait clairement la présence du diable, et cette main satinée n'était peut-être que le gant dont il avait recouvert sa griffe. Ces idées me jetèrent dans une grande frayeur, je ramassai le missel qui de mes genoux était roulé à terre, et je me remis en prières.

Le lendemain, Sérapion me vint prendre ; deux mules nous attendaient à la porte, chargées de nos maigres valises ; il monta l'une et moi l'autre tant bien que mal. Tout en parcourant les rues de la ville, je regardais à toutes les fenêtres et à tous les balcons si je ne verrais pas Clarimonde ; mais il était trop matin, et la ville n'avait pas encore ouvert les yeux. Mon regard tâchait de plonger derrière les stores et à travers les rideaux de tous les palais devant lesquels nous passions. Sérapion attribuait sans doute cette curiosité à l'admiration que me causait la beauté de l'architecture, car il ralentissait le pas de sa monture pour me donner le temps de voir. Enfin nous arrivâmes à la porte de la ville et nous commençâmes à gravir la colline. Quand je fus tout en haut, je me retournai pour regarder une fois encore les lieux où vivait Clarimonde. L'ombre d'un nuage couvrait entièrement la ville ; ses toits bleus et rouges étaient confondus dans une demi-teinte générale, où surnageaient çà et là, comme de blancs flocons d'écume, les fumées du matin. Par un singulier effet d'optique, se dessinait, blond et doré sous un rayon unique de lumière, un édifice qui surpassait en hauteur les constructions voisines, complètement noyées dans la vapeur ; quoiqu'il fût à plus d'une lieue, il paraissait tout proche. On en distinguait les moindres détails, les tourelles, les plates-formes, les croisées, et jusqu'aux girouettes en queue d'aronde.

« Quel est donc ce palais que je vois tout là-bas éclairé d'un rayon du soleil? » demandai-je à Sérapion. Il mit sa main au-dessus de ses yeux, et, ayant regardé, il me répondit : « C'est l'ancien palais que le prince Concini a donné à la courtisane Clarimonde; il s'y passe d'épouvantables choses. »

En ce moment, je ne sais encore si c'est une réalité ou une illusion, je crus voir y glisser sur la terrasse une forme svelte et blanche qui étincela une seconde et s'éteignit. C'était Clarimonde!

Oh! savait-elle qu'à cette heure, du haut de cet âpre chemin qui m'éloignait d'elle, et que je ne devais plus redescendre, ardent et inquiet, je couvais de l'œil le palais qu'elle habitait, et qu'un jeu dérisoire de lumière semblait rapprocher de moi, comme pour m'inviter à y entrer en maître? Sans doute, elle le savait, car son âme était trop sympathiquement liée à la mienne pour n'en point ressentir les moindres ébranlements, et c'était ce sentiment qui l'avait poussée, encore enveloppée de ses voiles de nuit, à monter sur le haut de la terrasse, dans la glaciale rosée du matin.

L'ombre gagna le palais, et ce ne fut plus qu'un océan immobile de toits et de combles où l'on ne distinguait rien qu'une ondulation montueuse. Sérapion toucha sa mule, dont la mienne prit aussitôt l'allure, et un coude du chemin me déroba pour toujours la ville de S..., car je n'y devais pas revenir. Au bout de trois journées de route par des campagnes assez tristes, nous vîmes poindre à travers les arbres le coq du clocher de l'église que je devais desservir; et, après avoir suivi quelques rues tortueuses bordées de chaumières et de courtils, nous nous trouvâmes devant la façade, qui n'était

pas d'une grande magnificence. Un porche orné de
quelques nervures et de deux ou trois piliers de
grès grossièrement taillés, un toit en tuiles et des
contreforts du même grès que les piliers, c'était
tout : à gauche le cimetière tout plein de hautes
herbes, avec une grande croix de fer au milieu; à
droite et dans l'ombre de l'église, le presbytère.
C'était une maison d'une simplicité extrême et
d'une propreté aride. Nous entrâmes; quelques
poules picotaient sur la terre de rares grains
d'avoine; accoutumées apparemment à l'habit noir
des ecclésiastiques, elles ne s'effarouchèrent point
de notre présence et se dérangèrent à peine pour
nous laisser passer. Un aboi éraillé et enroué se fit
entendre, et nous vîmes accourir un vieux chien.

C'était le chien de mon prédécesseur. Il avait
l'œil terne, le poil gris et tous les symptômes de la
plus haute vieillesse où puisse atteindre un chien.
Je le flattai doucement de la main, et il se mit
aussitôt à marcher à côté de moi avec un air de
satisfaction inexprimable. Une femme assez âgée,
et qui avait été la gouvernante de l'ancien curé,
vint aussi à notre rencontre, et, après m'avoir fait
entrer dans une salle basse, me demanda si mon
intention était de la garder. Je lui répondis que je la
garderais, elle et le chien, et aussi les poules, et tout
le mobilier que son maître lui avait laissé à sa mort,
ce qui la fit entrer dans un transport de joie, l'abbé
Sérapion lui ayant donné sur-le-champ le prix
qu'elle en voulait.

Mon installation faite, l'abbé Sérapion retourna
au séminaire. Je demeurai donc seul et sans autre
appui que moi-même. La pensée de Clarimonde
recommença à m'obséder, et, quelques efforts que
je fisse pour la chasser, je n'y parvenais pas
toujours. Un soir, en me promenant dans les allées

bordées de buis de mon petit jardin, il me sembla
voir à travers la charmille une forme de femme qui
suivait tous mes mouvements, et entre les feuilles
étinceler les deux prunelles vert de mer ; mais ce
n'était qu'une illusion, et, ayant passé de l'autre
côté de l'allée, je n'y trouvai rien qu'une trace de
pied sur le sable, si petit qu'on eût dit un pied
d'enfant. Le jardin était entouré de murailles très
hautes ; j'en visitai tous les coins et recoins, il n'y
avait personne. Je n'ai jamais pu m'expliquer cette
circonstance qui, du reste, n'était rien à côté des
étranges choses qui me devaient arriver. Je vivais
ainsi depuis un an, remplissant avec exactitude tous
les devoirs de mon état, priant, jeûnant, exhortant
et secourant les malades, faisant l'aumône jusqu'à
me retrancher les nécessités les plus indispensables.
Mais je sentais au dedans de moi une aridité
extrême, et les sources de la grâce m'étaient
fermées. Je ne jouissais pas de ce bonheur que
donne l'accomplissement d'une sainte mission ; mon
idée était ailleurs, et les paroles de Clarimonde me
revenaient souvent sur les lèvres comme une espèce
de refrain involontaire. O frère, méditez bien ceci !
Pour avoir levé une seule fois le regard sur une
femme, pour une faute en apparence si légère, j'ai
éprouvé pendant plusieurs années les plus misé-
rables agitations : ma vie a été troublée à tout
jamais.

Je ne vous retiendrai pas plus longtemps sur ces
défaites et sur ces victoires intérieures toujours
suivies de rechutes plus profondes, et je passerai
sur-le-champ à une circonstance décisive. Une nuit
l'on sonna violemment à ma porte. La vieille
gouvernante alla ouvrir, et un homme au teint
cuivré et richement vêtu, mais selon une mode
étrangère, avec un long poignard, se dessina sous

les rayons de la lanterne de Barbara. Son premier
mouvement fut la frayeur; mais l'homme la rassura,
et lui dit qu'il avait besoin de me voir sur-le-champ
pour quelque chose qui concernait mon ministère.
Barbara le fit monter. J'allais me mettre au lit.
L'homme me dit que sa maîtresse, une très grande
dame, était à l'article de la mort et désirait un
prêtre. Je répondis que j'étais prêt à le suivre; je
pris avec moi ce qu'il fallait pour l'extrême-onction
et je descendis en toute hâte. A la porte piaffaient
d'impatience deux chevaux noirs comme la nuit, et
soufflant sur leur poitrail deux longs flots de fumée.
Il me tint l'étrier et m'aida à monter sur l'un, puis
il sauta sur l'autre en appuyant seulement une main
sur le pommeau de la selle. Il serra les genoux et
lâcha les guides à son cheval qui partit comme la
flèche. Le mien, dont il tenait la bride, prit aussi le
galop et se maintint dans une égalité parfaite. Nous
dévorions le chemin; la terre filait sous nous grise
et rayée, et les silhouettes noires des arbres
s'enfuyaient comme une armée en déroute. Nous
traversâmes une forêt d'un sombre si opaque et si
glacial, que je me sentis courir sur la peau un
frisson de superstitieuse terreur. Les aigrettes
d'étincelles que les fers de nos chevaux arrachaient
aux cailloux laissaient sur notre passage comme une
traînée de feu, et si quelqu'un, à cette heure de
nuit, nous eût vus, mon conducteur et moi, il nous
eût pris pour deux spectres à cheval sur le
cauchemar. Des feux follets traversaient de temps
en temps le chemin, et les choucas piaulaient
piteusement dans l'épaisseur du bois où brillaient
de loin en loin les yeux phosphoriques de quelques
chats sauvages. La crinière des chevaux s'échevelait
de plus en plus, la sueur ruisselait sur leurs flancs,
et leur haleine sortait bruyante et pressée de leurs

narines. Mais, quand il les voyait faiblir, l'écuyer
pour les ranimer poussait un cri guttural qui n'avait
rien d'humain, et la course recommençait avec
furie. Enfin le tourbillon s'arrêta ; une masse noire
piquée de quelques points brillants se dressa
subitement devant nous ; les pas de nos montures
sonnèrent plus bruyants sur un plancher ferré, et
nous entrâmes sous une voûte qui ouvrait sa gueule
sombre entre deux énormes tours. Une grande
agitation régnait dans le château ; des domestiques
avec des torches à la main traversaient les cours en
tous sens, et des lumières montaient et descendaient de palier en palier. J'entrevis confusément
d'immenses   architectures,   des   colonnes,   des
arcades, des perrons et des rampes, un luxe de
construction tout à fait royal et féerique. Un page
nègre, le même qui m'avait donné les tablettes de
Clarimonde et que je reconnus à l'instant, me vint
aider à descendre, et un majordome, vêtu de
velours noir avec une chaîne d'or au col et une
canne d'ivoire à la main, s'avança au devant de moi.
De grosses larmes débordaient de ses yeux et
coulaient le long de ses joues sur sa barbe blanche.
« Trop tard ! fit-il en hochant la tête, trop tard !
seigneur prêtre ; mais, si vous n'avez pu sauver
l'âme, venez veiller le pauvre corps. » Il me prit par
le bras et me conduisit à la salle funèbre ; je pleurais
aussi fort que lui, car j'avais compris que la morte
n'était autre que cette Clarimonde tant et si
follement aimée. Un prie-Dieu était disposé à côté
du lit ; une flamme bleuâtre voltigeant sur une
patère de bronze jetait par toute la chambre un jour
faible et douteux, et çà et là faisait papilloter dans
l'ombre quelque arête saillante de meuble ou de
corniche. Sur la table, dans une urne ciselée,
trempait une rose blanche fanée dont les feuilles, à

l'exception d'une seule qui tenait encore, étaient toutes tombées au pied du vase comme des larmes odorantes; un masque noir brisé, un éventail, des déguisements de toute espèce, traînaient sur les fauteuils et faisaient voir que la mort était arrivée dans cette somptueuse demeure à l'improviste et sans se faire annoncer. Je m'agenouillai sans oser jeter les yeux sur le lit, et je me mis à réciter les psaumes avec une grande ferveur, remerciant Dieu qu'il eût mis la tombe entre l'idée de cette femme et moi, pour que je pusse ajouter à mes prières son nom désormais sanctifié. Mais peu à peu cet élan se ralentit, et je tombai en rêverie. Cette chambre n'avait rien d'une chambre de mort. Au lieu de l'air fétide et cadavéreux que j'étais accoutumé à respirer en ces veilles funèbres, une langoureuse fumée d'essences orientales, je ne sais quelle amoureuse odeur de femme, nageait doucement dans l'air attiédi. Cette pâle lueur avait plutôt l'air d'un demi-jour ménagé pour la volupté que de la veilleuse au reflet jaune qui tremblote près des cadavres. Je songeais au singulier hasard qui m'avait fait retrouver Clarimonde au moment où je la perdais pour toujours, et un soupir de regret s'échappa de ma poitrine. Il me sembla qu'on avait soupiré aussi derrière moi, et je me retournai involontairement. C'était l'écho. Dans ce mouvement, mes yeux tombèrent sur le lit de parade qu'ils avaient jusqu'alors évité. Les rideaux de damas rouge à grandes fleurs, relevés par des torsades d'or, laissaient voir la morte couchée tout de son long et les mains jointes sur la poitrine. Elle était couverte d'un voile de lin d'une blancheur éblouissante, que le pourpre sombre de la tenture faisait encore mieux ressortir, et d'une telle finesse qu'il ne dérobait en rien la forme charmante de son corps et permettait de suivre ces belles lignes onduleuses comme le cou d'un cygne que la mort même n'avait pu roidir. On eût dit une statue d'albâtre faite par quelque sculpteur habile pour mettre sur un tombeau de reine, ou encore une jeune fille endormie sur qui il aurait neigé.

Je ne pouvais plus y tenir; cet air d'alcôve m'enivrait, cette fébrile senteur de rose à demi fanée me montait au cerveau, et je marchais à grands pas dans la chambre, m'arrêtant à chaque tour devant l'estrade pour considérer la gracieuse trépassée sous la transparence de son linceul. D'étranges pensées me traversaient l'esprit; je me figurais qu'elle n'était point morte réellement, et que ce n'était qu'une feinte qu'elle avait employée pour m'attirer dans son château et me conter son amour. Un instant même je crus avoir vu bouger son pied dans la blancheur des voiles, et se déranger les plis droits du suaire.

Et puis je me disais : « Est-ce bien Clarimonde? quelle preuve en ai-je? Ce page noir ne peut-il être passé au service d'une autre femme? Je suis bien fou de me désoler et de m'agiter ainsi. » Mais mon cœur me répondit avec un battement : « C'est bien elle, c'est bien elle. » Je me rapprochai du lit, et je regardai avec un redoublement d'attention l'objet de mon incertitude. Vous l'avouerai-je? cette perfection de formes, quoique purifiée et sanctifiée par l'ombre de la mort, me troublait plus voluptueusement qu'il n'aurait fallu, et ce repos ressemblait tant à un sommeil que l'on s'y serait trompé. J'oubliais que j'étais venu là pour un office funèbre, et je m'imaginais que j'étais un jeune époux entrant dans la chambre de la fiancée qui cache sa figure par pudeur et qui ne se veut point laisser voir. Navré de douleur, éperdu de joie, frissonnant de crainte et de plaisir, je me penchai vers elle et je pris le coin du drap; je le soulevai lentement en retenant mon souffle de peur de l'éveiller. Mes artères palpitaient avec une telle force, que je les sentais siffler dans mes tempes, et mon front ruisselait de sueur comme si j'eusse remué une dalle de marbre. C'était en effet la Clarimonde telle que je l'avais vue à l'église lors de mon ordination; elle était aussi charmante, et la mort chez elle semblait une coquetterie de plus. La pâleur de ses joues, le rose moins vif de ses lèvres, ses longs cils baissés et découpant leur frange brune sur cette blancheur, lui donnaient une expression de chasteté mélancolique et de souffrance pensive d'une puissance de séduction inexprimable; ses longs cheveux dénoués, où se trouvaient encore mêlées quelques petites fleurs bleues, faisaient un oreiller à sa tête et protégeaient de leurs boucles la nudité de ses épaules; ses belles mains, plus pures, plus diaphanes que des hosties, étaient croisées dans une attitude de pieux repos et de tacite prière, qui corrigeait ce qu'auraient pu avoir de trop séduisant, même dans la mort, l'exquise rondeur et le poli d'ivoire de ses bras nus dont on n'avait pas ôté les bracelets de perles. Je restai longtemps absorbé dans une muette contemplation, et, plus je la regardais, moins je pouvais croire que la vie avait pour toujours abandonné ce beau corps. Je ne sais si cela était une illusion ou un reflet de la lampe, mais on eût dit que le sang recommençait à circuler sous cette mate pâleur; cependant elle était toujours de la plus parfaite immobilité. Je touchai légèrement son bras; il était froid, mais pas plus froid pourtant que sa main le jour qu'elle avait effleuré la mienne sous le portail de l'église. Je repris ma position, penchant ma figure sur la sienne et laissant pleuvoir sur ses joues la tiède rosée de mes larmes. Ah! quel sentiment amer de désespoir et d'impuissance! quelle agonie que cette veille! j'aurais voulu pouvoir ramasser ma vie en un monceau pour la lui donner et souffler sur sa dépouille glacée la flamme qui me dévorait. La nuit s'avançait, et, sentant approcher le moment de la séparation éternelle, je ne pus me refuser cette triste et suprême douceur de déposer un baiser sur les lèvres mortes de celle qui avait eu tout mon amour. Ô prodige! un léger souffle se mêla à mon souffle, et la bouche de Clarimonde répondit à la pression de la mienne : ses yeux s'ouvrirent et reprirent un peu d'éclat, elle fit un soupir, et, décroisant ses bras, elle les passa derrière mon cou avec un air de ravissement ineffable. « Ah! c'est toi, Romuald, dit-elle d'une voix languissante et douce comme les dernières vibrations d'une harpe; que fais-tu donc? Je t'ai attendu si longtemps, que je suis morte; mais maintenant nous sommes fiancés, je pourrai te voir et aller chez toi. Adieu, Romuald, adieu! je t'aime; c'est tout ce que je voulais te dire, et je te rends la vie que tu as rappelée sur moi une minute avec ton baiser; à bientôt. »

Sa tête retomba en arrière, mais elle m'entourait toujours de ses bras comme pour me retenir. Un tourbillon de vent furieux défonça la fenêtre et entra dans la chambre; la dernière feuille de la rose blanche palpita quelque temps comme une aile au bout de la tige, puis elle se détacha et s'envola par la croisée ouverte, emportant avec elle l'âme de Clarimonde. La lampe s'éteignit et je tombai évanoui sur le sein de la belle morte.

Quand je revins à moi, j'étais couché sur mon lit, dans ma petite chambre du presbytère, et le vieux chien de l'ancien curé léchait ma main allongée hors

de la couverture. Barbara s'agitait dans la chambre
avec un tremblement sénile, ouvrant et fermant des
tiroirs, ou remuant des poudres dans des verres. En
me voyant ouvrir les yeux, la vieille poussa un cri
de joie, le chien jappa et frétilla de la queue; mais
j'étais si faible, que je ne pus prononcer une seule
parole ni faire aucun mouvement. J'ai su depuis
que j'étais resté trois jours ainsi, ne donnant d'autre
signe d'existence qu'une respiration presque insensible. Ces trois jours ne comptent pas dans ma vie,
et je ne sais où mon esprit était allé pendant tout ce
temps; je n'en ai gardé aucun souvenir. Barbara
m'a conté que le même homme au teint cuivré, qui
m'était venu chercher pendant la nuit, m'avait
ramené le matin dans une litière fermée et s'en était
retourné aussitôt. Dès que je pus rappeler mes
idées, je repassai en moi-même toutes les circonstances de cette nuit fatale. D'abord je pensai que
j'avais été le jouet d'une illusion magique; mais
des circonstances réelles et palpables détruisirent
bientôt cette supposition. Je ne pouvais croire que
j'avais rêvé, puisque Barbara avait vu comme moi
l'homme aux deux chevaux noirs et qu'elle en
décrivait l'ajustement et la tournure avec exactitude. Cependant personne ne connaissait dans les
environs un château auquel s'appliquât la description du château où j'avais retrouvé Clarimonde.
   Un matin je vis entrer l'abbé Sérapion. Barbara
lui avait mandé que j'étais malade, et il était
accouru en toute hâte. Quoique cet empressement
démontrât de l'affection et de l'intérêt pour ma
personne, sa visite ne me fit pas le plaisir qu'elle
m'aurait dû faire. L'abbé Sérapion avait dans le
regard quelque chose de pénétrant et d'inquisiteur
qui me gênait. Je me sentais embarrassé et coupable
devant lui. Le premier il avait découvert mon

trouble intérieur, et je lui en voulais de sa clairvoyance.

Tout en me demandant des nouvelles de ma santé d'un ton hypocritement mielleux, il fixait sur moi ses deux jaunes prunelles de lion et plongeait comme une sonde ses regards dans mon âme. Puis il me fit quelques questions sur la manière dont je dirigeais ma cure, si je m'y plaisais, à quoi je passais le temps que mon ministère me laissait libre, si j'avais fait quelques connaissances parmi les habitants du lieu, quelles étaient mes lectures favorites, et mille autres détails semblables. Je répondais à tout cela le plus brièvement possible, et lui-même, sans attendre que j'eusse achevé, passait à autre chose. Cette conversation n'avait évidemment aucun rapport avec ce qu'il voulait dire. Puis, sans préparation aucune, et comme une nouvelle dont il se souvenait à l'instant et qu'il eût craint d'oublier ensuite, il me dit d'une voix claire et vibrante qui résonna à mon oreille comme les trompettes du jugement dernier :

« La grande courtisane Clarimonde est morte dernièrement, à la suite d'une orgie qui a duré huit jours et huit nuits. Ç'a été quelque chose d'infernalement splendide. On a renouvelé là les abominations des festins de Balthazar et de Cléopâtre. Dans quel siècle vivons-nous, bon Dieu! Les convives étaient servis par des esclaves basanés parlant un langage inconnu, et qui m'ont tout l'air de vrais démons; la livrée du moindre d'entre eux eût pu servir d'habit de gala à un empereur. Il a couru de tout temps sur cette Clarimonde de bien étranges histoires, et tous ses amants ont fini d'une manière misérable ou violente. On a dit que c'était une goule, un vampire femelle; mais je crois que c'était Belzébuth en personne. »

Il se tut et m'observa plus attentivement que jamais, pour voir l'effet que ses paroles avaient produit sur moi. Je n'avais pu me défendre d'un mouvement en entendant nommer Clarimonde, et cette nouvelle de sa mort, outre la douleur qu'elle me causait par son étrange coïncidence avec la scène nocturne dont j'avais été témoin, me jeta dans un trouble et un effroi qui parurent sur ma figure, quoi que je fisse pour m'en rendre maître. Sérapion me jeta un coup d'œil inquiet et sévère ; puis il me dit : « Mon fils, je dois vous en avertir, vous avez le pied levé sur un abîme, prenez garde d'y tomber. Satan a la griffe longue, et les tombeaux ne sont pas toujours fidèles. La pierre de Clarimonde devrait être scellée d'un triple sceau ; car ce n'est pas, à ce qu'on dit, la première fois qu'elle est morte. Que Dieu veille sur vous, Romuald ! »

Après avoir dit ces mots, Sérapion regagna la porte à pas lents, et je ne le revis plus ; car il partit pour S*** presque aussitôt.

J'étais entièrement rétabli et j'avais repris mes fonctions habituelles. Le souvenir de Clarimonde et les paroles du vieil abbé étaient toujours présents à mon esprit ; cependant aucun événement extraordinaire n'était venu confirmer les prévisions funèbres de Sérapion, et je commençais à croire que ses craintes et mes terreurs étaient trop exagérées ; mais une nuit je fis un rêve. J'avais à peine bu les premières gorgées du sommeil, que j'entendis ouvrir les rideaux de mon lit et glisser les anneaux sur les tringles avec un bruit éclatant ; je me soulevai brusquement sur le coude, et je vis une ombre de femme qui se tenait debout devant moi. Je reconnus sur-le-champ Clarimonde. Elle portait à la main une petite lampe de la forme de celles qu'on met dans les tombeaux, dont la lueur donnait à ses doigts effilés une transparence rose qui se prolongeait par une dégradation insensible jusque dans la blancheur opaque et laiteuse de son bras nu. Elle avait pour tout vêtement le suaire de lin qui la recouvrait sur son lit de parade, dont elle retenait les plis sur sa poitrine, comme honteuse d'être si peu vêtue, mais sa petite main n'y suffisait pas; elle était si blanche, que la couleur de la draperie se confondait avec celle des chairs sous le pâle rayon de la lampe. Enveloppée de ce fin tissu qui trahissait tous les contours de son corps, elle ressemblait à une statue de marbre de baigneuse antique plutôt qu'à une femme douée de vie. Morte ou vivante, statue ou femme, ombre ou corps, sa beauté était toujours la même; seulement l'éclat vert de ses prunelles était un peu amorti, et sa bouche, si vermeille autrefois, n'était plus teintée que d'un rose faible et tendre presque semblable à celui de ses joues. Les petites fleurs bleues que j'avais remarquées dans ses cheveux étaient tout à fait sèches et avaient presque perdu toutes leurs feuilles; ce qui ne l'empêchait pas d'être charmante, si charmante que, malgré la singularité de l'aventure et la façon inexplicable dont elle était entrée dans la chambre, je n'eus pas un instant de frayeur.

Elle posa la lampe sur la table et s'assit sur le pied de mon lit, puis elle me dit en se penchant vers moi avec cette voix argentine et veloutée à la fois que je n'ai connue qu'à elle :

« Je me suis bien fait attendre, mon cher Romuald, et tu as dû croire que je t'avais oublié. Mais je viens de bien loin, et d'un endroit d'où personne n'est encore revenu : il n'y a ni lune ni soleil au pays d'où j'arrive; ce n'est que de l'espace

et de l'ombre; ni chemin, ni sentier; point de terre
pour le pied, point d'air pour l'aile; et pourtant me
voici, car l'amour est plus fort que la mort, et il
finira par la vaincre. Ah! que de faces mornes et de
choses terribles j'ai vues dans mon voyage! Que de
peine mon âme, rentrée dans ce monde par la
puissance de la volonté, a eue pour retrouver son
corps et s'y réinstaller! Que d'efforts il m'a fallu
faire avant de lever la dalle dont on m'avait
couverte! Tiens! le dedans de mes pauvres mains
en est tout meurtri. Baise-les pour les guérir, cher
amour! » Elle m'appliqua l'une après l'autre les
paumes froides de ses mains sur la bouche; je les
baisai en effet plusieurs fois, et elle me regardait
faire avec un sourire d'ineffable complaisance.

Je l'avoue à ma honte, j'avais totalement oublié
les avis de l'abbé Sérapion et le caractère dont
j'étais revêtu. J'étais tombé sans résistance et au
premier assaut. Je n'avais pas même essayé de
repousser le tentateur; la fraîcheur de la peau de
Clarimonde pénétrait la mienne, et je me sentais
courir sur le corps de voluptueux frissons. La
pauvre enfant! malgré tout ce que j'en ai vu, j'ai
peine à croire encore que ce fût un démon; du
moins elle n'en avait pas l'air, et jamais Satan n'a
mieux caché ses griffes et ses cornes. Elle avait
reployé ses talons sous elle et se tenait accroupie sur
le bord de la couchette dans une position pleine de
coquetterie nonchalante. De temps en temps elle
passait sa petite main à travers mes cheveux et les
roulait en boucles comme pour essayer à mon
visage de nouvelles coiffures. Je me laissais faire
avec la plus coupable complaisance, et elle accompagnait tout cela du plus charmant babil. Une
chose remarquable, c'est que je n'éprouvais aucun
étonnement d'une aventure aussi extraordinaire, et,

avec cette facilité que l'on a dans la vision d'admettre comme fort simples les événements les plus bizarres, je ne voyais rien là que de parfaitement naturel.

« Je t'aimais bien longtemps avant de t'avoir vu, mon cher Romuald, et je te cherchais partout. Tu étais mon rêve, et je t'ai aperçu dans l'église au fatal moment; j'ai dit tout de suite : « C'est lui! » Je te jetai un regard où je mis tout l'amour que j'avais eu, que j'avais et que je devais avoir pour toi; un regard à damner un cardinal, à faire agenouiller un roi à mes pieds devant toute sa cour. Tu restas impassible et tu me préféras ton Dieu.

« Ah! que je suis jalouse de Dieu, que tu as aimé et que tu aimes encore plus que moi!

« Malheureuse, malheureuse que je suis! je n'aurai jamais ton cœur à moi toute seule, moi que tu as ressuscitée d'un baiser, Clarimonde la morte, qui force à cause de toi les portes du tombeau et qui vient te consacrer une vie qu'elle n'a reprise que pour te rendre heureux! »

Toutes ces paroles étaient entrecoupées de caresses délirantes qui étourdirent mes sens et ma raison au point que je ne craignis point pour la consoler de proférer un effroyable blasphème, et de lui dire que je l'aimais autant que Dieu.

Ses prunelles se ravivèrent et brillèrent comme des chrysoprases. « Vrai! bien vrai! autant que Dieu! dit-elle en m'enlaçant dans ses beaux bras. Puisque c'est ainsi, tu viendras avec moi, tu me suivras où je voudrai. Tu laisseras tes vilains habits noirs. Tu seras le plus fier et le plus envié des cavaliers, tu seras mon amant. Être l'amant avoué de Clarimonde, qui a refusé un pape, c'est beau, cela! Ah! la bonne vie bien heureuse, la belle

existence dorée que nous mènerons! Quand par-
tons-nous, mon gentilhomme?

— Demain! demain! m'écriai-je dans mon délire.

— Demain, soit! reprit-elle. J'aurai le temps de
changer de toilette, car celle-ci est un peu succincte
et ne vaut rien pour le voyage. Il faut aussi que
j'aille avertir mes gens qui me croient sérieusement
morte et qui se désolent tant qu'ils peuvent.
L'argent, les habits, les voitures, tout sera prêt; je
te viendrai prendre à cette heure-ci. Adieu, cher
cœur. » Et elle effleura mon front du bout de ses
lèvres. La lampe s'éteignit, les rideaux se refermèrent, et je ne vis plus rien; un sommeil de
plomb, un sommeil sans rêve s'appesantit sur moi
et me tint engourdi jusqu'au lendemain matin. Je
me réveillai plus tard que de coutume, et le
souvenir de cette singulière vision m'agita toute la
journée; je finis par me persuader que c'était une
pure vapeur de mon imagination échauffée. Cependant les sensations avaient été si vives, qu'il était
difficile de croire qu'elles n'étaient pas réelles, et ce
ne fut pas sans quelque appréhension de ce qui
allait arriver que je me mis au lit, après avoir prié
Dieu d'éloigner de moi les mauvaises pensées et de
protéger la chasteté de mon sommeil.

Je m'endormis bientôt profondément, et mon
rêve se continua. Les rideaux s'écartèrent, et je vis
Clarimonde, non pas, comme la première fois, pâle
dans son pâle suaire et les violettes de la mort sur
les joues, mais gaie, leste et pimpante, avec un
superbe habit de voyage en velours vert orné de
ganses d'or et retroussé sur le côté pour laisser voir
une jupe de satin. Ses cheveux blonds s'échappaient en grosses boucles de dessous un large
chapeau de feutre noir chargé de plumes blanches
capricieusement contournées; elle tenait à la main

une petite cravache terminée par un sifflet d'or.
Elle m'en toucha légèrement et me dit : « Eh bien!
beau dormeur, est-ce ainsi que vous faites vos
préparatifs? Je comptais vous trouver debout.
Levez-vous bien vite, nous n'avons pas de temps à
perdre. » Je sautai à bas du lit.

« Allons, habillez-vous et partons, dit-elle en me
montrant du doigt un petit paquet qu'elle avait
apporté; les chevaux s'ennuient et rongent leur
frein à la porte. Nous devrions déjà être à dix lieues
d'ici. »

Je m'habillai en hâte, et elle me tendait elle-
même les pièces du vêtement, en riant aux éclats de
ma gaucherie, et en m'indiquant leur usage quand
je me trompais. Elle donna du tour à mes cheveux,
et, quand ce fut fait, elle me tendit un petit miroir
de poche en cristal de Venise, bordé d'un filigrane
d'argent, et me dit : « Comment te trouves-tu?
veux-tu me prendre à ton service comme valet de
chambre? »

Je n'étais plus le même, et je ne me reconnus pas.
Je ne me ressemblais pas plus qu'une statue
achevée ne ressemble à un bloc de pierre. Mon
ancienne figure avait l'air de n'être que l'ébauche
grossière de celle que réfléchissait le miroir. J'étais
beau, et ma vanité fut sensiblement chatouillée de
cette métamorphose. Ces élégants habits, cette
riche veste brodée, faisaient de moi un tout autre
personnage, et j'admirais la puissance de quelques
aunes d'étoffe taillées d'une certaine manière.
L'esprit de mon costume me pénétrait la peau, et
au bout de dix minutes j'étais passablement fat.

Je fis quelques tours par la chambre pour me
donner de l'aisance. Clarimonde me regardait d'un
air de complaisance maternelle et paraissait très
contente de son œuvre. « Voilà bien assez d'enfan-

tillage, en route, mon cher Romuald! nous allons loin et nous n'arriverons pas. » Elle me prit la main et m'entraîna. Toutes les portes s'ouvraient devant elle aussitôt qu'elle les touchait, et nous passâmes devant le chien sans l'éveiller.

A la porte, nous trouvâmes Margheritone; c'était l'écuyer qui m'avait déjà conduit; il tenait en bride trois chevaux noirs comme les premiers, un pour moi, un pour lui, un pour Clarimonde. Il fallait que ces chevaux fussent des genets d'Espagne, nés de juments fécondées par le zéphyr[5]; car ils allaient aussi vite que le vent, et la lune, qui s'était levée à notre départ pour nous éclairer, roulait dans le ciel comme une roue détachée de son char; nous la voyions à notre droite sauter d'arbre en arbre et s'essouffler pour courir après nous. Nous arrivâmes bientôt dans une plaine où, auprès d'un bouquet d'arbres, nous attendait une voiture attelée de quatre vigoureuses bêtes; nous y montâmes, et les postillons leur firent prendre un galop insensé. J'avais un bras passé derrière la taille de Clarimonde et une de ses mains ployée dans la mienne; elle appuyait sa tête à mon épaule, et je sentais sa gorge demi nue frôler mon bras. Jamais je n'avais éprouvé un bonheur aussi vif. J'avais oublié tout en ce moment-là, et je ne me souvenais pas plus d'avoir été prêtre que de ce que j'avais fait dans le sein de ma mère, tant était grande la fascination que l'esprit malin exerçait sur moi. A dater de cette nuit, ma nature s'est en quelque sorte dédoublée, et il y eut en moi deux hommes dont l'un ne connaissait pas l'autre. Tantôt je me croyais un prêtre qui rêvait chaque soir qu'il était gentil- homme, tantôt un gentilhomme qui rêvait qu'il était prêtre. Je ne pouvais plus distinguer le songe de la veille, et je ne savais pas où commençait la réalité et où finissait l'illusion. Le jeune seigneur fat et libertin se raillait du prêtre, le prêtre détestait les dissolutions du jeune seigneur. Deux spirales enchevêtrées l'une dans l'autre et confondues sans se toucher jamais représentent très bien cette vie bicéphale qui fut la mienne. Malgré l'étrangeté de cette position, je ne crois pas avoir un seul instant touché à la folie. J'ai toujours conservé très nettes les perceptions de mes deux existences. Seulement, il y avait un fait absurde que je ne pouvais m'expliquer : c'est que le sentiment du même moi existât dans deux hommes si différents. C'était une anomalie dont je ne me rendais pas compte, soit que je crusse être le curé du petit village de ***, ou *il signor Romualdo,* amant en titre de la Clarimonde.

Toujours est-il que j'étais ou du moins que je croyais être à Venise; je n'ai pu encore bien démêler ce qu'il y avait d'illusion et de réalité dans cette bizarre aventure. Nous habitions un grand palais de marbre sur le Canaleio, plein de fresques et de statues, avec deux Titiens du meilleur temps dans la chambre à coucher de la Clarimonde, un palais digne d'un roi. Nous avions chacun notre gondole et nos barcarolles[6] à notre livrée, notre chambre de musique et notre poète. Clarimonde entendait la vie d'une grande manière, et elle avait un peu de Cléopâtre dans sa nature. Quant à moi, je menais un train de fils de prince, et je faisais une poussière comme si j'eusse été de la famille de l'un des douze apôtres ou des quatre évangélistes de la sérénissime république; je ne me serais pas détourné de mon chemin pour laisser passer le doge, et je ne crois pas que, depuis Satan qui tomba du ciel, personne ait été plus orgueilleux et plus insolent que moi. J'allais au Ridotto[7], et je jouais un jeu d'enfer. Je voyais la meilleure société du monde, des fils de famille ruinés, des femmes de théâtre, des escrocs, des parasites et des spadassins. Cependant, malgré la dissipation de cette vie, je restai fidèle à la Clarimonde. Je l'aimais éperdument. Elle eût réveillé la satiété même et fixé l'inconstance. Avoir Clarimonde, c'était avoir vingt maîtresses, c'était avoir toutes les femmes, tant elle était mobile, changeante et dissemblable d'elle-même; un vrai caméléon! Elle vous faisait commettre avec elle l'infidélité que vous eussiez commise avec d'autres, en prenant complètement le caractère, l'allure et le genre de beauté de la femme qui paraissait vous plaire. Elle me rendait mon amour au centuple, et c'est en vain que les jeunes patriciens et même les vieux du conseil des Dix lui firent les plus magnifiques propositions. Un Foscari alla même jusqu'à lui proposer de l'épouser; elle refusa tout. Elle avait assez d'or; elle ne voulait plus que de l'amour, un amour jeune, pur, éveillé par elle, et qui devait être le premier et le dernier. J'aurais été parfaitement heureux sans un maudit cauchemar qui revenait toutes les nuits, et où je me croyais un curé de village se macérant et faisant pénitence de mes excès du jour. Rassuré par l'habitude d'être avec elle, je ne songeais presque plus à la façon étrange dont j'avais fait connaissance avec Clarimonde. Cependant, ce qu'en avait dit l'abbé Sérapion me revenait quelquefois en mémoire et ne laissait pas que de me donner de l'inquiétude.

Depuis quelque temps la santé de Clarimonde n'était pas aussi bonne; son teint s'amortissait de jour en jour. Les médecins qu'on fit venir n'entendaient rien à sa maladie, et ils ne savaient qu'y faire. Ils prescrivirent quelques remèdes insignifiants et ne revinrent plus. Cependant elle pâlissait à vue d'œil et devenait de plus en plus froide. Elle était presque aussi blanche et aussi morte que la fameuse nuit dans le château inconnu. Je me désolais de la voir ainsi lentement dépérir. Elle, touchée de ma douleur, me souriait doucement et tristement avec le sourire fatal des gens qui savent qu'ils vont mourir.

Un matin, j'étais assis auprès de son lit, et je déjeunais sur une petite table pour ne la pas quitter d'une minute. En coupant un fruit, je me fis par hasard au doigt une entaille assez profonde. Le sang partit aussitôt en filets pourpres, et quelques gouttes rejaillirent sur Clarimonde. Ses yeux s'éclairèrent, sa physionomie prit une expression de joie féroce et sauvage que je ne lui avais jamais vue. Elle sauta à bas du lit avec une agilité animale, une agilité de singe ou de chat, et se précipita sur ma blessure qu'elle se mit à sucer avec un air d'indicible volupté. Elle avalait le sang par petites gorgées, lentement et précieusement, comme un gourmet qui savoure un vin de Xérès ou de Syracuse ; elle clignait les yeux à demi, et la pupille de ses prunelles vertes était devenue oblongue au lieu de ronde. De temps à autre elle s'interrompait pour me baiser la main, puis elle recommençait à presser de ses lèvres les lèvres de la plaie pour en faire sortir encore quelques gouttes rouges. Quand elle vit que le sang ne venait plus, elle se releva l'œil humide et brillant, plus rose qu'une aurore de mai, la figure pleine, la main tiède et moite, enfin plus belle que jamais et dans un état parfait de santé.

« Je ne mourrai pas ! je ne mourrai pas ! dit-elle à moitié folle de joie et en se pendant à mon cou ; je pourrai t'aimer encore longtemps. Ma vie est dans la tienne, et tout ce qui est moi vient de toi. Quelques gouttes de ton riche et noble sang, plus

précieux et plus efficace que tous les élixirs du
monde, m'ont rendu l'existence. »

Cette scène me préoccupa longtemps et m'inspira
d'étranges doutes à l'endroit de Clarimonde, et le
soir même, lorsque le sommeil m'eut ramené à mon
presbytère, je vis l'abbé Sérapion plus grave et plus
soucieux que jamais. Il me regarda attentivement et
me dit : « Non content de perdre votre âme, vous
voulez aussi perdre votre corps. Infortuné jeune
homme, dans quel piège êtes-vous tombé! » Le ton
dont il me dit ce peu de mots me frappa vivement;
mais, malgré sa vivacité, cette impression fut
bientôt dissipée, et mille autres soins l'effacèrent de
mon esprit. Cependant, un soir, je vis dans ma
glace, dont elle n'avait pas calculé la perfide
position, Clarimonde qui versait une poudre dans la
coupe de vin épicé qu'elle avait coutume de
préparer après le repas. Je pris la coupe, je feignis
d'y porter mes lèvres, et je la posai sur quelque
meuble comme pour l'achever plus tard à mon
loisir, et, profitant d'un instant où la belle avait le
dos tourné, j'en jetai le contenu sous la table; après
quoi je me retirai dans ma chambre et je me couchai,
bien déterminé à ne pas dormir et à voir ce que tout
cela deviendrait. Je n'attendis pas longtemps;
Clarimonde entra en robe de nuit, et, s'étant
débarrassée de ses voiles, s'allongea dans le lit
auprès de moi. Quand elle se fut bien assurée que je
dormais, elle découvrit mon bras et tira une épingle
d'or de sa tête; puis elle se mit à murmurer à voix
basse :

« Une goutte, rien qu'une petite goutte rouge,
un rubis au bout de mon aiguille!... Puisque tu
m'aimes encore, il ne faut pas que je meure... Ah!
pauvre amour! Ton beau sang d'une couleur
pourpre si éclatante, je vais le boire. Dors, mon seul

bien; dors, mon dieu, mon enfant; je ne te ferai pas
de mal, je ne prendrai de ta vie que ce qu'il faudra
pour ne pas laisser éteindre la mienne. Si je ne
t'aimais pas tant, je pourrais me résoudre à avoir
d'autres amants dont je tarirais les veines; mais
depuis que je te connais, j'ai tout le monde en
horreur... Ah! le beau bras! comme il est rond!
comme il est blanc! Je n'oserai jamais piquer cette
jolie veine bleue. » Et, tout en disant cela, elle
pleurait, et je sentais pleuvoir ses larmes sur mon
bras qu'elle tenait entre ses mains. Enfin elle se
décida, me fit une petite piqûre avec son aiguille et
se mit à pomper le sang qui en coulait. Quoiqu'elle
en eût bu à peine quelques gouttes, la crainte de
m'épuiser la prenant, elle m'entoura avec soin le
bras d'une petite bandelette après avoir frotté la
plaie d'un onguent qui la cicatrisa sur-le-champ.

Je ne pouvais plus avoir de doutes, l'abbé
Sérapion avait raison. Cependant, malgré cette
certitude, je ne pouvais m'empêcher d'aimer Clarimonde, et je lui aurais volontiers donné tout le sang
dont elle avait besoin pour soutenir son existence
factice. D'ailleurs, je n'avais pas grand'peur; la
femme me répondait du vampire, et ce que j'avais
entendu et vu me rassurait complètement; j'avais
alors des veines plantureuses qui ne se seraient pas
de sitôt épuisées, et je ne marchandais pas ma vie
goutte à goutte. Je me serais ouvert le bras moi-
même et je lui aurais dit : « Bois! et que mon amour
s'infiltre dans ton corps avec mon sang! » J'évitais
de faire la moindre allusion au narcotique qu'elle
m'avait versé et à la scène de l'aiguille, et nous
vivions dans le plus parfait accord. Pourtant mes
scrupules de prêtre me tourmentaient plus que
jamais, et je ne savais quelle macération nouvelle
inventer pour mater et mortifier ma chair. Quoique

toutes ces visions fussent involontaires et que je n'y participasse en rien, je n'osais pas toucher le Christ avec des mains aussi impures et un esprit souillé par de pareilles débauches réelles ou rêvées. Pour éviter de tomber dans ces fatigantes hallucinations, j'essayais de m'empêcher de dormir, je tenais mes paupières ouvertes avec les doigts et je restais debout au long des murs, luttant contre le sommeil de toutes mes forces; mais le sable de l'assoupissement me roulait bientôt dans les yeux, et, voyant que toute lutte était inutile, je laissais tomber les bras de découragement et de lassitude, et le courant me rentraînait vers les rives perfides. Sérapion me faisait les plus véhémentes exhortations, et me reprochait durement ma mollesse et mon peu de ferveur. Un jour que j'avais été plus agité qu'à l'ordinaire, il me dit : « Pour vous débarrasser de cette obsession, il n'y a qu'un moyen, et, quoiqu'il soit extrême, il le faut employer : aux grands maux les grands remèdes. Je sais où Clarimonde a été enterrée; il faut que nous la déterrions et que vous voyiez dans quel état pitoyable est l'objet de votre amour; vous ne serez plus tenté de perdre votre âme pour un cadavre immonde dévoré des vers et près de tomber en poudre; cela vous fera assurément rentrer en vous-même. » Pour moi, j'étais si fatigué de cette double vie, que j'acceptai : voulant savoir, une fois pour toutes, qui du prêtre ou du gentilhomme était dupe d'une illusion, j'étais décidé à tuer au profit de l'un ou de l'autre un des deux hommes qui étaient en moi ou à les tuer tous deux, car une pareille vie ne pouvait durer. L'abbé Sérapion se munit d'une pioche, d'un levier et d'une lanterne, et à minuit nous nous dirigeâmes vers le cimetière de ***, dont il connaissait parfaitement le gisement et la disposition. Après avoir porté la lumière de la lanterne sourde sur les inscriptions de plusieurs tombeaux, nous arrivâmes enfin à une pierre à moitié cachée par les grandes herbes et dévorée de mousses et de plantes parasites, où nous déchiffrâmes ce commencement d'inscription :

> *Ici gît Clarimonde*
> *Qui fut de son vivant*
> *La plus belle du monde.*
> ....

« C'est bien ici, » dit Sérapion, et, posant à terre sa lanterne, il glissa la pince dans l'interstice de la pierre et commença à la soulever. La pierre céda, et il se mit à l'ouvrage avec la pioche. Moi, je le regardais faire, plus noir et plus silencieux que la nuit elle-même ; quant à lui, courbé sur son œuvre funèbre, il ruisselait de sueur, il haletait, et son souffle pressé avait l'air d'un râle d'agonisant. C'était un spectacle étrange, et qui nous eût vus du dehors nous eût plutôt pris pour des profanateurs et des voleurs de linceuls, que pour des prêtres de Dieu. Le zèle de Sérapion avait quelque chose de dur et de sauvage qui le faisait ressembler à un démon plutôt qu'à un apôtre ou à un ange, et sa figure aux grands traits austères et profondément découpés par le reflet de la lanterne n'avait rien de très rassurant. Je me sentais perler sur les membres une sueur glaciale, et mes cheveux se redressaient douloureusement sur ma tête ; je regardais au fond de moi-même l'action du sévère Sérapion comme un abominable sacrilège, et j'aurais voulu que du flanc des sombres nuages qui roulaient pesamment au-dessus de nous sortît un triangle de feu qui le réduisît en poudre. Les hiboux perchés sur les cyprès, inquiétés par l'éclat de la lanterne, en venaient fouetter lourdement la vitre avec leurs ailes poussiéreuses, en jetant des gémissements plaintifs; les renards glapissaient dans le lointain, et mille bruits sinistres se dégageaient du silence. Enfin la pioche de Sérapion heurta le cercueil dont les planches retentirent avec un bruit sourd et sonore, avec ce terrible bruit que rend le néant quand on y touche; il en renversa le couvercle, et j'aperçus Clarimonde pâle comme un marbre, les mains jointes; son blanc suaire ne faisait qu'un seul pli de sa tête à ses pieds. Une petite goutte rouge brillait comme une rose au coin de sa bouche décolorée. Sérapion, à cette vue, entra en fureur : « Ah! te voilà, démon, courtisane impudique, buveuse de sang et d'or! » et il aspergea d'eau bénite le corps et le cercueil sur lequel il traça la forme d'une croix avec son goupillon. La pauvre Clarimonde n'eut pas été plus tôt touchée par la sainte rosée que son beau corps tomba en poussière; ce ne fut plus qu'un mélange affreusement informe de cendres et d'os à demi calcinés. « Voilà votre maîtresse, seigneur Romuald, dit l'inexorable prêtre en me montrant ces tristes dépouilles, serez-vous encore tenté d'aller vous promener au Lido et à Fusine avec votre beauté? » Je baissai la tête; une grande ruine venait de se faire au dedans de moi. Je retournai à mon presbytère, et le seigneur Romuald, amant de Clarimonde, se sépara du pauvre prêtre, à qui il avait tenu pendant si longtemps une si étrange compagnie. Seulement, la nuit suivante, je vis Clarimonde; elle me dit, comme la première fois sous le portail de l'église : « Malheureux! malheureux! qu'as-tu fait? Pourquoi as-tu écouté ce prêtre imbécile? n'étais-tu pas heureux? et que t'avais-je fait, pour violer ma pauvre tombe et mettre à nu les misères de mon néant ? Toute communication entre nos âmes et nos corps est rompue désormais. Adieu, tu me regretteras. » Elle se dissipa dans l'air comme une fumée, et je ne la revis plus.

Hélas ! elle a dit vrai : je l'ai regrettée plus d'une fois et je la regrette encore. La paix de mon âme a été bien chèrement achetée ; l'amour de Dieu n'était pas de trop pour remplacer le sien. Voilà, frère, l'histoire de ma jeunesse. Ne regardez jamais une femme, et marchez toujours les yeux fixés en terre, car, si chaste et si calme que vous soyez, il suffit d'une minute pour vous faire perdre l'éternité.

Le Chevalier double

Qui rend donc la blonde Edwige si triste ? que fait-elle assise à l'écart, le menton dans sa main et le coude au genou, plus morne que le désespoir, plus pâle que la statue d'albâtre qui pleure sur un tombeau ?

Du coin de sa paupière une grosse larme roule sur le duvet de sa joue, une seule, mais qui ne tarit jamais ; comme cette goutte d'eau qui suinte des voûtes du rocher et qui à la longue use le granit, cette seule larme, en tombant sans relâche de ses yeux sur son cœur, l'a percé et traversé à jour.

Edwige, blonde Edwige, ne croyez-vous plus à Jésus-Christ le doux Sauveur ? doutez-vous de l'indulgence de la très sainte Vierge Marie ? Pourquoi portez-vous sans cesse à votre flanc vos petites mains diaphanes, amaigries et fluettes comme celles des Elfes et des Willis [1] ? Vous allez être mère ; c'était votre plus cher vœu ; votre noble époux, le comte Lodbrog, a promis un autel d'argent massif, un ciboire d'or fin à l'église de Saint-Euthbert si vous lui donniez un fils.

Hélas ! hélas ! la pauvre Edwige a le cœur percé des sept glaives de la douleur ; un terrible secret pèse sur son âme. Il y a quelque mois, un étranger est venu au château ; il faisait un terrible temps cette nuit-là : les tours tremblaient dans leur charpente, les girouettes piaulaient, le feu rampait dans la cheminée, et le vent frappait à la vitre comme un importun qui veut entrer.

L'étranger était beau comme un ange, mais comme un ange tombé ; il souriait doucement et regardait doucement, et pourtant ce regard et ce sourire vous glaçaient de terreur et vous inspiraient l'effroi qu'on éprouve en se penchant sur un abîme. Une grâce scélérate, une langueur perfide comme celle du tigre qui guette sa proie, accompagnaient tous ses mouvements ; il charmait à la façon du serpent qui fascine l'oiseau.

Cet étranger était un maître chanteur ; son teint bruni montrait qu'il avait vu d'autres cieux ; il disait venir du fond de la Bohème, et demandait l'hospitalité pour cette nuit-là seulement.

Il resta cette nuit, et encore d'autres jours et encore d'autres nuits, car la tempête ne pouvait s'apaiser, et le vieux château s'agitait sur ses fondements comme si la rafale eût voulu le déraciner et faire tomber sa couronne de créneaux dans les eaux écumeuses du torrent.

Pour charmer le temps, il chantait d'étranges poésies qui troublaient le cœur et donnaient des idées furieuses ; tout le temps qu'il chantait, un corbeau noir vernissé, luisant comme le jais, se tenait sur son épaule ; il battait la mesure avec son bec d'ébène, et semblait applaudir en secouant ses ailes. — Edwige pâlissait, pâlissait comme les lis du clair de lune ; Edwige rougissait, rougissait comme les roses de l'aurore, et se laissait aller en arrière dans son grand fauteuil, languissante, à demi morte, enivrée comme si elle avait respiré le parfum fatal de ces fleurs qui font mourir.

Enfin le maître chanteur put partir ; un petit

sourire bleu venait de dérider la face du ciel. Depuis ce jour, Edwige, la blonde Edwige ne fait que pleurer dans l'angle de la fenêtre.

Edwige est mère; elle a un bel enfant tout blanc et tout vermeil. — Le vieux comte Lodbrog a commandé au fondeur l'autel d'argent massif, et il a donné mille pièces d'or à l'orfèvre dans une bourse de peau de renne pour fabriquer le ciboire; il sera large et lourd, et tiendra une grande mesure de vin. Le prêtre qui le videra pourra dire qu'il est un bon buveur.

L'enfant est tout blanc et tout vermeil, mais il a le regard noir de l'étranger : sa mère l'a bien vu. Ah! pauvre Edwige! pourquoi avez-vous tant regardé l'étranger avec sa harpe et son corbeau?...

Le chapelain ondoie l'enfant; — on lui donne le nom d'Oluf, un bien beau nom! — Le mire monte sur la plus haute tour pour lui tirer l'horoscope.

Le temps était clair et froid : comme une mâchoire de loup cervier aux dents aiguës et blanches, une découpure de montagnes couvertes de neiges mordait le bord de la robe du ciel; les étoiles larges et pâles brillaient dans la crudité bleue de la nuit comme des soleils d'argent.

Le mire prend la hauteur, remarque l'année, le jour et la minute; il fait de longs calculs en encre rouge sur un long parchemin tout constellé de signes cabalistiques; il rentre dans son cabinet, et remonte sur la plateforme, il ne s'est pourtant pas trompé dans ses supputations, son thème de nativité est juste comme un trébuchet à peser les pierres fines; cependant il recommence : il n'a pas fait d'erreur.

Le petit comte Oluf a une étoile double, une verte et une rouge, verte comme l'espérance, rouge comme l'enfer; l'une favorable, l'autre désastreuse.

Cela s'est-il jamais vu qu'un enfant ait une étoile double?

Avec un air grave et compassé le mire rentre dans la chambre de l'accouchée et dit, en passant sa main osseuse dans les flots de sa grande barbe de mage :

« Comtesse Edwige, et vous, comte Lodbrog, deux influences ont présidé à la naissance d'Oluf, votre précieux fils : l'une bonne, l'autre mauvaise; c'est pourquoi il a une étoile verte et une étoile rouge. Il est soumis à un double ascendant; il sera très heureux ou très malheureux, je ne sais lequel; peut-être tous les deux à la fois. »

Le comte Lodbrog répondit au mire : « L'étoile verte l'emportera. » Mais Edwige craignait dans son cœur de mère que ce ne fût la rouge. Elle remit son menton dans sa main, son coude sur son genou, et recommença à pleurer dans le coin de la fenêtre. Après avoir allaité son enfant, son unique occupation était de regarder à travers la vitre la neige descendre en flocons drus et pressés, comme si l'on eût plumé là-haut les ailes blanches de tous les anges et de tous les chérubins.

De temps en temps un corbeau passait devant la vitre, croassant et secouant cette poussière argentée. Cela faisait penser Edwige au corbeau singulier qui se tenait toujours sur l'épaule de l'étranger au doux regard de tigre, au charmant sourire de vipère.

Et ses larmes tombaient plus vite de ses yeux sur son cœur, sur son cœur percé à jour.

Le jeune Oluf est un enfant bien étrange : on dirait qu'il y a dans sa petite peau blanche et vermeille deux enfants d'un caractère différent; un jour il est bon comme un ange, un autre jour il est méchant comme un diable, il mord le sein de sa mère, et déchire à coup d'ongles le visage de sa gouvernante.

Le vieux comte Lodbrog, souriant dans sa moustache grise, dit qu'Oluf fera un bon soldat et qu'il a l'humeur belliqueuse. Le fait est qu'Oluf est un petit drôle insupportable : tantôt il pleure, tantôt il rit; il est capricieux comme la lune, fantasque comme une femme; il va, vient, s'arrête tout à coup sans motif apparent, abandonne ce qu'il avait entrepris et fait succéder à la turbulence la plus inquiète l'immobilité la plus absolue; quoiqu'il soit seul, il paraît converser avec un interlocuteur invisible! Quand on lui demande la cause de toutes ces agitations, il dit que l'étoile rouge le tourmente.

Oluf a bientôt quinze ans. Son caractère devient de plus en plus inexplicable; sa physionomie, quoique parfaitement belle, est d'une expression embarrassante; il est blond comme sa mère, avec tous les traits de la race du Nord; mais sous son front blanc comme la neige que n'a rayée encore ni le patin du chasseur ni maculée le pied de l'ours, et qui est bien le front de la race antique des Lodbrog, scintille entre deux paupières orangées un œil aux longs cils noirs, un œil de jais illuminé des fauves ardeurs de la passion italienne, un regard velouté, cruel et doucereux comme celui du maître chanteur de Bohème.

Comme les mois s'envolent, et plus vite encore les années! Edwige repose maintenant sous les arches ténébreuses du caveau des Lodbrog, à côté du vieux comte, souriant, dans son cercueil, de ne pas voir son nom périr. Elle était déjà si pâle que la mort ne l'a pas beaucoup changée. Sur son tombeau il y a une belle statue couchée, les mains jointes, et les pieds sur une levrette de marbre, fidèle compagnie des trépassés. Ce qu'a dit Edwige à sa dernière heure, nul ne le sait, mais le prêtre qui la confessait est devenu plus pâle encore que la mourante.

Oluf, le fils brun et blond d'Edwige la désolée, a vingt ans aujourd'hui. Il est très adroit à tous les exercices ; nul ne tire mieux l'arc que lui ; il refend la flèche qui vient de se planter en tremblant dans le cœur du but ; sans mors ni éperon il dompte les chevaux les plus sauvages.

Il n'a jamais impunément regardé une femme ou une jeune fille ; mais aucune de celles qui l'ont aimé n'a été heureuse. L'inégalité fatale de son caractère s'oppose à toute réalisation de bonheur entre une femme et lui. Une seule de ses moitiés ressent de la passion, l'autre éprouve de la haine ; tantôt l'étoile verte l'emporte, tantôt l'étoile rouge. Un jour il vous dit : « O blanches vierges du Nord, étincelantes et pures comme les glaces du pôle ; prunelles de clair de lune ; joues nuancées des fraîcheurs de l'aurore boréale ! » Et l'autre jour il s'écriait : « O filles d'Italie, dorées par le soleil et blondes comme l'orange ! cœurs de flamme dans des poitrines de bronze ! » Ce qu'il y a de plus triste, c'est qu'il est sincère dans les deux exclamations.

Hélas ! pauvres désolées, tristes ombres plaintives, vous ne l'accusez même pas, car vous savez qu'il est plus malheureux que vous ; son cœur est un terrain sans cesse foulé par les pieds de deux lutteurs inconnus, dont chacun, comme dans le combat de Jacob et de l'Ange, cherche à dessécher le jarret de son adversaire.

Si l'on allait au cimetière, sous les larges feuilles veloutées du verbascum aux profondes découpures, sous l'asphodèle aux rameaux d'un vert malsain, dans la folle avoine et les orties, l'on trouverait plus d'une pierre abandonnée où la rosée du matin répand seule ses larmes. Mina, Dora, Thécla ! la terre est-elle bien lourde à vos seins délicats et à vos corps charmants ?

Un jour Oluf appelle Dietrich, son fidèle écuyer ; il lui dit de seller son cheval.

« Maître, regardez comme la neige tombe, comme le vent siffle et fait ployer jusqu'à terre la cime des sapins ; n'entendez-vous pas dans le lointain hurler les loups maigres et bramer ainsi que des âmes en peine les rennes à l'agonie ?

— Dietrich, mon fidèle écuyer, je secouerai la neige comme on fait d'un duvet qui s'attache au manteau, je passerai sous l'arceau des sapins en inclinant un peu l'aigrette de mon casque. Quant aux loups, leurs griffes s'émousseront sur cette bonne armure, et du bout de mon épée fouillant la glace, je découvrirai au pauvre renne, qui geint et pleure à chaudes larmes, la mousse fraîche et fleurie qu'il ne peut atteindre. »

Le comte Oluf de Lodbrog, car tel est son titre depuis que le vieux comte est mort, part sur son bon cheval, accompagné de ses deux chiens géants, Murg et Fenris [2], car le jeune seigneur aux paupières couleur d'orange a un rendez-vous, et déjà peut-être, du haut de la petite tourelle aiguë en forme de poivrière, se penche sur le balcon sculpté, malgré le froid et la bise, la jeune fille inquiète, cherchant à démêler dans la blancheur de la plaine le panache du chevalier.

Oluf, sur son grand cheval à formes d'éléphant, dont il laboure les flancs à coups d'éperon, s'avance dans la campagne ; il traverse le lac, dont le froid n'a fait qu'un seul bloc de glace, où les poissons sont enchâssés, les nageoires étendues, comme des pétrifications dans la pâte du marbre ; les quatre fers du cheval, armés de crochets, mordent solidement la dure surface ; un brouillard, produit par sa sueur et sa respiration, l'enveloppe et le suit; on dirait qu'il galope dans un nuage; les deux chiens, Murg et Fenris, soufflent, de chaque côté de leur maître, par leurs naseaux sanglants, de longs jets de fumée comme des animaux fabuleux.

Voici le bois de sapins; pareils à des spectres, ils étendent leurs bras appesantis chargés de nappes blanches; le poids de la neige courbe les plus jeunes et les plus flexibles : on dirait une suite d'arceaux d'argent. La noire terreur habite dans cette forêt, où les rochers affectent des formes monstrueuses, où chaque arbre, avec ses racines, semble couver à ses pieds un nid de dragons engourdis [3]. Mais Oluf ne connaît pas la terreur.

Le chemin se resserre de plus en plus, les sapins croisent inextricablement leurs branches lamentables; à peine de rares éclaircies permettent-elles de voir la chaîne de collines neigeuses qui se détachent en blanches ondulations sur le ciel noir et terne.

Heureusement Mopse est un vigoureux coursier qui porterait sans plier Odin le gigantesque; nul obstacle ne l'arrête; il saute par-dessus les rochers, il enjambe les fondrières, et de temps en temps il arrache aux cailloux que son sabot heurte sous la neige une aigrette d'étincelles aussitôt éteintes.

« Allons, Mopse, courage! tu n'as plus à traverser que la petite plaine et le bois de bouleaux; une jolie main caressera ton col satiné, et dans une écurie bien chaude tu mangeras de l'orge mondée et de l'avoine à pleine mesure. »

Quel charmant spectacle que le bois de bouleaux! toutes les branches sont ouatées d'une peluche de givre, les plus petites brindilles se dessinent en blanc sur l'obscurité de l'atmosphère : on dirait une immense corbeille de filigrane, un madrépore

d'argent, une grotte avec tous ses stalactites; les
ramifications et les fleurs bizarres dont la gelée
étame les vitres n'offrent pas des dessins plus
compliqués et plus variés.

« Seigneur Oluf, que vous avez tardé! j'avais
peur que l'ours de la montagne vous eût barré le
chemin ou que les elfes vous eussent invité à
danser, dit la jeune châtelaine en faisant asseoir
Oluf sur le fauteuil de chêne dans l'intérieur de la
cheminée. Mais pourquoi êtes-vous venu au rendez-vous d'amour avec un compagnon? Aviez-vous
donc peur de passer tout seul par la forêt?

— De quel compagnon voulez-vous parler, fleur
de mon âme? dit Oluf très surpris à la jeune
châtelaine.

— Du chevalier à l'étoile rouge que vous menez
toujours avec vous. Celui qui est né d'un regard du
chanteur bohémien, l'esprit funeste qui vous possède; défaites-vous du chevalier à l'étoile rouge, ou
je n'écouterai jamais vos propos d'amour; je ne puis
être la femme de deux hommes à la fois. »

Oluf eut beau faire et beau dire, il ne put
seulement parvenir à baiser le petit doigt rose de la
main de Brenda; il s'en alla fort mécontent et
résolu à combattre le chevalier à l'étoile rouge s'il
pouvait le rencontrer.

Malgré l'accueil sévère de Brenda, Oluf reprit le
lendemain la route du château à tourelles en forme
de poivrière : les amoureux ne se rebutent pas
aisément.

Tout en cheminant il se disait : « Brenda sans
doute est folle, et que veut-elle dire avec son
chevalier à l'étoile rouge? »

La tempête était des plus violentes; la neige
tourbillonnait et permettait à peine de distinguer la
terre du ciel. Une spirale de corbeaux, malgré les

abois de Fenris et de Murg, qui sautaient en l'air pour les saisir, tournoyait sinistrement au-dessus du panache d'Oluf. A leur tête était le corbeau luisant comme le jais qui battait la mesure sur l'épaule du chanteur bohémien.

Fenris et Murg s'arrêtent subitement : leurs naseaux mobiles hument l'air avec inquiétude ; ils subodorent la présence d'un ennemi. — Ce n'est point un loup ni un renard ; un loup et un renard ne seraient qu'une bouchée pour ces braves chiens.

Un bruit de pas se fait entendre, et bientôt paraît au détour du chemin un chevalier monté sur un cheval de grande taille et suivi de deux chiens énormes.

Vous l'auriez pris pour Oluf. Il était armé exactement de même, avec un surcot historié du même blason ; seulement il portait sur son casque une plume rouge au lieu d'une verte. La route était si étroite qu'il fallait que l'un des deux chevaliers reculât.

« Seigneur Oluf, reculez-vous pour que je passe, dit le chevalier à la visière baissée. Le voyage que je fais est un long voyage ; on m'attend, il faut que j'arrive.

— Par la moustache de mon père, c'est vous qui reculerez. Je vais à un rendez-vous d'amour, et les amoureux sont pressés », répondit Oluf en portant la main sur la garde de son épée.

L'inconnu tira la sienne, et le combat commença. Les épées, en tombant sur les mailles d'acier, en faisaient jaillir des gerbes d'étincelles pétillantes ; bientôt, quoique d'une trempe supérieure, elles furent ébréchées comme des scies. On eût pris les combattants, à travers la fumée de leurs chevaux et la brume de leur respiration haletante, pour deux noirs forgerons acharnés sur un fer rouge. Les chevaux, animés de la même rage que leurs maîtres, mordaient à belles dents leurs cous veineux, et s'enlevaient des lambeaux de poitrail; ils s'agitaient avec des soubresauts furieux, se dressaient sur leurs pieds de derrière, et se servant de leurs sabots comme de poings fermés, ils se portaient des coups terribles pendant que leurs cavaliers se martelaient affreusement par-dessus leurs têtes; les chiens n'étaient qu'une morsure et qu'un hurlement.

Les gouttes de sang, suintant à travers les écailles imbriquées des armures et tombant toutes tièdes sur la neige, y faisaient de petits trous roses. Au bout de peu d'instants l'on aurait dit un crible, tant les gouttes tombaient fréquentes et pressées. Les deux chevaliers étaient blessés.

Chose étrange, Oluf sentait les coups qu'il portait au chevalier inconnu; il souffrait des blessures qu'il faisait et de celles qu'il recevait : il avait éprouvé un grand froid dans la poitrine, comme d'un fer qui entrerait et chercherait le cœur, et pourtant sa cuirasse n'était pas faussée à l'endroit du cœur : sa seule blessure était un coup dans les chairs au bras droit. Singulier duel, où le vainqueur souffrait autant que le vaincu, où donner et recevoir était une chose indifférente.

Ramassant ses forces, Oluf fit voler d'un revers le terrible heaume de son adversaire. — O terreur! que vit le fils d'Edwige et de Lodbrog? il se vit lui-même devant lui : un miroir eût été moins exact. Il s'était battu avec son propre spectre, avec le chevalier à l'étoile rouge; le spectre jeta un grand cri et disparut.

La spirale de corbeaux remonta dans le ciel et le brave Oluf continua son chemin; en revenant le soir à son château, il portait en croupe la jeune châtelaine, qui cette fois avait bien voulu l'écouter.

Le chevalier à l'étoile rouge n'étant plus là, elle s'était décidée à laisser tomber de ses lèvres de rose, sur le cœur d'Oluf, cet aveu qui coûte tant à la pudeur. La nuit était claire et bleue, Oluf leva la tête pour chercher sa double étoile et la faire voir à sa fiancée : il n'y avait plus que la verte, la rouge avait disparu.

En entrant, Brenda, tout heureuse de ce prodige qu'elle attribuait à l'amour, fit remarquer au jeune Oluf que le jais de ses yeux s'était changé en azur, signe de réconciliation céleste. — Le vieux Lodbrog en sourit d'aise sous sa moustache blanche au fond de son tombeau ; car, à vrai dire, quoiqu'il n'en eût rien témoigné, les yeux d'Oluf l'avaient quelquefois fait réfléchir. — L'ombre d'Edwige est toute joyeuse, car l'enfant du noble seigneur Lodbrog a enfin vaincu l'influence maligne de l'œil orange, du corbeau noir et de l'étoile rouge : l'homme a terrassé l'incube.

Cette histoire montre comme un seul moment d'oubli, un regard même innocent, peuvent avoir d'influence.

Jeunes femmes, ne jetez jamais les yeux sur les maîtres chanteurs de Bohème, qui récitent des poésies enivrantes et diaboliques. Vous, jeunes filles, ne vous fiez qu'à l'étoile verte ; et vous qui avez le malheur d'être double, combattez bravement, quand même vous devriez frapper sur vous et vous blesser de votre propre épée, l'adversaire intérieur, le méchant chevalier.

Si vous demandez qui nous a apporté cette légende de Norwége, c'est un cygne ; un bel oiseau au bec jaune, qui a traversé le Fiord, moitié nageant, moitié volant.

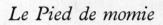

Le Pied de momie

J'étais entré par désœuvrement chez un de ces marchands de curiosités dits marchands de bric-à-brac dans l'argot parisien, si parfaitement inintelligible pour le reste de la France[1].

Vous avez sans doute jeté l'œil, à travers le carreau, dans quelques-unes de ces boutiques devenues si nombreuses depuis qu'il est de mode d'acheter des meubles anciens, et que le moindre agent de change se croit obligé d'avoir sa *chambre moyen âge*.

C'est quelque chose qui tient à la fois de la boutique du ferrailleur, du magasin du tapissier, du laboratoire de l'alchimiste et de l'atelier du peintre; dans ces antres mystérieux où les volets filtrent un prudent demi-jour, ce qu'il y a de plus notoirement ancien, c'est la poussière; les toiles d'araignées y sont plus authentiques que les guipures, et le vieux poirier y est plus jeune que l'acajou arrivé hier d'Amérique.

Le magasin de mon marchand de bric-à-brac était un véritable Capharnaüm; tous les siècles et tous les pays semblaient s'y être donné rendez-vous; une lampe étrusque de terre rouge posait sur une armoire de Boule, aux panneaux d'ébène sévèrement rayés de filaments de cuivre; une

duchesse du temps de Louis XV allongeait nonchalamment ses pieds de biche sous une épaisse table
du règne de Louis XIII, aux lourdes spirales de
bois de chêne, aux sculptures entremêlées de
feuillages et de chimères.

Une armure damasquinée de Milan faisait miroiter dans un coin le ventre rubané de sa cuirasse ;
des amours et des nymphes de biscuit, des magots
de la Chine, des cornets de céladon et de craquelé,
des tasses de Saxe et de vieux Sèvres encombraient
les étagères et les encoignures.

Sur les tablettes denticulées des dressoirs, rayonnaient d'immenses plats du Japon, aux dessins
rouges et bleus, relevés de hachures d'or, côte à
côte avec des émaux de Bernard Palissy, représentant des couleuvres, des grenouilles et des lézards
en relief.

Des armoires éventrées s'échappaient des cas-
cades de lampas glacé d'argent, des flots de
brocatelle criblée de grains lumineux par un
oblique rayon de soleil ; des portraits de toutes les
époques souriaient à travers leur vernis jaune dans
des cadres plus ou moins fanés.

Le marchand me suivait avec précaution dans le
tortueux passage pratiqué entre les piles de
meubles, abattant de la main l'essor hasardeux des
basques de mon habit, surveillant mes coudes avec
l'attention inquiète de l'antiquaire et de l'usurier.

C'était une singulière figure que celle du marchand : un crâne immense, poli comme un genou,
entouré d'une maigre auréole de cheveux blancs
que faisait ressortir plus vivement le ton saumon
clair de la peau, lui donnait un faux air de
bonhomie patriarcale, corrigée, du reste, par le
scintillement de deux petits yeux jaunes qui tremblotaient dans leur orbite comme deux louis d'or

sur du vif-argent. La courbure du nez avait une silhouette aquiline qui rappelait le type oriental ou juif. Ses mains, maigres, fluettes, veinées, pleines de nerfs en saillie comme les cordes d'un manche à violon, onglées de griffes semblables à celles qui terminent les ailes membraneuses des chauves-souris, avait un mouvement d'oscillation sénile, inquiétant à voir ; mais ces mains agitées de tics fiévreux devenaient plus fermes que des tenailles d'acier ou des pinces de homard dès qu'elles soulevaient quelque objet précieux, une coupe d'onyx, un verre de Venise ou un plateau de cristal de Bohème ; ce vieux drôle avait un air si profondément rabbinique et cabalistique qu'on l'eût brûlé sur la mine, il y a trois siècles.

« Ne m'achèterez-vous rien aujourd'hui, monsieur ? Voilà un kriss malais dont la lame ondule comme une flamme ; regardez ces rainures pour égoutter le sang, ces dentelures pratiquées en sens inverse pour arracher les entrailles en retirant le poignard ; c'est une arme féroce, d'un beau caractère et qui ferait très bien dans votre trophée ; cette épée à deux mains est très belle, elle est de Josepe de la Hera, et cette cauchelimarde[2] à coquille fenestrée, quel superbe travail !

— Non, j'ai assez d'armes et d'instruments de carnage ; je voudrais une figurine, un objet quelconque qui pût me servir de serre-papier, car je ne puis souffrir tous ces bronzes de pacotille que vendent les papetiers, et qu'on retrouve invariablement sur tous les bureaux. »

Le vieux gnome, furetant dans ses vieilleries, étala devant moi des bronzes antiques ou soi-disant tels, des morceaux de malachite, de petites idoles indoues ou chinoises, espèce de poussahs de jade, incarnation de Brahma ou de Wishnou merveilleusement propre à cet usage, assez peu divin, de tenir en place des journaux et des lettres.

J'hésitais entre un dragon de porcelaine tout constellé de verrues, la gueule ornée de crocs et de barbelures, et un petit fétiche mexicain fort abominable, représentant au naturel le dieu Witziliputzili [3], quand j'aperçus un pied charmant que je pris d'abord pour un fragment de Vénus antique.

Il avait ces belles teintes fauves et rousses qui donnent au bronze florentin cet aspect chaud et vivace, si préférable au ton vert-de-grisé des bronzes ordinaires qu'on prendrait volontiers pour des statues en putréfaction : des luisants satinés frissonnaient sur ses formes rondes et polies par les baisers amoureux de vingt siècles; car ce devait être un airain de Corinthe, un ouvrage du meilleur temps, peut-être une fonte de Lysippe !

« Ce pied fera mon affaire », dis-je au marchand, qui me regarda d'un air ironique et sournois en me tendant l'objet demandé pour que je pusse l'examiner plus à mon aise.

Je fus surpris de sa légèreté; ce n'était pas un pied de métal, mais bien un pied de chair, un pied embaumé, un pied de momie : en regardant de près, l'on pouvait distinguer le grain de la peau et la gaufrure presque imperceptible imprimée par la trame des bandelettes. Les doigts étaient fins, délicats, terminés par des ongles parfaits, purs et transparents comme des agates; le pouce, un peu séparé, contrariait heureusement le plan des autres doigts à la manière antique, et lui donnait une attitude dégagée, une sveltesse de pied d'oiseau; la plante, à peine rayée de quelques hachures invisibles, montrait qu'elle n'avait jamais touché la terre, et ne s'était trouvée en contact qu'avec les plus fines nattes de roseaux du Nil et les plus moelleux tapis de peaux de panthères.

« Ha! ha! vous voulez le pied de la princesse Hermonthis, dit le marchand avec un ricanement étrange, en fixant sur moi ses yeux de hibou : ha! ha! ha! pour un serre-papier! idée originale, idée d'artiste; qui aurait dit au vieux Pharaon que le pied de sa fille adorée servirait de serre-papier l'aurait bien surpris, lorsqu'il faisait creuser une montagne de granit pour y mettre le triple cercueil peint et doré, tout couvert d'hiéroglyphes avec de belles peintures du jugement des âmes, ajouta à demi-voix et comme se parlant à lui-même le petit marchand singulier.

— Combien me vendrez-vous ce fragment de momie?

— Ah! le plus cher que je pourrai, car c'est un morceau superbe; si j'avais le pendant, vous ne l'auriez pas à moins de cinq cents francs : la fille d'un Pharaon, rien n'est plus rare.

— Assurément cela n'est pas commun; mais enfin combien en voulez-vous? D'abord je vous avertis d'une chose, c'est que je ne possède pour trésor que cinq louis; — j'achèterai tout ce qui coûtera cinq louis, mais rien de plus.

« Vous scruteriez les arrière-poches de mes gilets, et mes tiroirs les plus intimes, que vous n'y trouveriez pas seulement un misérable tigre à cinq griffes.

— Cinq louis le pied de la princesse Hermonthis, c'est bien peu, très peu en vérité, un pied authentique, dit le marchand en hochant la tête et en imprimant à ses prunelles un mouvement rotatoire.

« Allons, prenez-le, et je vous donne l'enveloppe par-dessus le marché, ajouta-t-il en le roulant dans

un vieux lambeau de damas; très beau, damas
véritable, damas des Indes, qui n'a jamais été
reteint; c'est fort, c'est moelleux », marmottait-il en
promenant ses doigts sur le tissu éraillé par un reste
d'habitude commerciale qui lui faisait vanter un
objet de si peu de valeur qu'il le jugeait lui-même
digne d'être donné.

Il coula les pièces d'or dans une espèce d'aumô-
nière du moyen âge pendant à sa ceinture, en
répétant :

« Le pied de la princesse Hermonthis servir de
serre-papier! »

Puis, arrêtant sur moi ses prunelles phosphoriques, il me dit avec une voix stridente comme le
miaulement d'un chat qui vient d'avaler une arête :

« Le vieux Pharaon ne sera pas content, il aimait
sa fille, ce cher homme.

— Vous en parlez comme si vous étiez son
contemporain; quoique vieux, vous ne remontez
cependant pas aux pyramides d'Égypte, lui répondis-je en riant du seuil de la boutique. »

Je rentrai chez moi fort content de mon acquisition.

Pour la mettre tout de suite à profit, je posai le
pied de la divine princesse Hermonthis sur une
liasse de papier, ébauche de vers, mosaïque indé-
chiffrable de ratures : articles commencés, lettres
oubliées et mises à la poste dans le tiroir, erreur
qui arrive souvent aux gens distraits; l'effet était
charmant, bizarre et romantique.

Très satisfait de cet embellissement, je descendis
dans la rue, et j'allai me promener avec la gravité
convenable et la fierté d'un homme qui a sur tous
les passants qu'il coudoie l'avantage ineffable de
posséder un morceau de la princesse Hermonthis,
fille de Pharaon.

Je trouvai souverainement ridicules tous ceux qui ne possédaient pas, comme moi, un serre-papier aussi notoirement égyptien; et la vraie occupation d'un homme sensé me paraissait d'avoir un pied de momie sur son bureau.

Heureusement la rencontre de quelques amis vint me distraire de mon engouement de récent acquéreur; je m'en allai dîner avec eux, car il m'eût été difficile de dîner avec moi.

Quand je revins le soir, le cerveau marbré de quelques veines de gris de perle, une vague bouffée de parfum oriental me chatouilla délicatement l'appareil olfactif; la chaleur de la chambre avait attiédi le natrum, le bitume et la myrrhe dans lesquels les *paraschites* inciseurs de cadavres avaient baigné le corps de la princesse; c'était un parfum doux quoique pénétrant, un parfum que quatre mille ans n'avaient pu faire évaporer.

Le rêve de l'Égypte était l'éternité : ses odeurs ont la solidité du granit, et durent autant.

Je bus bientôt à pleines gorgées dans la coupe noire du sommeil; pendant une heure ou deux tout resta opaque, l'oubli et le néant m'inondaient de leurs vagues sombres.

Cependant mon obscurité intellectuelle s'éclaira, les songes commencèrent à m'effleurer de leur vol silencieux.

Les yeux de mon âme s'ouvrirent, et je vis ma chambre telle qu'elle était effectivement : j'aurais pu me croire éveillé, mais une vague perception me disait que je dormais et qu'il allait se passer quelque chose de bizarre.

L'odeur de la myrrhe avait augmenté d'intensité, et je sentais un léger mal de tête que j'attribuais fort raisonnablement à quelques verres de vin de

Champagne que nous avions bus aux dieux inconnus et à nos succès futurs.

Je regardais dans ma chambre avec un sentiment d'attente que rien ne justifiait; les meubles étaient parfaitement en place, la lampe brûlait sur la console, doucement estampée par la blancheur laiteuse de son globe de cristal dépoli; les aquarelles miroitaient sous leur verre de Bohème; les rideaux pendaient languissamment : tout avait l'air endormi et tranquille.

Cependant, au bout de quelques instants, cet intérieur si calme parut se troubler, les boiseries craquaient furtivement; la bûche enfouie sous la cendre lançait tout à coup un jet de gaz bleu, et les disques des patères semblaient des yeux de métal attentifs comme moi aux choses qui allaient se passer.

Ma vue se porta par hasard vers la table sur laquelle j'avais posé le pied de la princesse Hermonthis.

Au lieu d'être immobile comme il convient à un pied embaumé depuis quatre mille ans, il s'agitait, se contractait et sautillait sur les papiers comme une grenouille effarée : on l'aurait cru en contact avec une pile voltaïque; j'entendais fort distinctement le bruit sec que produisait son petit talon, dur comme un sabot de gazelle.

J'étais assez mécontent de mon acquisition, aimant les serre-papiers sédentaires et trouvant peu naturel de voir les pieds se promener sans jambes, et je commençais à éprouver quelque chose qui ressemblait fort à de la frayeur.

Tout à coup je vis remuer le pli d'un de mes rideaux, et j'entendis un piétinement comme d'une personne qui sauterait à cloche-pied. Je dois avouer que j'eus chaud et froid alternativement; que je sentis un vent inconnu me souffler dans le dos, et que mes cheveux firent sauter, en se redressant, ma coiffure de nuit à deux ou trois pas.

Les rideaux s'entr'ouvrirent, et je vis s'avancer la figure la plus étrange qu'on puisse imaginer.

C'était une jeune fille, café au lait très foncé, comme la bayadère Amani[4], d'une beauté parfaite et rappelant le type égyptien le plus pur; elle avait des yeux taillés en amande avec des coins relevés et des sourcils tellement noirs qu'ils paraissaient bleus, son nez était d'une coupe délicate, presque grecque pour la finesse, et l'on aurait pu la prendre pour une statue de bronze de Corinthe, si la proéminence des pommettes et l'épanouissement un peu africain de la bouche n'eussent fait reconnaître, à n'en pas douter, la race hiéroglyphique des bords du Nil.

Ses bras minces et tournés en fuseau, comme ceux des très jeunes filles, étaient cerclés d'espèces d'emprises de métal et de tours de verroterie; ses cheveux étaient nattés en cordelettes, et sur sa poitrine pendait une idole en pâte verte que son fouet à sept branches faisait reconnaître pour l'Isis, conductrice des âmes; une plaque d'or scintillait à son front, et quelques traces de fard perçaient sous les teintes de cuivre de ses joues.

Quant à son costume, il était très étrange.

Figurez-vous un pagne de bandelettes chamarrées d'hiéroglyphes noirs et rouges, empesées de bitume et qui semblaient appartenir à une momie fraîchement démaillotée.

Par un de ces sauts de pensée si fréquents dans les rêves, j'entendis la voix fausse et enrouée du marchand de bric-à-brac, qui répétait, comme un refrain monotone, la phrase qu'il avait dite dans sa boutique avec une intonation si énigmatique :

« Le vieux Pharaon ne sera pas content; il aimait beaucoup sa fille, ce cher homme. »

Particularité étrange et qui ne me rassura guère, l'apparition n'avait qu'un seul pied, l'autre jambe était rompue à la cheville.

Elle se dirigea vers la table où le pied de momie s'agitait et frétillait avec un redoublement de vitesse. Arrivée là, elle s'appuya sur le rebord, et je vis une larme germer et perler dans ses yeux.

Quoiqu'elle ne parlât pas, je discernais clairement sa pensée : elle regardait le pied, car c'était bien le sien, avec une expression de tristesse coquette d'une grâce infinie; mais le pied sautait et courait çà et là comme s'il eût été poussé par des ressorts d'acier.

Deux ou trois fois elle étendit sa main pour le saisir, mais elle n'y réussit pas.

Alors il s'établit entre la princesse Hermonthis et son pied, qui paraissait doué d'une vie à part, un dialogue très bizarre dans un cophte très ancien, tel qu'on pouvait le parler, il y a une trentaine de siècles, dans les syringes [5] du pays de Ser : heureusement que cette nuit-là je savais le cophte en perfection.

La princesse Hermonthis disait d'un ton de voix doux et vibrant comme une clochette de cristal :

« Eh bien! mon cher petit pied, vous me fuyez toujours, j'avais pourtant bien soin de vous. Je vous baignais d'eau parfumée, dans un bassin d'albâtre; je polissais votre talon avec la pierre-ponce trempée d'huile de palmes, vos ongles étaient coupés avec des pinces d'or et polis avec de la dent d'hippopotame, j'avais soin de choisir pour vous des thabebs brodés et peints à pointes recourbées, qui faisaient l'envie de toutes les jeunes filles de l'Égypte; vous aviez à votre orteil des bagues représentant le scarabée sacré, et vous portiez un des corps les plus légers que puisse souhaiter un pied paresseux. »

Le pied répondit d'un ton boudeur et chagrin :

« Vous savez bien que je ne m'appartiens plus, j'ai été acheté et payé; le vieux marchand savait bien ce qu'il faisait, il vous en veut toujours d'avoir refusé de l'épouser : c'est un tour qu'il vous a joué.

« L'Arabe qui a forcé votre cercueil royal dans le puits souterrain de la nécropole de Thèbes était envoyé par lui, il voulait vous empêcher d'aller à la réunion des peuples ténébreux, dans les cités inférieures. Avez-vous cinq pièces d'or pour me racheter?

— Hélas! non. Mes pierreries, mes anneaux, mes bourses d'or et d'argent, tout m'a été volé, répondit la princesse Hermonthis avec un soupir.

— Princesse, m'écriai-je alors, je n'ai jamais retenu injustement le pied de personne : bien que vous n'ayez pas les cinq louis qu'il m'a coûtés, je vous le rends de bonne grâce; je serais désespéré de rendre boiteuse une aussi aimable personne que la princesse Hermonthis. »

Je débitai ce discours d'un ton régence et troubadour qui dut surprendre la belle Égyptienne.

Elle tourna vers moi un regard chargé de reconnaissance, et ses yeux s'illuminèrent de lueurs bleuâtres.

Elle prit son pied, qui, cette fois, se laissa faire, comme une femme qui va mettre son brodequin, et l'ajusta à sa jambe avec beaucoup d'adresse.

Cette opération terminée, elle fit deux ou trois pas dans la chambre, comme pour s'assurer qu'elle n'était réellement plus boiteuse.

« Ah! comme mon père va être content, lui qui était si désolé de ma mutilation, et qui avait, dès le jour de ma naissance, mis un peuple tout entier à l'ouvrage pour me creuser un tombeau si profond qu'il pût me conserver intacte jusqu'au jour suprême où les âmes doivent être pesées dans les balances de l'Amenthi[6].

« Venez avec moi chez mon père, il vous recevra bien, vous m'avez rendu mon pied. »

Je trouvai cette proposition toute naturelle; j'endossai une robe de chambre à grands ramages, qui me donnait un air très pharaonesque; je chaussai à la hâte des babouches turques, et je dis à la princesse Hermonthis que j'étais prêt à la suivre.

Hermonthis, avant de partir, détacha de son col la petite figurine de pâte verte et la posa sur les feuilles éparses qui couvraient la table.

« Il est bien juste, dit-elle en souriant, que je remplace votre serre-papier. »

Elle me tendit sa main, qui était douce et froide comme une peau de couleuvre, et nous partîmes.

Nous filâmes pendant quelque temps avec la rapidité de la flèche dans un milieu fluide et grisâtre, où des silhouettes à peine ébauchées passaient à droite et à gauche.

Un instant, nous ne vîmes que l'eau et le ciel.

Quelques minutes après, des obélisques commencèrent à pointer, des pylônes, des rampes côtoyées de sphinx se dessinèrent à l'horizon.

Nous étions arrivés.

La princesse me conduisit devant une montagne de granit rose, où se trouvait une ouverture étroite et basse qu'il eût été difficile de distinguer des fissures de la pierre si deux stèles bariolées de sculptures ne l'eussent fait reconnaître.

Hermonthis alluma une torche et se mit à marcher devant moi.

C'étaient des corridors taillés dans le roc vif; les murs, couverts de panneaux d'hiéroglyphes et de processions allégoriques, avaient dû occuper des milliers de bras pendant des milliers d'années; ces corridors, d'une longueur interminable, aboutissaient à des chambres carrées, au milieu desquelles étaient pratiqués des puits, où nous descendions au moyen de crampons ou d'escaliers en spirale; ces puits nous conduisaient dans d'autres chambres, d'où partaient d'autres corridors également bigarrés d'éperviers, de serpents roulés en cercle, de tau, de pedum, de bari mystiques, prodigieux travail que nul œil humain vivant ne devait voir, interminables légendes de granit que les morts avaient seuls le temps de lire pendant l'éternité.

Enfin, nous débouchâmes dans une salle si vaste, si énorme, si démesurée, que l'on ne pouvait en apercevoir les bornes; à perte de vue s'étendaient des files de colonnes monstrueuses entre lesquelles tremblotaient de livides étoiles de lumière jaune : ces points brillants révélaient des profondeurs incalculables.

La princesse Hermonthis me tenait toujours par la main et saluait gracieusement les momies de sa connaissance.

Mes yeux s'accoutumaient à ce demi-jour crépusculaire, et commençaient à discerner les objets.

Je vis, assis sur des trônes, les rois des races souterraines : c'étaient de grands vieillards secs, ridés, parcheminés, noirs de naphte et de bitume, coiffés de pschents d'or, bardés de pectoraux et de hausse-cols, constellés de pierreries avec des yeux d'une fixité de sphinx et de longues barbes blanchies par la neige des siècles : derrière eux, leurs peuples embaumés se tenaient debout dans les poses roides et contraintes de l'art égyptien, gardant éternellement l'attitude prescrite par le codex hiératique; derrière les peuples miaulaient, battaient de l'aile et ricanaient les chats, les ibis et les crocodiles contemporains, rendus plus monstrueux encore par leur emmaillotage de bandelettes.

Tous les Pharaons étaient là, Chéops, Chephrenès, Psammetichus, Sésostris, Amenoteph; tous les noirs dominateurs des pyramides et des syringes; sur une estrade plus élevée siégeaient le roi Chronos et Xixouthros, qui fut contemporain du déluge, et Tubal Caïn, qui le précéda.

La barbe du roi Xixouthros avait tellement poussé qu'elle avait déjà fait sept fois le tour de la table de granit sur laquelle il s'appuyait tout rêveur et tout somnolent [7].

Plus loin, dans une vapeur poussiéreuse, à travers le brouillard des éternités, je distinguais vaguement les soixante-douze rois préadamites [8] avec leurs soixante-douze peuples à jamais disparus.

Après m'avoir laissé quelques minutes pour jouir de ce spectacle vertigineux, la princesse Hermonthis me présenta au Pharaon son père, qui me fit un signe de tête fort majestueux.

« J'ai retrouvé mon pied! j'ai retrouvé mon pied! criait la princesse en frappant ses petites mains l'une contre l'autre avec tous les signes d'une joie folle, c'est monsieur qui me l'a rendu. »

Les races de Kemé, les races de Nahasi, toutes les nations noires, bronzées, cuivrées, répétaient en chœur :

« La princesse Hermonthis a retrouvé son pied! »

Xixouthros lui-même s'en émut :

Il souleva sa paupière appesantie, passa ses doigts dans sa moustache, et laissa tomber sur moi son regard chargé de siècles.

« Par Oms, chien des enfers, et par Tmeï, fille du Soleil et de la Vérité, voilà un brave et digne garçon, dit le Pharaon en étendant vers moi son sceptre terminé par une fleur de lotus.

« Que veux-tu pour ta récompense ? »

Fort de cette audace que donnent les rêves, où rien ne paraît impossible, je lui demandai la main d'Hermonthis : la main pour le pied me paraissait une récompense antithétique d'assez bon goût.

Le Pharaon ouvrit tout grands ses yeux de verre, surpris de ma plaisanterie et de ma demande.

« De quel pays es-tu et quel est ton âge ?

— Je suis Français, et j'ai vingt-sept ans, vénérable Pharaon.

— Vingt-sept ans ! et il veut épouser la princesse Hermonthis, qui a trente siècles ! s'écrièrent à la fois tous les trônes et tous les cercles des nations. »

Hermonthis seule ne parut pas trouver ma requête inconvenante.

« Si tu avais seulement deux mille ans, reprit le vieux roi, je t'accorderais bien volontiers la princesse ; mais la disproportion est trop forte, et puis il faut à nos filles des maris qui durent, vous ne savez plus vous conserver : les derniers qu'on a apportés il y a quinze siècles à peine, ne sont plus qu'une pincée de cendre ; regarde, ma chair est dure comme du basalte, mes os sont des barres d'acier.

« J'assisterai au dernier jour du monde avec le corps et la figure que j'avais de mon vivant ; ma fille Hermonthis durera plus qu'une statue de bronze.

« Alors le vent aura dispersé le dernier grain de ta poussière, et Isis elle-même, qui sut retrouver les morceaux d'Osiris, serait embarrassée de recomposer ton être.

« Regarde comme je suis vigoureux encore et comme mes bras tiennent bien », dit-il en me secouant la main à l'anglaise, de manière à me couper les doigts avec mes bagues.

Il me serra si fort que je m'éveillai, et j'aperçus mon ami Alfred qui me tirait par le bras et me secouait pour me faire lever.

« Ah ça! enragé dormeur, faudra-t-il te faire porter au milieu de la rue et te tirer un feu d'artifice aux oreilles?

« Il est plus de midi, tu ne te rappelles donc pas que tu m'avais promis de venir me prendre pour aller voir les tableaux espagnols de M. Aguado[9]?

— Mon Dieu! je n'y pensais plus, répondis-je en m'habillant; nous allons y aller : j'ai la permission ici sur mon bureau. »

Je m'avançais effectivement pour la prendre; mais jugez de mon étonnement lorsqu'à la place du pied de momie que j'avais acheté la veille, je vis la petite figurine de pâte verte mise à sa place par la princesse Hermonthis!

Deux acteurs pour un rôle

I

UN RENDEZ-VOUS AU JARDIN IMPÉRIAL

On touchait aux derniers jours de novembre : le
Jardin impérial de Vienne était désert, une bise
aiguë faisait tourbillonner les feuilles couleur de
safran et grillées par les premiers froids ; les rosiers
des parterres, tourmentés et rompus par le vent,
laissaient traîner leurs branchages dans la boue.
Cependant la grande allée, grâce au sable qui la
recouvre, était sèche et praticable. Quoique dévasté
par les approches de l'hiver, le Jardin impérial ne
manquait pas d'un certain charme mélancolique.
La longue allée prolongeait fort loin ses arcades
rousses, laissant deviner confusément à son extrémité un horizon de collines déjà noyées dans les
vapeurs bleuâtres et le brouillard du soir ; au delà
la vue s'étendait sur le Prater et le Danube : c'était
une promenade faite à souhait pour un poète[1].

Un jeune homme arpentait cette allée avec des
signes visibles d'impatience ; son costume, d'une
élégance un peu théâtrale, consistait en une redingote de velours noir à brandebourgs d'or bordée de
fourrure, un pantalon de tricot gris, des bottes

molles à glands montant jusqu'à mi-jambes. Il pouvait avoir de vingt-sept à vingt-huit ans; ses traits pâles et réguliers étaient pleins de finesse, et l'ironie se blottissait dans les plis de ses yeux et les coins de sa bouche; à l'Université, dont il paraissait récemment sorti, car il portait encore la casquette à feuilles de chêne des étudiants, il devait avoir donné beaucoup de fil à retordre aux *philistins* et brillé au premier rang des *burschen* et des *renards*[2].

Le très court espace dans lequel il circonscrivait sa promenade montrait qu'il attendait quelqu'un ou plutôt quelqu'une, car le Jardin impérial de Vienne, au mois de novembre, n'est guère propice aux rendez-vous d'affaires.

En effet, une jeune fille ne tarda pas à paraître au bout de l'allée : une coiffe de soie noire couvrait ses riches cheveux blonds, dont l'humidité du soir avait légèrement défrisé les longues boucles; son teint, ordinairement d'une blancheur de cire vierge, avait pris sous les morsures du froid des nuances de roses de Bengale. Groupée et pelotonnée comme elle était dans sa mante garnie de martre, elle ressemblait à ravir à la statuette de *la Frileuse*[3]; un barbet noir l'accompagnait, chaperon commode, sur l'indulgence et la discrétion duquel on pouvait compter.

— Figurez-vous, Henrich, dit la jolie Viennoise en prenant le bras du jeune homme, qu'il y a plus d'une heure que je suis habillée et prête à sortir, et ma tante n'en finissait pas avec ses sermons sur les dangers de la valse, et les recettes pour les gâteaux de Noël et les carpes au bleu. Je suis sortie sous le prétexte d'acheter des brodequins gris dont je n'ai nul besoin. C'est pourtant pour vous, Henrich, que je fais tous ces petits mensonges dont je me repens et que je recommence toujours; aussi quelle idée avez-vous eue de vous livrer au théâtre; c'était bien

la peine d'étudier si longtemps la théologie à
Heidelberg! Mes parents vous aimaient et nous
serions mariés aujourd'hui. Au lieu de nous voir à
la dérobée sous les arbres chauves du Jardin
impérial, nous serions assis côte à côte près d'un
beau poêle de Saxe, dans un parloir bien clos,
causant de l'avenir de nos enfants : ne serait-ce pas,
Henrich, un sort bien heureux?

— Oui, Katy, bien heureux, répondit le jeune
homme en pressant sous le satin et les fourrures le
bras potelé de la jolie Viennoise; mais, que veux-
tu! c'est un ascendant invincible; le théâtre m'attire; j'en rêve le jour, j'y pense la nuit; je sens le
désir de vivre dans la création des poètes, il me
semble que j'ai vingt existences. Chaque rôle que je
joue me fait une vie nouvelle; toutes ces passions
que j'exprime, je les éprouve; je suis Hamlet,
Othello, Charles Moor [4] : quand on est tout cela, on
ne peut que difficilement se résigner à l'humble
condition de pasteur de village.

— C'est fort beau; mais vous savez bien que mes
parents ne voudront jamais d'un comédien pour
gendre.

— Non, certes, d'un comédien obscur, pauvre
artiste ambulant, jouet des directeurs et du public;
mais d'un grand comédien couvert de gloire et
d'applaudissements, plus payé qu'un ministre, si
difficiles qu'ils soient, ils en voudront bien. Quand
je viendrai vous demander dans une belle calèche
jaune dont le vernis pourra servir de miroir aux
voisins étonnés et qu'un grand laquais galonné
m'abattra le marchepied, croyez-vous, Katy, qu'ils
me refuseront?

— Je ne le crois pas... Mais qui dit, Henrich,
que vous en arriverez jamais là?... Vous avez du
talent; mais le talent ne suffit pas, il faut encore

beaucoup de bonheur. Quand vous serez ce grand comédien dont vous parlez, le plus beau temps de notre jeunesse sera passé, et alors voudrez-vous toujours épouser la vieille Katy, ayant à votre disposition les amours de toutes ces princesses de théâtre si joyeuses et si parées ?

— Cet avenir, répondit Henrich, est plus prochain que vous ne croyez ; j'ai un engagement avantageux au théâtre de la Porte de Carinthie, et le directeur a été si content de la manière dont je me suis acquitté de mon dernier rôle, qu'il m'a accordé une gratification de deux mille thalers.

— Oui, reprit la jeune fille d'un air sérieux, ce rôle de démon dans la pièce nouvelle ; je vous avoue, Henrich, que je n'aime pas voir un chrétien prendre le masque de l'ennemi du genre humain et prononcer des paroles blasphématoires. L'autre jour, j'allai vous voir au théâtre de Carinthie, et à chaque instant je craignais qu'un véritable feu d'enfer ne sortît des trappes où vous vous engloutissiez dans un tourbillon d'esprit-de-vin. Je suis revenue chez moi toute troublée et j'ai fait des rêves affreux.

— Chimères que tout cela, ma bonne Katy ; et d'ailleurs, c'est demain la dernière représentation, et je ne mettrai plus le costume noir et rouge qui te déplaît tant.

— Tant mieux ! car je ne sais quelles vagues inquiétudes me travaillent l'esprit, et j'ai bien peur que ce rôle, profitable à votre gloire, ne le soit pas à votre salut ; j'ai peur aussi que vous ne preniez de mauvaises mœurs avec ces damnés comédiens. Je suis sûre que vous ne dites plus vos prières, et la petite croix que je vous avais donnée, je parierais que vous l'avez perdue.

Henrich se justifia en écartant les revers de

son habit; la petite croix brillait toujours sur sa poitrine.

Tout en devisant ainsi, les deux amants étaient parvenus à la rue du Thabor dans la Léopoldstadt, devant la boutique du cordonnier renommé pour la perfection de ses brodequins gris; après avoir causé quelques instants sur le seuil, Katy entra suivie de son barbet noir, non sans avoir livré ses jolis doigts effilés au serrement de main d'Henrich.

Henrich tâcha de saisir encore quelques aspects de sa maîtresse, à travers les souliers mignons et les gentils brodequins symétriquement rangés sur les tringles de cuivre de la devanture; mais le brouillard avait étamé les carreaux de sa moite haleine, et il ne put démêler qu'une silhouette confuse; alors, prenant une héroïque résolution, il pirouetta sur ses talons et s'en alla d'un pas délibéré au gasthof de l'*Aigle à deux têtes*.

II

LE GASTHOF DE L'AIGLE À DEUX TÊTES

Il y avait ce soir-là compagnie nombreuse au gasthof de l'*Aigle à deux têtes;* la société était la plus mélangée du monde, et le caprice de Callot et celui de Goya, réunis [5], n'auraient pu produire un plus bizarre amalgame de types caractéristiques. L'*Aigle à deux têtes* était une de ces bienheureuses caves célébrées par Hoffmann, dont les marches sont si usées, si onctueuses et si glissantes, qu'on ne peut poser le pied sur la première sans se trouver tout de suite au fond, les coudes sur la table, la pipe à la bouche, entre un pot de bière et une mesure de vin nouveau[6].

A travers l'épais nuage de fumée qui vous prenait d'abord à la gorge et aux yeux, se dessinaient, au bout de quelques minutes, toute sorte de figures étranges.

C'étaient des Valaques avec leur cafetan et leur bonnet de peau d'Astrakan, des Serbes, des Hongrois aux longues moustaches noires, caparaçonnés de dolmans et de passementeries ; des Bohèmes au teint cuivré, au front étroit, au profil busqué ; d'honnêtes Allemands en redingote à brandebourgs, des Tatars aux yeux retroussés à la chinoise ; toutes les populations imaginables. L'Orient y était représenté par un gros Turc accroupi dans un coin, qui fumait paisiblement du latakié[7] dans une pipe à tuyau de cerisier de Moldavie, avec un fourneau de terre rouge et un bout d'ambre jaune.

Tout ce monde, accoudé à des tables, mangeait et buvait : la boisson se composait de bière forte et d'un mélange de vin rouge nouveau avec du vin blanc plus ancien ; la nourriture, de tranches de veau froid, de jambon ou de pâtisseries.

Autour des tables tourbillonnait sans repos une de ces longues valses allemandes qui produisent sur les imaginations septentrionales le même effet que le hachich et l'opium sur les Orientaux ; les couples passaient et repassaient avec rapidité ; les femmes, presque évanouies de plaisir sur le bras de leur danseur, au bruit d'une valse de Lanner[8], balayaient de leurs jupes les nuages de fumée de pipe et rafraîchissaient le visage des buveurs. Au comptoir, des improvisateurs morlaques, accompagnés d'un joueur de guzla[9], récitaient une espèce de complainte dramatique qui paraissait divertir beaucoup une douzaine de figures étranges, coiffées de tarbouchs et vêtues de peau de mouton.

Henrich se dirigea vers le fond de la cave et alla prendre place à une table où étaient déjà assis trois ou quatre personnages de joyeuse mine et de belle humeur.

— Tiens, c'est Henrich! s'écria le plus âgé de la bande; prenez garde à vous, mes amis : *fœnum habet in cornu*[10]. Sais-tu que tu avais vraiment l'air diabolique l'autre soir : tu me faisais presque peur. Et comment s'imaginer qu'Henrich, qui boit de la bière comme nous et ne recule pas devant une tranche de jambon froid, vous prenne des airs si venimeux, si méchants et si sardoniques, et qu'il lui suffise d'un geste pour faire courir le frisson dans toute la salle?

— Eh! pardieu! c'est pour cela qu'Henrich est un grand artiste, un sublime comédien. Il n'y a pas de gloire à représenter un rôle qui serait dans votre caractère; le triomphe, pour une coquette, est de jouer supérieurement les ingénues.

Henrich s'assit modestement, se fit servir un grand verre de vin mélangé, et la conversation continua sur le même sujet. Ce n'était de toutes parts qu'admiration et compliments.

— Ah! si le grand Wolfgang de Gœthe t'avait vu! disait l'un.

— Montre-nous tes pieds, disait l'autre : je suis sûr que tu as l'ergot fourchu.

Les autres buveurs, attirés par ces exclamations, regardaient sérieusement Henrich, tout heureux d'avoir l'occasion d'examiner de près un homme si remarquable. Les jeunes gens qui avaient autrefois connu Henrich à l'Université, et dont ils savaient à peine le nom, s'approchaient de lui en lui serrant la main cordialement, comme s'ils eussent été ses

intimes amis. Les plus jolies valseuses lui déco-
chaient en passant le plus tendre regard de leurs
yeux bleus et veloutés.

Seul, un homme assis à la table voisine ne
paraissait pas prendre part à l'enthousiasme général; la tête renversée en arrière, il tambourinait
distraitement, avec ses doigts, sur le fond de son
chapeau, une marche militaire, et, de temps en
temps, il poussait une espèce de *humph!* singulièrement dubitatif.

L'aspect de cet homme était des plus bizarres,
quoiqu'il fût mis comme un honnête bourgeois de
Vienne, jouissant d'une fortune raisonnable; ses
yeux gris se nuançaient de teintes vertes et lançaient des lueurs phosphoriques comme celles des
chats. Quand ses lèvres pâles et plates se desser-
raient, elles laissaient voir deux rangées de dents
très blanches, très aiguës et très séparées, de
l'aspect le plus cannibale et le plus féroce; ses
ongles longs, luisants et recourbés, prenaient de
vagues apparences de griffes; mais cette physionomie n'apparaissait que par éclairs rapides; sous l'œil
qui le regardait fixement, sa figure reprenait bien
vite l'apparence bourgeoise et débonnaire d'un
marchand viennois retiré du commerce, et l'on
s'étonnait d'avoir pu soupçonner de scélératesse et
de diablerie une face si vulgaire et si triviale.

Intérieurement Henrich était choqué de la nonchalance de cet homme; ce silence si dédaigneux
ôtait de leur valeur aux éloges dont ses bruyants
compagnons l'accablaient. Ce silence était celui
d'un vieux connaisseur exercé, qui ne se laisse pas
prendre aux apparences et qui a vu mieux que cela
dans son temps.

Atmayer, le plus jeune de la troupe, le plus
chaud enthousiaste d'Henrich, ne put supporter

cette mine froide, et, s'adressant à l'homme singulier, comme le prenant à témoin d'une assertion qu'il avançait :

— N'est-ce pas, monsieur, qu'aucun acteur n'a mieux joué le rôle de Méphistophélès que mon camarade que voilà ?

— Humph ! dit l'inconnu en faisant miroiter ses prunelles glauques et craquer ses dents aiguës, M. Henrich est un garçon de talent et que j'estime fort ; mais, pour jouer le rôle du diable, il lui manque encore bien des choses.

Et, se dressant tout à coup :

— Avez-vous jamais vu le diable, monsieur Henrich ?

Il fit cette question d'un ton si bizarre et si moqueur, que tous les assistants se sentirent passer un frisson dans le dos.

— Cela serait pourtant bien nécessaire pour la vérité de votre jeu. L'autre soir, j'étais au théâtre de la Porte de Carinthie, et je n'ai pas été satisfait de votre rire ; c'était un rire d'espiègle, tout au plus. Voici comme il faudrait rire, mon cher petit monsieur Henrich.

Et là-dessus, comme pour lui donner l'exemple, il lâcha un éclat de rire si aigu, si strident, si sardonique, que l'orchestre et les valses s'arrêtèrent à l'instant même ; les vitres du gasthof tremblèrent. L'inconnu continua pendant quelques minutes ce rire impitoyable et convulsif qu'Henrich et ses compagnons, malgré leur frayeur, ne pouvaient s'empêcher d'imiter.

Quand Henrich reprit haleine, les voûtes du gasthof répétaient, comme un écho affaibli, les dernières notes de ce ricanement grêle et terrible, et l'inconnu n'était plus là.

III

LE THÉÂTRE DE LA PORTE DE CARINTHIE

Quelques jours après cet incident bizarre, qu'il avait presque oublié et dont il ne se souvenait plus que comme de la plaisanterie d'un bourgeois ironique, Henrich jouait son rôle de démon dans la pièce nouvelle.

Sur la première banquette de l'orchestre était assis l'inconnu du gasthof, et, à chaque mot prononcé par Henrich, il hochait la tête, clignait les yeux, faisait claquer sa langue contre son palais et donnait les signes de la plus vive impatience : « Mauvais! mauvais! » murmurait-il à demi-voix.

Ses voisins, étonnés et choqués de ses manières, applaudissaient et disaient :

— Voilà un monsieur bien difficile!

A la fin du premier acte, l'inconnu se leva, comme ayant pris une résolution subite, enjamba les timbales, la grosse caisse et le tamtam, et disparut par la petite porte qui conduit de l'orchestre au théâtre.

Henrich, en attendant le lever du rideau, se promenait dans la coulisse, et, arrivé au bout de sa courte promenade, quelle fut sa terreur de voir, en se retournant, debout au milieu de l'étroit corridor, un personnage mystérieux, vêtu exactement comme lui, et qui le regardait avec des yeux dont la transparence verdâtre avait dans l'obscurité une profondeur inouïe! des dents aiguës, blanches, séparées, donnaient quelque chose de féroce à son sourire sardonique.

Henrich ne put méconnaître l'inconnu du gasthof de l'*Aigle à deux têtes,* ou plutôt le diable en personne ; car c'était lui.

— Ah ! ah ! mon petit monsieur, vous voulez jouer le rôle du diable ! Vous avez été bien médiocre dans le premier acte, et vous donneriez vraiment une trop mauvaise opinion de moi aux braves habitants de Vienne. Vous me permettrez de vous remplacer ce soir, et, comme vous me gêneriez, je vais vous envoyer au second dessous.

Henrich venait de reconnaître l'ange des ténèbres et il se sentit perdu ; portant machinalement la main à la petite croix de Katy, qui ne le quittait jamais, il essaya d'appeler au secours et de murmurer sa formule d'exorcisme ; mais la terreur lui serrait trop violemment la gorge : il ne put pousser qu'un faible râle. Le diable appuya ses mains griffues sur les épaules d'Henrich et le fit plonger de force dans le plancher ; puis il entra en scène, sa réplique étant venue, comme un comédien consommé.

Ce jeu incisif, mordant, venimeux et vraiment diabolique, surprit d'abord les auditeurs.

— Comme Henrich est en verve aujourd'hui ! s'écriait-on de toutes parts.

Ce qui produisait surtout un grand effet, c'était ce ricanement aigre comme le grincement d'une scie, ce rire de damné blasphémant les joies du paradis. Jamais acteur n'était arrivé à une telle puissance de sarcasme, à une telle profondeur de scélératesse : on riait et on tremblait. Toute la salle haletait d'émotion, des étincelles phosphoriques jaillissaient sous les doigts du redoutable acteur ; des traînées de flamme étincelaient à ses pieds ; les lumières du lustre pâlissaient, la rampe jetait des éclairs rougeâtres et verdâtres ; je ne sais quelle odeur sulfureuse régnait dans la salle ; les spectateurs étaient comme en délire, et des tonnerres d'applaudissements frénétiques ponctuaient chaque phrase du merveilleux Méphistophélès, qui souvent substituait des vers de son invention à ceux du poète, substitution toujours heureuse et acceptée avec transport.

Katy, à qui Henrich avait envoyé un coupon de loge, était dans une inquiétude extraordinaire; elle ne reconnaissait pas son cher Henrich; elle pressentait vaguement quelque malheur avec cet esprit de divination que donne l'amour, cette seconde vue de l'âme.

La représentation s'acheva dans des transports inimaginables. Le rideau baissé, le public demanda à grands cris que Méphistophélès reparût. On le chercha vainement; mais un garçon de théâtre vint dire au directeur qu'on avait trouvé dans le second dessous M. Henrich, qui sans doute était tombé par une trappe. Henrich était sans connaissance : on l'emporta chez lui, et, en le déshabillant, l'on vit avec surprise qu'il avait aux épaules de profondes égratignures, comme si un tigre eût essayé de l'étouffer entre ses pattes. La petite croix d'argent de Katy l'avait préservé de la mort, et le diable, vaincu par cette influence, s'était contenté de le précipiter dans les caves du théâtre.

La convalescence d'Henrich fut longue : dès qu'il se porta mieux, le directeur vint lui proposer un engagement des plus avantageux, mais Henrich le refusa; car il ne se souciait nullement de risquer son salut une seconde fois, et savait, d'ailleurs, qu'il ne pourrait jamais égaler sa redoutable doublure.

Au bout de deux ou trois ans, ayant fait un petit héritage, il épousa la belle Katy, et tous deux, assis côte à côte près d'un poêle de Saxe, dans un parloir bien clos, ils causent de l'avenir de leurs enfants.

Les amateurs de théâtre parlent encore avec admiration de cette merveilleuse soirée, et s'étonnent du caprice d'Henrich, qui a renoncé à la scène après un si grand triomphe.

Arria Marcella

SOUVENIR DE POMPEÏ

Trois jeunes gens, trois amis qui avaient fait ensemble le voyage d'Italie, visitaient l'année dernière le musée des Studii[1], à Naples, où l'on a réuni les différents objets antiques exhumés des fouilles de Pompeï et d'Herculanum.

Ils s'étaient répandus à travers les salles et regardaient les mosaïques, les bronzes, les fresques détachés des murs de la ville morte, selon que leur caprice les éparpillait, et quand l'un d'eux avait fait une rencontre curieuse, il appelait ses compagnons avec des cris de joie, au grand scandale des Anglais taciturnes et des bourgeois posés occupés à feuilleter leur livret.

Mais le plus jeune des trois, arrêté devant une vitrine, paraissait ne pas entendre les exclamations de ses camarades, absorbé qu'il était dans une contemplation profonde. Ce qu'il examinait avec tant d'attention, c'était un morceau de cendre noire coagulée portant une empreinte creuse : on eût dit un fragment de moule de statue, brisé par la fonte ; l'œil exercé d'un artiste y eût aisément reconnu la coupe d'un sein admirable et d'un flanc aussi pur de style que celui d'une statue grecque. L'on sait, et le moindre guide du voyageur[2] vous l'indique, que cette lave, refroidie autour du corps d'une

femme, en a gardé le contour charmant. Grâce au
caprice de l'éruption qui a détruit quatre villes,
cette noble forme, tombée en poussière depuis deux
mille ans bientôt, est parvenue jusqu'à nous; la
rondeur d'une gorge a traversé les siècles lorsque
tant d'empires disparus n'ont pas laissé de trace!
Ce cachet de beauté, posé par le hasard sur la scorie
d'un volcan, ne s'est pas effacé.

Voyant qu'il s'obstinait dans sa contemplation,
les deux amis d'Octavien revinrent vers lui, et Max,
en le touchant à l'épaule, le fit tressaillir comme un
homme surpris dans son secret. Évidemment Octavien n'avait entendu venir ni Max ni Fabio.

« Allons, Octavien, dit Max, ne t'arrête pas ainsi
des heures entières à chaque armoire, ou nous
allons manquer l'heure du chemin de fer, et nous
ne verrons pas Pompeï aujourd'hui.

— Que regarde donc le camarade ? ajouta Fabio,
qui s'était rapproché. Ah! l'empreinte trouvée dans
la maison d'Arrius Diomèdes [3]. » Et il jeta sur
Octavien un coup d'œil rapide et singulier.

Octavien rougit faiblement, prit le bras de Max,
et la visite s'acheva sans autre incident. En sortant
des Studii, les trois amis montèrent dans un
corricolo et se firent mener à la station du chemin
de fer. Le corricolo [4], avec ses grandes roues rouges,
son strapontin constellé de clous de cuivre, son
cheval maigre et plein de feu, harnaché comme une
mule d'Espagne, courant au galop sur les larges
dalles de lave, est trop connu pour qu'il soit besoin
d'en faire la description ici, et d'ailleurs nous
n'écrivons pas des impressions de voyage sur
Naples, mais le simple récit d'une aventure bizarre
et peu croyable, quoique vraie.

Le chemin de fer par lequel on va à Pompeï
longe presque toujours la mer, dont les longues

volutes d'écume viennent se dérouler sur un sable noirâtre qui ressemble à du charbon tamisé. Ce rivage, en effet, est formé de coulées de lave et de cendres volcaniques, et produit, par son ton foncé, un contraste avec le bleu du ciel et le bleu de l'eau; parmi tout cet éclat, la terre seule semble retenir l'ombre.

Les villages que l'on traverse ou que l'on côtoie, Portici, rendu célèbre par l'opéra de M. Auber[5], Resina, Torre del Greco, Torre dell' Annunziata, dont on aperçoit en passant les maisons à arcades et les toits en terrasses, ont, malgré l'intensité du soleil et le lait de chaux méridional, quelque chose de plutonien et de ferrugineux comme Manchester et Birmingham; la poussière y est noire, une suie impalpable s'y accroche à tout; on sent que la grande forge du Vésuve halète et fume à deux pas de là.

Les trois amis descendirent à la station de Pompéi, en riant entre eux du mélange d'antique et de moderne que présentent naturellement à l'esprit ces mots : *Station de Pompéi*. Une ville gréco-romaine et un débarcadère de railway!

Ils traversèrent le champ planté de cotonniers, sur lequel voltigeaient quelques bourres blanches, qui sépare le chemin de fer de l'emplacement de la ville déterrée, et prirent un guide à l'osteria bâtie en dehors des anciens remparts, ou, pour parler plus correctement, un guide les prit. Calamité qu'il est difficile de conjurer en Italie.

Il faisait une de ces heureuses journées si communes à Naples, où par l'éclat du soleil et la transparence de l'air les objets prennent des couleurs qui semblent fabuleuses dans le Nord, et paraissent appartenir plutôt au monde du rêve qu'à celui de la réalité. Quiconque a vu une fois cette

lumière d'or et d'azur en emporte au fond de sa
brume une incurable nostalgie.

La ville ressuscitée, ayant secoué un coin de son
linceul de cendre, ressortait avec ses mille détails
sous un jour aveuglant. Le Vésuve découpait dans
le fond son cône sillonné de stries de laves bleues,
roses, violettes, mordorées par le soleil. Un léger
brouillard, presque imperceptible dans la lumière,
encapuchonnait la crête écimée de la montagne; au
premier abord, on eût pu le prendre pour un de ces
nuages qui, même par les temps les plus sereins,
estompent le front des pics élevés. En y regardant
de plus près, on voyait de minces filets de vapeur
blanche sortir du haut du mont comme des trous
d'une cassolette, et se réunir ensuite en vapeur
légère. Le volcan, d'humeur débonnaire ce jour-là,
fumait tout tranquillement sa pipe, et sans l'exemple
de Pompéï ensevelie à ses pieds, on ne l'aurait pas
cru d'un caractère plus féroce que Montmartre; de
l'autre côté, de belles collines aux lignes ondulées
et voluptueuses comme des hanches de femme,
arrêtaient l'horizon; et plus loin la mer, qui
autrefois apportait les birèmes et les trirèmes sous
les remparts de la ville, tirait sa placide barre
d'azur.

L'aspect de Pompéï est des plus surprenants; ce
brusque saut de dix-neuf siècles en arrière étonne
même les natures les plus prosaïques et les moins
compréhensives; deux pas vous mènent de la vie
antique à la vie moderne, et du christianisme au
paganisme; aussi, lorsque les trois amis virent ces
rues où les formes d'une existence évanouie sont
conservées intactes, éprouvèrent-ils, quelque prépa-
rés qu'ils y fussent par les livres et les dessins, une
impression aussi étrange que profonde. Octavien
surtout semblait frappé de stupeur et suivait

machinalement le guide d'un pas de somnambule,
sans écouter la nomenclature monotone et apprise
par cœur que ce faquin débitait comme une leçon.

Il regardait d'un œil effaré ces ornières de char
creusées dans le pavage cyclopéen des rues et qui
paraissent dater d'hier tant l'empreinte en est
fraîche; ces inscriptions tracées en lettres rouges,
d'un pinceau cursif, sur les parois des murailles :
affiches de spectacle, demandes de location, formules votives, enseignes, annonces de toutes sortes,
curieuses comme le serait dans deux mille ans, pour
les peuples inconnus de l'avenir, un pan de mur de
Paris retrouvé avec ses affiches et ses placards[6]; ces
maisons aux toits effondrés laissant pénétrer d'un
coup d'œil tous ces mystères d'intérieur, tous ces
détails domestiques que négligent les historiens et
dont les civilisations emportent le secret avec elles;
ces fontaines à peine taries, ce forum surpris au
milieu d'une réparation par la catastrophe, et dont
les colonnes, les architraves toutes taillées, toutes
sculptées, attendent dans leur pureté d'arête qu'on
les mette en place; ces temples voués à des dieux
passés à l'état mythologique et qui alors n'avaient
pas un athée; ces boutiques où ne manque que le
marchand; ces cabarets où se voit encore sur le
marbre la tache circulaire laissée par la tasse des
buveurs; cette caserne aux colonnes peintes d'ocre
et de minium que les soldats ont égratignée de
caricatures de combattants, et ces doubles théâtres
de drame et de chant juxtaposés, qui pourraient
reprendre leurs représentations, si la troupe qui les
desservait, réduite à l'état d'argile, n'était pas
occupée, peut-être, à luter le bondon d'un tonneau
de bière ou à boucher une fente de mur, comme la
poussière d'Alexandre et de César, selon la mélancolique réflexion d'Hamlet[7].

Fabio monta sur le thymelé du théâtre tragique tandis que Octavien et Max grimpaient jusqu'en haut des gradins, et là il se mit à débiter avec force gestes les morceaux de poésie qui lui venaient à la tête, au grand effroi des lézards, qui se dispersaient en frétillant de la queue et en se tapissant dans les fentes des assises ruinées; et quoique les vases d'airain ou de terre, destinés à répercuter les sons, n'existassent plus, sa voix n'en résonnait pas moins pleine et vibrante.

Le guide les conduisit ensuite à travers les cultures qui recouvrent les portions de Pompeï encore ensevelies, à l'amphithéâtre, situé à l'autre extrémité de la ville. Ils marchèrent sous ces arbres dont les racines plongent dans les toits des édifices enterrés, en disjoignent les tuiles, en fendent les plafonds, en disloquent les colonnes, et passèrent par ces champs où de vulgaires légumes fructifient sur des merveilles d'art, matérielles images de l'oubli que le temps déploie sur les plus belles choses.

L'amphithéâtre ne les surprit pas. Ils avaient vu celui de Vérone, plus vaste et aussi bien conservé, et ils connaissaient la disposition de ces arènes antiques aussi familièrement que celle des places de taureaux en Espagne, qui leur ressemblent beaucoup, moins la solidité de la construction et la beauté des matériaux [8].

Ils revinrent donc sur leurs pas, gagnèrent par un chemin de traverse la rue de la Fortune, écoutant d'une oreille distraite le cicerone, qui en passant devant chaque maison la nommait du nom qui lui a été donné lors de sa découverte, d'après quelque particularité caractéristique : — la maison du Taureau de bronze, la maison du Faune, la maison du Vaisseau, le temple de la Fortune, la maison de Méléagre, la taverne de la Fortune à l'angle de la rue Consulaire, l'académie de Musique, le Four banal, la Pharmacie, la boutique du Chirurgien, la Douane, l'habitation des Vestales, l'auberge d'Albinus, les Thermopoles, et ainsi de suite jusqu'à la porte qui conduit à la voie des Tombeaux.

Cette porte en briques, recouverte de statues, et dont les ornements ont disparu, offre dans son arcade intérieure deux profondes rainures destinées à laisser glisser une herse, comme un donjon du moyen âge à qui l'on aurait cru ce genre de défense particulier [9].

« Qui aurait soupçonné, dit Max à ses amis, Pompeï, la ville gréco-latine, d'une fermeture aussi romantiquement gothique ? Vous figurez-vous un chevalier romain attardé, sonnant du cor devant cette porte pour se faire lever la herse, comme un page du quinzième siècle ?

— Rien n'est nouveau sous le soleil, répondit Fabio, et cet aphorisme lui-même n'est pas neuf, puisqu'il a été formulé par Salomon [10].

— Peut-être y a-t-il du nouveau sous la lune ! continua Octavien en souriant avec une ironie mélancolique.

— Mon cher Octavien, dit Max, qui pendant cette petite conversation s'était arrêté devant une inscription tracée à la rubrique sur la muraille extérieure, veux-tu voir des combats de gladiateurs ? — Voici les affiches : — Combat et chasse pour le 5 des nones d'avril, — les mâts seront dressés, — vingt paires de gladiateurs lutteront aux nones, — et si tu crains pour la fraîcheur de ton teint, rassure-toi, on tendra les voiles ; — à moins que tu ne préfères te rendre à l'amphithéâtre de bonne heure, ceux-ci se couperont la gorge le matin — *matutini erunt* [11] ; on n'est pas plus complaisant. »

En devisant de la sorte, les trois amis suivaient cette voie bordée de sépulcres qui, dans nos sentiments modernes, serait une lugubre avenue pour une ville, mais qui n'offrait pas les mêmes significations tristes pour les anciens, dont les tombeaux, au lieu d'un cadavre horrible, ne contenaient qu'une pincée de cendres, idée abstraite de la mort. L'art embellissait ces dernières demeures, et, comme dit Gœthe, le païen décorait des images de la vie les sarcophages et les urnes.

C'est ce qui faisait sans doute que Max et Fabio visitaient, avec une curiosité allègre et une joyeuse plénitude d'existence qu'ils n'auraient pas eues dans un cimetière chrétien, ces monuments funèbres si gaiement dorés par le soleil et qui, placés sur le bord du chemin, semblent se rattacher encore à la vie et n'inspirent aucune de ces froides répulsions, aucune de ces terreurs fantastiques que font éprouver nos sépultures lugubres. Ils s'arrêtèrent devant le tombeau de Mammia, la prêtresse publique, près duquel est poussé un arbre, un cyprès ou un peuplier; ils s'assirent dans l'hémicycle du triclinium des repas funéraires, riant comme des héritiers; ils lurent avec force lazzi les épitaphes de Nevoleja, de Labeon et de la famille Arria, suivis d'Octavien, qui semblait plus touché que ses insouciants compagnons du sort de ces trépassés de deux mille ans.

Ils arrivèrent ainsi à la villa d'Arrius Diomèdes [12], une des habitations les plus considérables de Pompeï. On y monte par des degrés de briques, et lorsqu'on a dépassé la porte flanquée de deux petites colonnes latérales, on se trouve dans une cour semblable au *patio* qui fait le centre des maisons espagnoles et moresques et que les anciens appelaient *impluvium* ou *cavædium;* quatorze colonnes de briques recouvertes de stuc forment, des quatre côtés, un portique ou péristyle couvert, semblable au cloître des couvents, et sous lequel on pouvait circuler sans craindre la pluie. Le pavé de cette cour est une mosaïque de briques et de marbre blanc, d'un effet doux et tendre à l'œil. Dans le milieu, un bassin de marbre quadrilatère, qui existe encore, recevait les eaux pluviales qui dégouttaient du toit du portique. — Cela produit un singulier effet d'entrer ainsi dans la vie antique et de fouler avec des bottes vernies des marbres usés par les sandales et les cothurnes des contemporains d'Auguste et de Tibère.

Le cicerone les promena dans l'exèdre ou salon d'été, ouvert du côté de la mer pour en aspirer les fraîches brises. C'était là qu'on recevait et qu'on faisait la sieste pendant les heures brûlantes, quand soufflait ce grand zéphyr africain chargé de langueurs et d'orages. Il les fit entrer dans la basilique, longue galerie à jour qui donne de la lumière aux appartements et où les visiteurs et les clients attendaient que le nomenclateur les appelât; il les conduisit ensuite sur la terrasse de marbre blanc d'où la vue s'étend sur les jardins verts et sur la mer bleue; puis il leur fit voir le nymphæum ou salle de bains, avec ses murailles peintes en jaune, ses colonnes de stuc, son pavé de mosaïque et sa cuve de marbre qui reçut tant de corps charmants évanouis comme des ombres; — le cubiculum, où flottèrent tant de rêves venus de la porte d'ivoire, et dont les alcôves pratiquées dans le mur étaient fermées par un conopeum ou rideau dont les anneaux de bronze gisent encore à terre, le tétrastyle ou salle de récréation, la chapelle des dieux lares, le cabinet des archives, la bibliothèque, le musée des tableaux, le gynécée ou appartement des

femmes, composé de petites chambres en partie
ruinées, dont les parois conservent des traces de
peintures et d'arabesques comme des joues dont on
a mal essuyé le fard.

Cette inspection terminée, ils descendirent à
l'étage inférieur, car le sol est beaucoup plus bas du
côté du jardin que du côté de la voie des
Tombeaux; ils traversèrent huit salles peintes en
rouge antique, dont l'une est creusée de niches
architecturales, comme on en voit au vestibule de la
salle des Ambassadeurs à l'Alhambra [13], et ils arrivèrent enfin à une espèce de cave ou de cellier dont
la destination était clairement indiquée par huit
amphores d'argile dressées contre le mur et qui
avaient dû être parfumées de vin de Crète, de
Falerne et de Massique comme des odes d'Horace [14].

Un vif rayon de jour passait par un étroit
soupirail obstrué d'orties, dont il changeait les
feuilles traversées de lumières en émeraudes et en
topazes, et ce gai détail naturel souriait à propos à
travers la tristesse du lieu.

« C'est ici, dit le cicerone de sa voix nonchalante,
dont le ton s'accordait à peine avec le sens des
paroles, que l'on trouva, parmi dix-sept squelettes,
celui de la dame dont l'empreinte se voit au musée
de Naples. Elle avait des anneaux d'or, et les
lambeaux de sa fine tunique adhéraient encore aux
cendres tassées qui ont gardé sa forme. »

Les phrases banales du guide causèrent une vive
émotion à Octavien. Il se fit montrer l'endroit exact
où ces restes précieux avaient été découverts, et s'il
n'eût été contenu par la présence de ses amis, il se
serait livré à quelque lyrisme extravagant; sa
poitrine se gonflait, ses yeux se trempaient de
furtives moiteurs : cette catastrophe, effacée par
vingt siècles d'oubli, le touchait comme un malheur

tout récent; la mort d'une maîtresse ou d'un ami ne l'eût pas affligé davantage, et une larme en retard de deux mille ans tomba, pendant que Max et Fabio avaient le dos tourné, sur la place où cette femme, pour laquelle il se sentait pris d'un amour rétrospectif, avait péri étouffée par la cendre chaude du volcan.

« Assez d'archéologie comme cela! s'écria Fabio; nous ne voulons pas écrire une dissertation sur une cruche ou une tuile du temps de Jules César pour devenir membres d'une académie de province, ces souvenirs classiques me creusent l'estomac. Allons dîner, si toutefois la chose est possible, dans cette osteria pittoresque, où j'ai peur qu'on ne nous serve que des beefsteaks fossiles et des œufs frais pondus avant la mort de Pline.

— Je ne dirai pas comme Boileau :

Un sot, quelquefois, ouvre un avis important [15],

fit Max en riant, ce serait malhonnête; mais cette idée a du bon. Il eût été pourtant plus joli de festiner ici, dans un triclinium quelconque, couchés à l'antique, servis par des esclaves, en manière de Lucullus ou de Trimalcion. Il est vrai que je ne vois pas beaucoup d'huîtres du lac Lucrin; les turbots et les rougets de l'Adriatique sont absents; le sanglier d'Apulie manque sur le marché; les pains et les gâteaux au miel figurent au musée de Naples aussi durs que des pierres à côté de leurs moules vert-de-grisés; le macaroni cru, saupoudré de caccia-cavallo, et quoiqu'il soit détestable, vaut encore mieux que le néant. Qu'en pense le cher Octavien? »

Octavien, qui regrettait fort de ne pas s'être trouvé à Pompeï le jour de l'éruption du Vésuve

pour sauver la dame aux anneaux d'or et mériter
ainsi son amour, n'avait pas entendu une phrase de
cette conversation gastronomique. Les deux derniers mots prononcés par Max le frappèrent seuls,
et comme il n'avait pas envie d'entamer une
discussion, il fit, à tout hasard, un signe d'assentiment, et le groupe amical reprit, en côtoyant les
remparts, le chemin de l'hôtellerie.

L'on dressa la table sous l'espèce de porche
ouvert qui sert de vestibule à l'osteria, et dont les
murailles, crépies à la chaux, étaient décorées de
quelques croûtes qualifiées par l'hôte : Salvator
Rosa, Espagnolet, cavalier Massimo et autres noms
célèbres de l'école napolitaine, qu'il se crut obligé
d'exalter [16].

« Hôte vénérable, dit Fabio, ne déployez pas
votre éloquence en pure perte. Nous ne sommes
pas des Anglais, et nous préférons les jeunes filles
aux vieilles toiles. Envoyez-nous plutôt la liste de
vos vins par cette belle brune, aux yeux de velours,
que j'ai aperçue dans l'escalier. »

Le palforio, comprenant que ses hôtes n'appartenaient pas au genre mystifiable des philistins et des
bourgeois, cessa de vanter sa galerie pour glorifier
sa cave. D'abord, il avait tous les vins des meilleurs
crus : Château-Margaux, grand-Lafite retour des
Indes, Sillery de Moët, Hochmeyer, Scarlat-wine,
Porto et porter, ale et gingerbeer, Lacryma-Christi
blanc et rouge, Capri et Falerne.

« Quoi ! tu as du vin de Falerne, animal, et tu le
mets à la fin de ta nomenclature ; tu nous fais subir
une litanie œnologique insupportable, dit Max en
sautant à la gorge de l'hôtelier avec un mouvement
de fureur comique ; mais tu n'as donc pas le
sentiment de la couleur locale ? tu es donc indigne
de vivre dans ce voisinage antique ? Est-il bon au

moins, ton Falerne ? a-t-il été mis en amphore sous le consul Plancus ? — *consule Planco.*

— Je ne connais pas le consul Plancus, et mon vin n'est pas mis en amphore, mais il est vieux et coûte 10 carlins la bouteille », répondit l'hôte.

Le jour était tombé et la nuit était venue, nuit sereine et transparente, plus claire, à coup sûr, que le plein midi de Londres ; la terre avait des tons d'azur et le ciel des reflets d'argent d'une douceur inimaginable ; l'air était si tranquille que la flamme des bougies posées sur la table n'oscillait même pas.

Un jeune garçon jouant de la flûte s'approcha de la table et se tint debout, fixant ses yeux sur les trois convives, dans une attitude de bas-relief, et soufflant dans son instrument aux sons doux et mélodieux, quelqu'une de ces cantilènes populaires en mode mineur dont le charme est pénétrant.

Peut-être ce garçon descendait-il en droite ligne du flûteur qui précédait Duilius [17].

« Notre repas s'arrange d'une façon assez antique ; il ne nous manque que des danseuses gaditanes [18] et des couronnes de lierre, dit Fabio en se versant une large rasade de vin de Falerne.

— Je me sens en veine de faire des citations latines comme un feuilleton des *Débats ;* il me revient des strophes d'ode, ajouta Max.

— Garde-les pour toi, s'écrièrent Octavien et Fabio, justement alarmés ; rien n'est indigeste comme le latin à table. »

La conversation entre jeunes gens qui, le cigare à la bouche, le coude sur la table, regardent un certain nombre de flacons vidés, surtout lorsque le vin est capiteux, ne tarde pas à tourner sur les femmes. Chacun exposa son système, dont voici à peu près le résumé.

Fabio ne faisait cas que de la beauté et de la

jeunesse. Voluptueux et positif, il ne se payait pas
d'illusions et n'avait en amour aucun préjugé. Une
paysanne lui plaisait autant qu'une duchesse,
pourvu qu'elle fût belle; le corps le touchait plus
que la robe; il riait beaucoup de certains de ses
amis amoureux de quelques mètres de soie et de
dentelles, et disait qu'il serait plus logique d'être
épris d'un étalage de marchand de nouveautés. Ces
opinions, fort raisonnables au fond, et qu'il ne
cachait pas, le faisaient passer pour un homme
excentrique.

Max, moins artiste que Fabio, n'aimait, lui, que
les entreprises difficiles, que les intrigues compli-
quées; il cherchait des résistances à vaincre, des
vertus à séduire, et conduisait l'amour comme une
partie d'échecs, avec des coups médités longtemps,
des effets suspendus, des surprises et des stratagèmes dignes de Polybe. Dans un salon, la femme
qui paraissait avoir le moins de sympathie à son
endroit, était celle qu'il choisissait pour but de ses
attaques; la faire passer de l'aversion à l'amour par
des transitions habiles, était pour lui un plaisir
délicieux; s'imposer aux âmes qui le repoussaient,
mater les volontés rebelles à son ascendant, lui
semblait le plus doux des triomphes. Comme
certains chasseurs qui courent les champs, les bois
et les plaines par la pluie, le soleil et la neige, avec
des fatigues excessives et une ardeur que rien ne
rebute, pour un maigre gibier que les trois quarts
du temps ils dédaignent de manger, Max, la proie
atteinte, ne s'en souciait plus, et se remettait en
quête presque aussitôt.

Pour Octavien, il avouait que la réalité ne le
séduisait guère, non qu'il fît des rêves de collégien
tout pétris de lis et de roses comme un madrigal de
Demoustier [19], mais il y avait autour de toute beauté

trop de détails prosaïques et rebutants; trop de pères radoteurs et décorés; de mères coquettes, portant des fleurs naturelles dans de faux cheveux; de cousins rougeauds et méditant des déclarations; de tantes ridicules, amoureuses de petits chiens. Une gravure à l'aqua-tinte, d'après Horace Vernet ou Delaroche, accrochée dans la chambre d'une femme, suffisait pour arrêter chez lui une passion naissante. Plus poétique encore qu'amoureux, il demandait une terrasse de l'Isola-Bella, sur le lac Majeur, par un beau clair de lune, pour encadrer un rendez-vous. Il eût voulu enlever son amour du milieu de la vie commune et en transporter la scène dans les étoiles. Aussi s'était-il épris tour à tour d'une passion impossible et folle pour tous les grands types féminins conservés par l'art ou l'histoire. Comme Faust, il avait aimé Hélène[20], et il aurait voulu que les ondulations des siècles apportassent jusqu'à lui une de ces sublimes personnifications des désirs et des rêves humains, dont la forme, invisible pour les yeux vulgaires, subsiste toujours dans l'espace et le temps. Il s'était composé un sérail idéal avec Sémiramis, Aspasie, Cléopâtre, Diane de Poitiers, Jeanne d'Aragon. Quelquefois aussi il aimait des statues, et un jour, en passant au Musée devant la Vénus de Milo, il s'était écrié : « Oh! qui te rendra les bras pour m'écraser contre ton sein de marbre! » A Rome, la vue d'une épaisse chevelure nattée exhumée d'un tombeau antique l'avait jeté dans un bizarre délire; il avait essayé, au moyen de deux ou trois de ces cheveux obtenus d'un gardien séduit à prix d'or, et remis à une somnambule d'une grande puissance, d'évoquer l'ombre et la forme de cette morte; mais le fluide conducteur s'était évaporé après tant d'années, et l'apparition n'avait pu sortir de la nuit éternelle.

Comme Fabio l'avait deviné devant la vitrine des Studii, l'empreinte recueillie dans la cave de la villa d'Arrius Diomèdes excitait chez Octavien des élans insensés vers un idéal rétrospectif; il tentait de sortir du temps et de la vie, et de transposer son âme au siècle de Titus.

Max et Fabio se retirèrent dans leur chambre, et, la tête un peu alourdie par les classiques fumées du Falerne, ne tardèrent pas à s'endormir. Octavien, qui avait souvent laissé son verre plein devant lui, ne voulant pas troubler par une ivresse grossière l'ivresse poétique qui bouillonnait dans son cerveau, sentit à l'agitation de ses nerfs que le sommeil ne lui viendrait pas, et sortit de l'osteria à pas lents pour rafraîchir son front et calmer sa pensée à l'air de la nuit.

Ses pieds, sans qu'il en eût conscience, le portèrent à l'entrée par laquelle on pénètre dans la ville morte, il déplaça la barre de bois qui la ferme et s'engagea au hasard dans les décombres.

La lune illuminait de sa lueur blanche les maisons pâles, divisant les rues en deux tranches de lumière argentée et d'ombre bleuâtre. Ce jour nocturne, avec ses teintes ménagées, dissimulait la dégradation des édifices. L'on ne remarquait pas, comme à la clarté crue du soleil, les colonnes tronquées, les façades sillonnées de lézardes, les toits effondrés par l'éruption; les parties absentes se complétaient par la demi-teinte, et un rayon brusque, comme une touche de sentiment dans l'esquisse d'un tableau, indiquait tout un ensemble écroulé. Les génies taciturnes de la nuit semblaient avoir réparé la cité fossile pour quelque représentation d'une vie fantastique.

Quelquefois même Octavien crut voir se glisser de vagues formes humaines dans l'ombre; mais elles s'évanouissaient dès qu'elles atteignaient la portion éclairée. De sourds chuchotements, une rumeur indéfinie, voltigeaient dans le silence. Notre promeneur les attribua d'abord à quelque papillonnement de ses yeux, à quelque bourdonnement de ses oreilles, — ce pouvait être aussi un jeu d'optique, un soupir de la brise marine, ou la fuite à travers les orties d'un lézard ou d'une couleuvre, car tout vit dans la nature, même la mort, tout bruit, même le silence. Cependant il éprouvait une espèce d'angoisse involontaire, un léger frisson, qui pouvait être causé par l'air froid de la nuit, et faisait frémir sa peau. Il retourna deux ou trois fois la tête; il ne se sentait plus seul comme tout à l'heure dans la ville déserte. Ses camarades avaient-ils eu la même idée que lui, et le cherchaient-ils à travers ces ruines? Ces formes entrevues, ces bruits indistincts de pas, était-ce Max et Fabio marchant et causant, et disparus à l'angle d'un carrefour? Cette explication toute naturelle, Octavien comprenait à son trouble qu'elle n'était pas vraie, et les raisonnements qu'il faisait là-dessus à part lui ne le convainquaient pas. La solitude et l'ombre s'étaient peuplées d'êtres invisibles qu'il dérangeait; il tombait au milieu d'un mystère, et l'on semblait attendre qu'il fût parti pour commencer. Telles étaient les idées extravagantes qui lui traversaient la cervelle et qui prenaient beaucoup de vraisemblance de l'heure, du lieu et de mille détails alarmants que comprendront ceux qui se sont trouvés de nuit dans quelque vaste ruine.

En passant devant une maison qu'il avait remarquée pendant le jour et sur laquelle la lune donnait en plein, il vit, dans un état d'intégrité parfaite, un

portique dont il avait cherché à rétablir l'ordonnance : quatre colonnes d'ordre dorique cannelées
jusqu'à mi-hauteur, et le fût enveloppé comme
d'une draperie pourpre d'une teinte de minium,
soutenaient une cimaise coloriée d'ornements poly-
chromes, que le décorateur semblait avoir achevée
hier ; sur la paroi latérale de la porte un molosse de
Laconie, exécuté à l'encaustique et accompagné de
l'inscription sacramentelle : *Cave canem,* aboyait à
la lune et aux visiteurs avec une fureur peinte. Sur le
seuil de mosaïque le mot *Ave,* en lettres osques et
latines, saluait les hôtes de ses syllabes amicales.
Les murs extérieurs, teints d'ocre et de rubrique,
n'avaient pas une crevasse. La maison s'était
exhaussée d'un étage, et le toit de tuiles, dentelé
d'un acrotère de bronze, projetait son profil intact
sur le bleu léger du ciel où pâlissaient quelques
étoiles.

Cette restauration étrange, faite de l'après-midi
au soir par un architecte inconnu, tourmentait
beaucoup Octavien, sûr d'avoir vu cette maison le
jour même dans un fâcheux état de ruine. Le
mystérieux reconstructeur avait travaillé bien vite,
car les habitations voisines avaient le même aspect
récent et neuf ; tous les piliers étaient coiffés de
leurs chapiteaux ; pas une pierre, pas une brique,
pas une pellicule de stuc, pas une écaille de peinture
ne manquaient aux parois luisantes des façades, et
par l'interstice des péristyles on entrevoyait, autour
du bassin de marbre du cavædium, des lauriers
roses et blancs, des myrtes et des grenadiers. Tous
les historiens s'étaient trompés ; l'éruption n'avait
pas eu lieu, ou bien l'aiguille du temps avait reculé
de vingt heures séculaires sur le cadran de l'éternité.

Octavien, surpris au dernier point, se demanda

s'il dormait tout debout et marchait dans un rêve. Il s'interrogea sérieusement pour savoir si la folie ne faisait pas danser devant lui ses hallucinations; mais il fut obligé de reconnaître qu'il n'était ni endormi ni fou.

Un changement singulier avait eu lieu dans l'atmosphère; de vagues teintes roses se mêlaient, par dégradations violettes, aux lueurs azurées de la lune; le ciel s'éclaircissait sur les bords; on eût dit que le jour allait paraître. Octavien tira sa montre; elle marquait minuit. Craignant qu'elle ne fût arrêtée, il poussa le ressort de la répétition; la sonnerie tinta douze fois; il était bien minuit, et cependant la clarté allait toujours augmentant, la lune se fondait dans l'azur de plus en plus lumineux; le soleil se levait.

Alors Octavien, en qui toutes les idées de temps se brouillaient, put se convaincre qu'il se promenait non dans une Pompeï morte, froid cadavre de ville qu'on a tiré à demi de son linceul, mais dans une Pompeï vivante, jeune, intacte, sur laquelle n'avaient pas coulé les torrents de boue brûlante du Vésuve.

Un prodige inconcevable le reportait, lui, Français du XIXe siècle, au temps de Titus, non en esprit, mais en réalité, ou faisait revenir à lui, du fond du passé, une ville détruite avec ses habitants disparus; car un homme vêtu à l'antique venait de sortir d'une maison voisine.

Cet homme portait les cheveux courts et la barbe rasée, une tunique de couleur brune et un manteau grisâtre, dont les bouts étaient retroussés de manière à ne pas gêner sa marche; il allait d'un pas rapide, presque cursif, et passa à côté d'Octavien sans le voir. Un panier de sparterie pendait à son bras, et il se dirigeait vers le Forum Nundinarium;

— c'était un esclave, un Davus [21] quelconque allant au marché; il n'y avait pas à s'y tromper.

Des bruits de roues se firent entendre, et un char antique, traîné par des bœufs blancs et chargé de légumes, s'engagea dans la rue. A côté de l'attelage marchait un bouvier aux jambes nues et brûlées par le soleil, aux pieds chaussés de sandales, et vêtu d'une espèce de chemise de toile bouffant à la ceinture; un chapeau de paille conique, rejeté derrière le dos et retenu au col par la mentonnière, laissait voir sa tête d'un type inconnu aujourd'hui, son front bas traversé de dures nodosités, ses cheveux crépus et noirs, son nez droit, ses yeux tranquilles comme ceux de ses bœufs, et son cou d'Hercule campagnard. Il touchait gravement ses bêtes de l'aiguillon, avec une pose de statue à faire tomber Ingres en extase.

Le bouvier aperçut Octavien et parut surpris, mais il continua sa route; une fois il retourna la tête, ne trouvant pas sans doute d'explication à l'aspect de ce personnage étrange pour lui, mais laissant, dans sa placide stupidité rustique, le mot de l'énigme à de plus habiles.

Des paysans campaniens parurent aussi, poussant devant eux des ânes chargés d'outres de vin, et faisant tinter des sonnettes d'airain; leur physionomie différait de celle des paysans d'aujourd'hui comme une médaille diffère d'un sou.

La ville se peuplait graduellement comme un de ces tableaux de diorama, d'abord déserts, et qu'un changement d'éclairage anime de personnages invisibles jusque-là.

Les sentiments qu'éprouvait Octavien avaient changé de nature. Tout à l'heure, dans l'ombre trompeuse de la nuit, il était en proie à ce malaise dont les plus braves ne se défendent pas, au milieu de circonstances inquiétantes et fantastiques que la raison ne peut expliquer. Sa vague terreur s'était changée en stupéfaction profonde; il ne pouvait douter, à la netteté de leurs perceptions, du témoignage de ses sens, et cependant ce qu'il voyait était parfaitement incroyable. — Mal convaincu encore, il cherchait par la constatation de petits détails réels à se prouver qu'il n'était pas le jouet d'une hallucination. — Ce n'étaient pas des fantômes qui défilaient sous ses yeux, car la vive lumière du soleil les illuminait avec une réalité irrécusable, et leurs ombres allongées par le matin se projetaient sur les trottoirs et les murailles.

Ne comprenant rien à ce qui lui arrivait, Octavien, ravi au fond de voir un de ses rêves les plus chers accompli, ne résista plus à son aventure, il se laissa faire à toutes ces merveilles, sans prétendre s'en rendre compte; il se dit que puisque en vertu d'un pouvoir mystérieux il lui était donné de vivre quelques heures dans un siècle disparu, il ne perdrait pas son temps à chercher la solution d'un problème incompréhensible, et il continua bravement sa route, en regardant à droite et à gauche ce spectacle si vieux et si nouveau pour lui. Mais à quelle époque de la vie de Pompeï était-il transporté? Une inscription d'édilité, gravée sur une muraille, lui apprit, par le nom des personnages publics, qu'on était au commencement du règne de Titus, — soit en l'an 79 de notre ère. — Une idée subite traversa l'âme d'Octavien; la femme dont il avait admiré l'empreinte au musée de Naples devait être vivante, puisque l'éruption du Vésuve dans laquelle elle avait péri eut lieu le 24 août de cette même année; il pouvait donc la retrouver, la voir, lui parler... Le désir fou qu'il avait ressenti à l'aspect de cette cendre moulée sur des contours divins allait peut-être se satisfaire, car rien ne devait être impossible à un amour qui avait eu la force de faire reculer le temps, et passer deux fois la même heure dans le sablier de l'éternité.

Pendant qu'Octavien se livrait à ces réflexions, de belles jeunes filles se rendaient aux fontaines, soutenant du bout de leurs doigts blancs des urnes en équilibre sur leur tête; des patriciens en toges blanches bordées de bandes de pourpre, suivis de leur cortège de clients, se dirigeaient vers le forum. Les acheteurs se pressaient autour des boutiques, toutes désignées par des enseignes sculptées et peintes, et rappelant par leur petitesse et leur forme les boutiques moresques d'Alger; au-dessus de la plupart de ces échoppes, un glorieux phallus de terre cuite colorié et l'inscription *hic habitat felicitas*, témoignait de précautions superstitieuses contre le mauvais œil; Octavien remarqua même une boutique d'amulettes dont l'étalage était chargé de cornes, de branches de corail bifurquées, et de petits Priapes en or, comme on en trouve encore à Naples aujourd'hui, pour se préserver de la jettature [22], et il se dit qu'une superstition durait plus qu'une religion.

En suivant le trottoir qui borde chaque rue de Pompéï, et enlève ainsi aux Anglais la confortabilité de cette invention, Octavien se trouva face à face avec un beau jeune homme, de son âge à peu près, vêtu d'une tunique couleur de safran, et drapé d'un manteau de fine laine blanche, souple comme du cachemire. La vue d'Octavien, coiffé de l'affreux chapeau moderne, sanglé dans une mesquine redingote noire, les jambes emprisonnées dans un pantalon, les pieds pincés par des bottes luisantes, parut surprendre le jeune Pompéïen, comme nous étonnerait, sur le boulevard de Gand, un Ioway ou un Botocudo [23] avec ses plumes, ses colliers de griffes d'ours et ses tatouages baroques. Cependant, comme c'était un jeune homme bien élevé, il n'éclata pas de rire au nez d'Octavien, et prenant en pitié ce pauvre barbare égaré dans cette ville græco-romaine, il lui dit d'une voix accentuée et douce :

— *Advena, salve.*

Rien n'était plus naturel qu'un habitant de Pompeï, sous le règne du divin empereur Titus, très puissant et très auguste, s'exprimât en latin, et pourtant Octavien tressaillit en entendant cette langue morte dans une bouche vivante. C'est alors qu'il se félicita d'avoir été fort en thème, et remporté des prix au concours général. Le latin enseigné par l'Université lui servit en cette occasion unique, et rappelant en lui ses souvenirs de classe, il répondit au salut du Pompei en style de *De viris illustribus* et de *Selectæ e profanis* [24], d'une façon suffisamment intelligible, mais avec un accent parisien qui fit sourire le jeune homme.

« Il te sera peut-être plus facile de parler grec, dit le Pompéïen ; je sais aussi cette langue, car j'ai fait mes études à Athènes.

— Je sais encore moins de grec que de latin, répondit Octavien ; je suis du pays des Gaulois, de Paris, de Lutèce.

— Je connais ce pays. Mon aïeul a fait la guerre dans les Gaules sous le grand Jules César. Mais quel étrange costume portes-tu ? Les Gaulois que j'ai vus à Rome n'étaient pas habillés ainsi. »

Octavien entreprit de faire comprendre au jeune Pompéïen que vingt siècles s'étaient écoulés depuis la conquête de la Gaule par Jules César, et que la mode avait pu changer; mais il y perdit son latin, et à vrai dire ce n'était pas grand-chose.

« Je me nomme Rufus Holconius [25], et ma maison est la tienne, dit le jeune homme; à moins que tu ne préfères la liberté de la taverne : on est bien à l'auberge d'Albinus, près de la porte du faubourg d'Augustus Felix, et à l'hôtellerie de Sarinus, fils de Publius, près de la deuxième tour; mais si tu veux, je te servirai de guide dans cette ville inconnue pour toi; — tu me plais, jeune barbare, quoique tu aies essayé de te jouer de ma crédulité en prétendant que l'empereur Titus, qui règne aujourd'hui, était mort depuis deux mille ans, et que le Nazaréen, dont les infâmes sectateurs, enduits de poix, ont éclairé les jardins de Néron [26], trône seul en maître dans le ciel désert, d'où les grands dieux sont tombés. — Par Pollux! ajouta-t-il en jetant les yeux sur une inscription rouge tracée à l'angle d'une rue, tu arrives à propos, l'on donne *la Casina* de Plaute [27], récemment remise au théâtre; c'est une curieuse et bouffonne comédie qui t'amusera, n'en comprendrais-tu que la pantomime. Suis-moi, c'est bientôt l'heure; je te ferai placer au banc des hôtes et des étrangers. »

Et Rufus Holconius se dirigea du côté du petit théâtre comique que les trois amis avaient visité dans la journée.

Le Français et le citoyen de Pompéï prirent les rues de la Fontaine d'Abondance, des Théâtres, longèrent le collège et le temple d'Isis, l'atelier du statuaire, et entrèrent dans l'Odéon ou théâtre comique par un vomitoire latéral. Grâce à la recommandation d'Holconius, Octavien fut placé près du proscenium, un endroit qui répondrait à nos baignoires d'avant-scène. Tous les regards se tournèrent aussitôt vers lui avec une curiosité

bienveillante et un léger susurrement courut dans
l'amphithéâtre.

La pièce n'était pas encore commencée; Octavien
en profita pour regarder la salle. Les gradins demi-
circulaires, terminés de chaque côté par une magnifique patte de lion sculptée en lave du Vésuve,
partaient en s'élargissant d'un espace vide correspondant à notre parterre, mais beaucoup plus
restreint, et pavé d'une mosaïque de marbres grecs;
un gradin plus large formait, de distance en
distance, une zone distinctive, et quatre escaliers
correspondant aux vomitoires et montant de la
base au sommet de l'amphithéâtre; le divisaient
en cinq coins plus larges du haut que du bas. Les
spectateurs, munis de leurs billets, consistant en
petites lames d'ivoire où étaient désignés, par leurs
numéros d'ordre, la travée, le coin et le gradin, avec
le titre de la pièce représentée et le nom de son
auteur, arrivaient aisément à leurs places. Les
magistrats, les nobles, les hommes mariés, les
jeunes gens, les soldats, dont on voyait luire les
casques de bronze, occupaient des rangs séparés. —
C'était un spectacle admirable que ces belles toges
et ces larges manteaux blancs bien drapés, s'étalant
sur les premiers gradins et contrastant avec les
parures variées des femmes, placées au-dessus, et
les capes grises des gens du peuple, relégués aux
bancs supérieurs, près des colonnes qui supportent
le toit, et qui laissaient apercevoir, par leurs
interstices, un ciel d'un bleu intense comme le
champ d'azur d'une panathénée; — une fine pluie
d'eau, aromatisée de safran, tombait des frises en
gouttelettes imperceptibles, et parfumait l'air
qu'elle rafraîchissait. Octavien pensa aux émanations fétides qui vicient l'atmosphère de nos
théâtres, si incommodes qu'on peut les considérer

comme des lieux de torture, et il trouva que la civilisation n'avait pas beaucoup marché[28].

Le rideau, soutenu par une poutre transversale, s'abîma dans les profondeurs de l'orchestre, les musiciens s'installèrent dans leur tribune, et le Prologue parut vêtu grotesquement et la tête coiffée d'un masque difforme, adapté comme un casque.

Le Prologue, après avoir salué l'assistance et demandé les applaudissements, commença une argumentation bouffonne. « Les vieilles pièces, disait-il, étaient comme le vin qui gagne avec les années, et *la Casina*, chère aux vieillards, ne devait pas moins l'être aux jeunes gens ; tous pouvaient y prendre plaisir : les uns parce qu'ils la connaissaient, les autres parce qu'ils ne la connaissaient pas. La pièce avait été, du reste, remise avec soin, et il fallait l'écouter l'âme libre de tout souci, sans penser à ses dettes, ni à ses créanciers, car on n'arrête pas au théâtre ; c'était un jour heureux, il faisait beau, et les alcyons planaient sur le forum. » Puis il fit une analyse de la comédie que les acteurs allaient représenter, avec un détail qui prouve que la surprise entrait pour peu de chose dans le plaisir que les anciens prenaient au théâtre ; il raconta comment le vieillard Stalino, amoureux de sa belle esclave Casina, veut la marier à son fermier Olympio, époux complaisant qu'il remplacera dans la nuit des noces ; et comment Lycostrata, la femme de Stalino, pour contrecarrer la luxure de son vicieux mari, veut unir Casina à l'écuyer Chalinus, dans l'idée de favoriser les amours de son fils ; enfin la manière dont Stalino, mystifié, prend un jeune esclave déguisé pour Casina, qui, reconnue libre et de naissance ingénue, épouse le jeune maître, qu'elle aime et dont elle est aimée.

Le jeune Français regardait distraitement les acteurs, avec leurs masques aux bouches de bronze, s'évertuer sur la scène; les esclaves couraient çà et là pour simuler l'empressement; le vieillard hochait la tête et tendait ses mains tremblantes; la matrone, le verbe haut, l'air revêche et dédaigneux, se carrait dans son importance et querellait son mari, au grand amusement de la salle. — Tous ces personnages entraient et sortaient par trois portes pratiquées dans le mur du fond et communiquant au foyer des acteurs. — La maison de Stalino occupait un coin du théâtre, et celle de son vieil ami Alcesimus lui faisait face. Ces décorations, quoique très bien peintes, étaient plutôt représentatives de l'idée d'un lieu que du lieu lui-même, comme les coulisses vagues du théâtre classique.

Quand la pompe nuptiale conduisant la fausse Casina fit son entrée sur la scène, un immense éclat de rire, comme celui qu'Homère attribue aux dieux, circula sur tous les bancs de l'amphithéâtre, et des tonnerres d'applaudissements firent vibrer les échos de l'enceinte; mais Octavien n'écoutait plus et ne regardait plus.

Dans la travée des femmes, il venait d'apercevoir une créature d'une beauté merveilleuse. A dater de ce moment, les charmants visages qui avaient attiré son œil s'éclipsèrent comme les étoiles devant Phœbé; tout s'évanouit, tout disparut comme dans un songe; un brouillard estompa les gradins fourmillants de monde, et la voix criarde des acteurs semblait se perdre dans un éloignement infini.

Il avait reçu au cœur comme une commotion électrique, et il lui semblait qu'il jaillissait des étincelles de sa poitrine lorsque le regard de cette femme se tournait vers lui.

Elle était brune et pâle; ses cheveux ondés et

crespelés, noirs comme ceux de la Nuit, se relevaient
légèrement vers les tempes à la mode grecque, et
dans son visage d'un ton mat brillaient des yeux
sombres et doux, chargés d'une indéfinissable
expression de tristesse voluptueuse et d'ennui
passionné; sa bouche, dédaigneusement arquée à
ses coins, protestait par l'ardeur vivace de sa
pourpre enflammée contre la blancheur tranquille
du masque; son col présentait ces belles lignes
pures qu'on ne retrouve à présent que dans les
statues. Ses bras étaient nus jusqu'à l'épaule, et de
la pointe de ses seins orgueilleux, soulevant sa
tunique d'un rose mauve, partaient deux plis qu'on
aurait pu croire fouillés dans le marbre par Phidias
ou Cléomène.

La vue de cette gorge d'un contour si correct,
d'une coupe si pure, troubla magnétiquement
Octavien; il lui sembla que ces rondeurs s'adap-
taient parfaitement à l'empreinte en creux du
musée de Naples, qui l'avait jeté dans une si
ardente rêverie, et une voix lui cria au fond du
cœur que cette femme était bien la femme étouffée
par la cendre du Vésuve à la villa d'Arrius
Diomèdes. Par quel prodige la voyait-il vivante,
assistant à la représentation de *la Casina* de Plaute?
Il ne chercha pas à se l'expliquer; d'ailleurs,
comment était-il là lui-même? Il accepta sa présence comme dans le rêve on admet l'intervention
de personnes mortes depuis longtemps et qui
agissent pourtant avec les apparences de la vie;
d'ailleurs son émotion ne lui permettait aucun
raisonnement. Pour lui, la roue du temps était
sortie de son ornière [29], et son désir vainqueur
choisissait sa place parmi les siècles écoulés! Il se
trouvait face à face avec sa chimère, une des plus

insaisissables, une chimère rétrospective. Sa vie se remplissait d'un seul coup.

En regardant cette tête si calme et si passionnée, si froide et si ardente, si morte et si vivace, il comprit qu'il avait devant lui son premier et son dernier amour, sa coupe d'ivresse suprême ; il sentit s'évanouir comme des ombres légères les souvenirs de toutes les femmes qu'il avait cru aimer, et son âme redevenir vierge de toute émotion antérieure. Le passé disparut.

Cependant la belle Pompéïenne, le menton appuyé sur la paume de la main, lançait sur Octavien, tout en ayant l'air de s'occuper de la scène, le regard velouté de ses yeux nocturnes, et ce regard lui arrivait lourd et brûlant comme un jet de plomb fondu. Puis elle se pencha vers l'oreille d'une fille assise à son côté.

La représentation s'acheva ; la foule s'écoula par les vomitoires. Octavien, dédaignant les bons offices de son guide Holconius, s'élança par la première sortie qui s'offrit à ses pas. A peine eut-il atteint la porte, qu'une main se posa sur son bras, et qu'une voix féminine lui dit d'un ton bas, mais de manière à ce qu'il ne perdît pas un mot :

« Je suis Tyché Novoleja, commise aux plaisirs d'Arria Marcella, fille d'Arrius Diomèdes [30]. Ma maîtresse vous aime, suivez-moi. »

Arria Marcella venait de monter dans sa litière portée par quatre forts esclaves syriens nus jusqu'à la ceinture, et faisant miroiter au soleil leurs torses de bronze. Le rideau de la litière s'entr'ouvrit, et une main pâle, étoilée de bagues, fit un signe amical à Octavien, comme pour confirmer les paroles de la suivante. Le pli de pourpre retomba, et la litière s'éloigna au pas cadencé des esclaves.

Tyché fit passer Octavien par des chemins

détournés, coupant les rues en posant légèrement le
pied sur les pierres espacées qui relient les trottoirs
et entre lesquelles roulent les roues des chars, et se
dirigeant à travers le dédale avec la précision que
donne la familiarité d'une ville. Octavien remarqua
qu'il franchissait des quartiers de Pompéï que les
fouilles n'ont pas découverts, et qui lui étaient en
conséquence complètement inconnus. Cette circonstance étrange parmi tant d'autres ne l'étonna
pas. Il était décidé à ne s'étonner de rien. Dans
toute cette fantasmagorie archaïque, qui eût fait
devenir un antiquaire fou de bonheur, il ne voyait
plus que l'œil noir et profond d'Arria Marcella et
cette gorge superbe victorieuse des siècles, et que la
destruction même a voulu conserver.

Ils arrivèrent à une porte dérobée, qui s'ouvrit et
se ferma aussitôt, et Octavien se trouva dans une
cour entourée de colonnes de marbre grec d'ordre
ionique peintes, jusqu'à la moitié de leur hauteur,
d'un jaune vif, et le chapiteau relevé d'ornements
rouges et bleus; une guirlande d'aristoloche suspendait ses larges feuilles vertes en forme de cœur
aux saillies de l'architecture comme une arabesque
naturelle, et près d'un bassin encadré de plantes, un
flamant rose se tenait debout sur une patte, fleur de
plume parmi les fleurs végétales.

Des panneaux de fresque représentant des architectures capricieuses ou des paysages de fantaisie
décoraient les murailles. Octavien vit tous ces
détails d'un coup d'œil rapide, car Tyché le remit
aux mains des esclaves baigneurs qui firent subir à
son impatience toutes les recherches des thermes
antiques. Après avoir passé par les différents degrés
de chaleur vaporisée, supporté le racloir du strigil-
laire, senti ruisseler sur lui les cosmétiques et les
huiles parfumées, il fut revêtu d'une tunique

blanche, et retrouva à l'autre porte Tyché, qui lui prit la main et le conduisit dans une autre salle extrêmement ornée.

Sur le plafond étaient peints, avec une pureté de dessin, un éclat de coloris et une liberté de touche qui sentaient le grand maître et non plus le simple décorateur à l'adresse vulgaire, Mars, Vénus et l'Amour; une frise composée de cerfs, de lièvres et d'oiseaux se jouant parmi les feuillages régnait au-dessus d'un revêtement de marbre cipolin; la mosaïque du pavé, travail merveilleux dû peut-être à Sosimus de Pergame, représentait des reliefs de festin exécutés avec un art qui faisait illusion.

Au fond de la salle, sur un biclinium ou lit à deux places, était accoudée Arria Marcella dans une pose voluptueuse et sereine qui rappelait la femme couchée de Phidias sur le fronton du Parthénon; ses chaussures, brodées de perles, gisaient au bas du lit, et son beau pied nu, plus pur et plus blanc que le marbre, s'allongeait au bout d'une légère couverture de byssus jetée sur elle.

Deux boucles d'oreilles faites en forme de balance et portant des perles sur chaque plateau tremblaient dans la lumière au long de ses joues pâles; un collier de boules d'or, soutenant des grains allongés en poire, circulait sur sa poitrine laissée à demi découverte par le pli négligé d'un peplum de couleur paille bordé d'une grecque noire; une bandelette noir et or passait et luisait par place dans ses cheveux d'ébène, car elle avait changé de costume en revenant du théâtre; et autour de son bras, comme l'aspic autour du bras de Cléopâtre, un serpent d'or, aux yeux de pierre-ries, s'enroulait à plusieurs reprises et cherchait à se mordre la queue.

Une petite table à pieds de griffons, incrustée de

nacre, d'argent et d'ivoire, était dressée près du lit à deux places, chargée de différents mets servis dans des plats d'argent et d'or ou de terre émaillée de peintures précieuses. On y voyait un oiseau du Phase[31] couché dans ses plumes, et divers fruits que leurs saisons empêchent de se rencontrer ensemble.

Tout paraissait indiquer qu'on attendait un hôte ; des fleurs fraîches jonchaient le sol, et les amphores de vin étaient plongées dans des urnes pleines de neige.

Arria Marcella fit signe à Octavien de s'étendre à côté d'elle sur le biclinium et de prendre part au repas ; — le jeune homme, à demi fou de surprise et d'amour, prit au hasard quelques bouchées sur les plats que lui tendaient de petits esclaves asiatiques aux cheveux frisés, à la courte tunique. Arria ne mangeait pas, mais elle portait souvent à ses lèvres un vase myrrhin aux teintes opalines rempli d'un vin d'une pourpre sombre comme du sang figé ; à mesure qu'elle buvait, une imperceptible vapeur rose montait à ses joues pâles, de son cœur qui n'avait pas battu depuis tant d'années ; cependant son bras nu, qu'Octavien effleura en soulevant sa coupe, était froid comme la peau d'un serpent ou le marbre d'une tombe.

« Oh ! lorsque tu t'es arrêté aux Studii à contempler le morceau de boue durcie qui conserve ma forme, dit Arria Marcella en tournant son long regard humide vers Octavien, et que ta pensée s'est élancée ardemment vers moi, mon âme l'a senti dans ce monde où je flotte invisible pour les yeux grossiers[32] ; la croyance fait le dieu, et l'amour fait la femme. On n'est véritablement morte que quand on n'est plus aimée ; ton désir m'a rendu la vie, la puissante évocation de ton cœur a supprimé les distances qui nous séparaient. »

L'idée d'évocation amoureuse qu'exprimait la jeune femme, rentrait dans les croyances philosophiques d'Octavien, croyances que nous ne sommes pas loin de partager.

En effet, rien ne meurt, tout existe toujours ; nulle force ne peut anéantir ce qui fut une fois. Toute action, toute parole, toute forme, toute pensée tombée dans l'océan universel des choses y produit des cercles qui vont s'élargissant jusqu'aux confins de l'éternité. La figuration matérielle ne disparaît que pour les regards vulgaires, et les spectres qui s'en détachent peuplent l'infini. Pâris continue d'enlever Hélène dans une région inconnue de l'espace. La galère de Cléopâtre gonfle ses voiles de soie sur l'azur d'un Cydnus idéal. Quelques esprits passionnés et puissants ont pu amener à eux des siècles écoulés en apparence, et faire revivre des personnages morts pour tous. Faust a eu pour maîtresse la fille de Tyndare, et l'a conduite à son château gothique, du fond des abîmes mystérieux de l'Hadès [33]. Octavien venait de vivre un jour sous le règne de Titus et de se faire aimer d'Arria Marcella, fille d'Arrius Diomèdes, couchée en ce moment près de lui sur un lit antique dans une ville détruite pour tout le monde.

« A mon dégoût des autres femmes, répondit Octavien, à la rêverie invincible qui m'entraînait vers ses types radieux au fond des siècles comme des étoiles provocatrices, je comprenais que je n'aimerais jamais que hors du temps et de l'espace. C'était toi que j'attendais, et ce frêle vestige conservé par la curiosité des hommes m'a par son secret magnétisme mis en rapport avec ton âme. Je ne sais si tu es un rêve ou une réalité, un fantôme

ou une femme, si comme Ixion je serre un nuage
sur ma poitrine abusée [34], si je suis le jouet d'un vil
prestige de sorcellerie, mais ce que je sais bien, c'est
que tu seras mon premier et mon dernier amour.

— Qu'Éros, fils d'Aphrodite, entende ta promesse, dit Arria Marcella en inclinant sa tête sur
l'épaule de son amant qui la souleva avec une
étreinte passionnée. Oh! serre-moi sur ta jeune
poitrine, enveloppe-moi de ta tiède haleine, j'ai
froid d'être restée si longtemps sans amour. » Et
contre son cœur Octavien sentait s'élever et s'abais-
ser ce beau sein, dont le matin même il admirait le
moule à travers la vitre d'une armoire de musée; la
fraîcheur de cette belle chair le pénétrait à travers
sa tunique et le faisait brûler. La bandelette or et
noir s'était détachée de la tête d'Arria passionné-
ment renversée, et ses cheveux se répandaient
comme un fleuve noir sur l'oreiller bleu.

Les esclaves avaient emporté la table. On n'entendit plus qu'un bruit confus de baisers et de
soupirs. Les cailles familières, insouciantes de cette
scène amoureuse, picoraient sur le pavé mosaïque
les miettes du festin en poussant de petits cris.

Tout à coup les anneaux d'airain de la portière
qui fermait la chambre glissèrent sur leur tringle, et
un vieillard d'aspect sévère et drapé dans un ample
manteau brun parut sur le seuil. Sa barbe grise était
séparée en deux pointes comme celle des Naza-
réens, son visage semblait sillonné par la fatigue des
macérations : une petite croix de bois noir pendait à
son col et ne laissait aucun doute sur sa croyance : il
appartenait à la secte, toute récente alors, des
disciples du Christ [35].

A son aspect, Arria Marcella, éperdue de confusion, cacha sa figure sous un pli de son manteau,
comme un oiseau qui met la tête sous son aile

en face d'un ennemi qu'il ne peut éviter, pour s'épargner au moins l'horreur de le voir ; tandis qu'Octavien, appuyé sur son coude, regardait avec fixité le personnage fâcheux qui entrait ainsi brusquement dans son bonheur.

« Arria, Arria, dit le personnage austère d'un ton de reproche, le temps de ta vie n'a-t-il pas suffi à tes déportements, et faut-il que tes infâmes amours empiètent sur les siècles qui ne t'appartiennent pas ? Ne peux-tu laisser les vivants dans leur sphère, ta cendre n'est donc pas encore refroidie depuis le jour où tu mourus sans repentir sous la pluie de feu du volcan ? Deux mille ans de mort ne t'ont donc pas calmée, et tes bras voraces attirent sur ta poitrine de marbre, vide de cœur, les pauvres insensés enivrés par tes philtres.

— Arrius, grâce, mon père, ne m'accablez pas, au nom de cette religion morose qui ne fut jamais la mienne ; moi, je crois à nos anciens dieux qui aimaient la vie, la jeunesse, la beauté, le plaisir ; ne me replongez pas dans le pâle néant. Laissez-moi jouir de cette existence que l'amour m'a rendue.

— Tais-toi, impie, ne me parle pas de tes dieux qui sont des démons. Laisse aller cet homme enchaîné par tes impures séductions ; ne l'attire plus hors du cercle de sa vie que Dieu a mesurée ; retourne dans les limbes du paganisme avec tes amants asiatiques, romains ou grecs. Jeune chrétien, abandonne cette larve qui te semblerait plus hideuse qu'Empouse et Phorkyas [36], si tu la pouvais voir telle qu'elle est. »

Octavien, pâle, glacé d'horreur, voulut parler ; mais sa voix resta attachée à son gosier, selon l'expression virgilienne [37].

« M'obéiras-tu, Arria ? s'écria impérieusement le grand vieillard.

— Non, jamais », répondit Arria, les yeux étincelants, les narines dilatées, les lèvres frémissantes, en entourant le corps d'Octavien de ses beaux bras de statue, froids, durs et rigides comme le marbre. Sa beauté furieuse, exaspérée par la lutte, rayonnait avec un éclat surnaturel à ce moment suprême, comme pour laisser à son jeune amant un inéluctable souvenir.

« Allons, malheureuse, reprit le vieillard, il faut employer les grands moyens, et rendre ton néant palpable et visible à cet enfant fasciné », et il prononça d'une voix pleine de commandement une formule d'exorcisme qui fit tomber des joues d'Arria les teintes pourprées que le vin noir du vase myrrhin y avait fait monter.

En ce moment, la cloche lointaine d'un des villages qui bordent la mer ou des hameaux perdus dans les plis de la montagne fit entendre les premières volées de la Salutation angélique.

A ce son, un soupir d'agonie sortit de la poitrine brisée de la jeune femme. Octavien sentit se desserrer les bras qui l'entouraient; les draperies qui la couvraient se replièrent sur elles-mêmes, comme si les contours qui les soutenaient se fussent affaissés, et le malheureux promeneur nocturne ne vit plus à côté de lui, sur le lit du festin, qu'une pincée de cendres mêlée de quelques ossements calcinés parmi lesquels brillaient des bracelets et des bijoux d'or, et que des restes informes, tels qu'on les dut découvrir en déblayant la maison d'Arrius Diomèdes.

Il poussa un cri terrible et perdit connaissance.

Le vieillard avait disparu. Le soleil se levait, et la salle ornée tout à l'heure avec tant d'éclat n'était plus qu'une ruine démantelée.

Après avoir dormi d'un sommeil appesanti par

les libations de la veille, Max et Fabio se réveillèrent en sursaut, et leur premier soin fut d'appeler leur compagnon, dont la chambre était voisine de la leur, par un de ces cris de ralliement burlesques dont on convient quelquefois en voyage ; Octavien ne répondit pas, pour de bonnes raisons. Fabio et Max, ne recevant pas de réponse, entrèrent dans la chambre de leur ami, et virent que le lit n'avait pas été défait.

« Il se sera endormi sur quelque chaise, dit Fabio, sans pouvoir gagner sa couchette ; car il n'a pas la tête forte, ce cher Octavien ; et il sera sorti de bonne heure pour dissiper les fumées du vin à la fraîcheur matinale.

— Pourtant il n'avait guère bu, ajouta Max par manière de réflexion. Tout ceci me semble assez étrange. Allons à sa recherche. »

Les deux amis, aidés du cicerone, parcoururent toutes les rues, carrefours, places et ruelles de Pompeï, entrèrent dans toutes les maisons curieuses où ils supposèrent qu'Octavien pouvait être occupé à copier une peinture ou à relever une inscription, et finirent par le trouver évanoui sur la mosaïque disjointe d'une petite chambre à demi écroulée. Ils eurent beaucoup de peine à le faire revenir à lui, et quand il eut repris connaissance, il ne donna pas d'autre explication, sinon qu'il avait eu la fantaisie de voir Pompeï au clair de la lune, et qu'il avait été pris d'une syncope qui, sans doute, n'aurait pas de suite.

La petite bande retourna à Naples par le chemin de fer, comme elle était venue, et le soir, dans leur loge, à San Carlo, Max et Fabio regardaient à grand renfort de jumelles sautiller dans un ballet, sur les traces d'Amalia Ferraris, la danseuse alors en vogue, un essaim de nymphes culottées, sous leurs

jupes de gaze, d'un affreux caleçon vert monstre
qui les faisait ressembler à des grenouilles piquées
de la tarentule. Octavien, pâle, les yeux troubles, le
maintien accablé, ne paraissait pas se douter de ce
qui se passait sur la scène, tant, après les merveilleuses aventures de la nuit, il avait peine à
reprendre le sentiment de la vie réelle.

A dater de cette visite à Pompeï, Octavien fut en
proie à une mélancolie morne, que la bonne
humeur et les plaisanteries de ses compagnons
aggravaient plutôt qu'ils ne la soulageaient; l'image
d'Arria Marcella le poursuivait toujours, et le triste
dénoûment de sa bonne fortune fantastique n'en
détruisait pas le charme.

N'y pouvant plus tenir, il retourna secrètement à
Pompeï et se promena, comme la première fois,
dans les ruines, au clair de lune, le cœur palpitant
d'un espoir insensé, mais l'hallucination ne se
renouvela pas; il ne vit que des lézards fuyant sur
les pierres; il n'entendit que des piaulements
d'oiseaux de nuit effrayés; il ne rencontra plus son
ami Rufus Holconius; Tyché ne vint pas lui mettre
sa main fluette sur le bras; Arria Marcella resta
obstinément dans la poussière.

En désespoir de cause, Octavien s'est marié
dernièrement à une jeune et charmante Anglaise,
qui est folle de lui. Il est parfait pour sa femme;
cependant Ellen, avec cet instinct du cœur que rien
ne trompe, sent que son mari est amoureux d'une
autre; mais de qui? C'est ce que l'espionnage le
plus actif n'a pu lui apprendre. Octavien n'entre-
tient pas de danseuse; dans le monde, il n'adresse
aux femmes que des galanteries banales; il a même
répondu très froidement aux avances marquées
d'une princesse russe, célèbre par sa beauté et sa
coquetterie. Un tiroir secret, ouvert pendant l'ab-

sence de son mari, n'a fourni aucune preuve
d'infidélité aux soupçons d'Ellen. Mais comment
pourrait-elle s'aviser d'être jalouse de Marcella, fille
d'Arrius Diomèdes, affranchi de Tibère?

Avatar, conte [1]

I

Personne ne pouvait rien comprendre à la maladie qui minait lentement Octave de Saville. Il ne gardait pas le lit et menait son train de vie ordinaire; jamais une plainte ne sortait de ses lèvres, et cependant il dépérissait à vue d'œil. Interrogé par les médecins que le forçait à consulter la sollicitude de ses parents et de ses amis, il n'accusait aucune souffrance précise, et la science ne découvrait en lui nul symptôme alarmant : sa poitrine auscultée rendait un son favorable, et à peine si l'oreille appliquée sur son cœur y surprenait quelque battement trop lent ou trop précipité; il ne toussait pas, n'avait pas la fièvre, mais la vie se retirait de lui et fuyait par une de ces fentes invisibles dont l'homme est plein, au dire de Térence[2].

Quelquefois une bizarre syncope le faisait pâlir et froidir comme un marbre. Pendant une ou deux minutes on eût pu le croire mort; puis le balancier, arrêté par un doigt mystérieux, n'étant plus retenu, reprenait son mouvement, et Octave paraissait se réveiller d'un songe. On l'avait envoyé aux eaux;

mais les nymphes thermales ne purent rien pour
lui. Un voyage à Naples ne produisit pas un
meilleur résultat. Ce beau soleil si vanté lui avait
semblé noir comme celui de la gravure d'Albert
Durer[3] ; la chauve-souris qui porte écrit dans son
aile ce mot : *melancholia,* fouettait cet azur étincelant de ses membranes poussiéreuses et voletait
entre la lumière et lui ; il s'était senti glacé sur le
quai de la Mergellina, où les lazzaroni demi-nus se
cuisent et donnent à leur peau une patine de
bronze.

Il était donc revenu à son petit appartement de la
rue Saint-Lazare et avait repris en apparence ses
habitudes anciennes.

Cet appartement était aussi confortablement
meublé que peut l'être une garçonnière. Mais
comme un intérieur prend à la longue la physionomie et peut-être la pensée de celui qui l'habite, le
logis d'Octave s'était peu à peu attristé ; le damas
des rideaux avait pâli et ne laissait plus filtrer
qu'une lumière grise. Les grands bouquets de
pivoines se flétrissaient sur le fond moins blanc du
tapis ; l'or des bordures encadrant quelques aquarelles et quelques esquisses de maîtres avait lentement rougi sous une implacable poussière ; le feu
découragé s'éteignait et fumait au milieu des
cendres. La vieille pendule de Boule incrustée de
cuivre et d'écaille verte retenait le bruit de son tic-
tac, et le timbre des heures ennuyées parlait bas
comme on fait dans une chambre de malade ; les
portes retombaient silencieuses, et les pas des rares
visiteurs s'amortissaient sur la moquette ; le rire
s'arrêtait de lui-même en pénétrant dans ces
chambres mornes, froides et obscures, où cependant rien ne manquait du luxe moderne. Jean, le
domestique d'Octave, s'y glissait comme une ombre,

un plumeau sous le bras, un plateau sur la main,
car, impressionné à son insu de la mélancolie du
lieu, il avait fini par perdre sa loquacité. — Aux
murailles pendaient en trophée des gants de boxe,
des masques et des fleurets ; mais il était facile de
voir qu'on n'y avait pas touché depuis longtemps ;
des livres pris et jetés insouciamment traînaient sur
tous les meubles, comme si Octave eût voulu, par
cette lecture machinale, endormir une idée fixe.
Une lettre commencée, dont le papier avait jauni,
semblait attendre depuis des mois qu'on l'achevât,
et s'étalait comme un muet reproche au milieu du
bureau. Quoique habité, l'appartement paraissait
désert. La vie en était absente, et en y entrant on
recevait à la figure cette bouffée d'air froid qui sort
des tombeaux quand on les ouvre.

Dans cette lugubre demeure où jamais une
femme n'aventurait le bout de sa bottine, Octave se
trouvait plus à l'aise que partout ailleurs, — ce
silence, cette tristesse et cet abandon lui conve-
naient ; le joyeux tumulte de la vie l'effarouchait,
quoiqu'il fît parfois des efforts pour s'y mêler ; mais
il revenait plus sombre des mascarades, des parties
ou des soupers où ses amis l'entraînaient ; aussi ne
luttait-il plus contre cette douleur mystérieuse, et
laissait-il aller les jours avec l'indifférence d'un
homme qui ne compte pas sur le lendemain. Il ne
formait aucun projet, ne croyant plus à l'avenir, et
il avait tacitement envoyé à Dieu sa démission de la
vie, attendant qu'il l'acceptât. Pourtant, si vous
vous imaginiez une figure amaigrie et creusée, un
teint terreux, des membres exténués, un grand
ravage extérieur, vous vous tromperiez ; tout au
plus apercevrait-on quelques meurtrissures de
bistre sous les paupières, quelques nuances orangées autour de l'orbite, quelque attendrissement

aux tempes sillonnées de veines bleuâtres. Seulement l'étincelle de l'âme ne brillait pas dans l'œil,
dont la volonté, l'espérance et le désir s'étaient
envolés. Ce regard mort dans ce jeune visage
formait un contraste étrange, et produisait un effet
plus pénible que le masque décharné, aux yeux
allumés de fièvre, de la maladie ordinaire.

Octave avait été, avant de languir de la sorte, ce
qu'on nomme un joli garçon, et il l'était encore :
d'épais cheveux noirs, aux boucles abondantes, se
massaient, soyeux et lustrés, de chaque côté de ses
tempes; ses yeux longs, veloutés, d'un bleu nocturne, frangés de cils recourbés, s'allumaient parfois d'une étincelle humide; dans le repos, et
lorsque nulle passion ne les animait, ils se faisaient
remarquer par cette quiétude sereine qu'ont les
yeux des Orientaux, lorsque à la porte d'un café de
Smyrne ou de Constantinople ils font le kief [4] après
avoir fumé leur narghilé. Son teint n'avait jamais
été coloré, et ressemblait à ces teints méridionaux
d'un blanc olivâtre qui ne produisent tout leur effet
qu'aux lumières; sa main était fine et délicate, son
pied étroit et cambré. Il se mettait bien, sans
précéder la mode ni la suivre en retardataire, et
savait à merveille faire valoir ses avantages naturels.
Quoiqu'il n'eût aucune prétention de dandy ou de
gentleman rider, s'il se fût présenté au Jockey-Club
il n'eût pas été refusé.

Comment se faisait-il que, jeune, beau, riche,
avec tant de raisons d'être heureux, un jeune
homme se consumât si misérablement? Vous allez
dire qu'Octave était blasé, que les romans à la mode
du jour lui avaient gâté la cervelle de leurs idées
malsaines, qu'il ne croyait à rien, que de sa jeunesse
et de sa fortune gaspillées en folles orgies il ne lui
restait que des dettes; — toutes ces suppositions

manquent de vérité. — Ayant fort peu usé des plaisirs, Octave ne pouvait en être dégoûté; il n'était ni splénétique, ni romanesque, ni athée, ni libertin, ni dissipateur; sa vie avait été jusqu'alors mêlée d'études et de distractions comme celle des autres jeunes gens; il s'asseyait le matin au cours de la Sorbonne, et le soir il se plantait sur l'escalier de l'Opéra pour voir s'écouler la cascade des toilettes. On ne lui connaissait ni fille de marbre[5] ni duchesse, et il dépensait son revenu sans faire mordre ses fantaisies au capital, — son notaire l'estimait; — c'était donc un personnage tout uni, incapable de se jeter au glacier de Manfred[6] ou d'allumer le réchaud d'Escousse[7]. Quant à la cause de l'état singulier où il se trouvait et qui mettait en défaut la science de la faculté, nous n'osons l'avouer, tellement la chose est invraisemblable à Paris, au dix-neuvième siècle, et nous laissons le soin de la dire à notre héros lui-même.

Comme les médecins ordinaires n'entendaient rien à cette maladie étrange, car on n'a pas encore disséqué d'âme aux amphithéâtres d'anatomie, on eut recours en dernier lieu à un docteur singulier, revenu des Indes après un long séjour, et qui passait pour opérer des cures merveilleuses.

Octave, pressentant une perspicacité supérieure et capable de pénétrer son secret, semblait redouter la visite du docteur, et ce ne fut que sur les instances réitérées de sa mère qu'il consentit à recevoir M. Balthazar Cherbonneau.

Quand le docteur entra, Octave était à demi couché sur un divan : un coussin étayait sa tête, un autre lui soutenait le coude, un troisième lui couvrait les pieds; une gandoura l'enveloppait de ses plis souples et moelleux; il lisait ou plutôt il tenait un livre, car ses yeux arrêtés sur une page ne regardaient pas. Sa figure était pâle, mais, comme nous l'avons dit, ne présentait pas d'altération bien sensible. Une observation superficielle n'aurait pas cru au danger chez ce jeune malade, dont le guéridon supportait une boîte à cigares au lieu des fioles, des lochs, des potions, des tisanes, et autres pharmacopées de rigueur en pareil cas. Ses traits purs, quoiqu'un peu fatigués, n'avaient presque rien perdu de leur grâce, et, sauf l'atonie profonde et l'incurable désespérance de l'œil, Octave eût semblé jouir d'une santé normale.

Quelque indifférent que fût Octave, l'aspect bizarre du docteur le frappa. M. Balthazar Cherbonneau avait l'air d'une figure échappée d'un conte fantastique d'Hoffmann et se promenant dans la réalité stupéfaite de voir cette création falote. Sa face extrêmement basanée était comme dévorée par un crâne énorme que la chute des cheveux faisait paraître plus vaste encore. Ce crâne nu, poli comme de l'ivoire, avait gardé ses teintes blanches, tandis que le masque, exposé aux rayons du soleil, s'était revêtu, grâce aux superpositions des couches du hâle, d'un ton de vieux chêne ou de portrait enfumé. Les méplats, les cavités et les saillies des os s'y accentuaient si vigoureusement, que le peu de chair qui les recouvrait ressemblait, avec ses mille rides fripées, à une peau mouillée appliquée sur une tête de mort. Les rares poils gris qui flânaient encore sur l'occiput, massés en trois maigres mèches dont deux se dressaient au-dessus des oreilles et dont la troisième partait de la nuque pour mourir à la naissance du front, faisaient regretter l'usage de l'antique perruque à marteaux ou de la moderne tignasse de chiendent, et couronnaient d'une façon grotesque cette physionomie de casse-noisette. Mais ce qui occupait invinciblement chez

le docteur, c'étaient les yeux; au milieu de ce visage
tanné par l'âge, calciné à des cieux incandescents,
usé dans l'étude, où les fatigues de la science et de
la vie s'écrivaient en sillages profonds, en pattes
d'oie rayonnantes, en plis plus pressés que les
feuillets d'un livre, étincelaient deux prunelles d'un
bleu de turquoise, d'une limpidité, d'une fraîcheur
et d'une jeunesse inconcevables. Ces étoiles bleues
brillaient au fond d'orbites brunes et de membranes
concentriques dont les cercles fauves rappelaient
vaguement les plumes disposées en auréole autour
de la prunelle nyctalope des hiboux. On eût dit
que, par quelque sorcellerie apprise des brahmes et
des pandits, le docteur avait volé des yeux d'enfant
et se les était ajustés dans sa face de cadavre. Chez
le vieillard le regard marquait vingt ans; chez le
jeune homme il en marquait soixante.

Le costume était le costume classique du médecin : habit et pantalon de drap noir, gilet de soie de
même couleur, et sur la chemise un gros diamant,
présent de quelque rajah ou de quelque nabab.
Mais ces vêtements flottaient comme s'ils eussent
été accrochés à un portemanteau, et dessinaient des
plis perpendiculaires que les fémurs et les tibias
du docteur cassaient en angles aigus lorsqu'il s'asseyait. Pour produire cette maigreur phénoménale,
le dévorant soleil de l'Inde n'avait pas suffi. Sans
doute Balthazar Cherbonneau s'était soumis, dans
quelque but d'initiation, aux longs jeûnes des fakirs
et tenu sur la peau de gazelle auprès des yoghis
entre les quatre réchauds ardents; mais cette
déperdition de substance n'accusait aucun affai-
blissement. Des ligaments solides et tendus sur les
mains comme les cordes sur le manche d'un violon
reliaient entre eux les osselets décharnés des

phalanges et les faisaient mouvoir sans trop de grincements.

Le docteur s'assit sur le siège qu'Octave lui désignait de la main à côté du divan, en faisant des coudes comme un mètre qu'on reploie et avec des mouvements qui indiquaient l'habitude invétérée de s'accroupir sur des nattes. Ainsi placé, M. Cherbonneau tournait le dos à la lumière, qui éclairait en plein le visage de son malade, situation favorable à l'examen et que prennent volontiers les observateurs, plus curieux de voir que d'être vus. Quoique la figure du docteur fût baignée d'ombre et que le haut de son crâne, luisant et arrondi comme un gigantesque œuf d'autruche, accrochât seul au passage un rayon du jour, Octave distinguait la scintillation des étranges prunelles bleues qui semblaient douées d'une lueur propre comme les corps phosphorescents : il en jaillissait un rayon aigu et clair que le jeune malade recevait en pleine poitrine avec cette sensation de picotement et de chaleur produite par l'émétique.

« Eh bien, monsieur, dit le docteur après un moment de silence pendant lequel il parut résumer les indices reconnus dans son inspection rapide, je vois déjà qu'il ne s'agit pas avec vous d'un cas de pathologie vulgaire ; vous n'avez aucune de ces maladies cataloguées, à symptômes bien connus, que le médecin guérit ou empire ; et quand j'aurai causé quelques minutes, je ne vous demanderai pas du papier pour y tracer une anodine formule du *Codex* au bas de laquelle j'apposerai une signature hiéroglyphique et que votre valet de chambre portera au pharmacien du coin. »

Octave sourit faiblement, comme pour remercier M. Cherbonneau de lui épargner d'inutiles et fastidieux remèdes.

« Mais, continua le docteur, ne vous réjouissez pas si vite ; de ce que vous n'avez ni hypertrophie du cœur, ni tubercules au poumon, ni ramollissement de la moelle épinière, ni épanchement séreux au cerveau, ni fièvre typhoïde ou nerveuse, il ne s'ensuit pas que vous soyez en bonne santé. Donnez-moi votre main. »

Croyant que M. Cherbonneau allait lui tâter le pouls et s'attendant à lui voir tirer sa montre à secondes, Octave retroussa la manche de sa gandoura, mit son poignet à découvert et le tendit machinalement au docteur. Sans chercher du pouce cette pulsation rapide ou lente qui indique si l'horloge de la vie est détraquée chez l'homme, M. Cherbonneau prit dans sa patte brune, dont les doigts osseux ressemblaient à des pinces de crabe, la main fluette, veinée et moite du jeune homme ; il la palpa, la pétrit, la malaxa en quelque sorte comme pour se mettre en communication magnétique avec son sujet. Octave, bien qu'il fût sceptique en médecine, ne pouvait s'empêcher d'éprouver une certaine émotion anxieuse, car il lui semblait que le docteur lui soutirait l'âme par cette pression, et le sang avait tout à fait abandonné ses pommettes.

« Cher monsieur Octave, dit le médecin en laissant aller la main du jeune homme, votre situation est plus grave que vous ne pensez, et la science, telle du moins que la pratique la vieille routine européenne, n'y peut rien : vous n'avez plus la volonté de vivre, et votre âme se détache insensiblement de votre corps ; il n'y a chez vous ni hypocondrie, ni lypémanie [8], ni tendance mélancolique au suicide. — Non ! — cas rare et curieux, vous pourriez, si je ne m'y opposais, mourir sans aucune lésion intérieure ou externe appréciable. Il

était temps de m'appeler, car l'esprit ne tient plus
à la chair que par un fil; mais nous allons y faire
un bon nœud. »

Et le docteur se frotta joyeusement les mains en
grimaçant un sourire qui détermina un remous de
rides dans les mille plis de sa figure.

« Monsieur Cherbonneau, je ne sais si vous me
guérirez, et, après tout, je n'en ai nulle envie, mais
je dois avouer que vous avez pénétré du premier
coup la cause de l'état mystérieux où je me trouve.
Il me semble que mon corps est devenu perméable,
et laisse échapper mon moi comme un crible l'eau
par ses trous. Je me sens fondre dans le grand tout,
et j'ai peine à me distinguer du milieu où je plonge.
La vie dont j'accomplis, autant que possible, la
pantomime habituelle, pour ne pas chagriner mes
parents et mes amis, me paraît si loin de moi, qu'il
y a des instants où je me crois déjà sorti de la
sphère humaine : je vais et je viens par les motifs
qui me déterminaient autrefois, et dont l'impulsion
mécanique dure encore, mais sans participer à ce
que je fais. Je me mets à table aux heures
ordinaires, et je parais manger et boire, quoique je
ne sente aucun goût aux plats les plus épicés et aux
vins les plus forts : la lumière du soleil me semble
pâle comme celle de la lune, et les bougies ont des
flammes noires. J'ai froid aux plus chauds jours de
l'été; parfois il se fait en moi un grand silence
comme si mon cœur ne battait plus et que les
rouages intérieurs fussent arrêtés par une cause
inconnue. La mort ne doit pas être différente de cet
état si elle est appréciable pour les défunts.

— Vous avez, reprit le docteur, une impossibilité
de vivre chronique, maladie toute morale et plus
fréquente qu'on ne pense. La pensée est une force
qui peut tuer comme l'acide prussique, comme

l'étincelle de la bouteille de Leyde, quoique la trace de ses ravages ne soit pas saisissable aux faibles moyens d'analyse dont la science vulgaire dispose. Quel chagrin a enfoncé son bec crochu dans votre foie? Du haut de quelle ambition secrète êtes-vous retombé brisé et moulu? Quel désespoir amer ruminez-vous dans l'immobilité? Est-ce la soif du pouvoir qui vous tourmente? Avez-vous renoncé volontairement à un but placé hors de la portée humaine? — Vous êtes bien jeune pour cela. — Une femme vous a-t-elle trompé?

— Non, docteur, répondit Octave, je n'ai pas même eu ce bonheur.

— Et cependant, reprit M. Balthazar Cherbonneau, je lis dans vos yeux ternes, dans l'habitude découragée de votre corps, dans le timbre sourd de votre choix, le titre d'une pièce de Shakspeare aussi nettement que s'il était estampé en lettres d'or sur le dos d'une reliure de maroquin.

— Et quelle est cette pièce que je traduis sans le savoir? dit Octave, dont la curiosité s'éveillait malgré lui.

— *Love's labour's lost,* continua le docteur avec une pureté d'accent qui trahissait un long séjour dans les possessions anglaises de l'Inde.

— Cela veut dire, si je ne me trompe, *peines d'amour perdues.*

— Précisément. »

Octave ne répondit pas; une légère rougeur colora ses joues, et, pour se donner une contenance, il se mit à jouer avec le gland de sa cordelière : le docteur avait reployé une de ses jambes sur l'autre, ce qui produisit l'effet des os en sautoir gravés sur les tombes, et se tenait le pied avec la main à la mode orientale. Ses yeux bleus se plongeaient dans les yeux d'Octave et les interrogeaient d'un regard impérieux et doux.

« Allons, dit M. Balthazar Cherbonneau, ouvrez-vous à moi, je suis le médecin des âmes, vous êtes mon malade, et, comme le prêtre catholique à son pénitent, je vous demande une confession complète, et vous pourrez la faire sans vous mettre à genoux.

— A quoi bon? En supposant que vous ayez deviné juste, vous raconter mes douleurs ne les soulagerait pas. Je n'ai pas le chagrin bavard, — aucun pouvoir humain, même le vôtre, ne saurait me guérir.

— Peut-être, fit le docteur en s'établissant plus carrément dans son fauteuil, comme quelqu'un qui se dispose à écouter une confidence d'une certaine longueur.

— Je ne veux pas, reprit Octave, que vous m'accusiez d'un entêtement puéril, et vous laisser, par mon mutisme, un moyen de vous laver les mains de mon trépas; mais, puisque vous y tenez, je vais vous raconter mon histoire; — vous en avez deviné le fond, je ne vous disputerai pas les détails. Ne vous attendez à rien de singulier ou de romanesque. C'est une aventure très simple, très commune, très usée; mais, comme dit la chanson de Henri Heine[9], celui à qui elle arrive la trouve toujours nouvelle, et il en a le cœur brisé. En vérité, j'ai honte de dire quelque chose de si vulgaire à un homme qui a vécu dans les pays les plus fabuleux et les plus chimériques.

— N'ayez aucune crainte; il n'y a plus que le commun qui soit extraordinaire pour moi, dit le docteur en souriant.

— Eh bien, docteur, je me meurs d'amour. »

II

« Je me trouvais à Florence vers la fin de l'été, en 184., la plus belle saison pour voir Florence. J'avais du temps, de l'argent, de bonnes lettres de recommandation, et alors j'étais un jeune homme de belle humeur, ne demandant pas mieux que de s'amuser. Je m'installai sur le Long-Arno, je louai une calèche et je me laissai aller à cette douce vie florentine qui a tant de charme pour l'étranger. Le matin, j'allais visiter quelque église, quelque palais ou quelque galerie tout à mon aise, sans me presser, ne voulant pas me donner cette indigestion de chefs-d'œuvre qui, en Italie, fait venir aux touristes trop hâtifs la nausée de l'art ; tantôt je regardais les portes de bronze du baptistère, tantôt le Persée de Benvenuto sous la loggia dei Lanzi, le portrait de la Fornarina aux Offices, ou bien encore la Vénus de Canova au palais Pitti, mais jamais plus d'un objet à la fois [10]. Puis je déjeunais au café Doney, d'une tasse de café à la glace, je fumais quelques cigares, parcourais les journaux, et, la boutonnière fleurie de gré ou de force par ces jolies bouquetières coiffées de grands chapeaux de paille qui stationnent devant le café, je rentrais chez moi faire la sieste ; à trois heures, la calèche venait me prendre et me transportait aux *Cascines* [11]. Les Cascines sont à Florence ce que le bois de Boulogne est à Paris, avec cette différence que tout le monde s'y connaît, et que le rond-point forme un salon en plein air, où les fauteuils sont remplacés par des voitures, arrêtées et rangées en demi-cercle. Les femmes, en grande toilette, à demi couchées sur les coussins, reçoivent les visites des amants et des attentifs [12], des dandys et des attachés de légation, qui se

tiennent debout et chapeau bas sur le marchepied.
— Mais vous savez cela tout aussi bien que moi. —
Là se forment les projets pour la soirée, s'assignent
les rendez-vous, se donnent les réponses, s'ac-
ceptent les invitations ; c'est comme une Bourse du
plaisir qui se tient de trois heures à cinq heures, à
l'ombre de beaux arbres, sous le ciel le plus doux
du monde. Il est obligatoire, pour tout être un peu
bien situé, de faire chaque jour une apparition aux
Cascines. Je n'avais garde d'y manquer, et le soir,
après dîner, j'allais dans quelques salons, ou à la
Pergola, lorsque la cantatrice en valait la peine.

« Je passai ainsi un des plus heureux mois de ma
vie ; mais ce bonheur ne devait pas durer. Une
magnifique calèche fit un jour son début aux
Cascines. Ce superbe produit de la carrosserie de
Vienne, chef-d'œuvre de Laurenzi, miroité d'un
vernis étincelant, historié d'un blason presque
royal, était attelé de la plus belle paire de chevaux
qui ait jamais piaffé à Hyde-Park ou à Saint-James
au Drawing-Room de la reine Victoria, et mené à la
Daumont de la façon la plus correcte par un tout
jeune jockey en culotte de peau blanche et en
casaque verte ; les cuivres des harnais, les boîtes
des roues, les poignées des portières brillaient
comme de l'or et lançaient des éclairs au soleil ; tous
les regards suivaient ce splendide équipage qui,
après avoir décrit sur le sable une courbe aussi
régulière que si elle eût été tracée au compas, alla se
ranger auprès des voitures. La calèche n'était pas
vide, comme vous le pensez bien ; mais dans la
rapidité du mouvement on n'avait pu distinguer
qu'un bout de bottine allongé sur le coussin du
devant, un large pli de châle et le disque d'une
ombrelle frangée de soie blanche. L'ombrelle se
referma et l'on vit resplendir une femme d'une

beauté incomparable. J'étais à cheval et je pus
m'approcher assez pour ne perdre aucun détail de
ce chef-d'œuvre humain. L'étrangère portait une
robe de ce vert d'eau glacé d'argent qui fait paraître
noire comme une taupe toute femme dont le teint
n'est pas irréprochable, — une insolence de blonde
sûre d'elle-même. — Un grand crêpe de Chine
blanc, tout bossué de broderies de la même couleur,
l'enveloppait de sa draperie souple et fripée à petits
plis, comme une tunique de Phidias. Le visage avait
pour auréole un chapeau de la plus fine paille de
Florence, fleuri de myosotis et de délicates plantes
aquatiques aux étroites feuilles glauques; pour tout
bijou, un lézard d'or constellé de turquoises cerclait
le bras qui tenait le manche d'ivoire de l'ombrelle.

« Pardonnez, cher docteur, cette description de
journal de mode à un amant pour qui ces menus
souvenirs prennent une importance énorme. D'épais
bandeaux blonds crespelés, dont les annelures formaient comme des vagues de lumière, descendaient en nappes opulentes des deux côtés de son
front plus blanc et plus pur que la neige vierge
tombée dans la nuit sur le plus haut sommet d'une
Alpe; des cils longs et déliés comme ces fils d'or
que les miniaturistes du moyen âge font rayonner
autour des têtes de leurs anges, voilaient à demi ses
prunelles d'un bleu vert pareil à ces lueurs qui
traversent les glaciers par certains effets de soleil;
sa bouche, divinement dessinée, présentait ces
teintes pourprées qui lavent les valves des conques
de Vénus, et ses joues ressemblaient à de timides
roses blanches que ferait rougir l'aveu du rossignol
ou le baiser du papillon; aucun pinceau humain ne
saurait rendre ce teint d'une suavité, d'une fraîcheur et d'une transparence immatérielles, dont les
couleurs ne paraissaient pas dues au sang grossier

qui enlumine nos fibres ; les premières rougeurs de
l'aurore sur la cime des sierras-nevadas, le ton
carné de quelques camélias blancs, à l'onglet de
leurs pétales, le marbre de Paros, entrevu à travers
un voile de gaze rose, peuvent seuls en donner une
idée lointaine[13]. Ce qu'on apercevait du col entre
les brides du chapeau et le haut du châle étincelait
d'une blancheur irisée, au bord des contours, de
vagues reflets d'opale. Cette tête éclatante ne
saisissait pas d'abord par le dessin, mais bien par le
coloris, comme les belles productions de l'école
vénitienne, quoique ses traits fussent aussi purs et
aussi délicats que ceux des profils antiques découpés dans l'agate des camées.

« Comme Roméo oublie Rosalinde à l'aspect de
Juliette[14], à l'apparition de cette beauté suprême
j'oubliai mes amours d'autrefois. Les pages de mon
cœur redevinrent blanches : tout nom, tout souvenir en disparurent. Je ne comprenais pas comment
j'avais pu trouver quelque attrait dans ces liaisons
vulgaires que peu de jeunes gens évitent, et je me
les reprochai comme de coupables infidélités. Une
vie nouvelle data pour moi de cette fatale rencontre.

« La calèche quitta les Cascines et reprit le
chemin de la ville, emportant l'éblouissante vision ;
je mis mon cheval auprès de celui d'un jeune Russe
très aimable, grand coureur d'eaux, répandu dans
tous les salons cosmopolites d'Europe, et qui
connaissait à fond le personnel voyageur de la haute
vie ; j'amenai la conversation sur l'étrangère, et
j'appris que c'était la comtesse Prascovie Labinska,
une Lithuanienne de naissance illustre et de grande
fortune, dont le mari faisait depuis deux ans la
guerre du Caucase[15].

« Il est inutile de vous dire quelles diplomaties je
mis en œuvre pour être reçu chez la comtesse que

l'absence du comte rendait très réservée à l'endroit des présentations ; enfin, je fus admis ; — deux princesses douairières et quatre baronnes hors d'âge répondaient de moi sur leur antique vertu.

« La comtesse Labinska avait loué une villa magnifique, ayant appartenu jadis aux Salviati, à une demi-lieue de Florence, et en quelques jours elle avait su installer tout le confortable moderne dans l'antique manoir, sans en troubler en rien la beauté sévère et l'élégance sérieuse. De grandes portières armoriées s'agrafaient heureusement aux arcades ogivales ; des fauteuils et des meubles de forme ancienne s'harmonisaient avec les murailles couvertes de boiseries brunes ou de fresques d'un ton amorti et passé comme celui des vieilles tapisseries ; aucune couleur trop neuve, aucun or trop brillant n'agaçait l'œil, et le présent ne dissonait pas au milieu du passé. — La comtesse avait l'air si naturellement châtelaine, que le vieux palais semblait bâti exprès pour elle.

« Si j'avais été séduit par la radieuse beauté de la comtesse, je le fus bien davantage encore au bout de quelques visites par son esprit si rare, si fin, si étendu ; quand elle parlait sur quelque sujet intéressant, l'âme lui venait à la peau, pour ainsi dire, et se faisait visible. Sa blancheur s'illuminait, comme l'albâtre d'une lampe, d'un rayon intérieur : il y avait dans son teint de ces scintillations phosphorescentes, de ces tremblements lumineux dont parle Dante lorsqu'il peint les splendeurs du paradis ; on eût dit un ange se détachant en clair sur un soleil. Je restais ébloui, extatique et stupide. Abîmé dans la contemplation de sa beauté, ravi aux sons de sa voix céleste qui faisait de chaque idiome une musique ineffable, lorsqu'il me fallait absolument répondre, je balbutiais quelques mots incohérents qui devaient

lui donner la plus pauvre idée de mon intelligence ;
quelquefois même un imperceptible sourire d'une
ironie amicale passait comme une lueur rose sur
ses lèvres charmantes à certaines phrases, qui déno-
taient, de ma part, un trouble profond ou une
incurable sottise.

« Je ne lui avais encore rien dit de mon amour ;
devant elle j'étais sans pensée, sans force, sans
courage ; mon cœur battait comme s'il voulait sortir
de ma poitrine et s'élancer sur les genoux de sa
souveraine. Vingt fois j'avais résolu de m'expliquer,
mais une insurmontable timidité me retenait ; le
moindre air froid ou réservé de la comtesse me
causait des transes mortelles, et comparables à
celles du condamné qui, la tête sur le billot, attend
que l'éclair de la hache lui traverse le cou. Des
contractions nerveuses m'étranglaient, des sueurs
glacées baignaient mon corps. Je rougissais, je
pâlissais et je sortais sans avoir rien dit, ayant peine
à trouver la porte et chancelant comme un homme
ivre sur les marches du perron.

« Lorsque j'étais dehors, mes facultés me revenaient et je lançais au vent les dithyrambes les plus
enflammés. J'adressais à l'idole absente mille déclarations d'une éloquence irrésistible. J'égalais dans
ces apostrophes muettes les grands poètes de
l'amour. — Le Cantique des cantiques de Salomon
avec son vertigineux parfum oriental et son lyrisme
halluciné de haschich [16], les sonnets de Pétrarque
avec leurs subtilités platoniques et leurs délicatesses
éthérées, l'Intermezzo de Henri Heine [17] avec sa
sensibilité nerveuse et délirante n'approchent pas
de ces effusions d'âme intarissables où s'épuisait
ma vie. Au bout de chacun de ces monologues,
il me semblait que la comtesse vaincue devait
descendre du ciel sur mon cœur, et plus d'une fois

je me croisai les bras sur ma poitrine, pensant les refermer sur elle.

« J'étais si complètement possédé que je passais des heures à murmurer en façon de litanies d'amour ces deux mots : — Prascovie Labinska, — trouvant un charme indéfinissable dans ces syllabes tantôt égrenées lentement comme des perles, tantôt dites avec la volubilité fiévreuse du dévot que sa prière même exalte. D'autres fois, je traçais le nom adoré sur les plus belles feuilles de vélin, en y apportant des recherches calligraphiques des manuscrits du moyen âge, rehauts d'or, fleurons d'azur, ramages de sinople. J'usais à ce labeur d'une minutie passionnée et d'une perfection puérile les longues heures qui séparaient mes visites à la comtesse. Je ne pouvais lire ni m'occuper de quoi que ce fût. Rien ne m'intéressait hors de Prascovie, et je ne décachetais même pas les lettres qui me venaient de France. A plusieurs reprises je fis des efforts pour sortir de cet état ; j'essayai de me rappeler les axiomes de séduction acceptés par les jeunes gens, les stratagèmes qu'emploient les Valmont du café de Paris et les don Juan du Jockey-Club ; mais à l'exécution le cœur me manquait, et je regrettais de ne pas avoir, comme le Julien Sorel de Stendhal, un paquet d'épîtres progressives à copier pour les envoyer à la comtesse [18]. Je me contentais d'aimer, me donnant tout entier sans rien demander en retour, sans espérance même lointaine, car mes rêves les plus audacieux osaient à peine effleurer de leurs lèvres le bout des doigts rosés de Prascovie. Au XVe siècle, le jeune novice le front sur les marches de l'autel, le chevalier agenouillé dans sa roide armure, ne devaient pas avoir pour la madone une adoration plus prosternée. »

M. Balthazar Cherbonneau avait écouté Octave

avec une attention profonde, car pour lui le récit du
jeune homme n'était pas seulement une histoire
romanesque, et il se dit comme à lui-même pendant une pause du narrateur : « Oui, voilà bien
le diagnostic de l'amour-passion, une maladie
curieuse et que je n'ai rencontrée qu'une fois, — à
Chandernagor, — chez une jeune paria éprise d'un
brahme ; elle en mourut, la pauvre fille, mais c'était
une sauvage ; vous, monsieur Octave, vous êtes un
civilisé, et nous vous guérirons. » Sa parenthèse
fermée, il fit signe de la main à M. de Saville de
continuer ; et, reployant sa jambe sur la cuisse
comme la patte articulée d'une sauterelle, de
manière à faire soutenir son menton par son genou,
il s'établit dans cette position impossible pour tout
autre, mais qui semblait spécialement commode
pour lui.

« Je ne veux pas vous ennuyer du détail de mon
martyre secret, continua Octave ; j'arrive à une
scène décisive. Un jour, ne pouvant plus modérer
mon impérieux désir de voir la comtesse, je
devançai l'heure de ma visite accoutumée ; il faisait
un temps orageux et lourd. Je ne trouvai pas
Mme Labinska au salon. Elle s'était établie sous un
portique soutenu de sveltes colonnes, ouvrant sur
une terrasse par laquelle on descendait au jardin ;
elle avait fait apporter là son piano, un canapé et
des chaises de jonc ; des jardinières, comblées de
fleurs splendides — nulle part elles ne sont si
fraîches ni si odorantes qu'à Florence — remplis-
saient les entre-colonnements, et imprégnaient de
leur parfum les rares bouffées de brise qui venaient
de l'Apennin. Devant soi, par l'ouverture des
arcades, l'on apercevait les ifs et les buis taillés du
jardin, d'où s'élançaient quelques cyprès centenaires, et que peuplaient des marbres mytholo-

giques dans le goût tourmenté de Baccio Bandinelli [19] ou de l'Ammanato [20]. Au fond, au-dessus de la
silhouette de Florence, s'arrondissait le dôme de
Santa Maria del Fiore et jaillissait le beffroi carré
du Palazzo Vecchio.

« La comtesse était seule, à demi couchée sur le
canapé de jonc; jamais elle ne m'avait paru si belle;
son corps nonchalant, alangui par la chaleur,
baignait comme celui d'une nymphe marine dans
l'écume blanche d'un ample peignoir de mousseline
des Indes que bordait du haut en bas une garniture
bouillonnée comme la frange d'argent d'une vague;
une broche en acier niellé du Khorassan fermait à
la poitrine cette robe aussi légère que la draperie
qui voltige autour de la Victoire rattachant sa
sandale [21]. Des manches ouvertes à partir de la
saignée, comme les pistils du calice d'une fleur,
sortaient ses bras d'un ton plus pur que celui de
l'albâtre où les statuaires florentins taillent des
copies de statues antiques; un large ruban noir noué
à la ceinture, et dont les bouts retombaient, tranchait
vigoureusement sur toute cette blancheur. Ce que
ce contraste de nuances attribuées au deuil aurait
pu avoir de triste, était égayé par le bec d'une petite
pantoufle circassienne sans quartier [22] en maroquin
bleu, gaufrée d'arabesques jaunes, qui pointait sous
le dernier pli de la mousseline.

« Les cheveux blonds de la comtesse, dont les
bandeaux bouffants, comme s'ils eussent été soule-
vés par un souffle, découvraient son front pur, et
ses tempes transparentes formaient comme un
nimbe, où la lumière pétillait en étincelles d'or.

« Près d'elle, sur une chaise, palpitait au vent un
grand chapeau de paille de riz, orné de longs
rubans noirs pareils à celui de la robe, et gisait une
paire de gants de Suède qui n'avaient pas été mis.

A mon aspect, Prascovie ferma le livre qu'elle lisait
— les poésies de Mickiewicz — et me fit un petit
signe de tête bienveillant; elle était seule, — circonstance favorable et rare. — Je m'assis en face
d'elle sur le siège qu'elle me désigna. Un de ces
silences, pénibles quand ils se prolongent, régna
quelques minutes entre nous. Je ne trouvais à mon
service aucune de ces banalités de la conversation;
ma tête s'embarrassait, des vagues de flammes me
montaient du cœur aux yeux, et mon amour me
criait : « Ne perds pas cette occasion suprême. »

« J'ignore ce que j'eusse fait, si la comtesse,
devinant la cause de mon trouble, ne se fût
redressée à demi en tendant vers moi sa belle main,
comme pour me fermer la bouche.

« — Ne dites pas un mot, Octave; vous m'aimez,
je le sais, je le sens, je le crois; je ne vous en
veux point, car l'amour est involontaire. D'autres
femmes plus sévères se montreraient offensées;
moi, je vous plains, car je ne puis vous aimer, et
c'est une tristesse pour moi d'être votre malheur.
— Je regrette que vous m'ayez rencontrée, et
maudis le caprice qui m'a fait quitter Venise pour
Florence. J'espérais d'abord que ma froideur per-
sistante vous lasserait et vous éloignerait; mais le
vrai amour, dont je vois tous les signes dans vos
yeux, ne se rebute de rien. Que ma douceur ne
fasse naître en vous aucune illusion, aucun rêve, et
ne prenez pas ma pitié pour un encouragement. Un
ange au bouclier de diamant, à l'épée flamboyante,
me garde contre toute séduction, mieux que la
religion, mieux que le devoir, mieux que la vertu;
— et cet ange, c'est mon amour : — J'adore le
comte Labinski. J'ai le bonheur d'avoir trouvé la
passion dans le mariage. »

« Un flot de larmes jaillit de mes paupières à cet

aveu si franc, si loyal et si noblement pudique, et je sentis en moi se briser le ressort de ma vie.

« Prascovie, émue, se leva, et, par un mouvement gracieux de pitié féminine, passa son mouchoir de batiste sur mes yeux :

« — Allons, ne pleurez pas, me dit-elle, je vous le défends. Tâchez de penser à autre chose, imaginez que je suis partie à tout jamais, que je suis morte ; oubliez-moi. Voyagez, travaillez, faites du bien, mêlez-vous activement à la vie humaine ; consolez-vous dans un art ou un amour... »

« Je fis un geste de dénégation.

« — Croyez-vous souffrir moins en continuant à me voir ? reprit la comtesse ; venez, je vous recevrai toujours. Dieu dit qu'il faut pardonner à ses ennemis ; pourquoi traiterait-on plus mal ceux qui nous aiment ? Cependant l'absence me paraît un remède plus sûr. — Dans deux ans nous pourrons nous serrer la main sans péril, — pour vous, » ajouta-t-elle en essayant de sourire.

« Le lendemain je quittai Florence ; mais ni l'étude, ni les voyages, ni le temps, n'ont diminué ma souffrance, et je me sens mourir : ne m'en empêchez pas, docteur !

— Avez-vous revu la comtesse Prascovie Labinska ? » dit le docteur, dont les yeux bleus scintillaient bizarrement.

« — Non, répondit Octave, mais elle est à Paris. » Et il tendit à M. Balthazar Cherbonneau une carte gravée sur laquelle on lisait :

« La comtesse Prascovie Labinska est chez elle le jeudi. »

III

Parmi les promeneurs assez rares alors qui suivaient aux Champs-Élysées l'avenue Gabriel, à partir de l'ambassade ottomane jusqu'à l'Élysée Bourbon[23], préférant au tourbillon poussiéreux et à l'élégant fracas de la grande chaussée l'isolement, le silence et la calme fraîcheur de cette route bordée d'arbres d'un côté et de l'autre de jardins, il en est peu qui ne se fussent arrêtés, tout rêveurs et avec un sentiment d'admiration mêlé d'envie, devant une poétique et mystérieuse retraite, où, chose rare, la richesse semblait loger le bonheur.

A qui n'est-il pas arrivé de suspendre sa marche à la grille d'un parc, de regarder longtemps la blanche villa à travers les massifs de verdure, et de s'éloigner le cœur gros, comme si le rêve de sa vie était caché derrière ces murailles[24]? Au contraire, d'autres habitations, vues ainsi du dehors, vous inspirent une tristesse indéfinissable; l'ennui, l'abandon, la désespérance glacent la façade de leurs teintes grises et jaunissent les cimes à demi chauves des arbres; les statues ont des lèpres de mousse, les fleurs s'étiolent, l'eau des bassins verdit, les mauvaises herbes envahissent les sentiers malgré le racloir; les oiseaux, s'il y en a, se taisent.

Les jardins en contre-bas de l'allée en étaient séparés par un saut-de-loup et se prolongeaient en bandes plus ou moins larges jusqu'aux hôtels, dont la façade donnait sur la rue du Faubourg-Saint-Honoré. Celui dont nous parlons se terminait au fossé par un remblai que soutenait un mur de grosses roches choisies pour l'irrégularité curieuse de leurs formes, et qui, se relevant de chaque côté en manière de coulisses, encadraient de leurs aspérités rugueuses et de leurs masses sombres le frais et vert paysage resserré entre elles.

Dans les anfractuosités de ces roches, le cactier raquette, l'asclépiade incarnate, le millepertuis, la saxifrage, le cymbalaire, la joubarbe, la lychnide des Alpes, le lierre d'Irlande trouvaient assez de terre végétale pour nourrir leurs racines et découpaient leurs verdures variées sur le fond vigoureux de la pierre ; — un peintre n'eût pas disposé, au premier plan de son tableau, un meilleur repoussoir.

Les murailles latérales qui fermaient ce paradis terrestre disparaissaient sous un rideau de plantes grimpantes, aristoloches, grenadilles bleues, campanules, chèvrefeuille, gypsophiles, glycines de Chine, périplocas de Grèce dont les griffes, les vrilles et les tiges s'enlaçaient à un treillis vert, car le bonheur lui-même ne veut pas être emprisonné ; et grâce à cette disposition le jardin ressemblait à une clairière dans une forêt plutôt qu'à un parterre assez étroit circonscrit par les clôtures de la civilisation.

Un peu en arrière des masses de rocaille, étaient groupés quelques bouquets d'arbres au port élégant, à la frondaison vigoureuse, dont les feuillages contrastaient pittoresquement : vernis du Japon, tuyas du Canada, planes de Virginie, frênes verts, saules blancs, micocouliers de Provence, que dominaient deux ou trois mélèzes. Au delà des arbres s'étalait un gazon de ray-grass, dont pas une pointe d'herbe ne dépassait l'autre, un gazon plus fin, plus soyeux que le velours d'un manteau de reine, de cet idéal vert d'émeraude qu'on n'obtient qu'en Angleterre devant le perron des manoirs féodaux, moelleux tapis naturels que l'œil aime à caresser et que le pas craint de fouler, moquette végétale où, le jour, peuvent seuls se rouler au soleil la gazelle

familière avec le jeune baby ducal dans sa robe de
dentelles, et, la nuit, glisser au clair de lune quelque
Titania du West-End la main enlacée à celle d'un
Oberon porté sur le livre du peerage et du
baronetage [25].

Une allée de sable tamisé au crible, de peur
qu'une valve de conque ou qu'un angle de silex ne
blessât les pieds aristocratiques qui y laissaient leur
délicate empreinte, circulait comme un ruban jaune
autour de cette nappe verte, courte et drue, que le
rouleau égalisait, et dont la pluie factice de l'arro-
soir entretenait la fraîcheur humide, même aux
jours les plus desséchants de l'été.

Au bout de la pièce de gazon éclatait, à l'époque
où se passe cette histoire, un vrai feu d'artifice
fleuri tiré par un massif de géraniums, dont les
étoiles écarlates flambaient sur le fond brun d'une
terre de bruyère.

L'élégante façade de l'hôtel terminait la perspec-
tive ; de sveltes colonnes d'ordre ionique soutenant
l'attique surmonté à chaque angle d'un gracieux
groupe de marbre, lui donnaient l'apparence d'un
temple grec transporté là par le caprice d'un
millionnaire, et corrigeaient, en éveillant une idée
de poésie et d'art, tout ce que ce luxe aurait pu
avoir de trop fastueux ; dans les entre-colonnements, des stores rayés de larges bandes roses et
presque toujours baissés abritaient et dessinaient les
fenêtres, qui s'ouvraient de plain-pied sous le
portique comme des portes de glace.

Lorsque le ciel fantasque de Paris daignait
étendre un pan d'azur derrière ce palazzino, les
lignes s'en dessinaient si heureusement entre les
touffes de verdure, qu'on pouvait les prendre pour
le pied-à-terre de la Reine des fées, ou pour un
tableau de Baron agrandi [26].

De chaque côté de l'hôtel s'avançaient dans le jardin deux serres formant ailes, dont les parois de cristal se diamantaient au soleil entre leurs nervures dorées, et faisaient à une foule de plantes exotiques les plus rares et les plus précieuses l'illusion de leur climat natal.

Si quelque poète matineux eût passé avenue Gabriel aux premières rougeurs de l'aurore, il eût entendu le rossignol achever les derniers trilles de son nocturne, et vu le merle se promener en pantoufles jaunes dans l'allée du jardin comme un oiseau qui est chez lui ; mais la nuit, après que les roulements des voitures revenant de l'Opéra se sont éteints au milieu du silence de la vie endormie, ce même poète aurait vaguement distingué une ombre blanche au bras d'un beau jeune homme, et serait remonté dans sa mansarde solitaire l'âme triste jusqu'à la mort.

C'était là qu'habitaient depuis quelque temps — le lecteur l'a sans doute déjà deviné — la comtesse Prascovie Labinska et son mari le comte Olaf[27] Labinski, revenu de la guerre du Caucase après une glorieuse campagne, où, s'il ne s'était pas battu corps à corps avec le mystique et insaisissable Schamyl[28], certainement il avait eu affaire aux plus fanatiquement dévoués des Mourides de l'illustre scheikh. Il avait évité les balles comme les braves les évitent, en se précipitant au-devant d'elles, et les damas courbes des sauvages guerriers s'étaient brisés sur sa poitrine sans l'entamer. Le courage est une cuirasse sans défaut. Le comte Labinski possédait cette valeur folle des races slaves, qui aiment le péril pour le péril, et auxquelles peut s'appliquer encore ce refrain d'un vieux chant scandinave : « Ils tuent, meurent et rient ! »

Avec quelle ivresse s'étaient retrouvés ces deux

époux, pour qui le mariage n'était que la passion
permise par Dieu et par les hommes, Thomas
Moore pourrait seul le dire en style d'*Amour des
Anges*[29] ! Il faudrait que chaque goutte d'encre se
transformât dans notre plume en goutte de lumière,
et que chaque mot s'évaporât sur le papier en jetant
une flamme et un parfum comme un grain d'encens.
Comment peindre ces deux âmes fondues en une
seule et pareilles à deux larmes de rosée qui,
glissant sur un pétale de lis, se rencontrent, se
mêlent, s'absorbent l'une l'autre et ne font plus
qu'une perle unique? Le bonheur est une chose si
rare en ce monde, que l'homme n'a pas songé à
inventer des paroles pour le rendre, tandis que le
vocabulaire des souffrances morales et physiques
remplit d'innombrables colonnes dans le dictionnaire de toutes les langues.

Olaf et Prascovie s'étaient aimés tout enfants;
jamais leur cœur n'avait battu qu'à un seul nom; ils
savaient presque dès le berceau qu'ils s'appartien-
draient, et le reste du monde n'existait pas pour
eux; on eût dit que les morceaux de l'androgyne de
Platon, qui se cherchent en vain depuis le divorce
primitif, s'étaient retrouvés et réunis en eux; ils
formaient cette dualité dans l'unité, qui est l'harmonie complète, et, côte à côte, ils marchaient, ou
plutôt ils volaient à travers la vie d'un essor égal,
soutenu, planant comme deux colombes que le
même désir appelle, pour nous servir de la belle
expression de Dante[30].

Afin que rien ne troublât cette félicité, une
fortune immense l'entourait comme d'une atmosphère d'or. Dès que ce couple radieux paraissait, la
misère consolée quittait ses haillons, ses larmes se
séchaient; car Olaf et Prascovie avaient le noble

égoïsme du bonheur, et ils ne pouvaient souffrir une douleur dans leur rayonnement.

Depuis que le polythéisme a emporté avec lui ces jeunes dieux, ces génies souriants, ces éphèbes célestes aux formes d'une perfection si absolue, d'un rythme si harmonieux, d'un idéal si pur, et que la Grèce antique ne chante plus l'hymne de la beauté en strophes de paros, l'homme a cruellement abusé de la permission qu'on lui a donnée d'être laid, et, quoique fait à l'image de Dieu, le représente assez mal. Mais le comte Labinski n'avait pas profité de cette licence ; l'ovale un peu allongé de sa figure, son nez mince, d'une coupe hardie et fine, sa lèvre fermement dessinée, qu'accentuait une moustache blonde aiguisée à ses pointes, son menton relevé et frappé d'une fossette, ses yeux noirs, singularité piquante, étrangeté gracieuse, lui donnaient l'air d'un de ces anges guerriers, saint Michel ou Raphaël, qui combattent le démon, revêtus d'armures d'or. Il eût été trop beau sans l'éclair mâle de ses sombres prunelles et la couche hâlée que le soleil d'Asie avait déposée sur ses traits.

Le comte était de taille moyenne, mince, svelte, nerveux, cachant des muscles d'acier sous une apparente délicatesse ; et lorsque, dans quelque bal d'ambassade, il revêtait son costume de magnat, tout chamarré d'or, tout étoilé de diamants, tout brodé de perles, il passait parmi les groupes comme une apparition étincelante, excitant la jalousie des hommes et l'amour des femmes, que Prascovie lui rendait indifférentes. — Nous n'ajoutons pas que le comte possédait les dons de l'esprit comme ceux du corps ; les fées bienveillantes l'avaient doué à son berceau, et la méchante sorcière qui gâte tout s'était montrée de bonne humeur ce jour-là.

Vous comprenez qu'avec un tel rival, Octave de Saville avait peu de chance, et qu'il faisait bien de se laisser tranquillement mourir sur les coussins de son divan, malgré l'espoir qu'essayait de lui remettre au cœur le fantastique docteur Balthazar Cherbonneau. — Oublier Prascovie eût été le seul moyen, mais c'était la chose impossible; la revoir, à quoi bon? Octave sentait que la résolution de la jeune femme ne faiblirait jamais dans son implacabilité douce, dans sa froideur compatissante. Il avait peur que ses blessures non cicatrisées ne se rouvrissent et ne saignassent devant celle qui l'avait tué innocemment, et il ne voulait pas l'accuser, la douce meurtrière aimée!

IV

Deux ans s'étaient écoulés depuis le jour où la comtesse Labinska avait arrêté sur les lèvres d'Octave la déclaration d'amour qu'elle ne devait pas entendre; Octave, tombé du haut de son rêve, s'était éloigné, ayant au foie le bec d'un chagrin noir, et n'avait pas donné de ses nouvelles à Prascovie. L'unique mot qu'il eût pu lui écrire était le seul défendu. Mais plus d'une fois la pensée de la comtesse effrayée de ce silence s'était reportée avec mélancolie sur son pauvre adorateur : — l'avait-il oubliée? Dans sa divine absence de coquetterie, elle le souhaitait sans le croire, car l'inextinguible flamme de la passion illuminait les yeux d'Octave, et la comtesse n'avait pu s'y méprendre. L'amour et les dieux se reconnaissent au regard : cette idée traversait comme un petit nuage le limpide azur de son bonheur, et lui inspirait la légère tristesse des anges qui, dans le ciel, se souviennent de la terre; son âme charmante souffrait de savoir là-bas quelqu'un malheureux à cause d'elle; mais que peut l'étoile d'or scintillante au haut du firmament pour le pâtre obscur qui lève vers elle des bras éperdus? Aux temps mythologiques, Phœbé descendit bien des cieux en rayons d'argent sur le sommeil d'Endymion; mais elle n'était pas mariée à un comte polonais.

Dès son arrivée à Paris, la comtesse Labinska avait envoyé à Octave cette invitation banale que le docteur Balthazar Cherbonneau tournait distraitement entre ses doigts, et en ne le voyant pas venir, quoiqu'elle l'eût voulu, elle s'était dit avec un mouvement de joie involontaire : « Il m'aime toujours! » C'était cependant une femme d'une angélique pureté et chaste comme la neige du dernier sommet de l'Himalaya.

Mais Dieu lui-même, au fond de son infini, n'a pour se distraire de l'ennui des éternités que le plaisir d'entendre battre pour lui le cœur d'une pauvre petite créature périssable sur un chétif globe, perdu dans l'immensité. Prascovie n'était pas plus sévère que Dieu, et le comte Olaf n'eût pu blâmer cette délicate volupté d'âme.

« Votre récit, que j'ai écouté attentivement, dit le docteur à Octave, me prouve que tout espoir de votre part serait chimérique. Jamais la comtesse ne partagera votre amour.

— Vous voyez bien, monsieur Cherbonneau, que j'avais raison de ne pas chercher à retenir ma vie qui s'en va.

— J'ai dit qu'il n'y avait pas d'espoir avec les moyens ordinaires, continua le docteur; mais il existe des puissances occultes que méconnaît la

science moderne, et dont la tradition s'est conservée
dans ces pays étranges nommés barbares par une
civilisation ignorante. Là, aux premiers jours du
monde, le genre humain, en contact immédiat
avec les forces vives de la nature, savait des secrets
qu'on croit perdus, et que n'ont point emportés
dans leurs migrations les tribus qui, plus tard,
ont formé les peuples. Ces secrets furent transmis
d'abord d'initié à initié, dans les profondeurs mystérieuses des temples, écrits ensuite en idiomes
sacrés incompréhensibles au vulgaire, sculptés en
panneaux d'hiéroglyphes le long des parois cryp-
tiques d'Ellora ; vous trouverez encore sur les
croupes du mont Mérou, d'où s'échappe le Gange,
au bas de l'escalier de marbre blanc de Bénarès
la ville sainte, au fond des pagodes en ruines
de Ceylan, quelques brahmes centenaires épelant
des manuscrits inconnus, quelques yoghis occupés
à redire l'ineffable monosyllabe *om* sans s'apercevoir que les oiseaux du ciel nichent dans leur
chevelure ; quelques fakirs dont les épaules portent
les cicatrices des crochets de fer de Jaggernat,
qui les possèdent ces arcanes perdus et en obtien-
nent des résultats merveilleux lorsqu'ils daignent
s'en servir. — Notre Europe, tout absorbée par
les intérêts matériels, ne se doute pas du degré
de spiritualisme où sont arrivés les pénitents de
l'Inde : des jeûnes absolus, des contemplations
effrayantes de fixité, des postures impossibles
gardées pendant des années entières, atténuent
si bien leurs corps, que vous diriez, à les voir
accroupis sous un soleil de plomb, entre des
brasiers ardents, laissant leurs ongles grandis leur
percer la paume des mains, des momies égyptiennes
retirées de leur caisse et ployées en des attitudes de
singe ; leur enveloppe humaine n'est plus qu'une

chrysalide, que l'âme, papillon immortel, peut quitter ou reprendre à volonté. Tandis que leur maigre dépouille reste là, inerte, horrible à voir, comme une larve nocturne surprise par le jour, leur esprit, libre de tous liens, s'élance, sur les ailes de l'hallucination, à des hauteurs incalculables, dans les mondes surnaturels. Ils ont des visions et des rêves étranges ; ils suivent d'extase en extase les ondulations que font les âges disparus sur l'océan de l'éternité ; ils parcourent l'infini en tous sens, assistent à la création des univers, à la genèse des dieux et à leurs métamorphoses ; la mémoire leur revient des sciences englouties par les cataclysmes plutoniens et diluviens, des rapports oubliés de l'homme et des éléments. Dans cet état bizarre, ils marmottent des mots appartenant à des langues qu'aucun peuple ne parle plus depuis des milliers d'années sur la surface du globe, ils retrouvent le verbe primordial, le verbe qui a fait jaillir la lumière des antiques ténèbres : on les prend pour des fous ; ce sont presque des dieux ! »

Ce préambule singulier surexcitait au dernier point l'attention d'Octave, qui, ne sachant où M. Balthazar Cherbonneau voulait en venir, fixait sur lui des yeux étonnés et pétillants d'interrogations : il ne devinait pas quel rapport pouvaient offrir les pénitents de l'Inde avec son amour pour la comtesse Prascovie Labinska.

Le docteur, devinant la pensée d'Octave, lui fit un signe de main comme pour prévenir ses questions, et lui dit : « Patience, mon cher malade ; vous allez comprendre tout à l'heure que je ne me livre pas à une digression inutile. — Las d'avoir interrogé avec le scalpel, sur le marbre des amphithéâtres, des cadavres qui ne me répondaient pas et ne me laissaient voir que la mort quand je cherchais

la vie, je formai le projet — un projet aussi hardi
que celui de Prométhée escaladant le ciel pour y
ravir le feu — d'atteindre et de surprendre l'âme,
de l'analyser et de la disséquer pour ainsi dire;
j'abandonnai l'effet pour la cause, et pris en dédain
profond la science matérialiste dont le néant m'était
prouvé. Agir sur ces formes vagues, sur ces
assemblages fortuits de molécules aussitôt dissous,
me semblait la fonction d'un empirisme grossier.
J'essayai par le magnétisme de relâcher les liens qui
enchaînent l'esprit à son enveloppe; j'eus bientôt dépassé Mesmer, Deslon, Maxwel, Puységur,
Deleuze [31] et les plus habiles, dans des expériences
vraiment prodigieuses, mais qui ne me contentaient
pas encore : catalepsie, somnambulisme, vue à
distance, lucidité extatique, je produisis à volonté
tous ces effets inexplicables pour la foule, simples
et compréhensibles pour moi. — Je remontai plus
haut : des ravissements de Cardan et de saint
Thomas d'Aquin je passai aux crises nerveuses des
Pythies; je découvris les arcanes des Époptes [32]
grecs et des Nebiim [33] hébreux; je m'initiai rétros-
pectivement aux mystères de Trophonius [34] et
d'Esculape, reconnaissant toujours dans les merveilles qu'on en raconte une concentration ou une
expansion de l'âme provoquée soit par le geste, soit
par le regard, soit par la parole, soit par la volonté
ou tout autre agent inconnu. — Je refis un à un
tous les miracles d'Apollonius de Tyane [35]. —
Pourtant mon rêve scientifique n'était pas accompli; l'âme m'échappait toujours; je la pressentais, je
l'entendais, j'avais de l'action sur elle; j'engourdis-
sais ou j'excitais ses facultés; mais entre elle et moi
il y avait un voile de chair que je ne pouvais écarter
sans qu'elle s'envolât; j'étais comme l'oiseleur qui
tient un oiseau sous un filet qu'il n'ose relever, de

peur de voir sa proie ailée se perdre dans le ciel.

« Je partis pour l'Inde, espérant trouver le mot de l'énigme dans ce pays de l'antique sagesse. J'appris le sanscrit et le prâcrit, les idiomes savants et vulgaires : je pus converser avec les pandits et les brahmes. Je traversai les jungles où rauque[36] le tigre aplati sur ses pattes ; je longeai les étangs sacrés qu'écaille le dos des crocodiles ; je franchis des forêts impénétrables barricadées de lianes, faisant envoler des nuées de chauves-souris et de singes, me trouvant face à face avec l'éléphant au détour du sentier frayé par les bêtes fauves pour arriver à la cabane de quelque yoghi célèbre en communication avec les Mounis[37], et je m'assis des jours entiers près de lui, partageant sa peau de gazelle, pour noter les vagues incantations que murmurait l'extase sur ses lèvres noires et fendillées. Je saisis de la sorte des mots tout-puissants, des formules évocatrices, des syllabes du Verbe créateur.

« J'étudiai les sculptures symboliques dans les chambres intérieures des pagodes que n'a vues nul œil profane et où une robe de brahme me permettait de pénétrer ; je lus bien des mystères cosmogoniques, bien des légendes de civilisations disparues ; je découvris le sens des emblèmes que tiennent dans leurs mains multiples ces dieux hybrides et touffus comme la nature de l'Inde ; je méditai sur le cercle de Brahma, le lotus de Wishnou, le cobra capello de Shiva, le dieu bleu. Ganésa[38], déroulant sa trompe de pachyderme et clignant ses petits yeux frangés de longs cils, semblait sourire à mes efforts et encourager mes recherches. Toutes ces figures monstrueuses me disaient dans leur langue de pierre : « Nous ne sommes que des formes, c'est l'esprit qui agite la masse. »

« Un prêtre du temple de Tirounamalay, à qui je
fis part de l'idée qui me préoccupait, m'indiqua,
comme parvenu au plus haut degré de sublimité,
un pénitent qui habitait une des grottes de l'île
d'Éléphanta. Je le trouvai, adossé au mur de la
caverne, enveloppé d'un bout de sparterie, les
genoux au menton, les doigts croisés sur les jambes,
dans un état d'immobilité absolue; ses prunelles
retournées ne laissaient voir que le blanc, ses lèvres
bridaient sur ses dents déchaussées; sa peau, tannée
par une incroyable maigreur, adhérait aux pommettes; ses cheveux, rejetés en arrière, pendaient
par mèches roides comme des filaments de plantes
du sourcil d'une roche; sa barbe s'était divisée en
deux flots qui touchaient presque terre, et ses
ongles se recourbaient en serres d'aigle.

« Le soleil l'avait desséché et noirci de façon à
donner à sa peau d'Indien, naturellement brune,
l'apparence du basalte; ainsi posé, il ressemblait de
forme et de couleur à un vase canopique[39]. Au
premier aspect, je le crus mort. Je secouai ses bras
comme ankylosés par une roideur cataleptique, je
lui criai à l'oreille de ma voix la plus forte les
paroles sacramentelles qui devaient me révéler à lui
comme initié; il ne tressaillit pas, ses paupières
restèrent immobiles. — J'allais m'éloigner, désespé-
rant d'en tirer quelque chose, lorsque j'entendis un
pétillement singulier; une étincelle bleuâtre passa
devant mes yeux avec la fulgurante rapidité d'une
lueur électrique, voltigea une seconde sur les lèvres
entr'ouvertes du pénitent, et disparut.

« Brahma-Logum (c'était le nom du saint personnage) sembla se réveiller d'une léthargie : ses
prunelles reprirent leur place; il me regarda avec
un regard humain et répondit à mes questions. « Eh
bien, tes désirs sont satisfaits : tu as vu une âme. Je

suis parvenu à détacher la mienne de mon corps
quand il me plaît; — elle en sort, elle y rentre
comme une abeille lumineuse, perceptible aux yeux
seuls des adeptes. J'ai tant jeûné, tant prié, tant
médité, je me suis macéré si rigoureusement, que
j'ai pu dénouer les liens terrestres qui l'enchaînent,
et que Wishnou, le dieu aux dix incarnations, m'a
révélé le mot mystérieux qui la guide dans ses
Avatars à travers les formes différentes. — Si, après
avoir fait les gestes consacrés, je prononçais ce mot,
ton âme s'envolerait pour animer l'homme ou la
bête que je lui désignerais. Je te lègue ce secret, que
je possède seul maintenant au monde. Je suis bien
aise que tu sois venu, car il me tarde de me fondre
dans le sein de l'incréé, comme une goutte d'eau
dans la mer. » Et le pénitent me chuchota d'une
voix faible comme le dernier râle d'un mourant, et
pourtant distincte, quelques syllabes qui me firent
passer sur le dos ce petit frisson dont parle Job [40].

— Que voulez-vous dire, docteur ? s'écria
Octave ; je n'ose sonder l'effrayante profondeur de
votre pensée.

— Je veux dire, répondit tranquillement M. Balthazar Cherbonneau, que je n'ai pas oublié la
formule magique de mon ami Brahma-Logum, et
que la comtesse Prascovie serait bien fine si elle
reconnaissait l'âme d'Octave de Saville dans le
corps d'Olaf Labinski. »

V

La réputation du docteur Balthazar Cherbonneau
comme médecin et comme thaumaturge commen-

çait à se répandre dans Paris; ses bizarreries,
affectées ou vraies, l'avaient mis à la mode. Mais,
loin de chercher à se faire, comme on dit, une
clientèle, il s'efforçait de rebuter les malades en leur
fermant sa porte ou en leur ordonnant des prescrip-
tions étranges, des régimes impossibles. Il n'accep-
tait que des cas désespérés, renvoyant à ses
confrères avec un dédain superbe les vulgaires
fluxions de poitrine, les banales entérites, les
bourgeoises fièvres typhoïdes, et dans ces occasions
suprêmes il obtenait des guérisons vraiment inconcevables. Debout à côté du lit, il faisait des gestes
magiques sur une tasse d'eau, et des corps déjà
roides et froids, tout prêts pour le cercueil, après
avoir avalé quelques gouttes de ce breuvage en
desserrant des mâchoires crispées par l'agonie,
reprenaient la souplesse de la vie, les couleurs de la
santé, et se redressaient sur leur séant, promenant
autour d'eux des regards accoutumés déjà aux
ombres du tombeau. Aussi l'appelait-on le médecin
des morts ou le résurrectionniste. Encore ne
consentait-il pas toujours à opérer ces cures, et
souvent refusait-il des sommes énormes de la part
de riches moribonds. Pour qu'il se décidât à entrer
en lutte avec la destruction, il fallait qu'il fût touché
de la douleur d'une mère implorant le salut d'un
enfant unique, du désespoir d'un amant demandant
la grâce d'une maîtresse adorée, ou qu'il jugeât la
vie menacée utile à la poésie, à la science et au
progrès du genre humain. Il sauva de la sorte un
charmant baby dont le croup serrait la gorge avec
ses doigts de fer, une délicieuse jeune fille phtisique
au dernier degré, un poète en proie au *delirium
tremens,* un inventeur attaqué d'une congestion
cérébrale et qui allait enfouir le secret de sa
découverte sous quelques pelletées de terre. Autre-

ment il disait qu'on ne devait pas contrarier la nature, que certaines morts avaient leur raison d'être, et qu'on risquait, en les empêchant, de déranger quelque chose dans l'ordre universel. Vous voyez bien que M. Balthazar Cherbonneau était le docteur le plus paradoxal du monde, et qu'il avait rapporté de l'Inde une excentricité complète; mais sa renommée de magnétiseur l'emportait encore sur sa gloire de médecin; il avait donné devant un petit nombre d'élus quelques séances dont on racontait des merveilles à troubler toutes les notions du possible ou de l'impossible, et qui dépassaient les prodiges de Cagliostro.

Le docteur habitait le rez-de-chaussée d'un vieil hôtel de la rue du Regard[41], un appartement en enfilade comme on les faisait jadis, et dont les hautes fenêtres ouvraient sur un jardin planté de grands arbres au tronc noir, au grêle feuillage vert. Quoiqu'on fût en été, de puissants calorifères soufflaient par leurs bouches grillées de laiton des trombes d'air brûlant dans les vastes salles, et en maintenaient la température à trente-cinq ou quarante degrés de chaleur, car M. Balthazar Cherbonneau, habitué au climat incendiaire de l'Inde, grelottait à nos pâles soleils, comme ce voyageur qui, revenu des sources du Nil Bleu, dans l'Afrique centrale, tremblait de froid au Caire, et il ne sortait jamais qu'en voiture fermée, frileusement emmailloté d'une pelisse de renard bleu de Sibérie, et les pieds posés sur un manchon de fer-blanc rempli d'eau bouillante.

Il n'y avait d'autres meubles dans ces salles que des divans bas en étoffes malabares historiées d'éléphants chimériques et d'oiseaux fabuleux, des étagères découpées, coloriées et dorées avec une naïveté barbare par les naturels de Ceylan, des

vases du Japon pleins de fleurs exotiques; et sur le
plancher s'étalait, d'un bout à l'autre de l'appartement, un de ces tapis funèbres à ramages noirs et
blancs que tissent pour pénitence les Thuggs[42] en
prison, et dont la trame semble faite avec le chanvre
de leurs cordes d'étrangleurs; quelques idoles
indoues, de marbre ou de bronze, aux longs yeux
en amande, au nez cerclé d'anneaux, aux lèvres
épaisses et souriantes, aux colliers de perles descendant jusqu'au nombril, aux attributs singuliers et
mystérieux, croisaient leurs jambes sur des pié-
douches dans les encoignures; — le long des
murailles étaient appendues des miniatures goua-
chées, œuvre de quelque peintre de Calcutta ou de
Lucknow, qui représentaient les neuf *Avatars* déjà
accomplis de Wishnou, en poisson, en tortue, en
cochon, en lion à tête humaine, en nain brahmine,
en Rama, en héros combattant le géant aux mille
bras Cartasuciriargunen, en Kritsna, l'enfant miraculeux dans lequel des rêveurs voient un Christ
indien; en Bouddha, adorateur du grand dieu
Mahadevi; et, enfin, le montraient endormi, au
milieu de la mer lactée, sur la couleuvre aux cinq
têtes recourbées en dais, attendant l'heure de
prendre, pour dernière incarnation, la forme de ce
cheval blanc ailé qui, en laissant retomber son sabot
sur l'univers, doit amener la fin du monde.

Dans la salle du fond, chauffée plus fortement
encore que les autres, se tenait M. Balthazar
Cherbonneau, entouré de livres sanscrits tracés au
poinçon sur de minces lames de bois percées d'un
trou et réunies par un cordon de manière à
ressembler plus à des persiennes qu'à des volumes
comme les entend la librairie européenne. Une
machine électrique, avec ses bouteilles remplies de
feuilles d'or et ses disques de verre tournés par des

manivelles, élevait sa silhouette inquiétante et compliquée au milieu de la chambre, à côté d'un baquet mesmérique où plongeait une lance de métal et d'où rayonnaient de nombreuses tiges de fer. M. Cherbonneau n'était rien moins que charlatan et ne cherchait pas la mise en scène, mais cependant il était difficile de pénétrer dans cette retraite bizarre sans éprouver un peu de l'impression que devaient causer autrefois les laboratoires d'alchimie.

Le comte Olaf Labinski avait entendu parler des miracles réalisés par le docteur, et sa curiosité demi-crédule s'était allumée. Les races slaves ont un penchant naturel au merveilleux, que ne corrige pas toujours l'éducation la plus soignée, et d'ailleurs des témoins dignes de foi qui avaient assisté à ces séances en disaient de ces choses qu'on ne peut croire sans les avoir vues, quelque confiance qu'on ait dans le narrateur. Il alla donc visiter le thaumaturge.

Lorsque le comte Labinski entra chez le docteur Balthazar Cherbonneau, il se sentit comme entouré d'une vague flamme ; tout son sang afflua vers sa tête, les veines des tempes lui sifflèrent ; l'extrême chaleur qui régnait dans l'appartement le suffoquait ; les lampes où brûlaient des huiles aromatiques, les larges fleurs de Java balançant leurs énormes calices comme des encensoirs l'enivraient de leurs émanations vertigineuses et de leurs parfums asphyxiants. Il fit quelques pas en chancelant vers M. Cherbonneau, qui se tenait accroupi sur son divan, dans une de ces étranges poses de fakir ou de sannyâsi, dont le prince Soltikoff[43] a si pittoresquement illustré son voyage de l'Inde. On eût dit, à le voir dessinant les angles de ses articulations sous les plis de ses vêtements, une araignée humaine pelotonnée au milieu de sa toile

et se tenant immobile devant sa proie. A l'apparition du comte, ses prunelles de turquoise s'illuminèrent de lueurs phosphorescentes au centre de leur
orbite dorée du bistre de l'hépatite, et s'éteignirent
aussitôt comme recouvertes par une taie volontaire.
Le docteur étendit la main vers Olaf, dont il
comprit le malaise, et en deux ou trois passes
l'entoura d'une atmosphère de printemps, lui
créant un frais paradis dans cet enfer de chaleur.

« Vous trouvez-vous mieux à présent? Vos poumons, habitués aux brises de la Baltique qui
arrivent toutes froides encore de s'être roulées sur
les neiges centenaires du pôle, devaient haleter
comme des soufflets de forge à cet air brûlant, où
cependant je grelotte, moi, cuit, recuit et comme
calciné aux fournaises du soleil. »

Le comte Olaf Labinski fit un signe pour
témoigner qu'il ne souffrait plus de la haute
température de l'appartement.

« Eh bien, dit le docteur avec un accent de
bonhomie, vous avez entendu parler sans doute de
mes tours de passe-passe, et vous voulez avoir un
échantillon de mon savoir-faire; oh! je suis plus
fort que Comus, Comte ou Bosco [44].

— Ma curiosité n'est pas si frivole, répondit le
comte, et j'ai plus de respect pour un des princes de
la science.

— Je ne suis pas un savant dans l'acception
qu'on donne à ce mot; mais au contraire, en
étudiant certaines choses que la science dédaigne, je
me suis rendu maître de forces occultes inem-
ployées, et je produis des effets qui semblent
merveilleux, quoique naturels. A force de la guet-
ter, j'ai quelquefois surpris l'âme, — elle m'a fait
des confidences dont j'ai profité et dit des mots que
j'ai retenus. L'esprit est tout, la matière n'existe

qu'en apparence; l'univers n'est peut-être qu'un rêve de Dieu ou qu'une irradiation du Verbe dans l'immensité. Je chiffonne à mon gré la guenille du corps, j'arrête ou je précipite la vie, je déplace les sens, je supprime l'espace, j'anéantis la douleur sans avoir besoin de chloroforme, d'éther ou de toute autre drogue anesthésique[45]. Armé de la volonté, cette électricité intellectuelle, je vivifie ou je foudroie. Rien n'est plus opaque pour mes yeux; mon regard traverse tout; je vois distinctement les rayons de la pensée, et comme on projette les spectres solaires sur un écran, je peux les faire passer par mon prisme invisible et les forcer à se réfléchir sur la toile blanche de mon cerveau. Mais tout cela est peu de chose à côté des prodiges qu'accomplissent certains yoghis de l'Inde, arrivés au plus sublime degré d'ascétisme. Nous autres Européens, nous sommes trop légers, trop distraits, trop futiles, trop amoureux de notre prison d'argile pour y ouvrir de bien larges fenêtres sur l'éternité et sur l'infini. Cependant j'ai obtenu quelques résultats assez étranges, et vous allez en juger, » dit le docteur Balthazar Cherbonneau en faisant glisser sur leur tringle les anneaux d'une lourde portière qui masquait une sorte d'alcôve pratiquée dans le fond de la salle.

A la clarté d'une flamme d'esprit-de-vin qui oscillait sur un trépied de bronze, le comte Olaf Labinski aperçut un spectacle effrayant qui le fit frissonner malgré sa bravoure. Une table de marbre noir supportait le corps d'un jeune homme nu jusqu'à la ceinture et gardant une immobilité cadavérique; de son torse hérissé de flèches comme celui de saint Sébastien, il ne coulait pas une goutte de sang; on l'eût pris pour une image de martyr coloriée, où l'on aurait oublié de teindre de cinabre les lèvres des blessures.

« Cet étrange médecin, dit en lui-même Olaf, est peut-être un adorateur de Shiva, et il aura sacrifié cette victime à son idole. »

« Oh ! il ne souffre pas du tout ; piquez-le sans crainte, pas un muscle de sa face ne bougera ; » et le docteur lui enlevait les flèches du corps, comme l'on retire les épingles d'une pelote.

Quelques mouvements rapides de mains dégagèrent le patient du réseau d'effluves qui l'emprisonnait, et il s'éveilla le sourire de l'extase sur les lèvres comme sortant d'un rêve bienheureux. M. Balthazar Cherbonneau le congédia du geste, et il se retira par une petite porte coupée dans la boiserie dont l'alcôve était revêtue.

« J'aurais pu lui couper une jambe ou un bras sans qu'il s'en aperçût, dit le docteur en plissant ses rides en façon de sourire ; je ne l'ai pas fait parce que je ne crée pas encore, et que l'homme, inférieur au lézard en cela, n'a pas une sève assez puissante pour reformer les membres qu'on lui retranche. Mais si je ne crée pas, en revanche je rajeunis. » Et il enleva le voile qui recouvrait une femme âgée magnétiquement endormie sur un fauteuil, non loin de la table de marbre noir ; ses traits, qui avaient pu être beaux, étaient flétris, et les ravages du temps se lisaient sur les contours amaigris de ses bras, de ses épaules et de sa poitrine. Le docteur fixa sur elle pendant quelques minutes, avec une intensité opiniâtre, les regards de ses prunelles bleues ; les lignes altérées se raffermirent, le galbe du sein reprit sa pureté virginale, une chair blanche et satinée remplit les maigreurs du col ; les joues s'arrondirent et se veloutèrent comme des pêches de toute la fraîcheur de la jeunesse ; les yeux s'ouvrirent scintillants dans un fluide vivace; le masque de vieillesse, enlevé comme par magie, laissait voir la belle jeune femme disparue depuis longtemps.

« Croyez-vous que la fontaine de Jouvence ait versé quelque part ses eaux miraculeuses? dit le docteur au comte stupéfait de cette transformation. Je le crois, moi, car l'homme n'invente rien, et chacun de ses rêves est une divination ou un souvenir. — Mais abandonnons cette forme un instant repétrie par ma volonté, et consultons cette jeune fille qui dort tranquillement dans ce coin. Interrogez-la, elle en sait plus long que les pythies et les sibylles. Vous pouvez l'envoyer dans un de vos sept châteaux de Bohême [46], lui demander ce que renferme le plus secret de vos tiroirs, elle vous le dira, car il ne faudra pas à son âme plus d'une seconde pour faire le voyage; chose, après tout, peu surprenante, puisque l'électricité parcourt soixante-dix mille lieues dans le même espace de temps, et l'électricité est à la pensée ce qu'est le fiacre au wagon. Donnez-lui la main pour vous mettre en rapport avec elle; vous n'aurez pas besoin de formuler votre question, elle la lira dans votre esprit. »

La jeune fille, d'une voix atone comme celle d'une ombre, répondit à l'interrogation mentale du comte :

« Dans le coffret de cèdre il y a un morceau de terre saupoudrée de sable fin sur lequel se voit l'empreinte d'un petit pied.

— A-t-elle deviné juste? » dit le docteur négligemment et comme sûr de l'infaillibilité de sa somnambule.

Une éclatante rougeur couvrit les joues du comte. Il avait, en effet, au premier temps de leurs

amours, enlevé dans une allée d'un parc l'empreinte
d'un pas de Prascovie, et il la gardait comme une
relique au fond d'une boîte incrustée de nacre et
d'argent, du plus précieux travail, dont il portait la
clef microscopique suspendue à son cou par un
jaseron de Venise.

M. Balthazar Cherbonneau, qui était un homme
de bonne compagnie, voyant l'embarras du comte,
n'insista pas et le conduisit à une table sur laquelle
était posée une eau aussi claire que le diamant.

« Vous avez sans doute entendu parler du miroir
magique où Méphistophélès fait voir à Faust
l'image d'Hélène[47]; sans avoir un pied de cheval
dans mon bas de soie et deux plumes de coq à mon
chapeau, je puis vous régaler de cet innocent
prodige. Penchez-vous sur cette coupe et pensez
fixement à la personne que vous désirez faire
apparaître; vivante ou morte, lointaine ou rappro-
chée, elle viendra à votre appel, du bout du monde
ou des profondeurs de l'histoire. »

Le comte s'inclina sur la coupe, dont l'eau se
troubla bientôt sous son regard et prit des teintes
opalines, comme si l'on y eût versé une goutte
d'essence; un cercle irisé des couleurs du prisme
couronna les bords du vase, encadrant le tableau
qui s'ébauchait déjà sous le nuage blanchâtre.

Le brouillard se dissipa. — Une jeune femme en
peignoir de dentelles, aux yeux vert de mer, aux
cheveux d'or crespelés, laissant errer comme des
papillons blancs ses belles mains distraites sur
l'ivoire du clavier, se dessina ainsi que sous une
glace au fond de l'eau redevenue transparente, avec
une perfection si merveilleuse qu'elle eût fait
mourir tous les peintres de désespoir : — c'était
Prascovie Labinska, qui, sans le savoir, obéissait à
l'évocation passionnée du comte.

« Et maintenant passons à quelque chose de plus curieux, » dit le docteur en prenant la main du comte et en la posant sur une des tiges de fer du baquet mesmérique. Olaf n'eut pas plutôt touché le métal chargé d'un magnétisme fulgurant, qu'il tomba comme foudroyé.

Le docteur le prit dans ses bras, l'enleva comme une plume, le posa sur un divan, sonna, et dit au domestique qui parut au seuil de la porte :

« Allez chercher M. Octave de Saville. »

VI

Le roulement d'un coupé se fit entendre dans la cour silencieuse de l'hôtel, et presque aussitôt Octave se présenta devant le docteur; il resta stupéfait lorsque M. Cherbonneau lui montra le comte Olaf Labinski étendu sur un divan avec les apparences de la mort. Il crut d'abord à un assassinat et resta quelques instants muet d'horreur; mais, après un examen plus attentif, il s'aperçut qu'une respiration presque imperceptible abaissait et soulevait la poitrine du jeune dormeur.

« Voilà, dit le docteur, votre déguisement tout préparé; il est un peu plus difficile à mettre qu'un domino loué chez Babin; mais Roméo, en montant au balcon de Vérone, ne s'inquiète pas du danger qu'il y a de se casser le cou; il sait que Juliette l'attend là-haut dans la chambre sous ses voiles de nuit; et la comtesse Prascovie Labinska vaut bien la fille des Capulets. »

Octave, troublé par l'étrangeté de la situation, ne répondait rien; il regardait toujours le comte, dont la tête légèrement rejetée en arrière posait sur un coussin, et qui ressemblait à ces effigies de chevaliers couchés au-dessus de leurs tombeaux dans les cloîtres gothiques, ayant sous leur nuque roidie un oreiller de marbre sculpté. Cette belle et noble figure qu'il allait déposséder de son âme lui inspirait malgré lui quelques remords.

Le docteur prit la rêverie d'Octave pour de l'hésitation : un vague sourire de dédain erra sur le pli de ses lèvres, et il lui dit :

« Si vous n'êtes pas décidé, je puis réveiller le comte, qui s'en retournera comme il est venu, émerveillé de mon pouvoir magnétique; mais, pensez-y bien, une telle occasion peut ne jamais se retrouver. Pourtant, quelque intérêt que je porte à votre amour, quelque désir que j'aie de faire une expérience qui n'a jamais été tentée en Europe, je ne dois pas vous cacher que cet échange d'âmes a ses périls. Frappez votre poitrine, interrogez votre cœur. — Risquez-vous franchement votre vie sur cette carte suprême? L'amour est fort comme la mort, dit la Bible.

— Je suis prêt, répondit simplement Octave.

— Bien, jeune homme, s'écria le docteur en frottant ses mains brunes et sèches avec une rapidité extraordinaire, comme s'il eût voulu allumer du feu à la manière des sauvages. — Cette passion qui ne recule devant rien me plaît. Il n'y a que deux choses au monde : la passion et la volonté. Si vous n'êtes pas heureux, ce ne sera certes pas de ma faute. Ah! mon vieux Brahma-Logum, tu vas voir du fond du ciel d'Indra où les apsaras t'entourent de leurs chœurs voluptueux, si j'ai oublié la formule irrésistible que tu m'as râlée à l'oreille en abandonnant ta carcasse momifiée. Les mots et les gestes, j'ai tout retenu. — A l'œuvre! à l'œuvre! Nous allons faire dans notre chaudron une étrange cuisine, comme les sorcières de Macbeth, mais sans l'ignoble sorcellerie du Nord. — Placez-vous devant moi, assis dans ce fauteuil; abandonnez-vous en toute confiance à mon pouvoir. Bien! les yeux sur les yeux, les mains contre les mains. — Déjà le charme agit. Les notions de temps et d'espace se perdent, la conscience du moi s'efface, les paupières s'abaissent; les muscles, ne recevant plus d'ordres du cerveau, se détendent; la pensée s'assoupit, tous les fils délicats qui retiennent l'âme au corps sont dénoués. Brahma, dans l'œuf d'or où il rêva dix mille ans, n'était pas plus séparé des choses extérieures; saturons-le d'effluves, baignons-le de rayons. »

Le docteur, tout en marmottant ces phrases entrecoupées, ne discontinuait pas un seul instant ses passes : de ses mains tendues jaillissaient des jets lumineux qui allaient frapper le front ou le cœur du patient, autour duquel se formait peu à peu une sorte d'atmosphère visible, phosphorescente comme une auréole.

« Très bien! fit M. Balthazar Cherbonneau, s'applaudissant lui-même de son ouvrage. Le voilà comme je le veux. Voyons, voyons, qu'est-ce qui résiste encore par là? s'écria-t-il après une pause, comme s'il lisait à travers le crâne d'Octave le dernier effort de la personnalité près de s'anéantir. Quelle est cette idée mutine qui, chassée des circonvolutions de la cervelle, tâche de se soustraire à mon influence en se pelotonnant sur la monade primitive [48], sur le point central de la vie? Je saurai bien la rattraper et la mater. »

Pour vaincre cette involontaire rébellion, le docteur rechargea plus puissamment encore la batterie magnétique de son regard, et atteignit la pensée en révolte entre la base du cervelet et l'insertion de la moelle épinière, le sanctuaire le plus caché, le tabernacle le plus mystérieux de l'âme. Son triomphe était complet.

Alors il se prépara avec une solennité majestueuse à l'expérience inouïe qu'il allait tenter ; il se revêtit comme un mage d'une robe de lin, il lava ses mains dans une eau parfumée, il tira de diverses boîtes des poudres dont il se fit aux joues et au front des tatouages hiératiques ; il ceignit son bras du cordon des brahmes, lut deux ou trois Slocas des poèmes sacrés[49], et n'omit aucun des rites minutieux recommandés par le sannyâsi des grottes d'Éléphanta.

Ces cérémonies terminées, il ouvrit toutes grandes les bouches de chaleur, et bientôt la salle fut remplie d'une atmosphère embrasée qui eût fait se pâmer les tigres dans les jungles, se craqueler leur cuirasse de vase sur le cuir rugueux des buffles, et s'épanouir avec une détonation la large fleur de l'aloès.

« Il ne faut pas que ces deux étincelles du feu divin, qui vont se trouver nues tout à l'heure et dépouillées pendant quelques secondes de leur enveloppe mortelle, pâlissent ou s'éteignent dans notre air glacial, » dit le docteur en regardant le thermomètre, qui marquait alors 120 degrés Fahrenheit.

Le docteur Balthazar Cherbonneau, entre ces deux corps inertes, avait l'air, dans ses blancs vêtements, du sacrificateur d'une de ces religions sanguinaires qui jetaient des cadavres d'hommes sur l'autel de leurs dieux. Il rappelait ce prêtre de Vitziliputzili[50], la farouche idole mexicaine dont parle Henri Heine dans une de ses ballades, mais ses intentions étaient à coup sûr plus pacifiques.

Il s'approcha du comte Olaf Labinski toujours
immobile, et prononça l'ineffable syllabe, qu'il alla
rapidement répéter sur Octave profondément
endormi. La figure ordinairement bizarre de
M. Cherbonneau avait pris en ce moment une
majesté singulière; la grandeur du pouvoir dont il
disposait ennoblissait ses traits désordonnés, et si
quelqu'un l'eût vu accomplissant ces rites mystérieux avec une gravité sacerdotale, il n'eût pas
reconnu en lui le docteur hoffmannique qui appelait, en le défiant, le crayon de la caricature.

Il se passa alors des choses bien étranges : Octave
de Saville et le comte Olaf Labinski parurent agités
simultanément comme d'une convulsion d'agonie,
leur visage se décomposa, une légère écume leur
monta aux lèvres; la pâleur de la mort décolora leur
peau; cependant deux petites lueurs bleuâtres et
tremblotantes scintillaient incertaines au-dessus de
leurs têtes.

A un geste fulgurant du docteur qui semblait
leur tracer leur route dans l'air, les deux points
phosphoriques se mirent en mouvement, et, laissant
derrière eux un sillage de lumière, se rendirent à
leur demeure nouvelle : l'âme d'Octave occupa le
corps du comte Labinski, l'âme du comte celui
d'Octave : l'avatar était accompli.

Une légère rougeur des pommettes indiquait que
la vie venait de rentrer dans ces argiles humaines
restées sans âme pendant quelques secondes, et dont
l'Ange noir eût fait sa proie sans la puissance du
docteur.

La joie du triomphe faisait flamboyer les prunelles bleues de Cherbonneau, qui se disait en
marchant à grands pas dans la chambre : « Que les
médecins les plus vantés en fassent autant, eux si
fiers de raccommoder tant bien que mal l'horloge

humaine lorsqu'elle se détraque : Hippocrate, Galien, Paracelse, Van Helmont, Boerhaave, Tronchin, Hahnemann, Rasori[51], le moindre fakir indien, accroupi sur l'escalier d'une pagode, en sait mille fois plus long que vous! Qu'importe le cadavre quand on commande à l'esprit! »

En finissant sa période, le docteur Balthazar Cherbonneau fit plusieurs cabrioles d'exultation, et dansa comme les montagnes dans le Schirhasch-Schirim[52] du roi Salomon; il faillit même tomber sur le nez, s'étant pris le pied aux plis de sa robe brahminique, petit accident qui le rappela à lui-même et lui rendit tout son sang-froid.

« Réveillons nos dormeurs, » dit M. Cherbonneau après avoir essuyé les raies de poudre colorées dont il s'était strié la figure et dépouillé son costume de brahme, — et, se plaçant devant le corps du comte Labinski habité par l'âme d'Octave, il fit les passes nécessaires pour le tirer de l'état somnambulique, secouant à chaque geste ses doigts chargés du fluide qu'il enlevait.

Au bout de quelques minutes, Octave-Labinski (désormais nous le désignerons de la sorte pour la clarté du récit) se redressa sur son séant, passa ses mains sur ses yeux et promena autour de lui un regard étonné que la conscience du moi n'illuminait pas encore. Quand la perception nette des objets lui fut revenue, la première chose qu'il aperçut, ce fut sa forme placée en dehors de lui sur un divan. Il se voyait! non pas réfléchi par un miroir, mais en réalité. Il poussa un cri, — ce cri ne résonna pas avec le timbre de sa voix et lui causa une sorte d'épouvante; — l'échange d'âmes ayant eu lieu pendant le sommeil magnétique, il n'en avait pas gardé mémoire et éprouvait un malaise singulier. Sa pensée, servie par de nouveaux organes, était comme un ouvrier à qui l'on a retiré ses outils habituels pour lui en donner d'autres. Psyché dépaysée battait de ses ailes inquiètes la voûte de ce crâne inconnu, et se perdait dans les méandres de cette cervelle où restaient encore quelques traces d'idées étrangères.

« Eh bien, dit le docteur lorsqu'il eut suffisamment joui de la surprise d'Octave-Labinski, que vous semble de votre nouvelle habitation? Votre âme se trouve-t-elle bien installée dans le corps de ce charmant cavalier, hetman, hospodar ou magnat, mari de la plus belle femme du monde? Vous n'avez plus envie de vous laisser mourir comme c'était votre projet la première fois que je vous ai vu dans votre triste appartement de la rue Saint-Lazare, maintenant que les portes de l'hôtel Labinski vous sont toutes grandes ouvertes et que vous n'avez plus peur que Prascovie ne vous mette la main devant la bouche, comme à la villa Salviati, lorsque vous voudrez lui parler d'amour! Vous voyez bien que le vieux Balthazar Cherbonneau, avec sa figure de macaque, qu'il ne tiendrait qu'à lui de changer pour une autre, possède encore dans son sac à malices d'assez bonnes recettes.

— Docteur, répondit Octave-Labinski, vous avez le pouvoir d'un Dieu, ou, tout au moins, d'un démon.

— Oh! oh! n'ayez pas peur, il n'y a pas la moindre diablerie là dedans. Votre salut ne périclite pas : je ne vais pas vous faire signer un pacte avec un parafe rouge. Rien n'est plus simple que ce qui vient de se passer. Le Verbe qui a créé la lumière peut bien déplacer une âme. Si les hommes voulaient écouter Dieu à travers le temps et l'infini, ils en feraient, ma foi, bien d'autres.

— Par quelle reconnaissance, par quel dévouement reconnaître cet inestimable service ?

— Vous ne me devez rien ; vous m'intéressiez, et pour un vieux lascar comme moi, tanné à tous les soleils, bronzé à tous les événements, une émotion est une chose rare. Vous m'avez révélé l'amour, et vous savez que nous autres rêveurs un peu alchimistes, un peu magiciens, un peu philosophes, nous cherchons tous plus ou moins l'absolu. Mais levez-vous donc, remuez-vous, marchez, et voyez si votre peau neuve ne vous gêne pas aux entournures. »

Octave-Labinski obéit au docteur et fit quelques tours par la chambre ; il était déjà moins embarrassé ; quoique habité par une autre âme, le corps du comte conservait l'impulsion de ses anciennes habitudes, et l'hôte récent se confia à ses souvenirs physiques, car il lui importait de prendre la démarche, l'allure, le geste du propriétaire expulsé.

« Si je n'avais opéré moi-même tout à l'heure le déménagement de vos âmes, je croirais, dit en riant le docteur Balthazar Cherbonneau, qu'il ne s'est rien passé que d'ordinaire pendant cette soirée, et je vous prendrais pour le véritable, légitime et authentique comte lithuanien Olaf Labinski, dont le moi sommeille encore là-bas dans la chrysalide que vous avez dédaigneusement laissée. Mais minuit va sonner bientôt ; partez pour que Prascovie ne vous gronde pas et ne vous accuse pas de lui préférer le lansquenet ou le baccara. Il ne faut pas commencer votre vie d'époux par une querelle, ce serait de mauvais augure. Pendant ce temps, je m'occuperai de réveiller votre ancienne enveloppe avec toutes les précautions et les égards qu'elle mérite. »

Reconnaissant la justesse des observations du docteur, Octave-Labinski se hâta de sortir. Au bas du perron piaffaient d'impatience les magnifiques chevaux bais du comte, qui, en mâchant leurs mors, avaient devant eux couvert le pavé d'écume. — Au bruit de pas du jeune homme, un superbe chasseur vert, de la race perdue des heiduques [53], se précipita vers le marchepied, qu'il abattit avec fracas. Octave, qui s'était d'abord dirigé machinalement vers son modeste brougham, s'installa dans le haut et splendide coupé, et dit au chasseur, qui jeta le mot au cocher : « A l'hôtel ! » La portière à peine fermée, les chevaux partirent en faisant des courbettes, et le digne successeur des Almanzor et des Azolan se suspendit aux larges cordons de passementerie avec une prestesse que n'aurait pas laissé supposer sa grande taille.

Pour des chevaux de cette allure la course n'est pas longue de la rue du Regard au faubourg Saint-Honoré ; l'espace fut dévoré en quelques minutes, et le cocher cria de sa voix de Stentor : « La porte ! »

Les deux immenses battants, poussés par le suisse, livrèrent passage à la voiture, qui tourna dans une grande cour sablée et vint s'arrêter avec une précision remarquable sous une marquise rayée de blanc et de rose.

La cour, qu'Octave-Labinski détailla avec cette rapidité de vision que l'âme acquiert en certaines occasions solennelles, était vaste, entourée de bâtiments symétriques, éclairée par des lampadaires de bronze dont le gaz dardait ses langues blanches dans des fanaux de cristal semblables à ceux qui ornaient autrefois le Bucentaure, et sentait le palais plus que l'hôtel ; des caisses d'orangers dignes de la terrasse de Versailles étaient posées de distance en distance sur la marge d'asphalte qui encadrait comme une bordure le tapis de sable formant le milieu.

Le pauvre amoureux transformé, en mettant le

pied sur le seuil, fut obligé de s'arrêter quelques
secondes et de poser sa main sur son cœur pour en
comprimer les battements. Il avait bien le corps du
comte Olaf Labinski, mais il n'en possédait que
l'apparence physique; toutes les notions que contenait cette cervelle s'étaient enfuies avec l'âme du
premier propriétaire, — la maison qui désormais
devait être la sienne lui était inconnue, il en ignorait
les dispositions intérieures; — un escalier se
présentait devant lui, il le suivit à tout hasard, sauf
à mettre son erreur sur le compte d'une distraction.

Les marches de pierre poncée éclataient de
blancheur et faisaient ressortir le rouge opulent de
la large bande de moquette retenue par des
baguettes de cuivre doré qui dessinait au pied son
moelleux chemin; des jardinières remplies des plus
belles fleurs exotiques montaient chaque degré avec
vous.

Une immense lanterne découpée et fenestrée,
suspendue à un gros câble de soie pourpre orné de
houppes et de nœuds, faisait courir des frissons d'or
sur les murs revêtus d'un stuc blanc et poli comme
le marbre, et projetait une masse de lumière sur
une répétition de la main de l'auteur, d'un des plus
célèbres groupes de Canova, *l'Amour embrassant
Psyché*.

Le palier de l'étage unique était pavé de
mosaïques d'un précieux travail, et aux parois, des
cordes de soie suspendaient quatre tableaux de
Paris Bordone, de Bonifazzio, de Palma le Vieux et
de Paul Véronèse, dont le style architectural et
pompeux s'harmonisait avec la magnificence de
l'escalier.

Sur ce palier s'ouvrait une haute porte de serge
relevée de clous dorés; Octave-Labinski la poussa et
se trouva dans une vaste antichambre où sommeil-

laient quelques laquais en grande tenue, qui, à son approche, se levèrent comme poussés par des ressorts et se rangèrent le long des murs avec l'impassibilité d'esclaves orientaux.

Il continua sa route. Un salon blanc et or, où il n'y avait personne, suivait l'antichambre. Octave tira une sonnette. Une femme de chambre parut.

« Madame peut-elle me recevoir ?

— Madame la comtesse est en train de se déshabiller, mais tout à l'heure elle sera visible. »

VII

Resté seul avec le corps d'Octave de Saville, habité par l'âme du comte Olaf Labinski, le docteur Balthazar Cherbonneau se mit en devoir de rendre cette forme inerte à la vie ordinaire. Au bout de quelques passes, Olaf-de Saville (qu'on nous permette de réunir ces deux noms pour désigner un personnage double) sortit comme un fantôme des limbes du profond sommeil, ou plutôt de la catalepsie qui l'enchaînait, immobile et roide, sur l'angle du divan ; il se leva avec un mouvement automatique que la volonté ne dirigeait pas encore, et chancelant sous un vertige mal dissipé. Les objets vacillaient autour de lui, les incarnations de Wishnou dansaient la sarabande le long des murailles, le docteur Cherbonneau lui apparaissait sous la figure du sannyâsi d'Éléphanta, agitant ses bras comme des ailerons d'oiseau et roulant ses prunelles bleues dans des orbes de rides brunes, pareils à des cercles de besicles ; — les spectacles étranges auxquels il avait assisté avant de tomber dans l'anéantissement magnétique réagissaient sur sa raison, et il ne se reprenait que lentement à la réalité : il était comme un dormeur réveillé brusquement d'un cauchemar, qui prend encore pour des spectres ses vêtements épars sur les meubles, avec de vagues formes humaines, et pour des yeux flamboyants de cyclope les patères de cuivre des rideaux, simplement illuminées par le reflet de la veilleuse.

Peu à peu cette fantasmagorie s'évapora; tout revint à son aspect naturel; M. Balthazar Cherbonneau ne fut plus un pénitent de l'Inde, mais un simple docteur en médecine, qui adressait à son client un sourire d'une bonhomie banale.

« Monsieur le comte est-il satisfait des quelques expériences que j'ai eu l'honneur de faire devant lui? disait-il avec un ton d'obséquieuse humilité où l'on aurait pu démêler une légère nuance d'ironie; — j'ose espérer qu'il ne regrettera pas trop sa soirée et qu'il partira convaincu que tout ce qu'on raconte sur le magnétisme n'est pas fable et jonglerie, comme le prétend la science officielle. »

Olaf-de Saville répondit par un signe de tête en manière d'assentiment, et sortit de l'appartement accompagné du docteur Cherbonneau, qui lui faisait de profonds saluts à chaque porte.

Le brougham s'avança en rasant les marches, et l'âme du mari de la comtesse Labinska y monta avec le corps d'Octave de Saville sans trop se rendre compte que ce n'était là ni sa livrée ni sa voiture.

Le cocher demanda où monsieur allait.

« Chez moi, » répondit Olaf-de Saville, confusément étonné de ne pas reconnaître la voix du chasseur vert qui, ordinairement, lui adressait cette question avec un accent hongrois des plus pronon-

cés. Le brougham où il se trouvait était tapissé de
damas bleu foncé; un satin bouton d'or capitonnait
son coupé, et le comte s'étonnait de cette différence
tout en l'acceptant comme on fait dans le rêve où
les objets habituels se présentent sous des aspects
tout autres sans pourtant cesser d'être reconnais-
sables; il se sentait aussi plus petit que de coutume;
en outre, il lui semblait être venu en habit chez le
docteur, et, sans se souvenir d'avoir changé de
vêtement, il se voyait habillé d'un paletot d'été en
étoffe légère qui n'avait jamais fait partie de sa
garde-robe; son esprit éprouvait une gêne inconnue, et ses pensées, le matin si lucides, se débrouil-
laient péniblement. Attribuant cet état singulier aux
scènes étranges de la soirée, il ne s'en occupa plus,
il appuya sa tête à l'angle de la voiture, et se laissa
aller à une rêverie flottante, à une vague somnolence qui n'était ni la veille ni le sommeil.

Le brusque arrêt du cheval et la voix du cocher
criant « La porte! » le rappelèrent à lui; il baissa la
glace, mit la tête dehors et vit à la clarté du
réverbère une rue inconnue, une maison qui n'était
pas la sienne.

« Où diable me mènes-tu, animal? s'écria-t-il;
sommes-nous donc faubourg Saint-Honoré, hôtel
Labinski?

— Pardon, monsieur; je n'avais pas compris, »
grommela le cocher en faisant prendre à sa bête la
direction indiquée.

Pendant le trajet, le comte transfiguré se fit
plusieurs questions auxquelles il ne pouvait
répondre. Comment sa voiture était-elle partie sans
lui, puisqu'il avait donné ordre qu'on l'attendît?
Comment se trouvait-il lui-même dans la voiture
d'un autre? Il supposa qu'un léger mouvement de
fièvre troublait la netteté de ses perceptions, ou que

peut-être le docteur thaumaturge, pour frapper plus vivement sa crédulité, lui avait fait respirer pendant son sommeil quelque flacon de haschich ou de toute autre drogue hallucinatrice dont une nuit de repos dissiperait les illusions.

La voiture arriva à l'hôtel Labinski; le suisse, interpellé, refusa d'ouvrir la porte, disant qu'il n'y avait pas de réception ce soir-là, que monsieur était rentré depuis plus d'une heure et madame retirée dans ses appartements.

« Drôle, es-tu ivre ou fou? dit Olaf-de Saville en repoussant le colosse qui se dressait gigantesquement sur le seuil de la porte entre-bâillée, comme une de ces statues en bronze qui, dans les contes arabes, défendent aux chevaliers errants l'accès des châteaux enchantés.

— Ivre ou fou vous-même, mon petit monsieur, répliqua le suisse, qui, de cramoisi qu'il était naturellement, devint bleu de colère.

— Misérable! rugit Olaf-de Saville, si je ne me respectais...

— Taisez-vous ou je vais vous casser sur mon genou et jeter vos morceaux sur le trottoir, répliqua le géant en ouvrant une main plus large et plus grande que la colossale main de plâtre exposée chez le gantier de la rue Richelieu; il ne faut pas faire le méchant avec moi, mon petit jeune homme, parce qu'on a bu une ou deux bouteilles de vin de Champagne de trop. »

Olaf-de Saville, exaspéré, repoussa le suisse si rudement, qu'il pénétra sous le porche. Quelques valets qui n'étaient pas couchés encore accoururent au bruit de l'altercation.

« Je te chasse, bête brute, brigand, scélérat! je ne veux pas même que tu passes la nuit à l'hôtel; sauve-toi, ou je te tue comme un chien enragé. Ne me fais pas verser l'ignoble sang d'un laquais. »

Et le comte, dépossédé de son corps, s'élançait les yeux injectés de rouge, l'écume aux lèvres, les poings crispés, vers l'énorme suisse, qui, rassemblant les deux mains de son agresseur dans une des siennes, les y maintint presque écrasées par l'étau de ses gros doigts courts, charnus et noueux comme ceux d'un tortionnaire du moyen âge.

« Voyons, du calme, disait le géant, assez bonasse au fond, qui ne redoutait plus rien de son adversaire et lui imprimait quelques saccades pour le tenir en respect. — Y a-t-il du bon sens de se mettre dans des états pareils quand on est vêtu en homme du monde, et de venir ensuite comme un perturbateur faire des tapages nocturnes dans les maisons respectables ? On doit des égards au vin, et il doit être fameux celui qui vous a si bien grisé ! c'est pourquoi je ne vous assomme pas, et je me contenterai de vous poser délicatement dans la rue, où la patrouille vous ramassera si vous continuez vos esclandres ; — un petit air de violon vous rafraîchira les idées.

— Infâmes, s'écria Olaf-de Saville en interpellant les laquais, vous laissez insulter par cette abjecte canaille votre maître, le noble comte Labinski ! »

A ce nom, la valetaille poussa d'un commun accord une immense huée ; un éclat de rire énorme, homérique, convulsif, souleva toutes ces poitrines chamarrées de galons : « Ce petit monsieur qui se croit le comte Labinski ! ha ! ha ! hi ! hi ! l'idée est bonne ! »

Une sueur glacée mouilla les tempes d'Olaf-de Saville. Une pensée aiguë lui traversa la cervelle comme une lame d'acier, et il sentit se figer la moelle de ses os. Smarra[54] lui avait-il mis son genou sur la poitrine ou vivait-il de la vie réelle ? Sa

raison avait-elle sombré dans l'océan sans fond du
magnétisme, ou était-il le jouet de quelque machi-
nation diabolique? — Aucun de ses laquais si
tremblants, si soumis, si prosternés devant lui, ne
le reconnaissait. Lui avait-on changé son corps
comme son vêtement et sa voiture?

« Pour que vous soyez bien sûr de n'être pas le
comte Labinski, dit un des plus insolents de la
bande, regardez là-bas, le voilà lui-même qui
descend le perron, attiré par le bruit de votre
algarade. »

Le captif du suisse tourna les yeux vers le fond
de la cour, et vit debout sous l'auvent de la
marquise un jeune homme de taille élégante et
svelte, à figure ovale, aux yeux noirs, au nez
aquilin, à la moustache fine, qui n'était autre que
lui-même, ou son spectre modelé par le diable, avec
une ressemblance à faire illusion.

Le suisse lâcha les mains qu'il tenait prison-
nières. Les valets se rangèrent respectueusement
contre la muraille, le regard baissé, les mains
pendantes, dans une immobilité absolue, comme les
icoglans à l'approche du padischah; ils rendaient à
ce fantôme les honneurs qu'ils refusaient au comte
véritable.

L'époux de Prascovie, quoique intrépide comme
un Slave, c'est tout dire, ressentit un effroi indicible à l'approche de ce Ménechme, qui, plus
terrible que celui du théâtre, se mêlait à la vie
positive et rendait son jumeau méconnaissable.

Une ancienne légende de famille lui revint en
mémoire et augmenta encore sa terreur. Chaque
fois qu'un Labinski devait mourir, il en était
averti par l'apparition d'un fantôme absolument
pareil à lui. Parmi les nations du Nord, voir son
double, même en rêve, a toujours passé pour un

présage fatal, et l'intrépide guerrier du Caucase, à l'aspect de cette vision extérieure de son moi, fut saisi d'une insurmontable horreur superstitieuse; lui qui eût plongé son bras dans la gueule des canons prêts à tirer, il recula devant lui-même.

Octave-Labinski s'avança vers son ancienne forme, où se débattait, s'indignait et frissonnait l'âme du comte, et lui dit d'un ton de politesse hautaine et glaciale :

« Monsieur, cessez de vous compromettre avec ces valets. Monsieur le comte Labinski, si vous voulez lui parler, est visible de midi à deux heures. Madame la comtesse reçoit le jeudi les personnes qui ont eu l'honneur de lui être présentées. »

Cette phrase débitée lentement et en donnant de la valeur à chaque syllabe, le faux comte se retira d'un pas tranquille, et les portes se refermèrent sur lui.

On porta dans la voiture Olaf-de Saville évanoui. Lorsqu'il reprit ses sens, il était couché sur un lit qui n'avait pas la forme du sien, dans une chambre où il ne se rappelait pas être jamais entré; près de lui se tenait un domestique étranger qui lui soulevait la tête et lui faisait respirer un flacon d'éther.

« Monsieur se sent-il mieux? demanda Jean au comte, qu'il prenait pour son maître.

— Oui, répondit Olaf-de Saville; ce n'était qu'une faiblesse passagère.

— Puis-je me retirer ou faut-il que je veille, monsieur?

— Non, laissez-moi seul; mais, avant de vous retirer, allumez les torchères près de la glace.

— Monsieur n'a pas peur que cette vive clarté ne l'empêche de dormir?

— Nullement; d'ailleurs je n'ai pas sommeil encore.

— Je ne me coucherai pas, et si monsieur a besoin de quelque chose, j'accourrai au premier coup de sonnette, » dit Jean, intérieurement alarmé de la pâleur et des traits décomposés du comte.

Lorsque Jean se fut retiré après avoir allumé les bougies, le comte s'élança vers la glace, et, dans le cristal profond et pur où tremblait la scintillation des lumières, il vit une tête jeune, douce et triste, aux abondants cheveux noirs, aux prunelles d'un azur sombre, aux joues pâles, duvetée d'une barbe soyeuse et brune, une tête qui n'était pas la sienne, et qui du fond du miroir le regardait avec un air surpris. Il s'efforça d'abord de croire qu'un mauvais plaisant encadrait son masque dans la bordure incrustée de cuivre et de burgau[55] de la glace à biseaux vénitiens. Il passa la main derrière; il ne sentit que les planches du parquet; il n'y avait personne.

Ses mains, qu'il tâta, étaient plus maigres, plus longues, plus veinées; au doigt annulaire saillait en bosse une grosse bague d'or avec un chaton d'aventurine sur laquelle un blason était gravé, — un écu fascé de gueules et d'argent, et pour timbre un tortil de baron. Cet anneau n'avait jamais appartenu au comte, qui portait d'or à l'aigle de sable essorant[56], becqué, patté et onglé de même; le tout surmonté de la couronne à perles. Il fouilla ses poches, il y trouva un petit portefeuille contenant des cartes de visite avec ce nom : « Octave de Saville ».

Le rire des laquais à l'hôtel Labinski, l'apparition de son double, la physionomie inconnue substituée à sa réflexion dans le miroir pouvaient être, à la rigueur, les illusions d'un cerveau malade; mais ces habits différents, cet anneau qu'il ôtait de son doigt, étaient des preuves matérielles, palpables, des témoignages impossibles à récuser. Une métamorphose complète s'était opérée en lui à son insu ; un magicien, à coup sûr, un démon peut-être, lui avait volé sa forme, sa noblesse, son nom, toute sa personnalité, en ne lui laissant que son âme sans moyens de la manifester.

Les historiens fantastiques de Pierre Schlemil et de la Nuit de Saint-Sylvestre lui revinrent en mémoire ; mais les personnages de Lamothe-Fouqué et d'Hoffmann n'avaient perdu, l'un que son ombre, l'autre que son reflet[57] ; et si cette privation bizarre d'une projection que tout le monde possède inspirait des soupçons inquiétants, personne du moins ne leur niait qu'ils ne fussent eux-mêmes.

Sa position, à lui, était bien autrement désastreuse : il ne pouvait réclamer son titre de comte Labinski avec la forme dans laquelle il se trouvait emprisonné. Il passerait aux yeux de tout le monde pour un impudent imposteur, ou tout au moins pour un fou. Sa femme même le méconnaîtrait affublé de cette apparence mensongère. — Comment prouver son identité ? Certes, il y avait mille circonstances intimes, mille détails mystérieux inconnus de toute autre personne, qui, rappelés à Prascovie, lui feraient reconnaître l'âme de son mari sous ce déguisement ; mais que vaudrait cette conviction isolée, au cas où il l'obtiendrait, contre l'unanimité de l'opinion ? Il était bien réellement et bien absolument dépossédé de son moi. Autre anxiété : sa transformation se bornait-elle au changement extérieur de la taille et des traits, ou habitait-il en réalité le corps d'un autre ? En ce cas, qu'avait-on fait du sien ? Un puits de chaux l'avait-il consumé ou était-il devenu la propriété d'un hardi voleur? Le double aperçu à l'hôtel Labinski pouvait être un spectre, une vision, mais aussi un être physique, vivant, installé dans cette peau que lui aurait dérobée, avec une habileté infernale, ce médecin à figure de fakir.

Une idée affreuse lui mordit le cœur de ses crochets de vipère : « Mais ce comte de Labinski fictif, pétri dans ma forme par les mains du démon, ce vampire qui habite maintenant mon hôtel, à qui mes valets obéissent contre moi, peut-être à cette heure met-il son pied fourchu sur le seuil de cette chambre où je n'ai jamais pénétré que le cœur ému comme le premier soir, et Prascovie lui sourit-elle doucement et penche-t-elle avec une rougeur divine sa tête charmante sur cette épaule parafée de la griffe du diable, prenant pour moi cette larve menteuse, ce brucolaque, cette empouse[58], ce hideux fils de la nuit et de l'enfer. Si je courais à l'hôtel, si j'y mettais le feu pour crier, dans les flammes, à Prascovie : « On te trompe, ce n'est pas Olaf ton bien-aimé que tu tiens sur ton cœur! Tu vas commettre innocemment un crime abominable et dont mon âme désespérée se souviendra encore quand les éternités se seront fatigué les mains à retourner leurs sabliers! »

Des vagues enflammées affluaient au cerveau du comte, il poussait des cris de rage inarticulés, se mordait les poings, tournait dans la chambre comme une bête fauve. La folie allait submerger l'obscure conscience qu'il lui restait de lui-même; il courut à la toilette d'Octave, remplit une cuvette d'eau et y plongea sa tête, qui sortit fumante de ce bain glacé.

Le sang-froid lui revint. Il se dit que le temps du magisme et de la sorcellerie était passé; que la mort seule déliait l'âme du corps; qu'on n'escamotait pas de la sorte, au milieu de Paris, un comte polonais accrédité de plusieurs millions chez Rothschild, allié aux plus grandes familles, mari aimé d'une femme à la mode, décoré de l'ordre de Saint-André de première classe, et que tout cela n'était sans doute qu'une plaisanterie d'assez mauvais goût de M. Balthazar Cherbonneau, qui s'expliquerait le plus naturellement du monde, comme les épouvantails des romans d'Anne Radcliffe.

Comme il était brisé de fatigue, il se jeta sur le lit d'Octave et s'endormit d'un sommeil lourd, opaque, semblable à la mort, qui durait encore lorsque Jean, croyant son maître éveillé, vint poser sur la table les lettres et les journaux.

VIII

Le comte ouvrit les yeux et promena autour de lui un regard investigateur; il vit une chambre à coucher confortable, mais simple; un tapis ocellé, imitant la peau de léopard, couvrait le plancher; des rideaux de tapisserie, que Jean venait d'entr'ouvrir, pendaient aux fenêtres et masquaient les portes; les murs étaient tendus d'un papier velouté vert uni, simulant le drap. Une pendule formée d'un bloc de marbre noir, au cadran de platine, surmontée de la statuette en argent oxydé de la Diane de Gabies, réduite par Barbedienne[59], et accompagnée de deux coupes antiques, aussi en argent, décorait la cheminée en marbre blanc à veines bleuâtres; le miroir de Venise où le comte avait découvert la veille qu'il ne possédait plus sa figure habituelle, et un portrait de femme âgée,

peint par Flandrin[60], sans doute celui de la mère
d'Octave, étaient les seuls ornements de cette pièce,
un peu triste et sévère; un divan, un fauteuil à la
Voltaire placé près de la cheminée, une table à
tiroirs, couverte de papiers et de livres, composaient un ameublement commode, mais qui ne
rappelait en rien les somptuosités de l'hôtel Labinski.

« Monsieur se lève-t-il? » dit Jean de cette voix
ménagée qu'il s'était faite pendant la maladie
d'Octave, et en présentant au comte la chemise de
couleur, le pantalon de flanelle à pied et la gandoura d'Alger, vêtements du matin de son maître.
Quoiqu'il répugnât au comte de mettre les habits
d'un étranger, à moins de rester nu il lui fallait
accepter ceux que lui présentait Jean, et il posa ses
pieds sur la peau d'ours soyeuse et noire qui servait
de descente de lit.

Sa toilette fut bientôt achevée, et Jean, sans
paraître concevoir le moindre doute sur l'identité
du faux Octave de Saville qu'il aidait à s'habiller,
lui dit : « A quelle heure monsieur désire-t-il
déjeuner?

— A l'heure ordinaire, » répondit le comte, qui,
afin de ne pas éprouver d'empêchement dans les
démarches qu'il comptait faire pour recouvrer sa
personnalité, avait résolu d'accepter extérieurement
son incompréhensible transformation.

Jean se retira, et Olaf-de Saville ouvrit les deux
lettres qui avaient été apportées avec les journaux,
espérant y trouver quelques renseignements; la
première contenait des reproches amicaux, et se
plaignait de bonnes relations de camaraderie inter-
rompues sans motif; un nom inconnu pour lui la
signait. La seconde était du notaire d'Octave, et le
pressait de venir toucher un quartier de rente échu

depuis longtemps, ou du moins d'assigner un emploi à ces capitaux qui restaient improductifs.

« Ah çà, il paraît, se dit le comte, que l'Octave de Saville dont j'occupe la peau bien contre mon gré existe réellement; ce n'est point un être fantastique, un personnage d'Achim d'Arnim ou de Clément Brentano[61] : il a un appartement, des amis, un notaire, des rentes à émarger, tout ce qui constitue l'état civil d'un gentleman. Il me semble bien cependant que je suis le comte Olaf Labinski. »

Un coup d'œil jeté sur le miroir le convainquit que cette opinion ne serait partagée de personne; à la pure clarté du jour, aux douteuses lueurs des bougies, le reflet était identique.

En continuant la visite domiciliaire, il ouvrit les tiroirs de la table : dans l'un il trouva des titres de propriété, deux billets de mille francs et cinquante louis, qu'il s'appropria sans scrupule pour les besoins de la campagne qu'il allait commencer, et dans l'autre un portefeuille en cuir de Russie fermé par une serrure à secret.

Jean entra, en annonçant M. Alfred Humbert, qui s'élança dans la chambre avec la familiarité d'un ancien ami, sans attendre que le domestique vînt lui rendre la réponse du maître.

« Bonjour, Octave, dit le nouveau venu, beau jeune homme à l'air cordial et franc; que fais-tu, que deviens-tu, es-tu mort ou vivant? On ne te voit nulle part; on t'écrit, tu ne réponds pas. — Je devrais te bouder, mais, ma foi, je n'ai pas d'amour-propre en affection, et je viens te serrer la main. — Que diable! on ne peut pas laisser mourir de mélancolie son camarade de collège au fond de cet appartement lugubre comme la cellule de Charles-Quint au monastère de Yuste[62]. Tu te figures que tu es malade, tu t'ennuies, voilà tout;

mais je te forcerai à te distraire, et je vais t'emmener d'autorité à un joyeux déjeuner où Gustave Raimbaud enterre sa liberté de garçon. »

En débitant cette tirade d'un ton moitié fâché, moitié comique, il secouait vigoureusement à la manière anglaise la main du comte qu'il avait prise.

« Non, répondit le mari de Prascovie, entrant dans l'esprit de son rôle, je suis plus souffrant aujourd'hui que d'ordinaire ; je ne me sens pas en train ; je vous attristerais et vous gêneriez.

— En effet, tu es bien pâle et tu as l'air fatigué ; à une occasion meilleure ! Je me sauve, car je suis en retard de trois douzaines d'huîtres vertes et d'une bouteille de vin de Sauternes, dit Alfred en se dirigeant vers la porte : Raimbaud sera fâché de ne pas te voir. »

Cette visite augmenta la tristesse du comte — Jean le prenait pour son maître, Alfred pour son ami. Une dernière épreuve lui manquait. La porte s'ouvrit ; une dame dont les bandeaux étaient entremêlés de fils d'argent, et qui ressemblait d'une manière frappante au portrait suspendu à la muraille, entra dans la chambre, s'assit sur le divan, et dit au comte :

« Comment vas-tu, mon pauvre Octave ? Jean m'a dit que tu étais rentré tard hier, et dans un état de faiblesse alarmante ; ménage-toi bien, mon cher fils, car tu sais combien je t'aime, malgré le chagrin que me cause cette inexplicable tristesse dont tu n'as jamais voulu me confier le secret.

— Ne craignez rien, ma mère, cela n'a rien de grave, répondit Olaf-de Saville ; je suis beaucoup mieux aujourd'hui. »

Madame de Saville, rassurée, se leva et sortit, ne voulant pas gêner son fils, qu'elle savait ne pas aimer à être troublé longtemps dans sa solitude.

« Me voilà bien définitivement Octave de Saville, s'écria le comte lorsque la vieille dame fut partie; sa mère me reconnaît et ne devine pas une âme étrangère sous l'épiderme de son fils. Je suis donc à jamais peut-être claquemuré dans cette enveloppe; quelle étrange prison pour un esprit que le corps d'un autre! Il est dur pourtant de renoncer à être le comte Olaf Labinski, de perdre son blason, sa femme, sa fortune, et de se voir réduit à une chétive existence bourgeoise. Oh! je la déchirerai, pour en sortir, cette peau de Nessus qui s'attache à mon moi, et je ne la rendrai qu'en pièces à son premier possesseur. Si je retournais à l'hôtel? Non! — Je ferais un scandale inutile, et le suisse me jetterait à la porte, car je n'ai plus de vigueur dans cette robe de chambre de malade; voyons, cherchons, car il faut que je sache un peu la vie de cet Octave de Saville qui est moi maintenant. » Et il essaya d'ouvrir le portefeuille. Le ressort touché par hasard céda, et le comte tira, des poches de cuir, d'abord plusieurs papiers, noircis d'une écriture serrée et fine, ensuite un carré de vélin; — sur le carré de vélin une main peu habile, mais fidèle, avait dessiné, avec la mémoire du cœur et la ressemblance que n'atteignent pas toujours les grands artistes, un portrait au crayon de la comtesse Prascovie Labinska, qu'il était impossible de ne pas reconnaître du premier coup d'œil.

Le comte demeura stupéfait de cette découverte. A la surprise succéda un furieux mouvement de jalousie; comment le portrait de la comtesse se trouvait-il dans le portefeuille secret de ce jeune homme inconnu, d'où lui venait-il, qui l'avait fait, qui l'avait donné? Cette Prascovie si religieusement adorée serait-elle descendue de son ciel d'amour dans une intrigue vulgaire? Quelle raillerie infer-

nale l'incarnait, lui, le mari, dans le corps de
l'amant de cette femme, jusque-là crue si pure? —
Après avoir été l'époux, il allait être le galant!
Sarcastique métamorphose, renversement de position à devenir fou, il pourrait se tromper lui-même,
être à la fois Clitandre et George Dandin[63]!

Toutes ces idées bourdonnaient tumultueuse-
ment dans son crâne; il sentait sa raison près de
s'échapper, et il fit, pour reprendre un peu de
calme, un effort suprême de volonté. Sans écouter
Jean qui l'avertissait que le déjeuner était servi, il
continua avec une trépidation nerveuse l'examen du
portefeuille mystérieux.

Les feuillets composaient une espèce de journal
psychologique, abandonné et repris à diverses
époques; en voici quelques fragments, dévorés par
le comte avec une curiosité anxieuse :

« Jamais elle ne m'aimera, jamais, jamais! J'ai lu
dans ses yeux si doux ce mot si cruel, que Dante
n'en a pas trouvé de plus dur pour l'inscrire sur les
portes de bronze de la Cité Dolente : « Perdez tout
espoir. » Qu'ai-je fait à Dieu pour être damné
vivant? Demain, après-demain, toujours, ce sera la
même chose! Les astres peuvent entre-croiser leurs
orbes, les étoiles en conjonction former des nœuds,
rien dans mon sort ne changera. D'un mot, elle a
dissipé le rêve; d'un geste, brisé l'aile à la chimère.
Les combinaisons fabuleuses des impossibilités ne
m'offrent aucune chance; les chiffres, rejetés un
milliard de fois dans la roue de la fortune, n'en
sortiraient pas, — il n'y a pas de numéro gagnant
pour moi! »

« Malheureux que je suis! je sais que le paradis
m'est fermé et je reste stupidement assis au seuil, le
dos appuyé à la porte, qui ne doit pas s'ouvrir, et je
pleure en silence, sans secousses, sans efforts,

comme si mes yeux étaient des sources d'eau vive. Je n'ai pas le courage de me lever et de m'enfoncer au désert immense ou dans la Babel tumultueuse des hommes. »

« Quelquefois, quand, la nuit, je ne puis dormir, je pense à Prascovie ; — si je dors, j'en rêve ; — oh ! qu'elle était belle ce jour-là, dans le jardin de la villa Salviati, à Florence ! — Cette robe blanche et ces rubans noirs, — c'était charmant et funèbre ! Le blanc pour elle, le noir pour moi ! — Quelquefois les rubans, remués par la brise, formaient une croix sur ce fond d'éclatante blancheur ; un esprit invisible disait tout bas la messe de mort de mon cœur. »

« Si quelque catastrophe inouïe mettait sur mon front la couronne des empereurs et des califes, si la terre saignait pour moi ses veines d'or, si les mines de diamant de Golconde et de Visapour me laissaient fouiller dans leurs gangues étincelantes, si la lyre de Byron résonnait sous mes doigts, si les plus parfaits chefs-d'œuvre de l'art antique et moderne me prêtaient leurs beautés, si je découvrais un monde, eh bien, je n'en serais pas plus avancé pour cela ! »

« A quoi tient la destinée ! J'avais envie d'aller à Constantinople, je ne l'aurais pas rencontrée ; je reste à Florence, je la vois et je meurs. »

« Je me serais bien tué ; mais elle respire dans cet air où nous vivons, et peut-être ma lèvre avide aspirera-t-elle — ô bonheur ineffable ! — un effluve lointain de ce souffle embaumé ; et puis l'on assignerait à mon âme coupable une planète d'exil, et je n'aurais pas la chance de me faire aimer d'elle dans l'autre vie. — Être encore séparés là-bas, elle au paradis, moi en enfer : pensée accablante ! »

« Pourquoi faut-il que j'aime précisément la seule

femme qui ne peut m'aimer ! d'autres qu'on dit
belles, qui étaient libres, me souriaient de leur
sourire le plus tendre et semblaient appeler un aveu
qui ne venait pas. Oh ! qu'il est heureux, lui ! Quelle
sublime vie antérieure Dieu récompense-t-il en lui
par le don magnifique de cet amour ? »

... Il était inutile d'en lire davantage. Le soupçon
que le comte avait pu concevoir à l'aspect du
portrait de Prascovie s'était évanoui dès les premières lignes de ces tristes confidences. Il comprit
que l'image chérie, recommencée mille fois, avait
été caressée loin du modèle avec cette patience
infatigable de l'amour malheureux, et que c'était la
madone d'une petite chapelle mystique, devant
laquelle s'agenouillait l'adoration sans espoir.

« Mais si cet Octave avait fait un pacte avec le
diable pour me dérober mon corps et surprendre
sous ma forme l'amour de Prascovie ! »

L'invraisemblance, au XIXe siècle, d'une pareille
supposition, la fit bientôt abandonner au comte,
qu'elle avait cependant étrangement troublé.

Souriant lui-même de sa crédulité, il mangea,
refroidi, le déjeuner servi par Jean, s'habilla et
demanda la voiture. Lorsqu'on eut attelé, il se fit
conduire chez le docteur Balthazar Cherbonneau ; il
traversa ces salles où la veille il était entré
s'appelant encore le comte Olaf Labinski, et d'où il
était sorti salué par tout le monde du nom d'Octave
de Saville. Le docteur était assis, comme à son
ordinaire, sur le divan de la pièce du fond, tenant
son pied dans sa main, et paraissait plongé dans une
méditation profonde.

Au bruit des pas du comte, le docteur releva la
tête.

« Ah ! c'est vous, mon cher Octave ; j'allais passer

chez vous; mais c'est bon signe quand le malade vient voir le médecin.

— Toujours Octave! dit le comte, je crois que j'en deviendrai fou de rage! »

Puis, se croisant les bras, il se plaça devant le docteur, et, le regardant avec une fixité terrible :

« Vous savez bien, monsieur Balthazar Cherbonneau, que je ne suis pas Octave, mais le comte Olaf Labinski, puisque hier soir vous m'avez, ici même, volé ma peau au moyen de vos sorcelleries exotiques. »

A ces mots, le docteur partit d'un énorme éclat de rire, se renversa sur ses coussins, et se mit les poings au côté pour contenir les convulsions de sa gaieté.

« Modérez, docteur, cette joie intempestive dont vous pourriez vous repentir. Je parle sérieusement.

— Tant pis, tant pis! cela prouve que l'anesthésie et l'hypocondrie pour laquelle je vous soignais se tournent en démence. Il faudra changer le régime, voilà tout.

— Je ne sais à quoi tient, docteur du diable, que je ne vous étrangle de mes mains, » cria le comte en s'avançant vers Cherbonneau.

Le docteur sourit de la menace du comte, qu'il toucha du bout d'une petite baguette d'acier. — Olaf-de Saville reçut une commotion terrible et crut qu'il avait le bras cassé.

« Oh! nous avons les moyens de réduire les malades lorsqu'ils se regimbent, dit-il en laissant tomber sur lui ce regard froid comme une douche, qui dompte les fous et fait s'aplatir les lions sur le ventre. Retournez chez vous, prenez un bain, cette surexcitation se calmera. »

Olaf-de Saville, étourdi par la secousse électrique, sortit de chez le docteur Cherbonneau plus incertain et plus troublé que jamais. Il se fit conduire à Passy chez le docteur B★★★ [64], pour le consulter.

« Je suis, dit-il au médecin célèbre, en proie à une hallucination bizarre ; lorsque je me regarde dans une glace, ma figure ne m'apparaît pas avec ses traits habituels ; la forme des objets qui m'entourent est changée ; je ne reconnais ni les murs ni les meubles de ma chambre ; il me semble que je suis une autre personne que moi-même.

— Sous quel aspect vous voyez-vous ? demanda le médecin ; l'erreur peut venir des yeux ou du cerveau.

— Je me vois des cheveux noirs, des yeux bleu foncé, un visage pâle encadré de barbe.

— Un signalement de passe-port ne serait pas plus exact : il n'y a chez vous ni hallucination intellectuelle, ni perversion de la vue. Vous êtes, en effet, tel que vous dites.

— Mais non ! J'ai réellement les cheveux blonds, les yeux noirs, le teint hâlé et une moustache effilée à la hongroise.

— Ici, répondit le médecin, commence une légère altération des facultés intellectuelles.

— Pourtant, docteur, je ne suis nullement fou.

— Sans doute. Il n'y a que les sages qui viennent chez moi tout seuls. Un peu de fatigue, quelque excès d'étude ou de plaisir aura causé ce trouble. Vous vous trompez ; la vision est réelle, l'idée est chimérique : au lieu d'être un blond qui se voit brun, vous êtes un brun qui se croit blond.

— Pourtant je suis sûr d'être le comte Olaf Labinski, et tout le monde depuis hier m'appelle Octave de Saville.

— C'est précisément ce que je disais, répondit le docteur. Vous êtes M. de Saville et vous vous imaginez être M. le comte Labinski, que je me souviens d'avoir vu, et qui, en effet, est blond. — Cela explique parfaitement comment vous vous trouvez une autre figure dans le miroir; cette figure, qui est la vôtre, ne répond point à votre idée intérieure et vous surprend. — Réfléchissez à ceci, que tout le monde vous nomme M. de Saville et par conséquent ne partage pas votre croyance. Venez passer une quinzaine de jours ici : les bains, le repos, les promenades sous les grands arbres dissiperont cette influence fâcheuse. »

Le comte baissa la tête et promit de revenir. Il ne savait plus que croire. Il retourna à l'appartement de la rue Saint-Lazare, et vit par hasard sur la table la carte d'invitation de la comtesse Labinska, qu'Octave avait montrée à M. Cherbonneau.

« Avec ce talisman, s'écria-t-il, demain je pourrai la voir ! »

IX

Lorsque les valets eurent porté à sa voiture le vrai comte Labinski chassé de son paradis terrestre par le faux ange gardien debout sur le seuil, l'Octave transfiguré rentra dans le petit salon blanc et or pour attendre le loisir de la comtesse.

Appuyé contre le marbre blanc de la cheminée dont l'âtre était rempli de fleurs, il se voyait répété au fond de la glace placée en symétrie sur la console à pieds tarabiscotés et dorés. Quoiqu'il fût dans le secret de sa métamorphose, ou, pour parler plus exactement, de sa transposition, il avait peine à se persuader que cette image si différente de la sienne fût le double de sa propre figure, et il ne pouvait détacher ses yeux de ce fantôme étranger qui était cependant devenu lui. Il se regardait et voyait un autre. Involontairement il cherchait si le comte Olaf n'était pas accoudé près de lui à la tablette de la cheminée projetant sa réflexion au miroir; mais il était bien seul; le docteur Cherbonneau avait fait les choses en conscience.

Au bout de quelques minutes, Octave-Labinski ne songea plus au merveilleux avatar qui avait fait passer son âme dans le corps de l'époux de Prascovie; ses pensées prirent un cours plus conforme à sa situation. Cet événement incroyable, en dehors de toutes les possibilités, et que l'espérance la plus chimérique n'eût pas osé rêver en son délire, était arrivé! Il allait se trouver en présence de la belle créature adorée, et elle ne le repousserait pas! La seule combinaison qui pût concilier son bonheur avec l'immaculée vertu de la comtesse s'était réalisée!

Près de ce moment suprême, son âme éprouvait des transes et des anxiétés affreuses : les timidités du véritable amour la faisaient défaillir comme si elle habitait encore la forme dédaignée d'Octave de Saville.

L'entrée de la femme de chambre mit fin à ce tumulte de pensées qui se combattaient. A son approche il ne put maîtriser un soubresaut nerveux, et tout son sang afflua vers son cœur lorsqu'elle lui dit :

« Madame la comtesse peut à présent recevoir monsieur. »

Octave Labinski suivit la femme de chambre, car il ne connaissait pas les êtres de l'hôtel, et ne voulait pas trahir son ignorance par l'incertitude de sa démarche.

La femme de chambre l'introduisit dans une pièce assez vaste, un cabinet de toilette orné de toutes les recherches du luxe le plus délicat. Une suite d'armoires d'un bois précieux, sculptées par Knecht[65] et Lienhart, et dont les battants étaient séparés par des colonnes torses autour desquelles s'enroulaient en spirales de légères brindilles de convolvulus aux feuilles en cœur et aux fleurs en clochettes découpées avec un art infini, formait une espèce de boiserie architecturale, un portique d'ordre capricieux d'une élégance rare et d'une exécution achevée; dans ces armoires étaient serrés les robes de velours et de moire, les cachemires, les mantelets, les dentelles, les pelisses de martre-zibeline, de renard bleu, les chapeaux aux mille formes, tout l'attirail de la jolie femme.

En face se répétait le même motif, avec cette différence que les panneaux pleins étaient remplacés par des glaces jouant sur des charnières comme des feuilles de paravent, de façon que l'on pût s'y voir de face, de profil, par derrière, et juger de l'effet d'un corsage ou d'une coiffure.

Sur la troisième face régnait une longue toilette plaquée d'albâtre-onyx, où des robinets d'argent dégorgeaient l'eau chaude et froide dans d'immenses jattes du Japon enchâssées par des découpures circulaires du même métal; des flacons en cristal de Bohême, qui, aux feux des bougies, étincelaient comme des diamants et des rubis, contenaient les essences et les parfums.

Les murailles et le plafond étaient capitonnés de satin vert d'eau, comme l'intérieur d'un écrin. Un épais tapis de Smyrne, aux teintes moelleusement assorties, ouatait le plancher.

Au milieu de la chambre, sur un socle de velours vert, était posé un grand coffre de forme bizarre, en

acier de Khorassan ciselé, niellé et ramagé d'arabesques d'une complication à faire trouver simples
les ornements de la salle des Ambassadeurs à
l'Alhambra. L'art oriental semblait avoir dit son
dernier mot dans ce travail merveilleux, auquel les
doigts de fée des Péris avaient dû prendre part.
C'était dans ce coffre que la comtesse Prascovie
Labinska enfermait ses parures, des joyaux dignes
d'une reine, et qu'elle ne mettait que fort rarement,
trouvant avec raison qu'ils ne valaient pas la place
qu'ils couvraient. Elle était trop belle pour avoir
besoin d'être riche : son instinct de femme le lui
disait. Aussi ne leur faisait-elle voir les lumières
que dans les occasions solennelles où le faste
héréditaire de l'antique maison Labinski devait
paraître avec toute sa splendeur. Jamais diamants
ne furent moins occupés.

Près de la fenêtre, dont les amples rideaux
retombaient en plis puissants, devant une toilette à
la duchesse, en face d'un miroir que lui penchaient
deux anges sculptés par Mlle de Fauveau [66] avec
cette élégance longue et fluette qui caractérise son
talent, illuminée de la lumière blanche de deux
torchères à six bougies, se tenait assise la comtesse
Prascovie Labinska, radieuse de fraîcheur et de
beauté. Un burnous de Tunis d'une finesse idéale,
rubanné de raies bleues et blanches alternativement
opaques et transparentes, l'enveloppait comme un
nuage souple ; la légère étoffe avait glissé sur le tissu
satiné des épaules et laissait voir la naissance et les
attaches d'un col qui eût fait paraître gris le col de
neige du cygne. Dans l'interstice des plis bouillon-
naient les dentelles d'un peignoir de batiste, parure
nocturne que ne retenait aucune ceinture ; les
cheveux de la comtesse étaient défaits et s'allon-
geaient derrière elle en nappes opulentes comme le

manteau d'une impératrice. — Certes, les torsades d'or fluide dont la Vénus Aphrodite exprimait des perles, agenouillée dans sa conque de nacre, lorsqu'elle sortit comme une fleur des mers de l'azur ionien, étaient moins blondes, moins épaisses, moins lourdes! Mêlez l'ambre du Titien et l'argent de Paul Véronèse avec le vernis d'or de Rembrandt; faites passer le soleil à travers la topaze, et vous n'obtiendrez pas encore le ton merveilleux de cette opulente chevelure, qui semblait envoyer la lumière au lieu de la recevoir, et qui eût mérité mieux que celle de Bérénice de flamboyer, constellation nouvelle, parmi les anciens astres! Deux femmes la divisaient, la polissaient, la crespelaient[67] et l'arrangeaient en boucles soigneusement massées pour que le contact de l'oreiller ne la froissât pas.

Pendant cette opération délicate, la comtesse faisait danser au bout de son pied une babouche de velours blanc brodée de canetille d'or, petite à rendre jalouses les khanoums et les odalisques du Padischah. Parfois, rejetant les plis soyeux du burnous, elle découvrait son bras blanc, et repoussait de la main quelques cheveux échappés, avec un mouvement d'une grâce mutine.

Ainsi abandonnée dans sa pose nonchalante, elle rappelait ces sveltes figures de toilettes grecques qui ornent les vases antiques et dont aucun artiste n'a pu retrouver le pur et suave contour, la beauté jeune et légère; elle était mille fois plus séduisante encore que dans le jardin de la villa Salviati à Florence; et si Octave n'avait pas été déjà fou d'amour, il le serait infailliblement devenu; mais, par bonheur, on ne peut rien ajouter à l'infini.

Octave-Labinski sentit à cet aspect, comme s'il eût vu le spectacle le plus terrible, ses genoux s'entre-choquer et se dérober sous lui. Sa bouche se sécha, et l'angoisse lui étreignit la gorge comme la main d'un Thugg[68]; des flammes rouges tourbillonnèrent autour de ses yeux. Cette beauté le médusait.

Il fit un effort de courage, se disant que ces manières effarées et stupides, convenables à un amant repoussé, seraient parfaitement ridicules de la part d'un mari, quelque épris qu'il pût être encore de sa femme, et il marcha assez résolument vers la comtesse.

« Ah! c'est vous, Olaf! Comme vous rentrez tard ce soir! » dit la comtesse sans se retourner, car sa tête était maintenue par les longues nattes que tressaient ses femmes, et la dégageant des plis du burnous, elle lui tendit une de ses belles mains.

Octave-Labinski saisit cette main plus douce et plus fraîche qu'une fleur, la porta à ses lèvres et y imprima un long, un ardent baiser, — toute son âme se concentrait sur cette petite place.

Nous ne savons quelle délicatesse de sensitive, quel instinct de pudeur divine, quelle intuition irraisonnée du cœur avertit la comtesse : mais un nuage rose couvrit subitement sa figure, son col et ses bras, qui prirent cette teinte dont se colore sur les hautes montagnes la neige vierge surprise par le premier baiser du soleil. Elle tressaillit et dégagea lentement sa main, demi-fâchée, demi-honteuse; les lèvres d'Octave lui avaient produit comme une impression de fer rouge. Cependant elle se remit bientôt et sourit de son enfantillage.

« Vous ne me répondez pas, cher Olaf; savez-vous qu'il y a plus de six heures que je ne vous ai vu; vous me négligez, dit-elle d'un ton de reproche; autrefois vous ne m'auriez pas abandonnée ainsi toute une longue soirée. Avez-vous pensé à moi seulement?

— Toujours, répondit Octave-Labinski.

— Oh! non, pas toujours; je sens quand vous pensez à moi, même de loin. Ce soir, par exemple, j'étais seule, assise à mon piano, jouant un morceau de Weber et berçant mon ennui de musique; votre âme a voltigé quelques minutes autour de moi dans le tourbillon sonore des notes; puis elle s'est envolée je ne sais où sur le dernier accord, et n'est pas revenue. Ne mentez pas, je suis sûre de ce que je dis. »

Prascovie, en effet, ne se trompait pas; c'était le moment où chez le docteur Balthazar Cherbonneau le comte Olaf Labinski se penchait sur le verre d'eau magique, évoquant une image adorée de toute la force d'une pensée fixe. A dater de là, le comte, submergé dans l'océan sans fond du sommeil magnétique, n'avait plus eu ni idée, ni sentiment, ni volition.

Les femmes, ayant achevé la toilette nocturne de la comtesse, se retirèrent; Octave-Labinski restait toujours debout, suivant Prascovie d'un regard enflammé. — Gênée et brûlée par ce regard, la comtesse s'enveloppa de son burnous comme la Polymnie[69] de sa draperie. Sa tête seule apparaissait au-dessus des plis blancs et bleus, inquiète, mais charmante.

Bien qu'aucune pénétration humaine n'eût pu deviner le mystérieux déplacement d'âmes opéré par le docteur Cherbonneau au moyen de la formule du sannyâsi Brahma-Logum, Prascovie ne reconnaissait pas, dans les yeux d'Octave-Labinski, l'expression ordinaire des yeux d'Olaf, celle d'un amour pur, calme, égal, éternel comme l'amour des anges; — une passion terrestre incendiait ce regard, qui la troublait et la faisait rougir. — Elle ne se rendait pas compte de ce qui s'était passé, mais il

s'était passé quelque chose. Mille suppositions
étranges lui traversèrent la pensée : n'était-elle plus
pour Olaf qu'une femme vulgaire, désirée pour sa
beauté comme une courtisane? l'accord sublime de
leurs âmes avait-il été rompu par quelque disso-
nance qu'elle ignorait? Olaf en aimait-il une autre?
les corruptions de Paris avaient-elles souillé ce
chaste cœur? Elle se posa rapidement ces questions
sans pouvoir y répondre d'une manière satisfai-
sante, et se dit qu'elle était folle; mais, au fond, elle
sentait qu'elle avait raison. Une terreur secrète
l'envahissait comme si elle eût été en présence d'un
danger inconnu, mais deviné par cette seconde vue
de l'âme, à laquelle on a toujours tort de ne pas
obéir.

Elle se leva agitée et nerveuse et se dirigea vers la
porte de sa chambre à coucher. Le faux comte
l'accompagna, un bras sur la taille, comme Othello
reconduit Desdémone à chaque sortie dans la pièce
de Shakspeare; mais quand elle fut sur le seuil, elle
se retourna, s'arrêta un instant, blanche et froide
comme une statue, jeta un coup d'œil effrayé au
jeune homme, entra, ferma la porte vivement et
poussa le verrou.

« Le regard d'Octave! » s'écria-t-elle en tombant
à demi évanouie sur une causeuse. Quand elle eut
repris ses sens, elle se dit : « Mais comment se fait-
il que ce regard, dont je n'ai jamais oublié
l'expression, étincelle ce soir dans les yeux d'Olaf?
Comment en ai-je vu la flamme sombre et désespérée luire à travers les prunelles de mon mari?
Octave est-il mort? Est-ce son âme qui a brillé un
instant devant moi comme pour me dire adieu
avant de quitter cette terre? Olaf! Olaf! si je me
suis trompée, si j'ai cédé follement à de vaines
terreurs, tu me pardonneras; mais si je t'avais

accueilli ce soir, j'aurais cru me donner à un autre. »

La comtesse s'assura que le verrou était bien poussé, alluma la lampe suspendue au plafond, se blottit dans son lit comme un enfant peureux avec un sentiment d'angoisse indéfinissable, et ne s'endormit que vers le matin : des rêves incohérents et bizarres tourmentèrent son sommeil agité. — Des yeux ardents — les yeux d'Octave — se fixaient sur elle du fond d'un brouillard et lui lançaient des jets de feu, pendant qu'au pied de son lit une figure noire et sillonnée de rides se tenait accroupie, marmottant des syllabes d'une langue inconnue; le comte Olaf parut aussi dans ce rêve absurde, mais revêtu d'une forme qui n'était pas la sienne.

Nous n'essayerons pas de peindre le désappointement d'Octave lorsqu'il se trouva en face d'une porte fermée et qu'il entendit le grincement intérieur du verrou. Sa suprême espérance s'écroulait. Eh quoi! il avait eu recours à des moyens terribles, étranges; il s'était livré à un magicien, peut-être à un démon, en risquant sa vie dans ce monde et son âme dans l'autre pour conquérir une femme qui lui échappait, quoique livrée à lui sans défense par les sorcelleries de l'Inde. Repoussé comme amant, il l'était encore comme mari; l'invincible pureté de Prascovie déjouait les machinations les plus infernales. Sur le seuil de la chambre à coucher elle lui était apparue comme un ange blanc de Swedenborg foudroyant le mauvais esprit.

Il ne pouvait rester toute la nuit dans cette situation ridicule; il chercha l'appartement du comte, et au bout d'une enfilade de pièces il en vit une où s'élevait un lit aux colonnes d'ébène, aux rideaux de tapisserie, où parmi les ramages et les arabesques étaient brodés des blasons. Des pano-

plies d'armes orientales, des cuirasses et des
casques de chevaliers atteints par le reflet d'une
lampe, jetaient des lueurs vagues dans l'ombre; un
cuir de Bohême gaufré d'or miroitait sur les murs.
Trois ou quatre grands fauteuils sculptés, un bahut
tout historié de figurines complétaient cet ameublement d'un goût féodal, et qui n'eût pas été déplacé
dans la grande salle d'un manoir gothique; ce
n'était pas de la part du comte frivole imitation de
la mode, mais pieux souvenir. Cette chambre
reproduisait exactement celle qu'il habitait chez sa
mère, et quoiqu'on l'eût souvent raillé — sur ce
décor de cinquième acte, — il avait toujours refusé
d'en changer le style.

Octave-Labinski, épuisé de fatigues et d'émo-
tions, se jeta sur le lit et s'endormit en maudissant
le docteur Balthazar Cherbonneau. Heureusement,
le jour lui apporta des idées plus riantes; il se
promit de se conduire désormais d'une façon plus
modérée, d'éteindre son regard, et de prendre les
manières d'un mari; aidé par le valet de chambre
du comte, il fit une toilette sérieuse et se rendit
d'un pas tranquille dans la salle à manger, où
madame la comtesse l'attendait pour déjeuner.

X

Octave-Labinski descendit sur les pas du valet de
chambre, car il ignorait où se trouvait la salle à
manger dans cette maison dont il paraissait le
maître; la salle à manger était une vaste pièce au
rez-de-chaussée donnant sur la cour, d'un style
noble et sévère, qui tenait à la fois du manoir et de

l'abbaye : — des boiseries de chêne brun d'un ton
chaud et riche, divisées en panneaux et en compartiments symétriques, montaient jusqu'au plafond, où
des poutres en saillie et sculptées formaient des
caissons hexagones coloriés en bleu et ornés de
légères arabesques d'or ; dans les panneaux longs
de la boiserie, Philippe Rousseau [70] avait peint les
quatre saisons symbolisées, non pas par des figures
mythologiques, mais par des trophées de nature
morte composés de productions se rapportant à
chaque époque de l'année ; des chasses de Jadin [71]
faisaient pendant aux natures mortes de Ph. Rousseau, et au-dessus de chaque peinture rayonnait,
comme un disque de bouclier, un immense plat de
Bernard Palissy ou de Léonard de Limoges, de
porcelaine du Japon, de majolique ou de poterie
arabe, au vernis irisé par toutes les couleurs du
prisme ; des massacres de cerfs, des cornes d'au-
rochs alternaient avec les faïences, et, aux deux
bouts de la salle, de grands dressoirs, hauts comme
des retables d'églises espagnoles, élevaient leur
architecture ouvragée et sculptée d'ornements à
rivaliser avec les plus beaux ouvrages de Berruguete, de Cornejo Duque et de Verbruggen [72] ; sur
leurs rayons à crémaillère brillaient confusément
l'antique argenterie de la famille des Labinski, des
aiguières aux anses chimériques, des salières à la
vieille mode, des hanaps, des coupes, des pièces de
surtout contournées par la bizarre fantaisie allemande, et dignes de tenir leur place dans le trésor
de la Voûte-Verte de Dresde [73]. En face des
argenteries antiques étincelaient les produits merveilleux de l'orfèvrerie moderne, les chefs-d'œuvre
de Wagner, de Duponchel, de Rudolphi, de Froment-Meurice ; thés en vermeil à figurines de
Feuchère et de Vechte [74], plateaux niellés, seaux à

vin de Champagne aux anses de pampre, aux
bacchanales en bas-relief ; réchauds élégants comme
des trépieds de Pompéi : sans parler des cristaux de
Bohême, des verreries de Venise, des services en
vieux saxe et en vieux sèvres.

Des chaises de chêne garnies de maroquin vert
étaient rangées le long des murs, et sur la table aux
pieds sculptés en serre d'aigle, tombait du plafond
une lumière égale et pure tamisée par les verres
blancs dépolis garnissant le caisson central laissé
vide. — Une transparente guirlande de vigne
encadrait ce panneau laiteux de ses feuillages verts.

Sur la table, servie à la russe, les fruits entourés
d'un cordon de violettes étaient déjà posés, et les
mets attendaient le couteau des convives sous leurs
cloches de métal poli, luisantes comme des casques
d'émirs ; un samovar de Moscou lançait en sifflant
son jet de vapeur ; deux valets, en culotte courte et
en cravate blanche, se tenaient immobiles et silencieux derrière les deux fauteuils, placés en face l'un
de l'autre, pareils à deux statues de la domesticité.

Octave s'assimila tous ces détails d'un coup d'œil
rapide pour n'être pas involontairement préoccupé
par la nouveauté d'objets qui auraient dû lui être
familiers.

Un glissement léger sur les dalles, un froufrou de
taffetas lui fit retourner la tête. C'était la comtesse
Prascovie Labinska qui approchait et qui s'assit
après lui avoir fait un petit signe amical.

Elle portait un peignoir de soie quadrillée vert et
blanc, garni d'une ruche de même étoffe découpée
en dents de loup ; ses cheveux massés en épais
bandeaux sur les tempes, et roulés à la naissance de
la nuque en une torsade d'or semblable à la volute
d'un chapiteau ionien, lui composaient une coiffure
aussi simple que noble, et à laquelle un statuaire grec

n'eût rien voulu changer; son teint de rose carnée était un peu pâli par l'émotion de la veille et le sommeil agité de la nuit; une imperceptible auréole nacrée entourait ses yeux ordinairement si calmes et si purs; elle avait l'air fatigué et languissant; mais, ainsi attendrie, sa beauté n'en était que plus pénétrante, elle prenait quelque chose d'humain; la déesse se faisait femme; l'ange, reployant ses ailes, cessait de planer.

Plus prudent cette fois, Octave voila la flamme de ses yeux et masqua sa muette extase d'un air indifférent.

La comtesse allongea son petit pied chaussé d'une pantoufle en peau mordorée, dans la laine soyeuse du tapis-gazon placé sous la table pour neutraliser le froid contact de la mosaïque de marbre blanc et de brocatelle de Vérone qui pavait la salle à manger, fit un léger mouvement d'épaules comme glacée par un dernier frisson de fièvre, et, fixant ses beaux yeux d'un bleu polaire sur le convive qu'elle prenait pour son mari, car le jour avait fait évanouir les pressentiments, les terreurs et les fantômes nocturnes, elle lui dit d'une voix harmonieuse et tendre, pleine de chastes câlineries, une phrase en polonais!!! Avec le comte elle se servait souvent de la chère langue maternelle aux moments de douceur et d'intimité, surtout en présence des domestiques français, à qui cet idiome était inconnu.

Le Parisien Octave savait le latin, l'italien, l'espagnol, quelques mots d'anglais; mais, comme tous les Gallo-Romains, il ignorait entièrement les langues slaves. — Les chevaux de frise de consonnes qui défendent les rares voyelles du polonais lui en eussent interdit l'approche quand bien même il eût voulu s'y frotter. — A Florence, la

comtesse lui avait toujours parlé français ou italien,
et la pensée d'apprendre l'idiome dans lequel
Mickiewicz a presque égalé Byron ne lui était pas
venue. On ne songe jamais à tout.

A l'audition de cette phrase il se passa dans la
cervelle du comte, habitée par le *moi* d'Octave, un
très singulier phénomène : les sons étrangers au
Parisien, suivant les replis d'une oreille slave,
arrivèrent à l'endroit habituel où l'âme d'Olaf les
accueillait pour les traduire en pensées, et y
évoquèrent une sorte de mémoire physique ; leur
sens apparut confusément à Octave ; des mots
enfouis dans les circonvolutions cérébrales, au fond
des tiroirs secrets du souvenir, se présentèrent en
bourdonnant, tout prêts à la réplique ; mais ces
réminiscences vagues, n'étant pas mises en communication avec l'esprit, se dissipèrent bientôt, et tout
redevint opaque. L'embarras du pauvre amant était
affreux ; il n'avait pas songé à ces complications en
gantant la peau du comte Olaf Labinski, et il
comprit qu'en volant la forme d'un autre on
s'exposait à de rudes déconvenues.

Prascovie, étonnée du silence d'Octave, et
croyant que, distrait par quelque rêverie, il ne
l'avait pas entendue, répéta sa phrase lentement et
d'une voix plus haute.

S'il entendait mieux le son des mots, le faux
comte n'en comprenait pas davantage la signification ; il faisait des efforts désespérés pour deviner de
quoi il pouvait s'agir ; mais pour qui ne les sait pas,
les compactes langues du Nord n'ont aucune transparence, et si un Français peut soupçonner ce que
dit une Italienne, il sera comme sourd en écoutant
parler une Polonaise. — Malgré lui, une rougeur
ardente couvrit ses joues ; il se mordit les lèvres et,

pour se donner une contenance, découpa rageuse-
ment le morceau placé sur son assiette.

« On dirait en vérité, mon cher seigneur, dit la
comtesse, cette fois, en français, que vous ne
m'entendez pas, ou que vous ne me comprenez
point...

— En effet, balbutia Octave-Labinski, ne
sachant trop ce qu'il disait... cette diable de langue
est si difficile !

— Difficile ! oui, peut-être pour des étrangers,
mais pour celui qui l'a bégayée sur les genoux de sa
mère, elle jaillit des lèvres comme le souffle de la
vie, comme l'effluve même de la pensée.

— Oui, sans doute, mais il y a des moments où il
me semble que je ne la sais plus.

— Que contez-vous là, Olaf? quoi ! vous l'auriez
oubliée, la langue de vos aïeux, la langue de la
sainte patrie, la langue qui vous fait reconnaître vos
frères parmi les hommes, et, ajouta-t-elle plus bas,
la langue dans laquelle vous m'avez dit la première
fois que vous m'aimiez !

— L'habitude de me servir d'un autre idiome...
ajouta Octave-Labinski à bout de raisons.

— Olaf, répliqua la comtesse d'un ton de
reproche, je vois que Paris vous a gâté ; j'avais raison
de ne pas vouloir y venir. Qui m'eût dit que lorsque
le noble comte Labinski retournerait dans ses terres,
il ne saurait plus répondre aux félicitations de ses
vassaux ? »

Le charmant visage de Prascovie prit une expression douloureuse ; pour la première fois la tristesse
jeta son ombre sur ce front pur comme celui d'un
ange ; ce singulier oubli la froissait au plus tendre
de l'âme, et lui paraissait presque une trahison.

Le reste du déjeuner se passa silencieusement :
Prascovie boudait celui qu'elle prenait pour le

comte. Octave était au supplice, car il craignait d'autres questions qu'il eût été forcé de laisser sans réponse.

La comtesse se leva et rentra dans ses appartements.

Octave, resté seul, jouait avec le manche d'un couteau qu'il avait envie de se planter au cœur, car sa position était intolérable : il avait compté sur une surprise, et maintenant il se trouvait engagé dans les méandres sans issue pour lui d'une existence qu'il ne connaissait pas : en prenant son corps au comte Olaf Labinski, il eût fallu lui dérober aussi ses notions antérieures, les langues qu'il possédait, ses souvenirs d'enfance, les mille détails intimes qui composent le *moi* d'un homme, les rapports liant son existence aux autres existences : et pour cela tout le savoir du docteur Balthazar Cherbonneau n'eût pas suffi. Quelle rage ! être dans ce paradis dont il osait à peine regarder le seuil de loin; habiter sous le même toit que Prascovie, la voir, lui parler, baiser sa belle main avec les lèvres mêmes de son mari, et ne pouvoir tromper sa pudeur céleste, et se trahir à chaque instant par quelque inexplicable stupidité! « Il était écrit là-haut que Prascovie ne m'aimerait jamais! Pourtant j'ai fait le plus grand sacrifice auquel puisse descendre l'orgueil humain : j'ai renoncé à mon *moi* et consenti à profiter sous une forme étrangère de caresses destinées à un autre! »

Il en était là de son monologue quand un groom s'inclina devant lui avec tous les signes du plus profond respect, en lui demandant quel cheval il monterait aujourd'hui...

Voyant qu'il ne répondait pas, le groom se hasarda, tout effrayé d'une telle hardiesse, à murmurer :

« Vultur ou Rustem ? ils ne sont pas sortis depuis huit jours.

— Rustem, » répondit Octave-Labinski, comme il eût dit Vultur, mais le dernier nom s'était accroché à son esprit distrait.

Il s'habilla de cheval et partit pour le bois de Boulogne, voulant faire prendre un bain d'air à son exaltation nerveuse.

Rustem, bête magnifique de la race Nedji[75], qui portait sur son poitrail, dans un sachet oriental de velours brodé d'or, ses titres de noblesse remontant aux premières années de l'Hégire, n'avait pas besoin d'être excité. Il semblait comprendre la pensée de celui qui le montait, et dès qu'il eut quitté le pavé et pris la terre, il partit comme une flèche sans qu'Octave lui fît sentir l'éperon. Après deux heures d'une course furieuse, le cavalier et la bête rentrèrent à l'hôtel, l'un calmé, l'autre fumant et les naseaux rouges.

Le comte supposé entra chez la comtesse, qu'il trouva dans son salon, vêtue d'une robe de taffetas blanc à volants étagés jusqu'à la ceinture, un nœud de rubans au coin de l'oreille, car c'était précisément le jeudi, — le jour où elle restait chez elle et recevait ses visites.

« Eh bien, lui dit-elle avec un gracieux sourire, car la bouderie ne pouvait rester longtemps sur ses belles lèvres, avez-vous rattrapé votre mémoire en courant dans les allées du bois ?

— Mon Dieu, non, ma chère, répondit Octave-Labinski ; mais il faut que je vous fasse une confidence.

— Ne connais-je pas d'avance toutes vos pensées ? ne sommes-nous plus transparents l'un pour l'autre ?

— Hier, je suis allé chez ce médecin dont on parle tant.

— Oui, le docteur Balthazar Cherbonneau, qui a fait un long séjour aux Indes et a, dit-on, appris des brahmes une foule de secrets plus merveilleux les uns que les autres. — Vous vouliez même m'emmener ; mais je ne suis pas curieuse, — car je sais que vous m'aimez, et cette science me suffit.

— Il a fait devant moi des expériences si étranges, opéré de tels prodiges, que j'en ai l'esprit troublé encore. Cet homme bizarre, qui dispose d'un pouvoir irrésistible, m'a plongé dans un sommeil magnétique si profond, qu'à mon réveil je ne me suis plus trouvé les mêmes facultés : j'avais perdu la mémoire de bien des choses ; le passé flottait dans un brouillard confus : seul, mon amour pour vous était demeuré intact.

— Vous avez eu tort, Olaf, de vous soumettre à l'influence de ce docteur. Dieu, qui a créé l'âme, a le droit d'y toucher ; mais l'homme, en l'essayant, commet une action impie, dit d'un ton grave la comtesse Prascovie Labinska. — J'espère que vous n'y retournerez plus, et que, lorsque je vous dirai quelque chose d'aimable — en polonais, — vous me comprendrez comme autrefois. »

Octave, pendant sa promenade à cheval, avait imaginé cette excuse de magnétisme pour pallier les bévues qu'il ne pouvait manquer d'entasser dans son existence nouvelle ; mais il n'était pas au bout de ses peines. — Un domestique, ouvrant le battant de la porte, annonça un visiteur.

« M. Octave de Saville. »

Quoiqu'il dût s'attendre un jour ou l'autre à cette rencontre, le véritable Octave pâlit à ces simples mots comme si la trompette du jugement dernier lui eût brusquement éclaté à l'oreille. Il eut besoin de faire appel à tout son courage et de se dire qu'il avait l'avantage de la situation pour ne pas chanceler ; instinctivement il enfonça ses doigts dans le dos d'une causeuse, et réussit ainsi à se maintenir debout avec une apparence ferme et tranquille.

Le comte Olaf, revêtu de l'apparence d'Octave, s'avança vers la comtesse qu'il salua profondément.

« M. le comte Labinski... M. Octave de Saville... » fit la comtesse Labinska en présentant les gentilshommes l'un à l'autre.

Les deux hommes se saluèrent froidement en se lançant des regards fauves à travers le masque de marbre de la politesse mondaine, qui recouvre parfois tant d'atroces passions.

« Vous m'avez tenu rigueur depuis Florence, monsieur Octave, dit la comtesse d'une voix amicale et familière, et j'avais peur de quitter Paris sans vous voir. — Vous étiez plus assidu à la villa Salviati, et vous comptiez alors parmi mes fidèles.

— Madame, répondit d'un ton contraint le faux Octave, j'ai voyagé, j'ai été souffrant, malade même, et, en recevant votre gracieuse invitation, je me suis demandé si j'en profiterais, car il ne faut pas être égoïste et abuser de l'indulgence qu'on veut bien avoir pour un ennuyeux.

— Ennuyé peut-être ; ennuyeux, non, répliqua la comtesse ; vous avez toujours été mélancolique, — mais un de vos poètes ne dit-il pas de la mélancolie :

Après l'oisiveté, c'est le meilleur des maux[76].

— C'est un bruit que font courir les gens heureux pour se dispenser de plaindre ceux qui souffrent, » dit Olaf-de Saville.

La comtesse jeta un regard d'une ineffable

douceur sur le comte, enfermé dans la forme d'Octave, comme pour lui demander pardon de l'amour qu'elle lui avait involontairement inspiré.

« Vous me croyez plus frivole que je ne suis; toute douleur vraie a ma pitié, et, si je ne puis la soulager, j'y sais compatir. — Je vous aurais voulu heureux, cher monsieur Octave; mais pourquoi vous êtes-vous cloîtré dans votre tristesse, refusant obstinément la vie qui venait à vous avec ses bonheurs, ses enchantements et ses devoirs? Pourquoi avez-vous refusé l'amitié que je vous offrais? »

Ces phrases si simples et si franches impressionnaient diversement les deux auditeurs. — Octave y entendait la confirmation de la sentence prononcée au jardin Salviati, par cette belle bouche que jamais ne souilla le mensonge; Olaf y puisait une preuve de plus de l'inaltérable vertu de la femme, qui ne pouvait succomber que par un artifice diabolique. Aussi une rage subite s'empara de lui en voyant son spectre animé par une autre âme installé dans sa propre maison, et il s'élança à la gorge du faux comte.

« Voleur, brigand, scélérat, rends-moi ma peau! »

A cette action si extraordinaire, la comtesse se pendit à la sonnette, des laquais emportèrent le comte.

« Ce pauvre Octave est devenu fou! » dit Prascovie pendant que l'on emmenait Olaf, qui se débattait vainement.

« Oui, répondit le véritable Octave, fou d'amour! Comtesse, vous êtes décidément trop belle! »

XI

Deux heures après cette scène, le faux comte reçut du vrai une lettre fermée avec le cachet d'Octave de Saville, — le malheureux dépossédé n'en avait pas d'autres à sa disposition. Cela produisit un effet bizarre à l'usurpateur de l'entité d'Olaf Labinski de décacheter une missive scellée de ses armes, mais tout devait être singulier dans cette position anormale.

La lettre contenait les lignes suivantes, tracées d'une main contrainte et d'une écriture qui semblait contrefaite, car Olaf n'avait pas l'habitude d'écrire avec les doigts d'Octave :

« Lue par tout autre que par vous, cette lettre paraîtrait datée des Petites-Maisons [77], mais vous me comprendrez. Un concours inexplicable de circonstances fatales, qui ne se sont peut-être jamais produites depuis que la terre tourne autour du soleil, me force à une action que nul homme n'a faite. Je m'écris à moi-même et mets sur cette adresse un nom qui est le mien, un nom que vous m'avez volé avec ma personne. De quelles machinations ténébreuses suis-je victime, dans quel cercle d'illusions infernales ai-je mis le pied, je l'ignore; — vous le savez, sans doute. Ce secret, si vous n'êtes point un lâche, le canon de mon pistolet ou la pointe de mon épée vous le demandera sur un terrain où tout homme honorable ou infâme répond aux questions qu'on lui pose; il faut que demain l'un de nous ait cessé de voir la lumière du ciel. Ce large univers est maintenant trop étroit pour nous deux : — je tuerai mon corps habité par votre esprit imposteur ou vous tuerez le vôtre, où mon âme

s'indigne d'être emprisonnée. — N'essayez pas de
me faire passer pour fou, — j'aurai le courage
d'être raisonnable, et, partout où je vous rencontre-
rai, je vous insulterai avec une politesse de gentilhomme, avec un sang-froid de diplomate; les
moustaches de M. le comte Olaf Labinski peuvent
déplaire à M. Octave de Saville, et tous les jours
on se marche sur le pied à la sortie de l'Opéra,
mais j'espère que mes phrases, bien qu'obscures,
n'auront aucune ambiguïté pour vous, et que
mes témoins s'entendront parfaitement avec les
vôtres pour l'heure, le lieu et les conditions du
combat. »

Cette lettre jeta Octave dans une grande per-
plexité. Il ne pouvait refuser le cartel du comte, et
cependant il lui répugnait de se battre avec lui-
même, car il avait gardé pour son ancienne enveloppe une certaine tendresse. L'idée d'être obligé à
ce combat par quelque outrage éclatant le fit se
décider pour l'acceptation, quoique, à la rigueur, il
pût mettre à son adversaire la camisole de force de
la folie et lui arrêter ainsi le bras, mais ce moyen
violent répugnait à sa délicatesse. Si, entraîné par
une passion inéluctable, il avait commis un acte
répréhensible et caché l'amant sous le masque de
l'époux pour triompher d'une vertu au-dessus de
toutes les séductions, il n'était pas pourtant un
homme sans honneur et sans courage; ce parti
extrême, il ne l'avait d'ailleurs pris qu'après trois
ans de luttes et de souffrances, au moment où sa
vie, consumée par l'amour, allait lui échapper. Il ne
connaissait pas le comte; il n'était pas son ami; il ne
lui devait rien, et il avait profité du moyen
hasardeux que lui offrait le docteur Balthazar
Cherbonneau.

Où prendre des témoins? sans doute parmi les

amis du comte; mais Octave, depuis un jour qu'il habitait l'hôtel, n'avait pu se lier avec eux.

Sur la cheminée s'arrondissaient deux coupes de céladon craquelé, dont les anses étaient formées par des dragons d'or. L'une contenait des bagues, des épingles, des cachets et autres menus bijoux; — l'autre des cartes de visite où, sous des couronnes de duc, de marquis, de comte, en gothique, en ronde, en anglaise, étaient inscrits par des graveurs habiles une foule de noms polonais, russes, hongrois, allemands, italiens, espagnols, attestant l'existence voyageuse du comte, qui avait des amis dans tous les pays.

Octave en prit deux au hasard : le comte Zamoieczki et le marquis de Sepulveda. — Il ordonna d'atteler et se fit conduire chez eux. Il les trouva l'un et l'autre. Ils ne parurent pas surpris de la requête de celui qu'ils prenaient pour le comte Olaf Labinski. — Totalement dénués de la sensibilité des témoins bourgeois, ils ne demandèrent pas si l'affaire pouvait s'arranger et gardèrent un silence de bon goût sur le motif de la querelle, en parfaits gentilshommes qu'ils étaient.

De son côté, le comte véritable, ou, si vous l'aimez mieux, le faux Octave, était en proie à un embarras pareil; il se souvint d'Alfred Humbert et de Gustave Raimbaud, au déjeuner duquel il avait refusé d'assister, et il les décida à le servir en cette rencontre. — Les deux jeunes gens marquèrent quelque étonnement de voir engager dans un duel leur ami, qui depuis un an n'avait presque pas quitté sa chambre, et dont ils savaient l'humeur plus pacifique que batailleuse; mais, lorsqu'il leur eut dit qu'il s'agissait d'un combat à mort pour un motif qui ne devait pas être révélé, ils ne firent plus d'objections et se rendirent à l'hôtel Labinski.

Les conditions furent bientôt réglées. Une pièce d'or jetée en l'air décida de l'arme, les adversaires ayant déclaré que l'épée ou le pistolet leur convenait également. On devait se rendre au bois de Boulogne à six heures du matin dans l'avenue des Poteaux, près de ce toit de chaume soutenu par des piliers rustiques, à cette place libre d'arbres où le sable tassé présente une arène propre à ces sortes de combats.

Lorsque tout fut convenu, il était près de minuit, et Octave se dirigea vers la porte de l'appartement de Prascovie. Le verrou était tiré comme la veille, et la voix moqueuse de la comtesse lui jeta cette raillerie à travers la porte :

« Revenez quand vous saurez le polonais, je suis trop patriote pour recevoir un étranger chez moi. »

Le matin, le docteur Cherbonneau, qu'Octave avait prévenu, arriva portant une trousse d'instruments de chirurgie et un paquet de bandelettes. — Ils montèrent ensemble en voiture. MM. Zamoieczki et de Sepulveda suivaient dans leur coupé.

« Eh bien, mon cher Octave, dit le docteur, l'aventure tourne donc déjà au tragique? J'aurais dû laisser dormir le comte dans votre corps une huitaine de jours sur mon divan. J'ai prolongé au delà de cette limite des sommeils magnétiques. Mais on a beau avoir étudié la sagesse chez les brahmes, les pandits et les sanniâsys de l'Inde, on oublie toujours quelque chose, et il se trouve des imperfections au plan le mieux combiné. Mais comment la comtesse Prascovie a-t-elle accueilli son amoureux de Florence ainsi déguisé?

— Je crois, répondit Octave, qu'elle m'a reconnu malgré ma métamorphose, ou bien c'est son ange gardien qui lui a soufflé à l'oreille de se méfier de moi; je l'ai trouvée aussi chaste, aussi froide, aussi

pure que la neige du pôle. Sous une forme aimée,
son âme exquise devinait sans doute une âme
étrangère. — Je vous disais bien que vous ne
pouviez rien pour moi; je suis plus malheureux
encore que lorsque vous m'avez fait votre première
visite.

— Qui pourrait assigner une borne aux facultés
de l'âme, dit le docteur Balthazar Cherbonneau
d'un air pensif, surtout lorsqu'elle n'est altérée par
aucune pensée terrestre, souillée par aucun limon
humain, et se maintient telle qu'elle est sortie des
mains du Créateur dans la lumière, la contemplation de l'amour? — Oui, vous avez raison, elle vous
a reconnu; son angélique pudeur a frissonné sous le
regard du désir et, par instinct, s'est voilée de ses
ailes blanches. Je vous plains, mon pauvre Octave!
votre mal est en effet irrémédiable. — Si nous
étions au moyen âge, je vous dirais : Entrez dans
un cloître.

— J'y ai souvent pensé, » répondit Octave.

On était arrivé. — Le coupé du faux Octave
stationnait déjà à l'endroit désigné.

Le bois présentait à cette heure matinale un
aspect véritablement pittoresque que la fashion lui
fait perdre dans la journée : l'on était à ce point
de l'été où le soleil n'a pas encore eu le temps
d'assombrir le vert du feuillage; des teintes
fraîches, transparentes, lavées par la rosée de la
nuit, nuançaient les massifs, et il s'en dégageait
un parfum de jeune végétation. Les arbres, à cet
endroit, sont particulièrement beaux, soit qu'ils
aient rencontré un terrain plus favorable, soit qu'ils
survivent seuls d'une plantation ancienne; leurs
troncs vigoureux, plaqués de mousse ou satinés
d'une écorce d'argent, s'agrafent au sol par des
racines noueuses, projettent des branches aux

coudes bizarres, et pourraient servir de modèles aux
études des peintres et des décorateurs qui vont bien
loin en chercher de moins remarquables. Quelques
oiseaux que les bruits du jour font taire pépiaient
gaiement sous la feuillée ; un lapin furtif traversait
en trois bonds le sable de l'allée et courait se cacher
dans l'herbe, effrayé du bruit des roues.

Ces poésies de la nature surprise en déshabillé
occupaient peu, comme vous le pensez, les deux
adversaires et leurs témoins.

La vue du docteur Cherbonneau fit une impression désagréable sur le comte Olaf Labinski ; mais il
se remit bien vite.

L'on mesura les épées, l'on assigna les places aux
combattants, qui, après avoir mis habit bas, tombèrent en garde pointe contre pointe.

Les témoins crièrent : « Allez! »

Dans tout duel, quel que soit l'acharnement des
adversaires, il y a un moment d'immobilité solen-
nelle ; chaque combattant étudie son ennemi en
silence et fait son plan, méditant l'attaque et se
préparant à la riposte ; puis les épées se cherchent,
s'agacent, se tâtent pour ainsi dire sans se quitter :
cela dure quelques secondes, qui paraissent des
minutes, des heures, à l'anxiété des assistants.

Ici, les conditions du duel, en apparence ordinaires pour les spectateurs, étaient si étranges pour
les combattants, qu'ils restèrent ainsi en garde plus
longtemps que de coutume. En effet, chacun avait
devant soi son propre corps et devait enfoncer
l'acier dans une chair qui lui appartenait encore la
veille. — Le combat se compliquait d'une sorte de
suicide non prévue, et, quoique braves tous deux,
Octave et le comte éprouvaient une instinctive
horreur à se trouver l'épée à la main en face de
leurs fantômes et prêts à fondre sur eux-mêmes.

Les témoins impatientés allaient crier encore une fois : « Messieurs, mais allez donc! » lorsque les fers se froissèrent enfin sur leurs carres.

Quelques attaques furent parées avec prestesse de part et d'autre.

Le comte, grâce à son éducation militaire, était un habile tireur; il avait moucheté le plastron des maîtres les plus célèbres; mais, s'il possédait toujours la théorie, il n'avait plus pour l'exécution ce bras nerveux habitué à tailler des croupières aux Mourides de Schamyl[78]; c'était le faible poignet d'Octave qui tenait son épée.

Au contraire, Octave, dans le corps du comte, se trouvait une vigueur inconnue, et, quoique moins savant, il écartait toujours de sa poitrine le fer qui la cherchait.

Vainement Olaf s'efforçait d'atteindre son adversaire et risquait des bottes hasardeuses. Octave, plus froid et plus ferme, déjouait toutes les feintes.

La colère commençait à s'emparer du comte, dont le jeu devenait nerveux et désordonné. Quitte à rester Octave de Saville, il voulait tuer ce corps imposteur qui pouvait tromper Prascovie, pensée qui le jetait en d'inexprimables rages.

Au risque de se faire transpercer, il essaya un coup droit pour arriver, à travers son propre corps, à l'âme et à la vie de son rival; mais l'épée d'Octave se lia autour de la sienne avec un mouvement si preste, si sec, si irrésistible, que le fer, arraché de son poing, jaillit en l'air et alla tomber quelque pas plus loin.

La vie d'Olaf était à la discrétion d'Octave : il n'avait qu'à se fendre pour le percer de part en part. — La figure du comte se crispa, non qu'il eût peur de la mort, mais il pensait qu'il allait laisser sa femme à ce voleur de corps, que rien désormais ne pourrait démasquer.

Octave, loin de profiter de son avantage, jeta son épée, et, faisant signe aux témoins de ne pas intervenir, marcha vers le comte stupéfait, qu'il prit par le bras et qu'il entraîna dans l'épaisseur du bois.

« Que me voulez-vous? dit le comte. Pourquoi ne pas me tuer lorsque vous pouvez le faire? Pourquoi ne pas continuer le combat, après m'avoir laissé reprendre mon épée, s'il vous répugnait de frapper un homme sans armes? Vous savez bien que le soleil ne doit pas projeter ensemble nos deux ombres sur le sable, et qu'il faut que la terre absorbe l'un de nous.

— Écoutez-moi patiemment, répondit Octave. Votre bonheur est entre mes mains. Je puis garder toujours ce corps où je loge aujourd'hui et qui vous appartient en propriété légitime : je me plais à le reconnaître maintenant qu'il n'y a pas de témoins près de nous, et que les oiseaux seuls, qui n'iront pas le redire, peuvent nous entendre; si nous recommençons le duel, je vous tuerai. Le comte Olaf Labinski, que je représente du moins mal que je peux, est plus fort à l'escrime qu'Octave de Saville, dont vous avez maintenant la figure, et que je serai forcé, bien à regret, de supprimer; et cette mort, quoique non réelle, puisque mon âme y survivrait, désolerait ma mère. »

Le comte, reconnaissant la vérité de ces observations, garda un silence qui ressemblait à une sorte d'acquiescement.

« Jamais, continua Octave, vous ne parviendrez, si je m'y oppose, à vous réintégrer dans votre individualité; vous voyez à quoi ont abouti vos deux essais. D'autres tentatives vous feraient prendre pour un monomane. Personne ne croira un mot de vos allégations, et, lorsque vous prétendrez être le comte Olaf Labinski, tout le monde vous éclatera de rire au nez, comme vous avez déjà pu vous en convaincre. On vous enfermera, et vous passerez le reste de votre vie à protester sous les douches que vous êtes effectivement l'époux de la belle comtesse Prascovie Labinska. Les âmes compatissantes diront en vous entendant : « Ce pauvre Octave ! » Vous serez méconnu comme le Chabert de Balzac[79], qui voulait prouver qu'il n'était pas mort. »

Cela était si mathématiquement vrai, que le comte abattu laissa tomber sa tête sur sa poitrine.

« Puisque vous êtes pour le moment Octave de Saville, vous avez sans doute fouillé ses tiroirs, feuilleté ses papiers ; et vous n'ignorez pas qu'il nourrit depuis trois ans pour la comtesse Prascovie Labinska un amour éperdu, sans espoir, qu'il a vainement tenté de s'arracher du cœur et qui ne s'en ira qu'avec sa vie, s'il ne le suit pas encore dans la tombe.

— Oui, je le sais, fit le comte en se mordant les lèvres.

— Eh bien, pour parvenir à elle j'ai employé un moyen horrible, effrayant, et qu'une passion délirante pouvait seule risquer ; le docteur Cherbonneau a tenté pour moi une œuvre à faire reculer les thaumaturges de tous les pays et de tous les siècles. Après nous avoir tous deux plongés dans le sommeil, il a fait magnétiquement changer nos âmes d'enveloppe. Miracle inutile ! Je vais vous rendre votre corps : Prascovie ne m'aime pas ! Dans la forme de l'époux elle a reconnu l'âme de l'amant ; son regard s'est glacé sur le seuil de la chambre conjugale comme au jardin de la villa Salviati. »

Un chagrin si vrai se trahissait dans l'accent d'Octave, que le comte ajouta foi à ses paroles.

« Je suis un amoureux, ajouta Octave en souriant, et non pas un voleur ; et, puisque le seul bien que j'aie désiré sur cette terre ne peut m'appartenir, je ne vois pas pourquoi je garderais vos titres, vos châteaux, vos terres, votre argent, vos chevaux, vos armes. — Allons, donnez-moi le bras, ayons l'air réconciliés, remercions nos témoins, prenons avec nous le docteur Cherbonneau, et retournons au laboratoire magique d'où nous sommes sortis trans-figurés ; le vieux brahme saura bien défaire ce qu'il a fait. »

« Messieurs, dit Octave, soutenant pour quelques minutes encore le rôle du comte Olaf Labinski, nous avons échangé, mon adversaire et moi, des explications confidentielles qui rendent la continua-tion du combat inutile. Rien n'éclaircit les idées entre honnêtes gens comme de froisser un peu le fer. »

MM. Zamoieczki et Sepulveda remontèrent dans leur voiture. Alfred Humbert et Gustave Raimbaud regagnèrent leur coupé. — Le comte Olaf Labinski, Octave de Saville et le docteur Balthazar se dirigèrent grand train vers la rue du Regard.

XII

Pendant le trajet du bois de Boulogne à la rue du Regard, Octave de Saville dit au docteur Cherbon-neau :

« Mon cher docteur, je vais mettre encore une

fois votre science à l'épreuve : il faut réintégrer nos âmes chacune dans son domicile habituel. — Cela ne doit pas vous être difficile; j'espère que M. le comte Labinski ne vous en voudra pas pour lui avoir fait changer un palais contre une chaumière et loger quelques heures sa personnalité brillante dans mon pauvre individu. Vous possédez d'ailleurs une puissance à ne craindre aucune vengeance. »

Après avoir fait un signe d'acquiescement, le docteur Balthazar Cherbonneau dit : « L'opération sera beaucoup plus simple cette fois-ci que l'autre; les imperceptibles filaments qui retiennent l'âme au corps ont été brisés récemment chez vous et n'ont pas eu le temps se se renouer, et vos volontés ne feront pas cet obstacle qu'oppose au magnétiseur la résistance instinctive du magnétisé. M. le comte pardonnera sans doute à un vieux savant comme moi de n'avoir pu résister au plaisir de pratiquer une expérience pour laquelle on ne trouve pas beaucoup de sujets, puisque cette tentative n'a servi d'ailleurs qu'à confirmer avec éclat une vertu qui pousse la délicatesse jusqu'à la divination, et triomphe là où toute autre eût succombé. Vous regarderez, si vous voulez, comme un rêve bizarre cette transformation passagère, et peut-être plus tard ne serez-vous pas fâché d'avoir éprouvé cette sensation étrange que très peu d'hommes ont connue, celle d'avoir habité deux corps. — La métempsycose n'est pas une doctrine nouvelle; mais, avant de transmigrer dans une autre existence, les âmes boivent la coupe d'oubli, et tout le monde ne peut pas, comme Pythagore, se souvenir d'avoir assisté à la guerre de Troie [80].

— Le bienfait de me réinstaller dans mon individualité, répondit poliment le comte, équivaut au désagrément d'en avoir été exproprié, cela soit dit sans aucune mauvaise intention pour M. Octave de Saville que je suis encore et que je vais cesser d'être. »

Octave sourit avec les lèvres du comte Labinski à cette phrase, qui n'arrivait à son adresse qu'à travers une enveloppe étrangère, et le silence s'établit entre ces trois personnages, à qui leur situation anormale rendait toute conversation difficile.

Le pauvre Octave songeait à son espoir évanoui, et ses pensées n'étaient pas, il faut l'avouer, précisément couleur de rose. Comme tous les amants rebutés, il se demandait encore pourquoi il n'était pas aimé — comme si l'amour avait un pourquoi! La seule raison qu'on en puisse donner est le *parce que*, réponse logique dans son laconisme entêté, que les femmes opposent à toutes les questions embarrassantes. Cependant il se reconnaissait vaincu et sentait que le ressort de la vie, retendu chez lui un instant par le docteur Cherbonneau, était de nouveau brisé et bruissait dans son cœur comme celui d'une montre qu'on a laissée tomber à terre. Octave n'aurait pas voulu causer à sa mère le chagrin de son suicide, et il cherchait un endroit où s'éteindre silencieusement de son chagrin inconnu sous le nom scientifique d'une maladie plausible. S'il eût été peintre, poète ou musicien, il aurait cristallisé sa douleur en chefs-d'œuvre, et Prascovie vêtue de blanc, couronnée d'étoiles, pareille à la Béatrice de Dante, aurait plané sur son inspiration comme un ange lumineux; mais, nous l'avons dit en commençant cette histoire, bien qu'instruit et distingué, Octave n'était pas un de ces esprits d'élite qui impriment sur ce monde la trace de leur passage. Ame obscurément sublime, il ne savait qu'aimer et mourir.

La voiture entra dans la cour du vieil hôtel de la rue du Regard, cour au pavé serti d'herbe verte où les pas des visiteurs avaient frayé un chemin et que les hautes murailles grises des constructions inondaient d'ombres froides comme celles qui tombent des arcades d'un cloître : le Silence et l'Immobilité veillaient sur le seuil comme deux statues invisibles pour protéger la méditation du savant.

Octave et le comte descendirent, et le docteur franchit le marchepied d'un pas plus leste qu'on n'aurait pu l'attendre de son âge et sans s'appuyer au bras que le valet de pied lui présentait avec cette politesse que les laquais de grande maison affectent pour les personnes faibles ou âgées.

Dès que les doubles portes se furent refermées sur eux, Olaf et Octave se sentirent enveloppés par cette chaude atmosphère qui rappelait au docteur celle de l'Inde et où seulement il pouvait respirer à l'aise, mais qui suffoquait presque les gens qui n'avaient pas été comme lui torréfiés trente ans aux soleils tropicaux. Les incarnations de Wishnou grimaçaient toujours dans leurs cadres, plus bizarres au jour qu'à la lumière; Shiva, le dieu bleu, ricanait sur son socle, et Dourga [81], mordant sa lèvre calleuse de ses dents de sanglier, semblait agiter son chapelet de crânes. Le logis gardait son impression mystérieuse et magique.

Le docteur Balthazar Cherbonneau conduisit ses deux sujets dans la pièce où s'était opérée la première transformation; il fit tourner le disque de verre de la machine électrique, agita les tiges de fer du baquet mesmérien, ouvrit les bouches de chaleur de façon à faire monter rapidement la température, lut deux ou trois lignes sur des papyrus si anciens qu'ils ressemblaient à de vieilles écorces prêtes à tomber en poussière, et, lorsque

quelques minutes furent écoulées, il dit à Octave et
au comte :

« Messieurs, je suis à vous ; voulez-vous que nous
commencions ? »

Pendant que le docteur se livrait à ces préparatifs, des réflexions inquiétantes passaient par la tête
du comte.

« Lorsque je serai endormi, que va faire de mon
âme ce vieux magicien à figure de macaque qui
pourrait bien être le diable en personne ? — La
restituera-t-il à mon corps, ou l'emportera-t-il en
enfer avec lui ? Cet échange qui doit me rendre mon
bien n'est-il qu'un nouveau piège, une combinaison
machiavélique pour quelque sorcellerie dont le but
m'échappe ? Pourtant, ma position ne saurait guère
empirer. Octave possède mon corps, et, comme il le
disait très bien ce matin, en le réclamant sous ma
figure actuelle je me ferais enfermer comme fou.
S'il avait voulu se débarrasser définitivement de
moi, il n'avait qu'à pousser la pointe de son épée ;
j'étais désarmé, à sa merci ; la justice des hommes
n'avait rien à y voir ; les formes du duel étaient
parfaitement régulières et tout s'était passé selon
l'usage. — Allons ! pensons à Prascovie, et pas de
terreur enfantine ! Essayons du seul moyen qui me
reste de la reconquérir ! »

Et il prit comme Octave la tige de fer que le
docteur Balthazar Cherbonneau lui présentait.

Fulgurés par les conducteurs de métal chargés à
outrance de fluide magnétique, les deux jeunes gens
tombèrent bientôt dans un anéantissement si profond qu'il eût ressemblé à la mort pour toute
personne non prévenue : le docteur fit les passes,
accomplit les rites, prononça les syllabes comme la
première fois, et bientôt deux petites étincelles
apparurent au-dessus d'Octave et du comte avec un

tremblement lumineux; le docteur reconduisit à sa demeure primitive l'âme du comte Olaf Labinski, qui suivit d'un vol empressé le geste du magnétiseur.

Pendant ce temps, l'âme d'Octave s'éloignait lentement du corps d'Olaf, et, au lieu de rejoindre le sien, s'élevait, s'élevait comme toute joyeuse d'être libre, et ne paraissait pas se soucier de rentrer dans sa prison. Le docteur se sentit pris de pitié pour cette Psyché qui palpitait des ailes, et se demanda si c'était un bienfait de la ramener vers cette vallée de misère. Pendant cette minute d'hésitation, l'âme montait toujours. Se rappelant son rôle, M. Cherbonneau répéta de l'accent le plus impérieux l'irrésistible monosyllabe et fit une passe fulgurante de volonté; la petite lueur tremblotante était déjà hors du cercle d'attraction, et, traversant la vitre supérieure de la croisée, elle disparut.

Le docteur cessa des efforts qu'il savait superflus et réveilla le comte, qui, en se voyant dans un miroir avec ses traits habituels, poussa un cri de joie, jeta un coup d'œil sur le corps toujours immobile d'Octave comme pour se prouver qu'il était bien définitivement débarrassé de cette enveloppe, et s'élança dehors, après avoir salué de la main M. Balthazar Cherbonneau.

Quelques instants après, le roulement sourd d'une voiture sous la voûte se fit entendre, et le docteur Balthazar Cherbonneau resta seul face à face avec le cadavre d'Octave de Saville.

« Par la trompe de Ganésa! s'écria l'élève du brahme d'Éléphanta lorsque le comte fut parti, voilà une fâcheuse affaire; j'ai ouvert la porte de la cage, l'oiseau s'est envolé, et le voilà déjà hors de la sphère de ce monde, si loin que le sannyâsi Brahma-Logum lui-même ne le rattraperait pas; je

reste avec un corps sur les bras. Je puis bien le
dissoudre dans un bain corrosif si énergique qu'il
n'en resterait pas un atome appréciable, ou en faire
en quelques heures une momie de Pharaon pareille
à celles qu'enferment ces boîtes bariolées d'hiéroglyphes; mais on commencerait des enquêtes, on
fouillerait mon logis, on ouvrirait mes caisses, on
me ferait subir toutes sortes d'interrogatoires
ennuyeux... »

Ici, une idée lumineuse traversa l'esprit du
docteur; il saisit une plume et traça rapidement
quelques lignes sur une feuille de papier qu'il serra
dans le tiroir de sa table.

Le papier contenait ces mots :

« N'ayant ni parents, ni collatéraux, je lègue tous
mes biens à M. Octave de Saville, pour qui j'ai une
affection particulière, — à la charge de payer un
legs de cent mille francs à l'hôpital brahminique de
Ceylan, pour les animaux vieux, fatigués ou
malades, de servir douze cents francs de rente
viagère à mon domestique indien et à mon domestique anglais, et de remettre à la bibliothèque
Mazarine le manuscrit des lois de Manou [82]. »

Ce testament fait à un mort par un vivant n'est
pas une des choses les moins bizarres de ce conte
invraisemblable et pourtant réel; mais cette singularité va s'expliquer sur-le-champ.

Le docteur toucha le corps d'Octave de Saville,
que la chaleur de la vie n'avait pas encore abandonné, regarda dans la glace son visage ridé, tanné
et rugueux comme une peau de chagrin, d'un air
singulièrement dédaigneux, et faisant sur lui le
geste avec lequel on jette un vieil habit lorsque le
tailleur vous en apporte un neuf, il murmura la
formule du sannyâsi Brahma-Logum.

Aussitôt le corps du docteur Balthazar Cherbonneau roula comme foudroyé sur le tapis, et celui d'Octave de Saville se redressa fort, alerte et vivace.

Octave-Cherbonneau se tint debout quelques minutes devant cette dépouille maigre, osseuse et livide qui, n'étant plus soutenue par l'âme puissante qui la vivifiait tout à l'heure, offrit presque aussitôt les signes de la plus extrême sénilité, et prit rapidement une apparence cadavéreuse.

« Adieu, pauvre lambeau humain, misérable guenille percée au coude, élimée sur toutes les coutures, que j'ai traînée soixante-dix ans dans les cinq parties du monde! tu m'as fait un assez bon service, et je ne te quitte pas sans quelque regret. On s'habitue l'un et l'autre à vivre si longtemps ensemble! mais avec cette jeune enveloppe, que ma science aura bientôt rendue robuste, je pourrai étudier, travailler, lire encore quelques mots du grand livre, sans que la mort le ferme au paragraphe le plus intéressant en disant : « C'est assez! »

Cette oraison funèbre adressée à lui-même, Octave-Cherbonneau sortit d'un pas tranquille pour aller prendre possession de sa nouvelle existence.

Le comte Olaf Labinski était retourné à son hôtel et avait fait demander tout de suite si la comtesse pouvait le recevoir.

Il la trouva assise sur un banc de mousse, dans la serre, dont les panneaux de cristal relevés à demi laissaient passer un air tiède et lumineux, au milieu d'une véritable forêt vierge de plantes exotiques et tropicales; elle lisait Novalis, un des auteurs les plus subtils, les plus raréfiés, les plus immatériels qu'ait produit le spiritualisme allemand; la comtesse n'aimait pas les livres qui peignent la vie avec des couleurs réelles et fortes, — et la vie lui paraissait un peu grossière à force d'avoir vécu dans un monde d'élégance, d'amour et de poésie.

Elle jeta son livre et leva lentement les yeux vers le comte. Elle craignait de rencontrer encore dans les prunelles noires de son mari ce regard ardent, orageux, chargé de pensées mystérieuses, qui l'avait si péniblement troublée et qui lui semblait — appréhension folle, idée extravagante, — le regard d'un autre!

Dans les yeux d'Olaf éclatait une joie sereine, brûlait d'un feu égal un amour chaste et pur; l'âme étrangère qui avait changé l'expression de ses traits s'était envolée pour toujours: Prascovie reconnut aussitôt son Olaf adoré, et une rapide rougeur de plaisir nuança ses joues transparentes. — Quoiqu'elle ignorât les transformations opérées par le docteur Cherbonneau, sa délicatesse de sensitive avait pressenti tous ces changements sans pourtant qu'elle s'en rendît compte.

« Que lisiez-vous là, chère Prascovie? dit Olaf en ramassant sur la mousse le livre relié de maroquin bleu. — Ah! l'histoire de Henri d'Ofterdingen, — c'est le même volume que je suis allé vous chercher à franc étrier à Mohilev, — un jour que vous aviez manifesté à table le désir de l'avoir. A minuit il était sur votre guéridon, à côté de votre lampe; mais aussi Ralph en est resté poussif!

— Et je vous ai dit que jamais plus je ne manifesterais la moindre fantaisie devant vous. Vous êtes du caractère de ce grand d'Espagne qui priait sa maîtresse de ne pas regarder les étoiles, puisqu'il ne pouvait les lui donner.

— Si tu en regardais une, répondit le comte, j'essayerais de monter au ciel et de l'aller demander à Dieu. »

Tout en écoutant son mari, la comtesse repoussait une mèche révoltée de ses bandeaux qui

scintillait comme une flamme dans un rayon d'or.
Ce mouvement avait fait glisser sa manche et mis à
nu son beau bras que cerclait au poignet le lézard
constellé de turquoises qu'elle portait le jour de cette
apparition aux Cascines, si fatale pour Octave.

« Quelle peur, dit le comte, vous a causée jadis ce
pauvre petit lézard que j'ai tué d'un coup de badine
lorsque, pour la première fois, vous êtes descendue
au jardin sur mes instantes prières ! Je le fis mouler
en or et orner de quelques pierres ; mais, même à
l'état de bijou, il vous semblait toujours effrayant,
et ce n'est qu'au bout d'un certain temps que vous
vous décidâtes à le porter.

— Oh ! J'y suis habituée tout à fait maintenant,
et c'est de mes joyaux celui que je préfère, car il me
rappelle un bien cher souvenir.

— Oui, reprit le comte ; ce jour-là, nous convîn-
mes que, le lendemain, je vous ferais demander
officiellement en mariage à votre tante. »

La comtesse, qui retrouvait le regard, l'accent du
vrai Olaf, se leva, rassurée d'ailleurs par ces détails
intimes, lui sourit, lui prit le bras et fit avec lui
quelques tours dans la serre, arrachant au passage,
de sa main restée libre, quelques fleurs dont elle
mordait les pétales de ses lèvres fraîches, comme
cette Vénus de Schiavone qui mange des roses.

« Puisque vous avez si bonne mémoire aujour-
d'hui, dit-elle en jetant la fleur qu'elle coupait de
ses dents de perle, vous devez avoir retrouvé l'usage
de votre langue maternelle... que vous ne saviez
plus hier.

— Oh ! répondit le comte en polonais, c'est celle
que mon âme parlera dans le ciel pour te dire que je
t'aime, si les âmes gardent au paradis un langage
humain. »

Prascovie, tout en marchant, inclina doucement sa tête sur l'épaule d'Olaf.

« Cher cœur, murmura-t-elle, vous voilà tel que je vous aime. Hier vous me faisiez peur, et je vous ai fui comme un étranger. »

Le lendemain, Octave de Saville, animé par l'esprit du vieux docteur, reçut une lettre lisérée de noir, qui le priait d'assister au service, convoi et enterrement de M. Balthazar Cherbonneau.

Le docteur, revêtu de sa nouvelle apparence, suivit son ancienne dépouille au cimetière, se vit enterrer, écouta d'un air de componction fort bien joué les discours que l'on prononça sur sa fosse, et dans lesquels on déplorait la perte irréparable que venait de faire la science ; puis il retourna rue Saint-Lazare, et attendit l'ouverture du testament qu'il avait écrit en sa faveur.

Ce jour-là on lut aux *faits divers* dans les journaux du soir :

« M. le docteur Balthazar Cherbonneau, connu par le long séjour qu'il a fait aux Indes, ses connaissances philologiques et ses cures merveilleuses, a été trouvé mort, hier, dans son cabinet de travail. L'examen minutieux du corps éloigne entièrement l'idée d'un crime. M. Cherbonneau a sans doute succombé à des fatigues intellectuelles excessives ou péri dans quelque expérience audacieuse. On dit qu'un testament olographe découvert dans le bureau du docteur lègue à la bibliothèque Mazarine des manuscrits extrêmement précieux, et nomme pour son héritier un jeune homme appartenant à une famille distinguée, M. O. de S. »

Jettatura[1]

I

Le *Léopold*, superbe bateau à vapeur toscan qui fait le trajet de Marseille à Naples, venait de doubler la pointe de Procida. Les passagers étaient tous sur le pont, guéris du mal de mer par l'aspect de la terre, plus efficace que les bonbons de Malte et autres recettes employées en pareil cas.

Sur le tillac, dans l'enceinte réservée aux premières places, se tenaient des Anglais tâchant de se séparer les uns des autres le plus possible et de tracer autour d'eux un cercle de démarcation infranchissable; leurs figures splénétiques étaient soigneusement rasées, leurs cravates ne faisaient pas un faux pli, leurs cols de chemises roides et blancs ressemblaient à des angles de papier bristol; des gants de peau de Suède tout frais recouvraient leurs mains, et le vernis de lord Elliot miroitait sur leurs chaussures neuves. On eût dit qu'ils sortaient d'un des compartiments de leurs nécessaires; dans leur tenue correcte, aucun des petits désordres de toilette, conséquence ordinaire du voyage. Il y avait là des lords, des membres de la chambre des Communes, des marchands de la Cité, des tailleurs de Regent's street et des couteliers de Sheffield tous convenables, tous graves, tous immobiles, tous ennuyés. Les femmes ne manquaient pas non plus, car les Anglaises ne sont pas sédentaires comme les femmes des autres pays, et profitent du plus léger prétexte pour quitter leur île. Auprès des ladies et des mistresses, beautés à leur automne, vergetées des couleurs de la couperose, rayonnaient, sous leur voile de gaze bleue, de jeunes misses au teint pétri de crème et de fraises, aux brillantes spirales de cheveux blonds, aux dents longues et blanches, rappelant les types affectionnés par les keepsakes, et justifiant les gravures d'outre-Manche du reproche de mensonge qu'on leur adresse souvent. Ces charmantes personnes modulaient, chacune de son côté, avec le plus délicieux accent britannique, la phrase sacramentelle : « *Vedi Napoli e poi mori*[2], » consultaient leur Guide de voyage ou prenaient note de leurs impressions sur leur carnet, sans faire la moindre attention aux œillades à la don Juan de quelques fats parisiens qui rôdaient autour d'elles, pendant que les mamans irritées murmuraient à demi-voix contre l'impropriété française.

Sur la limite du quartier aristocratique se promenaient, fumant des cigares, trois ou quatre jeunes gens qu'à leur chapeau de paille ou de feutre gris, à leurs paletots-sacs constellés de larges boutons de corne, à leur vaste pantalon de coutil, il était facile de reconnaître pour des artistes, indication que confirmaient d'ailleurs leurs moustaches à la Van Dyck, leurs cheveux bouclés à la Rubens ou coupés en brosse à la Paul Véronèse; ils tâchaient, mais dans un tout autre but que les dandies, de saisir quelques profils de ces beautés que leur peu de fortune les empêchait d'approcher de plus près, et cette préoccupation les distrayait un peu du magnifique panorama étalé devant leurs yeux.

A la pointe du navire, appuyés au bastingage ou assis sur des paquets de cordages enroulés, étaient groupés les pauvres gens des troisièmes places, achevant les provisions que les nausées leur avaient fait garder intactes, et n'ayant pas un regard pour le plus admirable spectacle du monde, car le sentiment de la nature est le privilège des esprits cultivés, que les nécessités matérielles de la vie n'absorbent pas entièrement.

Il faisait beau; les vagues bleues se déroulaient à larges plis, ayant à peine la force d'effacer le sillage du bâtiment; la fumée du tuyau, qui formait les nuages de ce ciel splendide, s'en allait lentement en légers flocons d'ouate, et les palettes des roues, se démenant dans une poussière diamantée où le soleil suspendait des iris, brassaient l'eau avec une activité joyeuse, comme si elles eussent eu la conscience de la proximité du port.

Cette longue ligne de collines qui, de Pausilippe au Vésuve, dessine le golfe merveilleux au fond duquel Naples se repose comme une nymphe marine se séchant sur la rive après le bain, commençait à prononcer ses ondulations violettes, et se détachait en traits plus fermes de l'azur éclatant du ciel; déjà quelques points de blancheur, piquant le fond plus sombre des terres, trahissaient la présence des villas répandues dans la campagne. Des voiles de bateaux pêcheurs rentrant au port glissaient sur le bleu uni comme des plumes de cygne promenées par la brise, et montraient l'activité humaine sur la majestueuse solitude de la mer.

Après quelques tours de roue, le château Saint-Elme et le couvent Saint-Martin se profilèrent d'une façon distincte au sommet de la montagne où Naples s'adosse, par-dessus les dômes des églises, les terrasses des hôtels, les toits des maisons, les façades des palais, et les verdures des jardins encore vaguement ébauchés dans une vapeur lumineuse.

— Bientôt le château de l'Œuf, accroupi sur son
écueil lavé d'écume, sembla s'avancer vers le bateau
à vapeur, et le môle avec son phare s'allongea
comme un bras tenant un flambeau.

A l'extrémité de la baie, le Vésuve, plus rapproché, changea les teintes bleuâtres dont l'éloignement le revêtait pour des tons plus vigoureux et
plus solides; ses flancs se sillonnèrent de ravines et
de coulées de laves refroidies, et de son cône
tronqué comme des trous d'une cassolette, sortirent
très visiblement de petits jets de fumée blanche
qu'un souffle de vent faisait trembler.

On distinguait nettement Chiatamone, Pizzo
Falcone, le quai de Santa Lucia, tout bordé
d'hôtels, le Palazzo Reale avec ses rangées de
balcons, le Palazzo Nuovo flanqué de ses tours à
moucharabys [3], l'Arsenal, et les vaisseaux de toutes
nations, entremêlant leurs mâts et leur espars
comme les arbres d'un bois dépouillé de feuilles,
lorsque sortit de sa cabine un passager qui ne s'était
pas fait voir de toute la traversée, soit que le mal de
mer l'eût retenu dans son cadre, soit que par
sauvagerie il n'eût pas voulu se mêler au reste des
voyageurs, ou bien que ce spectacle, nouveau pour
la plupart, lui fût dès longtemps familier et ne lui
offrît plus d'intérêt.

C'était un jeune homme de vingt-six à vingt-huit
ans, ou du moins auquel on était tenté d'attribuer
cet âge au premier abord, car lorsqu'on le regardait
avec attention on le trouvait ou plus jeune ou plus
vieux, tant sa physionomie énigmatique mélangeait
la fraîcheur et la fatigue. Ses cheveux d'un blond
obscur tiraient sur cette nuance que les Anglais
appellent *auburn,* et s'incendiaient au soleil de
reflets cuivrés et métalliques, tandis que dans
l'ombre ils paraissaient presque noirs; son profil

offrait des lignes purement accusées, un front dont
un phrénologue eût admiré les protubérances, un
nez d'une noble courbe aquiline, des lèvres bien
coupées, et un menton dont la rondeur puissante
faisait penser aux médailles antiques; et cependant
tous ces traits, beaux en eux-mêmes, ne composaient point un ensemble agréable. Il leur manquait
cette mystérieuse harmonie qui adoucit les contours
et les fond les uns dans les autres. La légende parle
d'un peintre italien qui, voulant représenter l'archange rebelle, lui composa un masque de beautés
disparates, et arriva ainsi à un effet de terreur bien
plus grand qu'au moyen des cornes, des sourcils
circonflexes et de la bouche en rictus. Le visage de
l'étranger produisait une impression de ce genre.
Ses yeux surtout étaient extraordinaires; les cils
noirs qui les bordaient contrastaient avec la couleur
gris pâle des prunelles et le ton châtain brûlé des
cheveux. Le peu d'épaisseur des os du nez les
faisait paraître plus rapprochés que les mesures des
principes de dessin ne le permettent, et, quant à
leur expression, elle était vraiment indéfinissable.
Lorsqu'ils ne s'arrêtaient sur rien, une vague
mélancolie, une tendresse languissante s'y peignaient dans une lueur humide; s'ils se fixaient sur
quelque personne ou quelque objet, les sourcils se
rapprochaient, se crispaient, et modelaient une ride
perpendiculaire dans la peau du front : les prunelles, de grises devenaient vertes, se tigraient de
points noirs, se striaient de fibrilles jaunes; le
regard en jaillissait aigu, presque blessant; puis tout
reprenait sa placidité première, et le personnage à
tournure méphistophélique redevenait un jeune
homme du monde — membre du Jockey-Club, si
vous voulez — allant passer la saison à Naples, et

satisfait de mettre le pied sur un pavé de lave moins mobile que le pont du *Léopold.*

Sa tenue était élégante sans attirer l'œil par aucun détail voyant : une redingote bleu foncé, une cravate noire à pois dont le nœud n'avait rien d'apprêté ni de négligé non plus, un gilet de même dessin que la cravate, un pantalon gris clair, tombant sur une botte fine, composaient sa toilette; la chaîne qui retenait sa montre était d'or tout uni, et un cordon de soie plate suspendait son pince-nez; sa main bien gantée agitait une petite canne mince en cep de vigne tordu terminé par un écusson d'argent.

Il fit quelques pas sur le pont, laissant errer vaguement son regard vers la rive qui se rapprochait et sur laquelle on voyait rouler les voitures, fourmiller la population et stationner ces groupes d'oisifs pour qui l'arrivée d'une diligence ou d'un bateau à vapeur est un spectacle toujours intéressant et toujours neuf quoiqu'ils l'aient contemplé mille fois.

Déjà se détachait du quai une escadrille de canots, de chaloupes, qui se préparaient à l'assaut du *Léopold,* chargés d'un équipage de garçons d'hôtel, de domestiques de place, de facchini et autres canailles variées habituées à considérer l'étranger comme une proie; chaque barque faisait force de rames pour arriver la première, et les mariniers échangeaient, selon la coutume, des injures, des vociférations capables d'effrayer des gens peu au fait des mœurs de la basse classe napolitaine.

Le jeune homme aux cheveux *auburn* avait, pour mieux saisir les détails du point de vue qui se déroulait devant lui, posé son lorgnon double sur son nez; mais son attention, détournée du spectacle sublime de la baie par le concert de criailleries qui

s'élevait de la flottille, se concentra sur les canots ;
sans doute le bruit l'importunait, car ses sourcils se
contractèrent, la ride de son front se creusa, et le
gris de ses prunelles prit une teinte jaune.

Une vague inattendue, venue du large et courant
sur la mer, ourlée d'une frange d'écume, passa sous
le bateau à vapeur, qu'elle souleva et laissa retomber lourdement, se brisa sur le quai en millions de
paillettes, mouilla les promeneurs tout surpris de
cette douche subite, et fit, par la violence de son
ressac, s'entre-choquer si rudement les embarca-
tions, que trois ou quatre facchini tombèrent à
l'eau. L'accident n'était pas grave, car ces drôles
nagent tous comme des poissons ou des dieux
marins, et quelques secondes après ils reparurent,
les cheveux collés aux tempes, crachant l'eau amère
par la bouche et les narines, et aussi étonnés, à coup
sûr, de ce plongeon, que put l'être Télémaque, fils
d'Ulysse, lorsque Minerve, sous la figure du sage
Mentor, le lança du haut d'une roche à la mer pour
l'arracher à l'amour d'Eucharis [4].

Derrière le voyageur bizarre, à distance respectueuse, restait debout, auprès d'un entassement de
malles, un petit groom, espèce de vieillard de
quinze ans, gnome en livrée, ressemblant à ces
nains que la patience chinoise élève dans des
potiches pour les empêcher de grandir ; sa face
plate, où le nez faisait à peine saillie, semblait avoir
été comprimée dès l'enfance, et ses yeux à fleur de
tête avaient cette douceur que certains naturalistes
trouvent à ceux du crapaud. Aucune gibbosité
n'arrondissait ses épaules ni ne bombait sa poitrine ;
cependant il faisait naître l'idée d'un bossu, quoiqu'on eût vainement cherché sa bosse. En somme,
c'était un groom très convenable, qui eût pu se
présenter sans entraînement aux races d'Ascott ou

aux courses de Chantilly; tout gentleman-rider l'eût accepté sur sa mauvaise mine. Il était déplaisant, mais irréprochable en son genre, comme son maître.

L'on débarqua; les porteurs, après des échanges d'injures plus qu'homériques, se divisèrent les étrangers et les bagages, et prirent le chemin des différents hôtels dont Naples est abondamment pourvu.

Le voyageur au lorgnon et son groom se dirigèrent vers l'hôtel de Rome, suivis d'une nombreuse phalange de robustes facchini qui faisaient semblant de suer et de haleter sous le poids d'un carton à chapeau ou d'une légère boîte, dans l'espoir naïf d'un plus large pourboire, tandis que quatre ou cinq de leurs camarades, mettant en relief des muscles aussi puissants que ceux de l'Hercule qu'on admire aux Studii, poussaient une charrette à bras où ballottaient deux malles de grandeur médiocre et de pesanteur modérée.

Quand on fut arrivé aux portes de l'hôtel et que le *padron di casa* eut désigné au nouveau survenant l'appartement qu'il devait occuper, les porteurs, bien qu'ils eussent reçu environ le triple du prix de leur course, se livrèrent à des gesticulations effrénées et à des discours où les formules suppliantes se mêlaient aux menaces dans la proportion la plus comique; ils parlaient tous à la fois avec une volubilité effrayante, réclamant un surcroît de paye, et jurant leurs grands dieux qu'ils n'avaient pas été suffisamment récompensés de leur fatigue. — Paddy, resté seul pour leur tenir tête, car son maître, sans s'inquiéter de ce tapage, avait déjà gravi l'escalier, ressemblait à un singe entouré par une meute de dogues : il essaya, pour calmer cet ouragan de bruit, un petit bout de harangue dans sa

langue maternelle, c'est-à-dire en anglais. La
harangue obtint peu de succès. Alors, fermant les
poings et ramenant ses bras à la hauteur de sa
poitrine, il prit une pose de boxe très correcte, à la
grande hilarité des facchini, et, d'un coup droit
digne d'Adams ou de Tom Cribbs et porté au creux
de l'estomac, il envoya le géant de la bande rouler
les quatre fers en l'air sur les dalles de lave du pavé.

Cet exploit mit en fuite la troupe ; le colosse se
releva lourdement, tout brisé de sa chute ; et sans
chercher à tirer vengeance de Paddy, il s'en alla
frottant de sa main, avec force contorsions, l'empreinte bleuâtre qui commençait à iriser sa peau,
persuadé qu'un démon devait être caché sous la
jaquette de ce macaque, bon tout au plus à faire de
l'équitation sur le dos d'un chien, et qu'il aurait cru
pouvoir renverser d'un souffle.

L'étranger, ayant fait appeler le *padron di casa*,
lui demanda si une lettre à l'adresse de M. Paul
d'Aspremont n'avait pas été remise à l'hôtel de
Rome ; l'hôtelier répondit qu'une lettre portant
cette suscription attendait, en effet, depuis une
semaine, dans le casier des correspondances, et il
s'empressa de l'aller chercher.

La lettre, enfermée dans une épaisse enveloppe
de papier cream-lead [5] azuré et vergé, scellée d'un
cachet de cire aventurine, était écrite de ce caractère penché aux pleins anguleux, aux déliés cursifs,
qui dénote une haute éducation aristocratique, et
que possèdent, un peu trop uniformément peut-
être, les jeunes Anglaises de bonne famille.

Voici ce que contenait ce pli, ouvert par
M. d'Aspremont avec une hâte qui n'avait peut-
être pas la seule curiosité pour motif :

« Mon cher monsieur Paul,

« Nous sommes arrivés à Naples depuis deux mois. Pendant le voyage fait à petites journées mon oncle s'est plaint amèrement de la chaleur, des moustiques, du vin, du beurre, des lits ; il jurait qu'il faut être véritablement fou pour quitter un confortable cottage, à quelques milles de Londres, et se promener sur des routes poussiéreuses bordées d'auberges détestables, où d'honnêtes chiens anglais ne voudraient pas passer une nuit ; mais tout en grognant il m'accompagnait, et je l'aurais mené au bout du monde ; il ne se porte pas plus mal, et moi je me porte mieux. — Nous sommes installés sur le bord de la mer, dans une maison blanchie à la chaux et enfouie dans une sorte de forêt vierge d'orangers, de citronniers, de myrtes, de lauriers-roses et autres végétations exotiques. — Du haut de la terrasse on jouit d'une vue merveilleuse, et vous y trouverez tous les soirs une tasse de thé ou une limonade à la neige, à votre choix. Mon oncle, que vous avez fasciné, je ne sais pas comment, sera enchanté de vous serrer la main. Est-il nécessaire d'ajouter que votre servante n'en sera pas fâchée non plus, quoique vous lui ayez coupé les doigts avec votre bague, en lui disant adieu sur la jetée de Folkestone.

« ALICIA W. »

II

Paul d'Aspremont, après s'être fait servir à dîner dans sa chambre, demanda une calèche. Il y en a toujours qui stationnent autour des grands hôtels, n'attendant que la fantaisie des voyageurs ; le désir de Paul fut donc accompli sur-le-champ. Les chevaux de louage napolitains sont maigres à faire paraître Rossinante surchargée d'embonpoint ; leurs têtes décharnées, leurs côtes apparentes comme des cercles de tonneaux, leur échine saillante toujours écorchée, semblent implorer à titre de bienfait le couteau de l'équarrisseur, car donner de la nourriture aux animaux est regardé comme un soin superflu par l'insouciance méridionale ; les harnais, rompus la plupart du temps, ont des suppléments de corde, et quand le cocher a rassemblé ses guides et fait clapper sa langue pour décider le départ, on croirait que les chevaux vont s'évanouir et la voiture se dissiper en fumée comme le carrosse de Cendrillon lorsqu'elle revient du bal passé minuit, malgré l'ordre de la fée. Il n'en est rien cependant ; les rosses se roidissent sur leurs jambes et, après quelques titubations, prennent un galop qu'elles ne quittent plus : le cocher leur communique son ardeur, et la mèche de son fouet sait faire jaillir la dernière étincelle de vie cachée dans ces carcasses. Cela piaffe, agite la tête, se donne des airs fringants, écarquille l'œil, élargit la narine, et soutient une allure que n'égaleraient pas les plus rapides trotteurs anglais. Comment ce phénomène s'accomplit-il, et quelle puissance fait courir ventre à terre des bêtes mortes ? C'est ce que nous n'expliquerons pas. Toujours est-il que ce miracle a lieu journellement à Naples et que personne n'en témoigne de surprise.

La calèche de M. Paul d'Aspremont volait à travers la foule compacte, rasant les boutiques d'acquajoli aux guirlandes de citrons, les cuisines de fritures ou de macaronis en plein vent, les

étalages de fruits de mer et les tas de pastèques
disposés sur la voie publique comme les boulets
dans les parcs d'artillerie. A peine si les lazzaroni
couchés le long des murs, enveloppés de leurs
cabans, daignaient retirer leurs jambes pour les
soustraire à l'atteinte des attelages; de temps à
autre, un corricolo, filant entre ses grandes roues
écarlates, passait encombré d'un monde de moines,
de nourrices, de facchini et de polissons, à côté de
la calèche dont il frisait l'essieu au milieu d'un
nuage de poussière et de bruit. Les corricoli sont
proscrits maintenant, et il est défendu d'en créer de
nouveaux; mais on peut ajouter une caisse neuve à
de vieilles roues, ou des roues neuves à une vieille
caisse : moyen ingénieux qui permet à ces bizarres
véhicules de durer longtemps encore, à la grande
satisfaction des amateurs de couleur locale [6].

Notre voyageur ne prêtait qu'une attention fort
distraite à ce spectacle animé et pittoresque qui eût
certes absorbé un touriste n'ayant pas trouvé à
l'hôtel de Rome un billet à son adresse, signé
ALICIA W.

Il regardait vaguement la mer limpide et bleue,
où se distinguaient, dans une lumière brillante, et
nuancées par le lointain de teintes d'améthyste et
de saphir, les belles îles semées en éventail à
l'entrée du golfe, Capri, Ischia, Nisida, Procida,
dont les noms harmonieux résonnent comme des
dactyles grecs, mais son âme n'était pas là; elle
volait à tire-d'aile du côté de Sorrente, vers la
petite maison blanche enfouie dans la verdure dont
parlait la lettre d'Alicia. En ce moment la figure
de M. d'Aspremont n'avait pas cette expression
indéfinissablement déplaisante qui la caractérisait
quand une joie intérieure n'en harmonisait pas les
perfections disparates : elle était vraiment belle et

sympathique, pour nous servir d'un mot cher aux
Italiens ; l'arc de ses sourcils était détendu ; les coins
de sa bouche ne s'abaissaient pas dédaigneusement, et une lueur tendre illuminait ses yeux
calmes : — on eût parfaitement compris en le
voyant alors les sentiments que semblaient indiquer
à son endroit les phrases demi-tendres, demi-
moqueuses écrites sur le papier cream-lead. Son
originalité soutenue de beaucoup de distinction ne
devait pas déplaire à une jeune miss, librement
élevée à la manière anglaise par un vieil oncle très
indulgent.

Au train dont le cocher poussait ses bêtes, l'on
eut bientôt dépassé Chiaja, la Marinella, et la
calèche roula dans la campagne sur cette route
remplacée aujourd'hui par un chemin de fer. Une
poussière noire, pareille à du charbon pilé, donne
un aspect plutonique à toute cette plage que
recouvre un ciel étincelant et que lèche une mer du
plus suave azur ; c'est la suie du Vésuve tamisée par
le vent qui saupoudre cette rive, et fait ressembler
les maisons de Portici et de Torre del Greco à des
usines de Birmingham. M. d'Aspremont ne s'occupa nullement du contraste de la terre d'ébène et
du ciel de saphir, il lui tardait d'être arrivé. Les
plus beaux chemins sont longs lorsque miss Alicia
vous attend au bout, et qu'on lui a dit adieu il y a
six mois sur la jetée de Folkestone : le ciel et la mer
de Naples y perdent leur magie.

La calèche quitta la route, prit un chemin de
traverse, et s'arrêta devant une porte formée de
deux piliers de briques blanchies, surmontées
d'urnes de terre rouge, où des aloès épanouissaient
leurs feuilles pareilles à des lames de fer-blanc et
pointues comme des poignards. Une claire-voie
peinte en vert servait de fermeture. La muraille

était remplacée par une haie de cactus, dont les pousses faisaient des coudes difformes et entremêlaient inextricablement leurs raquettes épineuses.

Au-dessus de la haie, trois ou quatre énormes figuiers étalaient par masses compactes leurs larges feuilles d'un vert métallique avec une vigueur de végétation tout africaine; un grand pin parasol balançait son ombelle, et c'est à peine si, à travers les interstices de ces frondaisons luxuriantes, l'œil pouvait démêler la façade de la maison brillant par plaques blanches derrière ce rideau touffu.

Une servante basanée, aux cheveux crépus, et si épais que le peigne s'y serait brisé, accourut au bruit de la voiture, ouvrit la claire-voie, et, précédant M. d'Aspremont dans une allée de lauriers-roses dont les branches lui caressaient la joue avec leurs fleurs, elle le conduisit à la terrasse où miss Alicia Ward prenait le thé en compagnie de son oncle.

Par un caprice très convenable chez une jeune fille blasée sur tous les conforts et toutes les élégances, et peut-être aussi pour contrarier son oncle, dont elle raillait les goûts bourgeois, miss Alicia avait choisi, de préférence à des logis civilisés, cette villa, dont les maîtres voyageaient, et qui était restée plusieurs années sans habitants. Elle trouvait dans ce jardin abandonné, et presque revenu à l'état de nature, une poésie sauvage qui lui plaisait; sous l'actif climat de Naples, tout avait poussé avec une activité prodigieuse. Orangers, myrtes, grenadiers, limons, s'en étaient donné à cœur joie, et les branches, n'ayant plus à craindre la serpette de l'émondeur, se donnaient la main d'un bout de l'allée à l'autre, ou pénétraient familièrement dans les chambres par quelque vitre brisée. — Ce n'était pas, comme dans le Nord, la tristesse

d'une maison déserte, mais la gaieté folle et la
pétulance heureuse de la nature du Midi livrée à
elle-même ; en l'absence du maître, les végétaux
exubérants se donnaient le plaisir d'une débauche
de feuilles, de fleurs, de fruits et de parfums ; ils
reprenaient la place que l'homme leur dispute.

Lorsque le commodore — c'est ainsi qu'Alicia
appelait familièrement son oncle — vit ce fourré
impénétrable et à travers lequel on n'aurait pu
s'avancer qu'à l'aide d'un sabre d'abatage, comme
dans les forêts d'Amérique, il jeta les hauts cris et
prétendit que sa nièce était décidément folle. Mais
Alicia lui promit gravement de faire pratiquer de la
porte d'entrée au salon et du salon à la terrasse un
passage suffisant pour un tonneau de malvoisie —
seule concession qu'elle pouvait accorder au positi-
visme avunculaire. — Le commodore se résigna,
car il ne savait pas résister à sa nièce, et en ce
moment, assis vis-à-vis d'elle sur la terrasse, il
buvait à petits coups, sous prétexte de thé, une
grande tasse de rhum.

Cette terrasse, qui avait principalement séduit la
jeune miss, était en effet fort pittoresque, et mérite
une description particulière, car Paul d'Aspremont
y reviendra souvent, et il faut peindre le décor des
scènes que l'on raconte.

On montait à cette terrasse, dont les pans à pic
dominaient un chemin creux, par un escalier de
larges dalles disjointes où prospéraient de vivaces
herbes sauvages. Quatre colonnes frustes, tirées de
quelque ruine antique et dont les chapiteaux perdus
avaient été remplacés par des dés de pierre,
soutenaient un treillage de perches enlacées et
plafonnées de vigne. Des garde-fous tombaient en
nappes et en guirlandes les lambruches et les
plantes pariétaires. Au pied des murs, le figuier

d'Inde, l'aloès, l'arbousier poussaient dans un dé-
sordre charmant, et au delà d'un bois que dépassaient un palmier et trois pins d'Italie, la vue
s'étendait sur des ondulations de terrain semées de
blanches villas, s'arrêtait sur la silhouette violâtre
du Vésuve, ou se perdait sur l'immensité bleue de
la mer.

Lorsque M. Paul d'Aspremont parut au sommet
de l'escalier, Alicia se leva, poussa un petit cri de
joie et fit quelques pas à sa rencontre. Paul lui
prit la main à l'anglaise, mais la jeune fille éleva
cette main prisonnière à la hauteur des lèvres de
son ami avec un mouvement plein de gentillesse
enfantine et de coquetterie ingénue.

Le commodore essaya de se dresser sur ses
jambes un peu goutteuses, et il y parvint après
quelques grimaces de douleur qui contrastaient
comiquement avec l'air de jubilation épanoui sur sa
large face; il s'approcha d'un pas assez alerte pour
lui du charmant groupe des deux jeunes gens, et
tenailla la main de Paul de manière à lui mouler les
doigts en creux les uns contre les autres, ce qui est
la suprême expression de la vieille cordialité britannique.

Miss Alicia Ward appartenait à cette variété
d'Anglaises brunes qui réalisent un idéal dont les
conditions semblent se contrarier : c'est-à-dire une
peau d'une blancheur éblouissante à rendre jaune le
lait, la neige, le lis, l'albâtre, la cire vierge, et tout
ce qui sert aux poètes à faire des comparaisons
blanches; des lèvres de cerise, et des cheveux aussi
noirs que la nuit sur les ailes du corbeau. L'effet de
cette opposition est irrésistible et produit une
beauté à part dont on ne saurait trouver l'équivalent ailleurs. — Peut-être quelques Circassiennes
élevées dès l'enfance au sérail offrent-elles ce teint

miraculeux, mais il faut nous en fier là-dessus aux exagérations de la poésie orientale et aux gouaches de Lewis représentant les harems du Caire[7]. Alicia était assurément le type le plus parfait de ce genre de beauté.

L'ovale allongé de sa tête, son teint d'une incomparable pureté, son nez fin, mince, transparent, ses yeux d'un bleu sombre frangés de longs cils qui palpitaient sur ses joues rosées comme des papillons noirs lorsqu'elle abaissait ses paupières, ses lèvres colorées d'une pourpre éclatante, ses cheveux tombant en volutes brillantes comme des rubans de satin de chaque côté de ses joues et de son col de cygne, témoignaient en faveur de ces romanesques figures de femmes de Maclise[8], qui, à l'Exposition universelle, semblaient de charmantes impostures.

Alicia portait une robe de grenadine à volants festonnés et brodés de palmettes rouges, qui s'accordaient à merveille avec les tresses de corail à petits grains composant sa coiffure, son collier et ses bracelets; cinq pampilles suspendues à une perle de corail à facettes tremblaient au lobe de ses oreilles petites et délicatement enroulées. — Si vous blâmez cet abus du corail, songez que nous sommes à Naples, et que les pêcheurs sortent tout exprès de la mer pour vous présenter ces branches que l'air rougit.

Nous vous devons, après le portrait de miss Alicia Ward, ne fût-ce que pour faire opposition, tout au moins une caricature du commodore à la manière de Hogarth.

Le commodore, âgé de quelque soixante ans, présentait cette particularité d'avoir la face d'un cramoisi uniformément enflammé, sur lequel tranchaient des sourcils blancs et des favoris de même

couleur, et taillés en côtelettes, ce qui le rendait
pareil à un vieux Peau-Rouge qui se serait tatoué
avec de la craie. Les coups de soleil, inséparables
d'un voyage d'Italie, avaient ajouté quelques
couches de plus à cette ardente coloration, et le
commodore faisait involontairement penser à une
grosse praline entourée de coton. Il était habillé des
pieds à la tête, veste, gilet, pantalon et guêtres,
d'une étoffe vigogne d'un gris vineux, et que le
tailleur avait dû affirmer, sur son honneur, être la
nuance la plus à la mode et la mieux portée, en quoi
peut-être ne mentait-il pas. Malgré ce teint enlu-
miné et ce vêtement grotesque, le commodore
n'avait nullement l'air commun. Sa propreté rigou-
reuse, sa tenue irréprochable et ses grandes
manières indiquaient le parfait gentleman, quoiqu'il
eût plus d'un rapport extérieur avec les Anglais
de vaudeville comme les parodient Hoffmann ou
Levassor [9]. Son caractère, c'était d'adorer sa nièce
et de boire beaucoup de porto et de rhum de la
Jamaïque pour entretenir l'humide radical, d'après
la méthode du caporal Trimm.

« Voyez comme je me porte bien maintenant et
comme je suis belle ! Regardez mes couleurs ; je
n'en ai pas encore autant que mon oncle ; cela ne
viendra pas, il faut l'espérer. — Pourtant ici j'ai du
rose, du vrai rose, dit Alicia en passant sur sa joue
son doigt effilé terminé par un ongle luisant comme
l'agate ; j'ai engraissé aussi, et l'on ne sent plus ces
pauvres petites salières qui me faisaient tant de
peine lorsque j'allais au bal. Dites, faut-il être
coquette pour se priver pendant trois mois de la
compagnie de son fiancé, afin qu'après l'absence il
vous retrouve fraîche et superbe ! »

Et en débitant cette tirade du ton enjoué et
sautillant qui lui était familier, Alicia se tenait

debout devant Paul comme pour provoquer et défier son examen.

« N'est-ce pas, ajouta le commodore, qu'elle est robuste à présent et superbe comme ces filles de Procida qui portent des amphores grecques sur la tête ?

— Assurément, commodore, répondit Paul ; miss Alicia n'est pas devenue plus belle, c'était impossible, mais elle est visiblement en meilleure santé que lorsque, par coquetterie, à ce qu'elle prétend, elle m'a imposé cette pénible séparation. »

Et son regard s'arrêtait avec une fixité étrange sur la jeune fille posée devant lui.

Soudain les jolies couleurs roses qu'elle se vantait d'avoir conquises disparurent des joues d'Alicia, comme la rougeur du soir quitte les joues de neige de la montagne quand le soleil s'enfonce à l'horizon ; toute tremblante, elle porta la main à son cœur ; sa bouche charmante et pâlie se contracta.

Paul alarmé se leva, ainsi que le commodore ; les vives couleurs d'Alicia avaient reparu ; elle souriait avec un peu d'effort.

« Je vous ai promis une tasse de thé ou un sorbet ; quoique Anglaise, je vous conseille le sorbet. La neige vaut mieux que l'eau chaude, dans ce pays voisin de l'Afrique, et où le sirocco arrive en droite ligne. »

Tous les trois prirent place autour de la table de pierre, sous le plafond des pampres ; le soleil s'était plongé dans la mer, et le jour bleu qu'on appelle la nuit à Naples succédait au jour jaune. La lune semait des pièces d'argent sur la terrasse, par les déchiquetures du feuillage ; — la mer bruissait sur la rive comme un baiser, et l'on entendait au loin le frisson de cuivre des tambours de basque accompagnant les tarentelles...

Il fallut se quitter; — Vicè, la fauve servante à chevelure crépue, vint avec un falot pour reconduire Paul à travers les dédales du jardin. Pendant qu'elle servait les sorbets et l'eau de neige, elle avait attaché sur le nouveau venu un regard mélangé de curiosité et de crainte. Sans doute, le résultat de l'examen n'avait pas été favorable pour Paul, car le front de Vicè, jaune déjà comme un cigare, s'était rembruni encore, et, tout en accompagnant l'étranger, elle dirigeait contre lui, de façon à ce qu'il ne pût l'apercevoir, le petit doigt et l'index de sa main, tandis que les deux autres doigts, repliés sous la paume, se joignaient au pouce comme pour former un signe cabbalistique.

III

L'ami d'Alicia revint à l'hôtel de Rome par le même chemin : la beauté de la soirée était incomparable; une lune pure et brillante versait sur l'eau d'un azur diaphane une longue traînée de paillettes d'argent dont le fourmillement perpétuel, causé par le clapotis des vagues, multipliait l'éclat. Au large, les barques de pêcheurs, portant à la proue un fanal de fer rempli d'étoupes enflammées, piquaient la mer d'étoiles rouges et traînaient après elles des sillages écarlates; la fumée du Vésuve, blanche le jour, s'était changée en colonne lumineuse et jetait aussi son reflet sur le golfe. En ce moment la baie présentait cet aspect invraisemblable pour des yeux septentrionaux et que lui donnent ces gouaches italiennes encadrées de noir, si répandues il y a quelques années, et plus fidèles qu'on ne pense dans leur exagération crue.

Quelques lazzaroni noctambules vaguaient encore
sur la rive, émus, sans le savoir, de ce spectacle
magique, et plongeaient leurs grands yeux noirs
dans l'étendue bleuâtre. D'autres, assis sur le bordage d'une barque échouée, chantaient l'air de
Lucie ou la romance populaire alors en vogue : « *Ti
voglio ben' assai,* » d'une voix qu'auraient enviée
bien des ténors payés cent mille francs. Naples se
couche tard, comme toutes les villes méridionales ;
cependant les fenêtres s'éteignaient peu à peu, et les
seuls bureaux de loterie, avec leurs guirlandes de
papier de couleur, leurs numéros favoris et leur
éclairage scintillant, étaient ouverts encore, prêts à
recevoir l'argent des joueurs capricieux que la
fantaisie de mettre quelques carlins ou quelques
ducats sur un chiffre rêvé pouvait prendre en
rentrant chez eux.

Paul se mit au lit, tira sur lui les rideaux de gaze
de la moustiquaire, et ne tarda pas à s'endormir.
Ainsi que cela arrive aux voyageurs après une
traversée, sa couche, quoique immobile, lui semblait tanguer et rouler, comme si l'hôtel de Rome
eût été le *Léopold*. Cette impression lui fit rêver
qu'il était encore en mer et qu'il voyait, sur le môle,
Alicia très pâle, à côté de son oncle cramoisi, et qui
lui faisait signe de la main de ne pas aborder ; le
visage de la jeune fille exprimait une douleur
profonde, et en le repoussant elle paraissait obéir
contre son gré à une fatalité impérieuse.

Ce songe, qui prenait d'images toutes récentes
une réalité extrême, chagrina le dormeur au point
de l'éveiller, et il fut heureux de se retrouver dans
sa chambre où tremblotait, avec un reflet d'opale,
une veilleuse illuminant une petite tour de porcelaine qu'assiégeaient les moustiques en bourdonnant. Pour ne pas retomber sous le coup de ce rêve

pénible, Paul lutta contre le sommeil et se mit à
penser aux commencements de sa liaison avec miss
Alicia, reprenant une à une toutes ces scènes
puérilement charmantes d'un premier amour.

Il revit la maison de briques roses, tapissée
d'églantiers et de chèvrefeuilles, qu'habitait à Richmond miss Alicia avec son oncle, et où l'avait
introduit, à son premier voyage en Angleterre, une
de ces lettres de recommandation dont l'effet se
borne ordinairement à une invitation à dîner. Il se
rappela la robe blanche de mousseline des Indes,
ornée d'un simple ruban, qu'Alicia, sortie la veille
de pension, portait ce jour-là, et la branche de
jasmin qui roulait dans la cascade de ses cheveux
comme une fleur de la couronne d'Ophélie, emportée par le courant, et ses yeux d'un bleu de velours,
et sa bouche un peu entr'ouverte, laissant entrevoir
de petites dents de nacre, et son col frêle qui
s'allongeait comme celui d'un oiseau attentif, et ses
rougeurs soudaines lorsque le regard du jeune
gentleman français rencontrait le sien.

Le parloir à boiseries brunes, à tentures de drap
vert, orné de gravures de chasse au renard et de
steeple-chases coloriés des tons tranchants de l'en-
luminure anglaise, se reproduisait dans son cerveau
comme dans une chambre noire. Le piano allongeait sa rangée de touches pareilles à des dents de
douairière. La cheminée, festonnée d'une brindille
de lierre d'Irlande, faisait luire sa coquille de fonte
frottée de mine de plomb; les fauteuils de chêne à
pieds tournés ouvraient leurs bras garnis de maroquin, le tapis étalait ses rosaces, et miss Alicia,
tremblante comme la feuille, chantait de la voix la
plus adorablement fausse du monde la romance
d'*Anna Bolena*[10], « *deh, non voler costringere* », que
Paul, non moins ému, accompagnait à contre-

temps, tandis que le commodore, assoupi par une digestion laborieuse et plus cramoisi encore que de coutume, laissait glisser à terre un colossal exemplaire du *Times* avec supplément.

Puis la scène changeait : Paul, devenu plus intime, avait été prié par le commodore de passer quelques jours à son cottage dans le Lincolnshire... Un ancien château féodal, à tours crénelées, à fenêtres gothiques, à demi enveloppé par un immense lierre, mais arrangé intérieurement avec tout le confortable moderne, s'élevait au bout d'une pelouse dont le ray-grass, soigneusement arrosé et foulé, était uni comme du velours ; une allée de sable jaune s'arrondissait autour du gazon et servait de manège à miss Alicia, montée sur un de ces ponies d'Écosse à crinière échevelée qu'aime à peindre sir Edward Landseer [11], et auxquels il donne un regard presque humain. Paul, sur un cheval bai-cerise que lui avait prêté le commodore, accompagnait miss Ward dans sa promenade circulaire, car le médecin, qui l'avait trouvée un peu faible de poitrine, lui ordonnait l'exercice.

Une autre fois un léger canot glissait sur l'étang, déplaçant les lis d'eau et faisant envoler le martin-pêcheur sous le feuillage argenté des saules. C'était Alicia qui ramait et Paul qui tenait le gouvernail ; qu'elle était jolie dans l'auréole d'or que dessinait autour de sa tête son chapeau de paille traversé par un rayon de soleil ! elle se renversait en arrière pour tirer l'aviron ; le bout verni de sa bottine grise s'appuyait à la planche du banc ; miss Ward n'avait pas un de ces pieds andalous tout courts et ronds comme des fers à repasser que l'on admire en Espagne, mais sa cheville était fine, son cou-de-pied bien cambré, et la semelle de son brodequin, un peu longue peut-être, n'avait pas deux doigts de large.

Le commodore restait *attaché* au rivage, non à cause de sa *grandeur,* mais de son poids qui eût fait sombrer la frêle embarcation ; il attendait sa nièce au débarcadère, et lui jetait avec un soin maternel un mantelet sur les épaules, de peur qu'elle ne se refroidît, — puis, la barque rattachée à son piquet, on revenait *luncher* au château. C'était plaisir de voir comme Alicia, qui ordinairement mangeait aussi peu qu'un oiseau, coupait à l'emporte-pièce de ses dents perlées une rose tranche de jambon d'York mince comme une feuille de papier, et grignotait un petit pain sans en laisser une miette pour les poissons dorés du bassin.

Les jours heureux passent si vite ! De semaine en semaine Paul retardait son départ, et les belles masses de verdure du parc commençaient à revêtir des teintes safranées ; des fumées blanches s'élevaient le matin de l'étang. Malgré le râteau sans cesse promené du jardinier, les feuilles mortes jonchaient le sable de l'allée ; des millions de petites perles gelées scintillaient sur le gazon vert du boulingrin, et le soir on voyait les pies sautiller en se querellant à travers le sommet des arbres chauves.

Alicia pâlissait sous le regard inquiet de Paul et ne conservait de coloré que deux petites taches roses au sommet des pommettes. Souvent elle avait froid, et le feu le plus vif de charbon de terre ne la réchauffait pas. Le docteur avait paru soucieux, et sa dernière ordonnance prescrivait à miss Ward de passer l'hiver à Pise et le printemps à Naples.

Des affaires de famille avaient rappelé Paul en France ; Alicia et le commodore devaient partir pour l'Italie, et la séparation s'était faite à Folkestone. Aucune parole n'avait été prononcée, mais miss Ward regardait Paul comme son fiancé, et le commodore avait serré la main au jeune homme d'une façon significative : on n'écrase ainsi que les doigts d'un gendre.

Paul, ajourné à six mois, aussi longs que six siècles pour son impatience, avait eu le bonheur de trouver Alicia guérie de sa langueur et rayonnante de santé. Ce qui restait encore de l'enfant dans la jeune fille avait disparu ; et il pensait avec ivresse que le commodore n'aurait aucune objection à faire lorsqu'il lui demanderait sa nièce en mariage.

Bercé par ces riantes images, il s'endormit et ne s'éveilla qu'au jour. Naples commençait déjà son vacarme ; les vendeurs d'eau glacée criaient leur marchandise ; les rôtisseurs tendaient aux passants leurs viandes enfilées dans une perche : penchées à leurs fenêtres, les ménagères paresseuses descendaient au bout d'une ficelle les paniers de provisions qu'elles remontaient chargés de tomates, de poissons et de grands quartiers de citrouille. Les écrivains publics, en habit noir râpé et la plume derrière l'oreille, s'asseyaient à leurs échoppes ; les changeurs disposaient en piles, sur leurs petites tables, les grani[12], les carlins et les ducats ; les cochers faisaient galoper leurs haridelles quêtant les pratiques matinales, et les cloches de tous les campaniles carillonnaient joyeusement l'*Angelus*.

Notre voyageur, enveloppé de sa robe de chambre, s'accouda au balcon ; de la fenêtre on apercevait Santa Lucia, le fort de l'Œuf, et une immense étendue de mer jusqu'au Vésuve et au promontoire bleu où blanchissaient les vastes casini de Castellamare et où pointaient au loin les villas de Sorrente.

Le ciel était pur ; seulement un léger nuage blanc s'avançait sur la ville, poussé par une brise nonchalante. Paul fixa sur lui ce regard étrange que nous avons déjà remarqué ; ses sourcils se froncèrent. D'autres vapeurs se joignirent au flocon unique, et bientôt un rideau épais de nuées étendit ses plis noirs au-dessus du château de Saint-Elme. De larges gouttes tombèrent sur le pavé de lave, et en quelques minutes se changèrent en une de ces pluies diluviennes qui font des rues de Naples autant de torrents et entraînent les chiens et même les ânes dans les égouts. La foule surprise se dispersa, cherchant des abris ; les boutiques en plein vent déménagèrent à la hâte, non sans perdre une partie de leurs denrées, et la pluie, maîtresse du champ de bataille, courut en bouffées blanches sur le quai désert de Santa Lucia.

Le facchino gigantesque à qui Paddy avait appliqué un si beau coup de poing, appuyé contre un mur sous un balcon dont la saillie le protégeait un peu, ne s'était pas laissé emporter par la déroute générale, et il regardait d'un œil profondément méditatif la fenêtre où s'était accoudé M. Paul d'Aspremont.

Son monologue intérieur se résuma dans cette phrase, qu'il grommela d'un air irrité :

« Le capitaine du *Léopold* aurait bien fait de flanquer ce *forestiere* [13] à la mer ; » et, passant sa main par l'interstice de sa grosse chemise de toile, il toucha le paquet d'amulettes suspendu à son col par un cordon [14].

IV

Le beau temps ne tarda pas à se rétablir, un vif rayon de soleil sécha en quelques minutes les dernières larmes de l'ondée, et la foule recommença à fourmiller joyeusement sur le quai. Mais Timberio, le portefaix, n'en parut pas moins garder son idée à l'endroit du jeune étranger français, et prudemment il transporta ses pénates hors de la vue des fenêtres de l'hôtel : quelques lazzaroni de sa connaissance lui témoignèrent leur surprise de ce qu'il abandonnait une station excellente pour en choisir une beaucoup moins favorable.

« Je la donne à qui veut la prendre, répondit-il en hochant la tête d'un air mystérieux; on sait ce qu'on sait. »

Paul déjeuna dans sa chambre, car, soit timidité, soit dédain, il n'aimait pas à se trouver en public; puis il s'habilla, et pour attendre l'heure convenable de se rendre chez miss Ward, il visita le musée des Studj : il admira d'un œil distrait la précieuse collection de vases campaniens, les bronzes retirés des fouilles de Pompeï, le casque grec d'airain vert-de-grisé contenant encore la tête du soldat qui le portait, le morceau de boue durcie conservant comme un moule l'empreinte d'un charmant torse [15] de jeune femme surprise par l'éruption dans la maison de campagne d'Arrius Diomèdes, l'Hercule Farnèse et sa prodigieuse musculature, la Flore, la Minerve archaïque, les deux Balbus, et la magnifique statue d'Aristide [16], le morceau le plus parfait peut-être que l'antiquité nous ait laissé. Mais un amoureux n'est pas un appréciateur bien enthousiaste des monuments de l'art; pour lui le moindre profil de la tête adorée vaut tous les marbres grecs ou romains.

Étant parvenu à user tant bien que mal deux ou trois heures aux Studii, il s'élança dans sa calèche et se dirigea vers la maison de campagne où demeurait miss Ward. Le cocher, avec cette intelligence des passions qui caractérise les natures méridionales, poussait à outrance ses haridelles, et bientôt la voiture s'arrêta devant les piliers surmontés de vases de plantes grasses que nous avons déjà décrits. La même servante vint entr'ouvrir la claire-voie; ses cheveux s'entortillaient toujours en boucles indomptables; elle n'avait, comme la première fois, pour tout costume qu'une chemise de grosse toile brodée aux manches et au col d'agréments en fil de couleur et qu'un jupon en étoffe épaisse et bariolée transversalement, comme en portent les femmes de Procida; ses jambes, nous devons l'avouer, étaient dénuées de bas, et elle posait à nu sur la poussière des pieds qu'eût admirés un sculpteur. Seulement un cordon noir soutenait sur sa poitrine un paquet de petites breloques de forme singulière en corne et en corail, sur lequel, à la visible satisfaction de Vicè, se fixa le regard de Paul.

Miss Alicia était sur la terrasse, le lieu de la maison où elle se tenait de préférence. Un hamac indien de coton rouge et blanc, orné de plumes d'oiseau, accroché à deux des colonnes qui supportaient le plafond de pampres, balançait la nonchalance de la jeune fille, enveloppée d'un léger peignoir de soie écrue de la Chine, dont elle fripait impitoyablement les garnitures tuyautées. Ses pieds, dont on apercevait la pointe à travers les mailles du hamac, étaient chaussés de pantoufles en fibres d'aloès, et ses beaux bras nus se recroisaient au-dessus de sa tête, dans l'attitude de la Cléopâtre antique, car, bien qu'on ne fût qu'au commencement de mai, il faisait déjà une chaleur extrême, et des milliers de cigales grinçaient en chœur sous les buissons d'alentour.

Le commodore, en costume de planteur et assis

sur un fauteuil de jonc, tirait à temps égaux la corde qui mettait le hamac en mouvement.

Un troisième personnage complétait le groupe : c'était le comte Altavilla, jeune élégant napolitain dont la présence amena sur le front de Paul cette contraction qui donnait à sa physionomie une expression de méchanceté diabolique.

Le comte était, en effet, un de ces hommes qu'on ne voit pas volontiers auprès d'une femme qu'on aime. Sa haute taille avait des proportions parfaites ; des cheveux noirs comme le jais, massés par des touffes abondantes, accompagnaient son front uni et bien coupé ; une étincelle du soleil de Naples scintillait dans ses yeux, et ses dents larges et fortes, mais pures comme des perles, paraissaient encore avoir plus d'éclat à cause du rouge vif de ses lèvres et de la nuance olivâtre de son teint. La seule critique qu'un goût méticuleux eût pu formuler contre le comte, c'est qu'il était trop beau.

Quant à ses habits, Altavilla les faisait venir de Londres, et le dandy le plus sévère eût approuvé sa tenue. Il n'y avait d'italien dans toute sa toilette que des boutons de chemise d'un trop grand prix. Là le goût bien naturel de l'enfant du Midi pour les joyaux se trahissait. Peut-être aussi que partout ailleurs qu'à Naples on eût remarqué comme d'un goût médiocre le faisceau de branches de corail bifurquées, de mains de lave de Vésuve aux doigts repliés ou brandissant un poignard, de chiens allongés sur leurs pattes, de cornes blanches et noires, et autres menus objets analogues qu'un anneau commun suspendait à la chaîne de sa montre ; mais un tour de promenade dans la rue de Tolède ou à la villa Reale eût suffi pour démontrer que le comte n'avait rien d'excentrique en portant à son gilet ces breloques bizarres.

Lorsque Paul d'Aspremont se présenta, le comte, sur l'instante prière de miss Ward, chantait une de ces délicieuses mélodies populaires napolitaines, sans nom d'auteur, et dont une seule, recueillie par un musicien, suffirait à faire la fortune d'un opéra. — A ceux qui ne les ont pas entendues, sur la rive de Chiaja ou sur le môle, de la bouche d'un lazzarone, d'un pêcheur ou d'une trovatelle[17], les charmantes romances de Gordigiani[18] en pourront donner une idée. Cela est fait d'un soupir de brise, d'un rayon de lune, d'un parfum d'oranger et d'un battement de cœur.

Alicia, avec sa jolie voix anglaise un peu fausse, suivait le motif qu'elle voulait retenir, et elle fit, tout en continuant, un petit signe amical à Paul, qui la regardait d'un air assez peu aimable, froissé de la présence de ce beau jeune homme.

Une des cordes du hamac se rompit, et miss Ward glissa à terre, mais sans se faire mal; six mains se tendirent vers elle simultanément. La jeune fille était déjà debout, toute rose de pudeur, car il est *improper* de tomber devant des hommes. Cependant, pas un des chastes plis de sa robe ne s'était dérangé.

« J'avais pourtant essayé ces cordes moi-même, dit le commodore, et miss Ward ne pèse guère plus qu'un colibri. »

Le comte Altavilla hocha la tête d'un air mystérieux : en lui-même évidemment il expliquait la rupture de la corde par une tout autre raison que celle de la pesanteur; mais, en homme bien élevé, il garda le silence, et se contenta d'agiter la grappe de breloques de son gilet.

Comme tous les hommes qui deviennent maussades et farouches lorsqu'ils se trouvent en présence d'un rival qu'ils jugent redoutable, au lieu de

redoubler de grâce et d'amabilité, Paul d'Aspremont, quoiqu'il eût l'usage du monde, ne parvint
pas à cacher sa mauvaise humeur; il ne répondait
que par monosyllabes, laissait tomber la conversation, et en se dirigeant vers Altavilla, son regard
prenait son expression sinistre; les fibrilles jaunes
se tortillaient sous la transparence grise de ses
prunelles comme des serpents d'eau dans le fond
d'une source.

Toutes les fois que Paul le regardait ainsi, le
comte, par un geste en apparence machinal, arrachait une fleur d'une jardinière placée près de lui et
la jetait de façon à couper l'effluve de l'œillade
irritée.

« Qu'avez-vous donc à fourrager ainsi ma jardinière? s'écria miss Alicia Ward, qui s'aperçut de ce
manège. Que vous ont fait mes fleurs pour les
décapiter?

— Oh! rien, miss; c'est un tic involontaire,
répondit Altavilla en coupant de l'ongle une rose
superbe qu'il envoya rejoindre les autres.

— Vous m'agacez horriblement, dit Alicia; et
sans le savoir vous choquez une de mes manies. Je
n'ai jamais cueilli une fleur. Un bouquet m'inspire
une sorte d'épouvante : ce sont des fleurs mortes,
des cadavres de roses, de verveines ou de per-
venches, dont le parfum a pour moi quelque chose
de sépulcral.

— Pour expier les meurtres que je viens de
commettre, dit le comte Altavilla en s'inclinant, je
vous enverrai cent corbeilles de fleurs vivantes. »

Paul s'était levé, et d'un air contraint tortillait le
bord de son chapeau comme minutant une sortie.

« Quoi! vous partez déjà? dit miss Ward.

— J'ai des lettres à écrire, des lettres importantes.

— Oh! le vilain mot que vous venez de prononcer là! dit la jeune fille avec une petite moue; est-ce qu'il y a des lettres importantes quand ce n'est pas à moi que vous écrivez?

— Restez donc, Paul, dit le commodore; j'avais arrangé dans ma tête un plan de soirée, sauf l'approbation de ma nièce : nous serions allés d'abord boire un verre d'eau de la fontaine de Santa Lucia, qui sent les œufs gâtés, mais qui donne l'appétit; nous aurions mangé une ou deux douzaines d'huîtres, blanches et rouges, à la poissonnerie, dîné sous une treille dans quelque osteria bien napolitaine, bu du falerne et du lacryma-christi, et terminé le divertissement par une visite au seigneur Pulcinella. Le comte nous eût expliqué les finesses du dialecte. »

Ce plan parut peu séduire M. d'Aspremont, et il se retira après avoir salué froidement.

Altavilla resta encore quelques instants; et comme miss Ward, fâchée du départ de Paul, n'entra pas dans l'idée du commodore, il prit congé.

Deux heures après, miss Alicia recevait une immense quantité de pots de fleurs, des plus rares, et, ce qui la surprit davantage, une monstrueuse paire de cornes de bœuf de Sicile, transparentes comme le jaspe, polies comme l'agate, qui mesuraient bien trois pieds de long et se terminaient par de menaçantes pointes noires[19]. Une magnifique monture de bronze doré permettait de poser les cornes, le piton en l'air, sur une cheminée, une console ou une corniche.

Vicè, qui avait aidé les porteurs à déballer fleurs et cornes, parut comprendre la portée de ce cadeau bizarre.

Elle plaça bien en évidence, sur la table de pierre,

les superbes croissants, qu'on aurait pu croire
arrachés au front du taureau divin qui portait
Europe, et dit : « Nous voilà maintenant en bon état
de défense.

— Que voulez-vous dire, Vicè? demanda miss
Ward.

— Rien... sinon que le signor français a de bien
singuliers yeux. »

V

L'heure des repas était passée depuis longtemps,
et les feux de charbon qui pendant le jour
changeaient en cratère du Vésuve la cuisine de
l'hôtel de Rome, s'éteignaient lentement en braise
sous les étouffoirs de tôle; les casseroles avaient
repris leur place à leurs clous respectifs et brillaient
en rang comme les boucliers sur le bordage d'une
trirème antique; — une lampe de cuivre jaune,
semblable à celles qu'on retire des fouilles de
Pompeï et suspendue par une triple chaînette à la
maîtresse poutre du plafond, éclairait de ses trois
mèches plongeant naïvement dans l'huile le centre
de la vaste cuisine dont les angles restaient baignés
d'ombre.

Les rayons lumineux tombant de haut modelaient avec des jeux d'ombre et de clair très
pittoresques un groupe de figures caractéristiques
réunies autour de l'épaisse table de bois, toute
hachée et sillonnée de coups de tranche-lard, qui
occupait le milieu de cette grande salle dont la
fumée des préparations culinaires avait glacé les
parois de ce bitume si cher aux peintres de l'école

de Caravage. Certes, l'Espagnolet [20] ou Salvator Rosa, dans leur robuste amour du vrai, n'eussent pas dédaigné les modèles rassemblés là par le hasard, ou, pour parler plus exactement, par une habitude de tous les soirs.

Il y avait d'abord le chef Virgilio Falsacappa, personnage fort important, d'une stature colossale et d'un embonpoint formidable, qui aurait pu passer pour un des convives de Vitellius si, au lieu d'une veste de basin blanc, il eût porté une toge romaine bordée de pourpre : ses traits prodigieusement accentués formaient comme une espèce de caricature sérieuse de certains types des médailles antiques ; d'épais sourcils noirs saillants d'un demi-pouce couronnaient ses yeux, coupés comme ceux des masques de théâtre ; un énorme nez jetait son ombre sur une large bouche qui semblait garnie de trois rangs de dents comme la gueule du requin. Un fanon puissant comme celui du taureau Farnèse [21] unissait le menton, frappé d'une fossette à y fourrer le poing, à un col d'une vigueur athlétique tout sillonné de veines et de muscles. Deux touffes de favoris, dont chacun eût pu fournir une barbe raisonnable à un sapeur, encadraient cette large face martelée de tons violents ; des cheveux noirs frisés, luisants, où se mêlaient quelques fils argentés, se tordaient sur son crâne en petites mèches courtes, et sa nuque plissée de trois boursouflures transversales débordait du collet de sa veste ; aux lobes de ses oreilles, relevées par les apophyses de mâchoires capables de broyer un bœuf dans une journée, brillaient des boucles d'argent grandes comme le disque de la lune ; tel était maître Virgilio Falsacappa, que son tablier retroussé sur la hanche et son couteau plongé dans une gaîne de bois faisaient ressembler à un victimaire plus qu'à un cuisinier.

Ensuite apparaissait Timberio le portefaix, que la gymnastique de sa profession et la sobriété de son régime, consistant en une poignée de macaroni demi-cru et saupoudré de cacio-cavallo, une tranche de pastèque et un verre d'eau à la neige, maintenaient dans un état de maigreur relative, et qui, bien nourri, eût certes atteint l'embonpoint de Falsacappa, tant sa robuste charpente paraissait faite pour supporter un poids énorme de chair. Il n'avait d'autre costume qu'un caleçon, un long gilet d'étoffe brune et un grossier caban jeté sur l'épaule.

Appuyé sur le bord de la table, Scazziga, le cocher de la calèche de louage dont se servait M. Paul d'Aspremont, présentait aussi une physionomie frappante; ses traits irréguliers et spirituels étaient empreints d'une astuce naïve; un sourire de commande errait sur ses lèvres moqueuses, et l'on voyait à l'aménité de ses manières qu'il vivait en relation perpétuelle avec les gens comme il faut; ses habits achetés à la friperie simulaient une espèce de livrée dont il n'était pas médiocrement fier, et qui, dans son idée, mettait une grande distance sociale entre lui et le sauvage Timberio; sa conversation s'émaillait de mots anglais et français qui ne cadraient pas toujours heureusement avec le sens de ce qu'il voulait dire, mais qui n'en excitaient pas moins l'admiration des filles de cuisine et des marmitons, étonnés de tant de science.

Un peu en arrière se tenaient deux jeunes servantes dont les traits rappelaient avec moins de noblesse, sans doute, ce type si connu des monnaies syracusaines : front bas, nez tout d'une pièce avec le front, lèvres un peu épaisses, menton empâté et fort; des bandeaux de cheveux d'un noir bleuâtre allaient se rejoindre derrière leur tête à un pesant chignon traversé d'épingles terminées par des

boules de corail; des colliers de même matière
cerclaient à triple rang leurs cols de cariatide, dont
l'usage de porter les fardeaux sur la tête avait
renforcé les muscles. — Des dandies eussent à coup
sûr méprisé ces pauvres filles qui conservaient pur
de mélange le sang des belles races de la Grande-
Grèce; mais tout artiste, à leur aspect, eût tiré son
carnet de croquis et taillé son crayon.

Avez-vous vu à la galerie du maréchal Soult le
tableau de Murillo où des chérubins font la
cuisine[22]? Si vous l'avez vu, cela nous dispensera
de peindre ici les têtes des trois ou quatre marmitons bouclés et frisés qui complétaient le groupe.

Le conciliabule traitait une question grave. Il
s'agissait de M. Paul d'Aspremont, le voyageur
français arrivé par le dernier vapeur : la cuisine se
mêlait de juger l'appartement.

Timberio le portefaix avait la parole, et il faisait
des pauses entre chacune de ses phrases, comme un
acteur en vogue, pour laisser à son auditoire le
temps d'en bien saisir toute la portée, d'y donner
son assentiment ou d'élever des objections.

« Suivez bien mon raisonnement, disait l'orateur;
le *Léopold* est un honnête bateau à vapeur toscan,
contre lequel il n'y a rien à objecter, sinon qu'il
transporte trop d'hérétiques anglais...

— Les hérétiques anglais payent bien, interrompit Scazziga, rendu plus tolérant par les pourboires.

— Sans doute; c'est bien le moins que lorsqu'un
hérétique fait travailler un chrétien, il le récompense généreusement, afin de diminuer l'humilia-
tion.

— Je ne suis pas humilié de conduire un
forestiere dans ma voiture; je ne fais pas, comme
toi, métier de bête de somme, Timberio.

— Est-ce que je ne suis pas baptisé aussi bien

que toi? répliqua le portefaix en fronçant le sourcil
et en fermant les poings.

— Laissez parler Timberio, s'écria en chœur
l'assemblée, qui craignait de voir cette dissertation
intéressante tourner en dispute.

— Vous m'accorderez, reprit l'orateur calmé,
qu'il faisait un temps superbe lorsque le *Léopold* est
entré dans le port?

— On vous l'accorde, Timberio, fit le chef avec
une majesté condescendante.

— La mer était unie comme une glace, continua
le facchino, et pourtant une vague énorme a secoué
si rudement la barque de Gennaro qu'il est tombé à
l'eau avec deux ou trois de ses camarades. — Est-ce
naturel? Gennaro a le pied marin cependant, et il
danserait la tarentelle sans balancier sur une
vergue.

— Il avait peut-être bu un fiasque d'Asprino de
trop, objecta Scazziga, le rationaliste de l'assemblée.

— Pas même un verre de limonade, poursuivit
Timberio; mais il y avait à bord du bateau à vapeur
un monsieur qui le regardait d'une certaine
manière, — vous m'entendez!

— Oh! parfaitement, répondit le chœur en allongeant avec un ensemble admirable l'index et le petit
doigt.

— Et ce monsieur, dit Timberio, n'était autre
que M. Paul d'Aspremont.

— Celui qui loge au numéro 3, demanda le chef,
et à qui j'envoie son dîner sur un plateau?

— Précisément, répondit la plus jeune et la plus
jolie des servantes; je n'ai jamais vu de voyageur
plus sauvage, plus désagréable et plus dédaigneux;
il ne m'a adressé ni un regard ni une parole, et

pourtant je vaux un compliment, disent tous ces
messieurs.

— Vous valez mieux que cela, Gelsomina, ma
belle, dit galamment Timberio ; mais c'est un
bonheur pour vous que cet étranger ne vous ait pas
remarquée.

— Tu es aussi par trop superstitieux, objecta le
sceptique Scazziga, que ses relations avec les
étrangers avaient rendu légèrement voltairien.

— A force de fréquenter les hérétiques tu finiras
par ne plus même croire à saint Janvier [23].

— Si Gennaro s'est laissé tomber à la mer, ce
n'est pas une raison, continua Scazziga qui défen-
dait sa pratique, pour que M. Paul d'Aspremont ait
l'influence que tu lui attribues.

— Il te faut d'autres preuves : ce matin je l'ai vu
à la fenêtre, l'œil fixé sur un nuage pas plus gros
que la plume qui s'échappe d'un oreiller décousu,
et aussitôt des vapeurs noires se sont assemblées, et
il est tombé une pluie si forte que les chiens
pouvaient boire debout. »

Scazziga n'était pas convaincu et hochait la tête
d'un air de doute.

« Le groom ne vaut d'ailleurs pas mieux que le
maître, continua Timberio, et il faut que ce singe
botté ait des intelligences avec le diable pour
m'avoir jeté par terre, moi qui le tuerais d'une
chiquenaude.

— Je suis de l'avis de Timberio, dit majes-
tueusement le chef de cuisine ; l'étranger mange
peu ; il a renvoyé les zuchettes farcies, la friture de
poulet et le macaroni aux tomates que j'avais
pourtant apprêtés de ma propre main ! Quelque
secret étrange se cache sous cette sobriété. Pourquoi un homme riche se priverait-il de mets

savoureux et ne prendrait-il qu'un potage aux œufs et une tranche de viande froide ?

— Il a les cheveux roux, dit Gelsomina en passant les doigts dans la noire forêt de ses bandeaux.

— Et les yeux un peu saillants, continua Pepina, l'autre servante.

— Très rapprochés du nez, appuya Timberio.

— Et la ride qui se forme entre ses sourcils se creuse en fer à cheval, dit en terminant l'instruction le formidable Virgilio Falsacappa ; donc il est...

— Ne prononcez pas le mot, c'est inutile, cria le chœur moins Scazziga, toujours incrédule ; nous nous tiendrons sur nos gardes.

— Quand je pense que la police me tourmenterait, dit Timberio, si par hasard je lui laissais tomber une malle de trois cents livres sur la tête, à ce *forestiere* de malheur !

— Scazziga est bien hardi de le conduire, dit Gelsomina.

— Je suis sur mon siège, il ne me voit que le dos, et ses regards ne peuvent faire avec les miens l'angle voulu. D'ailleurs, je m'en moque.

— Vous n'avez pas de religion, Scazziga, dit le colossal Palforio, le cuisinier à formes herculéennes ; vous finirez mal. »

Pendant que l'on dissertait de la sorte sur son compte à la cuisine de l'hôtel de Rome, Paul, que la présence du comte Altavilla chez miss Ward avait mis de mauvaise humeur, était allé se promener à la villa Reale ; et plus d'une fois la ride de son front se creusa, et ses yeux prirent leur regard fixe. Il crut voir Alicia passer en calèche avec le comte et le commodore, et il se précipita vers la portière en posant son lorgnon sur son nez pour être sûr qu'il ne se trompait pas : ce n'était pas Alicia, mais une

femme qui lui ressemblait un peu de loin. Seulement, les chevaux de la calèche, effrayés sans doute
du mouvement brusque de Paul, s'emportèrent.

Paul prit une glace au café de l'Europe sur le
largo du palais : quelques personnes l'examinèrent
avec attention, et changèrent de place en faisant un
geste singulier.

Il entra au théâtre de Pulcinella, où l'on donnait
un spectacle *tutto da ridere*. L'acteur se troubla au
milieu de son improvisation bouffonne et resta
court; il se remit pourtant; mais au beau milieu
d'un lazzi, son nez de carton noir se détacha, et il
ne put venir à bout de le rajuster, et comme pour
s'excuser, d'un signe rapide il expliqua la cause de
ses mésaventures, car le regard de Paul, arrêté sur
lui, lui ôtait tous ses moyens.

Les spectateurs voisins de Paul s'éclipsèrent un à
un; M. d'Aspremont se leva pour sortir, ne se
rendant pas compte de l'effet bizarre qu'il produisait, et dans le couloir il entendait prononcer à voix
basse ce mot étrange et dénué de sens pour lui :
« Un jettatore! un jettatore! »

VI

Le lendemain de l'envoi des cornes, le comte
Altavilla fit une visite à miss Ward. La jeune
Anglaise prenait le thé en compagnie de son oncle,
exactement comme si elle eût été à Ramsgate dans
une maison de briques jaunes, et non à Naples sur
une terrasse blanchie à la chaux et entourée de
figuiers, de cactus et d'aloès; car un des signes
caractéristiques de la race saxonne est la persistance

de ses habitudes, quelque contraires qu'elles soient au climat. Le commodore rayonnait : au moyen de morceaux de glace fabriquée chimiquement avec un appareil, car on n'apporte que de la neige des montagnes qui s'élèvent derrière Castellamare, il était parvenu à maintenir son beurre à l'état solide, et il en étalait une couche avec une satisfaction visible sur une tranche de pain coupée en sandwich.

Après ces quelques mots vagues qui précèdent toute conversation et ressemblent aux préludes par lesquels les pianistes tâtent leur clavier avant de commencer leur morceau, Alicia, abandonnant tout à coup les lieux communs d'usage, s'adressa brusquement au jeune comte napolitain :

« Que signifie ce bizarre cadeau de cornes dont vous avez accompagné vos fleurs ? Ma servante Vicè m'a dit que c'était un préservatif contre le *fascino ;* voilà tout ce que j'ai pu tirer d'elle.

— Vicè a raison, répondit le comte Altavilla en s'inclinant.

— Mais qu'est-ce que le *fascino ?* poursuivit la jeune miss ; je ne suis pas au courant de vos superstitions... africaines, car cela doit se rapporter sans doute à quelque croyance populaire.

— Le *fascino* est l'influence pernicieuse qu'exerce la personne douée, ou plutôt affligée du mauvais œil.

— Je fais semblant de vous comprendre, de peur de vous donner une idée défavorable de mon intelligence si j'avoue que le sens de vos paroles m'échappe, dit miss Alicia Ward ; vous m'expliquez l'inconnu par l'inconnu : *mauvais œil* traduit fort mal, pour moi, *fascino ;* comme le personnage de la comédie je sais le latin, mais faites comme si je ne le savais pas [24].

— Je vais m'expliquer avec toute la clarté possible, répondit Altavilla ; seulement, dans votre dédain britannique, n'allez pas me prendre pour un sauvage et vous demander si mes habits ne cachent pas une peau tatouée de rouge et de bleu. Je suis un homme civilisé ; j'ai été élevé à Paris, je parle anglais et français ; j'ai lu Voltaire ; je crois aux machines à vapeur, aux chemins de fer, aux deux chambres comme Stendhal [25] ; je mange le macaroni avec une fourchette ; — je porte le matin des gants de Suède, l'après-midi des gants de couleur, le soir des gants paille. »

L'attention du commodore, qui beurrait sa deuxième tartine, fut attirée par ce début étrange, et il resta le couteau à la main, fixant sur Altavilla ses prunelles d'un bleu polaire, dont la nuance formait un bizarre contraste avec son teint rouge-brique.

« Voilà des titres rassurants, fit miss Alicia Ward avec un sourire ; et après cela je serais bien défiante si je vous soupçonnais de *barbarie*. Mais ce que vous avez à me dire est donc bien terrible ou bien absurde, que vous prenez tant de circonlocutions pour arriver au fait ?

— Oui, bien terrible, bien absurde et même bien ridicule, ce qui est pire, continua le comte ; si j'étais à Londres ou à Paris, peut-être en rirais-je avec vous, mais ici, à Naples...

— Vous garderez votre sérieux ; n'est-ce pas cela que vous voulez dire ?

— Précisément.

— Arrivons au *fascino*, dit miss Ward, que la gravité d'Altavilla impressionnait malgré elle.

— Cette croyance remonte à la plus haute antiquité. Il y est fait allusion dans la Bible. Virgile en parle d'un ton convaincu ; les amulettes de bronze trouvées à Pompeïa, à Herculanum, à Stabies, les signes préservatifs dessinés sur les murs des maisons déblayées, montrent combien cette superstition était jadis répandue (Altavilla souligna le mot *superstition* avec une intention maligne). L'Orient tout entier y ajoute foi encore aujourd'hui. Des mains rouges ou vertes sont appliquées de chaque côté de l'une des maisons mauresques pour détourner la mauvaise influence. On voit une main sculptée sur le claveau de la porte du Jugement à l'Alhambra, ce qui prouve que ce *préjugé* est du moins fort ancien s'il n'est pas fondé [26]. Quand des millions d'hommes ont pendant des milliers d'années partagé une opinion, il est probable que cette opinion si généralement reçue s'appuyait sur des faits positifs, sur une longue suite d'observations justifiées par l'événement... J'ai peine à croire, quelque idée avantageuse que j'aie de moi-même, que tant de personnes, dont plusieurs à coup sûr étaient illustres, éclairées et savantes, se soient trompées grossièrement dans une chose où seul je verrais clair...

— Votre raisonnement est facile à rétorquer, interrompit miss Alicia Ward : le polythéisme n'a-t-il pas été la religion d'Hésiode, d'Homère, d'Aristote, de Platon, de Socrate même, qui a sacrifié un coq à Esculape [27], et d'une foule d'autres personnages d'un génie incontestable ?

— Sans doute, mais il n'y a plus personne aujourd'hui qui sacrifie des bœufs à Jupiter.

— Il vaut bien mieux en faire des beefsteaks et des rumpsteaks, dit sentencieusement le commodore, que l'usage de brûler les cuisses grasses des victimes sur les charbons avait toujours choqué dans Homère.

— On n'offre plus de colombes à Vénus, ni de

paons à Junon, ni de boucs à Bacchus; le christianisme a remplacé ces rêves de marbre blanc dont
la Grèce avait peuplé son Olympe; la vérité a fait
évanouir l'erreur, et une infinité de gens redoutent
encore les effets du *fascino,* ou, pour lui donner son
nom populaire, de la *jettatura.*

— Que le peuple ignorant s'inquiète de pareilles
influences, je le conçois, dit miss Ward; mais qu'un
homme de votre naissance et de votre éducation
partage cette croyance, voilà ce qui m'étonne.

— Plus d'un qui fait l'esprit fort, répondit le
comte, suspend à sa fenêtre une corne, cloue un
massacre [28] au-dessus de sa porte, et ne marche que
couvert d'amulettes; moi, je suis franc, et j'avoue
sans honte que lorsque je rencontre un *jettatore,* je
prends volontiers l'autre côté de la rue, et que si je
ne puis éviter son regard, je le conjure de mon
mieux par le geste consacré. Je n'y mets pas plus de
façon qu'un lazzarone, et je m'en trouve bien. Des
mésaventures nombreuses m'ont appris à ne pas
dédaigner ces précautions. »

Miss Alicia Ward était une protestante, élevée
avec une grande liberté d'esprit philosophique, qui
n'admettait rien qu'après examen, et dont la raison
droite répugnait à tout ce qui ne pouvait s'expliquer mathématiquement. Les discours du comte la
surprenaient. Elle voulut d'abord n'y voir qu'un
simple jeu d'esprit; mais le ton calme et convaincu
d'Altavilla lui fit changer d'idée sans la persuader
en aucune façon.

« Je vous accorde, dit-elle, que ce préjugé existe,
qu'il est fort répandu, que vous êtes sincère dans
votre crainte du mauvais œil, et ne cherchez pas à
vous jouer de la simplicité d'une pauvre étrangère;
mais donnez-moi quelque raison physique de cette
idée superstitieuse, car, dussiez-vous me juger

comme un être entièrement dénué de poésie, je suis très incrédule : le fantastique, le mystérieux, l'occulte, l'inexplicable ont fort peu de prise sur moi.

— Vous ne nierez pas, miss Alicia, reprit le comte, la puissance de l'œil humain ; la lumière du ciel s'y combine avec le reflet de l'âme ; la prunelle est une lentille qui concentre les rayons de la vie, et l'électricité intellectuelle jaillit par cette étroite ouverture : le regard d'une femme ne traverse-t-il pas le cœur le plus dur ? Le regard d'un héros n'aimante-t-il pas toute une armée ? Le regard du médecin ne dompte-t-il pas le fou comme une douche froide ? Le regard d'une mère ne fait-il pas reculer les lions ?

— Vous plaidez votre cause avec éloquence, répondit miss Ward, en secouant sa jolie tête ; pardonnez-moi s'il me reste des doutes.

— Et l'oiseau qui, palpitant d'horreur et poussant des cris lamentables, descend du haut d'un arbre, d'où il pourrait s'envoler, pour se jeter dans la gueule du serpent qui le fascine, obéit-il à un préjugé ? a-t-il entendu dans les nids des commères emplumées raconter des histoires de jettatura ? — Beaucoup d'effets n'ont-ils pas eu lieu par des causes inappréciables pour nos organes ? Les miasmes de la fièvre paludéenne, de la peste, du choléra, sont-ils visibles ? Nul œil n'aperçoit le fluide électrique sur la broche du paratonnerre, et pourtant la foudre est soutirée ! Qu'y a-t-il d'absurde à supposer qu'il se dégage de ce disque noir, bleu ou gris, un rayon propice ou fatal ? Pourquoi cet effluve ne serait-il pas heureux ou malheureux d'après le mode d'émission et l'angle sous lequel l'objet le reçoit ?

— Il me semble, dit le commodore, que la théorie du comte a quelque chose de spécieux [29] ;

je n'ai jamais pu, moi, regarder les yeux d'or d'un crapaud sans me sentir à l'estomac une chaleur intolérable, comme si j'avais pris de l'émétique; et pourtant le pauvre reptile avait plus de raison de craindre que moi qui pouvais l'écraser d'un coup de talon.

— Ah! mon oncle! si vous vous mettez avec M. d'Altavilla, fit miss Ward, je vais être battue. Je ne suis pas de force à lutter. Quoique j'eusse peut-être bien des choses à objecter contre cette électricité oculaire dont aucun physicien n'a parlé, je veux bien admettre son existence pour un instant, mais quelle efficacité peuvent avoir pour se préserver de leurs funestes effets les immenses cornes dont vous m'avez gratifiée?

— De même que le paratonnerre avec sa pointe soutire la foudre, répondit Altavilla, ainsi les pitons aigus de ces cornes sur lesquelles se fixe le regard du jettatore détournent le fluide malfaisant et le dépouillent de sa dangereuse électricité. Les doigts tendus en avant et les amulettes de corail rendent le même service.

— Tout ce que vous me contez là est bien fou, monsieur le comte, reprit miss Ward; et voici ce que j'y crois comprendre : selon vous, je serais sous le coup du fascino d'un jettatore bien dangereux; et vous m'avez envoyé des cornes comme moyens de défense?

— Je le crains, miss Alicia, répondit le comte avec un ton de conviction profonde.

— Il ferait beau voir, s'écria le commodore, qu'un de ces drôles à l'œil louche essayât de fasciner ma nièce! Quoique j'aie dépassé la soixantaine, je n'ai pas encore oublié mes leçons de boxe. »

Et il fermait son poing en serrant le pouce contre
les doigts pliés.

« Deux doigts suffisent, milord, dit Altavilla en
faisant prendre à la main du commodore la position
voulue. Le plus ordinairement la jettatura est
involontaire; elle s'exerce à l'insu de ceux qui
possèdent ce don fatal, et souvent même, lorsque
les jettatori arrivent à la conscience de leur funeste
pouvoir, ils en déplorent les effets plus que
personne; il faut donc les éviter et non les
maltraiter. D'ailleurs, avec les cornes, les doigts en
pointe, les branches de corail bifurquées, on peut
neutraliser ou du moins atténuer leur influence.

— En vérité, c'est fort étrange, dit le commodore, que le sang-froid d'Altavilla impressionnait
malgré lui.

— Je ne me savais pas si fort obsédée par les
jettatori; je ne quitte guère cette terrasse, si ce n'est
pour aller faire, le soir, un tour en calèche le long
de la villa Reale, avec mon oncle, et je n'ai rien
remarqué qui pût donner lieu à votre supposition,
dit la jeune fille dont la curiosité s'éveillait, quoique
son incrédulité fût toujours la même. Sur qui se
portent vos soupçons?

— Ce ne sont pas des soupçons, miss Ward; ma
certitude est complète, répondit le jeune comte
napolitain.

— De grâce, révélez-nous le nom de cet être
fatal! » dit miss Ward avec une légère nuance de
moquerie.

Altavilla garda le silence.

« Il est bon de savoir de qui l'on doit se défier »,
ajouta le commodore.

Le jeune comte napolitain parut se recueillir; —
puis il se leva, s'arrêta devant l'oncle de miss
Ward, lui fit un salut respectueux et lui dit :

« Milord Ward, je vous demande la main de votre nièce. »

A cette phrase inattendue, Alicia devint toute rose, et le commodore passa du rouge à l'écarlate.

Certes, le comte Altavilla pouvait prétendre à la main de miss Ward ; il appartenait à une des plus anciennes et plus nobles familles de Naples ; il était beau, jeune, riche, très bien en cour, parfaitement élevé, d'une élégance irréprochable ; sa demande, en elle-même, n'avait donc rien de choquant ; mais elle venait d'une manière si soudaine, si étrange ; elle ressortait si peu de la conversation entamée, que la stupéfaction de l'oncle et de la nièce était tout à fait convenable. Aussi Altavilla n'en parut-il ni surpris ni découragé, et attendit-il la réponse de pied ferme.

« Mon cher comte, dit enfin le commodore, un peu remis de son trouble, votre proposition m'étonne — autant qu'elle m'honore. — En vérité, je ne sais que vous répondre ; je n'ai pas consulté ma nièce. — On parlait de fascino, de jettatura, de cornes, d'amulettes, de mains ouvertes ou fermées, de toutes sortes de choses qui n'ont aucun rapport au mariage, et puis voilà que vous me demandez la main d'Alicia ! — Cela ne se suit pas du tout, et vous ne m'en voudrez pas si je n'ai pas des idées bien nettes à ce sujet. Cette union serait à coup sûr très convenable, mais je croyais que ma nièce avait d'autres intentions. Il est vrai qu'un vieux loup de mer comme moi ne lit pas bien couramment dans le cœur des jeunes filles... »

Alicia, voyant son oncle s'embrouiller, profita du temps d'arrêt qu'il prit après sa dernière phrase pour faire cesser une scène qui devenait gênante, et dit au Napolitain :

« Comte, lorsqu'un galant homme demande

loyalement la main d'une honnête jeune fille, il n'y a pas lieu pour elle de s'offenser, mais elle a droit d'être étonnée de la forme bizarre donnée à cette demande. Je vous priais de me dire le nom du prétendu jettatore dont l'influence peut, selon vous, m'être nuisible, et vous faites brusquement à mon oncle une proposition dont je ne démêle pas le motif.

— C'est, répondit Altavilla, qu'un gentilhomme ne se fait pas volontiers dénonciateur, et qu'un mari seul peut défendre sa femme. Mais prenez quelques jours pour réfléchir. Jusque-là, les cornes exposées d'une façon bien visible suffiront, je l'espère, à vous garantir de tout événement fâcheux. »

Cela dit, le comte se leva et sortit après avoir salué profondément.

Vicè, la fauve servante aux cheveux crépus, qui venait pour emporter la théière et les tasses, avait, en montant lentement l'escalier de la terrasse, entendu la fin de la conversation ; elle nourrissait contre Paul d'Aspremont toute l'aversion qu'une paysanne des Abruzzes, apprivoisée à peine par deux ou trois ans de domesticité, peut avoir à l'endroit d'un *forestiere* soupçonné de jettature ; elle trouvait d'ailleurs le comte Altavilla superbe, et ne concevait pas que miss Ward pût lui préférer un jeune homme chétif et pâle dont elle, Vicè, n'eût pas voulu, quand même il n'aurait pas eu le fascino. Aussi, n'appréciant pas la délicatesse de procédé du comte, et désirant soustraire sa maîtresse, qu'elle aimait, à une nuisible influence, Vicè se pencha vers l'oreille de miss Ward et lui dit :

« Le nom que vous cache le comte Altavilla, je le sais, moi.

— Je vous défends de me le dire, Vicè, si vous tenez à mes bonnes grâces, répondit Alicia. Vraiment toutes ces superstitions sont honteuses, et je les braverai en fille chrétienne qui ne craint que Dieu. »

VII

« Jettatore ! Jettatore ! Ces mots s'adressaient bien à moi, se disait Paul d'Aspremont en rentrant à l'hôtel ; j'ignore ce qu'ils signifient, mais ils doivent assurément renfermer un sens injurieux ou moqueur. Qu'ai-je dans ma personne de singulier, d'insolite ou de ridicule pour attirer ainsi l'attention d'une manière défavorable ? Il me semble, quoique l'on soit assez mauvais juge de soi-même, que je ne suis ni beau, ni laid, ni grand, ni petit, ni maigre, ni gros, et que je puis passer inaperçu dans la foule. Ma mise n'a rien d'excentrique ; je ne suis pas coiffé d'un turban illuminé de bougies comme M. Jourdain dans la cérémonie du *Bourgeois gentilhomme ;* je ne porte pas une veste brodée d'un soleil d'or dans le dos ; un nègre ne me précède pas jouant des timbales ; mon individualité parfaitement inconnue, du reste, à Naples, se dérobe sous le vêtement uniforme, domino de la civilisation moderne, et je suis dans tout pareil aux élégants qui se promènent rue de Tolède ou au largo du Palais, sauf un peu moins de cravate, un peu moins d'épingle, un peu moins de chemise brodée, un peu moins de gilet, un peu moins de chaînes d'or et beaucoup moins de frisure.

— Peut-être ne suis-je pas assez frisé ! — Demain je me ferai donner un coup de fer par le coiffeur de l'hôtel. Cependant l'on a ici l'habitude de voir des étrangers, et quelques imperceptibles différences de toilette ne suffisent pas à justifier le mot mystérieux et le geste bizarre que ma présence provoque. J'ai remarqué, d'ailleurs, une expression d'antipathie et d'effroi dans les yeux des gens qui s'écartaient de mon chemin. Que puis-je avoir fait à ces gens que je rencontre pour la première fois ? Un voyageur, ombre qui passe pour ne plus revenir, n'excite partout que l'indifférence, à moins qu'il n'arrive de quelque région éloignée et ne soit l'échantillon d'une race inconnue : mais les paquebots jettent toutes les semaines sur le môle des milliers de touristes dont je ne diffère en rien. Qui s'en inquiète, excepté les facchini, les hôteliers et les domestiques de place ? Je n'ai pas tué mon frère, puisque je n'en avais pas, et je ne dois pas être marqué par Dieu du signe de Caïn, et pourtant les hommes se troublent et s'éloignent à mon aspect : à Paris, à Londres, à Vienne, dans toutes les villes que j'ai habitées, je ne me suis jamais aperçu que je produisisse un effet semblable ; l'on m'a trouvé quelquefois fier, dédaigneux, sauvage ; l'on m'a dit que j'affectais le *sneer* anglais, que j'imitais lord Byron, mais j'ai reçu partout l'accueil dû à un gentleman, et mes avances, quoique rares, n'en étaient que mieux appréciées. Une traversée de trois jours de Marseille à Naples ne peut pas m'avoir changé à ce point d'être devenu odieux ou grotesque, moi que plus d'une femme a distingué et qui ai su toucher le cœur de miss Alicia Ward, une délicieuse jeune fille, une créature céleste, un ange de Thomas Moore [30] ! »

Ces réflexions, raisonnables assurément, calmèrent un peu Paul d'Aspremont, et il se persuada qu'il avait attaché à la mimique exagérée des

Napolitains, le peuple le plus gesticulateur du monde, un sens dont elle était dénuée.

Il était tard. — Tous les voyageurs, à l'exception de Paul, avaient regagné leurs chambres respectives ; Gelsomina, l'une des servantes dont nous avons esquissé la physionomie dans le conciliabule tenu à la cuisine sous la présidence de Virgilio Falsacappa, attendait que Paul fût rentré pour mettre les barres de clôture à la porte. Nanella, l'autre fille, dont c'était le tour de veiller, avait prié sa compagne plus hardie de tenir sa place, ne voulant pas se rencontrer avec le *forestiere* soupçonné de jettature ; aussi Gelsomina était-elle sous les armes : un énorme paquet d'amulettes se hérissait sur sa poitrine, et cinq petites cornes de corail tremblaient au lieu de pampilles à la perle taillée de ses boucles d'oreilles ; sa main, repliée d'avance, tendait l'index et le petit doigt avec une correction que le révérend curé Andréa de Jorio, auteur de la *Mimica degli antichi investigata nel gestire napoletano* [31], eût assurément approuvée.

La brave Gelsomina, dissimulant sa main derrière un pli de sa jupe, présenta le flambeau à M. d'Aspremont, et dirigea sur lui un regard aigu, persistant, presque provocateur, d'une expression si singulière que le jeune homme en baissa les yeux : circonstance qui parut faire beaucoup de plaisir à cette belle fille.

A la voir immobile et droite, allongeant le flambeau avec un geste de statue, le profil découpé par une ligne lumineuse, l'œil fixe et flamboyant, on eût dit la Némésis antique cherchant à déconcerter un coupable.

Lorsque le voyageur eut monté l'escalier et que le bruit de ses pas se fut éteint dans le silence, Gelsomina releva la tête d'un air de triomphe, et dit : « Je lui ai joliment fait rentrer son regard dans la prunelle, à ce vilain monsieur, que saint Janvier confonde ; je suis sûre qu'il ne m'arrivera rien de fâcheux. »

Paul dormit mal et d'un sommeil agité ; il fut tourmenté par toutes sortes de rêves bizarres se rapportant aux idées qui avaient préoccupé sa veille : il se voyait entouré de figures grimaçantes et monstrueuses, exprimant la haine, la colère et la peur ; puis les figures s'évanouissaient ; des doigts longs, maigres, osseux, à phalanges noueuses, sortant de l'ombre et rougis d'une clarté infernale, le menaçaient en faisant des signes cabalistiques ; les ongles de ces doigts, se recourbant en griffes de tigre, en serres de vautour, s'approchaient de plus en plus de son visage et semblaient chercher à lui vider l'orbite des yeux. Par un effort suprême, il parvint à écarter ces mains, voltigeant sur des ailes de chauve-souris ; mais aux mains crochues succédèrent des massacres de bœufs, de buffles et de cerfs, crânes blanchis animés d'une vie morte, qui l'assaillaient de leurs cornes et de leurs ramures et le forçaient à se jeter à la mer, où il se déchirait le corps sur une forêt de corail aux branches pointues ou bifurquées ; — une vague le rapportait à la côte, moulu, brisé, à demi mort ; et, comme le don Juan de lord Byron, il entrevoyait à travers son évanouissement une tête charmante qui se penchait vers lui ; — ce n'était pas Haydée[32], mais Alicia, plus belle encore que l'être imaginaire créé par le poète. La jeune fille faisait de vains efforts pour tirer sur le sable le corps que la mer voulait reprendre, et demandait à Vicè, la fausse servante, une aide que celle-ci lui refusait en riant d'un rire féroce : les bras d'Alicia se fatiguaient, et Paul retombait au gouffre.

Ces fantasmagories confusément effrayantes, vaguement horribles, et d'autres plus insaisissables encore, rappelant les fantômes informes ébauchés dans l'ombre opaque des aquatintes de Goya[33], torturèrent le dormeur jusqu'aux premières lueurs du matin ; son âme, affranchie par l'anéantissement du corps, semblait deviner ce que sa pensée éveillée ne pouvait comprendre, et tâchait de traduire ses pressentiments en image dans la chambre noire du rêve.

Paul se leva brisé, inquiet, comme mis sur la trace d'un malheur caché par ces cauchemars dont il craignait de sonder le mystère ; il tournait autour du fatal secret, fermant les yeux pour ne pas voir et les oreilles pour ne pas entendre ; jamais il n'avait été plus triste ; il doutait même d'Alicia ; l'air de fatuité heureuse du comte napolitain, la complaisance avec laquelle la jeune fille l'écoutait, la mine approbative du commodore, tout cela lui revenait en mémoire enjolivé de mille détails cruels, lui noyait le cœur d'amertume et ajoutait encore à sa mélancolie.

La lumière a ce privilège de dissiper le malaise causé par les visions nocturnes. Smarra[34], offusqué, s'enfuit en agitant ses ailes membraneuses, lorsque le jour tire ses flèches d'or dans la chambre par l'interstice des rideaux. — Le soleil brillait d'un éclat joyeux, le ciel était pur, et sur le bleu de la mer scintillaient des millions de paillettes : peu à peu Paul se rasséréna ; il oublia ses rêves fâcheux et les impressions bizarres de la veille, ou, s'il y pensait, c'était pour s'accuser d'extravagance.

Il alla faire un tour à Chiaja pour s'amuser du spectacle de la pétulance napolitaine ; les marchands criaient leurs denrées sur des mélopées bizarres en dialecte populaire, inintelligible pour lui qui ne savait que l'italien, avec des gestes désordonnés et une furie d'action inconnue dans le Nord ; mais toutes les fois qu'il s'arrêtait près d'une boutique, le marchand prenait un air alarmé, murmurait quelque imprécation à mi-voix, et faisait le geste d'allonger les doigts comme s'il eût voulu le poignarder de l'auriculaire et de l'index ; les commères, plus hardies, l'accablaient d'injures et lui montraient le poing.

VIII

M. d'Aspremont crut, en s'entendant injurier par la populace de Chiaja, qu'il était l'objet de ces litanies grossièrement burlesques dont les marchands de poisson régalent les gens bien mis qui traversent le marché ; mais une répulsion si vive, un effroi si vrai se peignaient dans tous les yeux, qu'il fut bien forcé de renoncer à cette interprétation ; le mot *jettatore,* qui avait déjà frappé ses oreilles au théâtre de San Carlino, fut encore prononcé, et avec une expression menaçante cette fois ; il s'éloigna donc à pas lents, ne fixant plus sur rien ce regard, cause de tant de trouble. En longeant les maisons pour se soustraire à l'attention publique, Paul arriva à un étalage de bouquiniste ; il s'y arrêta, remua et ouvrit quelques livres, en manière de contenance : il tournait ainsi le dos aux passants, et sa figure à demi cachée par les feuillets évitait toute occasion d'insulte. Il avait bien pensé un instant à charger cette canaille à coups de canne ; la vague terreur superstitieuse qui commençait à s'emparer de lui l'en avait empêché. Il se souvint qu'ayant une fois frappé un cocher insolent d'une légère badine, il l'avait attrapé à la tempe et tué sur le coup, meurtre involontaire dont il ne s'était pas consolé. Après avoir pris et reposé plusieurs volumes dans leur case, il tomba sur le traité de la *Jettatura* du signor Niccolo Valetta[35] : ce titre rayonna à ses yeux en caractères de flamme, et le livre lui parut placé là par la main de la fatalité; il jeta au bouquiniste, qui le regardait d'un air narquois, en faisant brimbaler deux ou trois cornes noires mêlées aux breloques de sa montre, les six ou huit carlins, prix du volume, et courut à l'hôtel s'enfermer dans sa chambre pour commencer cette lecture qui devait éclaircir et fixer les doutes dont il était obsédé depuis son séjour à Naples.

Le bouquin du signor Valetta est aussi répandu à Naples que les *Secrets du grand Albert*, l'*Etteila*[36] ou la *Clef des songes* peuvent l'être à Paris. Valetta définit la jettature, enseigne à quelles marques on peut la reconnaître, par quels moyens on s'en préserve; il divise les jettatori en plusieurs classes, d'après leur degré de malfaisance, et agite toutes les questions qui se rattachent à cette grave matière.

S'il eût trouvé ce livre à Paris, d'Aspremont l'eût feuilleté distraitement comme un vieil almanach farci d'histoires ridicules, et eût ri du sérieux avec lequel l'auteur traite ces billevesées; dans la disposition d'esprit où il était, hors de son milieu naturel, préparé à la crédulité par une foule de petits incidents, il le lut avec une secrète horreur, comme un profane épelant sur un grimoire des évocations d'esprits et des formules de cabbale. Quoiqu'il n'eût pas cherché à les pénétrer, les secrets de l'enfer se révélaient à lui; il ne pouvait plus s'empêcher de les savoir, et il avait maintenant la conscience de son pouvoir fatal : il était jettatore! Il fallait bien en convenir vis-à-vis de lui-même : tous les signes distinctifs décrits par Valetta, il les possédait.

Quelquefois il arrive qu'un homme qui jusque-là s'était cru doué d'une santé parfaite, ouvre par hasard ou par distraction un livre de médecine, et, en lisant la description pathologique d'une maladie, s'en reconnaisse atteint ; éclairé par une lueur fatale, il sent à chaque symptôme rapporté tressaillir douloureusement en lui quelque organe obscur, quelque fibre cachée dont le jeu lui échappait, et il pâlit en comprenant si prochaine une mort qu'il croyait bien éloignée. — Paul éprouva un effet analogue.

Il se mit devant une glace et se regarda avec une intensité effrayante : cette perfection disparate, composée de beautés qui ne se trouvent pas ordinairement ensemble, le faisait plus que jamais ressembler à l'archange déchu, et rayonnait sinistrement dans le fond noir du miroir ; les fibrilles de ses prunelles se tordaient comme des vipères convulsives ; ses sourcils vibraient pareils à l'arc d'où vient de s'échapper la flèche mortelle ; la ride blanche de son front faisait penser à la cicatrice d'un coup de foudre, et dans ses cheveux rutilants paraissaient flamber des flammes infernales ; la pâleur marmoréenne de la peau donnait encore plus de relief à chaque trait de cette physionomie vraiment terrible.

Paul se fit peur à lui-même : il lui semblait que les effluves de ses yeux, renvoyés par le miroir, lui revenaient en dards empoisonnés : figurez-vous Méduse regardant sa tête horrible et charmante dans le fauve reflet d'un bouclier d'airain.

L'on nous objectera peut-être qu'il est difficile de croire qu'un jeune homme du monde, imbu de

la science moderne, ayant vécu au milieu du
scepticisme de la civilisation, ait pu prendre au
sérieux un préjugé populaire, et s'imaginer être
doué fatalement d'une malfaisance mystérieuse.
Mais nous répondrons qu'il y a un magnétisme
irrésistible dans la pensée générale, qui vous
pénètre malgré vous, et contre lequel une volonté
unique ne lutte pas toujours efficacement : tel
arrive à Naples se moquant de la jettature, qui finit
par se hérisser de précautions cornues et fuir avec
terreur tout individu à l'œil suspect. Paul d'Aspremont se trouvait dans une position encore plus
grave : — il avait lui-même le fascino, — et chacun
l'évitait, ou faisait en sa présence les signes préservatifs recommandés par le signor Valetta. Quoique
sa raison se révoltât contre une pareille apprécia-
tion, il ne pouvait s'empêcher de reconnaître qu'il
présentait tous les indices dénonciateurs de la
jettature. — L'esprit humain, même le plus éclairé,
garde toujours un coin sombre, où s'accroupissent
les hideuses chimères de la crédulité, où s'accro-
chent les chauves-souris de la superstition. La vie
ordinaire elle-même est si pleine de problèmes
insolubles, que l'impossible y devient probable. On
peut croire ou nier tout : à un certain point de vue,
le rêve existe autant que la réalité.

Paul se sentit pénétré d'une immense tristesse. —
Il était un monstre! — Bien que doué des instincts
les plus affectueux et de la nature la plus bienveillante, il portait le malheur avec lui; son regard,
involontairement chargé de venin, nuisait à ceux
sur qui il s'arrêtait, quoique dans une intention
sympathique. Il avait l'affreux privilège de réunir,
de concentrer, de distiller les miasmes morbides, les
électricités dangereuses, les influences fatales de
l'atmosphère, pour les darder autour de lui. Plu-

sieurs circonstances de sa vie, qui jusque-là lui avaient semblé obscures et dont il avait vaguement accusé le hasard, s'éclairaient maintenant d'un jour livide : il se rappelait toutes sortes de mésaventures énigmatiques, de malheurs inexpliqués, de catastrophes sans motifs dont il tenait à présent le mot ; des concordances bizarres s'établissaient dans son esprit et le confirmaient dans la triste opinion qu'il avait prise de lui-même.

Il remonta sa vie année par année ; il se rappela sa mère morte en lui donnant le jour ; la fin malheureuse de ses petits amis de collège, dont le plus cher s'était tué en tombant d'un arbre, sur lequel lui, Paul, le regardait grimper ; cette partie de canot si joyeusement commencée avec deux camarades, et d'où il était revenu seul, après des efforts inouïs pour arracher des herbes les corps des pauvres enfants noyés par le chavirement de la barque ; l'assaut d'armes où son fleuret, brisé près du bouton et transformé ainsi en épée, avait blessé si dangereusement son adversaire, — un jeune homme qu'il aimait beaucoup : — à coup sûr, tout cela pouvait s'expliquer rationnellement, et Paul l'avait fait ainsi jusqu'alors ; pourtant, ce qu'il y avait d'accidentel et de fortuit dans ces événements lui paraissait dépendre d'une autre cause depuis qu'il connaissait le livre de Valetta : l'influence fatale, le fascino, la jettatura, devaient réclamer leur part de ces catastrophes. Une telle continuité de malheurs autour du même personnage n'était pas *naturelle*.

Une autre circonstance plus récente lui revint en mémoire, avec tous ses détails horribles, et ne contribua pas peu à l'affermir dans sa désolante croyance.

À Londres, il allait souvent au théâtre de la

Reine, où la grâce d'une jeune danseuse anglaise l'avait particulièrement frappé. Sans en être plus épris qu'on ne l'est d'une gracieuse figure de tableau ou de gravure, il la suivait du regard parmi ses compagnes du corps de ballet, à travers le tourbillon des manœuvres chorégraphiques; il aimait ce visage doux et mélancolique, cette pâleur délicate que ne rougissait jamais l'animation de la danse, ces beaux cheveux d'un blond soyeux et lustré, couronnés, suivant le rôle, d'étoiles ou de fleurs, ce long regard perdu dans l'espace, ces épaules d'une chasteté virginale frissonnant sous la lorgnette, ces jambes qui soulevaient à regret leurs nuages de gaze et luisaient sous la soie comme le marbre d'une statue antique; chaque fois qu'elle passait devant la rampe, il la saluait de quelque petit signe d'admiration furtif, ou s'armait de son lorgnon pour la mieux voir.

Un soir, la danseuse, emportée par le vol circulaire d'une valse, rasa de plus près cette étincelante ligne de feu qui sépare au théâtre le monde idéal du monde réel; ses légères draperies de sylphide palpitaient comme des ailes de colombe prêtes à prendre l'essor. Un bec de gaz tira sa langue bleue et blanche, et atteignit l'étoffe aérienne. En un moment la flamme environna la jeune fille, qui dansa quelques secondes comme un feu follet au milieu d'une lueur rouge, et se jeta vers la coulisse, éperdue, folle de terreur, dévorée vive par ses vêtements incendiés. — Paul avait été très douloureusement ému de ce malheur, dont parlèrent tous les journaux du temps, où l'on pourrait retrouver le nom de la victime, si l'on était curieux de le savoir. Mais son chagrin n'était pas mélangé de remords. Il ne s'attribuait aucune part dans l'accident qu'il déplorait plus que personne.

Maintenant il était persuadé que son obstination à la poursuivre du regard n'avait pas été étrangère à la mort de cette charmante créature. Il se considérait comme son assassin; il avait horreur de lui-même et aurait voulu n'être jamais né.

A cette prostration succéda une réaction violente; il se mit à rire d'un rire nerveux, jeta au diable le livre de Valetta et s'écria : « Vraiment je deviens imbécile ou fou! Il faut que le soleil de Naples m'ait tapé sur la tête. Que diraient mes amis du club s'ils apprenaient que j'ai sérieusement agité dans ma conscience cette belle question — à savoir si je suis ou non jettatore! »

Paddy frappa discrètement à la porte. — Paul ouvrit, et le groom, formaliste dans son service, lui présenta sur le cuir verni de sa casquette, en s'excusant de ne pas avoir de plateau d'argent, une lettre de la part de miss Alicia.

M. d'Aspremont rompit le cachet et lut ce qui suit :

« Est-ce que vous me boudez, Paul? — Vous n'êtes pas venu hier soir, et votre sorbet au citron s'est fondu mélancoliquement sur la table. Jusqu'à neuf heures j'ai eu l'oreille aux aguets, cherchant à distinguer le bruit des roues de votre voiture à travers le chant obstiné des grillons et les ronflements des tambours de basque; alors il a fallu perdre tout espoir, et j'ai querellé le commodore. Admirez comme les femmes sont justes! — Pulcinella avec son nez noir, don Limon et donna Pangrazia ont donc bien du charme pour vous? car je sais par ma police que vous avez passé votre soirée à San Carlino. De ces prétendues lettres importantes, vous n'en avez pas écrit une seule. Pourquoi ne pas avouer tout bonnement et tout bêtement que vous êtes jaloux du comte Altavilla?

Je vous croyais plus orgueilleux, et cette modestie de votre part me touche. — N'ayez aucune crainte, M. d'Altavilla est trop beau, et je n'ai pas le goût des Apollons à breloques. Je devrais afficher à votre endroit un mépris superbe et vous dire que je ne me suis pas aperçue de votre absence; mais la vérité est que j'ai trouvé le temps fort long, que j'étais de très mauvaise humeur, très nerveuse, et que j'ai manqué de battre Vicè qui riait comme une folle — je ne sais pourquoi, par exemple.

« A. W. »

Cette lettre enjouée et moqueuse ramena tout à fait les idées de Paul aux sentiments de la vie réelle. Il s'habilla, ordonna de faire avancer la voiture, et bientôt le voltairien Scazziga fit claquer son fouet incrédule aux oreilles de ses bêtes qui se lancèrent au galop sur le pavé de lave, à travers la foule toujours compacte sur le quai de Santa Lucia.

« Scazziga, quelle mouche vous pique? vous allez causer quelque malheur! » s'écria M. d'Aspremont. Le cocher se retourna vivement pour répondre, et le regard irrité de Paul l'atteignit en plein visage. — Une pierre qu'il n'avait pas vue souleva une des roues de devant, et il tomba de son siège par la violence du heurt, mais sans lâcher ses rênes. — Agile comme un singe, il remonta d'un saut à sa place, ayant au front une bosse grosse comme un œuf de poule.

« Du diable si je me retourne maintenant quand tu me parleras! — grommela-t-il entre ses dents. Timberio, Falsacappa et Gelsomina avaient raison, — c'est un jettatore! Demain, j'achèterai une paire de cornes. Si ça ne peut pas faire de bien, ça ne peut pas faire de mal. »

Ce petit incident fut désagréable à Paul; il le ramenait dans le cercle magique dont il voulait sortir : une pierre se trouve tous les jours sous la roue d'une voiture, un cocher maladroit se laisse choir de son siège — rien n'est plus simple et plus vulgaire. Cependant l'*effet* avait suivi la *cause* de si près, la chute de Scazziga coïncidait si justement avec le *regard* qu'il lui avait lancé, que ses appréhensions lui revinrent :

« J'ai bien envie, se dit-il, de quitter dès demain ce pays extravagant, où je sens ma cervelle ballotter dans mon crâne comme une noisette sèche dans sa coquille. Mais si je confiais mes craintes à miss Ward, elle en rirait, et le climat de Naples est favorable à sa santé. — Sa santé! mais elle se portait bien avant de me connaître! Jamais ce nid de cygnes balancé sur les eaux, qu'on nomme l'Angleterre, n'avait produit une enfant plus blanche et plus rose! La vie éclatait dans ses yeux pleins de lumière, s'épanouissait sur ses joues fraîches et satinées; un sang riche et pur courait en veines bleues sous sa peau transparente; on sentait à travers sa beauté une force gracieuse! Comme sous mon regard elle a pâli, maigri, changé! Comme ses mains délicates devenaient fluettes! Comme ses yeux si vifs s'entouraient de pénombres attendries! On eût dit que la consomption lui posait ses doigts osseux sur l'épaule. — En mon absence, elle a bien vite repris ses vives couleurs; le souffle joue librement dans sa poitrine que le médecin interrogeait avec crainte; délivrée de mon influence funeste, elle vivrait de longs jours. — N'est-ce pas moi qui la tue? — L'autre soir, n'a-t-elle pas éprouvé, pendant que j'étais là, une souffrance si aiguë que ses joues se sont décolorées comme au souffle froid de la mort? — Ne lui fais-je pas la

jettatura sans le vouloir ? — Mais peut-être aussi
n'y a-t-il là rien que de naturel. — Beaucoup de
jeunes Anglaises ont des prédispositions aux maladies de poitrine. »

Ces pensées occupèrent Paul d'Aspremont pendant la route. Lorsqu'il se présenta sur la terrasse,
séjour habituel de miss Ward et du commodore, les
immenses cornes de bœuf de Sicile, présent du
comte Altavilla, recourbaient leurs croissants jaspés
à l'endroit le plus en vue. Voyant que Paul les
remarquait, le commodore devint bleu : ce qui était
sa manière de rougir, car, moins délicat que sa
nièce, il avait reçu les confidences de Vicè...

Alicia, avec un geste de parfait dédain, fit signe
à la servante d'emporter les cornes et fixa sur Paul
son bel œil plein d'amour, de courage et de foi.

« Laissez-les à leur place, dit Paul à Vicè ; elles
sont fort belles. »

IX

L'observation de Paul sur les cornes données par
le comte Altavilla parut faire plaisir au commodore ;
Vicè sourit, montrant sa denture dont les canines
séparées et pointues brillaient d'une blancheur
féroce ; Alicia, d'un coup de paupière rapide,
sembla poser à son ami une question qui resta sans
réponse.

Un silence gênant s'établit.

Les premières minutes d'une visite même cor-
diale, familière, attendue et renouvelée tous les
jours, sont ordinairement embarrassées. Pendant
l'absence, n'eût-elle duré que quelques heures, il

s'est reformé autour de chacun une atmosphère invisible contre laquelle se brise l'effusion. C'est comme une glace parfaitement transparente qui laisse apercevoir le paysage et que ne traverserait pas le vol d'une mouche. Il n'y a rien en apparence, et pourtant on sent l'obstacle.

Une arrière-pensée dissimulée par un grand usage du monde préoccupait en même temps les trois personnages de ce groupe habituellement plus à son aise. Le commodore tournait ses pouces avec un mouvement machinal; d'Aspremont regardait obstinément les pointes noires et polies des cornes qu'il avait défendu à Vicè d'emporter, comme un naturaliste cherchant à classer, d'après un fragment, une espèce inconnue; Alicia passait son doigt dans la rosette du large ruban qui ceignait son peignoir de mousseline, faisant mine d'en resserrer le nœud.

Ce fut miss Ward qui rompit la glace la première, avec cette liberté enjouée des jeunes filles anglaises, si modestes et si réservées, cependant, après le mariage.

« Vraiment, Paul, vous n'êtes guère aimable depuis quelque temps. Votre galanterie est-elle une plante de serre froide qui ne peut s'épanouir qu'en Angleterre, et dont la haute température de ce climat gêne le développement? Comme vous étiez attentif, empressé, toujours aux petits soins, dans notre cottage du Lincolnshire! Vous m'abordiez la bouche en cœur, la main sur la poitrine, irréprochablement frisé, prêt à mettre un genou en terre devant l'idole de votre âme; — tel, enfin, qu'on représente les amoureux sur les vignettes de roman.

— Je vous aime toujours, Alicia, répondit d'Aspremont d'une voix profonde, mais sans quitter des yeux les cornes suspendues à l'une des colonnes antiques qui soutenaient le plafond de pampres.

— Vous dites cela d'un ton si lugubre, qu'il faudrait être bien coquette pour le croire, continua miss Ward ; — j'imagine que ce qui vous plaisait en moi, c'était mon teint pâle, ma diaphanéité, ma grâce ossianesque et vaporeuse ; mon état de souffrance me donnait un certain charme romantique que j'ai perdu.

— Alicia ! jamais vous ne fûtes plus belle.

— Des mots, des mots, des mots [37], comme dit Shakspeare. Je suis si belle que vous ne daignez pas me regarder. »

En effet, les yeux de M. d'Aspremont ne s'étaient pas dirigés une seule fois vers la jeune fille.

« Allons, fit-elle avec un grand soupir comiquement exagéré, je vois que je suis devenue une grosse et forte paysanne, bien fraîche, bien colorée, bien rougeaude, sans la moindre distinction, incapable de figurer au bal d'Almacks [38], ou dans un livre de beautés, séparée d'un sonnet admiratif par une feuille de papier de soie.

— Miss Ward, vous prenez plaisir à vous calomnier, dit Paul les paupières baissées.

— Vous feriez mieux de m'avouer franchement que je suis affreuse. — C'est votre faute aussi, commodore ; avec vos ailes de poulet, vos noix de côtelettes, vos filets de bœuf, vos petits verres de vin des Canaries, vos promenades à cheval, vos bains de mer, vos exercices gymnastiques, vous m'avez fabriqué cette fatale santé bourgeoise qui dissipe les illusions poétiques de M. d'Aspremont.

— Vous tourmentez M. d'Aspremont et vous vous moquez de moi, dit le commodore interpellé ; mais, certainement, le filet de bœuf est substantiel et le vin des Canaries n'a jamais nui à personne.

— Quel désappointement, mon pauvre Paul !

quitter une nixe, un elfe, une willis [39], et retrouver ce que les médecins et les parents appellent une jeune personne bien constituée! — Mais écoutez-moi, puisque vous n'avez plus le courage de m'envisager, et frémissez d'horreur. — Je pèse sept onces de plus qu'à mon départ d'Angleterre.

— Huit onces! interrompit avec orgueil le commodore, qui soignait Alicia comme eût pu le faire la mère la plus tendre.

— Est-ce huit onces précisément? Oncle terrible, vous voulez donc désenchanter à tout jamais M. d'Aspremont? » fit Alicia en affectant un découragement moqueur.

Pendant que la jeune fille le provoquait par ces coquetteries, qu'elle ne se fût pas permises, même envers son fiancé, sans de graves motifs, M. d'Aspremont, en proie à son idée fixe et ne voulant pas nuire à miss Ward par son regard fatal, attachait ses yeux aux cornes talismaniques ou les laissait errer vaguement sur l'immense étendue bleue qu'on découvrait du haut de la terrasse.

Il se demandait s'il n'était pas de son devoir de fuir Alicia, dût-il passer pour un homme sans foi et sans honneur, et d'aller finir sa vie dans quelque île déserte où, du moins, sa jettature s'éteindrait faute d'un regard humain pour l'absorber.

« Je vois, dit Alicia continuant sa plaisanterie, ce qui vous rend si sombre et si sérieux; l'époque de notre mariage est fixée à un mois, et vous reculez à l'idée de devenir le mari d'une pauvre campagnarde qui n'a plus la moindre élégance. Je vous rends votre parole : vous pourrez épouser mon amie miss Sarah Templeton, qui mange des pickles et boit du vinaigre pour être mince! »

Cette imagination la fit rire de ce rire argentin et

clair de la jeunesse. Le commodore et Paul s'associèrent franchement à son hilarité.

Quand la dernière fusée de sa gaieté nerveuse se fut éteinte, elle vint à d'Aspremont, le prit par la main, le conduisit au piano placé à l'angle de la terrasse, et lui dit en ouvrant un cahier de musique sur le pupitre :

« Mon ami, vous n'êtes pas en train de causer aujourd'hui et, « ce qui ne vaut pas la peine d'être dit, on le chante »; vous allez donc faire votre partie dans ce duettino, dont l'accompagnement n'est pas difficile; ce ne sont presque que des accords plaqués. »

Paul s'assit sur le tabouret, miss Alicia se mit debout près de lui, de manière à pouvoir suivre le chant sur la partition. Le commodore renversa sa tête, allongea ses jambes et prit une pose de béatitude anticipée, car il avait des prétentions au dilettantisme et affirmait adorer la musique; mais dès la sixième mesure il s'endormait du sommeil des justes, sommeil qu'il s'obstinait, malgré les railleries de sa nièce, à appeler une extase, — quoiqu'il lui arrivât quelquefois de ronfler, symptôme médiocrement extatique.

Le duettino était une vive et légère mélodie, dans le goût de Cimarosa, sur des paroles de Métastase [40], et que nous ne saurions mieux définir qu'en la comparant à un papillon traversant à plusieurs reprises un rayon de soleil.

La musique a le pouvoir de chasser les mauvais esprits : au bout de quelques phrases, Paul ne pensait plus aux doigts conjurateurs, aux cornes magiques, aux amulettes de corail; il avait oublié le terrible bouquin du signor Valetta et toutes les rêveries de la jettatura. Son âme montait gaiement, avec la voix d'Alicia, dans un air pur et lumineux.

Les cigales faisaient silence comme pour écouter, et la brise de mer qui venait de se lever emportait les notes avec les pétales des fleurs tombées des vases sur le rebord de la terrasse.

« Mon oncle dort comme les sept dormants dans leur grotte [41]. S'il n'était pas coutumier du fait, il y aurait de quoi froisser notre amour-propre de virtuoses, dit Alicia en refermant le cahier. Pendant qu'il repose, voulez-vous faire un tour de jardin avec moi, Paul? je ne vous ai pas encore montré mon paradis. »

Et elle prit à un clou planté dans l'une des colonnes, où il était suspendu par des brides, un large chapeau de paille de Florence.

Alicia professait en fait d'horticulture les principes les plus bizarres; elle ne voulait pas qu'on cueillît les fleurs ni qu'on taillât les branches; et ce qui l'avait charmée dans la villa, c'était, comme nous l'avons dit, l'état sauvagement inculte du jardin.

Les deux jeunes gens se frayaient une route au milieu des massifs qui se rejoignaient aussitôt après leur passage. Alicia marchait devant et riait de voir Paul cinglé derrière elle par les branches de lauriers-roses qu'elle déplaçait. A peine avait-elle fait une vingtaine de pas, que la main verte d'un rameau, comme pour faire une espièglerie végétale, saisit et retint son chapeau de paille en l'élevant si haut, que Paul ne put le reprendre.

Heureusement, le feuillage était touffu, et le soleil jetait à peine quelques sequins d'or sur le sable à travers les interstices des ramures.

« Voici ma retraite favorite », dit Alicia, en désignant à Paul un fragment de roche aux cassures pittoresques, que protégeait un fouillis d'orangers, de cédrats, de lentisques et de myrtes

Elle s'assit dans une anfractuosité taillée en forme de siège, et fit signe à Paul de s'agenouiller devant elle sur l'épaisse mousse sèche qui tapissait le pied de la roche.

« Mettez vos deux mains dans les miennes et regardez-moi bien en face. Dans un mois, je serai votre femme. Pourquoi vos yeux évitent-ils les miens ? »

En effet, Paul, revenu à ses rêveries de jettature, détournait la vue.

« Craignez-vous d'y lire une pensée contraire ou coupable ? Vous savez que mon âme est à vous depuis le jour où vous avez apporté à mon oncle la lettre de recommandation dans le parloir de Richmond. Je suis de la race de ces Anglaises tendres, romanesques et fières, qui prennent en une minute un amour qui dure toute la vie — plus que la vie peut-être, — et qui sait aimer sait mourir. Plongez vos regards dans les miens, je le veux ; n'essayez pas de baisser la paupière, ne vous détournez pas, ou je penserai qu'un gentleman qui ne doit craindre que Dieu se laisse effrayer par de viles superstitions. Fixez sur moi cet œil que vous croyez si terrible et qui m'est si doux, car j'y vois votre amour, et jugez si vous me trouvez assez jolie encore pour me mener, quand nous serons mariés, promener à Hyde-Park en calèche découverte. »

Paul, éperdu, fixait sur Alicia un long regard plein de passion et d'enthousiasme. — Tout à coup la jeune fille pâlit ; une douleur lancinante lui traversa le cœur comme un fer de flèche : il sembla que quelque fibre se rompait dans sa poitrine, et elle porta vivement son mouchoir à ses lèvres. Une goutte rouge tacha la fine batiste, qu'Alicia replia d'un geste rapide.

« Oh ! merci, Paul ; vous m'avez rendue bien

heureuse, car je croyais que vous ne m'aimiez plus! »

X

Le mouvement d'Alicia pour cacher son mouchoir n'avait pu être si prompt que M. d'Aspremont ne l'aperçût; une pâleur affreuse couvrit les traits de Paul, car une preuve irrécusable de son fatal pouvoir venait de lui être donnée, et les idées les plus sinistres lui traversaient la cervelle; la pensée du suicide se présenta même à lui; n'était-il pas de son devoir de supprimer comme un être malfaisant et d'anéantir ainsi la cause involontaire de tant de malheurs? Il eût accepté pour son compte les épreuves les plus dures et porté courageusement le poids de la vie; mais donner la mort à ce qu'il aimait le mieux au monde, n'était-ce pas aussi par trop horrible?

L'héroïque jeune fille avait dominé la sensation de douleur, suite du regard de Paul, et qui coïncidait si étrangement avec les avis du comte Altavilla. — Un esprit moins ferme eût pu se frapper de ce résultat, sinon surnaturel, du moins difficilement explicable; mais, nous l'avons dit, l'âme d'Alicia était religieuse et non superstitieuse. Sa foi inébranlable en ce qu'il faut croire rejetait comme des contes de nourrice toutes ces histoires d'influences mystérieuses, et se riait des préjugés populaires les plus profondément enracinés. — D'ailleurs, eût-elle admis la jettature comme réelle, en eût-elle reconnu chez Paul les signes évidents, son cœur tendre et fier n'aurait pas hésité une

seconde. — Paul n'avait commis aucune action où
la susceptibilité la plus délicate pût trouver à
reprendre, et miss Ward eût préféré tomber morte
sous ce regard, prétendu si funeste, à reculer devant
un amour accepté par elle avec le consentemt de
son oncle et que devait couronner bientôt le
mariage. Miss Alicia Ward ressemblait un peu à ces
héroïnes de Shakspeare chastement hardies, virgi-
nalement résolues, dont l'amour subit n'en est pas
moins pur et fidèle, et qu'une seule minute lie pour
toujours ; sa main avait pressé celle de Paul, et nul
homme au monde ne devait plus l'enfermer dans
ses doigts. Elle regardait sa vie comme enchaînée,
et sa pudeur se fût révoltée à l'idée seule d'un autre
hymen.

Elle montra donc une gaieté réelle ou si bien
jouée, qu'elle eût trompé l'observateur le plus fin,
et, relevant Paul, toujours à genoux à ses pieds, elle
le promena à travers les allées obstruées de fleurs et
de plantes de son jardin inculte, jusqu'à une place
où la végétation, en s'écartant, laissait apercevoir la
mer comme un rêve bleu d'infini. — Cette sérénité
lumineuse dispersa les pensées sombres de Paul :
Alicia s'appuyait sur le bras du jeune homme avec
un abandon confiant, comme si déjà elle eût été sa
femme. Par cette pure et muette caresse, insigni-
fiante de la part de toute autre, décisive de la
sienne, elle se donnait à lui plus formellement
encore, le rassurant contre ses terreurs, et lui
faisant comprendre combien peu la touchaient les
dangers dont on la menaçait. Quoiqu'elle eût
imposé silence d'abord à Vicè, ensuite à son oncle,
et que le comte Altavilla n'eût nommé personne,
tout en recommandant de se préserver d'une
influence mauvaise, elle avait vite compris qu'il
s'agissait de Paul d'Aspremont ; les obscurs dis-

cours du beau Napolitain ne pouvaient faire allusion qu'au jeune Français. Elle avait vu aussi que Paul, cédant au préjugé si répandu à Naples, qui fait un jettatore de tout homme d'une physionomie un peu singulière, se croyait, par une inconcevable faiblesse d'esprit, atteint du fascino, et détournait d'elle ses yeux pleins d'amour, de peur de lui nuire par un regard; pour combattre ce commencement d'idée fixe, elle avait provoqué la scène que nous venons de décrire, et dont le résultat contrariait l'intention, car il ancra Paul plus que jamais dans sa fatale monomanie.

Les deux amants regagnèrent la terrasse, où le commodore, continuant à subir l'effet de la musique, dormait encore mélodieusement sur son fauteuil de bambou. — Paul prit congé, et miss Ward, parodiant le geste d'adieu napolitain, lui envoya du bout des doigts un imperceptible baiser en disant : « A demain, Paul, n'est-ce pas? » d'une voix toute chargée de suaves caresses.

Alicia était en ce moment d'une beauté radieuse, alarmante, presque surnaturelle, qui frappa son oncle réveillé en sursaut par la sortie de Paul. — Le blanc de ses yeux prenait des tons d'argent bruni et faisait étinceler les prunelles comme des étoiles d'un noir lumineux; ses joues se nuançaient aux pommettes d'un rose idéal, d'une pureté et d'une ardeur célestes, qu'aucun peintre ne posséda jamais sur sa palette; ses tempes, d'une transparence d'agate, se veinaient d'un réseau de petits filets bleus, et toute sa chair semblait pénétrée de rayons : on eût dit que l'âme lui venait à la peau.

« Comme vous êtes belle aujourd'hui, Alicia! dit le commodore.

— Vous me gâtez, mon oncle; et si je ne suis pas la plus orgueilleuse petite fille des trois royaumes, ce n'est pas votre faute. Heureusement, je ne crois pas aux flatteries, même désintéressées.

— Belle, dangereusement belle, continua en lui-même le commodore ; elle me rappelle, trait pour trait, sa mère, la pauvre Nancy, qui mourut à dix-neuf ans. De tels anges ne peuvent rester sur terre : il semble qu'un souffle les soulève et que des ailes invisibles palpitent à leurs épaules ; c'est trop blanc, trop rose, trop pur, trop parfait ; il manque à ces corps éthérés le sang rouge et grossier de la vie. Dieu, qui les prête au monde pour quelques jours, se hâte de les reprendre. Cet éclat suprême m'attriste comme un adieu.

— Eh bien, mon oncle, puisque je suis si jolie, reprit miss Ward, qui voyait le front du commodore s'assombrir, c'est le moment de me marier : le voile et la couronne m'iront bien.

— Vous marier ! êtes-vous donc si pressée de quitter votre vieux peau-rouge d'oncle, Alicia ?

— Je ne vous quitterai pas pour cela ; n'est-il pas convenu avec M. d'Aspremont que nous demeurerons ensemble ? Vous savez bien que je ne puis vivre sans vous.

— M. d'Aspremont ! M. d'Aspremont !... La noce n'est pas encore faite.

— N'a-t-il pas votre parole... et la mienne ? — Sir Joshua Ward n'y a jamais manqué.

— Il a ma parole, c'est incontestable, répondit le commodore évidemment embarrassé.

— Le terme de six mois que vous avez fixé n'est-il pas écoulé... depuis quelques jours ? dit Alicia, dont les joues pudiques rosirent encore davantage, car cet entretien, nécessaire au point où en étaient les choses, effarouchait sa délicatesse de sensitive.

— Ah! tu as compté les mois, petite fille; fiez-vous donc à ces mines discrètes!

— J'aime M. d'Aspremont, répondit gravement la jeune fille.

— Voilà l'éclouure[42], fit sir Joshua Ward, qui, tout imbu des idées de Vicè et d'Altavilla, se souciait médiocrement d'avoir pour gendre un jettatore. — Que n'en aimes-tu un autre!

— Je n'ai pas deux cœurs, dit Alicia; je n'aurai qu'un amour, dussé-je, comme ma mère, mourir à dix-neuf ans.

— Mourir! ne dites pas de ces vilains mots, je vous en supplie, s'écria le commodore.

— Avez-vous quelque reproche à faire à M. d'Aspremont?

— Aucun, assurément.

— A-t-il forfait à l'honneur de quelque manière que ce soit? S'est-il montré une fois lâche, vil, menteur ou perfide? Jamais a-t-il insulté une femme ou reculé devant un homme? Son blason est-il terni de quelque souillure secrète? Une jeune fille, en prenant son bras pour paraître dans le monde, a-t-elle à rougir ou à baisser les yeux?

— M. Paul d'Aspremont est un parfait gentleman, il n'y a rien à dire sur sa respectabilité.

— Croyez, mon oncle, que si un tel motif existait, je renoncerais à M. d'Aspremont sur l'heure, et m'ensevelirais dans quelque retraite inaccessible; mais nulle autre raison, entendez-vous, nulle autre ne me fera manquer à une promesse sacrée, » dit miss Alicia Ward d'un ton ferme et doux.

Le commodore tournait ses pouces, mouvement habituel chez lui lorsqu'il ne savait que répondre, et qui lui servait de contenance.

« Pourquoi montrez-vous maintenant tant de

froideur à Paul? continua miss Ward. Autrefois
vous aviez tant d'affection pour lui; vous ne
pouviez vous en passer dans notre cottage du
Lincolnshire, et vous disiez, en lui serrant la main à
lui couper les doigts, que c'était un digne garçon, à
qui vous confieriez volontiers le bonheur d'une
jeune fille.

— Oui, certes, je l'aimais, ce bon Paul, dit le
commodore qu'émouvaient ces souvenirs rappelés à
propos; mais ce qui est obscur dans les brouillards
de l'Angleterre devient clair au soleil de Naples...

— Que voulez-vous dire? fit d'une voix tremblante Alicia abandonnée subitement par ses vives
couleurs, et devenue blanche comme une statue
d'albâtre sur un tombeau.

— Que ton Paul est un jettatore.

— Comment! vous! mon oncle; vous, sir Joshua
Ward, un gentilhomme, un chrétien, un sujet de Sa
Majesté Britannique, un ancien officier de la
marine anglaise, un être éclairé et civilisé, que l'on
consulterait sur toutes choses; vous qui avez
l'instruction et la sagesse, qui lisez chaque soir la
Bible et l'Évangile, vous ne craignez pas d'accuser
Paul de jettature! Oh! je n'attendais pas cela de
vous!

— Ma chère Alicia, répondit le commodore, je
suis peut-être tout ce que vous dites là lorsqu'il ne
s'agit pas de vous, mais lorsqu'un danger, même
imaginaire, vous menace, je deviens plus superstitieux qu'un paysan des Abruzzes, qu'un lazzarone
du Môle, qu'un ostricajo de Chiaja, qu'une servante de la Terre de Labour ou même qu'un comte
napolitain. Paul peut bien me dévisager tant qu'il
voudra avec ses yeux dont le rayon visuel se croise,
je resterai aussi calme que devant la pointe d'une
épée ou le canon d'un pistolet. Le fascino ne

mordra pas sur ma peau tannée, hâlée et rougie par tous les soleils de l'univers. Je ne suis crédule que pour vous, chère nièce, et j'avoue que je sens une sueur froide me baigner les tempes quand le regard de ce malheureux garçon se pose sur vous. Il n'a pas d'intentions mauvaises, je le sais, et il vous aime plus que sa vie; mais il me semble que, sous cette influence, vos traits s'altèrent, vos couleurs disparaissent, et que vous tâchez de dissimuler une souffrance aiguë; et alors il me prend de furieuses envies de lui crever les yeux, à votre M. Paul d'Aspremont, avec la pointe des cornes données par Altavilla.

— Pauvre cher oncle, dit Alicia attendrie par la chaleureuse explosion du commandeur; nos existences sont dans les mains de Dieu : il ne meurt pas un prince sur son lit de parade, ni un passereau des toits sous sa tuile, que son heure ne soit marquée là-haut; le fascino n'y fait rien, et c'est une impiété de croire qu'un regard plus ou moins oblique puisse avoir une influence. Voyons, n'oncle, continua-t-elle en prenant le terme d'affection familière du fou dans *Le Roi Lear*[43], vous ne parliez pas sérieusement tout à l'heure; votre affection pour moi troublait votre jugement toujours si droit. N'est-ce pas, vous n'oseriez lui dire, à M. Paul d'Aspremont, que vous lui retirez la main de votre nièce, mise par vous dans la sienne, et que vous n'en voulez plus pour gendre, sous le beau prétexte qu'il est — jettatore!

— Par Joshua! mon patron, qui arrêta le soleil, s'écria le commodore, je ne le lui mâcherai pas, à ce joli M. Paul. Cela m'est bien égal d'être ridicule, absurde, déloyal même, quand il y va de votre santé, de votre vie peut-être! J'étais engagé avec un homme, et non avec un fascinateur. J'ai promis; eh bien, je fausse ma promesse, voilà tout; s'il n'est pas content, je lui rendrai raison. »

Et le commodore, exaspéré, fit le geste de se fendre, sans faire la moindre attention à la goutte qui lui mordait les doigts du pied.

« Sir Joshua Ward, vous ne ferez pas cela, » dit Alicia avec une dignité calme.

Le commodore se laissa tomber tout essoufflé dans son fauteuil de bambou et garda le silence.

« Eh bien, mon oncle, quand même cette accusation odieuse et stupide serait vraie, faudra-t-il pour cela repousser M. d'Aspremont et lui faire un crime d'un malheur? N'avez-vous pas reconnu que le mal qu'il pouvait produire ne dépendait pas de sa volonté, et que jamais âme ne fut plus aimante, plus généreuse et plus noble?

— On n'épouse pas les vampires, quelque bonnes que soient leurs intentions, répondit le commodore.

— Mais tout cela est chimère, extravagance, superstition; ce qu'il y a de vrai, malheureusement, c'est que Paul s'est frappé de ces folies, qu'il a prises au sérieux; il est effrayé, halluciné; il croit à son pouvoir fatal, il a peur de lui-même, et chaque petit accident qu'il ne remarquait pas autrefois, et dont aujourd'hui il s'imagine être la cause, confirme en lui cette conviction. N'est-ce pas à moi, qui suis sa femme devant Dieu, et qui le serai bientôt devant les hommes, — bénie par vous, mon cher oncle, — de calmer cette imagination surexcitée, de chasser ces vains fantômes, de rassurer, par ma sécurité apparente et réelle, cette anxiété hagarde, sœur de la monomanie, et de sauver, au moyen du bonheur, cette belle âme troublée, cet esprit charmant en péril?

— Vous avez toujours raison, miss Ward, dit le

commodore; et moi, que vous appelez sage, je ne suis qu'un vieux fou. Je crois que cette Vicè est sorcière; elle m'avait tourné la tête avec toutes ses histoires. Quant au comte Altavilla, ses cornes et sa bimbeloterie cabalistique me semblent à présent assez ridicules. Sans doute, c'était un stratagème imaginé pour faire éconduire Paul et t'épouser lui-même.

— Il se peut que le comte Altavilla soit de bonne foi, dit miss Ward en souriant; — tout à l'heure vous étiez encore de son avis sur la jettature.

— N'abusez pas de vos avantages, miss Alicia; d'ailleurs je ne suis pas encore si bien revenu de mon erreur que je n'y puisse retomber. Le meilleur serait de quitter Naples par le premier départ de bateau à vapeur, et de retourner tout tranquillement en Angleterre. Quand Paul ne verra plus les cornes de bœuf, les massacres de cerf, les doigts allongés en pointe, les amulettes de corail et tous ces engins diaboliques, son imagination se tranquillisera, et moi-même j'oublierai ces sornettes qui ont failli me faire fausser ma parole et commettre une action indigne d'un galant homme. — Vous épouserez Paul, puisque c'est convenu. Vous me garderez le parloir et la chambre du rez-de-chaussée dans la maison de Richmond, la tourelle octogone au castel de Lincolnshire, et nous vivrons heureux ensemble. Si votre santé exige un air plus chaud, nous louerons une maison de campagne aux environs de Tours, ou bien encore à Cannes, où lord Brougham possède une belle propriété, et où ces damnables superstitions de jettature sont inconnues, Dieu merci. — Que dites-vous de mon projet, Alicia?

— Vous n'avez pas besoin de mon approbation, ne suis-je pas la plus obéissante des nièces?

— Oui, lorsque je fais ce que vous voulez, petite

masque, » dit en souriant le commodore qui se leva pour regagner sa chambre.

Alicia resta quelques minutes encore sur la terrasse ; mais, soit que cette scène eût déterminé chez elle quelque excitation fébrile, soit que Paul exerçât réellement sur la jeune fille l'influence que redoutait le commodore, la brise tiède, en passant sur ses épaules protégées d'une simple gaze, lui causa une impression glaciale, et le soir, se sentant mal à l'aise, elle pria Vicè d'étendre sur ses pieds froids et blancs comme le marbre une de ces couvertures arlequinées qu'on fabrique à Venise.

Cependant les lucioles scintillaient dans le gazon, les grillons chantaient, et la lune large et jaune montait au ciel dans une brume de chaleur.

XI

Le lendemain de cette scène, Alicia, dont la nuit n'avait pas été bonne, effleura à peine des lèvres le breuvage que lui offrait Vicè tous les matins, et le reposa languissamment sur le guéridon près de son lit. Elle n'éprouvait précisément aucune douleur, mais elle se sentait brisée ; c'était plutôt une difficulté de vivre qu'une maladie, et elle eût été embarrassée d'en accuser les symptômes à un médecin. Elle demanda un miroir à Vicè, car une jeune fille s'inquiète plutôt de l'altération que la souffrance peut apporter à sa beauté que de la souffrance elle-même. Elle était d'une blancheur extrême ; seulement deux petites taches semblables à deux feuilles de rose du Bengale tombées sur une coupe de lait nageaient sur sa pâleur. Ses yeux

brillaient d'un éclat insolite, allumés par les dernières flammes de la fièvre; mais le cerise de ses
lèvres était beaucoup moins vif, et pour y faire
revenir la couleur, elle les mordit de ses petites
dents de nacre.

Elle se leva, s'enveloppa d'une robe de chambre
en cachemire blanc, tourna une écharpe de gaze
autour de sa tête, — car, malgré la chaleur qui
faisait crier les cigales, elle était encore un peu
frileuse, — et se rendit sur la terrasse à l'heure
accoutumée, pour ne pas éveiller la sollicitude
toujours aux aguets du commodore. Elle toucha du
bout des lèvres au déjeuner, bien qu'elle n'eût pas
faim, mais le moindre indice de malaise n'eût pas
manqué d'être attribué à l'influence de Paul par sir
Joshua Ward, et c'est ce qu'Alicia voulait éviter
avant toute chose.

Puis, sous prétexte que l'éclatante lumière du
jour la fatiguait, elle se retira dans sa chambre, non
sans avoir réitéré plusieurs fois au commodore,
soupçonneux en pareille matière, l'assurance qu'elle
se portait à ravir.

« A ravir... j'en doute, se dit le commodore à lui-
même lorsque sa nièce s'en fut allée. — Elle avait
des tons nacrés près de l'œil, de petites couleurs
vives au haut des joues, — juste comme sa pauvre
mère, qui, elle aussi, prétendait ne s'être jamais
mieux portée. — Que faire? Lui ôter Paul, ce serait
la tuer d'une autre manière; laissons agir la nature.
Alicia est si jeune! Oui, mais c'est aux plus jeunes
et aux plus belles que la vieille Mob [44] en veut; elle
est jalouse comme une femme. Si je faisais venir un
docteur? mais que peut la médecine sur un ange!
Pourtant tous les symptômes fâcheux avaient disparu... Ah! si c'était toi, damné Paul, dont le
souffle fit pencher cette fleur divine, je t'étrangle-

rais de mes propres mains. Nancy ne subissait le
regard d'aucun jettatore, et elle est morte. — Si
Alicia mourait! Non, cela n'est pas possible. Je n'ai
rien fait à Dieu pour qu'il me réserve cette affreuse
douleur. Quand cela arrivera, il y aura longtemps
que je dormirai sous ma pierre avec le *Sacred to the
memory of sir Joshua Ward*, à l'ombre de mon
clocher natal. C'est elle qui viendra pleurer et prier
sur la pierre grise pour le vieux commodore... Je ne
sais ce que j'ai, mais je suis mélancolique et funèbre
en diable ce matin! »

Pour dissiper ces idées noires, le commodore
ajouta un peu de rhum de la Jamaïque au thé
refroidi dans sa tasse, et se fit apporter son hooka,
distraction innocente qu'il ne se permettait qu'en
l'absence d'Alicia, dont la délicatesse eût pu être
offusquée même par cette fumée légère mêlée de
parfums.

Il avait déjà fait bouillonner l'eau aromatisée du
récipient et chassé devant lui quelques nuages
bleuâtres, lorsque Vicè parut annonçant le comte
Altavilla.

« Sir Joshua, dit le comte après les premières
civilités, avez-vous réfléchi à la demande que je
vous ai faite l'autre jour ?

— J'y ai réfléchi, reprit le commodore; mais,
vous le savez, M. Paul d'Aspremont a ma parole.

— Sans doute; pourtant il y a des cas où une
parole se retire; par exemple, lorsque l'homme à
qui on l'a donnée, pour une raison ou pour une
autre, n'est pas tel qu'on le croyait d'abord.

— Comte, parlez plus clairement.

— Il me répugne de charger un rival; mais,
d'après la conversation que nous avons eue
ensemble, vous devez me comprendre. Si vous

rejetiez M. Paul d'Aspremont, m'accepteriez-vous pour gendre?

— Moi, certainement; mais il n'est pas aussi sûr que miss Ward s'arrangeât de cette substitution. — Elle est entêtée de ce Paul, et c'est un peu ma faute, car moi-même je favorisais ce garçon avant toutes ces sottes histoires. — Pardon, comte, de l'épithète, mais j'ai vraiment la cervelle à l'envers.

— Voulez-vous que votre nièce meure? dit Altavilla d'un ton ému et grave.

— Tête et sang! ma nièce mourir! » s'écria le commodore en bondissant de son fauteuil et en rejetant le tuyau de maroquin de son hooka.

Quand on attaquait cette corde chez sir Joshua Ward, elle vibrait toujours.

« Ma nièce est-elle donc dangereusement malade?

— Ne vous alarmez pas si vite, milord; miss Alicia peut vivre, et même très longtemps.

— A la bonne heure! vous m'aviez bouleversé.

— Mais à une condition, continua le comte Altavilla : c'est qu'elle ne voie plus M. Paul d'As-premont.

— Ah! voilà la jettature qui revient sur l'eau! Par malheur, miss Ward n'y croit pas.

— Écoutez-moi, dit posément le comte Altavilla. — Lorsque j'ai rencontré pour la première fois miss Alicia au bal chez le prince de Syracuse, et que j'ai conçu pour elle une passion aussi respectueuse qu'ardente, c'est de la santé étincelante, de la joie d'existence, de la fleur de vie qui éclataient dans toute sa personne que je fus d'abord frappé. Sa beauté en devenait lumineuse et nageait comme dans une atmosphère de bien-être. — Cette phos-phorescence la faisait briller comme une étoile; elle éteignait Anglaises, Russes, Italiennes, et je ne vis plus qu'elle. — A la distinction britannique elle joignait la grâce pure et forte des anciennes déesses ; excusez cette mythologie chez le descendant d'une colonie grecque.

— C'est vrai qu'elle était superbe ! Miss Edwina O'Herty, lady Eleonor Lilly, mistress Jane Strangford, la princesse Véra Fédorowna Bariatinski faillirent en avoir la jaunisse de dépit, dit le commodore enchanté.

— Et maintenant ne remarquez-vous pas que sa beauté a pris quelque chose de languissant, que ses traits s'atténuent en délicatesses morbides, que les veines de ses mains se dessinent plus bleues qu'il ne faudrait, que sa voix a des sons d'harmonica d'une vibration inquiétante et d'un charme douloureux ? L'élément terrestre s'efface et laisse dominer l'élément angélique. Miss Alicia devient d'une perfection éthérée que, dussiez-vous me trouver matériel, je n'aime pas voir aux filles de ce globe. »

Ce que disait le comte répondait si bien aux préoccupations secrètes de sir Joshua Ward, qu'il resta quelques minutes silencieux et comme perdu dans une rêverie profonde.

« Tout cela est vrai ; bien que parfois je cherche à me faire illusion, je ne puis en disconvenir.

— Je n'ai pas fini, dit le comte ; la santé de miss Alicia avant l'arrivée de M. d'Aspremont en Angleterre avait-elle fait naître des inquiétudes ?

— Jamais : c'était la plus fraîche et la plus rieuse enfant des trois royaumes.

— La présence de M. d'Aspremont coïncide, comme vous le voyez, avec les périodes maladives qui altèrent la précieuse santé de miss Ward. Je ne vous demande pas, à vous, homme du Nord, d'ajouter une foi implicite à une croyance, à un préjugé, à une superstition, si vous voulez, de nos contrées méridionales, mais convenez cependant que ces faits sont étranges et méritent toute votre attention...

— Alicia ne peut-elle être malade... naturellement? dit le commodore, ébranlé par les raisonnements captieux d'Altavilla, mais que retenait une sorte de honte anglaise d'adopter la croyance populaire napolitaine.

— Miss Ward n'est pas malade; elle subit une sorte d'empoisonnement par le regard, et si M. d'Aspremont n'est pas jettatore, au moins il est funeste.

— Qu'y puis-je faire? elle aime Paul, se rit de la jettature et prétend qu'on ne peut donner une pareille raison à un homme d'honneur pour le refuser.

— Je n'ai pas le droit de m'occuper de votre nièce, je ne suis ni son frère, ni son parent, ni son fiancé; mais si j'obtenais votre aveu, peut-être tenterais-je un effort pour l'arracher à cette influence fatale. Oh! ne craignez rien; je ne commettrai pas d'extravagance; — quoique jeune, je sais qu'il ne faut pas faire de bruit autour de la réputation d'une jeune fille; — seulement permettez-moi de me taire sur mon plan. Ayez assez de confiance en ma loyauté pour croire qu'il ne renferme rien que l'honneur le plus délicat ne puisse avouer.

— Vous aimez donc bien ma nièce? dit le commodore.

— Oui, puisque je l'aime sans espoir; mais m'accordez-vous la licence d'agir?

— Vous êtes un terrible homme, comte Altavilla; eh bien! tâchez de sauver Alicia à votre manière, je ne le trouverai pas mauvais, et même je le trouverai fort bon. »

Jettatura

Le comte se leva, salua, regagna sa voiture et dit au cocher de le conduire à l'hôtel de Rome.

Paul, les coudes sur la table, la tête dans ses mains, était plongé dans les plus douloureuses réflexions; il avait vu les deux ou trois gouttelettes rouges sur le mouchoir d'Alicia, et, toujours infatué de son idée fixe, il se reprochait son amour meurtrier; il se blâmait d'accepter le dévouement de cette belle jeune fille décidée à mourir pour lui, et se demandait par quel sacrifice surhumain il pourrait payer cette sublime abnégation.

Paddy, le jockey-gnome, interrompit cette méditation en apportant la carte du comte Altavilla.

« Le comte Altavilla! que peut-il me vouloir? fit Paul excessivement surpris. Faites-le entrer. »

Lorsque le Napolitain parut sur le seuil de la porte, M. d'Aspremont avait déjà posé sur son étonnement ce masque d'indifférence glaciale qui sert aux gens du monde à cacher leurs impressions.

Avec une politesse froide il désigna un fauteuil au comte, s'assit lui-même, et attendit en silence, les yeux fixés sur le visiteur.

« Monsieur, commença le comte en jouant avec les breloques de sa montre, ce que j'ai à vous dire est si étrange, si déplacé, si inconvenant, que vous auriez le droit de me jeter par la fenêtre. — Épargnez-moi cette brutalité, car je suis prêt à vous rendre raison en galant homme.

— J'écoute, monsieur, sauf à profiter plus tard de l'offre que vous me faites, si vos discours ne me conviennent pas, répondit Paul, sans qu'un muscle de sa figure bougeât.

— Vous êtes jettatore! »

A ces mots, une pâleur verte envahit subitement la face de M. d'Aspremont, une auréole rouge cercla ses yeux; ses sourcils se rapprochèrent, la

ride de son front se creusa, et de ses prunelles
jaillirent comme des lueurs sulfureuses ; il se
souleva à demi, déchirant de ses mains crispées les
bras d'acajou du fauteuil. Ce fut si terrible, qu'Altavilla, tout brave qu'il était, saisit une des petites
branches de corail bifurquées suspendues à la
chaîne de sa montre et en dirigea instinctivement
les pointes vers son interlocuteur.

Par un effort suprême de volonté, M. d'Aspremont se rassit et dit : « Vous aviez raison, monsieur ;
telle est, en effet, la récompense que mériterait une
pareille insulte ; mais j'aurai la patience d'attendre
une autre réparation.

— Croyez, continua le comte, que je n'ai pas fait
à un gentleman cet affront, qui ne peut se laver
qu'avec du sang, sans les plus graves motifs. J'aime
miss Alicia Ward.

— Que m'importe ?

— Cela vous importe, en effet, fort peu, car vous
êtes aimé ; mais moi, don Felipe Altavilla, je vous
défends de voir miss Alicia Ward.

— Je n'ai pas d'ordre à recevoir de vous.

— Je le sais, répondit le comte napolitain ; aussi
je n'espère pas que vous m'obéissiez.

— Alors quel est le motif qui vous fait agir ? dit
Paul.

— J'ai la conviction que le fascino dont malheureusement vous êtes doué influe d'une manière
fatale sur miss Alicia Ward. C'est là une idée
absurde, un préjugé digne du moyen âge, qui doit
vous paraître profondément ridicule ; je ne discute-
rai pas là-dessus avec vous. Vos yeux se portent
vers miss Ward et lui lancent malgré vous ce regard
funeste qui la fera mourir. Je n'ai aucun autre
moyen d'empêcher ce triste résultat que de vous
chercher une querelle d'Allemand. Au seizième

siècle, je vous aurais fait tuer par quelqu'un de mes
paysans de la montagne ; mais aujourd'hui ces
mœurs ne sont plus de mise. J'ai bien pensé à vous
prier de retourner en France ; c'était trop naïf :
vous auriez ri de ce rival qui vous eût dit de vous
en aller et de le laisser seul auprès de votre fiancée
sous prétexte de jettature. »

Pendant que le comte Altavilla parlait, Paul
d'Aspremont se sentait pénétré d'une secrète horreur ; il était donc, lui chrétien, en proie aux
puissances de l'enfer, et le mauvais ange regardait
par ses prunelles ! il semait les catastrophes, son
amour donnait la mort ! Un instant sa raison
tourbillonna dans son cerveau, et la folie battit de
ses ailes les parois intérieures de son crâne.

« Comte, sur l'honneur, pensez-vous ce que vous
dites ? s'écria d'Aspremont après quelques minutes
d'une rêverie que le Napolitain respecta.

— Sur l'honneur, je le pense.

— Oh ! alors ce serait donc vrai ! dit Paul à demi-
voix : je suis donc un assassin, un démon, un
vampire ! je tue cet être céleste, je désespère ce
vieillard ! » Et il fut sur le point de promettre au
comte de ne pas revoir Alicia ; mais le respect
humain et la jalousie qui s'éveillaient dans son cœur
retinrent ses paroles sur ses lèvres.

« Comte, je ne vous cache point que je vais de ce
pas chez miss Ward.

— Je ne vous prendrai pas au collet pour vous
en empêcher ; vous m'avez tout à l'heure épargné
les voies de fait, j'en suis reconnaissant ; mais je
serai charmé de vous voir demain, à six heures,
dans les ruines de Pompéï, à la salle des thermes,
par exemple ; on y est fort bien. Quelle arme
préférez-vous ? Vous êtes l'offensé : épée, sabre ou
pistolet ?

— Nous nous battrons au couteau et les yeux bandés, séparés par un mouchoir dont nous tiendrons chacun un bout. Il faut égaliser les chances : je suis jettatore ; je n'aurais qu'à vous tuer en vous regardant, monsieur le comte ! »

Paul d'Aspremont partit d'un éclat de rire strident, poussa une porte et disparut.

XII

Alicia s'était établie dans une salle basse de la maison, dont les murs étaient ornés de ces paysages à fresques qui, en Italie, remplacent les papiers. Des nattes de paille de Manille couvraient le plancher. Une table sur laquelle était jeté un bout de tapis turc et que jonchaient les poésies de Coleridge, de Shelley, de Tennyson et de Longfellow, un miroir à cadre antique et quelques chaises de canne composaient tout l'ameublement ; des stores de jonc de la Chine historiés de pagodes, de rochers, de saules, de grues et de dragons, ajustés aux ouvertures et relevés à demi, tamisaient une lumière douce ; une branche d'oranger, toute chargée de fleurs que les fruits, en se nouant, faisaient tomber, pénétrait familièrement dans la chambre et s'étendait comme une guirlande au-dessus de la tête d'Alicia, en secouant sur elle sa neige parfumée.

La jeune fille, toujours un peu souffrante, était couchée sur un étroit canapé près de la fenêtre ; deux ou trois coussins du Maroc la soulevaient à demi ; la couverture vénitienne enveloppait chastement ses pieds ; arrangée ainsi, elle pouvait recevoir Paul sans enfreindre les lois de la pudeur anglaise.

Le livre commencé avait glissé à terre de la main distraite d'Alicia; ses prunelles nageaient vaguement sous leurs longs cils et semblaient regarder au delà du monde; elle éprouvait cette lassitude presque voluptueuse qui suit les accès de fièvre, et toute son occupation était de mâcher les fleurs de l'oranger qu'elle ramassait sur sa couverture et dont le parfum amer lui plaisait. N'y a-t-il pas une Vénus mâchant des roses, du Schiavone[45]? Quel gracieux pendant un artiste moderne eût pu faire au tableau du vieux Vénitien en représentant Alicia mordillant des fleurs d'oranger!

Elle pensait à M. d'Aspremont et se demandait si vraiment elle vivrait assez pour être sa femme; non qu'elle ajoutât foi à l'influence de la jettature, mais elle se sentait envahie malgré elle de pressentiments funèbres : la nuit même, elle avait fait un rêve dont l'impression ne s'était pas dissipée au réveil.

Dans son rêve, elle était couchée, mais éveillée, et dirigeait ses yeux vers la porte de sa chambre, pressentant que *quelqu'un* allait apparaître. — Après deux ou trois minutes d'attente anxieuse, elle avait vu se dessiner sur le fond sombre qu'encadrait le chambranle de la porte une forme svelte et blanche, qui, d'abord transparente et laissant, comme un léger brouillard, apercevoir les objets à travers elle, avait pris plus de consistance en avançant vers le lit.

L'ombre était vêtue d'une robe de mousseline dont les plis traînaient à terre; de longues spirales de cheveux noirs, à moitié détordues, pleuraient le long de son visage pâle, marqué de deux petites taches roses aux pommettes; la chair du col et de la poitrine était si blanche qu'elle se confondait avec la robe, et qu'on n'eût pu dire où finissait la peau et où commençait l'étoffe; un imperceptible jaseron[46] de Venise cerclait le col mince d'une étroite ligne

d'or ; la main fluette et veinée de bleu tenait une
fleur — une rose-thé — dont les pétales se
détachaient et tombaient à terre comme des larmes.

Alicia ne connaissait pas sa mère, morte un an
après lui avoir donné le jour ; mais bien souvent elle
s'était tenue en contemplation devant une miniature dont les couleurs presque évanouies, montrant
le ton jaune d'ivoire, et pâles comme le souvenir
des morts, faisaient songer au portrait d'une ombre
plutôt qu'à celui d'une vivante, et elle comprit que
cette femme qui entrait ainsi dans la chambre était
Nancy Ward, — sa mère. — La robe blanche, le
jaseron, la fleur à la main, les cheveux noirs, les
joues marbrées de rose, rien n'y manquait, —
c'était bien la miniature agrandie, développée, se
mouvant avec toute la réalité du rêve.

Une tendresse mêlée de terreur faisait palpiter le
sein d'Alicia. Elle voulait tendre ses bras à l'ombre,
mais ses bras, lourds comme du marbre, ne
pouvaient se détacher de la couche sur laquelle ils
reposaient. Elle essayait de parler, mais sa langue
ne bégayait que des syllabes confuses.

Nancy, après avoir posé la rose-thé sur le
guéridon, s'agenouilla près du lit et mit sa tête
contre la poitrine d'Alicia, écoutant le souffle des
poumons, comptant les battements du cœur ; la joue
froide de l'ombre causait à la jeune fille, épouvantée
de cette auscultation silencieuse, la sensation d'un
morceau de glace.

L'apparition se releva, jeta un regard douloureux
sur la jeune fille, et, comptant les feuilles de la rose
dont quelques pétales encore s'étaient séparés, elle
dit : « Il n'y en a plus qu'une. »

Puis le sommeil avait interposé sa gaze noire
entre l'ombre et la dormeuse, et tout s'était
confondu dans la nuit.

L'âme de sa mère venait-elle l'avertir et la chercher? Que signifiait cette phrase mystérieuse tombée de la bouche de l'ombre : — « Il n'y en a plus qu'une? » — Cette pâle rose effeuillée était-elle le symbole de sa vie? Ce rêve étrange avec ses terreurs gracieuses et son charme effrayant, ce spectre charmant drapé de mousseline et comptant des pétales de fleurs préoccupaient l'imagination de la jeune fille, un nuage de mélancolie flottait sur son beau front, et d'indéfinissables pressentiments l'effleuraient de leurs ailes noires.

Cette branche d'oranger qui secouait sur elle ses fleurs n'avait-elle pas aussi un sens funèbre? les petites étoiles virginales ne devaient donc pas s'épanouir sous son voile de mariée? Attristée et pensive, Alicia retira de ses lèvres la fleur qu'elle mordait; la fleur était jaune et flétrie déjà...

L'heure de la visite de M. d'Aspremont approchait. Miss Ward fit un effort sur elle-même, rasséréna son visage, tourna du doigt les boucles de ses cheveux, rajusta les plis froissés de son écharpe de gaze, et reprit en main son livre pour se donner une contenance.

Paul entra, et miss Ward le reçut d'un air enjoué, ne voulant pas qu'il s'alarmât de la trouver couchée, car il n'eût pas manqué de se croire la cause de sa maladie. La scène qu'il venait d'avoir avec le comte Altavilla donnait à Paul une physionomie irritée et farouche qui fit faire à Vicè le signe conjurateur, mais le sourire affectueux d'Alicia eut bientôt dissipé le nuage.

« Vous n'êtes pas malade sérieusement, je l'espère, dit-il à miss Ward en s'asseyant près d'elle.

— Oh! ce n'est rien, un peu de fatigue seulement : il a fait siroco hier, et ce vent d'Afrique m'accable : mais vous verrez comme je me porterai bien dans notre cottage du Lincolnshire! Maintenant que je suis forte, nous ramerons chacun notre tour sur l'étang! »

En disant ces mots, elle ne put comprimer tout à fait une petite toux convulsive.

M. d'Aspremont pâlit et détourna les yeux.

Le silence régna quelques minutes dans la chambre.

« Paul, je ne vous ai jamais rien donné, reprit Alicia en ôtant de son doigt déjà maigri une bague d'or toute simple; prenez cet anneau, et portez-le en souvenir de moi; vous pourrez peut-être le mettre, car vous avez une main de femme; — adieu! je me sens lasse et je voudrais essayer de dormir; venez me voir demain. »

Paul se retira navré; les efforts d'Alicia pour cacher sa souffrance avaient été inutiles; il aimait éperdument miss Ward, et il la tuait! Cette bague qu'elle venait de lui donner, n'était-ce pas un anneau de fiançailles pour l'autre vie?

Il errait sur le rivage, à demi fou, rêvant de fuir, de s'aller jeter dans un couvent de trappistes et d'y attendre la mort assis sur son cercueil, sans jamais relever le capuchon de son froc. Il se trouvait ingrat et lâche de ne pas sacrifier son amour et d'abuser ainsi de l'héroïsme d'Alicia : car elle n'ignorait rien, elle savait qu'il n'était qu'un jettatore, comme l'affirmait le comte Altavilla, et, prise d'une angélique pitié, elle ne le repoussait pas!

« Oui, se disait-il, ce Napolitain, ce beau comte qu'elle dédaigne, est véritablement amoureux. Sa passion fait honte à la mienne : pour sauver Alicia, il n'a pas craint de m'attaquer, de me provoquer, moi, un jettatore, c'est-à-dire, dans ses idées, un être aussi redoutable qu'un démon. Tout en me parlant, il jouait avec ses amulettes, et le regard de

ce duelliste célèbre qui a couché trois hommes sur
le carreau, se baissait devant le mien! »

Rentré à l'hôtel de Rome, Paul écrivit quelques
lettres, fit un testament par lequel il laissait à miss
Alicia Ward tout ce qu'il possédait, sauf un legs
pour Paddy, et prit les dispositions indispensables à
un galant homme qui doit avoir un duel à mort le
lendemain.

Il ouvrit les boîtes de palissandre où ses armes
étaient renfermées dans les compartiments garnis
de serge verte, remua épées, pistolets, couteaux de
chasse, et trouva enfin deux stylets corses parfaitement pareils qu'il avait achetés pour en faire don à
des amis.

C'étaient deux lames de pur acier, épaisses près
du manche, tranchantes des deux côtés vers la
pointe, damasquinées, curieusement terribles et
montées avec soin. Paul choisit aussi trois foulards
et fit du tout un paquet.

Puis il prévint Scazziga de se tenir prêt de grand
matin pour une excursion dans la campagne.

« Oh! dit-il, en se jetant tout habillé sur son lit,
Dieu fasse que ce combat me soit fatal! Si j'avais le
bonheur d'être tué, — Alicia vivrait! »

XIII

Pompeï, la ville morte, ne s'éveille pas le matin
comme les cités vivantes, et quoiqu'elle ait rejeté à
demi le drap de cendre qui la couvrait depuis tant
de siècles, même quand la nuit s'efface, elle reste
endormie sur sa couche funèbre.

Les touristes de toutes nations qui la visitent

pendant le jour sont à cette heure encore étendus
dans leur lit, tout moulus des fatigues de leurs
excursions, et l'aurore, en se levant sur les
décombres de la ville-momie, n'y éclaire pas un
seul visage humain. Les lézards seuls, en frétillant
de la queue, rampent le long des murs, filent sur les
mosaïques disjointes, sans s'inquiéter du *cave canem*
inscrit au seuil des maisons désertes, et saluent
joyeusement les premiers rayons du soleil. Ce sont
les habitants qui ont succédé aux citoyens antiques,
et il semble que Pompeï n'ait été exhumée que pour
eux.

C'est un spectacle étrange de voir à la lueur
azurée et rose du matin ce cadavre de ville saisie au
milieu de ses plaisirs, de ses travaux et de sa
civilisation, et qui n'a pas subi la dissolution lente
des ruines ordinaires ; on croit involontairement
que les propriétaires de ces maisons conservées
dans leurs moindres détails vont sortir de leurs
demeures avec leurs habits grecs ou romains ; les
chars, dont on aperçoit les ornières sur les dalles,
se remettre à rouler ; les buveurs entrer dans ces
thermopoles où la marque des tasses est encore
empreinte sur le marbre du comptoir. — On
marche comme dans un rêve au milieu du passé ; on
lit en lettres rouges, à l'angle des rues, l'affiche du
spectacle du jour ! — seulement le jour est passé
depuis plus de dix-sept siècles. — Aux clartés
naissantes de l'aube, les danseuses peintes sur les
murs semblent agiter leurs crotales ; et du bout de
leur pied blanc soulever comme une écume rose le
bord de leur draperie, croyant sans doute que les
lampadaires se rallument pour les orgies du triclinium ; les Vénus, les Satyres, les figures héroïques
ou grotesques, animées d'un rayon, essayent de
remplacer les habitants disparus, et de faire à la cité

morte une population peinte. Les ombres colorées
tremblent le long des parois, et l'esprit peut
quelques minutes se prêter à l'illusion d'une
fantasmagorie antique. Mais ce jour-là, au grand
effroi des lézards, la sérénité matinale de Pompéï
fut troublée par un visiteur étrange : une voiture
s'arrêta à l'entrée de la voie des Tombeaux; Paul en
descendit et se dirigea à pied vers le lieu du rendez-
vous.

Il était en avance, et, bien qu'il dût être
préoccupé d'autre chose que d'archéologie, il ne
pouvait s'empêcher, tout en marchant, de remarquer mille petits détails qu'il n'eût peut-être pas
aperçus dans une situation habituelle. Les sens que
ne surveille plus l'âme, et qui s'exercent alors pour
leur compte, ont quelquefois une lucidité singulière. Des condamnés à mort, en allant au supplice,
distinguent une petite fleur entre les fentes du
pavé, un numéro au bouton d'un uniforme, une
faute d'orthographe sur une enseigne, ou toute autre
circonstance puérile qui prend pour eux une
importance énorme. — M. d'Aspremont passa
devant la villa de Diomèdes, le sépulcre de Mammia, les hémicycles funéraires, la porte antique de
la cité, les maisons et les boutiques qui bordent la
voie Consulaire, presque sans y jeter les yeux, et
pourtant des images colorées et vives de ces
monuments arrivaient à son cerveau avec une
netteté parfaite; il voyait tout, et les colonnes
cannelées enduites à mi-hauteur de stuc rouge ou
jaune, et les peintures à fresque, et les inscriptions
tracées sur les murailles; une annonce de location à
la rubrique s'était même écrite si profondément
dans sa mémoire, que ses lèvres en répétaient
machinalement les mots latins sans y attacher
aucune espèce de sens.

Était-ce donc la pensée du combat qui absorbait Paul à ce point? Nullement, il n'y songeait même pas; son esprit était ailleurs : — dans le parloir de Richmond. Il tendait au commodore sa lettre de recommandation, et miss Ward le regardait à la dérobée; elle avait une robe blanche, et des fleurs de jasmin étoilaient ses cheveux. Qu'elle était jeune, belle et vivace... alors!

Les bains antiques sont au bout de la voie Consulaire, près de la rue de la Fortune; M. d'Aspremont n'eut pas de peine à les trouver. Il entra dans la salle voûtée qu'entoure une rangée de niches formées par des atlas de terre cuite, supportant une architrave ornée d'enfants et de feuillages. Les revêtements de marbre, les mosaïques, les trépieds de bronze ont disparu. Il ne reste plus de l'ancienne splendeur que les atlas d'argile et des murailles nues comme celles d'un tombeau; un jour vague provenant d'une petite fenêtre ronde qui découpe en disque le bleu du ciel, glisse en tremblant sur les dalles rompues du pavé.

C'était là que les femmes de Pompeï venaient, après le bain, sécher leurs beaux corps humides, rajuster leurs coiffures, reprendre leurs tuniques et se sourire dans le cuivre bruni des miroirs. Une scène d'un genre bien différent allait s'y passer, et le sang devait couler sur le sol où ruisselaient jadis les parfums.

Quelques instants après, le comte Altavilla parut : il tenait à la main une boîte à pistolets, et sous le bras deux épées, car il ne pouvait croire que les conditions proposées par M. Paul d'Aspremont fussent sérieuses; il n'y avait vu qu'une raillerie méphistophélique, un sarcasme infernal.

« Pourquoi faire ces pistolets et ces épées, comte?

dit Paul en voyant cette panoplie; n'étions-nous pas convenus d'un autre mode de combat?

— Sans doute; mais je pensais que vous changeriez peut-être d'avis; on ne s'est jamais battu de cette façon.

— Notre adresse fût-elle égale, ma position me donne sur vous trop d'avantages, répondit Paul avec un sourire amer; je n'en veux pas abuser. Voilà des stylets que j'ai apportés; examinez-les; ils sont parfaitement pareils; voici des foulards pour nous bander les yeux. — Voyez, ils sont épais, et *mon regard* n'en pourra percer le tissu. »

Le comte Altavilla fit un signe d'acquiescement.

« Nous n'avons pas de témoins, dit Paul, et l'un de nous ne doit pas sortir vivant de cette cave. Écrivons chacun un billet attestant la loyauté du combat; le vainqueur le placera sur la poitrine du mort.

— Bonne précaution! » répondit avec un sourire le Napolitain en traçant quelques lignes sur une feuille du carnet de Paul, qui remplit à son tour la même formalité.

Cela fait, les adversaires mirent bas leurs habits, se bandèrent les yeux, s'armèrent de leurs stylets, et saisirent chacun par une extrémité le mouchoir, trait d'union terrible entre leurs haines.

— Êtes-vous prêt? dit M. d'Aspremont au comte Altavilla.

— Oui », répondit le Napolitain d'une voix parfaitement calme.

Don Felipe Altavilla était d'une bravoure éprouvée, il ne redoutait au monde que la jettature, et ce combat aveugle, qui eût fait frissonner tout autre d'épouvante, ne lui causait pas le moindre trouble; il ne faisait ainsi que jouer sa vie à pile ou face, et n'avait pas le désagrément de voir l'œil fauve de son adversaire darder sur lui son regard jaune.

Les deux combattants brandirent leurs couteaux, et le mouchoir qui les reliait l'un à l'autre dans ces épaisses ténèbres se tendit fortement. Par un mouvement instinctif, Paul et le comte avaient rejeté leur torse en arrière, seule parade possible dans cet étrange duel; leurs bras retombèrent sans avoir atteint autre chose que le vide.

Cette lutte obscure, où chacun pressentait la mort sans la voir venir, avait un caractère horrible. Farouches et silencieux, les deux adversaires reculaient, tournaient, sautaient, se heurtaient quelquefois, manquant ou dépassant le but; on n'entendait que le trépignement de leurs pieds et le souffle haletant de leurs poitrines.

Une fois Altavilla sentit la pointe de son stylet rencontrer quelque chose; il s'arrêta croyant avoir tué son rival, et attendit la chute du corps : — il n'avait frappé que la muraille!

« Pardieu! je croyais bien vous avoir percé de part en part, dit-il en se remettant en garde.

— Ne parlez pas, dit Paul, votre voix me guide. »

Et le combat recommença.

Tout à coup les deux adversaires se sentirent détachés. — Un coup du stylet de Paul avait tranché le foulard.

« Trêve! cria le Napolitain; nous ne nous tenons plus, le mouchoir est coupé.

— Qu'importe! continuons, » dit Paul.

Un silence morne s'établit. En loyaux ennemis, ni M. d'Aspremont ni le comte ne voulaient profiter des indications données par leur échange de paroles. — Ils firent quelques pas pour se dérouter et se remirent à se chercher dans l'ombre.

Le pied de M. d'Aspremont déplaça une petite
pierre; ce léger choc révéla au Napolitain, agitant
son couteau au hasard, dans quel sens il devait
marcher. Se ramassant sur ses jarrets pour avoir
plus d'élan, Altavilla s'élança d'un bond de tigre et
rencontra le stylet de M. d'Aspremont.

Paul toucha la pointe de son arme et la sentit
mouillée... des pas incertains résonnèrent lourdement sur les dalles; un soupir oppressé se fit
entendre et un corps tomba tout d'une pièce à
terre.

Pénétré d'horreur, Paul abattit le bandeau qui lui
couvrait les yeux, et il vit le comte Altavilla pâle,
immobile, étendu sur le dos et la chemise tachée à
l'endroit du cœur d'une large plaque rouge.

Le beau Napolitain était mort!

M. d'Aspremont mit sur la poitrine d'Altavilla le
billet qui attestait la loyauté du duel, et sortit des
bains antiques plus pâle au grand jour qu'au clair
de lune le criminel que Prud'hon fait poursuivre
par les Érinnys vengeresses [47].

XIV

Vers deux heures de l'après-midi, une bande de
touristes anglais, guidée par un cicerone, visitait les
ruines de Pompeï; la tribu insulaire, composée du
père, de la mère, de trois grandes filles, de deux
petits garçons et d'un cousin, avait déjà parcouru
d'un œil glauque et froid, où se lisait ce profond
ennui qui caractérise la race britannique, l'amphithéâtre, le théâtre de tragédie et de chant,
si curieusement juxtaposés; le quartier militaire,

crayonné de caricatures par l'oisiveté du corps de
garde ; le forum, surpris au milieu d'une réparation ;
la basilique, les temples de Vénus et de Jupiter, le
Panthéon et les boutiques qui les bordent. Tous
suivaient en silence dans leur *Murray* les explications bavardes du cicerone et jetaient à peine un
regard sur les colonnes, les fragments de statues, les
mosaïques, les fresques et les inscriptions.

Ils arrivèrent enfin aux bains antiques, découverts en 1824, comme le guide le leur faisait
remarquer. « Ici étaient les étuves, là le four à
chauffer l'eau, plus loin la salle à température
modérée ; » ces détails donnés en patois napolitain
mélangé de quelques désinences anglaises paraissaient intéresser médiocrement les visiteurs, qui
déjà opéraient une volte-face pour se retirer,
lorsque miss Ethelwina, l'aînée des demoiselles,
jeune personne aux cheveux blonds filasse, et à la
peau truitée de taches de rousseur, fit deux pas en
arrière, d'un air moitié choqué, moitié effrayé, et
s'écria : « Un homme ! »

— Ce sera sans doute quelque ouvrier des
fouilles à qui l'endroit aura paru propice pour faire
la sieste ; il y a sous cette voûte de la fraîcheur et de
l'ombre : n'ayez aucune crainte, mademoiselle, dit
le guide en poussant du pied le corps étendu à
terre. Holà ! réveille-toi, fainéant, et laisse passer
Leurs Seigneuries. »

Le prétendu dormeur ne bougea pas.

« Ce n'est pas un homme endormi, c'est un
mort », dit un des jeunes garçons, qui, vu sa petite
taille, démêlait mieux dans l'ombre l'aspect du
cadavre.

Le cicerone se baissa sur le corps et se releva
brusquement, les traits bouleversés.

« Un homme assassiné ! s'écria-t-il.

— Oh! c'est vraiment désagréable de se trouver en présence de tels objets ; écartez-vous, Ethelwina, Kitty, Bess, dit mistress Bracebridge, il ne convient pas à de jeunes personnes bien élevées de regarder un spectacle si impropre. Il n'y a donc pas de police dans ce pays-ci ! Le coroner aurait dû relever le corps.

— Un papier ! fit laconiquement le cousin, roide, long et embarrassé de sa personne comme le laird de Dumbidike de *la Prison d'Édimbourg* [48].

— En effet, dit le guide en prenant le billet placé sur la poitrine d'Altavilla, un papier avec quelques lignes d'écriture.

— Lisez », dirent en chœur les insulaires, dont la curiosité était surexcitée.

« Qu'on ne recherche ni n'inquiète personne pour ma mort. Si l'on trouve ce billet sur ma blessure, j'aurai succombé dans un duel loyal.

« *Signé* FELIPE, comte d'ALTAVILLA. »

« C'était un homme comme il faut ; quel dommage ! soupira mistress Bracebridge, que la qualité de comte du mort impressionnait.

— Et un joli garçon, murmura tout bas Ethelwina, la demoiselle aux taches de rousseur.

— Tu ne te plaindras plus, dit Bess à Kitty, du manque d'imprévu dans les voyages : nous n'avons pas, il est vrai, été arrêtés par des brigands sur la route de Terracine à Fondi ; mais un jeune seigneur percé d'un coup de stylet dans les ruines de Pompéï, voilà une aventure. Il y a sans doute là-dessous une rivalité d'amour ; — au moins nous aurons quelque chose d'italien, de pittoresque et de romantique à raconter à nos amies. Je ferai de la scène un dessin sur mon album, et tu joindras au croquis des stances mystérieuses dans le goût de Byron.

— C'est égal, fit le guide, le coup est bien donné, de bas en haut, dans toutes les règles ; il n'y a rien à dire. »

Telle fut l'oraison funèbre du comte Altavilla.

Quelques ouvriers, prévenus par le cicerone, allèrent chercher la justice, et le corps du pauvre Altavilla fut reporté à son château, près de Salerne.

Quant à M. d'Aspremont, il avait regagné sa voiture, les yeux ouverts comme un somnambule et ne voyant rien. On eût dit une statue qui marchait. Quoiqu'il eût éprouvé à la vue du cadavre cette horreur religieuse qu'inspire la mort, il ne se sentait pas coupable, et le remords n'entrait pour rien dans son désespoir. Provoqué de manière à ne pouvoir refuser, il n'avait accepté ce duel qu'avec l'espérance d'y laisser une vie désormais odieuse. Doué d'un regard funeste, il avait voulu un combat aveugle pour que la fatalité seule fût responsable. Sa main même n'avait pas frappé ; son ennemi s'était enferré ! Il plaignait le comte Altavilla comme s'il eût été étranger à sa mort. « C'est mon stylet qui l'a tué, se disait-il, mais si je l'avais regardé dans un bal, un lustre se fût détaché du plafond et lui eût fendu la tête. Je suis innocent comme la foudre, comme l'avalanche, comme le mancenillier, comme toutes les forces destructives et inconscientes. Jamais ma volonté ne fut malfaisante, mon cœur n'est qu'amour et bienveillance, mais je sais que je suis nuisible. Le tonnerre ne sait pas qu'il tue ; moi, homme, créature intelligente, n'ai-je pas un devoir sévère à remplir vis-à-vis de moi-même ? Je dois me citer à mon propre tribunal et m'interroger. Puis-je rester sur cette terre où je ne cause que des malheurs ? Dieu me damnerait-il

si je me tuais par amour pour mes semblables ?
Question terrible et profonde que je n'ose résoudre ;
il me semble que, dans la position où je suis, la
mort volontaire est excusable. Mais si je me
trompais ? pendant l'éternité, je serais privé de la
vue d'Alicia, qu'alors je pourrais regarder sans lui
nuire, car les yeux de l'âme n'ont pas le fascino.
— C'est une chance que je ne veux pas courir. »

Une idée subite traversa le cerveau du malheureux jettatore et interrompit son monologue intérieur. Ses traits se détendirent ; la sérénité immuable
qui suit les grandes résolutions dérida son front
pâle : il avait pris un parti suprême :

« Soyez condamnés, mes yeux, puisque vous êtes
meurtriers ; mais, avant de vous fermer pour
toujours, saturez-vous de lumière, contemplez le
soleil, le ciel bleu, la mer immense, les chaînes
azurées des montagnes, les arbres verdoyants, les
horizons indéfinis, les colonnades des palais, la
cabane du pêcheur, les îles lointaines du golfe, la
voile blanche rasant l'abîme, le Vésuve, avec son
aigrette de fumée ; regardez, pour vous en souvenir,
tous ces aspects charmants que vous ne verrez plus ;
étudiez chaque forme et chaque couleur, donnez-
vous une dernière fête. Pour aujourd'hui, funestes
ou non, vous pouvez vous arrêter sur tout ; enivrez-
vous du splendide spectacle de la création ! Allez,
voyez, promenez-vous. Le rideau va tomber entre
vous et le décor de l'univers ! »

La voiture, en ce moment, longeait le rivage ; la
baie radieuse étincelait, le ciel semblait taillé dans
un seul saphir ; une splendeur de beauté revêtait
toutes choses.

Paul dit à Scazziga d'arrêter ; il descendit, s'assit
sur une roche et regarda longtemps, longtemps,
longtemps, comme s'il eût voulu accaparer l'infini.

Ses yeux se noyaient dans l'espace et la lumière, se renversaient comme en extase, s'imprégnaient de lueurs, s'imbibaient de soleil! La nuit qui allait suivre ne devait pas avoir d'aurore pour lui.

S'arrachant à cette contemplation silencieuse, M. d'Aspremont remonta en voiture et se rendit chez miss Alicia Ward.

Elle était, comme la veille, allongée sur son étroit canapé, dans la salle basse que nous avons déjà décrite. Paul se plaça en face d'elle, et cette fois ne tint pas ses yeux baissés vers la terre, ainsi qu'il le faisait depuis qu'il avait acquis la conscience de sa jettature.

La beauté si parfaite d'Alicia se spiritualisait par la souffrance : la femme avait presque disparu pour faire place à l'ange : ses chairs étaient transparentes, éthérées, lumineuses; on apercevait l'âme à travers comme une lueur dans une lampe d'albâtre. Ses yeux avaient l'infini du ciel et la scintillation de l'étoile; à peine si la vie mettait sa signature rouge dans l'incarnat de ses lèvres.

Un sourire divin illumina sa bouche, comme un rayon de soleil éclairant une rose, lorsqu'elle vit les regards de son fiancé l'envelopper d'une longue caresse. Elle crut que Paul avait enfin chassé ses funestes idées de jettature et lui revenait heureux et confiant comme aux premiers jours, et elle tendit à M. d'Aspremont, qui la garda, sa petite main pâle et fluette.

« Je ne vous fais donc plus peur? dit-elle avec une douce moquerie à Paul qui tenait toujours les yeux fixés sur elle.

— Oh! laissez-moi vous regarder, répondit M. d'Aspremont d'un ton de voix singulier en s'agenouillant près du canapé; laissez-moi m'enivrer de cette beauté ineffable! » et il contemplait

avidement les cheveux lustrés et noirs d'Alicia, son
beau front pur comme un marbre grec, ses yeux
d'un bleu noir comme l'azur d'une belle nuit, son
nez d'une coupe si fine, sa bouche dont un sourire
languissant montrait à demi les perles, son col de
cygne onduleux et flexible, et semblait noter
chaque trait, chaque détail, chaque perfection
comme un peintre qui voudrait faire un portrait de
mémoire ; il se rassasiait de l'aspect adoré, il se
faisait une provision de souvenirs, arrêtant les
profils, repassant les contours.

Sous ce regard ardent, Alicia, fascinée et charmée, éprouvait une sensation voluptueusement
douloureuse, agréablement mortelle ; sa vie s'exaltait
et s'évanouissait ; elle rougissait et pâlissait, devenait froide, puis brûlante. — Une minute de plus,
et l'âme l'eût quittée.

Elle mit sa main sur les yeux de Paul, mais les
regards du jeune homme traversaient comme une
flamme les doigts transparents et frêles d'Alicia.

« Maintenant mes yeux peuvent s'éteindre, je la
verrai toujours dans mon cœur », dit Paul en se
relevant.

Le soir, après avoir assisté au coucher du soleil,
— le dernier qu'il dût contempler, — M. d'Aspremont, en rentrant à l'hôtel de Rome, se fit apporter
un réchaud et du charbon.

« Veut-il s'asphyxier ? dit en lui-même Virgilio
Falsacappa en remettant à Paddy ce qu'il lui
demandait de la part de son maître ; c'est ce qu'il
pourrait faire de mieux, ce maudit jettatore ! »

Le fiancé d'Alicia ouvrit la fenêtre, contraire-
ment à la conjecture de Falsacappa, alluma les
charbons, y plongea la lame d'un poignard et
attendit que le fer devînt rouge.

La mince lame, parmi les braises incandescentes,

arriva bientôt au rouge blanc; Paul, comme pour
prendre congé de lui-même, s'accouda sur la
cheminée en face d'un grand miroir où se projetait
la clarté d'un flambeau à plusieurs bougies; il
regarda cette espèce de spectre qui était lui,
cette enveloppe de sa pensée qu'il ne devait
plus apercevoir, avec une curiosité mélancolique :
« Adieu, fantôme pâle que je promène depuis tant
d'années à travers la vie, forme manquée et sinistre
où la beauté se mêle à l'horreur, argile scellée au
front d'un cachet fatal, masque convulsé d'une âme
douce et tendre! tu vas disparaître à jamais pour
moi : vivant, je te plonge dans les ténèbres éter-
nelles, et bientôt je t'aurai oublié comme le rêve
d'une nuit d'orage. Tu auras beau dire, misérable
corps, à ma volonté inflexible : « Hubert, Hubert,
mes pauvres yeux! » tu ne l'attendriras point.
Allons, à l'œuvre, victime et bourreau! » Et il
s'éloigna de la cheminée pour s'asseoir sur le bord
de son lit.

Il aviva de son souffle les charbons du réchaud
posé sur un guéridon voisin, et saisit par le manche
la lame d'où s'échappaient en pétillant de blanches
étincelles.

A ce moment suprême, quelle que fût sa résolution, M. d'Aspremont sentit comme une défail-
lance : une sueur froide baigna ses tempes; mais
il domina bien vite cette hésitation purement physique et approcha de ses yeux le fer brûlant.

Une douleur aiguë, lancinante, intolérable, faillit
lui arracher un cri; il lui sembla que deux jets de
plomb fondu lui pénétraient par les prunelles
jusqu'au fond du crâne; il laissa échapper le
poignard, qui roula par terre et fit une marque
brune sur le parquet.

Une ombre épaisse, opaque, auprès de laquelle la

nuit la plus sombre est un jour splendide, l'encapuchonnait de son voile noir; il tourna la tête vers la
cheminée sur laquelle devaient brûler encore les
bougies; il ne vit que des ténèbres denses, impénétrables, où ne tremblaient même pas ces vagues
lueurs que les voyants perçoivent encore, les
paupières fermées, lorsqu'ils sont en face d'une
lumière. — Le sacrifice était consommé [49]!

« Maintenant, dit Paul, noble et charmante créature, je pourrai devenir ton mari sans être un
assassin. Tu ne dépériras plus héroïquement sous
mon regard funeste : tu reprendras ta belle santé;
hélas! je ne t'apercevrai plus, mais ton image
céleste rayonnera d'un éclat immortel dans mon
souvenir; je te verrai avec l'œil de l'âme, j'entendrai
ta voix plus harmonieuse que la plus suave
musique, je sentirai l'air déplacé par tes mouvements, je saisirai le frisson soyeux de ta robe,
l'imperceptible craquement de ton brodequin, j'as-
pirerai le parfum léger qui émane de toi et te fait
comme une atmosphère. Quelquefois tu laisseras ta
main entre les miennes pour me convaincre de ta
présence, tu daigneras guider ton pauvre aveugle
lorsque son pied hésitera sur son chemin obscur; tu
lui liras les poètes, tu lui raconteras les tableaux et
les statues. Par ta parole, tu lui rendras l'univers
évanoui; tu seras sa seule pensée, son seul rêve;
privé de la distraction des choses et de l'éblouissement de la lumière, son âme volera vers toi d'une
aile infatigable!

« Je ne regrette rien, puisque tu es sauvée : qu'ai-
je perdu, en effet? le spectacle monotone des
saisons et des jours, la vue des décorations plus ou
moins pittoresques où se déroulent les cent actes
divers de la triste comédie humaine. — La terre, le
ciel, les eaux, les montagnes, les arbres, les fleurs :

vaines apparences, redites fastidieuses, formes toujours les mêmes! Quand on a l'amour, on possède
le vrai soleil, la clarté qui ne s'éteint pas! »

Ainsi parlait, dans son monologue intérieur, le
malheureux Paul d'Aspremont, tout enfiévré d'une
exaltation lyrique où se mêlait parfois le délire de la
souffrance.

Peu à peu ses douleurs s'apaisèrent; il tomba
dans ce sommeil noir, frère de la mort et consola-
teur comme elle.

Le jour, en pénétrant dans la chambre, ne le
réveilla pas. — Midi et minuit devaient désormais,
pour lui, avoir la même couleur; mais les cloches
tintant l'*Angelus* à joyeuses volées bourdonnaient
vaguement à travers son sommeil, et, peu à peu
devenant plus distinctes, le tirèrent de son assoupissement.

Il souleva ses paupières, et, avant que son âme
endormie encore se fût souvenue, il eut une
sensation horrible. Ses yeux s'ouvraient sur le vide,
sur le noir, sur le néant, comme si, enterré vivant, il
se fût réveillé de léthargie dans un cercueil; mais il
se remit bien vite. N'en serait-il pas toujours ainsi?
ne devait-il point passer, chaque matin, des ténèbres
du sommeil aux ténèbres de la veille?

Il chercha à tâtons le cordon de la sonnette.

Paddy accourut.

Comme il manifestait son étonnement de voir
son maître se lever avec les mouvements incertains
d'un aveugle :

« J'ai commis l'imprudence de dormir la fenêtre
ouverte, lui dit Paul, pour couper court à toute
explication, et je crois que j'ai attrapé une goutte
sereine [50], mais cela se passera; conduis-moi à mon
fauteuil et mets près de moi un verre d'eau
fraîche. »

Paddy, qui avait une discrétion tout anglaise, ne fit aucune remarque, exécuta les ordres de son maître et se retira.

Resté seul, Paul trempa son mouchoir dans l'eau froide, et le tint sur ses yeux pour amortir l'ardeur causée par la brûlure.

Laissons M. d'Aspremont dans son immobilité douloureuse et occupons-nous un peu des autres personnages de notre histoire.

La nouvelle de la mort étrange du comte Altavilla s'était promptement répandue dans Naples et servait de thème à mille conjectures plus extravagantes les unes que les autres. L'habileté du comte à l'escrime était célèbre; Altavilla passait pour un des meilleurs tireurs de cette école napolitaine si redoutable sur le terrain; il avait tué trois hommes et en avait blessé grièvement cinq ou six. Sa renommée était si bien établie en ce genre, qu'il ne se battait plus. Les duellistes les plus sur la hanche [51] le saluaient poliment et, les eût-il regardés de travers, évitaient de lui marcher sur le pied. Si quelqu'un de ces rodomonts eût tué Altavilla, il n'eût pas manqué de se faire honneur d'une telle victoire. Restait la supposition d'un assassinat, qu'écartait le billet trouvé sur la poitrine du mort. On contesta d'abord l'authenticité de l'écriture; mais la main du comte fut reconnue par des personnes qui avaient reçu de lui plus de cent lettres. La circonstance des yeux bandés, car le cadavre portait encore un foulard noué autour de la tête, semblait toujours inexplicable. On retrouva, outre le stylet planté dans la poitrine du comte, un second stylet échappé sans doute de sa main défaillante : mais si le combat avait eu lieu au couteau, pourquoi ces épées et ces pistolets qu'on reconnut pour avoir appartenu au comte, dont le cocher déclara qu'il avait amené son maître à Pompeï, avec ordre de s'en retourner si au bout d'une heure il ne reparaissait pas?

C'était à s'y perdre.

Le bruit de cette mort arriva bientôt aux oreilles de Vicè, qui en instruisit sir Joshua Ward. Le commodore, à qui revint tout de suite en mémoire l'entretien mystérieux qu'Altavilla avait eu avec lui au sujet d'Alicia, entrevit confusément quelque tentative ténébreuse, quelque lutte horrible et désespérée où M. d'Aspremont devait se trouver mêlé volontairement ou involontairement. Quant à Vicè, elle n'hésitait pas à attribuer la mort du beau comte au vilain jettatore, et en cela sa haine la servait comme une seconde vue. Cependant M. d'Aspremont avait fait sa visite à miss Ward à l'heure accoutumée, et rien dans sa contenance ne trahissait l'émotion d'un drame terrible; il paraissait même plus calme qu'à l'ordinaire.

Cette mort fut cachée à miss Ward, dont l'état devenait inquiétant, sans que le médecin anglais appelé par sir Joshua pût constater de maladie bien caractérisée : c'était comme une sorte d'évanouissement de la vie, de palpitation de l'âme battant des ailes pour prendre son vol, de suffocation d'oiseau sous la machine pneumatique, plutôt qu'un mal réel, possible à traiter par les moyens ordinaires. On eût dit un ange retenu sur terre et ayant la nostalgie du ciel; la beauté d'Alicia était si suave, si délicate, si diaphane, si immatérielle, que la grossière atmosphère humaine ne devait plus être respirable pour elle; on se la figurait planant dans la lumière d'or du Paradis, et le petit oreiller de dentelles qui soutenait sa tête rayonnait comme une auréole. Elle ressemblait, sur son lit, à cette mignonne Vierge de Schoorel[52], le plus fin joyau de la couronne de l'art gothique.

M. d'Aspremont ne vint pas ce jour-là : pour cacher son sacrifice, il ne voulait pas paraître les paupières rougies, se réservant d'attribuer sa brusque cécité à une tout autre cause.

Le lendemain, ne sentant plus de douleur, il monta dans sa calèche, guidé par son groom Paddy.

La voiture s'arrêta comme d'habitude à la porte en claire-voie. L'aveugle volontaire la poussa et, sondant le terrain du pied, s'engagea dans l'allée connue. Vicè n'était pas accourue selon sa coutume au bruit de la sonnette mise en mouvement par le ressort de la porte ; aucun de ces mille petits bruits joyeux qui sont comme la respiration d'une maison vivante ne parvenait à l'oreille attentive de Paul ; un silence morne, profond, effrayant, régnait dans l'habitation, que l'on eût pu croire abandonnée. Ce silence qui eût été sinistre, même pour un homme clairvoyant, devenait plus lugubre encore dans les ténèbres qui enveloppaient le nouvel aveugle.

Les branches qu'il ne distinguait plus semblaient vouloir le retenir comme des bras suppliants et l'empêcher d'aller plus loin. Les lauriers lui barraient le passage ; les rosiers s'accrochaient à ses habits, les lianes le prenaient aux jambes, le jardin lui disait dans sa langue muette : « Malheureux ! que viens-tu faire ici ? Ne force pas les obstacles que je t'oppose, va-t'en ! » Mais Paul n'écoutait pas et, tourmenté de pressentiments terribles, se roulait dans le feuillage, repoussait les masses de verdure, brisait les rameaux et avançait toujours du côté de la maison.

Déchiré et meurtri par les branches irritées, il arriva enfin au bout de l'allée. Une bouffée d'air libre le frappa au visage, et il continua sa route les mains tendues en avant.

Il rencontra le mur et trouva la porte en tâtonnant.

Il entra; nulle voix amicale ne lui donna la bienvenue. N'entendant aucun son qui pût le guider, il resta quelques minutes hésitant sur le seuil. Une senteur d'éther, une exhalaison d'aromates, une odeur de cire en combustion, tous les vagues parfums des chambres mortuaires saisirent l'odorat de l'aveugle pantelant d'épouvante; une idée affreuse se présenta à son esprit, et il pénétra dans la chambre.

Après quelques pas, il heurta quelque chose qui tomba avec grand bruit; il se baissa et reconnut au toucher que c'était un chandelier de métal pareil aux flambeaux d'église et portant un long cierge.

Éperdu, il poursuivit sa route à travers l'obscurité. Il lui sembla entendre une voix qui murmurait tout bas des prières; il fit un pas encore, et ses mains rencontrèrent le bord d'un lit; il se pencha, et ses doigts tremblants effleurèrent d'abord un corps immobile et droit sous une fine tunique, puis une couronne de roses et un visage pur et froid comme le marbre.

C'était Alicia allongée sur sa couche funèbre.

« Morte! s'écria Paul avec un râle étranglé! morte! et c'est moi qui l'ai tuée! »

Le commodore, glacé d'horreur, avait vu ce fantôme aux yeux éteints entrer en chancelant, errer au hasard et se heurter au lit de mort de sa nièce : il avait tout compris. La grandeur de ce sacrifice inutile fit jaillir deux larmes des yeux rougis du vieillard, qui croyait bien ne plus pouvoir pleurer.

Paul se précipita à genoux près du lit et couvrit

de baisers la main glacée d'Alicia; les sanglots
secouaient son corps par saccades convulsives. Sa
douleur attendrit même la féroce Vicè, qui se tenait
silencieuse et sombre contre la muraille, veillant le
dernier sommeil de sa maîtresse.

Quand ces adieux muets furent terminés,
M. d'Aspremont se releva et se dirigea vers la
porte, roide, tout d'une pièce, comme un automate
mû par des ressorts; ses yeux ouverts et fixes, aux
prunelles atones, avaient une expression surnaturelle : quoique aveugles, on aurait dit qu'ils voyaient.
Il traversa le jardin d'un pas lourd comme celui des
apparitions de marbre [53], sortit dans la campagne et
marcha devant lui, dérangeant les pierres du pied,
trébuchant quelquefois, prêtant l'oreille comme
pour saisir un bruit dans le lointain, mais avançant
toujours.

La grande voix de la mer résonnait de plus en
plus distincte; les vagues, soulevées par un vent
d'orage, se brisaient sur la rive avec des sanglots
immenses, expression de douleurs inconnues, et
gonflaient, sous les plis de l'écume, leurs poitrines
désespérées; des millions de larmes amères ruisselaient sur les roches, et les goëlands inquiets
poussaient des cris plaintifs.

Paul arriva bientôt au bord d'une roche qui
surplombait. Le fracas des flots, la pluie salée que
la rafale arrachait aux vagues et lui jetait au visage
auraient dû l'avertir du danger; il n'en tint aucun
compte; un sourire étrange crispa ses lèvres pâles,
et il continua sa marche sinistre, quoique sentant le
vide sous son pied suspendu.

Il tomba; une vague monstrueuse le saisit, le
tordit quelques instants dans sa volute et l'englou-
tit.

La tempête éclata alors avec furie : les lames

assaillirent la plage en files pressées, comme des guerriers montant à l'assaut, et lançant à cinquante pieds en l'air des fumées d'écume ; les nuages noirs se lézardèrent comme des murailles d'enfer, laissant apercevoir par leurs fissures l'ardente fournaise des éclairs ; des lueurs sulfureuses, aveuglantes, illuminèrent l'étendue ; le sommet du Vésuve rougit, et un panache de vapeur sombre, que le vent rabattait, ondula au front du volcan. Les barques amarrées se choquèrent avec des bruits lugubres, et les cordages trop tendus se plaignirent douloureusement. Bientôt la pluie tomba en faisant siffler ses hachures comme des flèches, — on eût dit que le chaos voulait reprendre la nature et en confondre de nouveau les éléments.

Le corps de M. Paul d'Aspremont ne fut jamais retrouvé, quelques recherches que fît faire le commodore.

Un cercueil de bois d'ébène à fermoirs et à poignées d'argent, doublé de satin capitonné, et tel enfin que celui dont miss Clarisse Harlowe[54] recommande les détails avec une grâce si touchante « à monsieur le menuisier », fut embarqué à bord d'un yacht par les soins du commodore, et placé dans la sépulture de famille du cottage du Lincolnshire. Il contenait la dépouille terrestre d'Alicia Ward, belle jusque dans la mort.

Quant au commodore, un changement remarquable s'est opéré dans sa personne. Son glorieux embonpoint a disparu. Il ne met plus de rhum dans son thé, mange du bout des dents, dit à peine deux paroles en un jour, le contraste de ses favoris blancs et de sa face cramoisie n'existe plus, — le commodore est devenu pâle !

DOSSIER

CHRONOLOGIE

1811. Naissance, le 30 août, à Tarbes, de Pierre-Jules-Théophile Gautier, l'aîné d'une famille de trois enfants.

1814. La famille Gautier monte à Paris, et se fixe 130, rue Vieille-du-Temple : Pierre Gautier, le père du poète, doit à la protection de l'abbé de Montesquiou la place de chef de la comptabilité de l'octroi de Paris.

1822. Théophile est interne au collège Louis-le-Grand pendant un trimestre. A partir de la rentrée, il est externe à Charlemagne, où il se lie avec Gérard Labrunie (le futur Gérard de Nerval), de trois ans son aîné. La famille a déménagé au 4, rue du Parc-Royal.
Mort d'E.-T.-A. Hoffmann.

1827. Mérimée : *La Guzla.*

1828. *2 août :* Jean-Jacques Ampère publie le premier article écrit en français sur Hoffmann : un compte rendu d'une biographie allemande de l'écrivain.
Traduction du *Faust* de Goethe, par Gérard (de Nerval).

1829. Gautier, qui voudrait être peintre, fréquente l'atelier de Rioult, rue Saint-Antoine. On déménage au 8 de la place Royale (actuelle place des Vosges). Trois ans plus tard, Victor Hugo viendra s'installer au 6.
Mai : Saint-Marc Girardin présente aux lecteurs de la *Revue de Paris* la traduction partielle d'un « conte fantastique » d'Hoffmann : *Le Pot d'or.* Début de la traduction en 16 volumes de Loëve Veimars (*Contes fantastiques* et *Contes nocturnes*). La publication s'étendra sur deux ans.

1830. Avant la « bataille d'Hernani », où Théophile Gautier donne de sa personne (et immortalise son gilet rouge), il est présenté à Victor Hugo par Gérard de Nerval et Pétrus Borel.

Son premier ouvrage, *Poésies*, est mis en vente le 28 juillet, en pleine révolution.

Nodier : *Du fantastique en littérature*.

Balzac : *Les Deux Rêves* (*Sur Catherine de Médicis*, III), *L'Élixir de longue vie*.

Sainte-Beuve : *Hoffmann. Contes nocturnes*.

1831. Gautier, qui a publié un article anonyme dans *Le Gastronome* et écrit sur Hoffmann une étude qui restera longtemps inédite, signe son premier texte en prose : c'est *La Cafetière*, *conte fantastique*, qui paraît dans *Le Cabinet de lecture* le 4 mai. Une « fantaisie » de Jules Janin, *Hoffmann et Paganini*, était parue le 15 mars dans le *Journal des Débats*.

Nodier : *De quelques phénomènes du sommeil*.

Balzac : *La Peau de chagrin, Le Chef-d'œuvre inconnu, conte fantastique*.

1832. « Le petit Cénacle » (Gautier, Nerval, Borel, Nanteuil, O'Neddy et quelques autres) se réunit chez Jehan Duseigneur, rue de Vaugirard.

Octobre : publication d'*Albertus ou l'âme et le péché, légende théologique*.

Nodier : *La Fée aux miettes*.

Nerval : *La Main de gloire*.

1833. *Les Jeunes-France, romans goguenards,* inclut un conte parodique : *Onophrius, ou les vexations fantastiques d'un admirateur d'Hoffmann,* qui avait été publié séparément sous le titre d'*Onophrius Wphly*.

Un seul article : le premier compte rendu de « salon » écrit par Gautier. Il y en aura un tous les ans jusqu'en 1872, à l'exception, semble-t-il, des années 1835 et 1843.

1834. La famille ayant quitté la place Royale pour Auteuil, Gautier s'installe au 8 (?) de la rue (ou de l'impasse) du Doyenné, « une oasis de solitude et de silence » près du vieux Louvre.

Publication d'*Omphale, ou la tapisserie amoureuse*.

La première étude de la série qui constituera, en 1844, *Les Grotesques* paraît dans *La France littéraire* en janvier : elle est consacrée à Villon.

Mérimée : *Les Ames du purgatoire*.

1835. Articles sur Colletet, Georges de Scudéry, Chapelain. Ils seront repris dans *Les Grotesques*. A la fin de l'année paraît le premier volume de *Mademoiselle de Maupin* — *Double*

amour précédé de la célèbre préface. Le second volume paraîtra en janvier 1836.
Balzac : *Melmoth réconcilié.*

1836. *Juin :* publication de *La Morte amoureuse.*
Pendant l'été, Gautier fait un voyage en Belgique en compagnie de Nerval. Il tirera de cette expérience, en septembre, une série d'articles sous le titre *Un tour en Belgique.*
14 août : article sur les *Contes d'Hoffmann,* à l'occasion d'une nouvelle traduction d'Henry Egmont.
26 août : Gautier donne à *La Presse,* d'Émile de Girardin, son premier article. Sa collaboration régulière durera jusqu'en 1855.
30 août : Carlotta Grisi, dont Gautier sera amoureux toute sa vie, danse pour la première fois à l'Opéra de Paris.
29 septembre : de la liaison de Gautier et d'Eugénie Fort naît Charles-Marie-Théophile.

1837. Gautier a déménagé au 27 rue de Navarin. Dans les années suivantes, il changera deux fois d'adresse dans la même rue. Il fait pour *La Presse* son premier article de critique théâtrale.
Mérimée : *La Vénus d'Ille.*
Nodier : *Inès de las Sierras.*

1838. *Janvier : La Comédie de la mort.*
Parmi les 75 articles publiés par Gautier, on en note un sur *Monsieur Victor Hugo dessinateur* et un sur *Les Caprices de Goya.*
Fortunio (publié l'année précédente dans *Le Figaro* sous le titre *L'Eldorado*) paraît le 26 mai. En 1863, Gautier décrira cet ouvrage comme « le dernier où j'aie librement exprimé ma pensée véritable ».
27 septembre : La Pipe d'opium.

1839. *Janvier : Une larme du Diable, mystère.*
Gérard de Nerval est à Vienne. Ses *Amours de Vienne,* dont Gautier s'inspirera dans *Deux acteurs pour un rôle,* commencent à paraître en mars 1840. Son *Léo Burckart* est publié assorti d'une étude sur *Les Universités d'Allemagne* dont Gautier se servira.

1840. *Juillet : Contes étrangers : Le Chevalier double.*
Septembre : Contes étrangers : Le Pied de momie.
Mai-septembre : voyage en Espagne avec Eugène Piot. C'est un éblouissement.
Nerval : traduction du *Second Faust,* avec une préface importante.

1841. Création de *Giselle,* ballet dont le livret est de Gautier et la musique d'Adolphe Adam. Carlotta Grisi danse le rôle de Giselle.

1842. *Mars* : Gautier va à Londres assister à une représentation de *Giselle.*
Gautier, qui a rédigé pour le ministre de l'Intérieur un « rapport au nom de la commission chargée de l'examen des projets de monument à la mémoire de l'empereur Napoléon » est nommé chevalier de la Légion d'honneur.
Août : La Mille et deuxième Nuit.

1843. *Tra los montes,* réunion en volume des chroniques écrites pendant le voyage en Espagne.
17 juillet : La Péri, ballet écrit pour Carlotta Grisi, et mis en musique par Bergmuller, est créé à l'Opéra. Nouveau voyage à Londres.
Nerval est en Orient.
Contes fantastiques d'Hoffmann, traduction de Xavier Marmier.

1844. Début de la liaison avec la cantatrice Ernesta Grisi, jeune sœur de Carlotta.
Juin : excursion en Gascogne, dans le décor du futur *Capitaine Fracasse.*
Octobre : Les Grotesques.

1845. *Juillet-septembre :* voyage en Algérie, en compagnie de Noël Parfait.
Les *Poésies complètes,* comprenant *España,* paraissent le 5 juillet chez Charpentier *(Bibliographie de la France).*
Août : naissance de Judith, fille de Théophile et d'Ernesta.
Novembre : Zigzags (chroniques du voyage en Belgique de 1836).

1846. *Février : Le Club des Hachichins.*
Juin-juillet : voyage à Londres, en Belgique et en Hollande.
Octobre : voyage en Espagne, pour les fêtes du mariage du duc de Montpensier.

1847. *Militona.*
Novembre : naissance de la deuxième fille de Théophile et d'Ernesta Grisi : Estelle.

1848. *26 mars :* mort de la mère de Théophile Gautier.
Juillet : Baudelaire publie sa première traduction d'un conte de Poe : *Révélation magnétique.*

1849. *Mai-juin :* voyage à Londres par la Hollande.
Août-septembre : troisième voyage en Espagne.
Début de la liaison avec Marie Mattei (voir l'article de

Madeleine Cottin « M. Mattei inspiratrice de Th. Gautier » in *Revue d'Histoire littéraire de la France*, 1965).

21 décembre : Carlotta Grisi danse pour la dernière fois à l'Opéra : elle se retire, avec son second mari, le prince Radzivill, à Saint-Jean, près de Genève.

Dumas : *Les Mille et un Fantômes*, 2 volumes.

Mort d'Edgar Poe.

1850. *Juillet-novembre :* voyage en Italie avec Louis de Cormenin. Retrouve, à Venise, Marie Mattei. Séjours à Florence, Rome, Naples. Gautier est expulsé de cette dernière ville comme écrivain socialiste.

1851. *Août :* publication de *Partie carrée*.

1er octobre : premier numéro de la nouvelle *Revue de Paris*. Gautier est au comité de rédaction.

1852. *1er mars :* *Arria Marcella* paraît dans la *Revue de Paris*.

15 mai : *Italia*, chroniques du voyage en Italie réunies en volume.

7 juin : article de *La Presse* sur la « vente du mobilier de M. Victor Hugo ».

Juin-octobre : voyage en Orient, en Grèce, à Venise (Ernesta est en tournée à Constantinople).

Émaux et Camées est paru en juillet.

1853. Gautier donne des articles au *Moniteur universel*.

31 décembre : *Constantinople*, chroniques du voyage en Orient.

1854. *Mai : Gemma*, ballet en deux actes, musique du comte Gabrielli.

Juillet : voyage en Allemagne : Munich et Dresde.

Août : mort du père de Gautier.

1855. *26 janvier :* mort de Nerval.

29 juin : mort de Delphine de Girardin. Gautier abandonne *La Presse* pour *Le Moniteur universel*, journal officiel.

1856. Le physicien J.-B. Biot remplace, à l'Académie française, Charles de Lacretelle. Il est élu au premier tour avec vingt voix. Augier en a dix, Gautier, une.

Publication d'*Avatar* et de *Jettatura* dans *Le Moniteur universel*, et d'une introduction à la traduction des *Contes bizarres* d'Achim d'Arnim, par Théophile Gautier fils.

14 décembre : Gautier publie, dans *L'Artiste*, son premier article en tant que directeur.

Publication des *Histoires extraordinaires* de Poe, traduction de Baudelaire.

1857. *Le Roman de la Momie* paraît dans *Le Moniteur universel,* de mars à mai.
Printemps : la famille Gautier s'installe à Neuilly, 32 rue de Longchamp. Théophile y habitera jusqu'à sa mort.
25 juin : Les Fleurs du Mal paraissent chez Poulet-Malassis. Le livre est dédié à Théophile Gautier.
Septembre : voyage à Wiesbaden et à Stuttgart.
Poe : *Nouvelles Histoires extraordinaires,* traduction de Baudelaire.

1858. *14 juillet : Sacountala,* ballet de Théophile Gautier (musique de Reyer), est créé à l'Opéra.
Promu en juillet officier de la Légion d'honneur, Gautier part pour la Russie en septembre.
Poe : *Aventures d'Arthur Gordon Pym,* traduction de Baudelaire. Gautier publie, chez Hetzel, le premier volume d'une partie de ses feuilletons sous le titre d'*Histoire de l'art dramatique en France depuis vingt-cinq ans.*

1859. *27 mars :* Gautier est de retour à Paris.
A l'automne, il fait un voyage à Tarbes.

1860. *6 mai :* le premier article des *Tableaux de l'école moderne* paraît dans *Le Moniteur universel.*
Erckmann-Chatrian : *Contes fantastiques.*

1861. D'août à octobre, second séjour en Russie, avec son fils.
25 décembre : début de la publication du *Capitaine Fracasse* dans la *Revue nationale et étrangère.*

1862. Voyages à Londres (mai) et en Algérie (août), à l'occasion de l'inauguration du chemin de fer de Blida.

1863. Gautier reçoit une pension de 3 000 francs du gouvernement. Il est reçu aux dîners Magny.
Septembre : visite à Nohant, chez George Sand.
Poe : *Eurêka,* traduction de Baudelaire.

1864. *Août :* voyage en Espagne.
Septembre-octobre : séjour à Genève, chez Carlotta Grisi.

1865. Gautier écrit *Spirite* lors d'un séjour chez Carlotta Grisi (juillet-novembre). Cette « nouvelle fantastique » paraît en feuilleton à la fin de l'année.

1866. Séjour chez Carlotta au cours de la première quinzaine de mars. Au retour, il s'installe dans un hôtel, rue Jacob : le mariage de Judith avec Catulle Mendès a sérieusement troublé le précaire équilibre familial.
Plusieurs séjours à Genève.

1867. Gautier est battu à l'Académie pour la seconde fois.
31 août : mort de Baudelaire. Gautier écrira un article

nécrologique. Séjours à Genève, à Saint-Gratien (auprès de la princesse Mathilde), à Ambert (où son fils est sous-préfet).

Villiers de l'Isle-Adam : *Claire Lenoir.*

1868. Nouvel échec à l'Académie, qui choisit Autran. Petits voyages, et séjour un peu plus long en Italie.

Lautréamont : *Les Chants de Maldoror.*

Villiers de l'Isle-Adam : *L'Intersigne.*

1869. Quatrième et dernier échec à l'Académie (contre Auguste Barbier).

Séjours à Genève. D'octobre à décembre, Gautier voyage en Orient, à l'occasion de l'inauguration du canal de Suez.

Mérimée : *Lokis.*

1870. Réfugié avec ses sœurs rue de Beaune, Gautier commence son *Tableaux de siège.*

29 décembre : pendant le siège, Hugo sauve de l'abattoir le cheval de Théophile, promis à la boucherie.

1871. Malheureux, pauvre, Gautier continue de rendre visite aux familiers, y compris la princesse Mathilde.

1872. Gautier qui a marié sa fille Estelle le 15 mai publie le 1er juin l'édition définitive d'*Émaux et Camées* (*Bibliographie de la France*).

17 juin : dernier article publié par Gautier de son vivant (dans *Le Bien public*).

23 octobre : mort de Gautier. Les obsèques sont payées par l'État, sur les crédits des Beaux-Arts.

2 novembre : Hugo, qui est à Guernesey, écrit *A Théophile Gautier,* un de ses plus beaux poèmes.

6 novembre : Le Bien public publie le dernier article (inachevé) de Théophile Gautier : il est consacré à la « bataille » d'*Hernani.*

NOTE SUR L'ÉDITION

Gautier n'ayant jamais réuni en volume ses récits fantastiques en tant que tels, l'éditeur se trouve d'autant plus critiquable qu'il est plus libre dans son choix.

Quelques omissions s'expliquent aisément : *La Pipe d'opium* et *Le Club des hachichins* ont été publiés, dans la collection Folio, en appendice aux *Paradis artificiels* de Baudelaire, avec une préface de Claude Pichois, ce qui nous a dispensé de les réimprimer ici. Quant à *Onophrius,* que l'on range d'ordinaire parmi les contes fantastiques, entre *La Cafetière* et *Omphale*, son caractère parodique, et surtout le fait qu'il constitue un chapitre des *Jeunes-France,* nous ont persuadé de l'écarter. Nous avons également renoncé — sans plaisir — à *Spirite,* œuvre majeure mais trop longue dont la présence eût rendu plus parfaite la courbe du fantastique selon Gautier.

Nous avons en revanche joint au dossier de ce volume quelques pages critiques importantes : deux textes sur Hoffmann, dont l'un, écrit en 1831, était resté inédit jusqu'à ce que le vicomte de Lovenjoul l'exhume, et surtout la préface écrite par Gautier pour la traduction faite par son fils des *Contes bizarres* d'Arnim. Nous y avons ajouté une lettre de Gautier à Hetzel que nous croyons en grande partie inédite, et dont nous devons la communication à Sheila Gaudon.

L'établissement du texte ne pose pas de problème majeur. Les préoriginales, publiées dans des revues ou des journaux, ont leur intérêt, mais sont souvent fautives, et Gautier les a parfois remaniées (nous avons donné un exemple de ses remaniements dans nos notes sur *La Cafetière*). Il paraissait plus sage de reproduire le texte des grandes éditions collectives, la deuxième édition de *La Peau de tigre* (1866) pour *La Cafetière* et *Deux acteurs pour un rôle;* la première édition des *Romans et Contes* (1863) pour *Le Chevalier double, Le Pied de momie, Arria Marcella, Avatar* et *Jettatura.* Dans le cas d'*Omphale* et de *La Morte amoureuse,* nous avons adopté le texte de l'édition, revue et corrigée, des *Nouvelles* (1856).

DOCUMENTS

Voici venir, à l'horizon littéraire, où, depuis la grande semaine, nous n'avons eu à signaler que de frêles esquifs pavoisés aux couleurs du moment, un vaisseau de haut bord, voguant à pleine voile et portant à la poupe un de ces noms qui trouvent du retentissement à droite et à gauche : Hoffmann le fantastiqueur, avec une cargaison de contes inédits qui ne le cèdent en rien à leurs aînés.

Pic de la Mirandole, dans son outrecuidance scolastique, avait fait connaître qu'il soutiendrait en public une thèse *de omni re scibili et quibusdam aliis.* Cette expression, ridicule de morgue et de bouffissure pédantesques, est juste appliquée à l'auteur de *La Cour d'Artus, d'Agafia,* du *Violon de Crémone* et de tant d'autres chefs-d'œuvre.

En effet, comme le dit madame de Staël à propos de *Faust,* il y a tout et même plus que tout dans ces conceptions d'un génie complexe et inépuisable : la vie extérieure réelle, reproduite jusque dans ses détails les plus familiers, à touches larges et franches comme celles des vieux maîtres ; la vie intérieure et imaginative, les malaises d'âme et les découragements amers, des visions et des rêves horribles ou gracieux, des figures grimaçantes et bizarres, des ricanements diaboliques ; à côté d'un ravissant profil de jeune fille, au milieu d'une peinture suave, le ciel et l'enfer, le dessus et le dessous, ce qui est et ce qui n'est pas, et tout cela avec une force de couleur, une intensité de poésie, une verve d'exécution dont Hoffmann, peintre, musicien, ivrogne et hypocondre était peut-être seul capable au monde ; car, quel autre qu'un musicien aurait pu décrire toutes ces sensations musicales si déliées et si subtiles qui font le charme de la *Vie d'artiste,* des *Maîtres chanteurs* et de *Don Juan ;* quel autre qu'un peintre, concevoir et accomplir avec une aussi rare perfection *Salvator Rosa* et *L'Église des Jésuites;* quel autre qu'un ivrogne et qu'un hypocondre, ces monstres informes, ces caricatures grotesques, ces masques à la manière de Callot ou des *Songes drôlatiques* de Rabelais, qu'il fait voir sur des fonds noirs ou blancs. Aussi, aucun des livres que j'ai lus ne m'a impressionné de tant de manières diverses. Après un volume d'Hoffmann, je suis comme si j'avais bu dix bouteilles de vin de Champagne; il me semble qu'une roue de moulin a pris la place de ma cervelle et tourne entre les parois de mon crâne; l'horizon danse devant mes yeux et il me faut du temps pour cuver ma lecture et parvenir à reprendre ma vie de tous les jours. C'est que l'imagination d'Hoffmann, grisée elle-même, est vagabonde comme les flocons de la blanche fumée emportés et dispersés par le vent, fougueuse et pétillante comme la mousse qui s'échappe du verre, et que son style est un prisme magique et changeant où se réfléchit la création en tous sens, un arc-en-ciel, un reflet de toutes les couleurs de l'iris, une queue de paon où le soleil a réuni tous ses rayons!

Ces contes étranges diffèrent tellement de tous les contes parus jusqu'ici, qu'on éprouve en les lisant la même impression qu'un homme lancé de Paris à Pékin, au moyen d'une fronde, éprouverait à l'aspect des toits vernissés, des murailles de porcelaine, des treillis rouges et jaunes de ses maisons, des enseignes des boutiques chargées de caractères bizarres et d'animaux fantastiques, et de toute cette population qui nous apparaît si baroque sur les feuilles de nos paravents, avec ses parasols, ses chapeaux en cône, ornés de clochettes, et ses robes chamarrées de larges fleurs et de petits serpents ailés.

Quelle variété! quelle vie! quel mouvement! Le candide Pérégrinus Tyss, maître Floh, la ravissante petite péri Doerje, la modiste Giacintha, qui essaye si coquettement les robes de ses pratiques, le peintre et sa fille, que sais-je moi! Tant de silhouettes bouffonnes, tant de portraits de femmes aériennes comme des esquisses de Lawrence, tant de peintures fraîches ou chaleureuses, des *selve selvaggie* de Salvator, des intérieurs de Téniers; et puis, dans *Marino Faliero,* des points de vue de Venise que l'on croirait échappés au pinceau de Caneletto.

Je sais bien qu'il ne manque pas, malgré tout cela, de gens qui traitent Hoffmann d'auteur absurde et extravagant; mais qu'est-ce que cela prouve? Il y a bien des gens qui disent que Victor n'est pas poète!

CONTES D'HOFFMANN

Hoffmann est populaire en France, plus populaire qu'en Allemagne. — Ses contes ont été lus par tout le monde; la portière et la grande dame, l'artiste et l'épicier en ont été contents. Cependant il semble étrange qu'un talent si excentrique, si en dehors des habitudes littéraires de la France, y ait si promptement reçu le droit de bourgeoisie. Le Français n'est pas naturellement fantastique, et en vérité il n'est guère facile de l'être dans un pays où il y a tant de réverbères et de journaux. — Le demi-jour, si nécessaire au fantastique, n'existe en France ni dans la pensée, ni dans la langue, ni dans les maisons; — avec une pensée voltairienne, une lampe de cristal et de grandes fenêtres, un conte d'Hoffmann est bien la chose du monde la plus impossible. Qui pourrait voir onduler les petits serpents bleus de l'écolier Anselme en passant sous les blanches arcades de la rue de Rivoli, et quel abonné du *National* pourrait avoir du diable cette peur intime qui faisait courir le frisson sur la peau d'Hoffmann, lorsqu'il écrivait ses nouvelles et l'obligeait à réveiller sa femme pour lui tenir compagnie? Et puis que viendrait faire le diable à Paris? Il y trouverait des gens autrement diables que lui, et il se ferait attraper comme un provincial. On lui volerait son argent à l'écarté; on le forcerait à prendre des actions dans quelque entreprise, et s'il n'avait pas de papiers on le mettrait en prison; Méphistophélès lui-même, pour lequel le grand Wolfgang de Goethe s'est mis en frais de scélératesse et de roueries et qui effectivement est assez satanique pour le temps et l'endroit, nous paraît quelque peu enfantin. Il est sorti tout récemment de l'université d'Iéna. — Nos revenants ont des lorgnons et des gants blancs, et ils vont à minuit prendre des glaces chez Tortoni; — au lieu de ces effroyables soupirs des spectres allemands, nos spectres parisiens fredonnent des ariettes d'opéra comique en se promenant dans les cimetières. Comment se fait-il donc que les contes d'Hoffmann aient été si vite et si généralement compris, et que le peuple de la terre qui a le plus de bon sens ait adopté sans restrictions cette fantaisie si folle et si vagabonde? — Il faut écarter le mérite de nouveauté et de surprise, puisque le succès se soutient et s'accroît d'année en année. — C'est que l'idée qu'on a d'Hoffmann est fausse comme toutes les idées reçues.

Arrêtez délicatement un littérateur ou un homme du monde par le bouton de son habit et acculez-le dans un angle de croisée ou sous une porte cochère, et, après vous être informé du cours de la Bourse et de la santé de sa femme, mettez-le sur le compte d'Hoffmann par la transition la plus ingénieuse que vous pourrez imaginer. — Je consens à devenir cheval de fiacre ou académicien de province s'il ne vous parle d'abord de la grosse pipe sacramentelle en écume de mer et de la cave de maître Luther à Berlin; puis il vous fera cette remarque subtile qu'Hoffmann est un grand génie, mais un génie malade, et qu'effectivement plusieurs de ses contes ne sont pas vraisemblables. — La vignette qui le représente assis sur un tas de tonneaux, fumant dans une pipe gigantesque qui lui sert en même temps de marchepied, et entouré de ramages chimériques, de coquecigrues, de serpenteaux et autres fanfreluches, résume l'opinion que beaucoup de personnes, même parmi celles qui sont d'esprit, ont acceptée toute faite à l'endroit de l'auteur allemand. Je ne nie pas qu'Hoffmann n'ait fumé souvent, ne se soit enivré quelquefois avec de la bière ou du vin du Rhin et qu'il n'ait eu de fréquents accès de fièvre; mais cela arrive à tout le monde et n'est que pour fort peu de chose dans son talent; il serait bon, une fois pour toutes, de désabuser le public sur ces prétendus moyens d'exciter l'inspiration. Ni le vin, ni le tabac ne donnent du génie; un grand homme ivre va de travers tout comme un autre, et ce n'est pas une raison pour s'élever dans les nues que de tomber dans le ruisseau. Je ne crois pas qu'on ait jamais bien écrit quand on a perdu le sens et la raison, et je pense que les tirades les plus véhémentes et les plus échevelées ont été composées en face d'une carafe d'eau. — La cause de la rapidité du succès d'Hoffmann est assurément là où personne ne l'aurait été chercher. — Elle est dans le sentiment vif et vrai de la nature qui éclate à un si haut degré dans ses compositions les moins explicables.

Hoffmann, en effet, est un des écrivains les plus habiles à saisir la physionomie des choses et à donner les apparences de la réalité aux créations les plus invraisemblables. Peintre, poète et musicien, il saisit tout sous un triple aspect, les sons, les couleurs et les sentiments. Il se rend compte des formes extérieures avec une netteté et une précision admirables. Son crayon est vif et chaud; il a l'esprit de la silhouette et découpe en se jouant mille profils mystérieux et singuliers dont il est impossible de ne pas se souvenir, et qu'il vous semble avoir connus quelque part.

Sa manière de procéder est très-logique, et il ne chemine pas au hasard dans les espaces imaginaires, comme on pourrait le croire.

Un conte commence. — Vous voyez un intérieur allemand, plancher de sapin bien frotté au grès, murailles blanches, fenêtres encadrées de houblon, un clavecin dans un coin, une table à thé au milieu, tout ce qu'il y a de plus simple et de plus uni au monde; mais une corde de clavecin se casse toute seule avec un son qui ressemble à un soupir de femme, et la note vibre longtemps dans la caisse émue; la tranquillité du lecteur est déjà troublée et il prend en défiance cet intérieur si calme et si bon. Hoffmann a beau assurer que cette corde n'est véritablement autre chose qu'une corde trop tendue qui s'est rompue comme cela arrive tous les jours, le lecteur n'en veut rien croire. Cependant l'eau s'échauffe, la bouilloire se met à jargonner et à siffler; Hoffmann, qui commence à être inquiet lui-même, écoute les fredonnements de la cafetière avec un sérieux si intense, que vous vous dites avec effroi qu'il y a quelque chose là-dessous qui n'est pas naturel et que vous restez dans l'attente de quelque événement extraordinaire : entre une jeune fille blonde et charmante, vêtue de blanc, une fleur dans les cheveux; ou un vieux conseiller aulique avec un habit gris de fer, une coiffure à l'oiseau royal, des bas chinés et des boucles de strass, une figure réjouissante et comique à tout prendre, et vous éprouvez un frisson de terreur comme si vous voyiez apparaître lady Macbeth avec sa lampe ou entrer le spectre dans *Hamlet ;* en bien regardant cette belle jeune fille, vous découvrez dans ses yeux bleus un reflet vert suspect, la vive rougeur de ses lèvres ne vous paraît guère conciliable avec la pâleur de cire de son col et de ses mains, et au moment où elle ne se croit pas observée, vous voyez frétiller au coin de sa bouche la petite queue de lézard; le vieux conseiller lui-même a de certaines grimaces ironiques dont on ne peut pas bien se rendre compte; on se défie de sa bonhomie apparente, l'on forme les plus noires conjectures sur ses occupations nocturnes, et pendant que le digne homme est enfoncé dans la lecture de Puffendorf ou de Grotius, on s'imagine qu'il cherche à pénétrer dans les mystérieuses profondeurs de la cabale et à déchiffrer les pages bariolées du grimoire. Dès lors une terreur étouffante vous met le genou sur la poitrine et ne vous laisse plus respirer jusqu'au bout de l'histoire; et plus elle s'éloigne du cours ordinaire des choses, plus les objets sont minutieusement détaillés, l'accumulation de petites circonstances vraisemblables sert à masquer l'impossibilité du fond. Hoffmann est doué d'une finesse d'observation merveilleuse, surtout pour les ridicules du corps; il saisit très-bien le côté plaisant et risible de la forme, il a sous ce rapport de singulières affinités avec Jacques Callot et principalement avec Goya, caricaturiste espagnol trop peu connu, dont l'œuvre à la fois bouffonne et terrible produit les mêmes effets que les récits du conteur allemand. C'est donc à cette réalité dans le fantastique, jointe à une rapidité de narration et à un intérêt habilement soutenu qu'Hoffmann doit la promptitude et la durée de son succès. En art, une chose fausse peut être très vraie, et une chose vraie très fausse; tout dépend de l'exécution. Les pièces de M. Scribe sont plus fausses que les nouvelles d'Hoffmann, et peu de livres ont, artistement parlant, des sujets plus admissibles que les contes du *Majorat* et du *Violon de Crémone*. Puis, on est très-agréablement surpris de trouver des pages pleines de sensibilité, des morceaux étincelant d'esprit et de goût, des dissertations sur les arts, une gaieté et un comique que l'on n'aurait pu soupçonner dans un Allemand hypocondriaque et croyant au diable (et, chose importante pour les lecteurs français, un nœud habilement lié et délié, des péripéties et des événements, tout ce qui constitue l'intérêt dans le sens idéal et matériel du mot).

Du reste, le merveilleux d'Hoffmann n'est pas le merveilleux des contes de fées; il a toujours un pied dans le monde réel, et l'on ne voit guère chez lui de palais d'escarboucles avec des tourelles de diamant. — Les talismans et les baguettes des *Mille et une Nuits* ne lui sont d'aucun usage. Les sympathies et les antipathies occultes, les folies singulières, les visions, le magné-tisme, les influences mystérieuses et malignes d'un mauvais principe qu'il ne désigne que vaguement, voilà les éléments surnaturels ou extraordinaires qu'emploie habituellement Hoff-mann. C'est le positif et le plausible du fantastique; et à vrai dire, les contes d'Hoffmann devraient plutôt être appelés contes capricieux ou fantasques que contes fantastiques. Aussi les plus rêveurs et les plus nuageux des Allemands préfèrent-ils de beaucoup Novalis, et considèrent-ils Hoffmann comme une nourriture pesante et bonne seulement pour les plus robustes estomacs littéraires. Sa vivacité et l'ardeur de son coloris, tout à fait italien, offusquent leurs yeux habitués aux mourantes pâleurs des clairs de lune d'hiver. Jean-Paul Richter, bon juge assurément en pareille matière, a dit que ses ouvrages produisaient l'effet d'une chambre noire et que l'on voyait s'y agiter un microcosme vivant et complet. Ce sentiment profond de la vie, quoique souvent bizarre et dépravé, est un des grands mérites d'Hoff-mann et le place bien au-dessus des nouvellistes ordinaires, et sous ce rapport ses contes sont plus réels et plus vraisemblables que beaucoup de romans conçus et exécutés avec la plus froide sagesse. — Dès que la vie se trouve dans un ouvrage d'art, le procès est gagné, car il n'est pas difficile de pétrir de l'argile sous toute espèce de forme; le beau est de ravir au ciel ou à l'enfer la flamme qui doit animer ces fantômes de terre : depuis Prométhée on n'y a pas souvent réussi.

La plupart des contes d'Hoffmann n'ont rien de fantastique, *Mademoiselle de Scudéry, le Majorat, Salvator Rosa, Maître Martin et ses apprentis, Marino Falieri,* sont des histoires dont le merveilleux s'explique le plus naturellement du monde, et ces histoires sont assurément les plus belles de toutes celles qui lui font le plus d'honneur. — Hoffmann était un homme qui avait vu du monde et de toutes les sortes; il avait été directeur de théâtre et il avait longtemps vécu dans l'intimité des comédiens : dans la vie ambulatoire et agitée, il dut voir et apprendre beaucoup. Il passa par plusieurs conditions; il eut de l'argent et n'en eut pas; il connut l'excès et la privation; outre l'existence idéale, il eut aussi l'existence réelle, il mêla la rêverie à l'action, il mena enfin la vie d'un homme et non celle d'un littérateur. C'est une chose facile à comprendre et qu'on devinerait, si sa vie était inconnue, à la foule de physionomies différentes, évidemment prises sur nature, de réflexions fines et caustiques sur les choses du monde et à la connaissance parfaite des hommes qui éclate à chaque page. Ses idées sur le théâtre sont d'une singularité et d'une justesse remarquables, et prouvent une grande habitude de la matière; personne n'a parlé comme lui de la musique avec science et enthousiasme; ses caractères de musiciens sont des chefs-d'œuvre de naturel et d'originalité; lui seul, musicien lui-même, pouvait dépeindre si comiquement les souffrances musicales du maître de chapelle Kreisler, car il a un excellent instinct de comédie, et les tribulations de ses héros naïfs provoquent le rire le plus franc. Nous insistons longtemps sur tous ces côtés humains et ordinaires du talent d'Hoffmann, parce qu'il a malheureusement fait école, et que des imitateurs sans esprit, des imitateurs enfin, ont cru qu'il suffisait d'entasser absurdités sur absurdités et d'écrire au hasard les rêves d'une imagination surexcitée, pour être un conteur fantastique et original; mais il faut dans la fantaisie la plus folle et la plus déréglée une apparence de raison, un prétexte quelconque, un plan, des caractères et une conduite, sans quoi l'œuvre ne sera qu'un plat verbiage, et les imaginations les plus baroques ne causeront même pas de surprise. — Rien n'est si difficile que de réussir dans un genre où tout est permis, car le lecteur reprend en exigence tout ce qu'il vous accorde en liberté, et ce n'est pas une gloire médiocre pour Hoffmann d'y avoir obtenu un pareil succès avec des lecteurs si peu disposés pour entendre des légendes merveilleuses.

Hoffmann ne s'est pas, il faut le dire, présenté en France avec sa redingote allemande toute chamarrée de brandebourgs et galonnée sur toutes les coutures, comme un sauvage d'outre-Rhin; avant de mettre le pied dans un salon, il s'est adressé à un tailleur plein de goût, à M. Loève-Weimar, qui lui a confectionné un frac à la dernière mode avec lequel il s'est présenté dans le monde et s'est fait bien venir des belles dames. Peut-être qu'avec ses habits allemands il eût été consigné à la porte, mais maintenant que la connaissance est faite et que tout le monde sait que c'est un homme aimable et seulement un peu original, il peut reprendre sans danger son costume national. — Nous commençons à comprendre qu'il vaut mieux laisser au Charrua et à l'Osage leur peau tatouée de rouge et de bleu que de les écorcher pour les mettre à la française. Le temps n'est plus des belles infidèles de d'Ablancourt, et un traducteur serait mal venu de dire qu'il a retranché, transposé ou modifié tous les passages qui ne se rapportent point au goût français ; il faudrait plutôt suivre dans une traduction le procédé précisément inverse, car si l'on traduit, c'est pour enrichir la langue de pensées, de phrases et de tournures qui ne s'y trouvent pas.

M. Massé Egmont a parfaitement compris son rôle de traducteur et n'a pas cherché à substituer l'esprit qu'il a à celui d'Hoffmann ; il a traduit en conscience le mot sous le mot et dans un système de littéralité scrupuleuse. J'aime beaucoup mieux un germanisme de style qu'une inexactitude. Une traduction, pour être bonne, doit être en quelque sorte un lexique interlinéaire ; d'ailleurs c'est une fausse idée de croire que l'élégance y perde, et quand elle y perdrait, c'est un sacrifice qu'il faudrait faire. Un traducteur doit être une contre-épreuve de son auteur ; il doit en reproduire jusqu'au moindre petit signe particulier, et comme l'acteur à qui l'on a confié un rôle, abdiquer complètement sa personnalité pour revêtir celle d'un autre. Outre la connaissance profonde des deux langues, il faut toujours de l'esprit et quelquefois du génie pour être un bon traducteur ; c'est pourquoi il y a si peu de bons traducteurs. — M. Massé Egmont a traduit tous les passages difficiles passés ordinairement par les traducteurs et plusieurs contes inédits, ce qui fait de cette traduction une œuvre entièrement nouvelle.

Les vignettes de M. Camille Rogier complètent admirablement bien le travail de M. Egmont. Après avoir lu l'un et regardé l'autre, on peut dire que l'on connaît Hoffmann. M. Camille Rogier semble avoir dérobé à Jacques Callot le spirituel caprice de sa pointe, et à Westall tout le moelleux et le vaporeux de ses plus délicates compositions. Ces vignettes entourées d'un encadrement assorti font de ces deux volumes deux véritables bijoux que tout le monde voudra placer dans sa bibliothèque.

Deux volumes d'une exécution aussi parfaite et qui vont bientôt paraître couronneront dignement cette belle publication.

(*Chronique de Paris,* 14 août 1836.)

ACHIM D'ARNIM

Achim d'Arnim n'est guère connu en France que par les appréciations que lui ont consacrées Henri Heine et Henri Blaze dans leurs travaux sur les écrivains de l'Allemagne; aucune traduction complète d'une de ses œuvres n'a été, que nous sachions, risquée jusqu'à présent. L'on s'est borné à des analyses et à des citations fragmentaires; rien ne diffère plus en effet du génie français que le génie d'Achim d'Arnim, si profondément allemand et romantique dans toutes les acceptions qu'on peut donner à ce mot. Écrivain fantastique, il n'a pas cette netteté à la Callot d'Hoffmann qui dessine d'une pointe vive des silhouettes extravagantes et bizarres, mais d'un contour précis comme les Tartaglia, les Sconronconcolo, les Brighella, les Scaramouches, les Pantalons, les Truffaldins et autres personnages grotesques; il procède plutôt à la mànière de Goya, l'auteur des *Caprichos;* il couvre une planche de noir, et, par quelques touches de lumière habilement distribuées, il ébauche au milieu de cet amas de ténèbres des groupes à peine indiqués, des figures dont le côté éclairé se détache seul, et dont l'autre se perd confusément dans l'ombre; des physionomies étranges gardant un sérieux intense, des têtes d'un charme morbide et d'une grâce morte, des masques ricaneurs à la gaieté inquiétante, vous regardent, vous sourient et vous raillent du fond de cette nuit mêlée de vagues lueurs. Dès que vous avez mis le pied sur le seuil de ce monde mystérieux, vous êtes saisi d'un singulier malaise, d'un frisson de terreur involontaire, car vous ne savez pas si vous avez affaire à des hommes ou à des spectres. Les êtres réels semblent avoir déjà appartenu à la tombe, et, en s'approchant de vous, ils vous murmurent à l'oreille avec un petit souffle froid qu'ils sont morts depuis longtemps, et vous recommandent de ne pas vous effrayer de cette particularité. Les fantômes ont, au contraire, une animation surprenante; ils s'agitent, ils se démènent et font la grimace de la vie en comédiens consommés; la rougeur de la phthisie, le pourpre de la fièvre colorent les joues bleuâtres des héroïnes et simulent l'éclat vermeil de la santé; mais si vous leur prenez la main, vous la trouverez moite d'une sueur glacée. Ce petit monsieur à peau jaune et terreuse dont le torse se bifurque en deux jambes tortillées comme une carotte à deux pivots, n'est pas un feld-maréchal, mais bien une racine, une mandragore née sous la potence « des larmes equivoques d'un pendu »; cet être huileux, blafard et gras qui frissonne dans sa redingote de peau d'ours est un mort sorti de sa fosse pour gagner quelque argent et solder un petit compte qu'il doit aux vers. N'allez pas devenir amoureux de cette jeune fille; c'est un morceau d'argile, un golem, qu'un mot cabalistique écrit sous ses cheveux doue d'une vie factice. Si par un baiser vous effaciez le talisman, la femme retomberait en poussière : — il ne faut se fier à rien avec ce diable d'Arnim; il vous installe dans une chambre d'apparence confortable et bourgeoise, vous croyez être en pleine réalité : les larves ne peuvent pas s'accrocher par les ongles de leurs ailes de chauve-souris aux angles de ce plafond blanc; les plis des rideaux, symétriquement arrangés, n'offrent aucune cachette aux gnomes : relevez le tapis de la table, vous ne trouverez pas accroupi dessous un kobold coiffé d'un chapeau vert; mais, si pour respirer la fraîcheur du soir vous vous accoudez au balcon, vous verrez de l'autre côté de la ruelle une fenêtre lumineuse, et vous distingue-rez dans l'appartement éclairé une charmante créature au pur profil hébraïque qui reçoit nombreuse compagnie et fait gra-cieusement les honneurs de son thé. Il y a des magistrats, des conseillers auliques, des militaires en uniforme, tous très-polis, très-cérémonieux, mais dont les visages rappellent ceux de per-sonnes couchées depuis plusieurs années au cimetière de la ville, et dont les cartes d'invitation ont dû être copiées sur des épi-taphes. C'est un raout de trépassés que donne Mlle Esther, qui elle-même ne jouit pas d'une existence bien certaine. Si vous restez à la fenêtre jusqu'à minuit, vous apercevrez avec une horreur secrète votre double qui vient prendre une tasse de ce thé funèbre. — N'allez pas non plus, lorsque vous vous échauffez à déclamer *la Phèdre* de Racine, jeter votre habit de taffetas bleu de ciel sur le dos d'un mannequin; le mannequin croisera les bras, gardera l'habit, et vous serez obligé de vous sauver en chemise par les rues; outre votre habit, on vous volera votre cœur, et vous n'entendrez plus battre sous votre poitrine le tic tac de la vie.

Ce qui caractérise surtout Achim d'Arnim, c'est son entière bonne foi, sa profonde conviction; il raconte ses hallucinations comme des faits certains : aucun sourire moqueur ne vient vous mettre en garde, et les choses les plus incroyables sont dites d'un style simple, souvent enfantin et presque puéril; il n'a pas la manie si commune aux Français d'expliquer son fantastique par quelque supercherie ou quelque tour de passe-passe : chez lui, le spectre est bien un spectre, et non pas un drap au bout d'une perche. Sa terreur n'est pas machinée, et ses apparitions rentrent dans les ténèbres sans avoir dit leur secret; il sait les mystères de la tombe aussi bien qu'un fossoyeur, et la nuit, quand la lune est large à l'horizon, assis sur un monument funéraire, il passe sa lugubre revue de spectres avec le sang-froid d'un général d'armée; il loue celui-ci sur sa bonne tenue, et recommande à l'autre de ne pas laisser ainsi traîner son linceul; il les connaît tous, et dit à chacun un petit mot amical.

Achim d'Arnim excelle dans la peinture de la pauvreté, de la solitude, de l'abandon; il sait trouver alors des accents qui navrent, des mots qui résonnent douloureusement comme des cordes brisées, des périodes tombant comme des nappes de lierre sur des ruines; il a aussi une tendresse particulière pour la vie errante et l'existence étrange des bohémiens. Ce peuple, au teint cuivré, aux yeux nostalgiques, Ahasvérus des nations, qui, pour n'avoir point voulu laisser se reposer la sainte famille en Égypte, promène ses suites vagabondes à travers les civilisations en songeant toujours à la grande pyramide où elle rapporte ses rois morts.

Les Allemands reprochent au style d'Arnim de n'être point plastique; mais qui a jamais pu sculpter les nuages et modeler les ombres? La vie d'un écrivain si singulier devrait être singulière; il n'en est rien. La biographie, malgré sa bonne volonté d'être bavarde, n'a pu réunir sur d'Arnim que les lignes suivantes...

Il naquit à Berlin le 26 janvier 1781. — Étudia à Göttingue les sciences naturelles, et fut reçu docteur en médecine, profession qu'il n'exerça jamais. Après avoir longtemps parcouru l'Allemagne, voyage où il recueillit les éléments du charmant recueil intitulé : *L'enfant au cor enchanté*, il épousa Bettina Brentano, la sœur de son ami Clément Brentano. Pendant la période malheureuse pour l'Allemagne qui s'écoula entre les années 1806 et 1813, Arnim s'occupa de réveiller le patriotisme de ses concitoyens. La guerre finie, il se retira dans sa terre de Wiepersdorf, près de Dahme, où il mourut d'une attaque d'apoplexie foudroyante, le 3 janvier 1834.

LETTRE À HETZEL

Mon cher Hetzel *,

Ecce iterum Crispinus! A propos d'*Avatar* la combinaison Hachette ne me semble pas possible, sa bibliothèque ne comportant pas de volumes à trente sols — mais j'ai fait depuis *Avatar Paul d'Aspremont ou la Jettatura* de même longueur et même un peu plus long que le susdit. Cette histoire est basée sur la même idée — c'est-à-dire sur l'emploi du fantastique dans la vie réelle. Prends *la Jettatura* aux mêmes conditions qu'*Avatar*. Tu le feras paraître le premier. Comme les réserves ont été faites au bas des feuilletons il n'a pas été contrefait et fera donc plus frais en Belgique que son aîné. J'ai encore deux contes à faire formant chacun un volume, le haschisch et le magnétisme, le tout

* Cette lettre sans date, écrite entre le 23 juillet et le 15 novembre 1856, est conservée au Cabinet des Manuscrits de la Bibliothèque nationale (nouvelles acquisitions françaises, 16952, folio 482).

formerait une série sous le titre commun « le fantastique en habit noir ». Plus tard en réunissant les quatre contes on pourrait faire un gros volume. Tu me donnerais les deux cent cinquante francs qui restent et me payerais l'autre bouquin quand tu le ferais paraître. Je te réserverais naturellement les deux contes, haschisch, magnétisme, aux mêmes conditions lorsqu'ils auraient paru dans *le Moniteur*. Cette combinaison te va-t-elle ? Le format de tes petits volumes va très exactement à la dimension de mes romans et je serais charmé de faire cette affaire avec toi — Réponds un mot.

      Tout à toi de cœur

                          Théophile Gautier.

BIBLIOGRAPHIE

I. ÉDITIONS DES CONTES PARUES DU VIVANT DE THÉOPHILE GAUTIER

A. *La Cafetière, conte fantastique.*

1) *Le Cabinet de lecture,* 4 mai 1831.
2) *Le Keepsake français pour 1834* (*Bibliographie de la France :* 16 novembre 1833).
3) *Le Fruit défendu,* Desessart, 1841-1842. In-8°, 4 vol. Dans cet ouvrage collectif, *La Cafetière* se trouve au t. III, paru en 1842.
4) *La Revue pittoresque,* 20 juillet 1849.
5) *La Peau de tigre,* H. Souverain, 1852 In-8°, 2 vol. (sous le titre d'*Angéla*).
6) *La Peau de tigre,* Michel Lévy, 1866. In-18.

B. *Omphale, histoire rococo.*

1) *Le Journal des gens du monde,* 7 février 1834 (sous le titre d'*Omphale, ou la tapisserie amoureuse*).
2) *Une larme du diable,* Desessart, 1839. In-8°.
3) *Nouvelles,* Charpentier, 1845. In-18.
4) *La Revue pittoresque,* 20 janvier 1850.
5) *Nouvelles,* Charpentier, 1852. In-18.
6) *Nouvelles,* Charpentier, 1856. In-18. (Réimprimé en 1858, 1860, 1863 et 1867.)

C. *La Morte amoureuse.*

1) *Chronique de Paris,* 23 et 26 juin 1836.
2) *Une larme du diable,* Desessart, 1839. In-8°.
3) *Nouvelles,* Charpentier, 1845. In-18.
4) *La Revue pittoresque,* 20 mars 1850 (sous le titre de *Clarimonde*).
5) *Nouvelles,* Charpentier, 1852. In-18.
6) *Nouvelles,* Charpentier, 1856. In-18.

D. *Le Chevalier double.*

1) *Le Musée des familles,* juillet 1840 (précédé de la mention : *Contes étrangers*).
2) *Partie carrée,* H. Souverain, 1851. In-18, 3 vol. (en appendice au t. III).
3) *Romans et contes,* Charpentier, 1863. In-18.
4) *Romans et contes,* Charpentier, 1866. In-18.
5) *Romans et contes,* Charpentier, 1870. In-18.
6) *Romans et contes,* Charpentier 1872. In-18.

E. *Le Pied de momie.*

1) *Le Musée des familles,* septembre 1840 (précédé de la mention : *Contes étrangers*).
2) *L'Artiste,* 4 octobre 1846 sous le titre de : *La Princesse Hermonthis*).
3) *La Peau de tigre,* H. Souverain, 1852. In-8°, 2 vol.
4) *Romans et contes,* Charpentier, 1863 In-18

F. *Deux acteurs pour un rôle.*

1) *Le Musée des familles,* juillet 1841 (précédé de la mention : *Fantaisies littéraires*).
2) *La Peau de tigre,* H. Souverain, 1852. In-8°, 2 vol.
3) *La Peau de tigre,* Michel Lévy, 1866. In-18.

G. *Arria Marcella, souvenir de Pompéi.*

1) *Revue de Paris,* mars 1852.
2) *Le Pays,* 24 au 28 août 1852.
3) *Un trio de romans,* V. Lecou, 1852. In-18.
4) *Romans et contes,* Charpentier 1863 In-18

H. *Avatar, conte.*

1) *Le Moniteur universel,* 29 février-3 avril 1856.
2) *Avatar,* Michel-Lévy, 1857. In-8º.
3) *Romans et contes,* Charpentier, 1863. In-18.

I. *Jettatura.*

1) *Le Moniteur universel,* 25 juin-23 juillet 1856 (sous le titre de *Paul d'Aspremont (Jettatura), conte*).
2) *Jettatura,* Michel Lévy, 1857. In-18. (Collection Hetzel.)
3) *Romans et contes,* Charpentier, 1863. In-18.

II. QUELQUES ÉTUDES SUR THÉOPHILE GAUTIER

BELLEMIN-NOEL (Jean) : « Notes sur le fantastique (textes de Théophile Gautier) », *Littérature,* nº 8 (1972).

CASTEX (Pierre-Georges) : *Le Conte fantastique en France de Nodier à Maupassant,* Corti, 1951 (nouvelle édition, 1962).

CHAMBERS (Ross) : « Gautier et le complexe de Pygmalion », *Revue d'Histoire littéraire de la France,* juillet-août 1972, 72e année, nº 4.

DECOTTIGNIES (Jean) : « A propos de *La Morte amoureuse* de Théophile Gautier : fiction et idéologie dans le récit fantastique », *Revue d'Histoire littéraire de la France,* juillet-août 1972, 72e année, nº 4.

JASINSKI (René) : *Les Années romantiques de Théophile Gautier,* Vuibert, 1929.

LOWRIE (Joyce) : « The Question of Mimesis in Gautier's *Contes fantastiques* », *Nineteenth-Century French Studies,* Vol. VIII, nº 1-2, Fall-Winter 1979-1980.

PASI (Carlo) : *Il sogno della materia : Saggio su Théophile Gautier,* Rome, Bulzoni, 1974.

POULET (Georges) : *Études sur le temps humain,* Plon, 1949. *Trois essais de mythologie romantique,* Corti, 1966.

RICHARDSON (Joanna) : *Théophile Gautier, his life and times,* New York, Coward-McCann, 1959.

RIFFATERRE (Hermine) : « Love-in-Death : Gautier's *Morte amoureuse* », *New York literary Forum,* 1980 (numéro spécial sur *The Occult in language and literature*).

SCHAPIRA (Marie-Claude) : « Le thème du mort-vivant dans l'œuvre en prose », *Europe,* mai 1979, 57e année, no 601.

SMITH (Albert B.) : *Théophile Gautier and the Fantastic,* Mississippi University, Romance Monographs, 1977.

SPOELBERCH DE LOVENJOUL (Charles de) : *Histoire des œuvres de Théophile Gautier,* Charpentier, 1887, 2 vol.

STEINMETZ (Jean-Luc) : « Gautier, Jensen et Freud », *Europe,* mai 1979, 57e année, no 601.

TUIN (H. van der) : *L'Évolution psychologique, esthétique et littéraire de Théophile Gautier : étude de caractérologie littéraire,* Nizet-Bastard, 1933.

VOISIN (Marcel) : « L'Insolite quotidien dans l'œuvre en prose de Théophile Gautier », *Cahiers de l'Association internationale des études françaises,* no 32, 1980.

NOTES

LA CAFETIÈRE

Page 47.

1. L'épigraphe, qui figure dans l'édition de 1842, disparut des éditions suivantes.

Un manuscrit, publié par le vicomte de Spoelberch de Lovenjoul, donne du début du conte une version différente, plus détaillée, et plaçant autrement les détails prémonitoires :

L'année dernière, un de mes camarades d'atelier m'invita à passer quelques jours dans une terre qu'il avait au fond de la Normandie.

Il invita pareillement deux autres jeunes gens, Arrigo Cohic et Pédrino Borgnioli, comme moi élèves du même maître.

On était en septembre, précisément à l'époque de l'ouverture des chasses, et comme il est de bon ton d'être chasseur, mes compagnons se crurent obligés d'emporter tout l'attirail d'usage en pareil cas.

Beaux fusils bronzés à deux coups, poudrières élégamment sculptées suspendues par un riche cordon de soie, carnassières aux mailles vertes, profondes à engloutir le gibier de vingt forêts, guêtres en cuir pour préserver les jambes des broussailles, casquettes de paille pour garantir le visage du soleil, rien n'y manquait, voire trois chiens d'arrêt qu'on fit monter en voiture avec nous. Moi, je n'emportais rien du tout, pensant, comme don Juan et Lord Chesterfield, qu'un homme d'esprit ne peut chasser deux fois dans sa vie.

On se moqua de moi, mais je tins bon, l'expérience de l'année précédente m'ayant guéri de la chasse pour toujours.

Enfin, après deux jours de route sur des chemins affreux, par un temps de brume et de pluie, nous arrivâmes au lieu de notre destination.

C'était une espèce de château composé de plusieurs corps de

logis irréguliers bâtis à différentes époques, selon que l'accroisse-
ment de la famille l'avait exigé. Les parties les plus anciennes de
la construction ne paraissaient pas cependant remonter plus haut
que la fin du règne de Louis XIII. Une multitude de fenêtres de
toutes les formes et de toutes les grandeurs perçait inégalement
les murailles lézardées et moisies par le bas, à force d'humidité.
A chaque angle des toits, dont l'ardoise avait depuis longtemps
perdu son lustre, pirouettaient, avec un son aigre et criard, de
grandes girouettes rongées de rouille. La cour était pleine
d'herbes, et le lierre croissait entre les fentes des murs et le
perron tout couvert de mousse.

Car il y avait au moins trente ans que ce château n'était plus
habité que par un vieux domestique, chargé de donner de l'air
aux appartements déserts, de brosser les tapisseries et de battre de
temps à autre les fauteuils habillés de vastes housses.

L'aspect de cette désolation fit un singulier effet sur moi et me
serra le cœur; mais l'accueil cordial et bienveillant du jeune
maître dissipa cette impression fâcheuse. Il nous conduisit tous
les trois dans une cuisine immense qui sentait le moyen âge à faire
plaisir.

Le plafond était rayé de solives de chêne noircies par la fumée.
Les fenêtres étroites et longues avec des vitrages de plomb ne
laissaient passer qu'un jour mystérieux et vague digne d'un
intérieur de Rembrandt. Une énorme table occupait tout le milieu
de la pièce. Sur des planches, colorés des teintes les plus chaudes,
s'étalaient une grande quantité d'ustensiles de cuivre jaune et
rouge de formes bizarres; les uns noyés dans l'ombre, les autres
se détachant du fond avec un point lumineux sur la partie
saillante et des reflets sur le bord.

Il y avait aussi plusieurs pots de faïence peints de diverses
couleurs comme on en voit dans les vieux tableaux flamands.

Mais, certes, ce qu'il y avait de plus curieux c'était la cheminée.
Elle tenait presque tout un côté de la salle, et l'on aurait pu y faire
rôtir un bœuf aussi aisément qu'une mauviette dans nos foyers
modernes.

Trois ou quatre fagots étaient posés en travers sur des chenets
de fer, ornés de grosses boules bien luisantes.

Comme je suis frileux de mon naturel, j'entrai sous la vaste
hotte de la cheminée et, me tenant debout, j'étendis avec un
profond sentiment de bien-être mes mains dégantées vers la
flamme, qui montait en pétillant au long de la plaque de tôle
représentant les armes de France et dansait sur la muraille,
enduite d'une couche épaisse de suie; et je serais resté là tout le
jour à regarder les gerbes d'étincelles bleues et rouges, à écouter

le grésillement des langues de feu qui s'échappait du bois à demi consumé, si l'on ne m'eût pas averti que le dîner était prêt.

L'on pense bien qu'il était délicat et abondant, et que nous y fîmes honneur. L'on mangea beaucoup, on but encore plus, de sorte qu'après quelques propos joyeux il fallut s'aller coucher.

On mit mes deux camarades dans une même chambre et moi dans une autre, tout seul.

Cette chambre était vaste. Je sentis en y entrant comme une espèce de frisson, car il me sembla que j'entrais dans un monde nouveau, et que, le seuil passé, je n'avais plus de relation avec celui-ci.

En effet, l'on aurait pu se croire au siècle de la Régence. Rien n'était dérangé; la toilette couverte de boîtes, de peignes et de houppes à poudrer semblait avoir servi hier. Deux ou trois robes à couleurs changeantes, un éventail semé de paillettes jonchaient le plancher, comme si quelqu'un venait de se déshabiller là, et, sur le bord de la cheminée, je vis, à mon grand étonnement, une tabatière d'écaille ouverte pleine de tabac encore frais.

Je ne remarquai ces choses qu'après que le domestique, déposant son bougeoir sur la table de nuit, m'eut souhaité un bon somme, et, je l'avoue, je commençai à trembler de tous mes membres.

Je me déshabillai promptement et je me mis au lit. Pour en finir avec ces sottes frayeurs, je fermai bien les yeux en me tournant du côté de la muraille; mais il me fut impossible de rester dans cette position : le lit s'agitait sous moi comme une vague et mes paupières se retiraient violemment en arrière. Force me fut de me retourner et de voir.

Page 48.

2. *Lourdement :* Gautier suit ici la mode de 1830, et les goûts de son idole, Victor Hugo, qui n'avait à cette époque aucune tendresse pour le rococo. Maître et disciple finiront par se réconcilier avec ces excès qu'ils avaient commencé par rejeter. La réhabilitation de Boucher prendra plus longtemps et il faudra attendre les études d'Arsène Houssaye et de Charles Blanc (*Les Peintres des Fêtes galantes,* 1854) pour que l'on parle de lui sans excessif dénigrement.

Page 49.

3. *Tisons :* cette cafetière animée n'est pas la première dans l'histoire du conte fantastique. Dans *Le Vase d'or,* d'Hoffmann, la vieille dit à Veronika : « Tu me l'as déjà dit chez toi, chez ton papa. La cafetière qui était devant toi — tu te rappelles ? — c'était moi. »

Page 50.

4. *Falstaff* : avant de devenir un personnage de Verdi, le Falstaff shakespearien de *Henri IV* et des *Joyeuses Commères de Windsor* avait conquis, par sa truculence, bon nombre d'écrivains du XIXᵉ siècle. Gautier lui-même écrira un prologue en vers pour le *Falstaff* (imité de Shakespeare) de Paul Meurice et Auguste Vacquerie (1842). Nous aurons souvent l'occasion de noter la culture shakespearienne de Gautier.

Page 52.

5. *Pareille mesure* : ces comparaisons et ces métaphores rappellent les comptes rendus des concerts donnés par Paganini à partir du 9 mars 1831. Ce sont celles qu'employaient les critiques pour décrire le caractère « diabolique » de son jeu. Un « conte fantastique » de J(ules) J(anin), *Hoffmann et Paganini*, avait paru dans le *Journal des Débats* le 15 mars et un autre d'Aloysius Block (Raymond Brucker), *Les Deux Notes*, dans *L'Artiste*.

Page 53.

6. *Théodore* : c'est le nom que prendra Madeleine de Maupin lorsqu'elle se déguisera en homme. C'est aussi le second prénom d'Hoffmann.

Page 55.

7. *L'alouette* : un souvenir de *Roméo et Juliette*, et de la scène au cours de laquelle les deux amants opposent le chant de l'alouette, annonciatrice du jour, à celui du rossignol, voix de la nuit et de l'amour (III, 3).

Page 56.

8. *Accoutrement* : le camarade de Gautier, Gérard de Nerval, donne au narrateur de *Sylvie* « les habits de noce du garde-chasse » (l'oncle de Sylvie) et le « transform(e) en marié de l'autre siècle ». Sans vouloir écraser le très jeune Gautier sous une comparaison injuste, on notera une étrange coïncidence : Sylvie met « des bas de soie rose tendre à coins verts ».

Page 57.

9. *Bal* : on sait que les scènes de bal sont nombreuses dans la poésie romantique. Sainte-Beuve dans son *Joseph Delorme* (« Causerie au bal » et « La Contredanse »), Vigny dans les *Poèmes* de 1822 (« Le Bal »), bien d'autres encore exploitent ce thème à la mode. C'est probablement Hugo qui est directement à l'origine de cette fluxion de poitrine, avec son très célèbre « Fantômes »

(*Orientales*, XXXIII). Mais, disait Stendhal, « le froid, au sortir du bal, tue chaque année, à Paris, onze cents jeunes femmes ».

OMPHALE, HISTOIRE ROCOCO

Page 59

1. *Rococo :* il semble qu'en 1834 le mot rococo (dérivé de rocaille) soit encore de l'argot d'atelier. Mais il a déjà sa valeur métaphorique de « démodé, vieillot, ridicule » (Robert). On se souvient qu'une des pièces de *La Comédie de la mort*, « Pastel », parut d'abord dans les *Annales romantiques* pour 1836, fin 1835, sous le titre de *Roccoco (Pastel)*. Dans un article du 20 avril 1866, Gautier fera amende honorable : « Ce XVIIIe siècle si malmené par les pédants n'en a pas moins produit un nouveau style, une forme inconnue de l'art, adoptée avec enthousiasme de toute l'Europe, et qu'on a essayé vainement de flétrir en l'appelant *rococo*. »

Page 63.

2. *Régence :* on notera que la description, voisine de celle de *La Cafetière* (les « quatre saisons », la glace), est déjà beaucoup moins péjorative. On connaît de nombreux portraits du XVIIIe siècle qui correspondent à une telle description. Celui-ci fait penser à une « transposition » d'un portrait allégorique de Jean-Marc Nattier, comme le « portrait d'une dame costumée en Diane » de Boston, ou « la Princesse de Condé en Diane » de New York (Metropolitan Museum).

3. *Vanloo :* il s'agit sans doute du plus célèbre des deux frères Vanloo, Carle (1705-1765). L'épithète « tourmenté » semble cependant assez mal caractériser le dessin de Vanloo, qu'Arsène Houssaye définissait comme « fuyant et mou ».

Page 64.

4. *Assassin :* « Autrefois et figurément, petite mouche noire que les femmes se mettaient au-dessous de l'œil » (Littré).

5. *Rosière de Salency :* c'est à Salency, près de Noyon, dans l'Oise, que fut instituée, au Ve siècle, une fête annuelle au cours de laquelle on couronnait de roses la fille la plus vertueuse du village. Médard, évêque de Noyon et seigneur de Salency, ayant été l'initiateur de cette édifiante coutume, on choisit la date du 5 juin, fête de saint Médard, pour honorer la rosière de Salency. Au XIXe siècle, la dérision remplaça l'exaltation de la vertu.

Page 65.

6. *Gessner :* une belle collection de livres inoffensifs. Jean-Pierre-Claris de Florian (1755-1794) était l'auteur de bergeries où, disait M. de Thiard, il manquait un loup, et si Mme Deshoulières (1638?-1694) est restée célèbre, c'est probablement par son « idylle » intitulée « Les Moutons » (« Hélas! petits moutons, que vous êtes heureux! »). Quant au père Joseph de Jouvency (1643-1719), historien de la Compagnie de Jésus, latiniste distingué, il est l'auteur d'un dictionnaire mythologique que l'on utilisa longtemps dans les classes : *Appendix de Diis et heroibus poeticis.* Berquin (1750-1791) que l'on appelait parfois l'Ami des enfants (du nom d'un de ses livres les plus célèbres) a laissé dans la langue une trace peu flatteuse : le mot « berquinade ». Il était l'auteur d'*Idylles* à la manière de Salomon Gessner (1730-1788), grand poète zurichois que l'on appelait « le Théocrite de l'Helvétie », et que célébra Chénier. Quant à *sancta simplicitas,* c'est une expression qu'emploie Méphistophélès dans un de ses dialogues avec Faust (scène XI, une rue). Gérard de Nerval avait traduit la première partie du *Faust* de Goethe en 1829.

7. *Souper :* le souper (repas tardif) était une invention du XVIIIe siècle qui, au XIXe, était tombée en discrédit dans la bonne société. Le rituel dont Gautier avait la nostalgie est celui qu'évoque Grimod de La Reynière : « les femmes sont plus aimables à souper qu'à toute autre époque du jour; on dirait que plus le moment d'exercer leur empire s'approche, plus elles deviennent tendres et séduisantes. Le souper n'est pas seulement le repas de l'amour, il est encore celui d'Apollon. C'est alors que les bons mots circulent, que les saillies abondent, que les aimables reparties se succèdent et se pressent et que chacun s'efforce de montrer l'esprit qu'il a, celui qu'il emprunte chaque matin, et même celui qui lui manque. » Mais *L'Artiste* parlait en 1837 du « temps des soupers » comme d'une chose passée.

Page 66.

8. *Chérubin :* dans *Le Mariage de Figaro,* de Beaumarchais, Chérubin appelle la comtesse Almaviva « [s] a belle marraine » (I, 7).

Page 72.

9. *Bric-à-brac :* voir *infra,* p. 477, n 1.

LA MORTE AMOUREUSE

Page 79.

1. *Job* : « J'avais fait un pacte avec mes yeux, au point de ne fixer aucune vierge » (*Job*, 31, 1).

Page 81.

2. *Nacarat* : « Qui est d'un rouge clair, entre le cerise et le rose » (Larousse). Cf. « Le Poème de la femme » (*Émaux et Camées*, 2, paru le 15 janvier 1849) :

> D'abord, superbe et triomphante
> Elle vint en grand apparat,
> Traînant avec des airs d'infante
> Un flot de velours nacarat.

Page 86.

3. *Aloès* : on retrouvera cet aloès mythique dans un poème de *La Comédie de la mort*, « Le Pot de fleurs ».

Page 87.

4. *Sérapion* : un recueil de contes d'Hoffmann est intitulé *Contes des Frères de Saint-Sérapion*. On peut penser qu'il ne s'agit pas d'une rencontre fortuite.

Page 107.

5. *Zéphyr* : de cette croyance ancienne, attestée chez Homère, mais aussi chez Aristote et Pline, on connaît mieux la version virgilienne :

> .... *illac*
> *Ore omnes versae in Zephyrum stant rupibus altis*
> *Exceptantque levas auras, et saepe sine velis*
> *Conjugiis vento gravidae, mirabile dictu* (...)

> (*Géorgiques*, III, 272-275)

(« Elles, la bouche tournée vers le zéphyr, se dressent au sommet des rochers, et accueillent en elles les brises légères, et souvent sans s'accoupler, fécondées par le vent, ô merveille (...) »

Page 108.

6. *Barcarolles* : on appelle souvent « barcarol » un batelier, et surtout un gondolier vénitien. L'emploi de « barcarole » et de « barcarolle », bien que plus rare, est aussi attesté.

7. *Ridotto* : salle de jeu fréquentée par les nobles vénitiens et les étrangers, et située au palais Dandolo (entre 1768 et 1774). Le

lieu, proche de l'église San Moisè (près de laquelle Gautier habitera lors de son séjour à Venise en 1850), a été rendu célèbre par des peintures de Longhi et de Guardi (« Sala del Ridotto » au Civico Museo Correr). Ce détail place *La Morte amoureuse*, comme les deux contes précédents, au XVIIIᵉ siècle.

LE CHEVALIER DOUBLE

Page 119.

1. *Willis :* c'est l'année suivante, en 1841, que l'on représentera, à l'Opéra, un ballet de Théophile Gautier et Saint-Georges, musique d'Adolphe Adam : *Giselle ou les Willis.* Selon Gautier, c'est une lecture du livre de Heine, *De l'Allemagne,* qui lui aurait inspiré ce ballet, qui devait primitivement s'appeler simplement *les Willis.*

Page 125.

2. *Fenris :* Murg est le nom d'une rivière d'Allemagne, affluent du Rhin. Fenris est le loup monstrueux de la mythologie scandinave.

Page 126.

3. *Engourdis :* les poètes de l'époque romantique ont écrit de nombreuses variations sur le thème de la forêt fantastique, animée. On citera, à titre d'exemple, le poème de Victor Hugo intitulé « A Albert Durer » (*Les Voix intérieures,* X).

LE PIED DE MOMIE

Page 133.

1. *Bric-à-brac :* le mot sera employé par Balzac, avec son dérivé Bricabraquologie, dans *Le Cousin Pons* (1842), aux dépens de Du Sommerard, « le prince du Bric-à-Brac ». On remarquera que Gautier avait lui-même employé ce mot, sans précautions oratoires, dans *Omphale.*

Page 135.

2. *Cauchelimarde :* la cochelimarde est une épée longue et pesante. Dans le *Voyage en Espagne,* au chapitre sur Tolède, Gautier écrit le mot correctement : cochelimarde.

Page 136.

3. *Witziliputzili :* voir *infra,* p. 493, n 50.

Page 141.

4. *Amani* : en 1838, une troupe de « bayadères » était venue danser à Paris. Nerval avait raconté une visite à leur domicile, allée des Veuves, en compagnie de Gautier, dans un article du 12 août. Le 20, Gautier rendit compte de leur spectacle dans *La Presse* sous le titre : « Les Devadosis, dites Bayadères (les Bayadères). » Cet article a été repris dans *Caprices et zigzags* en 1852. Le 27 août il récidiva dans *La Presse* sous le titre : « Variétés. Début des bayadères ». Amany âgée de dix-huit ans avait fait grande impression sur les deux amis, et Gautier alla jusqu'à dire : « On aurait dit la brune Sulamite du Cantique des Cantiques, pâmée d'amour et cherchant son bien-aimé sur la montagne du baume et dans le jardin des plantes aromatiques. »

Page 142.

5. *Syringe* : nom grec des sépultures royales de la région de Thèbes, employé par Gautier de façon légèrement inexacte.

Page 144.

6. *Amenthi* : emploi approximatif d'un mot qui désigne le lieu où se rendent les âmes après la mort. L'idée du « jugement dernier » impliquée par cette phrase n'est pas très égyptienne. Rappelons que la pesée des âmes est accomplie par Osiris.

Page 146.

7. *La barbe du roi Xixouthros* pourrait bien être empruntée à la légende de Frédéric Barberousse, telle que la raconte Aloÿs Schreiber dans ses *Traditions populaires du Rhin, de la Forêt-Noire, de la vallée du Nècre, de la Moselle et du Taunus* (1830). Hugo s'en souviendra dans *Les Burgraves* (I, 2).

8. *Préadamites* : à cette époque, Nerval n'avait pas encore publié sa « légende de Soliman », qui ne paraîtra dans la *Revue des Deux Mondes* que le 1er mars 1847, et l'on peut douter que Gautier ait eu directement connaissance du « grand nombre de poèmes persans » qui, selon Nerval, « rapportent l'histoire détaillée des dynasties préadamites ». L'érudition de Nerval en cette matière étant essentiellement fondée sur la *Bibliothèque orientale* de d'Herbelot, on peut se demander si Gautier a eu besoin d'un intermédiaire, ou s'il a trouvé lui-même, chez d'Herbelot, le peu de détails qu'il donne ici. On oublie trop que Gautier avait hérité de la bibliothèque de l'abbé de Montesquiou. On lit dans la *Bibliothèque orientale* « qu'il y a eu 40 Solimans ou monarques universels de la Terre qui ont régné successivement pendant le cours d'un grand nombre de siècles avant la création d'Adam »

et que « quelques auteurs » font monter ce nombre jusqu'à 72. « L'on voyait dans la galerie d'Argenk qui régnait dans les montagnes de Caf au temps de Thahmurah, les statues de ces 72 Solimans, et des tableaux des créatures qui leur étaient soumises. » La couleur générale du passage montre d'ailleurs que Gautier n'a pas attendu *Le Roman de la momie* (1857) pour s'intéresser à l'Égypte pharaonique.

Page 148.

9. *Aguado* : ce très riche homme d'affaires d'origine portugaise (1784-1842) avait constitué une galerie de tableaux considérable, qui, sur 395 toiles, comprenait 230 œuvres de l'école espagnole (55 attribuées à Murillo et 17 à Velasquez). En 1838, Thoré avait consacré à cette collection deux feuilletons du *Siècle*. En 1839, Louis Viardot publia une *Notice sur les principaux peintres de l'Espagne,* illustrée par Gavard, qui était entièrement fondée sur la collection Aguado, logée depuis 1835 dans l'hôtel d'Augny, au coin de la rue Drouot. La vente après décès eut lieu le 20 mars 1843. Un sonnet de Nerval est dédié à Mme Aguado.

DEUX ACTEURS POUR UN RÔLE

Page 151.

1. *Pour un poète :* Gautier a simplement pillé ce passage des *Amours de Vienne,* publié par Nerval dans la *Revue de Paris* le 1er mars 1841 : « Cependant la saison n'est pas encore sans charmes. Ce matin je suis entré dans le grand jardin impérial au bout de la ville; on n'y voyait personne. Les grandes allées se terminaient très loin par des horizons gris et bleus charmants. Il y a au-delà un grand parc montueux coupé d'étangs et plein d'oiseaux. Les parterres étaient tellement gâtés par le mauvais temps que les rosiers cassés laissaient traîner leurs fleurs dans la boue. Au-delà, la vue donnait sur le Prater et sur le Danube; c'était ravissant malgré le froid. »

Page 152.

2. *Renards :* Gautier a emprunté ce vocabulaire à Nerval, qui avait ajouté à *Leo Burckart* (1839) un appendice sur *Les Universités d'Allemagne. Philistin* est pris au sens de bourgeois (non étudiant), *Bursch* au sens d'étudiant. L'étudiant devient *Renard (Fuchs)* dès qu'il est immatriculé, et s'inscrit à une association. Il subit alors des quantités d'épreuves d'initiation. Selon Nerval, il « s'agite pendant toute une année dans la même

sphère, c'est-à-dire celle des tavernes, de la salle d'armes et de la place publique ».

3. *Frileuse :* statue célèbre de Houdon, que Gautier, dans un poème d'*Émaux et Camées* (« Fantaisies d'Hiver »), attribue à Clodion, sans doute pour des raisons métriques.

> *L'Hiver a posé pour statue*
> *La Frileuse de Clodion.*

Ce poème fut publié dans la *Revue de Paris* le 1er février 1854.

Page 153.

4. *Moor :* Karl Moor, bandit au grand cœur, est le héros du drame de Schiller, *Les Brigands* (1781).

Page 155.

5. *Callot et Goya : Fantaisies dans la manière de Callot,* disait Hoffmann. Et Aloysius Bertrand, en sous-titre à son *Gaspard de la Nuit : Fantaisies à la manière de Rembrandt et de Callot* (1842). Le mot « caprice » est évidemment lié à Goya, dont Gautier, avant Baudelaire, a célébré le génie. C'est le 5 juillet 1838, dans un article de *La Presse,* que Gautier étudie pour la première fois les *Caprices.* Il compare Goya à Hoffmann, et parle de « fantastique » et de « caricature ». Plus tard, dans la seconde édition de *Tra los Montes,* Gautier ajoutera au texte primitif cette étude sur Goya, considérablement augmentée, et fera la comparaison avec Callot.

Page 156.

6. *Vin nouveau :* encore un emprunt à Nerval : « Je t'écris non pas de ce cabaret enfumé et du fond de cette cave fantastique dont les marches étaient si usées, qu'à peine avait-on le pied sur la première, qu'on se sentait sans le vouloir tout porté en bas, puis assis à une table, entre un pot de vin vieux et un pot de vin nouveau, et à l'autre bout étaient " l'homme qui a perdu son reflet " et " l'homme qui a perdu son autre ", discutant fort gravement. » (Allusion au conte d'Hoffmann : *La Nuit de la Saint-Sylvestre.*) L'énumération des nationalités fréquentant l'auberge est aussi fortement inspirée par le récit de Nerval. Ajoutons que le narrateur des *Amours de Vienne* a l'intention de mener sa conquête, Catarina dite Katty, au théâtre de la Porte-de-Carinthie.

7. *Latakié :* le latakie(h) est une variété de tabac noirâtre que l'on cultivait en Syrie et que l'on fumait dans tout l'Empire ottoman.

8. *Lanner :* Lanner (1802-1843) est, avant Johann Strauss, le

roi de la valse viennoise. Il est mentionné dans un extrait des *Amours de Vienne* publié dans *La Presse* le 29 juin 1840.

9. *Guzla :* la guzla, instrument à une seule corde de crin, faisait partie du capharnaüm romantique depuis que Mérimée avait publié, en 1827, *La Guzla, choix de poésies illyriennes.* Un poème de Gautier, intitulé « Guzla », fut publié dans *La Presse* le 28 avril 1845 et repris, sans titre, dans les *Poésies complètes* de 1845.

Page 157.

10. *Foenum habet in cornu :* vers d'Horace (*Satires*, I, 4, 34). Dire de quelqu'un qu'il « avait du foin à la corne », c'était le désigner comme un enragé (on mettait du foin aux cornes des bœufs dangereux).

ARRIA MARCELLA

Page 167.

1. *Studii :* c'est l'année précédente que Gautier avait fait le voyage d'Italie avec Louis de Cormenin. (Marie Mattei, avec qui il était à Venise, était rentrée en France par Livourne.) Le nom de *Studii* donné ici à ce qui deviendra le Musée national vient du fait que le bâtiment original avait été transformé en Palazzo degli Studii (Université) au début du XVIIe siècle, puis en musée (1777). Les détails attestent la lecture du livre de Mazois, *Les Ruines de Pompéi.*

2. *Guide du voyageur :* ce « moindre guide » est peut-être celui de l'abbé Dominique Romanelli, auquel Gautier a emprunté maint détail, mais la description que donne Mazois est infiniment plus évocatrice. Cette relique, qui a fait rêver tous les voyageurs du XIXe siècle, a fini par se décomposer. (Voir *Pompéi, Travaux et envois des architectes français au XIXe siècle*, 1981, p. 48.)

Page 168.

3. *Arrius Diomèdes :* voir *infra*, p. 483, n. 12.

4. *Corricolo :* ce moyen de transport napolitain avait été décrit longuement par Alexandre Dumas dans le premier chapitre de son récit de voyage en quatre volumes intitulé, précisément, *Le Corricolo* (1843). On retrouvera les traces de ce livre de Dumas dans *Jettatura.*

Page 169.

5. *Auber : La Muette de Portici* d'Auber, créé le 29 février 1828, est un des opéras français les plus célèbres de l'époque

romantique. C'est à la suite d'une représentation de cette œuvre, le 25 août 1830, qu'éclata à Bruxelles la révolution qui devait conduire à l'indépendance de la Belgique.

Page 171.

6. *Placards* : cette méditation sur les ruines de Paris, grand thème poétique inventé par Grainville (*Le Dernier Homme*) et orchestré par Lamartine et Victor Hugo, est alimentée par les nombreuses inscriptions relevées par Romanelli dans son *Guide* de Pompéi. Les détails qui suivent sont empruntés à la même source (« sur le comptoir en marbre blanc on remarque encore les taches des liqueurs que les tasses y ont laissé empreintes »).

7. *Hamlet* : allusion à la scène du cimetière dans *Hamlet* (V, 1) : « Alexander died, Alexander was buried, Alexander returneth into dust; the dust is earth; of earth we make loam, and why of that loam, whereto he was converted, might they not stop a beer-barrel?

> Imperious Caesar, dead and turned to clay,
> Might stop a hole to keep the wind away :
> O ! that that earth, which kept the world in awe,
> Should patch a wall to expel the winter's flaw. »

Alexandre est mort, Alexandre est enterré, Alexandre retourne à la poussière, la poussière devient la terre, de la terre on tire la glaise et pourquoi cette glaise que le voici devenu ne pourrait-elle fermer un tonneau de bière?

> *L'impérial César, mort et changé en glaise,*
> *Bouchera quelque trou pour arrêter le vent.*
> *Dire que cette terre, effroi jadis du monde,*
> *Va rapiécer le mur où passait l'ouragan!*

(Trad. Yves Bonnefoy)

Plus haut, *luter le bondon* : fixer hermétiquement avec du ciment (lut) le bouchon de la bonde du tonneau.

Page 172.

8. *Matériaux* : Gautier avait décrit les arènes de Vérone dans *Italia*. Familier des arènes espagnoles qu'il a longuement évoquées dans *Tra los Montes*, il imagine les corridas qui pourraient avoir lieu dans ce grandiose monument romain qui était, à l'époque de son voyage, à peu près désaffecté : « Quelle admirable place de taureaux on ferait ici! »

Page 173.

9. *Particulier :* tout ceci, et même la remarque finale, sort de Romanelli.

10. *Salomon :* « Rien de nouveau sous le soleil », dit l'Ecclésiaste (I, 9).

11. *Matutini erunt :* citation littérale d'un passage de Romanelli.

Page 174.

12. *Diomèdes :* Gautier suit Romanelli de très près, retenant d'une longue description les détails qui lui semblent les plus parlants (le rideau), ajoutant des touches pittoresques (« d'un effet doux et tendre à l'œil », « ce grand zéphyr africain chargé de langueurs et d'orages », « tant de corps charmants évanouis comme des ombres », « des joues dont on a mal essuyé le fard »). Ce faisant, il prépare son effet de fantastique. On remarquera cependant qu'il s'est tellement laissé entraîner par Romanelli que la jeune fille (hypothèse de Mazois, retenue par lui au début) devient, à la page suivante, la « *dame* dont l'empreinte se voit au musée de Naples ». Romanelli avait supposé qu'elle était la maîtresse de maison.

Page 176.

13. *Ambassadeurs :* on en trouvera une description dans le chapitre du *Voyage en Espagne* consacré en partie à l'Alhambra : « De chaque côté de la porte qui mène à la salle des Ambassadeurs, dans le jambage même de l'arcade, au-dessus du revêtement de carreaux vernissés dont les triangles de couleurs tranchantes garnissent le bas des murs, sont creusées en forme de petites chapelles deux niches de marbre blanc sculptées avec une extrême délicatesse » (Folio, p. 278-279).

14. Les *Odes* d'Horace évoquent parfois ces noms de vins, en particulier le Massique (I, 1, 19 et II, 7, 21) et le Falerne (I, 27, 10 et III, 1, 43).

Page 177.

15. *Important :* Gautier cite inexactement un vers de l'*Art poétique* (IV, 50) : *Un fat quelquefois ouvre un avis important.*

Page 178.

16. *Exalter :* Espagnolet (ou l'Espagnolet) est le nom que l'on donnait, encore au XIXe siècle, au peintre espagnol Ribera, qui passa la plus grande partie de sa vie en Italie, où il devint le peintre favori du vice-roi de Naples. Les anecdotes de la manière

dont il se débarrassa de ses rivaux abondent, et il passe pour avoir détruit une *Descente de Croix* de Massimo Stanzioni, peintre napolitain (1585-1656) qui lui portait ombrage. Massimo est la vedette masculine du ballet *Gemma* (1854).

Page 179.

17. *Duilius :* Duilius, consul romain pendant la première guerre punique (261 av. J.-C.), remporta une bataille navale sur les Carthaginois, considérés comme imbattables sur mer. En récompense, on lui donna le droit d'être escorté toute sa vie de joueurs de flûte et de porteurs de flambeaux.
18. *Gaditanes :* originaires de Gadès. On dit plutôt, en français, gaditaines. Juvénal (XI, 162-164) évoque leurs danses en des termes peu chastes.

Page 180.

19. *Demoustier :* l'auteur des *Lettres à Émilie sur la mythologie* (1760-1801) avait mêlé à sa prose des madrigaux d'une remarquable fadeur. Il prétendait descendre de Racine et de La Fontaine.

Page 181.

20. *Hélène :* la lecture du *Second Faust* (traduit en 1840 par Gérard de Nerval) semble avoir eu pour Gautier une importance considérable. L'épisode des amours de Faust et d'Hélène devint une de ses références littéraires les plus familières (voir à ce sujet l'admirable article de Georges Poulet dans ses *Études sur le temps humain*).

Page 186.

21. *Davus :* le *forum nundinarium* (le champ de foire de Pompéi) est décrit par Romanelli. Davus est le nom traditionnel de l'esclave intrigant dans la comédie latine (le Scapin de Molière semble inspiré du Davus de l'*Andrienne* de Térence).

Page 188.

22. *Jettature :* le « mauvais œil » est une grande tradition napolitaine qui inspirera à Gautier son récit intitulé *Jettatura.* Les petits priapes et l'inscription (« ici habite le bonheur ») viennent de Romanelli.

Page 189.

23. *Botocudo :* cette tribu du Brésil doit son nom aux disques appelés *botoques* qu'ils se passent aux lèvres et aux oreilles. En 1845, le peintre américain George Catlin avait exposé dans sa

« Galerie indienne » un portrait de Petit-Loup, guerrier Yoway. Celui-ci faisait partie de la troupe de douze Indiens qui accompagnaient le peintre et agrémentaient l'exposition de leurs danses.

24. *Profanis* : le *De Viris illustribus urbis Romae* (« Des hommes illustres de Rome ») de l'abbé Lhomond a été jusqu'à nos jours un recueil de récits en latin pseudo-classique, destiné aux débutants. Les *Selectae e profanis scriptoribus historiae* (« Histoires choisies des auteurs profanes ») étaient lues en classe de cinquième. Ce choix était dû à Jean Heuzet, un disciple de Rollin.

Page 190.

25. *Rufus Holconius* : d'après les inscriptions de Pompéi Marcus Holconius Rufus était tribun. Tous les autres noms sont attestés dans Romanelli.

26. *Néron* : cette allusion à l'exécution des chrétiens, considérés par Néron comme responsables de l'incendie de Rome, n'était pas, au XIXᵉ siècle, considérée comme surprenante : avant les travaux de Jérôme Carcopino (*Études d'histoire chrétienne*, 1953), on croyait en effet que le christianisme était connu à Pompéi avant l'éruption de 79.

27. *Plaute* : on a retrouvé, dans les ruines de Pompéi, un jeton (reproduit par Romanelli), qui est l'équivalent romain du billet de théâtre. On y lit le nom de Plaute et le titre de sa pièce : CASINA PLAVTI.

Page 192.

28. *Marché* : tous ces détails viennent de Romanelli, y compris le détail : « les fioles ou les tubes au moyen desquels on répandait, sur tout le théâtre, une vapeur très odorante de *crocus* (safran) si agréable aux Anciens. »

Page 194.

29. *Ornière* : traduction libre d'une phrase de *Hamlet* (I, 5, v. 189), qu'affectionne Théophile Gautier : « The time is out of joint » (« Le temps est hors des gonds », trad. Yves Bonnefoy).

Page 195.

30. *Diomèdes* : le nom de Tyché Novolej est inscrit sur un des tombeaux de Pompéi. Une autre inscription, relevée par Romanelli, évoque une autre Tyché : « Tyches Venerea Juliae Augustae Junoni. » Romanelli commente : « Le titre de *Venerea* que prend *Tyches* indique qu'elle était l'entremetteuse des plaisirs de *Julia*, fille d'Auguste. »

Page 198.

31. *Phase :* manière de nous rappeler l'étymologie du mot *faisan,* littéralement : oiseau du Phase (fleuve de Transcaucasie).
32. *Grossiers : Spirite, nouvelle fantastique* (1866) sera tout entière fondée sur l'hypothèse d'une telle communication.

Page 199.

33. *Hadès :* cette nouvelle allusion à l'épisode du *Second Faust* réunissant Faust et Hélène montre l'importance, pour Gautier, du texte de Goethe (voir note 20 *supra,* p. 484).

Page 200.

34. *Abusée :* Ixion ayant essayé de séduire Junon, Jupiter lui avait envoyé un nuage ayant la forme de la déesse.
35. *Christ :* voir *supra,* note 26, p. 485.

Page 201.

36. *Phorkyas :* Empouse et Phorkyas sont des monstres appartenant à la galerie de personnages fantastiques du *Second Faust.*
37. *Virgilienne :* « vox faucibus haesit » (« ma voix s'arrêta dans mon gosier ») dit *Enée* (*Enéide,* III, 48) pour marquer son étonnement et sa stupeur.

AVATAR

Page 207.

1. *Avatar :* ce mot qui désigne les incarnations successives de Vichnou ou d'autres divinités du panthéon bouddhiste est attesté en 1800 sous la forme *Avatare.* Emprunté directement au sanscrit, il reste peu fréquent dans cette acception première.

Page 209.

2. *Térence : plenus rimarum sum, hac atque illac perfluo* (Térence, *L'Eunuque,* v 105).

Page 210.

3. *Durer :* le rôle de la *Melancholia* de Dürer dans le musée imaginaire romantique est considérable. Gautier lui-même lui consacre, dans *La Comédie de la mort,* une de ses premières « transpositions d'art », Hugo l'évoque longuement dans *Le Rhin,* et Nerval célèbre « le *Soleil noir* de la *Mélancolie* ». Est-il nécessaire de préciser que Dürer écrit *Melancolia?*

Page 212.

4. *Kief :* le kief, qui, chez les Turcs, correspond à peu près à la sieste, est un des motifs obligés de toute évocation du Moyen-Orient (voir en particulier Nerval, *Les Femmes du Caire,* VII, 2, in *Voyage en Orient* et Gautier, *Constantinople*).

Page 213.

5. *Fille de marbre :* cette expression, aujourd'hui obscure, prouve le succès des *Filles de marbre,* drame en cinq actes de Théodore Barrière et Lambert Thiboust, représenté sur le théâtre du Vaudeville le 17 mai 1853. Gautier avait rendu compte de ce mélodrame, vu à l'époque comme une réplique à *La Dame aux Camélias* de Dumas fils, dans *La Presse* du 23 mai 1853. La courtisane y est définie comme un être insensible, une « fille de marbre ».

6. *Manfred :* allusion à la scène dans laquelle le Manfred de Byron monte à la Jungfrau dans l'intention de se précipiter du haut de la montagne.

7. *Escousse :* le suicide par émanations d'oxyde de carbone de Victor Escousse (1813-1832), poète et dramaturge romantique, en compagnie de son ami Auguste Lebras avait fait beaucoup de bruit. Béranger avait écrit à sa mémoire une belle chanson : *Le Suicidé.* Au début des années trente, Dovalle, Rabbe, Léopold Robert, le baron Gros et beaucoup d'autres furent ainsi les victimes d'une véritable épidémie de suicides à laquelle Victor Hugo consacra un poème des *Chants du crépuscule* (XIII)

Page 217.

8. *Lypémanie :* forme de mélancolie décrite par Esquirol.

Page 220.

9. *Henri Heine :* « C'est une vieille histoire qui reste toujours nouvelle, et celui à qui elle vient d'arriver en a le cœur brisé. » (*Intermezzo,* XXXV, trad de Gérard de Nerval.)

Page 221.

10. *Les œuvres d'art :* étrange mélange qui semble placer Gautier dans la catégorie des « touristes trop hâtifs », car si le célèbre *Persée* de Benvenuto Cellini (1500-1571) brandit bien la tête de Méduse sous la « loggia dei Lanzi », la Fornarina a toujours été à Rome, au palais Barberini. L'emprise du modèle de Raphaël sur l'imagination romantique était assez considérable et les copies assez nombreuses pour que Gautier s'y trompât : Vasari ne l'avait-il pas rendue responsable de la mort de Raphaël par

excès de plaisir ? Quant à Canova, on s'expliquerait mal sa présence ici si Gautier n'avait eu pour lui un goût constant : en témoigne le poème d'*Émaux et Camées* « A une robe rose » (publié dans *L'Artiste* le 15 février 1850).

11. *Cascines :* les Cascine (sans *s*) sont décrites dans le *Voyage en Italie* (p. 345 sqq.). Voir en particulier le portrait de la princesse russe (p. 359) et celui de l'Anglaise (p. 360).

12. *Attentifs :* galant assidu auprès d'une femme. Cet usage de l'adjectif comme substantif eut une vie très courte, au XIXe siècle.

Page 224.

13. *Gaze rose :* cette symphonie en rose est une variation sur un thème déjà exploité par Gautier, en particulier dans un poème d'*Émaux et Camées*, « A une robe rose », publié dans *L'Artiste* le 15 février 1850.

14. *Juliette :* on oublie souvent que Juliette remplace dans le cœur de Roméo une Rosaline dont son amant disait (1, 2) que « le soleil qui voit tout n'a jamais vu son égale depuis qu'a commencé le monde ». Il suffira que Roméo rencontre Juliette au bal des Capulet pour que, selon les mots du chœur, « l'ancien amour agonise sur son lit de mort » (Prologue à l'acte II). Que Rosaline devienne, sous la plume de l'auteur de *Mademoiselle de Maupin,* Rosalinde ne surprendra pas les lecteurs de ce beau roman.

15. *Guerre du Caucase :* les expéditions contre Schamyl (voir plus bas, p. 490, n. 28) qui tenait une partie du Caucase, s'échelonnent entre 1839 et 1859.

Page 226.

16. *Haschisch :* il y a quelque provocation dans cette remarque. Gautier partage avec Nerval (*Histoire du Calife Hakem,* in *Voyage en Orient,* 1847) et avec Baudelaire (*Du vin et du haschisch* in *Les Paradis artificiels,* 1851) l'intérêt pour les effets de la « confiture verte ». Il a publié en 1843 un feuilleton intitulé *Le Hachich* et, en 1846, *Le Club des Hachichins,* que l'on range parfois parmi ses écrits fantastiques. Ces deux textes sont reproduits dans l'excellente édition des *Paradis artificiels,* de Baudelaire, procurée par Claude Pichois (Folio, no 964).

17. *Heine :* L'*Intermezzo* avait été traduit par Nerval et publié dans la *Revue des Deux Mondes* le 15 septembre 1848 (repris en volume en 1855).

Page 227.

18. *Comtesse :* l'intérêt de Gautier pour *Les Liaisons dangereuses* est assez normal, Laclos étant alors un auteur à la mode. Baudelaire songeait depuis quelques années à écrire une étude sur

lui et c'est précisément en 1856 qu'il commence à jeter des notes sur le papier. En revanche, la mention du *Rouge et le Noir* est moins attendue : Hetzel, qui l'avait réédité en 1846, l'avait si mal vendu qu'il avait dû le distribuer en prime aux abonnés du *Spectateur républicain*, journal éphémère de 1848. La mémoire de Gautier le trahit : c'est pour la maréchale de Fervaques que Julien Sorel copie ses « épîtres progressives ».

Page 229.

19. *Bandinelli* : Bartolommeo, dit Baccio Bandinelli, sculpteur florentin (1493-1560), fut considéré parfois comme un rival de Michel-Ange. Gautier consacre à son *Hercule tuant Cacus*, qui se trouve devant le Palazzo Vecchio, un long passage du *Voyage en Italie* (p. 342-344).

20. *Ammanato* : Bartolommeo Ammanati, sculpteur et architecte florentin (1511-1592), élève du précédent et, à Venise, de Sansovino. Dans le *Voyage en Italie,* Gautier parle d'une de ses œuvres majeures, « le beau pont de la Trinité » (p. 335).

21. *Sandale* : il s'agit sans doute de la très célèbre Victoire de la frise du parapet d'Athèna Nikè, à Athènes. Gautier l'a décrite longuement dans *Loin de Paris :* « L'art grec n'a rien produit de plus parfait que ce jeune corps caressé par les plis d'une draperie transparente comme par des lèvres amoureuses ; ce n'est plus du marbre, c'est de l'air tramé, du vent tissé qui se joue en flocons autour de ces formes charmantes, avec une volupté chaste et pourtant émue. » Dans un poème de 1877 (« Catulle » dans « Le Groupe des Idylles » de la série complémentaire de *La Légende des Siècles*) Hugo évoque cette Victoire qui « rattache sa sandale un instant dénouée ».

22. *Quartier* : la pièce de cuir qui entoure et maintient le talon.

Page 232.

23. *Élysée-Bourbon* : l'actuel palais de l'Élysée, ancien hôtel d'Évreux, fut, à partir de 1787, la propriété de la duchesse de Bourbon-Condé, et devint alors l'Élysée-Bourbon. Hameau Chantilly pendant le Directoire, puis Élysée-Napoléon, il redevint Élysée-Bourbon sous la Restauration.

24. *Murailles* : cette phrase est la paraphrase des deux dernières strophes d'un poème déjà ancien intitulé « Watteau » et paru dans *L'hommage aux dames pour 1835.*

> *Je regardai bien longtemps par la grille,*
> *C'était un parc dans le goût de Watteau :*
> *Ormes fluets, ifs noirs, verte charmille,*
> *Sentiers peignés et tirés au cordeau.*

> *Je m'en allai l'âme triste et ravie ;*
> *En regardant j'avais compris cela,*
> *Que j'étais près du rêve de ma vie,*
> *Que mon bonheur était enfermé là.*

Page 234.

25. *Baronetage :* Titania et Oberon sont des personnages du *Songe d'une nuit d'été,* de Shakespeare.

26. *Agrandi :* Henri Baron (1816-1885), élève de Gigoux, avait été remarqué par Gautier, lors du salon de 1840, pour deux petites toiles « pleines de sentiment et de couleur ». Paul de Saint-Victor disait de lui qu'il « devait peindre en manchettes, comme écrivait M. de Buffon ».

Page 235.

27. *Olaf :* un des poèmes de Heine traduit par Nerval en 1848 s'appelait « le chevalier Olaf ».

28. *Schamyl :* Gautier avait rendu compte dans *La Presse,* le 30 juin 1854, d'une pièce intitulée *Schamyl,* en des termes attestant sa fascination pour ce personnage quasi légendaire : « Ce seul nom de Schamyl fait travailler puissamment l'imagination. Le héros circassien, quoique vivant et même jeune encore, est déjà devenu légendaire et plonge dans le demi-jour fantastique des traditions. Sa figure, contemporaine cependant, prend des aspects surhumains et s'enveloppe d'obscurités comme un mythe des temps primitifs ; nous voyons chez lui la curieuse transition de l'histoire à la fable, du réel au chimérique, de la prose à la poésie ; peut-être même n'existe-t-il pas, et n'est-il qu'une personnification persévérante de la nationalité circassienne, représentée par des fanatiques dévoués choisis dans le collège des Mourides et renaissant toujours sous les balles russes. »

Page 236.

29. *Anges : Les Amours des anges,* de Thomas Moore (1772-1852), inspira de nombreux poètes français. Voir à ce sujet le livre de Allen B. Thomas, *Moore en France, contribution à l'histoire de la fortune des œuvres de Thomas Moore dans la littérature française (1819-1830),* 1911.

30. *Dante :* les écrivains français du xixe siècle ne paraissent connaître de Dante que l'épisode de Paolo et Francesca di Rimini (*Enfer,* V). Ici, Gautier fait allusion aux vers 82-84 :

> *Quali colombe dal disio chiamate*
> *con l'ali alzate e ferme al dolce nido*
> *vegnon per l'aere, tal voler portate.*

Ainsi que, du désir appelé, les colombes
A leur doux nid, d'une aile ouverte et plane,
Volent par l'air...
Portées par leur vouloir...

(trad. Longnon.)

Page 242.

31. *Deleuze :* l'histoire a retenu le nom de Deslon (mort en 1786), adepte de Mesmer, qui prit, abusivement semble-t-il, la place du maître lors du séjour de celui-ci en Hollande (entre 1778 et 1784). On a de lui des *Observations sur le magnétisme animal* qui datent, précisément, de cette brève période de succès (1780). Nous ne pouvons raisonnablement identifier ce Maxwel, qui se trouve perdu dans une liste de magnétiseurs beaucoup plus anciens, avec James Maxwell (1831-1879), dont la célébrité est postérieure à la publication d'*Avatar*. Puységur (1751-1825) est aussi un disciple de Mesmer et passe pour l'inventeur du somnambulisme magnétique. Deleuze (1753-1835) joue un grand rôle dans l'histoire du magnétisme animal. On remarquera que Cherbonneau utilise, pour le comte Labinski, une méthode mesmérienne orthodoxe, et pour Octave, une technique plus proche de celle de Puységur.

32. *Epoptes :* initié au troisième et plus haut degré des mystères d'Éleusis.

33. *Nebiim :* en hébreu : prophètes.

34. *Trophonius :* héros béotien qui passait pour être le constructeur du temple d'Apollon à Delphes. Il disparut dans des conditions extraordinaires et son tombeau devint le siège d'un oracle célèbre dans l'Antiquité.

35. *Apollonius de Thyane :* thaumaturge pythagoricien, qui eut une célébrité si éclatante qu'on oppose parfois ses miracles à ceux de Jésus-Christ.

Page 243.

36. *Rauquer :* parler, crier d'une voix rauque. Crier, en parlant du tigre (on dit plutôt *feuler*).

37. *Mounis :* mouni : selon Chézy, traducteur de *Sacountala,* c'est le « nom général donné à tous les personnages pieux et instruits qui, par la contemplation solitaire des vérités divines, et de sévères mortifications, cherchent à dompter leurs sens, et à se rapprocher de l'essence de Brahma ».

38. *Ganésa :* aux trois dieux de la trilogie Gautier ajoute ici Ganésa. Le dieu à tête d'éléphant est parfois identifié comme un des fils de Siva.

Page 244.

39. *Canopique :* canope : vase contenant les viscères embaumés des morts.

Page 245.

40. *Job :* il s'agit peut-être du discours d'Eliphaz (*Job* IV, 14-15) : « Un frisson d'épouvante me saisit et remplit tous mes os d'effroi. Un souffle glissa sur ma face... »

Page 247.

41. *Rue du Regard :* c'est au coin de la rue du Regard et de la rue de Vaugirard que se réunissait, chez Jehan Duseigneur, ce qu'on a appelé le petit Cénacle.

Page 248.

42. *Thuggs :* association, ou secte, d'étrangleurs, qui terrorisaient les voyageurs aux Indes. Les Anglais en mirent des milliers hors d'état de nuire et adoptèrent le mot *thug* pour désigner les plus violents de leurs voyous. Méry leur consacra un récit (*Les Étrangleurs de l'Inde*).

Page 249.

43. *Soltikoff :* le prince Alexis Soltykoff, auteur de *Voyages dans l'Inde* (Curner, 1851, 2 vol. gr. in-8°) illustré de belles gravures, a aussi publié un album de grande qualité intitulé *Habitants de l'Inde dessinés d'après nature* (Gache, 1853).

Page 250.

44. *Bosco :* Comte (1788-1859), prestidigitateur et ventriloque, eut, sous l'Empire et la Restauration, un grand succès. Il fonda un théâtre pour enfants qui devint, en 1855, le théâtre des Bouffes-Parisiens. Comus (mort en 1820) qui se disait « premier physicien de France » fut un de ses rivaux. Quant à Bosco (1793-1862), il fut un escamoteur extraordinairement habile. Sa réputation fut telle qu'on put décrire Thiers comme « le Bosco de la tribune » (Louis de Cormenin).

Page 251.

45. *Anesthésique :* à l'époque où écrit Gautier, les anesthésiques sont d'invention récente. C'est en 1846 que le chimiste américain Jackson découvrit les vertus anesthésiques de l'éther sulfurique (découverte annoncée à l'Académie de médecine en 1847). A la fin de 1847, Flourens fit connaître les propriétés du chloroforme qui fut employé d'abord par un chirurgien écossais.

Page 253.

46. *Château de Bohême :* en 1830, Charles Nodier avait écrit une *Histoire du roi de Bohême et de ses sept châteaux* à partir d'une phrase de Sterne : « Il y avait une fois un roi de Bohême qui avait sept châteaux. » En 1852, Nerval avait réuni sous le titre *Petits châteaux de Bohême* une série de textes publiés précédemment sous d'autres titres.

Page 254.

47. *Hélène :* Cette lecture un peu libre du *Second Faust* atteste une fois de plus l'importance de cette œuvre pour Gautier qui s'y réfère sans cesse.

Page 257.

48. *Monade primitive :* l'idée d'une « unité » (monade) primitive remonte, semble-t-il, à Origène, et exprime l'idée de Dieu. Chez Leibniz, la monade est une « force primitive », sans laquelle on ne peut expliquer le monde réel.

Page 258.

49. *Deux ou trois Slocas des poèmes sacrés :* Il s'agit de strophes de deux vers.

50. *Vitziliputzili :* cette « ballade » fait partie du *Romancero*, dont la traduction figure dans les *Poëmes et légendes* de Heine (Michel Lévy, 1855). Elle est consacrée à la conquête du Mexique par Cortés. Dans la deuxième partie, Heine évoque le sacrifice des prisonniers espagnols, offert au dieu de la guerre, Vitziliputzili.

Page 260.

51. *Rasori :* Il y a là un étrange mélange de références banales (Hippocrate, Galien, Paracelse, Tronchin) et de noms maintenant peu connus, comme celui de Van Helmont, médecin flamand (1577-1644), plus célèbre par ses découvertes dans le domaine de la physique, Boerhaave (1668-1738), médecin hollandais considéré comme le fondateur de l'enseignement clinique moderne, Hahnemann (1755-1843), le créateur de l'homéopathie, et Rasori (1766-1837), carbonariste et inventeur du controstimulisme qui semble avoir influencé Broussais.

52. *Schirhasch-Schirim :* c'est la transcription (très approximative) du titre hébreux du *Cantique des Cantiques.*

Page 263.

53. *Heiduques :* fantassins hongrois qui, depuis 1605, n'étaient soumis qu'à l'autorité directe de la couronne.

494   *Notes*

Page 269.

54. *Smarra :* dans le conte de Nodier, *Smarra ou les démons de la nuit* (1821), Smarra est « le nom primitif du mauvais esprit auquel les anciens rapportaient le triste phénomène du cauchemar ». Le frontispice de Tony Johannot représentait une créature fantastique, accroupie sur la poitrine d'un personnage endormi. Hetzel réédita les *Contes* de Nodier, y compris *Smarra*, en 1846 et, de nouveau, en 1852, et Charpentier les *Contes fantastiques* en 1850.

Page 272.

55. *Burgau :* une sorte de nacre venant de coquilles univalves du même nom.

56. *L'aigle de sable essorant :* en termes de blason, *essoré* se dit d'un oiseau en plein vol.

Page 273.

57. *Reflet :* Les *Aventures de la nuit de la Saint-Sylvestre,* d'Hoffmann, est un des contes favoris de Nerval et de Gautier. Hoffmann y met en scène le Peter Schlemihl de Chamisso (l'homme qui a perdu son ombre) et Erasmus Spikher (l'homme qui a perdu son reflet). Le nom de Lamothe-Fouqué remplace, par inadvertance, celui de Chamisso. La confusion vient sans doute d'une note d'Hoffmann sur Peter Schlemihl : « C'est le héros de la merveilleuse histoire d'Adalbert von Chamisso, éditée par Friedrich, baron de la Motte-Fouqué. »

Page 274.

58. *Ce brucolaque, cette empouse :* Empouse est un des personnages du *Second Faust* (Acte II) qui apparaît à Méphistophélès comme « sa petite cousine », ayant « mis la petite tête d'âne ». Les brucolaques semblent être, pour les Grecs, des vampires. Victor Hugo (*William Shakespeare*) connaît leur existence.

Page 275.

59. *Diane de Gabies, réduite par Barbedienne :* cette statue de marbre, trouvée dans les fouilles de Gabies, ville de l'Italie ancienne, à 16 kilomètres au nord-est de Rome, se trouvait au musée du Louvre. Ferdinand Barbedienne (1810-1892) s'associa en 1838 avec Achille Collas, inventeur d'un procédé pour la réduction mathématique de la sculpture, et se spécialisa dans les reproductions en bronze d'après l'antique. Il mit au point des procédés nouveaux pour patiner le bronze. Sa carrière ponctuée de distinctions officielles fut éclatante.

Page 276.

60. *Flandrin :* Hippolyte Flandrin (1809-1864), élève d'Ingres, était considéré au XIXᵉ siècle comme un grand peintre religieux. Théophile Gautier le louait pour son talent à peindre « les honnêtes femmes ». On ne sait laquelle de ces deux qualités le prédisposait à devenir l'auteur d'un portrait officiel de Napoléon III vers 1860, « le premier portrait " vrai " que nous ayons vu de S.M. » disait Gautier.

Page 277.

61. *Brentano :* Gautier, qui a préfacé en 1856 la traduction par son fils des *Contes bizarres* d'Arnim (1781-1831), connaît sans doute Brentano (1777-1842) par *Le Cor merveilleux (Des Knaben Wunderhorn)*, écrit en collaboration par les deux amis.

62. *La cellule de Charles Quint au monastère de Yuste :* le séjour de Charles Quint au monastère de Yuste, en Estramadoure, de février 1557 à septembre 1558, faisait, à l'époque d'*Avatar,* couler beaucoup d'encre. Stirling en 1852, en 1854 Amédée Pichot, Gachard et enfin Mignet ont consacré un ouvrage aux derniers mois de Charles Quint.

Page 280.

63. *Clitandre et George Dandin :* Dans *George Dandin ou le mari confondu,* de Molière, George Dandin est le mari d'Angélique et Clitandre son « amoureux ».

Page 284.

64. *Dr. B*** :* d'août à mai 1854, Gérard de Nerval avait été interné à la clinique du docteur Émile Blanche, à Passy, dans l'hôtel de la princesse de Lamballe (actuellement 17, rue d'Ankara).

Page 287.

65. *Knecht :* Gautier a parlé de Frédéric-Émile Knecht (1808-1889), dans *Les Beaux-Arts en Europe :* « Regardez *Le Moineau et la Mouche* de M. Knecht, et vous verrez que toutes les merveilles du passé qu'on admire sont encore possibles : ce n est plus du bois, c'est de la plume, du duvet, qu'un souffle soulèverait à coup sûr. »

Page 288.

66. *Mˡˡᵉ de Fauveau :* Félicie de Fauveau (1799-1886), personnage haut en couleur, féministe, légitimiste et vendéenne, fut un sculpteur dont Gautier célèbre le talent dans *Les Beaux-Arts en*

Europe : « Sa *Sainte Dorothée* (...) semble sculptée, dans son arcade à trèfles découpés, par un pieux ciseau du XVᵉ siècle. »

Page 289.

67. *Crespelaient :* cet archaïsme, que l'on trouve aussi chez Baudelaire et chez Nerval, semble beaucoup plaire à l'auteur de *Mademoiselle de Maupin.*

Page 290.

68. *Thugg :* voir *supra*, p. 492, n. 42.

Page 291.

69. *Polymnie :* la statue antique du Louvre, provenant de la villa Borghese, et dont Gautier a vanté la draperie. « Cette *Polymnie* s'enveloppe dans sa draperie, avec une sévérité si coquette, un style si féminin, une ambiguïté si moderne, qu'on croirait voir une femme de nos jours s'arrangeant et se groupant dans son châle de cachemire. »

Page 295.

70. *Rousseau :* Philippe Rousseau (1816-1887), élève de Gros et de Bertin, était un animalier et un peintre de natures mortes.

71. *Jadin :* Gautier aimait assez Louis Godefroy Jadin (1805-1882), auteur de scènes de chasse et de « portraits de chiens » (voir *Les Beaux-Arts en Europe*), pour avoir des tableaux de lui dans sa propre collection (il y en avait trois à sa vente, en 1873).

72. *Berruguete, Cornejo Duque, Verbruggen :* Gautier a l'habitude de lier les noms de ces trois sculpteurs : « On ne pratique plus guère aujourd'hui la sculpture sur bois, l'art des Verbruggen, des Berruguete, des Cornejo Duque, des Martañes, qui a produit tant de chefs-d'œuvre enclavés dans les menuiseries des chaires et des chœurs aux cathédrales de Flandre et d'Espagne. » (*Les Beaux-Arts en Europe* (1855), II, p. 183.)

73. *Voûte-Verte de Dresde :* Gautier avait visité Dresde en 1854, et admiré cette extraordinaire collection d'orfèvrerie, de joaillerie, de bronzes et d'ivoires. Construit au XVIᵉ siècle et agrandi au XVIIIᵉ, ce musée, le premier en date des musées d'arts décoratifs, avait des murs peints en vert, couleur nationale de la Saxe.

74. *Vechte :* François-Désiré Froment-Meurice (1802-1855), célébré par Hugo, Balzac et Gautier comme le nouveau Benvenuto Cellini, était, depuis 1839, un des grands orfèvres européens. Le sculpteur Feuchère lui fournit des modèles, le ciseleur Vechte travailla pour lui. L'article nécrologique que lui consacra Gautier est le dernier qu'il fournit à *La Presse* (4 avril 1855). Frédéric

Jules Rudolphi, collaborateur de l'orfèvre et bijoutier Charles Wagner, exécuta de nombreuses pièces pour le roi du Danemark.

Page 301.

75. *La race Nedji :* le Nedji passe pour être le cheval arabe pur sang.

Page 303.

76. *Meilleur des maux :*

> *Je ne fais pas la guerre à la mélancolie.*
> *Après l'oisiveté, c'est le meilleur des maux.*

Musset met ces deux vers dans la bouche de Laërte, le père de Ninette et de Ninon dans *A quoi rêvent les jeunes filles* (II, 1).

Page 305.

77. *Petites-Maisons :* le nom de l'hôpital des Petites-Maisons, destiné en 1557 aux « pauvres infirmes, aux enfants malades de la teigne, aux femmes sujettes au mal caduc, aux insensés et aux vénériens » était devenu un euphémisme pour désigner un asile d'aliénés.

Page 311

78. *Mourides de Schamyl :* voir *supra*, p. 490, n. 28.

Page 313.

79. *Le Chabert de Balzac :* le colonel Chabert, héros du roman de Balzac qui porte ce titre, a été faussement déclaré mort à Eylau. Il ne peut, lors de son retour sous la Restauration, faire reconnaître son identité.

Page 315.

80. *La guerre de Troie :* d'après Diogène Laërce, Pythagore avait raconté à Héraclide du Pont la série de ses métempsycoses, dont il se souvenait par une grâce spéciale accordée par Hermès. Durant la guerre de Troie, il avait été Euphorbe, et Ménélas l'avait blessé.

Page 317.

81. *Dourga :* Soltykoff (p. 492) cite « la déesse Dourga, femme rose avec dix bras ». (Prince Alexis Soltykoff, *Voyage dans l'Inde*, 3e édition, 1856.)

Page 320.

82. *Manuscrit des lois de Manou :* les *Lois de Manou* ont été traduites en français par Loiseleur-Delongchamps en 1833, et elles sont probablement la source d'une bonne partie des connaissances de Gautier en matière de brahmanisme. Voir aussi *Les Livres sacrés de l'Orient,* de Pauthier (1840).

JETTATURA

Page 325.

1. *Jettatura :* voir *supra,* p. 484, n. 22.

Page 328.

2. *Mori :* « Vois Naples, et puis meurs. »

Page 330.

3. *Moucharabys :* « Cependant les *Moucharabys* s'éclairent : ce sont des grilles de bois, curieusement travaillées et découpées, qui s'avancent sur la rue et font office de fenêtres » (Nerval, *Voyage en Orient,* « Les Femmes du Caire »).

Page 333.

4. *Eucharis :* c'est sur cet épisode que se termine le livre VI du *Télémaque* de Fénelon. Télémaque semble savoir gré à Mentor-Minerve de ce bain forcé et déclare : « L'amour est lui seul plus à craindre que tous les naufrages. »

Page 335.

5. *Cream-lead :* en réalité *cream-laid.* Il s'agit d'un papier vergé, de couleur crème.

Page 338.

6. *Locale :* Gautier doit à Alexandre Dumas ces détails sur le *corricolo :* « il n'est pas défendu de mettre des roues neuves aux vieilles caisses, et des caisses neuves aux vieilles roues [...] De cette façon le corricolo résiste et se perpétue; de cette façon le corricolo est immortel » (*Le Corricolo,* t. I, p. 36). Ou encore : « Maintenant, mettez au-dessus l'un de l'autre moine, paysans, maris, conducteur, lazzaroni, gamins et enfants; additionnez le tout, ajoutez le nourrisson oublié, et vous aurez votre compte total, quinze personnes » (*ibid.,* p. 5).

Page 343.

7. *Caire :* on peut s'interroger sur l'origine de cette réputation qu'ont, dans l'imagination occidentale, les Circassiennes. Nerval en avait décrit une en des termes extatiques dans *Les Nuits du Ramazan* (« Quatre portraits »). Gautier évoque, dans *Les Beaux-Arts en Europe,* une aquarelle de l'Anglais John Frederick Lewis (1805-1876) intitulée *Le Harem du Bey :* « Une femme, Circassienne ou Géorgienne, offre le type le plus pur de la race caucasique : ovale parfait, nez légèrement aquilin, petite bouche et grands yeux teints de Kh'ol. »

8. *Maclise :* Gautier a évoqué, dans *Les Beaux-Arts en Europe,* l'œuvre de Daniel Maclise (1806-1807), peintre irlandais, illustrateur des *Irish Melodies* de Thomas Moore : « Quelles romanesques et charmantes créatures dans leur grâce invraisemblable et leur fraîcheur féerique! »

Page 345.

9. *Levassor :* Pierre Levassor, acteur comique (1808-1870), remporta de nombreux succès au théâtre du Palais-Royal et aux Variétés dans des rôles à travestissement.

Page 348.

10. *Anna Bolena :* opéra de Donizetti (1831) joué à Paris la même année.

Page 349.

11. *Landseer :* en réalité Edwın Landsecr (1802-1873), membre d'une dynastie de peintres anglais, qui obtint la grande médaille d'or à l'Exposition Universelle de 1855. Gautier décrit dans *Les Beaux-Arts en Europe* son tableau intitulé *Les Animaux à la forge,* où il remarque « un cheval bai-cerise à la robe satinée et chatoyante, aux formes pleines et rebondies ».

Page 351.

12. *Grani :* monnaie d'argent créée par Ferdinand Ier d'Aragon pour le royaume de Naples.

Page 352.

13. *Forestiere :* étranger.

14. *Cordon :* pour se préserver de la *jettatura,* on utilise, dit Dumas, de « petits cornillons que l'on porte au doigt, à la chaîne de la montre ». (*Le Corricolo,* chap. XVII, t. II, p. 39.)

Page 353.

15. *Un charmant torse :* c'est naturellement le torse d'*Arria Marcella* (voir *supra* p. 481, n. 2).

16. *Aristide :* d'un siècle à l'autre, les impressions des visiteurs de musées changent, et l'on peut s'étonner de l'indifférence de Paul (et peut-être de Gautier — ou de ses sources) pour les grandes statues grecques, préférant la « musculature » de l'*Hercule Farnèse* au *Doryphore* de Polyclète.

Page 356.

17. *Trovatelle :* un *trovatello* est un enfant abandonné. La forme féminine correcte serait *trovatella*.

18. *Gordigiani :* Luigi Gordigiani (1814-1860) fit jouer, au cours de sa brève carrière, quelques opéras, mais il était surtout célèbre par ses *Stornelli*, mélodies variées sur lesquelles certains critiques du XIXe siècle ont déraisonné, les comparant aux *Lieder* de Schubert. Gautier avait rendu compte d'un concert de lui dans *La Presse* du 30 mars 1852.

Page 358.

19. *Pointes noires :* « Vous n'entrez pas dans une maison de Naples quelque peu aristocratique sans que le premier objet qui frappe vos yeux dans l'antichambre ne soit une paire de cornes; plus ces cornes sont longues, plus elles sont efficaces. On les fait venir en général de Sicile, c'est là qu'on trouve les plus belles. J'en ai vu qui avaient jusqu'à trois pieds de long, et qui coûtaient cinq cents francs la paire. » (Dumas, *Le Corricolo,* chap. XVI, t. II, p. 38-39).

Page 360.

20. *L'Espagnolet :* voir *supra*, p. 483, n. 16.

21 *Taureau Farnèse :* ce groupe, copie romaine en marbre d'un original grec, est le plus grand des groupes antiques qui soient parvenus jusqu'à nous. On le disait restauré par Michel-Ange. L'original perdu était en bronze et il s'agit sans doute d'une copie assez libre.

Page 362.

22. *Cuisine :* connu sous le nom de *La Cuisine des Anges,* ce tableau de Murillo représentant *Le Miracle de San Diego* a été acheté par le Louvre en 1852 à la vente Soult.

Page 364.

23. *Saint Janvier :* il est d'autant moins étonnant de voir apparaître ici le nom de saint Janvier que Dumas fait du saint protecteur de Naples le seul remède à la « jettatura ». « Si saint Janvier n'était pas au ciel, il y a longtemps que la jettatura aurait anéanti Naples » (*Le Corricolo*, chap. XVI, t. II, p. 33).

Page 367.

24. *Savais pas :* au maître de Philosophie qui lui demande s'il sait le latin, Monsieur Jourdain répond : « Oui, mais faites comme si je ne le savais pas : expliquez-moi ce que cela veut dire » (Molière, *Le Bourgeois gentilhomme*, II, 4).

Page 368.

25. *Stendhal :* un autre signe que Gautier connaît Stendhal, qui a maintes fois exprimé sa prédilection pour le système parlementaire à l'anglaise.

Page 369.

26. *S'il n'est pas fondé :* Gautier doit son érudition à Dumas (*Le Corricolo*, chap. XVI, t. II, p. 40), qui cite *L'Ecclésiaste* (chap. 21) et un vers de Virgile tiré des *Bucoliques*. On trouve dans le *Voyage en Espagne* une description de la clef et de la main gravées « en creux sur deux pierres séparées » de la porte du Jugement à l'Alhambra, et il y est précisé que « la main est destinée à conjurer le mauvais œil, la *jettatura*, comme les petites mains de corail que l'on porte à Naples en épingle ou en breloque pour se garantir des regards obliques » (éd. Folio, p. 275).

27. *Esculape :* allusion aux dernières paroles de Socrate rapportées par Platon dans le *Phédon*.

Page 370.

28. *Massacre :* en vénerie, un bois de cerf dressé à l'endroit où l'on va donner la curée. Par extension : le bois de cerf et la partie de l'os frontal qui le supporte, utilisé comme ornement.

Page 371.

29. *Spécieux :* le spécieux n'a pas nécessairement partie liée avec le faux. Il désigne simplement une apparence de vérité.

Page 377.

30. *Thomas Moore :* voir *supra*, p. 490, n. 29.

Page 378.

31. *De Jorio :* Andrea de Jorio, auteur d'un guide de Pompéi, a aussi écrit, en 1832, le livre que cite ici Gautier, *La Mimique des Anciens retrouvée dans les gestes napolitains.*

Page 379.

32. *Haydée :* voir le *Don Juan* de Byron (II, CXII, sqq.). Après le naufrage, Juan voit se pencher sur lui « un délicieux visage féminin de dix-sept ans » : c'est Haydée.

Page 380.

33. *Goya :* voir *supra*, p. 480, n. 5.
34. *Smarra :* voir *supra*, p. 494, n. 54.

Page 382.

35. *Valetta :* le « travail extrêmement développé del gentile signore Niccolo Valetta », comme l'appelle Dumas, « in-folio de 600 pages », est décrit dans *Le Corricolo* au chapitre XVI (t. II, p. 44-46).
36. *Etteila :* anagramme d'Alliette, auteur prolifique de livres de vulgarisation intitulés, par exemple, *Etteila, ou manière de se récréer avec un jeu de cartes* (1770).

Page 392.

37. *Des mots :* dans la scène au cours de laquelle Hamlet apparaît comme fou aux yeux de Polonius (II, 2), ce dernier lui demande ce qu'il est en train de lire. Hamlet répond : « Words, words, words. »
38. *Almacks :* William Almack (mort en 1781) est le fondateur des « assembly rooms » qui portent son nom, et du Almack's Club, où l'on jouait très gros jeu. Les « assembly rooms » furent, à partir de 1765, le lieu de bals fort recherchés, jusqu'aux environs de 1840.

Page 393.

39. *Willis :* c'est exactement la séquence que Gautier a trouvée chez Henri Heine, et qu'il reproduit dans sa préface à *Giselle.*

Page 394.

40. *Métastase :* on croirait lire Stendhal, auteur de *Vies de Haydn, Mozart et Métastase,* et qui voulait qu'on gravât sur sa tombe qu'il avait adoré « Cimarosa, Mozart et Shakespeare ».

Page 395.

41. *Grotte : les sept dormants :* l'histoire des sept jeunes gens d'Éphèse, condamnés par Decius à mourir de faim dans une grotte, et ressuscités par Dieu trois cent soixante-douze ans plus tard, est racontée par Jacques de Voragine.

Page 401.

42. *Eclouure :* probablement *enclouure*, au sens de « difficulté qui arrête quelqu'un ». Attesté en particulier chez Stendhal.

Page 403.

43. *Lear :* le clown du *Roi Lear* emploie à plusieurs reprises cette expression : « How now, nuncle! » ou bien : « Mark it, nuncle... »

Page 407.

44. *Mob :* en anglais archaïque une prostituée (ainsi d'ailleurs que *Mab*). Je n'ai pu trouver un seul emploi de ce mot pour désigner la mort. On pourrait traduire littéralement, mais la suite se comprendrait mal.

Page 416.

45. *Schiavone :* Deux peintres vénitiens furent surnommés Il Schiavone (l'Esclavon) en raison de leur origine dalmate : Giorgio Chiulinovitch (1434-1504) et Andrea Meldolla (vers 1510-1563). C'est vraisemblablement au second, auteur de compositions mythologiques comme de tableaux religieux, que pense Gautier.

46. *Jaseron :* corruption de *jaseran*, chaîne de cou à petits anneaux.

Page 426.

47. *Vengeresses :* allusion au célèbre tableau de Prud'hon : *La Justice et la Vengeance divine poursuivant le Crime,* commandé pour la grande salle des Assises au Palais de Justice. Exposé au salon de 1808, il passa au Louvre en 1826 par échange avec la ville de Paris.

Page 428.

48. *La Prison d'Édimbourg :* ce roman de Walter Scott (*The Heart of Midlothian*) avait été adapté par Scribe et Planard en un livret d'opéra-comique en 1833 (la musique était de Carafa). Le personnage dont parle Gautier joue un petit rôle, au début du roman, d'adolescent gauche et niais.

Page 434.

49. *Le Sacrifice* : on ne peut s'empêcher de penser au *Michel Strogoff* de Jules Verne que Hetzel publiera en 1876.

Page 435.

50. *Goutte sereine* : perte complète de la vue, sans altération appréciable des milieux de l'œil. On dit maintenant *amaurose*.

Page 436.

51. *Sur la hanche* : « se mettre sur la hanche », en escrime, signifie « se mettre en garde ».

Page 438.

52. *Schoorel* : Jan Van Schoorel ou Schoorl ou Scorel (1495-1562) est parfois connu sous le nom de « Maître de la mort de Marie ».

Page 440.

53. *Des apparitions de marbre* : cette évocation de la statue du commandeur de *Don Giovanni* scelle le destin de Paul en faisant de lui son propre juge, et le condamne à mort.

Page 441.

54. *Menuisier* : l'original de la *Clarissa Harlowe* de Richardson, bien que Clarissa attache beaucoup d'importance à son propre cercueil, ne comporte pas tous ces détails. En revanche, l'adaptation de Jules Janin parle d'un « beau cercueil de bois d'ébène, doublé de plomb, à poignées d'argent en fermant à clef ». Ni la traduction de Letourneur, ni celle de l'abbé Prévost n'ajoutait ces détails.

Impression B.C.I. à Saint-Amand (Cher),
le 6 janvier 1995.
Dépôt légal : janvier 1995.
1ᵉʳ dépôt légal dans la collection : septembre 1981.
Numéro d'imprimeur : 3098.
ISBN 2-07-037316-9./Imprimé en France.

71430